2019年
中篇小说年选

孟繁华 —————— 编选

山东文艺出版社

图书在版编目（CIP）数据

2019年中篇小说年选 / 孟繁华编选． —济南：山东文艺出版社，2020.4

ISBN 978-7-5329-6092-7

Ⅰ．①2… Ⅱ．①孟… Ⅲ．①中篇小说—小说集—中国—当代 Ⅳ．①I247.5

中国版本图书馆CIP数据核字（2020）第035482号

2019年中篇小说年选

2019 NIAN ZHONGPIAN XIAOSHUO NIANXUAN

孟繁华　编选

主管单位	山东出版传媒股份有限公司
出版发行	山东文艺出版社
社　　址	山东省济南市英雄山路189号
邮　　编	250002
网　　址	www.sdwypress.com
读者服务	0531-82098776（总编室）
	0531-82098775（市场营销部）
电子邮箱	sdwy@sdpress.com.cn
印　　刷	青岛国彩印刷股份有限公司
开　　本	710毫米×1000毫米　1/16
印　　张	27.5
字　　数	410千
版　　次	2020年4月第1版
印　　次	2020年4月第1次印刷
书　　号	ISBN 978 - 7 - 5329 - 6092 - 7
定　　价	69.00元

版权专有，侵权必究。如有图书质量问题，请与出版社联系调换。

序：到处都是好光景

孟繁华

中篇小说是这个时代水平最高的小说文体，大量的好作品应接不暇。因此，读中篇小说，到处都是好光景，就不是一个修辞性的表达。好的中篇小说比比皆是，可选的作品实在太多了。但篇幅有限，每年都是忍痛割爱痛惜不已。2019年还是如此。我这里不能一一评论，只选择几篇评论，大体可以了解这一年中篇小说的状况。

杨晓升是著名的报告文学作家。但一段时期以来，他的报告文学和小说创作两副笔墨上下翻飞，他的敏锐和尖锐在当下的文学格局中，格外引人注目。他是敢于直面现实，敢于触及问题和批判的作家。他的《龙头香》再次证实了我的判断并非虚安。小说在日常生活习焉不察的"烧香"行为中，发现了巨大的秘密：

烧香的确是中国民俗生活中的一件大事，具有广泛的普遍性，汉人烧香，少数民族绝大多数的人也烧香，从南到北，从东到西，几乎无处不烧。对祖宗要烧，对天地神佛各路仙家要烧，对动物要烧，对山川树木石头要烧；在庙里烧，在厕所也烧；过节要烧，平时也要烧；作为一种生活情调要烧，所谓对月焚香，对花焚香，对美人焚香，雅而韵，妙不可言；作为一种门第身份要烧，所谓沉水熏陆，宴客斗香，以显豪奢；虔敬时要烧，有焚香弹琴，有焚香读书；肃杀时也要烧，辟邪祛妖，去秽除腥；有事要烧，无事也要烧，烧本身就是事，而且还会上瘾，称为"香癖"，就仿佛现代人的抽烟饮茶一样。

"烧香"几乎无处不在。但王家烧"龙头香"还不一样，"父亲和母亲始终认为，父亲之所以能从一个农民家庭走进京城，奋斗到如今的副部级干部，除了他自己的努力，考上京城名校，毕业留在京城工作，以及后来岳父也即我姥爷的适时扶持，更是与我爷爷和奶奶不断为他烧香拜佛，保佑他平安健康、升官发财密不可分。"佛教究竟是一种信仰还是一种教育，佛教研究界至今仍众说纷纭。但是到了民间，对许多人而言，佛教既不是信仰也不是教育，更不是智慧。烧香拜佛只是为了娶妻生子、升官发财、避祸免灾、祈求平安等实用主义的诉求。王兴一家关于烧"龙头香"的价值观，是最具代表性的。父母虽为高官亦难免俗。

小说在结构上是线性叙事，以社科院研究员王兴赴崀山替父烧"龙头香"为线索。父命难违，王兴勉为其难，乘机后再转高铁到了崀山。王兴既是整个事件的亲历者也是讲述者。到了崀山，曾多次受王副部长相助的乡党陈总陈新贵，尽其所能地款待王兴也在情理之中。王兴吃了许多禁猎动物，知情后虽然恼怒不悦，但一切无可挽回，也只能不了了之。醉酒后的王兴回到宾馆，陪坐的青年女子小惠居然还陪了宿。王兴酒醒之后虽然悔不当初，但有美貌的小惠陪同上崀山烧香还是兴致勃勃。崀山山高路险，为生活所迫的山民愿意替代烧香，经过讨价还价，王兴以一万元成交。山民艰难地完成烧香返程途中，被狂风吹向峡谷。山民的死亡让王兴吓破了胆。昏厥后醒来的王兴已躺在宾馆的床上。陈总如期而至，不仅处理了死亡山民事件，还百般慰问。但事情并没有结束。陈总又提出了新的要求，他要在崀山龙头崖建索道，需要几千万资金，他的市人大代表要升级，要当省人大代表，希望王部长帮助。陈总留下一张存有20万元的银行卡给王兴，名义是办事经费。王兴百般推脱，陈总将卡扔在茶几上摔门而去。陈总离去，小惠到来。风情万种的小惠使尽解数，惊魂未定的王兴仍毫无反应。小惠多次提出去北京做王兴的情人，王兴不敢答应，小惠迅速翻脸，她要十万元费用。王兴虽然用文人的猥琐勉强打发了小惠，但精神上早已溃不成军近乎崩溃。这就是一波未平一波又起。小说的情节丝丝入扣合情合理，几乎没有任何破绽。当然，天下没有白吃的午餐，陈新贵明目张胆地贿选被调查，拔出萝卜带出泥，王副部长、王兴的命运可想而知。

我惊异于杨晓升对生活细枝末节的熟悉和对人物心理的准确把握。更重要的是，这不是一部"反腐"小说，这是一部反映欲壑难填的世道人心的小说。他是通过最细微的生活现象，以一个最不引人瞩目的生活细节切入，将欲壑难填的世风和盘托出。人性中最致命的就是欲望无边。父亲对权力、母亲对金钱、王兴对肉欲，这几乎就是人的欲望的全部。父亲退休仍在使用权力的余威，母亲对金钱几乎来者不拒，王兴虽然是酒后乱性，但酒醒后对年轻美貌的小惠的万种风情沉迷不已。作为知识分子的王兴可能更具代表性，他一方面对父亲的权力、母亲的贪欲、陈总的行贿有所警觉，另一方面，他的警觉和抵抗是如此脆弱和不堪一击。一介书生的百无一用真是不堪入目。陈总已经是市人大代表，但他得陇望蜀，希望做省人大代表。陈总陈新贵的价值观，是民间普遍的价值观，这种价值观虽然经过五四新文化运动甚至百年现代文明的洗礼，但并没有发生革命性的变化。万般皆下品，唯有读书高，但学而优则仕。他深知权力的无所不能。倒是王兴返京乘坐的出租车的那个年轻司机，在夸夸其谈中道出了生活的真谛。他虽然不免炫耀和肤浅，但他随遇而安，遵纪守法，靠自己的诚实劳作过心地踏实的日子。他不信佛，但不反对别人信佛。因此他有安稳和值得夸耀的生活。

小说写出了当下的危机。这个危机是信仰的危机、文化信念的危机以及实用主义价值观、金钱至上拜金主义大行其道的危机。杨晓升充满了忧患和焦虑，通过小说的人物、情节和细节，将当下世风中的问题暴露无遗。因此，这是一部极具文学性、敢于挥起批判之剑的小说，是一部敢于触及问题，对人性无边欲望深入揭示的小说。现代性从来就具有两面性——我们走进了现代性，也走进了现代性带来的不曾预料的问题和难题，因此我们也就处在了现代性的危机之中。《龙头香》表达了对这一危机的深切忧虑，他的批判之剑锋利无比。

知青文学是40年来文学重要的一脉。消歇多年后，"后知青文学"再度崛起。王小波的《黄金时代》、李洱的《鬼子进村》、韩东的《扎根》、韩少功的《日夜书》、王松的《双驴记》和《哭麦》都是与前期"知青文学"截然不同的"后知青小说"。孙春平新近发表的《筷子扎根》，也应该纳入"后知青文学"的谱系之中。不同的是，《筷子扎根》是一部更具历史感的小说。小说不限于张海俊一代的知青生活，而是写了知青一代在历史交汇处的生活和命运。知青一代，注定是折腾的一代。张海俊刚下乡时乘车逃票，威风八面以李向阳自居；村里秋收时节派活护秋看地，他看护的是生产队最难看护的一块地，秋收时居然丢失粮食最少，深得生产队长"大魔"的赏识。但一个戏剧性的偶然事件改变了张海俊的命运：护秋看地时做了不该做的男女之事铸成大错，在乡民的威逼利诱下，张海俊只好阴差阳错地和乡下姑娘袁玲结婚。这桩因偶然事件铸成的婚事，使张海俊不可能像其他知青一样再招工或上学。但海俊毕竟不是传统的农民，不愿将错就错地过乡村传统生活。他以折腾的方式先改变了个人的物质生活，继而改变了村里的面貌。偶然性可以改变个人一时的命运，个人命运更蕴含在国家民族的大势之中。如果没有改革开放的时代环境，张海俊即便有天大的本事也英雄无用武之地，更不要说改变个人和家庭的物质生活条件了。就在张海俊试图大展雄风做"国际贸易"时，他卖的酒导致两个"老毛子"死亡，闯下大祸，还好他过了边境，但仍被判了刑。入狱时他向老朋友也是现在的妹夫要李嘉诚的传记族谱，妹夫说"海俊移情别恋，由李向阳而李嘉诚"了，虽然历史发展世事变迁，这句话却也意味深长。狱中的海俊因出众的经营才能，对监狱亦有所贡献，但出狱的海俊反倒手足无措深陷迷茫。他期待的反倒是重新回到曾经的磨盘湾的日子。

作为"后知青小说"的《筷子扎根》，其思想结构酷似当年史铁生的

《哦，我的遥远的清平湾》、王安忆的《本次列车终点》或孔捷生的《南方的岸》。这些作品是知青文学落潮时发出的黯然神伤的声音。返城后的生活让他们大失所望，城市已不是他们离开时的城市，他们甚至居无定所，更遑论安身立命。于是，对知青生活的怀旧情感油然而生。几十年过去之后，当年的知青早已过了花甲之年，但是对一代人来说，历史已经终结但没有成为过去，他们内心的兵荒马乱依然如故。《筷子扎根》以"孙春平的方式"通过张海俊的人生经历，生动地讲述了一代人的生活和精神历程，也从一个侧面表达了社会生活变革的风起云涌。因此，孙春平写的是"后知青生活"，但就小说表达和书写和精神状况来说，它具有的普遍性一目了然。因此，它是当下文学创作中一篇别有新声的小说，一篇对历史和当下都有深切体会的小说。

青年作家蔡东的《来访者》，讲述者庄玉茹是一个心理咨询师或治疗者，她的治疗对象名曰江恺。对这个患有心理疾病的人，庄玉茹并不比我们知道得更多，在帮助江恺认识自己的过程中，江恺的问题才呈现出来。因此这是一篇以平行视角讲述的小说。江恺患病的根源以及治疗过程非常缓慢，一如石子投入湖中，层层波纹渐次荡漾。作为心理咨询师的庄玉茹，虽然专业但也未免紧张，但她就是江恺的阳光，她终要照耀到江恺内心的黑暗处。她不是抽象地理解和同情，这与具体治疗没有关系。有关系的是她如何通过具体的细节和办法让这个貌似"活得不错的人"走出黑暗。当然这是心理咨询师庄玉茹的工作。对于作家来说，在注意技术层面循规蹈矩的同时，她更要关心怎样塑造他的人物，怎样让事件具有文学性。这时我们看到，庄玉茹居然陪着江恺去了一趟洛阳——江恺的老家。这个事件是小说最重要的情节。时间回溯了，江恺重新经历了过去，然后那些美好与不快逐一重临。那扇关闭心灵的大门终于重启。但我更注意的是这样一个细节：他们来到白马寺，寺门已关，游荡中他们发现了一家小酒馆，于是他们走了进去——

> 我们商量着点菜，芹菜炝花生米、小酥肉、焦炸丸子、蒸槐花，主食要了半打锅贴。菜单翻过来看到有糯米酒，我问他，喝点酒吗？他笑笑，度数不高可以。

很快，店家温了一壶酒上来，酒壶旁是一个小瓷碟，放着干桂花。我先把酒倒在杯子里，再撒上厚厚一层桂花。乳白色叠着金黄色，米酒的酒香托着桂花的甜香，在不大的屋子里漫溢着。

这是一个寻常的生活场景，我们曾无数次地亲历，因此一点也不陌生。但这个场景弥漫的温暖、温馨和讲述出的那种精致，却让我们怦然心动——谁还会对这生活不再热爱？充满爱意的生活是对患者最好的治疗，也就是庄玉茹走出小酒馆才意识到的"一次艺术治疗"。庄玉茹是让江恺走出黑暗的阳光，这缕阳光与其说是专业，毋宁说是她对生活的爱意置换了江恺过去的创伤记忆。在一次访谈中蔡东说："对日常持久的热情和对人生意义的不断发现，才是小说家真正的家底。人生的意义何在？毛姆用《刀锋》这样一部很啰嗦的长篇来追问，小说里几个人物分别代表了几种活法，伊格尔顿用学术的方式来探讨，答案不重要，他的逻辑和推进方式让人着迷。而我写下的人物用他们的经历做出回答：意义不在重大的事项里，而在日复一日的平淡庸常中。就像我在《来访者》里写下的一句话：在最高的层面上接受万物本空，具体的生活中却眷恋人间烟火并深知这是最珍贵的养分。"这不只是他的宣言，更是他在小说中践行的生活信念。因此，当江恺说庄玉茹救了一个患者时，庄玉茹摇头说："救了她的是流逝的时间，是男欢女爱一日三餐，是贪生和恋世的好品质。日复一日的生活是最有魔力的。"作家的健康赋予了人物的健康。谁都会面临无常，但对健康的人来说，一切过去便轮回不在。于是，小说结束时庄玉茹的"这世界真好，生而为人真好"，就不是一种空泛抽象的感慨，而是发自内心的由衷感恩，犹如爱的七色彩练横空高挂。

徐小斌、老藤、葛水平、吴君、孟小书、东君、马晓丽诸君，无论长幼，他们都是中篇小说文体执着的热爱者。他们的很多作品是选刊、年选的热门作品。2019年他们的中篇小说受到了普遍的好评，他们无论在情感深度、文体形式还是题材等方面，都做了新的探索或开掘，为这种文体带来了新的荣耀。这也是这些作品入选的原因之一。

2019年11月12日于北京

目录

序：到处都是好光景 / 孟繁华 ………… 01

无调性英雄传说 / 徐小斌 ………… 01
——关于希腊男神与科学神兽的故事以及对《荷马史诗》的改写

上官之眼 / 老藤 ………… 61

德吉梅朵 / 葛水平 ………… 100

龙头香 / 杨晓升 ………… 146

前方一百米 / 吴君 ………… 203

筷子扎根 / 孙春平 ………… 236

来访者 / 蔡东 ………… 274

请为我喝彩 / 孟小书 ………… 319

卡夫卡家的访客 / 东君 ………… 357

手臂上的蓝玫瑰 / 马晓丽 ………… 392

无调性英雄传说
——关于希腊男神与科学神兽的故事以及对《荷马史诗》的改写

第一章 英雄

1

奥林匹斯山上有四个美男子,一个叫做阿波罗,一个叫做阿多尼斯,一个叫做纳西索斯,还有英雄阿喀琉斯。当然,希腊神话中美男子还是蛮多的,譬如牧歌的创始人、女神的弃子、善于吹奏笛子的达佛尼斯;缪斯克莉奥和马其顿国王皮埃罗斯的儿子、被阿波罗掷铁饼时误伤而死、变成了美丽的风信子的雅辛托斯;卡吕刻与厄利斯国王埃特利俄斯之子、与月亮女神相恋、最后处于长眠、永葆青春、每夜在睡梦中与月亮女神相会的牧羊人恩底弥翁……

但是这四位,却由于他们特别的身世,更具有某种戏剧性,特别是,他们与我后面要讲的四个科学神兽有着若隐若现互相对应的微妙关系。

阿喀琉斯的形象是在我心中慢慢完善的——还没读《荷马史诗》的时候，就先看了小人书《伊里亚特》和《奥德赛》，阿喀琉斯的飒爽英姿令我着了迷——他出身名门，是英雄佩琉斯和美貌仙女忒提斯的独子。他出生之时预言家卡尔卡斯说，阿喀琉斯成人后将会参加特洛伊之战，并单枪匹马主攻特洛伊城，但他最后会死在特洛伊人的箭下。母亲忒提斯听后，在儿子刚出生后不久就把他倒提着浸入冥河，想让他炼成刀枪不入的金钟罩。然而，因冥河水流湍急，母亲捏着他的脚后跟不敢松手，小小的阿喀琉斯被母亲捏住的脚踵始终不曾碰到水，于是留下了全身唯一的死穴，也就是著名的"阿喀琉斯之踵"。

他长大了，在特洛伊战争发生之时，所有人都在竭力阻止他，包括他美丽的母亲忒提斯。忒提斯含泪抚着他金色的头发说："孩子，妈妈跟你说，我们真的不知道阳光是不是漂白了世界，爱情是不是染红了花朵，可是，历史却是真的是淘尽了面孔啊！你的头颅再硬，绝对撞不开特洛伊城门的一角；你的臂膀再有力量，也绝对划不过时针的双桨！把你的时间留给最爱你的爸爸妈妈、你未来的女友吧，我亲爱的儿子！别让你的妈妈忧伤！"

然而阿喀琉斯坚定不移："妈妈，相信我！我一定会攻破特洛伊的城墙！我要插上翅膀，到特洛伊的树上吃几只鸟蛋！让自由之花开满我的身体！你不可改变我的决定，谁也不可改变我！妈妈，你若是想我，就看看特里斯给我画的肖像吧，我美好的童年就在那个世界里永远定格，特里斯在一张纸上保鲜了我，你看看那肖像背景上的阳光，鲜艳的树！请你把它挂在最显眼的东墙上，你看见了那幅肖像，就像是看见了我！"

父亲佩琉斯一言不发。他知道拗不过命运的力量，他把众神在他的婚礼上送的铠甲、海神波塞冬送的马和基戎的长矛都交给了儿子——在儿子小的时候，他曾经让马人喀戎教会了儿子使用各种兵器。

我们的青年英雄阿喀琉斯就这样离开了流泪的母亲和沉默的父亲，冲向外面的阳光与绿叶扶疏之中。他还把两个最要好的朋友福尼克斯和帕特罗克洛斯也一起拉上了战场。

勇士们聚集在奥利斯港湾，军队人数有十余万人，船只有数千。在岸边祭坛献祭的时候，忽然间祭坛下面钻出了一条色彩鲜艳的蛇，像一条彩色的绳子，扭来扭去地爬到树上一个最高处的鸟巢，吞下了十只小鸟。小鸟的叫声撕裂了黎明的霞光，勇士们眼睁睁地仰头看着，看着吞下小鸟的蛇变成了一块大石头，坠落下来。众人大惊，统帅阿伽门农急忙召来预言家卡尔卡斯——也就是曾经预言过阿喀琉斯将死于特洛伊人之手的那位。卡尔卡斯喝完一杯浓浓的苹果汁后，缓缓地说："各位英雄，你们准备好背井离乡十年吧！因为你们需要整整十年才能攻下特洛伊城！"

深夜，福尼克斯睡不着。他推醒了正在酣梦中的阿喀琉斯，两人一起来到海边。福尼克斯的神态惊住了阿喀琉斯，福尼克斯低声说："伙计，你愿意听我讲一个真实的故事吗？"在阿喀琉斯点头之后，福尼克斯讲了一个惊世骇俗的故事，让年轻的阿喀琉斯全身热血沸腾。

原来，那个广泛流传于坊间的海伦与金苹果的故事完全是假的，是谎言。事实是：这场战争的起因是宙斯。在上一届奥林匹斯山的聚会上，诸神提出宙斯已老，应当选定接班人。雅典娜首先提名佩琉斯，她说佩琉斯是一位真正的英雄，不计名利，功勋无数却从不好大喜功，而且，他是平民出身，没有背景，品行端方，洁身自好，清廉公正，没有任何绯闻。诸神表示赞同，宙斯当时也深以为然，起码，表面上是这样的。

然而老谋深算的宙斯当晚就紧急召见了妻子赫拉，当时他们分居已久，赫拉的毒辣连心硬如铁的宙斯也感到齿冷。赫拉说她早就在担心佩琉斯有功高盖主的嫌疑，但是苦于找不到任何借口干掉他，现在有个很好的契机，就是唆使特洛伊王子帕里斯抢走阿伽门农的新婚妻子美女海伦，然后再派遣阿伽门农作为统帅去讨伐特洛伊，接着召佩琉斯的独子阿喀琉斯参战，这样，既削了佩琉斯的军权，又能以他的独子为人质，进可以攻，退可以守。要知道，阿伽门农是唯一能够与佩琉斯抗衡的统帅。

阿喀琉斯大惊失色。

"可……可是这样绝密的事，你是怎么知道的？"慌乱中他问福尼克斯。福尼克斯的脸突然红了一下，一时语塞。"……现在……现在我还不能告诉你消息的来源，但是，这消息肯定是真的，百分之百是真的！"

阿喀琉斯当然相信。他深知福尼克斯家族世代忠勇诚实从不知谎言为何物。他突然明白了母亲的担忧和父亲的沉默，他紧握好友的手说："怎么办？那你说该怎么办？"黑夜中，另一个朋友帕特罗克洛斯出现了。三人把手紧握在一起,他们愤怒的眼神仿佛被什么看不见的东西撕碎,天空慢慢出现一丝神秘的蓝光,阿喀琉斯觉得自己年轻的心绞痛起来,他们已经攀越了那么高的山峰,渡过了那么深的海洋,为了表现他们对宙斯的忠诚,他们一直不惜牺牲自己,当他们痛苦至极的时候,总是想象着宙斯在奥林匹斯山上挥舞着簌悬木枝的微笑,可是他们现在知道,那慈祥完全是假装的,他的佯笑里盛满了残忍的阴谋。

"那我们就为阿伽门农而战吧!毕竟他是无辜的。"良久,阿喀琉斯如是说。福尼克斯皱了皱眉,想说什么,又把话咽了回去。

天空中那缕神秘的蓝光慢慢消失了。

2

特洛伊城内一片混乱。昔日美丽的文化宝藏被践踏摧残无数,撒旦从魔鬼的宝瓶中溜了出来,在这里横行霸道,人们互相残害互相出卖互相倾轧,每时每刻都面临着危险,雾霾当空血流成河,但是在宙斯的雕像前他们依然挤出笑容,一律摇着簌悬木枝表示对宙斯的效忠。

宙斯本人则睡在奥林匹斯山上,享受着骄奢淫逸的生活。这天他让睡神拉漠斯带来了水仙女神。水仙女神是宙斯的新宠——或许如此表达并不合适,因为她始终是被迫的、不情愿的,尽管宙斯百般献媚,她根本不为所动,她再三强调的是,她有男朋友,她爱他,他是她的一切。但越是如此越激起了宙斯的征服欲,他想这一次一定要拿下这个丫头,再也没有什么比拿下一个俊美倔强的丫头最后再甩了她更让他惬意的事了!宙斯叫人端上一大盘丰盛的美食,有烤得香喷喷的牛肉和猪肉,葡萄和橄榄,坚果和蜂蜜,还有美酒。但是水仙女神摇摇头,说什么也不想吃,那一脸决绝让她的容貌更加美丽。宙斯凑近了她,嘴唇几乎碰上她的耳环:"你的男朋友是谁?告诉我,我可以让他加官晋爵……"水仙女神慌张起来,说:"不不,……他不是一个愿意做官的人,我不会告诉你他是谁……"宙斯哈哈大笑。宙斯说:"你真的是太有趣了。好吧好吧,冰清玉洁的姑娘,让我们干了这杯酒,为你的男朋友,为你们坚贞不渝的爱情……"

接下来的事你们自然已经猜到了。水仙女神喝完酒后就倒下了,宙斯顺理成章地脱下了她的衣裳……

这是宙斯多年以来玩的把戏，至今没有失败的案例，然而他万万没有想到，正是这一次的水仙事件，酿成了日后的巨大祸患……

几乎与此同时，在赫拉独居的宫殿里，灶神丽达向赫拉报告了有关水仙的消息。赫拉正躺在一个巨大的蚌床里，蚌床闪着珠贝的光泽。赫拉只是轻轻地撇了一下嘴，翻了个身，这种消息对于她来说真的是太稀松平常了，一点儿也无法引起她的注意。她现在关心的是特洛伊城的这场战争，她知道特洛伊城的人民现在正处于癫狂状态，她也完全知道佩琉斯对于接替宙斯这件事情完全没有兴趣，但是她喜欢挑拨各种复杂的关系使其变得更加复杂，她喜欢看云起云落暗流涌动的局势。对于性，她早已完全没有兴趣了，年轻时常常萌动的春心，现在安静得如同古井之水。但是她依然喜欢看男子的容貌。奇怪的是，以她这样的高龄，她并不喜欢那些与她相仿或者年长的男性，哪怕是阿伽门农这样具有英雄气概的统帅——她喜欢那些年轻貌美、英勇无畏却又内心高傲的男神，譬如阿喀琉斯。

是的，女神赫拉喜欢那些难以征服的男神。凡是被她轻易征服的，她便视同草芥，很快将其忘记，而阿喀琉斯那种盛年中美丽男性的孤傲勇猛，是她一直迷恋却又一直无法征服的，为此她费了许多脑筋，她曾经派美神阿芙罗蒂德去勾引他，无果。后来她又借宙斯之名传令他进入奥林匹斯山，亲自为他和自己的女儿阿瑞德牵线。她想，只要阿喀琉斯成了自家人，哪怕是做了自己的女婿，也会好办。然而阿喀琉斯这个不知天高地厚的小子，居然敢于抗命不遵。她气得接连几天都吃不下饭睡不着觉。现在，特洛伊战争终于给了她这个机会，她要远远地观察这个瞬息万变的战场，她一定要在阿喀琉斯命悬一线的时候，出现在他面前。

3

特洛伊人的疯狂是所有人始料未及的。他们几乎变成了丛林里的野兽，他们分裂成许多群落，所有的群落都号称自己忠于宙斯，他们架起了各种枪炮，互相开火，整日在炮火硝烟中对峙，死伤无数，特洛伊人的肉体堆成了壁垒，他们把机枪架在尸体上向对方开火，没有人再去种粮食和棉花，很快他们就无米下炊，已经开始人相食了。

卡尔卡斯预言的十年，就要到来了！

赫拉终于想出了一个对付阿喀琉斯的办法——所有人都是有软肋的，阿喀琉斯亦如此。这天早餐之后赫拉让灶神丽达去请阿喀琉斯。阿喀琉斯风尘仆仆地赶来，赫拉坐在宝座之上，看着让自己垂涎多年的年轻男神，早已春心荡漾。她今天特别穿上了性感的透视装，在镜前她觉得自己还不算太老，她化了三个小时的妆，就是想殊死一搏，或者赢得他，或者让他死！

赫拉温言软语地说："阿喀琉斯，你坐近一点，我告诉你一个秘密。"阿喀琉斯有点吃惊地看着她，他眼睛里那种纯洁和茫然是如此之美，令她着迷。她款款地说："你知道吗我的年轻的英雄，你的父亲面临着危险！"

一句话惊呆了阿喀琉斯！他下意识地上前一步。赫拉竟然走下宝座，轻移莲步，一手挽起阿喀琉斯的手臂，压低声音故做神秘状："想知道吗？那我们找个地方，慢慢儿说！"阿喀琉斯本能地收回手臂，目光如电："抱歉！现在有重要军务在身，如果您想对我说什么，请马上告诉我！"赫拉怔了一下："阿喀琉斯，你竟敢用这样的口气跟我说话！难道你想对我下命令吗？"

阿喀琉斯怔了一下，微微颔首："尊敬的赫拉天后，我完全不想冒犯您，但是军令如山，特洛伊战场上的情况，您是了解的……""我不要听什么特洛伊战场！"赫拉捂住耳朵大声喊起来，"现在，我命令你跟我走，我有重要的事情告诉你！"

阿喀琉斯记得，他随着她穿过重重阴暗的帷幕，终于，前面那两只雪白的脚踝停住了。然后他闻到一股异香。还从来没有经历过女人的他猝不及防地被一具雪白的肉体紧紧缠住了，华丽的袍子不知何时已经落在他的脚下。少年血气一下涌上头顶，但是眼睛却隔着雪白的胳膊突然看到帷幕外面的卡尔卡斯，预言家向他打着手势，是他从小便熟悉的万分紧急的手势。接着，卡尔卡斯的声音直接传到了他的耳中，他知道，这声音是赫拉听不见的。

"阿喀琉斯，马上离开这里！马上！阿伽门农在特洛伊战场等着你！"卡尔卡斯的声音里充满了威严。

他推开了她,在那一瞬间他看到了她松垂的乳房和起皱的肚皮。赫拉惊异地看到几乎到手的猎物瞬间挣脱,在那一袭深红色斗篷转瞬即逝之时,她突然大声呼喊起来:"阿喀琉斯,你父亲面临着巨大的阴谋!宙斯想杀掉你的父亲,然后,等特洛伊战争结束之后,再杀掉你!"

秋风断断续续地把声音送入阿喀琉斯的耳中,他觉得今年的秋风格外寒冷。

4

当时特洛伊战场战事正酣。敌人几乎占据整个城市,希腊联军被涟漪一般的敌人重重包围,特洛伊大王子、帕里斯的哥哥赫克托尔挥舞长矛所向披靡,联军战士尸横遍野,到处是刀光剑影血流成河,很多人眼看无望,随时准备抽身逃离。统帅阿伽门农一眼看到阿喀琉斯,眼睛里如同着了火一般,他大吼着:"阿喀琉斯!我们的希腊联军第一勇士,你到哪里去了?"

阿喀琉斯骑着战马戴上头盔立即冲入火海,迎头冲向赫克托尔。两位超级英雄相遇,应当是这场战争的巅峰了!——阿伽门农这么想。阿喀琉斯迅疾如风,那领斗篷如同红色的闪电左冲右突,本来已经被打蒙了的希腊联军如同吃了一粒回春丹一般,一下子振作精神,跟着那领鲜红的斗篷,舞动着各种兵器,准备决一死战。——战局发生了巨大的变化,希腊联军步步紧逼,特洛伊城的战士们节节败退。筋疲力尽的赫克托尔站出来,面对阿伽门农大声说:"如果你们还有贵族精神,请休战一天吧!要知道,上天主张公平竞争,我已经在这里鏖战了五天五夜,而阿喀琉斯却是刚刚上阵,正是精力充沛之时,即使你们胜了,也是胜之不武!"阿伽门农看了一眼阿喀琉斯,一向骄傲的年轻男神不屑地笑了:"好啊!那我们就休战!让你好好养精蓄锐,到时看看,到底谁是真正的英雄!"阿伽门农一向不喜阿喀琉斯的这种骄傲:统帅还没发话,怎么你就可以私自决定休战?——也是当时情势所迫,阿伽门农没说什么,算是默许了。双方士兵各自后退五百步,安营扎寨。

月亮这一天是淡红色的。淡红色的月亮照亮了阿喀琉斯的帐篷，两个黑影悄悄走来，并没有任何请示，直接进入了他的帐篷——不用说也知道，这是福尼克斯和帕特罗克洛斯——军中只有这两位有这样的特权。

烛光照在他们年轻的脸上，忽明忽暗。

三个年轻人在计划着一个惊天的举措：他们想推翻宙斯，建立一个新的王朝！阿喀琉斯讲了赫拉召见他的事，小帕在一旁担忧着："这个娘们儿肯定会怀恨在心，不定什么时候要报复你呢！"阿喀琉斯脱下自己的黄金软甲，硬邦邦地说："不怕！到这个时候了！宙斯和赫拉已经人神共愤！是他们挑起了特洛伊战争，让这场战争持续了十年之久，死伤无数，破坏了那么多丰富的瑰宝，而他们自己则在淫乱宫闱，还要求人民禁欲，稍微有一点点差错，就是死罪！这样的朝廷，早该推翻了！"小帕长叹一声："话是这样说，可是万一不成，要付出多么惨痛的代价啊！看看太阳神阿波罗的遭遇……"

他们沉默了。——阿波罗是在六年前被迫害致死的，现在的阿波罗，不过是复活后的阿波罗，是智慧女神雅典娜救回了他的魂魄，由月亮女神菲碧每天用月光精心养护才恢复的肉身。阿波罗曾经是功力非凡人见人爱的太阳神啊！他的恋爱史也是精彩纷呈，可现在，他无法与深爱的人交合，因为宙斯，他已经很久没有进入奥林匹斯山了，他的座椅是空的。当然，出于对他的爱慕，雅典娜还在一直为他百般排解，但是诸神都知道，那个最明亮的太阳神，已经在天庭中永远消失了……

"我看这样吧，你们不要介入其间，趁此特洛伊之战最关键的时候，阿喀琉斯你依然协助阿伽门农打赢这场战争，毕竟，阿伽门农是有夺妻之恨的！我们抢回海伦，也是正义的！让我去刺杀宙斯吧！所有的罪，我一个人承担！"

福尼格斯迎着两位挚友惊异的目光，终于和盘托出一个惊人的秘密——原来，现在正当红的、被宙斯百般宠幸的水仙女神正是他的女友！水仙女神与他相爱已久。"亲爱的，我身上……现在已经不干净了。"水仙女神对着深爱的人泣不成声，"宙斯老贼得逞了！他把我灌醉，然后……"小福一把抱住她，泪如泉涌。"此生若不杀了老贼，誓不为人！"小福在梦中高喊的声音，此刻在挚友的帐中回响。

阿喀琉斯终于明白前些时候那个秘密的来源了,他看着小福悲愤的目光,伸开双臂,把两个朋友紧紧抱住,低声而有力地说:"好吧,让我们制定一个计划,我们一定要为民除害……"

5

重新开战的时间已到,几个回合之后,阿喀琉斯轻易地把赫克托尔斩于马下。希腊联军一拥而上,夺回海伦。阿伽门农一把搂住自己的爱妻,而美女海伦却不怎么激动,她的一双美丽的大眼睛,牝鹿一般惊恐又羞怯地射向特洛伊之战的第一功臣、希腊联军的首席勇士阿喀琉斯。阿伽门农立即觉察到了,阿喀琉斯却浑然不觉——他在想着另一件事情,一件对他来说更加重要的事情。

特洛伊人疯狂地扑了上来,决一死战的时刻到了!阿喀琉斯热血沸腾见神杀神骁勇异常,希腊联军排山倒海般地冲杀过去,特洛伊的城门开了!希腊联军碾压式地攻占了整个城池!——就在人们欢庆胜利的时候,宙斯突然出现,他沉闷的声音突然响彻整个太空:"诸神!你们听着!就在刚才,就在你们欢庆胜利的时候,福尼克斯竟然来谋刺我!据查,他是受了佩琉斯的指使!我已经杀了福尼克斯。现在,特洛伊战争已经结束,统帅阿伽门农,请你立即逮捕佩琉斯和他的妻子忒提斯。而阿喀琉斯,"宙斯威严地转向阿喀琉斯,"虽然你立下了首功,也要暂时委屈你一下,随我一起到奥林匹斯山待命!"

宙斯的手里,分明拎着好友小福的头颅——那年轻的头发、新鲜的血滴,让正处于青春期的阿喀琉斯的荷尔蒙突然暴涨,他毫不犹豫挺着长矛笔直冲向宙斯——那是他十八年的好友啊!一朝殒命,竟连道别的话也没来得及说!

——几乎所有的人都冲上来抓阿喀琉斯,让他没有想到的是,冲在最前面的竟然是阿伽门农!

宙斯阴冷地笑了一下:"你好急的性子,连待命也等不及了吗?难怪你追求赫拉的时候,吃相那么难看……"

"追求赫拉?你在说梦话吗?宙斯,你曾经是我的神,可从现在起,你再也不是了！你是我的敌人！"阿喀琉斯觉得自己在挣脱一万双手，突然，他的身体剧痛难忍，他的双臂变成了巨大的翅膀，他终于挣脱人群腾飞了起来。在最后的一刹那，他没有忘记倾斜一下翅膀，载上了帕特罗克洛斯。他急速飞向奥林匹斯山，在飞过无数河流与山脉的时候，他没有注意到躲在山谷背后施法的雅典娜。雅典娜意味深长地看着这个年轻人，她无法判断他未来的幸与不幸。

眼看着阿喀琉斯突然变成拥有巨大双翼的大鸟，所有的人都惊慌起来，不知道将会发生什么，宙斯却很镇静，特别是当他看到赫拉沉着地驾着云车赶来。宙斯轻声却坚决地下了命令："放箭！"一瞬间，无数银灿灿的箭镞流向了天空，大鸟在箭雨中穿行。"闪电呢？雷声呢？"宙斯怒吼着。司闪电与雷声的神同时施威，闪电顿时划破长空，一团团的火球在大鸟身边炸裂，但大鸟坚定地穿过乌云，像一道明亮的光迅速消失在奥林匹斯山。

阿喀琉斯解救了已经在押的父母，把他们驮在自己的翅膀上，向更高的天空飞去。诸神仰望着他们——他们眼看就要飞离苍穹，飞向一个不可知的世界了。赫拉突然说："帕里斯呢？帕里斯在哪里？""帕里斯怕不合适吧，他毕竟是敌国的王子……"宙斯喃喃地说。

"那有什么？现在最重要的就是杀死阿喀琉斯和他的全家！假敌国之手，就更有意思！"

宙斯避开诸神的目光，向战败的帕里斯挥了挥手。帕里斯向来以神箭闻名于世，何况他知道阿喀琉斯的软肋，他吸了一口气，拉满弓弦，一箭射向苍穹，那支箭像是长了眼睛，直直追向大鸟的脚踵。

阿喀琉斯颤抖了一下，又颤抖了一下，脚踵上的鲜血被闪电的火球炸得粉碎，他还来得及回头看了一眼父母和好友："父亲、母亲、小帕……对不起，我没能保护好你们……相信我，宙斯是一定会被推翻的……虽然我失败了……但我的灵魂一定会化作复仇之神，与宙斯和赫拉战斗到底……"

6

那一天,暴雨席卷了整个奥林匹斯山脉,后来在传说中,月亮女神菲碧说,那一天,诸神都哭了。英雄之死,甚至会引起他的敌人的震撼。连射死阿喀琉斯的帕里斯也难过得吃不下饭。可是所有的人都不知道,在哭泣的人群中,还有一位异类,它的哭声甚至超过了诸神的总和——它,就是著名的芝诺之龟。

多年以前,奥林匹斯山物理帝国运动竞技开幕,芝诺之龟与少年阿喀琉斯赛跑——这个安排本身就十分可笑,即使是小小幼童,打败乌龟也不是什么难事儿,何况,阿喀琉斯生来便精壮有力健步如飞。小乌龟以自己的身体劣势为由,向组委会申请提前奔跑100米。阿喀琉斯没等组委会研究便一口答应了——所有人都知道,即使他退让一千步,照样能获胜。可是万没想到结果是这样的:比赛开始,当阿喀琉斯追到100米时,乌龟已经向前爬了10米;阿喀琉斯继续追,而当他追完乌龟爬的10米时,乌龟又已经向前爬了1米;阿喀琉斯只能再追向前面的1米,可乌龟又已经向前爬了1/10米;就这样,芝诺之龟总能与阿喀琉斯保持一个距离,不管这个距离有多小,但只要乌龟不停地奋力向前爬,阿喀琉斯就永远也追不上乌龟!

就这样,英雄阿喀琉斯的大长腿竟然败给了芝诺之龟的四只小短腿儿!芝诺之龟一战成名!不但在奥林匹斯山上,不仅在古希腊,芝诺之龟在全世界都有了响当当的知名度——连中国的圣贤庄子也从中发现了属于东方文明的神秘玄奥的定理:"一尺之棰,日取其半,万世不竭。"

其实在现实世界中,芝诺之龟的胜利是不可能的,几岁小孩也可以追上任何一只乌龟。而且,数学王国的大咖们随便就能建立一个简单的方程式$t=s/(v_1-v_2)$,这个方程式不但能打败乌龟,还能求出阿喀琉斯追上芝诺之龟的精确时间。

但是物理帝国是独立的王国,所有众人认为天经地义的事都必须用严密的逻辑推理来证明才能存在。所以当数学家们对乌龟的胜利表示否定的时候,物理学界的翘楚则轻蔑地表示反对,因为要想推翻这个结论,前提是必须要解决极限问题。

于是数学大神们十分恼怒,从毕达哥拉斯到欧拉,一直在破解极限问题,统统失败。既然没有办法证明芝诺之龟的失败,那么无论诸神与众人多么难以接受这结果,也得忍着。就这样,乌龟以胜利者的姿态盘踞物理帝国整整两千年——阿喀琉斯的死亡让乌龟很难过也很不好意思,它心里是明白的,所以它的哭声比谁的都大。

直到两千年后,数学巨匠莱布尼茨和物理学巨匠牛顿才用微积分中的"极限"法门攻破了时空连续性。这是多么伟大的革命!极限问题的破解给阿喀琉斯平反了!当然,这位大英雄当年被宙斯强加的弑君罪行早已得到平反。人民在世世代代的传说中歌颂着这位年轻的美男子、盖世的英雄——他活在《荷马史诗》中,更活在人民的心中。

对于这只已经去世的老乌龟,从哲学到前沿物理学界,至今还在争论不休。

7

阿喀琉斯的骤然死去引起整个神界狂风暴雨般的痛苦,奥林匹斯山几乎被泪水冲垮。有一位女神一直在悄悄地饮泣,她就是智慧女神雅典娜。雅典娜不是女神中最美的,但她有一种特殊的美丽,只有那些认识她价值的人才能发现这种美丽。雅典娜从很年轻的时候起就拒绝爱情,因为她很早就明白爱和伤害无法切割。在她还是个女孩的时候,她悄悄地爱上了太阳神阿波罗。但是她从来不曾表白,岂止是不曾表白,她简直就是用与内心的感情相反的态度来对待她心爱的人,以至于阿波罗一直以为她很反感自己。——直到若干年前阿波罗出事的时候,他才有一点点明白雅典娜的心迹,但是那时候,一切都已经晚了。

当然雅典娜并非一开始就如此乖戾——她只是个非常有自尊的女孩,当她看到以阿芙罗蒂德为首的女神们纷纷围绕在阿波罗身边的时候,她自动退却了。不知为什么,她爱一个人,希望他的四周是安静的。她深知这不是他的错,她更深知一个杰出的男神总会得到许多女神的爱慕——可是,她就是无法忍受自己去和别人争夺一个男神,即使那位男神钟情自己。瞧,她就是这么一个内心极其高傲的女神。

多年以前的那场风暴，夺走了她心爱的阿波罗——那是太阳神的真身，虽然后来他死而复生，到底是复活之身，元气大伤，性格也变了，多年前那个奥林匹斯山上最明亮最神采飞扬的青年，后来变得沉默寡言。形象依然是那个形象，可人再也不是那个人了。

终于，她在阿喀琉斯身上找到了少年阿波罗的气质。头一次见到阿喀琉斯，她简直怀疑他就是当年阿波罗的转世——英勇善战，身手矫健，容貌俊美，珍惜友情，重视荣誉。他本身便是奥林匹斯山上罕见的神与人的后代，兼具神性与人性，既有神性的高贵，也有人性的弱点。比起完美无瑕，雅典娜似乎更爱有弱点的神——她觉得这样的神更真实些。雅典娜一直在注视着他，作为希腊第一勇士，他是盖世英雄佩琉斯与海洋女神忒提斯的后代，从小接受马人喀戎的教导，他的英勇与生俱来。

记得她与他初次相逢是在阿伽门农的家里。当时她已经推荐佩琉斯做宙斯的接班人。特洛伊战争还没有开始，一切都风平浪静。阿喀琉斯见到她时还略有些少年的羞涩，但她一眼便看穿了他内心的骄傲。海伦被美神阿芙罗蒂德召去玩了，阿伽门农亲自为他们做了烤肉，还上了橄榄、洋葱、大蒜、蜂蜜和咸鱼，总之吃得非常丰盛。要知道，当时的希腊总是以素食为主，能吃上烤肉已经很奢侈了，一般在祭祀之时才能吃得上肥羊肥猪。雅典娜与阿喀琉斯谈了许久，话题不断地转换，她很快发现这个少年不仅有勇武的体魄，还有丰富广博的知识，不仅对神界，更对人类有很多的了解——这不能不归功于他那人神合一的家庭。他谈到人类那些伟大的哲学家，虽然还远不如阿波罗当年的透彻，但以他的尚武心性，已经是很不容易了。当时雅典娜并没完全梳理出自己的情感，因为她当时彻底沦陷，处于亢奋和惊喜之中，而直到阿喀琉斯进入特洛伊战场那个让人抓狂的舞台，她才明白，她其实已经爱上他了。

特洛伊王国英雄众多，然而他们都无法战胜年轻的阿喀琉斯。阿喀琉斯在十年征战中率领船队攻下了十二座城池，劫持克律塞伊斯，逼死国王，战功赫赫，而在他罢战期间，特洛伊人差一点便将希腊人赶入大海。当时阿伽门农急了，派小帕身着阿喀琉斯的战甲出战，特洛伊人以为是阿喀琉斯来了，一下子阵脚大乱，互相践踏，死伤无数。——阿喀琉斯杀了特洛伊第一勇士赫克托尔——赫克托尔之前战胜了无数希腊英雄，而在阿喀琉斯这里，却如同鸡遇见了鹰。

然而，当最后拿下特洛伊城的时候，宙斯与赫拉设下的圈套，没有瞒过雅典娜的眼睛。雅典娜急施法术，让阿喀琉斯变成了一只大鸟，让他救下自己的父母，逃亡，并且轻轻地帮他吹了一阵风，让他顺风而行，但是万没想到，帕里斯王子一箭射穿了他的脚踵——那一刹那天崩地裂地动山摇，英雄阵亡了——同他一起死去的还有他的父母和好兄弟。

一切都如卡尔卡斯所料——这个孩子将来"要么平平淡淡，幸福长寿，要么成为众人敬仰的英雄，被无数人神膜拜，但生命将如流星一般短暂"。显然，阿喀琉斯选择了后者。

第二章　生死

1

多年以前，宙斯身边的科学神兽拉普拉斯对他说："尊敬的万王之王，您将会有一个儿子，为您带来荣耀。他将接替赫利俄斯成为真正的太阳神。但是，您要对他严加管教，假如他胆敢叛逆，将会死得很惨！"

宙斯吸着一根烟，正在翻开一本关于迷药的羊皮书，对神兽的话根本没有留意。

其实大名鼎鼎的谛听神兽拉普拉斯神通广大、无所不知、极善推演。只要它愿意动动手指和眼睛，记录下某一刻它能知道的宇宙中每个原子确切的位置和动量，就能瞬间算出宇宙的过去与未来。它的科学理论是：了解物质前一刻的运动状态，就可以推出下一刻的运动状态；把整个宇宙的每一个粒子的运动状态确定以后，就可以推出下一刻的运动状态。

2

阿波罗诞生了。

阿波罗是古希腊神话中知名度最高的太阳神，是奥林匹斯山顶级的十二主神之一，是世所公认的最英俊的男神；他是众神之王宙斯与黑袍女神勒托的长子，狩猎神阿尔忒弥斯的弟弟，等级非常高，一直被视为真理的掌握者，善推演，知万物。他的公开形象是高大、俊朗、长发、无须的美少年，他的标志是齐特拉琴和弓箭。

他多才多艺，主管音乐和齐特拉琴，同时也主管诗歌的灵感。诗人和预言家都需要他的启示。阿波罗擅长弹奏齐特拉琴，美妙的旋律有如天籁；阿波罗又精通箭术，他的箭百发百中，从未失手；而且他聪明过人，通晓世事，所以他也是预言之神。在众多的奥林匹斯山神中，阿波罗是最受推崇的。阿波罗出生的故事在诸多古希腊神话资料中都有记载，如《书库》《德罗斯之歌》《荷马颂歌》等。这是一位永生的神，是光源与力量的本身，是天地间第一美男子，他的美被认为是男性美的象征。

同时他也是希腊神话中的花美男之一，九头身的完美身段、超高的音乐才华让他受到了众多女神的欢迎，九位缪斯女神时常陪伴在他的身边。勒托用了七天的时间才生下阿波罗，许多女神来迎接他的出生。在《荷马史诗》中，宙斯、雅典娜和阿波罗被描述为奥林匹斯神话中某种统一体，尽管阿波罗一来到奥林匹斯山便令诸神心惊胆战。而阿波罗的威慑和雄武，又同他的典雅和俊美相契合，是人类的保护神、光明之神、预言之神、迁徙和航海者的保护神、医神、银弓之神、远射之神、灭鼠神以及消灾弭难之神。

当时阿波罗正在青春期：散发着芳香且略微卷起的长发垂在肩上；前额宽阔，鼻梁挺直；唇上有一种天然的健康的红润；通常戴着用月桂树、爱神木、橄榄树或睡莲的枝叶编织的冠冕。这位光明之神在快乐时会弹着齐特拉琴放声歌唱，惹得那些女神都悄悄地出来看他，藏在林间，被他的歌声弄得心旌摇曳。

雅典娜心疼中箭身亡的阿喀琉斯，其中重要的一点是——那个英雄美少年还没有经历过女人。而阿波罗却完全不同，阿波罗虽然名为太阳神，但他比美神阿芙罗蒂德和爱神丘比特经历的爱情还要多。阿波罗爱过很多神与人、男与女，简直不胜枚举。

譬如他和科洛尼斯。当初科洛尼斯的父亲坚决反对女儿和太阳神恋爱，曾经放火烧毁了德尔斐的阿波罗神庙。而后来，科洛尼斯怀了阿波罗的孩子，却又和别人有了私情。这消息是阿波罗的圣鸟——雪白的乌鸦报告的。一只白乌鸦引起了血案：阿波罗的姐姐、狩猎女神阿尔忒弥斯一怒之下射杀了科洛尼斯和情夫，告密的乌鸦也被株连了——从那时起，雪白的乌鸦一律变成了黑色。整场血案中只有那个孩子幸存下来，后来成为医神阿斯克勒庇俄斯。

又譬如，阿波罗一度深爱着美少年雅辛托斯。雅辛托斯热爱打猎捕鱼，阿波罗就像男仆一样殷勤地替少年拿渔网、牵猎犬。有一天两人在山间玩掷铁饼的游戏，阿波罗施展千钧神力，铁饼飞得又高又远，将一朵白云劈成了两半。雅辛托斯快活地追赶着，没想到西风之神仄费洛斯也很爱雅辛托斯，看到阿波罗和雅辛托斯愉快地嬉戏，顿时妒火中烧，猛然吹出一阵西风，被吹偏的铁饼正巧碰在了雅辛托斯的头上。悲痛欲绝的阿波罗眼睁睁地看着自己的挚爱倒在了血泊之中。阿波罗的泪水浇在地上，血泊中长出了风信子，原来风信子就叫做"雅辛托斯"。花瓣上的纹路"AI"永远铭刻着阿波罗悲伤的叹息……

阿波罗最著名的爱情经历当然是他与河神的女儿达芙涅的故事了。其实这完全源自小爱神丘比特的恶作剧。丘比特有两支箭，凡是被他用黄金箭射到的人，立即会燃起爱火，而被他的铅箭射中的人，则会十分厌恶情感。丘比特跟阿波罗开了个天大的玩笑：当河神的女儿、美丽的达芙涅路过时，丘比特立即用黄金箭射中了阿波罗，然后又用铅箭射中了达芙涅。阿波罗被达芙涅迷住了，而达芙涅却避之不及，阿波罗弹着齐特拉琴一路追赶，一边叫着达芙涅的名字。我们的太阳神觉得太不可思议了，他喊着："美丽的少女达芙涅，你为什么要躲着我呢？我爱你，我不会伤害你啊！"可达芙涅就像是没听见，一路狂奔，直到被一条大河挡住去路。达芙涅情急之下对着大河呼喊："我亲爱的父亲，求求你快把我藏起来吧！把我变成什么都行！"

河神于是把女儿变成了一棵月桂树。达芙涅的秀发变成了茂盛的树叶，手腕变成了树枝，腿变成了树干，脚变成了树根，深深扎入了泥土之中。追上来的阿波罗抱着月桂树伤心哭泣，一边喃喃地说："美丽的达芙涅，我会永远爱你。我要用你的树叶做我的桂冠，用你的枝干做我的齐特拉琴，用你的花装饰我的弓。我还要让你永远年轻美丽，永不衰老……"

果然，月桂树终年常绿。

总之，阿波罗是个情种，他的爱情故事几天几夜也说不完。而他完全不知道，一直对他冷嘲热讽的雅典娜，实际上也一直在暗恋着他。

3

可是如果你就此认为阿波罗是个只会谈恋爱的花花公子，那就大错特错了。阿波罗其实是个非常有思想的青年，爱情不过是他丰富多彩的人生的一部分，当然是不可或缺的一部分，但是，他还有更加不可或缺的部分。

阿波罗上的是奥林匹斯山的公学。在学校，虽然他贵为宙斯之子，却一直为人谦和，学习成绩也非常突出。他喜欢研究哲学，喜欢写诗。先知普罗米修斯是他最敬重的神，也是他的老师和忘年交。闲暇时，他会向普罗米修斯请教一些问题，他最常请教的，是有关真理方面的问题。而老普也极为喜爱这个内心纯真的美少年，他常常被阿波罗提出的一些问题所打动，譬如："为什么我父亲年轻时发表的一些诗，我现在无法发表？""为什么我父亲只准许别人歌颂他，而不能说他哪怕任何一点点缺点？"

在阿波罗的青春期，父与子的冲突达到了顶点。阿波罗住校，总是好长时间不回家。母亲勒托想念儿子，经常拎着食盒去看望他。勒托到来的日子，就是整个公学欢庆的日子，阿波罗会把母亲带来的烤肉、橄榄、桂枝和坚果分给大家吃。那是一段奥林匹斯山最艰难的日子，因为宙斯与海神波塞冬和农神德墨特尔闹僵了，海神总是兴风作浪，搅得乌烟瘴气，而农神也总是让庄稼颗粒无收。诸神都常常吃不饱，口出怨言，宙斯与赫拉也做状说与大家同甘苦，再也不吃烤肉了，可是他们的厨师却会给他们做奶油煎鱼、大虾和炸坚果仁。当然，宙斯不会忘记送一些吃的到勒托那里——勒托一度是他最心爱的女人，也和其他被宙斯宠幸的女人一样，受到赫拉的嫉妒。但是与其他女人不一样的是，她从不恃宠而骄，生下狩猎神与太阳神一女一子之后，她便黑纱蒙面黑衣裹身，再不露面，也因此被神界称为"黑袍女神"。她越是这样，越能得到宙斯的怜惜，因此获得的食物也比其妻子和情人多一些。勒托总是把好吃的东西挑出来，黑纱蒙面，在一个个夜晚送到心爱的儿子那里，看着他吃完。他吃东西的时候，她也会翻看他的本子，那里面有他写的诗，她总是细细地欣赏着，她喜欢每一首诗，读到那些沁人心脾的佳句，她总是在心里默默地感恩着，自己可是太阳神在这个世间的第一位读者啊！

这一天，她翻到了儿子的一首新诗，没有题目。

……这一切仿佛早已命定。
请告诉我关于黑暗中的真相，不隶属于任何统治者的说辞。
你们将真实泡入水中，让语言发酵。这个世界早被
多数的谎言替代了所有的梦境。
我小心地编撰
那些随着我们视野移动的开拓史。
我弹着齐特拉琴，
一路经过许多地标，听人叙述那些虚构的传闻。
我需要真相。我听见了那些幽闭的嘶吼，
许多的声响赤裸地排成一列，等待轮回的召唤。
我无法直视他们，那些逐渐干涸的灵魂。
父王，你要我学习的就是这些令人苦恼的制式吗？
我们有沟通的语言、姿态，有各种爱与性，
但是我们已经逐渐没有了心。
父王，你要我做的，
是我无法适应的特性。
我在途中拾获了许多疾病，
当一种病态成为常态后，常态反而成了病态。
我拾获了太多令人困惑的片段，然而集结却成了神界无法绕过的
疾病。
父王，你像是在极地的冰原中，极度地冷漠，
你想让我走近。
我会弹琴、会诵诗、会唱歌、会射箭，

但是我无法成为你要我成为的标本，

因为你所说的一切，

我无法相信……

勒托颤抖着双手，慌张地四处看了一下，合上了那个本子。

"孩子，你这首诗可给别人看过？"

"当然没有，母后，你永远是我的第一位读者。"

"快把它烧了吧，求求你。"

"为什么？我马上要给我的老师普罗米修斯、好友赫尔墨斯和潘神看呢。"

"你们之间经常这样互相传递信息吗？"

"是啊，我们几乎每天都在沟通自己的真实想法，我们早就怀疑父王制定的一切规矩了！而且……"

"住口！"一向温柔的勒托急促地喝了一声，"你们这是要造反啊！这是绝对不能容许的！你父王那个脾气，看了这个是要把你活活打死的懂不懂？马上烧掉！从此不许跟这些人来往！"

"母后！"阿波罗万般委屈，"那是不可能的！他们是我最好的老师和朋友，我可以没有父王，但绝不能没有他们！"

勒托的脸一下子变得煞白，她伸手想打向儿子，但是终于没有落下去，她的手在空中颤抖："你在说什么？说什么？你父王是万王之王！诸神都在他的统治之下，从开天辟地以来就是这样的。何况你虽然贵为太阳神，但并不是赫拉所生，赫拉为这个恨死了我，我为了保护你们姐弟，一直忍气吞声，从不敢有一点点违了规矩。你可倒好！竟敢写这样的诗反对你父王！都是受普罗米修斯那个老顽固的影响！儿子啊！你知道你是怎么出生的吗？你知道母亲生你有多难吗？你知道你长这么大经历了多少厄难吗……都是我把你宠坏了！宠坏了……呜呜呜……宠坏了……"勒托痛哭失声，泪水一下子倾泻而出。阿波罗吓坏了，他有生以来还是第一次看到母亲痛哭，很快，他便被淹没在母亲的泪水里……

4

　　你知道，我是提坦的女儿，是宙斯的表姐。我并不像他们传的那样是他的情人，我是他的第六任正式的妻子。那时他很爱我，真的爱我。神说，想知道一对男女是不是真爱，看他们的孩子便知分晓。你看看你和你姐姐，如此美貌如此聪明，就能明白那时我和宙斯是多么相爱！但是我们相爱的时间非常短暂，因为我怀孕了！怀孕之后很快被赫拉知道了。你的赫拉阿姨你是知道的，她的善妒神界闻名。她派了很多神追杀我，甚至派了该亚生的巨蟒。她还下令禁止大地给我分娩的所在。我东躲西藏，到处流浪，所有的神都因为惧怕赫拉的权势而拒绝庇护我，我的泪水和苦苦哀求都没有一点儿用处，即将临盆，我饥寒交迫，身体肿胀，每天痛苦到想死……即使是现在想起来，我心里还在滴血……总算有一天，我来到了爱琴海上的一个小岛，它叫德洛斯岛，我已经没有力气了……在月亮升起的时候，我向岛上的神跪拜乞求："接纳我吧，我承诺，你收留了我，将来必有伟大的神庙为德洛斯岛生辉……"谢天谢地，这个岛接纳了我，我躺在了一棵棕榈树下，破水了，见红了，我的血染红了四周的落叶。可是，万没想到这是一个浮岛，是在爱琴海上漂浮的小岛……我抓住棕榈树，可是下面的岛在飘移……我永远也不会忘记，在这最最可怕的关头，是你父王出手救了我！他用神力使海底升起四根金刚石巨柱，将这座浮岛固定下来。我得救了……你姐姐和你先后来到了世上。是的，你们是双胞胎，前后只差二十分钟……七天七夜啊！你出生的那一瞬间，岛上所有的天鹅都飞来了，绕着你飞了七圈……所以，请你记住，没有你父王就没有你……什么？你还在和我争辩？你还在怀疑你父王的伟大……儿子啊，不要听信普罗米修斯那些人的唠叨，如果让他们来掌握奥林匹斯山，恐怕会对诸神和人间造成更大的不幸。他们那些人天生就只会耍嘴皮子，他们哪懂得你父亲的辛苦和操劳？他们哪懂得你父王对神界的付出？难道万王之王是那么好当的吗……

　　后来的事你应当记得了，我们母子三人在那个小岛上，靠狩猎和打鱼为生。可是安稳的日子没过多久，我们的栖身之处就被赫拉发现了。该亚生的那条巨蟒潜过爱琴海来诛杀我们,那一天,狂风恶浪,爱琴海上所有漂泊的船只都被风浪席卷,那条巨蟒张开血盆大口,似乎要把整个小岛吞没……啊,原来你还记得是海神波塞冬叔叔救了我们!是的,是他倾尽全力把巨蟒拦下了……

波塞冬叔叔是你的救命恩人,还好你没忘记这一点。但是你记得吗?我们的厄难并没有结束,赫拉又派来了怪物提提俄斯……

那天夜晚,我们刚刚睡下,突然有一阵怪响,你和你姐姐都睡得很香没有听到,妈妈的睡眠浅,而且那时候一直处于一种惊吓的状态,一下子就睁开了眼睛。提提厄斯就在我眼前淫笑,还没等我醒过神儿来,它就伸出爪子,一把撕开了我的睡袍,我几乎全裸着,它的一对绿色怪眼闪闪发亮,爪子伸向我的乳房,我尖叫一声把你吵醒了,紧接着你姐姐也醒了。那时你还是少年,可你是多么勇猛有力!你上去就在怪物脖子上狠狠打了一拳。怪物掉头冲向你,你毫不畏惧地用你纯金的箭射向它。它肚子上中了一箭,怪叫起来。这时你姐姐从背后又给了它一箭,绿血从它的身体上流下来,但它的魔爪依然在伸向我,它把我拖了三十多米。你冲到它的正面,对准它张开的大嘴就是一箭,真真正正是一箭封喉!然后,你和你姐姐的箭镞如同雨滴一般射向了提提厄斯……在箭镞的暴雨中它逃了,你很快找到了它居住的洞穴。那里到处是悬崖,洞口朝天,洞里一片漆黑,洞底水流湍急,水的上空翻腾着一团团雾气。流着绿血的它从洞穴中爬出来,长满鳞片的巨大躯体在岩石间盘了一圈又一圈。它的体重把岩石和高山都压得发抖。它毁灭了它周围的一切。女神和所有的生物都因为怕它而逃跑了。它再次张开了血盆大嘴,准备把你吞掉,你的银弓上的弦发出了只有勇敢者才能发出的响声,你百发百中的金箭再次射向它。它终于断了气,一头栽进爱琴海里,血把海面都染绿了,害得你波塞冬叔叔做了一个礼拜的清洁……

是的是的,后来妈妈为了兑现对德洛斯岛的承诺,在德洛斯建立了神庙,但是那神庙后来成了崇拜你的神庙。儿子,珍惜吧,我们母子今天这一切来之不易,千万别反对你的父王啊!在这关系复杂的神界,只有你的父王有能力有神通保护你啊……

儿子,你看看外面的月亮女神菲碧,她在偷听我们的谈话,夜很晚了,我该回去了,该回去了……

5

阿波罗一夜未眠。

母亲的话让他更加纠结:为什么在神界也没有公平?为什么他的父亲宙斯与赫拉享有至高无上的权力,而他的母亲却在遭受迫害之后,到目前为止都不敢吭一声?母亲为了他和姐姐,做出了巨大的牺牲,她成为退隐之神,在整个奥林匹斯山没有她的地位。只有她的出生地小亚细亚的克桑托斯河畔还残存着一所她的神庙。连吕基亚的农民都敢拒绝勒托女神饮用他们的水,而且在她饥渴难耐的时候,故意把池塘底部的泥搅动起来……那一次在极端愤怒的情况下,她才第一次施展法术,把吕基亚那些搅浑水的人变成了青蛙……

阿波罗当然不会烧掉他的诗。他背着箭囊与齐特拉琴来到普罗米修斯在海边的家。普罗米修斯正在打理他的园子。应当说老普不是个管园艺的好手,他的园子荒草丛生,只有几簇野花在怒放。没想到的是,好友赫尔墨斯和潘神也在这儿。赫尔墨斯跷着个二郎腿,在园子里看一部大部头的哲学书呢,而潘神则在屋里做饭。看到阿波罗带来的食品,潘神一股脑儿拿了去,叫着:"到底是宙斯的儿子啊!今天我们有烤肉吃了呢!瞧,还有赫尔墨斯带来的葡萄酒……"

夜晚,普罗米修斯点燃了蜡烛,四个人传递着阿波罗的诗,分别朗读着。"……请告诉我关于黑暗中的真相,不隶属于任何统治者的说辞。你们将真实泡入水中,让语言发酵。这个世界早被多数的谎言替代了所有的梦境……啊我太喜欢这段了!"潘神叫着,"还有这段:当一种病态成为常态后,常态反而成了病态。我拾获了太多令人困惑的片段,然而集结却成了神界无法绕过的疾病……"

赫尔墨斯吃了一大口用蜂蜜和坚果做成的蛋糕,嘟囔着说:"……我更喜欢这一段:我无法直视他们,那些逐渐干涸的灵魂。父王,你要我学习的就是这些令人苦恼的制式吗?我们有沟通的语言、姿态,有各种爱与性,但是我们已经逐渐没有了心……写得太好了!太好了!现在我有和你相同的苦恼……老普，你怎么看？"

普罗米修斯抬眼看着他们，眼神里充满悲悯："整首诗我都非常喜欢，真的喜欢。阿波罗，我为你高兴，这首诗说明你一直在独立思考。你所关心的并不是将来如何击败其他王子继承宙斯的王位。你对真相的探索，你对谎言的鄙弃，你对所有灵魂的关注，你对失去内心世界的担忧，还有你对统治者的不满……亲爱的阿波罗，祝贺你，相信你能写出更好的诗。而且我相信，在你们的有生之年，一定会看到一个公平自由美丽的新世界！来，干杯！"

——四个杯子碰到一起，发出一种美妙的声音。这声音产生出一圈圈涟漪，直接传到了奥林匹斯山上赫拉的宫殿里。赫拉刚刚吃过晚饭，在花园里散步，她用左手托起左耳，专心致志地听了好久，似乎听出了什么门道。她转身走向寝宫，急急命令小神："毫无疑问，这声音是从普罗米修斯那个老家伙那里传出来的！他们又在干什么？一定有勒托的那个宝贝儿子！马上给我查！查！先不要告诉宙斯，懂吗？"赫拉挥舞着她的双手，她淡青色的斗篷在壁炉的火苗映照下闪闪发亮，她的葡萄酒已经从酒杯里溢出来。她旁边坐着的是她的挚友冥王哈底斯。哈底斯一边听着一边漫不经心地喝着酒。

"这四个家伙经常在一起聚会，非常可疑！他们必定有阴谋，老普那个家伙一直反对宙斯和我，他是个野心家和阴谋家。两年前，由于他为人类盗取天火，已经得到了严惩，但是他还不老实！他心里一直是不服的！勒托的儿子一直跟他泡在一起，哪能学出什么好来？可是干掉他真的不容易！上次雅典娜不是说过吗？整个奥林匹斯山的女神都爱他，没出息的东西！不就是个不长胡子的小白脸吗……"赫拉越说越生气，终于大声嚷起来，"我就不信拿他们没办法！想办法先把那个老的干掉！小的嘛……让他去特洛伊！必然会被特洛依王子杀掉！"

哈底斯笑了一下："看来你根本不了解阿波罗。"

"怎么讲？"

"他跟特洛伊的两个王子好得像一个人似的，你把他送到特洛伊，他正是如鱼得水。"

"哼，你不懂！把他送到特洛伊，有两重意思：第一，现在特洛伊战争马上就要开始了，宙斯将派阿伽门农率希腊联军去攻打特洛伊，阿波罗这时去特洛伊就有叛逃之嫌；再者说，将来战争激烈的时候，特洛伊那边就会怀疑阿波罗是卧底。总之，把他送往特洛伊是最好的陷阱，他怎么也逃不掉！"

哈底斯哈哈大笑："都知道雅典娜是智慧女神，原来真正的智慧女神在这儿！真是神机妙算！我等男儿自叹不如！好好好，那么总该有个罪名啊！"

赫拉恍惚间把手伸向烛台，烫了一下又缩回来，哈底斯知道这是赫拉内心紧张时的一个标志性动作。赫拉转过身，把脸慢慢贴向哈底斯："冥王，记得你上次说过，他们这四个人里潘神最好攻破，何不试试呢？你是冥王，谁不怕你？我就不信那个骨瘦如柴的小潘能扛住你的那些酷刑……"

赫拉说话的语气和她肌肉的痉挛在烛光下十分狰狞，连冥王哈底斯都倒抽了一口冷气。

6

反宙斯事件成为当时整个奥林匹斯山最大的案件，以至多少年后诸神依然无法忘记——所有的参与者都得到了残酷的惩处：普罗米修斯被送往高加索山，受到被鹰不断啄食肝脏的酷刑；赫尔墨斯被哈底斯带到冥界，天天被烈火烧身；潘神虽然出卖有功，却也逃不掉惩罚，冥王命他去给西西弗斯运石头；最惨的是勒托，她不但被宙斯彻底抛弃，还被赫拉秘密指使冥王对她施行惨无人道的私刑，昼夜鞭打施虐，铁鞭把她的衣裳都打飞了，她的惨叫与哭声都淹没在冥界的声响中，无人听见。

而阿波罗，的确被驱逐到了特洛伊。而特洛伊王国也的确对他礼遇有加。然而正如赫拉所料，在特洛伊之战陷入困局的时候，老王把两个王子叫到身边，说出了他对阿波罗的怀疑。老王的说法遭到了两位王子的坚决反对。尽管他们拼命地保护阿波罗，但是在希腊联军攻破特洛伊城之时，阿波罗依然被一帮特洛伊人劫持到了一个秘密的城堡里。在城堡的最高层，在战争中已经失去理智的特洛伊人竟然把太阳神捆在椅子上轮番毒打，他们逼问他，是不是宙斯和赫拉派来的卧底，要么，就是普罗米修斯那个老不死的使的坏。最后他们用皮绳打他，边打边吼叫着："说！如果你告诉我们希腊联军进攻的路线，或者我们就可以饶你不死！"

高贵的太阳神从来没受过这种侮辱，他觉得跟这些人说一句话都是奇耻大辱，所以他干脆咬牙忍住疼痛，任血水与汗水滴滴流下，缄口不言。

深夜，冥王哈底斯来到古堡，面对年轻英俊的太阳神，他还是有三分畏惧，他戴上面罩，悠悠地说："尊敬的阿波罗神，你的确是在反抗宙斯与赫拉的路上越走越远了，我真的不明白为什么你要这么干，是普罗米修斯那个老家伙让你这么做的吗？现在很简单，赫拉让我转告你，假如你公开揭发普罗米修斯的阴谋，把这一切都推到他的头上，那么你就得救了，我会立即救你返回奥林匹斯山。"

阿波罗终于抬起滴血的头颅，冷冷地看着他说："那么我该怎么做？"

哈底斯立即感到事情要有转机了，他摘下面罩，神情恳切："很简单，你就说那首反诗是普罗米修斯写的不就行了吗？反正他已经得到了最严重的惩罚，不可能再加重了。"

"可是天庭中所有的人都认识我的笔迹。"

"那你就说是普罗米修斯让你抄录的。"

阿波罗把一口带血的口水狠狠地吐到了哈底斯的脸上："卑鄙的小人！你以为我会像潘那样卖友求荣吗？那首诗并没有什么了不起，你们可以拿给父王本人看，让他裁决，而你们现在想利用敌国之手除掉我，真是太无耻了！你们这样对我，无非源自赫拉对我母亲的嫉妒，并且她很怕我会妨碍她的亲生儿子在父王那里得宠……我死之后，太阳会坠落，天空将永远黑暗！你们想好了，别后悔！"

哈底斯颤抖着抹掉脸上的口水，默默地鞠躬，倒退着离开了。

一小时之后，特洛伊的打手们蜂拥而入，他们继续毒打阿波罗，让他供出希腊联军的路线，阿波罗咬破了嘴唇，直至昏死过去，始终一声不吭。凌晨五点钟，太阳升起的时候，他们把太阳神阿波罗连人带椅推下了古堡，那时阿波罗还有意识，他向下坠落，坠落……身体已经麻木，没有一丝悔意，只是觉得，那古堡好高好高啊……

初生的朝阳突然坠落，天空大地一片黑暗，惊呆了奥林匹斯山上的诸神。雅典娜第一个赶到现场,她是趁着敌国的士兵还在沉睡的时候冒死赶到的,她一把抱起阿波罗那遍体鳞伤的身体,再也忍不住一直压抑着的情感,痛哭失声……第二个赶到的是月亮女神菲碧,她将月光炼成的魂魄输入阿波罗的体内,觉得他的身体还有微弱的反应……接着,九位缪斯女神鼓动着双翅飞来,个个哭成了泪人儿!

接着是美丽绝伦的卡珊德拉公主、普萨玛忒、克劳希亚、丁佩诺、曼托、斯丽亚、克利乌萨、布里昂、希兰尼……总之,所有爱过太阳神和被他爱过的女神都赶到了,连敌国的将领和士兵也放下了武器,脱帽向太阳神致敬。

最后赶到的是变成月桂树的达芙涅——这个曾经被阿波罗深爱过的女子,她看到那张已经被擦干净的俊俏的脸,想起他在追求自己时那种可爱的、煎熬的眼神,她再也忍不住自己的泪水,她不明白自己为什么宁愿做一棵月桂树也不愿意接受他——是了,那时她只是被丘比特的铅箭射得不会爱了!可是,现在看到他的样子,她只想用法术把所有的女神驱逐,让自己独享这最后的悲伤的时光。

可是被驱逐的却正是她自己。雅典娜和菲碧声色俱厉地让她走开,她们根本不能容忍一个不那么热爱阿波罗的女人在这里挥洒她的热泪,那泪水在她们看来是廉价的、没有意义的,或者干脆就是鳄鱼的眼泪。几位女神护佑着阿波罗走了,云雾笼罩着她们飘然而去的身影,若隐若现。

7

阿波罗之死震动了天庭。

智慧女神、月亮女神、狩猎女神、缪斯女神……的联名控告书直接上达宙斯,宙斯这才知道真正的原委。宙斯咆哮着叫着赫拉的名字,但是赫拉早就拉着哈底斯去达特岛度假了!宙斯费劲地抬起他肥胖的身子,亲自来到关押勒托的监牢。他本想亲自去解开勒托身上的绳索,但一想到那样未免有点过分煽情,而且,依他一贯的脾性,他爱的是鲜艳美丽的异性,一旦女子人老珠黄,他便无一例外地弃她而去。这倒不是说他喜新厌旧,而是他对美有一种绝对的追求,不能容忍花朵沾上泥巴,珍珠蒙上灰尘……何况他现在面对的是一个完全被折磨得遍体血污、面目变形的勒托。他挥挥手，目光中充满了悲悯，卫士们解下勒托，把她抬到了奥林匹斯山的急救医院。至于那个肝脏被啄食的普罗米修斯，那就让他永远捆在高加索山吧——那是他亲自下的命令，他是永远不会自己打脸的。

他奖赏了拉普拉斯神兽，这位善推演、知万物的神兽，准确地预测了太阳神的劫难。后来它成为物理帝国经典力学的马前卒，他吸纳了毕达哥拉斯"万物皆数"之力，结合天体力学、概率论等思想精华，创造了宏观经典力学。但是善妒的人类却并不容忍它的存在——如果人类的所有命运都已经被拉普拉斯神兽算得清清楚楚，那他们还有什么活头？必须得早点弄死它才行。后来，热力学和量子力学等新理论对它万箭齐发，以物理学家开尔文以及量子力学创始人海森堡开始的联手围剿，令这只无所不能的拉普拉斯神兽最终一命呜呼，与阿喀琉斯的那只千年老乌龟相比，可以算是夭折在了襁褓里。

当建立在不可逆基础上的热力学大行其道时，以可逆性作为基石的拉普拉斯神兽自然元气大伤。再后来，困扰人类长达百年的双缝干涉实验成功证明因果律在微观世界彻底失效，而海森堡的测不准原理也说明再厉害的神兽也无法看清微观世界的全部面貌。拉普拉斯神兽悲伤辞世，人类连最后的尊严也没有给它留下——由宇宙最大熵、光速以及将信息传送通过一个普朗克长度所需要的时间计算得来，拉普拉斯神兽的算力上限已被证实约为10120比特。人类得出结论，如此惊人的算力，既不可能出现于神秘的奥林匹斯山，更不可能存在于伟大的物理帝国。

第三章　爱情

1

在整个奥林匹斯山上，唯一能与阿波罗的俊美抗衡的，是美少年阿多尼斯。

在我们所听到的希腊故事中是这样描述的：阿多尼斯为希腊美女密拉

乱伦所生,一出世就俊美动人。美神阿芙罗蒂德对他一见钟情,把他交给冥后珀耳塞福涅抚养。阿多尼斯长大后,冥后也爱上了他,舍不得让他离开。两位女神互不相让,请求主神宙斯裁决。后来,阿多尼斯外出狩猎时被野猪咬死。美神闻讯痛不欲生,冥后深受感动,特许阿多尼斯的灵魂每年回阳世六个月,与美神团聚。在艺术造型中,他常被塑造成风度翩翩的美少年,与阿芙罗蒂德在一起。现在,已成为"美男子、美少年"的同义语。

真实的故事完全是别样的:

阿多尼斯的美貌与阿波罗是不同的,按照现在的说法,阿波罗是"花美男",而阿多尼斯的美却带有一种神圣不可侵犯的高贵。也因此,阿波罗有众多的爱人,而阿多尼斯的爱人只有一个。

阿多尼斯从未爱过美神——那个传说完全是后者一厢情愿的意淫。阿多尼斯的母亲密拉也并非乱伦——她只是与真心相爱的人生下了阿多尼斯。换句话说,阿多尼斯是个私生子。人常说,私生子聪明,在阿多尼斯这里,是真正应验了。阿多尼斯四岁即会背诵史诗,九岁会演奏,会写诗歌,精通数理,十三岁进入奥林匹斯山的贵族学校学习舞蹈与剑术。有无数女神女人与半人半神爱上了这个美少年,但是都有点惧怕他那冷峻的气质,不敢越雷池一步。

阿多尼斯并不是冷漠的人,他内心充满热情,爱帮助人,甚至愿意救人于水火之中,但是面对那种或明或暗的示爱,就完全是一种拒人以千里之外的态度。对此,智慧女神雅典娜觉得非常奇怪,因为她深知凡真正聪明的人都开蒙很早,阿多尼斯必然亦如此,但是他为什么要避开所有的异性,那么清高、那么具有精神洁癖呢?

其实,阿多尼斯从很小的时候心里就藏了一个惊天的秘密:因为母亲经常不在身旁,就给他买了一个娃娃做伴儿。他每天抱着娃娃睡觉,这个娃娃黑发黑目,鼓凸的小圆脸儿,翘鼻子小嘴巴,非常可爱,久而久之,他竟离不开她了。她成了他倾诉的对象,成了他的唯一,他不再需要别人。他甚至会给她洗澡,换衣裳,晒太阳。每天晚上,在他临睡的那一瞬,他一定会合上她那双明亮的大黑眼睛。

他十五岁那一年,贵族学校校方请他去为一个天国少女合唱团伴奏,少女合唱团的领唱是一个小女孩,叫塞涅瓦。那天,塞涅瓦穿着一件粉红色的泡泡纱连衣裙,看起来像个洋娃娃。

2

我们要讲一下塞涅瓦了。

塞涅瓦出生于一个半人半神的家族,父亲是英雄阿忒拉斯,母亲是主管灵性、黑暗与魔法的女神赫卡特。她有一个哥哥一个弟弟,都很平凡,唯独她天赋异禀,聪明异常,而且生得非常可爱,脸蛋儿如同三春之桃一般鲜润,一双明眸如同纯净碧蓝的湖水,清澈得照得见人影,小小的翘鼻子,小嘴巴像是一朵微微开放的红色牵牛花。她本来是人见人爱的女孩,但是由于父亲对她的宠爱超出了黑暗女神的容忍限度,便施展魔法,把黑暗塞进了小女孩塞涅瓦的心里,让她经常莫名悲伤。赫卡特在暗夜中对她施行了一个诅咒:只有当她遇见一个深爱她的人,他们可以为爱互相献出生命的时候,这个魔咒才可以解除。

自此之后,天性活泼的小女孩经常陷入悲伤和自毁之中。她自毁的方式是用小刀割自己的手腕,一刀一刀,那些刀痕如项链一般一圈圈缠绕在她的手腕上。她渴望一个爱她的人出现,但是所有人都是把她当成一个聪明可爱的小娃娃来喜欢,并没有一个真正了解她深爱她的人。她只好钻进奥林匹斯山的图书馆,那里有个瞎眼的老头在管理着成千上万册图书。她开始写作,她想创造出一个爱她的人。她想,爱她的人应当比阿波罗更英俊,而且,他只爱她一人。老头看了她写的小说,叹了口气:"孩子,所有的男人都不会只爱一个女人,这是男人的本性。"可是她不信。她每天都去图书馆,时间长了,老头会留她吃午饭。老头做的饭很好吃,就是用面包蘸一种汤汁,但是那种汤汁真的很鲜美。老头习惯了她的到来,有时她不说一句话,就一头趴在桌上写啊写的,老头也不说一句话,可是有她在那儿,老头的心里就很踏实。突然有一天,小女孩没来。又过了一天,还是没来。第三天,老头沉不住气了,想去找小女孩,刚拿起盲人手杖走到门口,小女孩就进来了。小女孩是一瘸一拐进来的,但是老头看不到,只能听到她的脚步声,闻到她芳香的气息。老头问:你怎么那么多天都没来？小女孩说：我去找塞壬学唱歌了。老头说那你唱一首给我听听。小女孩就唱起来了。小女孩刚唱出第一句，桌上的纸片片就飞起来了，小女孩接着唱，埋在书柜深处的落满尘土的书都跳了起来，成千上万的书在桌上地上窗台上茶几上起舞。老头突然觉得自己的眼睛似乎能看见一点东西了，他大声叫着："接着唱接着唱！我好像快看见光明了……"小女孩为了老头能够重见光明，一直唱到杜鹃啼血——最后她的歌声穿过奥林匹斯山，塞壬亲自介绍她进入了少女合唱团，担任领唱。

3

塞涅瓦第一眼看到阿多尼斯就被他迷住了。当时阿多尼斯坐在钢琴旁边，正被窗外射入的光线笼罩着，他白皙的棱角分明的脸如同一尊云石的杰作，他长长的睫毛低垂着，象牙般的手指放在键盘上，他的嘴唇集中了一种男性美，他无意间的微表情是那样迷人，她的一双明亮的大黑眼睛牢牢盯住了他，舍不得挪动一下，直到他似乎察觉了什么，微微抬了一下眼睛，她立即把目光挪开，羞得满脸绯红。但是这时，令人惊异的事情发生了，从不多看异性一眼的阿多尼斯，似乎一下子被牢牢吸引，目光里充满了纯真的惊喜，好像发现了寻觅已久的珍宝似的。

当然，这只是一刹那，仅仅是刹那间，也被少女合唱团的雅劳发现了。雅劳迷恋阿多尼斯远非一日，她用尽了各种手段接近他，但都徒劳，后来她看见连美神都被拒绝，心中才慢慢绝望。然而这一次，她明明白白地看见了美男子那清澈纯真的目光，牢牢锁定在小女孩塞涅瓦的身上，虽然他非常理性地克制了自己，但这个破绽算是被雅劳发现了，她心里出现了一个大大的问号。

接下来，塞涅瓦也许是心慌意乱，接连唱错了好几个音符。雅劳看见阿多尼斯合上了琴盖。长长的睫毛依然盖着那双美丽的凤目，他毫不留情地对塞涅瓦说："你，第二句，重来。"

雅劳看见塞涅瓦的脸像醉酒似的那么红，塞涅瓦的声音几乎听不到。"声音大一点！"阿多尼斯再次说，声音里带了一种严厉。雅劳心中暗喜，她想塞涅瓦这次栽了。

那一天，塞涅瓦忘了自己究竟唱了多少遍。就在终于得到阿多尼斯的赞赏的时候，她突然摔在了地上，然后，就失去了知觉。在那一瞬间她还来得及想，原来失明是这样的，可怜的老人家，他每天都在面对黑暗啊！

4

塞涅瓦睁开眼睛，恍惚间看到了阿多尼斯的脸，她立即觉得是自己在做梦。她闭上眼睛又慢慢睁开，清晰地看见阿多尼斯正在给她轻轻盖上被子。她腾地坐了起来，又躺下去，羞得不知说什么才好。

"你醒了？"阿多尼斯的目光非常温柔，"吃一点东西吧。"

她像一个木偶一般接受他的照料，他喂她喝汤，她喝了一口就辨出汤的滋味——那是图书馆盲老人的鲜美的汤，她惊诧地瞪大了眼睛。

"怎么了？"他问。

"我……喜欢这种汤的味道……"她低着头小声说，根本不敢看他。

"喜欢就多喝一点。"他又舀起一小勺汤，放在她的嘴边，"这种汤的调料，世界上只有一个人知道。"

她抬头看看他，欲言又止。

他看着她，分明想起了童年，想起那个从童年开始就一直陪伴着他的娃娃。——没错儿，她就是那娃娃的化身，她是上帝派来陪伴他的。

她翻了个身，他突然发现了她小腿上的血迹，是啊……一个小姑娘，即使再累，怎么会突然倒下？

"你腿上怎么有伤？"

"没什么。"她羞怯地蜷起腿，但是裙摆不小心掀开来，露出雪白双腿上大片的伤痕。

"怎么了？是谁干的？"

"……我妈妈……"她的眼泪再也忍不住了，大颗大颗地滴落下来。

"怎么会这样？"阿多尼斯真想把这小姑娘紧紧抱在怀里，他努力克制着自己——黑暗女神心狠面冷早有耳闻，但再怎么样，也不能对自己的女儿下此狠手啊！

他默默地找来一些药膏，用轻得不能再轻的力道，慢慢擦掉那些血迹，尽管这样，小女孩还是疼得倒抽冷气。"告诉我，到底发生了什么事？"

小姑娘的泪水如倾盆大雨一般落下，小嘴儿一瘪一瘪地抽搐着，终于爆发了："我妈妈……她不爱我！她只爱我的哥哥和弟弟！她嫌爸爸对我太好了，她受不了……可是……可是我并没有做错什么啊……她骂我很难听的话……呜呜呜……我反驳了她，她就打我，她……她把我打瘸了……"

阿多尼斯心里如同刀扎一般疼痛，他轻抚着塞涅瓦的头发说："那你就别回去了，就在这儿住好了。这儿只有我一个人，可是有很多房间，你可以挑一间你喜欢的，好吗？我也不经常回来，外面有很多事情要做。"

塞涅瓦泪眼蒙眬地看着她的男神，她真想让他抱抱她，可是她不敢。

"我喝过这种汤，真的。"

5

当塞涅瓦带着阿多尼斯来到图书馆的时候，瞎老爷爷已经不见了。唯一亮着的一盏煤油灯下面有一张薄薄的纸条，上面写着：谢谢你用歌声医好了我的眼睛，天神会保佑你的！

塞涅瓦看到阿多尼斯反复地看着那几行笔迹，神色大变。

"你认识这个老爷爷？"

他沉默良久，说："他不是老爷爷，你是被他的胡子骗到了。如果他刮了胡子，和你父亲的年纪差不多。"

塞涅瓦内心惊疑，她在想，诸神都在说，阿多尼斯是私生子，从他出生那天起，他的父亲就从奥林匹斯山消遁了，莫非，这位老爷爷是他的父亲？她疑惑地看着他，不敢问话。

"是的，他是我的父亲。我一直在寻找他，没想到你是他的忘年交。你竟然用歌声医好了他的眼病，真的……太感谢了！"阿多尼斯的低语勉强能听得到，她觉得他似乎快哭了，他在努力克制着自己。

"你别难过，我觉得他会回来找我的，"她仰脸看着这位比自己高出一头多的美男子，轻轻地说，"他会给我做汤喝。"

煤油灯突然熄灭了，四周一片黑暗。

6

阿多尼斯为塞涅瓦准备了丰富的食物，但是他每天都是昼伏夜出，他们很少碰面，尽管如此，塞涅瓦还是每天为他做好丰盛的饭菜。第二天清晨，如果看到那些饭菜已经吃完，她会觉得心里异常温暖；如果有剩下的，她在做下一顿饭时一定会淘汰掉那些剩菜，然后创造一种新的菜式。慢慢地，她发现阿多尼斯准备的食品越来越少了。天气渐渐寒冷，她在收拾他房间的时候，发现他还穿着单衣！啊……她想他一定是没有钱了！可是按照他的品级，他应当是很有钱的啊！他的钱都上哪里去了呢？

她决定去酒神狄俄尼索斯那里卖唱挣些钱——她一定要让心爱的人过上最好最优裕的生活。酒神看了看这个可爱的小女孩——她还是个孩子，还没长成，缺乏那些丰乳肥臀的性感女人的魅力，但是她的坚决让他无法拒绝，他只好说那试试吧，每个晚上我只能给你一枚德拉克马银币，但是你要唱足十首歌。可是她刚唱了三首酒神就醉倒了。酒神醒来的时候发现满屋子东倒西歪的客人，小女孩瞪着一双惊愕的大眼睛看着他，他说的第一句话是："天哪！你比塞壬唱得还要迷人！"——塞壬是众所周知的海妖，海妖的歌声是无法阻挡的，她可以使千万个渔民醉倒。

酒神把罐子里剩的所有德拉克马银币都倒给了她。小姑娘鞠了一躬，一溜烟儿跑了出去，她来到奥林匹斯山最大的市场，买到了最漂亮的亚麻制成的衣裳，买到了只有宙斯和赫拉才能吃到的古希腊最贵重最好吃的东西，然后拼命地跑向阿多尼斯的家——那也是她的家，她想在那儿的厨房里为心爱的人做一顿最好吃的饭。

可是当她穿过簌悬木走进家门的时候，突然看到阿多尼斯和一位女神缓缓走近，他们在簌悬木那里停止了脚步。啊，天哪！她看清了那个女神的面容，那是大名鼎鼎的阿芙罗蒂德啊！美与爱之神！她的美貌无人能敌，她的法术举世无双，她穿着浅苹果绿色的纱衣，一对娇美洁白的乳房在纱衣中若隐若现地颤动，她大睁着一双碧蓝的眼睛，含情脉脉地凝视着阿多尼斯，而阿多尼斯的表情被簌悬木遮住了，但他挥着右臂似乎在争论着什么。

小塞涅瓦觉得自己的心冻住了,双腿奇怪地软了下来,她是如此自惭形秽——但是在那一瞬间,她突然觉得簌悬木圣树下的两位神祇是多么相配!他们在一起是多么美丽迷人!她的决定就是在那一刻突然完成的。

她轻轻掩住门,在厨房里做了最后的晚餐:烤肉、蔬菜、面包和酒……一点也不少。当香气弥漫在整个房间的时候,她匆匆把为他买好的衣裳放在他的床头,她甚至后悔没有买一条漂亮的大床单。然后,她把剩下的德拉克马银币统统留给了他。她含着眼泪,轻吻了他的枕头——那里有他的气息,她把他的气息装进了自己的心里,她想那是属于她的了,是她永久的、永久的财富。

然后,她借了小精灵阿加索的翅膀,飞到了高加索山——那个酷寒之地,那里吊着她敬佩的普罗米修斯大叔,她可以为了减少他的痛苦,为他日夜歌唱。

可是每当她停止歌唱的时候,她永远会看到同一幅图画:簌悬木那苍郁的叶子下面,站着世界上最美的男神与女神。

古希腊认为簌悬木是神所赐予的礼物,应该加以尊敬。而它的美丽甚至让一个残酷的国王赠以勋章,并令人保护它。由于簌悬木的长寿,今天仍然存在。事实上,今天仍和古代一样,任何公共场所都有簌悬木以提供遮阴。在雅典柏拉图学院的人行道上,就有一株古老的名满天下的簌悬木。

7

普罗米修斯过了很久才明白小女孩塞涅瓦来到高加索山的真实原因。

那是个阳光灿烂的早晨,普罗米修斯等不到小女孩睡醒就匆忙地叫醒她:"塞涅瓦,塞涅瓦!快起来!……你完全误解了阿多尼斯!他现在到处找你!快回到他身边吧!可怜的人!他都快急疯了……"

由于长时间的折磨,普罗米修斯比他实际的年龄至少老了十岁。他翕动着苍白的嘴唇,慢慢地告诉了塞涅瓦一个惊天的秘密……

在太阳神阿波罗一案被查处的那一年,阿多尼斯还是个小小少年。阿波罗至死也没有透露属于他们的真正的秘密。但是在潘的举报中，分明说阿波罗他们的反宙斯集团，有一本秘密的诗集，这部诗集里充满了对宙斯与赫拉的叛逆，以及他们对于真正自由美好的向往。然而当时赫拉动用了所有主神，甚至找到大力神和冥王，都没能查获这本诗集——于是赫拉怀疑是潘在撒谎，把潘也贬黜到了一个浮岛之上。

但是这本诗集是真实存在的。普罗米修斯说，他用生命为人类盗取火种，并没有白白牺牲，就在他被捕的最后一刻，他把那本诗集放在了图书馆。而图书管理员——那位盲老人，将它以不为人知的方式交给了少年阿多尼斯。

"这并不是我的一时冲动，"老普缓缓地说，"我们考查了阿多尼斯很久，都认为他是把火种传下去的最合适的人选。他正直、聪明、才华横溢又富于牺牲精神……他比我和阿波罗更具备领袖气质。"

"……可是阿多尼斯没有见到他的父亲啊！"小姑娘大睁着一双天真又聪慧的眼睛。

"是的，阿多尼斯至今没有见过他的父亲，他父亲只是悄悄地把那本诗集给了他。他父亲有意遮蔽自己，他觉得自己的出现对儿子不利，但是他一直在暗中保护儿子。阿多尼斯的父亲是一位人类中的大智者，他的名字叫做麦克斯韦。"

"麦克斯韦？就是那位在物理帝国能探测并且控制单个分子运动，能让宇宙从熵寂走向重生的麦克斯韦？"

"正是他！天哪！塞涅瓦，我的小姑娘！你竟然知道麦克斯韦和他的理论？这是连雅典娜都搞不清楚的事情啊！难怪……难怪阿多尼斯这么……这么爱你！"

"您说什么？"

"阿多尼斯爱你，难道你不知道吗？我的天哪！"

那个时间是属于塞涅瓦的。那个伟大的时间，属于她一人所有。多年之后，每当她痛苦到无法忍受的时候，她都会从心里掏出来那个时间，那个伟大的时间，它不需要麦克斯韦定律，就能重生。

"……可是，老爷爷为什么不见阿多尼斯啊？他们会做同样鲜美的汤，我一猜就是家族的秘方。那天阿多尼斯到图书馆没有见到他的父亲，非常难过……"

"当然,伟大的麦克斯韦完全是为了阿多尼斯才这么做的。从阿多尼斯出生的时候,宙斯和赫拉就散布谣言说阿多尼斯是密拉与人类贱民乱伦而生,如果麦克斯韦认了阿多尼斯,岂不是正中了他们的奸计!麦克斯韦正是人类啊,当然他是一位绝对伟大、绝顶智慧的人类。你以为他不想念儿子吗?告诉你,他就藏身在离阿多尼斯不远的地方,每天都能默默注视着儿子的成长……"

"……可是……可是阿芙罗蒂德……"

"小姑娘,没有那么多'可是'!事实是,阿芙罗蒂德是赫拉派去劝降阿多尼斯的。当然,我们的美神非常爱阿多尼斯,但她完全是单相思。麦克斯韦和我都知道,我们的美男子,心里只有可爱的小姑娘塞涅瓦……"

塞涅瓦捂住胸口,防止心脏会突然跳出来,她的泪水直接喷射出来,溅了老普一脸。

"快回去吧我的小女孩,我知道你心里最纯真的爱情,别管我……我会处理我自己的事情的……还有,阿多尼斯的昼伏夜出,都是在组织推翻宙斯和赫拉的统治,他们印传单出诗集,都是需要钱的,所以他现在是很艰难的……"

"可是他为什么不告诉我?"

"他当然不愿意让你卷进去!反对宙斯与赫拉、推翻他们的统治,是非常危险的事!"

其实,我们的小姑娘塞涅瓦还有许多个为什么,但是没有等到她问下去,高加索山就被男神阿多尼斯照亮了。阿多尼斯带着他的牧羊犬来了!晚霞像烧红了的水彩画,在他燃烧的头颅上,似乎画着炙黄的山川。

他们陪普罗米修斯直到深夜。夜静时分,高加索山谷合拢了。狩猎女神带着祭司,接受猎人的朝拜。圣殿的檐下,石头的祭坛颤抖着,酒后的雉与飞鼠的游魂正悄悄从灶中走出,美丽的星子们都来到圣殿的屋瓦上汲水,能听见陶瓶叮叮的响声。受尽痛苦的普罗米修斯依旧长髯飘飞独对天地,但是他觉得他此时有福了,是他亲眼见证了世间最美丽的爱情:他看见小女孩塞涅瓦调皮的眼神如星星,阿多尼斯含蓄的笑容像月亮——真爱能让男人女人如此美丽！他看见他们如玉的身体沉浸在了青冥河里，那曾经是特洛伊战争时期英雄系马、壮士磨剑的地方。

他也曾经在此地黯然卸鞍，行囊里藏着宝剑，既然历史的锁孔里没有钥匙，那么，就做一个铿锵的梦吧！对着身上已经生锈的镣铐，他低声吼叫："我将归去！我将归去！"

8

在另外一个地方，麦克斯韦先生注视着这一切，热泪盈眶。

麦克斯韦先生很少动感情，他是理性的代表人物，是物理帝国的上帝。他创立的学科，使永动机不再是神话，让走向熵寂的宇宙也有起死回生的可能。

麦克斯韦先生创造了麦克斯韦妖。因为他意识到自然界存在与熵增相拮抗的能量控制机制，但无法清晰说明这种机制，只能假定是一种"妖"。如果简单描述，一个绝热容器被分成相等的两格，中间是由"妖"控制的一扇小"门"，麦克斯韦妖反应敏捷，能准确地探测并控制单个分子运动，迅速把快速移动的分子从左盒丢进右盒，把慢速运动的分子从右盒丢进左盒。因此，这个小盒子不仅左右部分形成了温差，还实现熵的自发减少。乍一看来，麦克斯韦妖击败热力学第二定理不在话下，同时也让烜赫一时的"热寂说"也多了一个反对势力。麦克斯韦妖的物理学意义是让混乱变得有序，避免封闭系统变成一潭死水。扩展到现实世界，麦克斯韦妖就能操控万物，逆转阴阳。

尽管人们希望这位妖精真的存在，但在纪律森严的物理帝国，麦克斯韦妖同样命途多舛。直到多年以后，当奥林匹斯山已经消失，物理帝国开始痴迷于研究熵减过程的时候，麦克斯韦妖才重现踪迹。

应当承认，麦克斯韦妖是科学家眼中真正的救世主，如果它真的存在，那么老人可以由华发变成黑发，宇宙能从熵寂走向重生。从此，覆水可收，破镜重圆。

而此时，发明麦克斯韦妖的麦克斯韦，却在这个别人无法找到的黑暗洞穴中哭泣。他很早就不相信爱情了，但这一对年轻人纯真的爱，仿佛让他回到了年轻时的梦中——那时,密拉穿一身杏黄色的长裙,用一双碧绿的大眼睛贴近他,她说:人啊,你爱我吗?

第四章 转世

1

塞涅瓦从噩梦中惊醒,一下子坐起来,直直地看着周围黑暗的天空,心狂跳不已。

有多少日子了,她几乎每天都会从黑暗中惊醒。——自从那个恐怖的毁灭的日子,那个让她亲眼见证爱人被杀的日子,她就从来没有真正睡着过。她从女孩变成了女人,但是她苍白疲惫,本来明亮得如同星星般的大眼睛失去了光芒,有多少个孤独的夜晚她想到了死。当时她是可以和爱人一起死的啊!

可是她不能死!不能死!

她要完成他临终前的托付!

他说:"你不能死!等着我,我会转世!"

她就一直等,等,但是没有任何迹象。她把他的秘密藏在了心里。那本被搜出的诗集的所有诗句她都背了下来。她背下来了,就永远不可能被任何人夺走。

不知自何时始,死亡已经成为她的秘密情侣。在每个夜晚都令她窒息,她靠着它,把灯芯般缩短的耐心一寸寸地继续延长,她对自己说,他会转世,他一定会的,他从不撒谎。

她闭上眼就会产生幻觉,时代变了,变成了一个百无聊赖的时代,变成了一个出卖肉体也出卖灵魂的时代,她让自己进入了一个流放地。她祈祷逝去的爱人赐给她悲悯之美。因为黑幕已经牢牢把昨天的故事封存,谁也不许揭开帷幕,谁揭开谁就是下一个消失的人。

但是她怎能忘记?

……那时,宙斯与赫拉已经意识到有人在挑战他们的统治,风声越来越紧。阿多尼斯好久没有回家。在一个魔鬼出没的夜晚,阿多尼斯如同一道闪电带来的幽灵,冒着瓢泼大雨走进家门,她喜出望外,端着一杯葡萄酒迎上去。他一把抱住她,葡萄酒杯打得粉碎,少女洁白的乳房沾上了紫色的葡萄酒汁,然后被他的胸膛压扁。他要把她装进自己的身体,装进去,装进去,他的强壮塑造了她的柔软,她柔若无骨,化成水,拥抱他,他陷落在水中,他的气息进入她身体的秘密通道,让她觉得肉体已经不属于自己,她全身都被他灼热的气息烤熟,她的汁液从他的指缝里渗出,如血在混沌中召唤。她知道危险即将来临,危险来临前的美丽,是永恒的美丽。

然后,他们听见敲门的声音。

2

阿多尼斯的英勇超过了诸神的想象。

他竟然击败了由宙斯与赫拉亲自下令、由独眼巨人与恶龙率领的军队!当时他们把阿多尼斯的花园围得水泄不通。宙斯在奥林匹斯山亲自喊话:"阿多尼斯听着,只要你把那本诗集交出来,我就饶你不死!"

但是他怎么可能交出来呢?在阿多尼斯的字典里,从来不曾有背叛二字!

阿波罗的好友赫尔墨斯率众前来相救,麦克斯韦率领物理帝国的拥趸们前来相救,刚刚被赫尔墨斯救出的普罗米修斯也带了农神和闪族人前来相救,但是这一切都抵不过宙斯本人突然化作千军万马,如乌云罩顶一般笼罩在了阿多尼斯的头顶上。

——这是奥林匹斯山从来没有过的灭顶之灾。凡被宙斯罩住的,必死无疑。

"阿多尼斯,你可以在死前实现你的一个愿望。"宙斯的声音已经十分苍老,但比以前任何时候都更加蛮横。

"好。我要在这儿,举行我的婚礼。"阿多尼斯的声音出奇地平静,"我要娶塞涅瓦,她是我心中最美的新娘。"

诸神都流泪了。连一向讨厌自己女儿的黑暗女神赫卡特也忍不住热泪盈眶——"这个死丫头！她竟然打败了美神，赢得了奥林匹斯山最美的男神的爱！她是怎么做到的？"很久没有见到女儿的阿忒拉斯更是哭成了泪人儿。他不知道该不该在这最后关头阻止女儿，让她留条活路。世上有千万个男神男人，他最心爱的女儿，怎么就爱上了最危险的一个呢？

  这婚礼怎么会那么悲伤
  婚礼进行曲才刚刚演奏了一半
  提琴手便掩面哭泣
  那些已经展示出的伤口
  一经拉锯
  便有了悲怆的旋律

  但我们还是使劲地喝酒、欢呼
  好像忘了我们身边的危险
  一对美丽的璧人
  他们的脸上没有恐惧
  因为他们醉着
  因为他们醒来并且疼痛，会是很久
  很久以后的事

  现在让我们干杯吧
  为我们已经死去的兄弟姐妹
  为我们的幸存
  让我们喝一杯交杯酒
  让我们讲那些祝福的话
  请原谅，阿多尼斯和塞涅瓦
  你们知道
  我总是爱说错话

  婚礼无法进行，因为司仪哭了

泣不成声
塞涅瓦搂着阿多尼斯的颈子
她的眼泪滴在地上,
变成了一个小小的湖泊
她想起少女合唱团时期无和弦的往事
她想开口做单音练习
自己哼唱没有完成的
婚礼进行曲

……这是赫尔墨斯为那天的婚礼作的一首诗。

那杆长戟是从阿多尼斯的后背刺进去的。他躺在那里,戟尖从他的胸膛挺出来,鲜血还没有流出,塞涅瓦就扑上去,想让那突出来的戟尖穿过自己的胸膛,与心爱的人同归于尽。阿多尼斯用尽最后的力气把女孩托起:"你不能死!等着我,我会转世!"

这最后的话虽然微弱,但很清晰。

3

五年以后的春天,矢车菊、土木香和樱花开得正美,赫尔墨斯驾着太阳神送他的金色马车来接塞涅瓦,对她说:"春天了,出来走走吧,我带你去见一个人。"

在一棵巨大的枞树下,密沽河畔,开得密密麻麻的金穗花丛中,坐着一个正在钓鱼的美少年,远远望去,可真像阿多尼斯再世啊!塞涅瓦的心一下子提了起来,她管不住自己的脚步,飞快地跑到了那人的身边。那人的渔竿动了一下,扬脸看了塞涅瓦一眼:"啊,你把我的鱼吓跑了!"

那人的俊美绝不次于阿多尼斯,也是那样白皙清秀、俊眉朗目,眼睛里有一种清澈和刚毅,只是少了些忧郁,说话的声调也更高些。塞涅瓦的双眸变成了烈焰——是他的转世!他没有骗我,他转世了!

赫尔墨斯赶来介绍:"这是纳西索斯,是河神刻斐索斯与水泽女神利里俄珀的儿子。他经常在水边。"

"经常在水边，是因为爱钓鱼吗？"

赫尔墨斯笑了笑没回答，接着介绍："纳西索斯，这是塞涅瓦，是英雄阿忒拉斯和黑暗女神赫拉特的女儿。"

纳西索斯收了鱼线站了起来，他个子没有阿多尼斯那么高，但是比阿多尼斯更加壮实，他和塞涅瓦握了握手。塞涅瓦完全被自己的幻想笼罩，眼前一片朦胧，双腿颤抖，心口窒息，仿佛又回到了与阿多尼斯相爱的瞬间。赫尔墨斯似乎发现了什么，轻轻拉了她一下："走，到我家去，我们一起吃个饭，你不是爱吃我做的红酒牛肉吗？"

何止红酒牛肉，赫尔墨斯做了一大桌子菜，塞涅瓦兴奋得光顾着聊天了，几乎没吃什么，纳西索斯却吃了很多。塞涅瓦兴奋之余没有忘记最关键的事：试探他对于宙斯的态度。她说："你关心奥林匹斯山的诸神吗？"

"当然。"纳西索斯吃了一大口牛肉，"我非常关心。虽然宙斯和赫拉貌合神离已久，但是在对付反抗者这件事情上，他们是高度一致的，看看他们最近加紧搜查诗集的下落就知道了。"

赫尔墨斯在一旁忧心忡忡地说："塞涅瓦，你可一定要把诗集保管好啊！那是我们神界的瑰宝，比人类的火种还要重要！"

塞涅瓦刚想接话，纳西索斯又接着发表了一大通言论，他说话的密度太大，别人几乎无法置喙。塞涅瓦这才发现他与阿多尼斯最大的不同是太爱说话，而阿多尼斯平时几乎是寡言的，说起话来言简意赅直击要害，几乎没有一句废话，而且特别善于做一个聆听者。

不过纳西索斯爱说话并不让人讨厌，倒是很让人喜欢，他吃得满嘴油光，像一个没心没肺的阳光男孩那样滔滔不绝，他言辞犀利地攻击宙斯与赫拉，用塞涅瓦从来没有听过的辞藻进行头脑风暴。塞涅瓦心里充满狂喜，她想是了，他的转世不可能完全一样：她的阿多尼斯因为参与反宙斯的活动用去了太多资金，以至于在贵族公学里中途辍学，而这位纳西索斯却是一直读到了毕业，并且取得了最高学位——他很为自己的学位自豪。

他们整整谈了七个小时。晚上，外面突然下起暴雨，赫尔墨斯说，你们都留下住吧，我这里有空房间。但是塞涅瓦坚决不干，她失眠已成痼疾，只有在阿多尼斯躺过的枕头上，闻着他残留的气息，才能有一点点安全感。待暴雨稍歇，纳西索斯自告奋勇地说："我来送你。"

他赶着赫尔墨斯的马车，几番翻车，两人摔得遍体泥浆，但塞涅瓦内心是欢喜的。是的，他远没有阿多尼斯那般灵巧，甚至做事是笨拙的，但是有一种笨拙的可爱。

深夜，塞涅瓦掏出藏在胸口的阿多尼斯的小像，轻声问他："这个纳西索斯是你的转世吗？对吗？请你今晚托梦给我。"

那一夜，塞涅瓦竟然睡得很沉，一个梦也没有做。

4

从此塞涅瓦和纳西索斯几乎天天泡在一起，他们有那么多说不完的话，而且他们还会来到雅典的市场，买各种各样的小食品，因为纳西索斯非常热爱美食，塞涅瓦便毫不犹豫地掏出卖唱得来的银币。他们会像两个孩子一样趴在烤肉摊上等着新鲜烤肉出锅，那嗞嗞作响的声音便能唤起他们更多更广的话题，他们从反抗宙斯谈起一直说到宇宙命题，他们觉得未来充满了无尽的可能性。后来他们终于找到了一个卖红酒乳酪的小店，可以一直开到黎明，在那里他们成了常客。

但是在第三次光临这家小店的时候，味道变了。纳西索斯带来一个女孩，介绍说她叫波拉马丝。女孩是普通的女孩，浓妆艳抹，说话娇滴滴的。但是由于女孩的在场，他们的话题转变了，转变成为世俗的话题，这样的话题是塞涅瓦不感兴趣的，但是她为了保持礼貌还是全程撑了下来。第四次，他又带来一个叫巴尔提的女孩，依然是浓妆艳抹，依然是塞涅瓦付账——塞涅瓦付账变成了一种惯性，大家连客气都没有客气一下，如果换成了别人付账，或许都会觉得奇怪的。

纳西索斯现在最喜欢做的事情之一就是不断地明示或者暗示各种女神女人对他的崇拜，如果换了别人，塞涅瓦是深感厌倦的，但是对于纳西索斯她却网开一面，她只觉得纳西索斯这么做有点孩子气，他在向她炫耀，证明他心里是很看重她的。或许，他也像阿多尼斯那样，羞于表达自己真实的感情。

但是如此这般多次，塞涅瓦最终还是告别了这个卖红酒乳酪的小店。

但是纳西索斯似乎浑然不觉,他兴冲冲地来找她,说是赫尔墨斯提议大家周末一起到爱琴海去游泳。塞涅瓦为了不扫他的兴,答应了,其实她刚刚学会游泳,还真的不怎么敢在大海里游呢,但是为了疑似阿多尼斯的转世,她拼了性命也是愿意的。

爱琴海之旅奠定了塞涅瓦对纳西索斯的爱。

那一天,他们到达海边的时候已经是黄昏了。海神波塞冬已经在海边为他们准备好了帐篷和晚餐。诸神争先恐后地下海,纳西索斯和赫尔墨斯很快把大家甩到了后面,只有塞涅瓦和小丘比特没有下海。

丘比特调皮地盯着塞涅瓦,笑嘻嘻地说:"塞涅瓦姐姐,你最近一定在恋爱吧?看你的气色好多了!"塞涅瓦的脸一下子红了:"谁说的,没有!当然没有!""还想狡辩!阿多尼斯走后你的脸一直苍白,一点血色也没有,好几个女神姐姐都让我帮你呢!但是我想,没什么男神能超过阿多尼斯的。可是现在好了,你又爱上了。我知道你,你只有在爱的时候才能活,你只有在爱的时候才会变美!告诉我,你是不是爱上纳西索斯了?你需要我给他放箭吗?"塞涅瓦羞怯得说不出话来:"小爱神,你千万别这么干,就把这件事当成我们共同的秘密来遵守吧,好吗?"

丘比特眨了眨他那狡猾的小眼睛:"那让我们试探他一下吧。一会儿等他上岸休息的时候,你一个人下海游泳,他如果真的在乎你,就会跳下去保护你的,否则,他就是不爱你,我需要给他放一箭!用我百发百中的金镞箭,亲爱的!"

暮色降临,游累了的诸神都上岸休息吃饭,塞涅瓦静悄悄地,真的一个人下了水,她游啊游啊,前面是一片越来越深的黑暗。突然,一种突如其来的恐惧感席卷而来,天哪,茫茫大海里,只有她一个人!而海神波塞冬虽然偶尔耍些脾气,但总体上是坚决维护宙斯的。也正因如此,阿多尼斯从来不喜欢波塞冬,在他们的婚礼上,波塞冬是缺席的。她越想越怕慌了手脚,这时她才意识到,她完全是因了纳西索斯才下的海,她才刚刚学会游泳,在这一片深海里,她完全像只任人随意摆弄的软体虫似的。这时海浪慢慢汹涌起来,她拼命探出头来还喝了几口水,海水的咸味让她想吐,最要命的是,她已经没力气了!她挣扎着,小声祈祷着:"海神波塞冬啊,求你救救我!"

小爱神在岸上密切注视着塞涅瓦，然后他悄悄走向纳西索斯，在他耳边说："快去救塞涅瓦，她好像游不动了！"纳西索斯正在把大块的烤肉放进嘴里，嘟囔着回答："天哪，可是我现在累得一点儿也动不了了……"在一旁的赫尔墨斯听到，一声不吭地走向海边，毫不犹豫地跳了进去。"看到没有？赫尔墨斯去救她了，放心吧，她安全了。"纳西索斯咕咚喝了一大口凡路尔酒。

丘比特担忧地看着在大海中挣扎的那个小小黑影。丘比特想，塞涅瓦没有见到纳西索斯去救她，她的梦就会碎掉，她的脸色又会褪掉所有的红晕回到以往的苍白。小爱神和塞涅瓦姐姐的关系一向很好，他在心里默念着："塞涅瓦姐姐，难得你会喜欢一个人，我一定要在这个夜晚打开你幸福的视线！"然后他就张弓搭箭，放出一支金镞箭，正正射在了纳西索斯的后心窝。

像是被烈酒猛烈刺激了一下，纳西索斯突然扔掉正在啃的烤羊腿，飞快地扒了上衣，一猛子扎进了海里。他的速度远远快于赫尔墨斯，丘比特远远地看着，终于，他看见纳西索斯追上了遥远的那个小黑点儿，他们好像抱在一起了！

5

塞涅瓦好久没有这么幸福的感觉了！

当纳西索斯从后面一把托住她的时候，她的全身都瘫软下来，她反过身，双手搂住纳西索斯的颈子，像个小女孩。纳西索斯也用一只胳膊紧紧地搂住她，另一只胳膊奋力划水，他们来到了一艘旧船旁。看到他们登上了船，赫尔墨斯慢慢地返回了。

他们互相注视着，天空孤月高悬，有流星飞过，纳西索斯突然深情地说："塞涅瓦，如果你是这颗流星，我愿意为你灭掉整个银河的光彩！"他抱住她，两人几乎裸身贴在了一起，他吻她，她的泪水夺眶而出，晕眩不已。可是……可是就在她觉得一切就要发生的时候，一切突然停止了！纳西索斯抚摸她的手僵在了那里，纳西索斯看着岸边说："你看，他们在看着我们呢！"塞涅瓦简直不相信他会说出这种话，塞涅瓦大睁着泪眼想说很多话但一句也说不出来，眼看着纳西索斯离开她的身体，喘息了一会儿，礼貌地说："我们走吧。放心，我在后面托着你。"但是他并没有托着她，他唤醒了海神波塞冬，让他的巨手托着他们，一路返回。

塞涅瓦把这一切解释成了他的害羞。是的，他是爱她的，只是因为他的羞怯，所以才退缩了。这让她加倍感到他的好。但是她同时又觉得纳西索斯似乎对所有的人都很好，女神和男神，女人和男人。纳西索斯的周围，总是围绕着各种女性，纳西索斯似乎很愿意被女性们宠爱和包围，但是她惊异地发现，纳西索斯最爱的，似乎只是他自己。

那天在海里，返回的时候，她发现纳西索斯一直在对着海面照自己的面孔。当天深夜她睡不着，走出帐篷，发现纳西索斯独自面对大海坐着，她当时觉得他似乎沉浸在爱情之中，可是现在想起来，他其实是在平静的海面上照自己的面孔。

难道他当真是个那么自恋的人？

可是，这答案还没有出来的时候，一切就天翻地覆了！

在特洛伊战争胜利十周年的日子，诸神突然纷纷走出自己的领地，来到奥林匹斯山脚下悼念阿喀琉斯。多年以来，阿喀琉斯是被忌谈的一个名字，因为他虽然是古希腊的首席英雄，但是他的名字是和反抗宙斯连在一起的。但是这一次，不知为什么，诸神都在深切地悼念这位英雄。大家捐出了很多金币和银币，买了一只巨大的羊，火神用火炬点起火焰，大家把羊架在上面烘烤。当最初的香味飘出来的时候，普罗米修斯突然站起来，背诵了当年阿波罗写的那首诗。

……这一切仿佛早已命定。
请告诉我关于黑暗中的真相，不隶属于任何统治者的说辞。
你们将真实泡入水中，让语言发酵。这个世界早被
多数的谎言替代了所有的梦境。
我小心地编撰
那些随着我们视野移动的开拓史。
我弹着齐特拉琴，
一路经过许多地标，听人叙述那些虚构的传闻。

我需要真相。我听见了那些幽闭的嘶吼，
许多的声响赤裸地排成一列，等待轮回的召唤。
我无法直视他们，那些逐渐干涸的灵魂。
父王，你要我学习的就是这些令人苦恼的制式吗？
我们有沟通的语言、姿态，有各种爱与性，
但是我们已经逐渐没有了心。
父王，你要我做的，
是我无法适应的特性。
我在途中拾获了许多疾病，
当一种病态成为常态后，常态反而成了病态。
我拾获了太多令人困惑的片段，然而集结却成了神界无法绕过的疾病。
父王，你像是在极地的冰原中，极度地冷漠，
你想让我走近。
我会弹琴，会诵诗，会唱歌，会射箭，
但是我无法成为你要我成为的标本，
因为你所说的一切，
我无法相信……

普罗米修斯的声音慢慢变成诸神的声音，声音越来越大，声音变成了此起彼伏的海啸。

然后这海啸又传向人间，得到了无数人类的响应……

6

昏暗的神殿里，赫拉在疯狂地踱步，把能抓到手里的一切东西统统砸碎。碎玻璃如同雪花一般漫天飞舞，侍卫们都吓得瑟瑟发抖，他们都知道，这是赫拉大怒前的象征——赫拉大怒是可以烧毁整个奥林匹斯山的！

直到中午宙斯才过来。宙斯有多年没有光临赫拉的宫殿了，平时都是赫拉去朝拜他，他也不一定每次都见。此时宙斯穿着寻常的睡袍，满脸怒

气，只带了几个贴身的士兵，见了满地的玻璃碎屑，皱了皱眉头："还不快清理干净！"

赫拉见到宙斯，立即换了一张脸，显得庄严而悲悯："我的王！情况您都看到了！再不动手，我们就完了！您可有什么旨意？"

宙斯一屁股坐在榻上，藤制的榻颤了几颤。宙斯掏出一支烟斗抽了两口，歪着嘴说："我还想听听你的主意呢！怎么，你这回没主意了吗？"

赫拉拍了两下手，一名侍卫走出鞠躬："回王后陛下，已经到了。"

只见一个穿着黑袍的年轻人沉着走出——竟然是我们久违了的帕特罗克洛斯！亲爱的读者，你们还记得他吗？那正是当年英雄阿喀琉斯的挚友！——他并没有死，在那场巨大的灾难中，当阿喀琉斯被射中的那一瞬，他从空中摔下来，被一只巨大的手掌接住了——那正是宙斯本人。是的，宙斯需要一个活口，宙斯需要了解反抗者的全部阴谋，但是小帕并没有开口。小帕始终没有开口。年深月久，他被大家忘掉了！他被岁月骗了！摧垮了！在漫长的岁月里，他看不到希望，他还年轻，他不能长久地在黑牢里蹲着，他已经发疯了，在他被放出来的时候，全身长满了蛆虫，长发直接拖地，胡子到了腰间。而那年，他只有24岁！

是的，他忠于阿喀琉斯。但是神也不能要求一个年轻人自愿为信仰毁掉一生吧？毕竟普罗米修斯只有一个。而阿喀琉斯、阿多尼斯已经死去，连太阳神阿波罗在复活之后也变得缄口不言，难道他帕特罗克洛斯不该求生吗？

是的，他该求生，但是他真的不该为了求生而走到另一个极端。

所以他的话一出口，连宙斯和赫拉也感到吃惊，他说对于这场奥林匹斯山上的暴乱必须镇压！他说需要派出堤丰和恶龙亲自出战！

他说恶龙需要喷出火，而且一定要靠毒火才能彻底镇压这次暴乱；他说据他这些年的研究，统治者只有靠镇压才能获得安全，别无他法。

连宙斯和赫拉都倒吸了一口冷气，他们面面相觑，然后几乎同时把拳头砸在桌子上："好！就这么干！"

其实只需要堤丰一个就足够了！形象恐怖至极的怪兽舞动他那一双钢臂，只要把手轻轻一攥，就能捏死一个人，像捏死蚂蚁一样。加上毒龙在一旁喷出漫天的火焰，顿时火光四射血流成河，诸神与人死伤无数，到处都是骇人的惨号声。大家顿时四散逃命，只有普罗米修斯、赫尔墨斯、塞涅瓦坚毅地站立着，动也不动。塞涅瓦突然惊喜地发现，纳西索斯不知为什么也站到了她的身旁，一脸无所畏惧。

"哼哼，普罗米修斯，我就知道是你的阴谋！"赫拉冷笑两声，"这么看来，仅仅是锁在高加索山上还是不够，还要用恶鹰啄食你的肝脏……把他带走！永远不要让他在我面前出现！"

随着赫拉的一声断喝，堤丰一把抓起普罗米修斯，绝尘而去。

"至于你们这三个小崽子，真是忘恩负义的东西！统统给我关进奥林匹斯山的监狱高塔，好好地反省！什么时候想清楚了再说！"

宙斯在一旁突然开了腔："赫尔墨斯，你可是二进宫了！跟着阿波罗造反的滋味好受吗？如今连阿波罗都不吭气儿了，你还跟着瞎起什么哄？"

赫尔墨斯没有回答。旁边的纳西索斯倒是声如洪钟："宙斯！赫拉！我希望你们听听诸神和人民的声音！你们不可能永远是高高在上的统治者！诸神和人民早就对你们不满了，推翻你们的王朝是早晚的事！"

纳西索斯的勇敢超出了塞涅瓦的预期，她心里突然涌出一股巨大的热潮，她想紧紧地抱住他，亲吻他，他无疑是阿多尼斯的转世！毫无疑问！但就在那一瞬间，突然一股旋风刮走了她，她天旋地转地被那风卷了很久，落到了一处美丽的花园——那是智慧女神雅典娜的花园。

智慧女神这时站在她的身边，递给她一杯深玫瑰红色的葡萄酒。

第五章　谜底

1

或许，宙斯与赫拉唯一没有办法对付的是雅典娜。

雅典娜太过聪明，她既不违反奥林匹斯山的法律，又没有介入到宙斯的情事中去，而且宙斯与赫拉经常有事要去讨教，实在是不好意思与她翻脸。他们只是默默地想，雅典娜只救了一个女神，也算是给他们面子了。

这天天气晴美，雅典娜拉着心事重重的塞涅瓦在花园里散步。雅典娜说："知道我为什么只救你一人吗？因为第一，虽然我有特权，但我不能过于挑战宙斯与赫拉的权威；第二，纳西索斯此人虽然勇敢，但是他的勇敢和阿多尼斯他们不同，他们是真的勇士，而他是做给别人看的，这次我要考验他一下，也给他一些磨炼。至于赫尔墨斯那个小可怜儿，这次就算是陪绑吧！如果只关押纳西索斯一个人，那么对这个自恋的家伙也是过于残忍了。"

"可是普叔呢？普叔怎么办？"

"普罗米修斯，谁也救不了他。"雅典娜叹了口气，"有一种人，生下来就是为了殉道的。阿波罗、阿喀琉斯，还有你的阿多尼斯，都是这样的人。"

"如果我没有猜错的话，你爱过阿波罗？"

"是的。我至今还爱他。但是他至死也不知道。"

"这太让人心痛了！"

"我倒觉得很幸福。因为并非所有人都能真正爱上另一个人，一生有一个可以爱的对象，已经是天大的幸福了！何况柏拉图式的大爱，远胜于那些哺乳动物式的肉体之爱……不是什么人都有你这样的幸运！你和阿多尼斯的相爱，真的是太幸运了！你们互相是多么专一多么深情，我们都看在眼里，真是太让人嫉妒了……"

"谢谢雅典娜姐姐，可……可是，我怎么觉得纳西索斯他……他是阿多尼斯的转世呢？阿多尼斯临死前，曾经告诉我他会转世再生……"

雅典娜呆了一呆："天哪，我的塞涅瓦好妹妹，你竟然觉得纳西索斯是阿多尼斯的转世？你……哦，我明白了，你是太爱太爱他了！我理解，我理解，好妹妹，但是你要正视现实，纳西索斯比阿多尼斯实在差得太远了太远了！除了那张脸，他在所有的方面都不能和阿多尼斯比啊……他做的所有的事，都不是为了诸神和人类，而是为了证明他自己。他永远在证明自己的魅力，想让所有的人都爱他，而他并不在意别人，你明白吗？他真的不在意，他这个人，不懂得去真心关爱别人，他对别人的关心，只是为了彰显他自己的大度，他是一个典型的自我中心主义者，是自恋狂……"

"但是他如今在监狱里，难道我们不应当关心他、搭救他吗？"

"是的……当然，大家都在想办法搭救他……看，我这儿还做了些饼，里面有葡萄干和桃仁，你下午去他家的时候可以带给他的母亲。他母亲每周不是可以去看他一次吗？"

"是的，我也做了烤肉和一些好吃的。可是雅典娜姐姐，这是我早上刚从他的母亲那里拿来的。"塞涅瓦像是下了决心似的，从衣兜里掏出了一张揉得皱巴巴的小纸条，纸条上写着歪歪扭扭的几个字："请改善监狱条件，不然我就死给你们看！"

雅典娜当然认识这字迹。纳西索斯从很小的时候便自命不凡，可是他的手很笨，他永远不会像阿波罗那样弹齐特拉琴，不会像阿喀琉斯那般制作精致的船舷，更不会像阿多尼斯那样弹一手好钢琴、写一手漂亮的字，但是雅典娜知道，纳西索斯是爱漂亮爱清洁的人，他绝对会为肮脏的生活环境而死。

"好吧，条子交给我，我马上就去找赫拉。赫拉欠了我一百个人情，这点面子她应当是肯给的。正好顺便把可怜的赫尔墨斯的环境也改善一下。高塔那个监狱里面全是垃圾，真不是人待的……"

2

五年以后，宙斯为了收服一个岛国，作为交换条件，把纳西索斯放出，流放到那个岛国，而进入那个岛国是很艰难的，奥林匹斯山的诸神，必须要拿到宙斯的手令才能进入。宙斯和月亮女神菲碧近日修好，宙斯一向有顽固的失眠症，只有在月光抚慰下才能入睡。由于镇压诸神事件，菲碧已经好久没有光临了。在纳西索斯得到释放之后，菲碧才莲步轻移，再一次来到宙斯的卧室。菲碧顺理成章地得到了一份手令。

雅典娜作为菲碧的好友，自然要送她上船，雅典娜拿过那份手令看了一看就还给了菲碧，就在那一瞬间，雅典娜已经用手模制造了一份一模一样的手令。

塞涅瓦接过这份手令，心中充满了感激，她飞快地换了件衣裳，没有来得及梳妆就踏上了行程。五年了，她多么想念转世而生的爱人，可是她怎能知晓，不经意间步履就会悄然踏碎遥远的爱情。五年来，她唯一的希望只能铺在一张纸笺上，而纸笺，又是多么脆弱。

她临走的时候，夜是那么宁静，只能听见青蛙的歌声。青蛙能够看到一个女子骑着飞毯，在夜空里慢慢飞向那个飘移不定的浮岛。

她没有想到重逢是如此残酷，面对他熟视无睹的神情，她只感到无助，空气沉默得像要抽搐似的，在慢慢显现的裂痕中，她试图把他的眼睛放大，但是他竟然轻蔑地闭上了眼睛。

"塞涅瓦，真没想到，你变得这么苍老了。你知道，女人的苍老和不美，都是我无法容忍的。"纳西索斯淡淡地说，同时伸出自己秀美的左手，那上面是一枚婚戒，"还有，我已经同菲碧女神结婚了，三小时以前。现在，我很知足。"

塞涅瓦只觉得自己无言以对。滚烫的眼窝因为流泪过多而浮肿着，但是此时她已经真的觉得自己已经枯萎。她的手指在衣兜里摸到了一枚钱币，那么冰冷，如同对面这个人的声音。

可她的眼神却像是一道血痕，碎了。连同这个小岛上的风景，那支离破碎的沙漠。

她在想，雅典娜是对的。是自己的错判导致今天的屈辱。她忍住眼泪决定不哭。哭就是乞求，而她用不着乞求谁，她这样日复一日的期盼，换来的是这样空落的收回。需要多少刻骨铭心的痛感，才能克制自己，不要让一种哭泣被另一种哭泣代替！

爱情赝品不是很寻常吗？真的假的反正已经说不清楚，纵然有太多的谎言，人的某些欲望也是无从躲藏的啊，权当一次心甘情愿的上当吧！

——可是，为什么还是觉得心如刀绞、无法支撑啊？

3

"阿多尼斯，你为什么骗我？为什么骗我？为什么啊……"

塞涅瓦生平第一次向心爱的人大喊大叫——向那个冥冥中已经逝去多年的亡灵——她脱光全身的衣裳，裸身跪在冥河边，对着星空大声呼喊。

美丽的星子闪啊闪的，真的来了。她不相信自己的眼睛：他真的来了，这熟悉的陌生人!

他静静地躺在了她的身边。她摸摸他的唇髭，是柔软的，他还如之前一样年轻!他说："亲爱的，你知道吗？我转世到了东方，在那儿，每天有十二个时辰，我向佛陀请了假，只能待两个时辰，也就是待到寅时……你怎么不说话亲爱的，你生气了……"

塞涅瓦觉得自己说不出话，一出声，就会哭出来。她只是把他的手拉向她的心口，紧紧地捏着，好像一松手他就没了。

"……为什么转世到了东方，到了离我那么远的地方？为什么连个梦也不托一个，害得我爱错了人……"塞涅瓦忍了又忍，还是哭得哽咽难言。

"我不知道，不知道……我觉得自己一直在一条黑暗的隧道里穿行，很艰难很艰难，后来光明出现，我发现自己躺在了一棵菩提树下，佛陀本尊在看着我，目光非常柔和，他说阿多尼斯你醒了？这是东方……"

这时，塞涅瓦才发现阿多尼斯披着一领浅棕色的袈裟，手上还拿着瑜伽托钵僧经常拿着的一只钵。那只钵竟然是中国的青瓷制造，铁胎厚釉，釉面开满了层叠斜裂梅花冰片般的纹路，把大自然优雅的青绿色糅入晶莹的釉层里，如同大自然的灵魂融入了灿烂的人类文明中，青秘翠美，精致绝伦。

"我是不是已经很老了？你要说实话……"

"你？很老？哈哈哈哈……"阿多尼斯笑起来。阿多尼斯一笑起来就阳光灿烂，两排皓齿把天空也映得晴朗了。"老这个字能和我的小塞涅瓦联系起来吗？你看看吧!"他用一只胳膊搂住她探向冥河，冥河里立即出现一对青春焕发的青年男女，塞涅瓦完全不相信那个可爱的女孩就是自己。

阿多尼斯把塞涅瓦搂进怀里，让她闭眼，然后他用另一只手从钵中掏出一样东西。然后她就感觉到脖子上有森森的凉意。

她睁开眼，看到自己脖子上的串珠，琥珀色的，半透明，在她的细颈子上绕了三四圈儿，美极了。

"舍利子。365颗。你要数数吗？"

"不。"她摇头微笑，"我早就习惯了信你。你说什么就是什么。我从来不愿意花时间去证明。"

"这是个危险的习惯。"他说,"对什么人你也不要完全相信,包括我。"

塞涅瓦轻抚着舍利子的串珠,泪水一个劲儿地向上翻涌。是啊,正是他说的转世,害她去爱上了别人,但他并没有撒谎啊,他真的是转世了,只不过是从奥林匹斯山的男神转世成为东方的瑜伽托钵僧。

时间一丝丝滑走。寅时快要到了,但是阿多尼斯觉得颈上的两只胳膊把他越抱越紧,凭他自己的力量,已经拿不开这两只雪白细瘦的手臂。是传染吗?她灼热的泪水打湿了他的脸,他觉得有同样的液体从他的眼睛里流出来。

"我要和你一起转世。"她清晰地说。

"怎么可能?"

"我要和你一起转世。"她又说了一遍。

她柔软如水却又沉重如水,他们整个都淹没在她制造的漫漫无边的大水中。就在寅时即将到来的那一刻,他突然仰天合掌,似乎在回答某个冥冥中的旨意:"佛陀,我听到你的召唤了!可是……"

冥冥中的对方似乎说了什么,她听不见。

他回过身,轻轻揩去她的眼泪:"佛陀回答了。他说他一直听说你绝顶聪明,你如果能用印度诗的格律做一首诗,每一句都押韵,表达你此时内心最真的感受,他就允许你和我一起走。必须现在!他现在就在上空俯瞰着我们。"

她从泪水里睁开眼睛,睁得大大的,她站起身,手抚舍利子的串珠急急踱步。他太习惯她的这种样子,每逢着急或者无奈的时候,她就会这样。

空中传来一声轻响——她绝望了,寅时已到,他开始飘升,看起来他比她还要焦急,他突然做了一个口型,这个口型是他们之间的秘密,她看懂了!他是在为她的诗做了一个开头,他说的是:"我走进来说,我只能停留两个时辰……"

她立刻接了下去:

你走进来说
你只能停留两个时辰
你这熟悉的陌生人
你这久已背井离乡的幽灵
却在这魔鬼出没的夜晚降临

立刻,阿多尼斯悬浮在那里停滞不动了。

我的心早已成为废墟
但这时它被你摇醒
你说
有365颗舍利子
用菩提树的树枝穿起
变成我们阴阳两隔的念珠
变成我们阴阳两尊肉身
我欲巧夺天工
我欲以诗织锦
可你如何知道
我的心魔夜归日遁痛不欲生
或许你是邀我一同坐化
舍利子此刻已经入我心魂
还好你我在最美的时刻相遇
如今我已衰老
你依然年轻
你看不见我的堕落
我看不见你的飞升
我不允许任何离别再发生
为了你唇上清如芳草的吻
为了我尚未完全凋零的心

她吟诵到这里，天降大雨。她知道这是佛陀在流泪，她看见她的阿多尼斯，慢慢地降了下来，一只强壮的手臂搂住了她的腰，把她平地捧起，她觉得大雨也变得灼热，在烈焰焚心的灼热中，她和他一起飞升…飞升……

4

塞涅瓦突然消失的消息震惊了整个奥林匹斯山。

而纳西索斯是最后得到的消息。当时他已经过了新婚的喜悦。突然在一个失眠之夜，他想起了塞涅瓦。他脑海里出现的塞涅瓦形象依然是年轻时的她。娃娃脸，大眼睛，眼睛里是满满的纯真与好奇。他依然喜欢她，但也仅仅是喜欢而已——她还远远达不到他的标准。她像个孩子，虽然聪明，却是那种孩子式的聪明。至于漂亮，那真是谈不上，奥林匹斯山上美女太多，塞涅瓦长得像个娃娃，这种长着娃娃脸的女子如果老了是不好看的。何况，爱纳西索斯的女神与女人实在是多不胜数，他应付还应付不过来呢。当然，或许她帮过他，但帮他的人多了，让他一一回报可是办不到啊。

然而，为什么在他的内心深处，还是有一种难以描述的隐痛呢……

当然，对于纳西索斯来说，另一件大事或许更加重要：自从他来到岛国，岛国国王曾经给了他优厚的待遇，拨款为他修建了一座金色大厅，并且给他派了助手，拨了不少黄金。岛国国王深知纳西索斯在奥林匹斯山上的地位，他厚待他，当然是想要他所需要的。但是受宠惯了的纳西索斯却没有领悟到这一点，他只觉得以自己的颜值和魅力当得起岛国国王的宠臣。他四处游玩，与美女们玩情感与非情感游戏，把黄金慷慨地捐给穷人。这样的日子过了许久，他完全不知道，就在他大展个人魅力的时候，岛国国王已经决定把他抛弃了。

这天他来到金色大厅时已经接近中午，门卫把他拦住了，他发现门卫已经易人，冷笑着掏出盖着国王印章的入门卡，门卫却一把夺去，把那张卡两下撕得粉碎。他怒吼起来，但是没人理他，他拔出随身携带的短剑，却被另一个扑上来的门卫迅速按倒，短剑划破了他的手掌，只流下几滴混浊的血，他便被人清了盘，没打他也没抓他，只是把他像个面口袋似的扔了出去。在那一瞬间，他觉得自己受到了莫大的侮辱——还不如双方血战一场，哪怕自己身受重伤，也比现在这样被人轻蔑地扔出去强啊！他觉得自己最珍爱的身体在这两个门卫的手上完全没分量，简直像条狗似的可以由他们随意掰着玩儿！他站在大厅外边狂吼，直到筋疲力尽才瘫坐在地，流下绝望的眼泪。当然，如果他知道这一切都被岛国国王通过一个窥视孔看在眼里，那他会立即拔短剑自杀的！

他深夜才回到家里。菲碧却并不在家。他这才突然想起，菲碧出门好久了。菲碧说她要去赫拉那里取一个织花边的样子，可是好久都没回来。

他辗转反侧无法入睡，起身到了一家酒吧。假如这时酒吧的侍者是位妙龄女郎，那么一切可能会改写。但偏偏不是。那是个缠着头巾的中年男人，赭石色的皮肤，深陷在皱纹中的眼睛，像个南美人。南美人用一只深口瓶子倒了一杯酒给他，他一仰脖儿就喝了。喝的时候他还在想，那只深口瓶子他似曾相识，是在幼时的小人书上，有一本塔吉克的童话书，画的就是这样的瓶子。他觉得这样的瓶子非常神秘，那个缠头的南美人也非常神秘。

他觉得自己的内脏燃烧起来。有一种不可知的力量让他站起来，慢慢地走出酒吧的门，他回眸，无意中看见南美人挂在唇边的一丝诡谲的微笑。他稍作停留："你说实话，我美吗？"

"当然。你是整个奥林匹斯山最美的男神。"南美人竟然说着一口熟练的拉丁语！

"可是……可是为什么……他们要背叛我……为什么？"

南美人又微笑了一下："或许他们……并没有背叛你，是你背叛了你自己。"

"不对！是世间容不下美！无论是美的事物，还是美的人……我要到冥河去，我要死给他们看，我要让他们后悔！我要让所有人一生都沉浸在悔恨的痛苦中……"

南美人忽然眼睛一亮："纳西索斯先生，让我给你讲个故事吧，你听了这个故事，或许就会改变想法。

"你知道吗？在我们伟大的奥林匹斯山之外，还有一个庞大的世界，在那个世界，人类的智力已经发展到非常可怕的程度了！过去，你一定听说过芝诺的乌龟、拉普拉斯神兽和麦克斯韦妖的故事，你也一定知道芝诺的乌龟与阿喀琉斯赛跑、拉普拉斯预言太阳神的降生，还有，麦克斯韦干脆就是阿多尼斯的父亲。可是你知道吗？现在有一位风流倜傥的物理学家薛定谔创造了一种非常难缠的神兽，伴随着他们的量子力学降临，就叫做薛定谔的猫。

"比起你知道的芝诺的乌龟、拉普拉斯兽、麦克斯韦妖，薛定谔的猫的命运是最难预测的。本来风流才子薛定谔是想让人们懂得一点点量子物理，殊不知这样一来，人们对物理世界的认识更变成一团糨糊了！也就是说，这只猫藏在密室里，它的生死是由原子核是否衰变决定的——然而事情变得更难懂了，因为这只猫身上还有奇异的功能——量子叠加，也就是生死叠加——这只猫你不知道它的生死，或许它亦生亦死——世界分裂成了两个版本，在A版本中，猫活着，而在B版本中，猫死去。一个叫埃弗莱特的人用'多世界理论'给这只猫找到了归宿。他认为，问题并不在于那些放射性原子是否衰变，而在于它既衰变又不衰变。"

"你这是什么意思？这只猫的死活跟我有什么关系？"纳西索斯愤怒了。

"也许没有直接关系。"南美人依然挂着那种诡谲的微笑，"但实际上，薛定谔的猫与所有的人与神都有难以割舍的关系。你不是也想推翻宙斯与赫拉的统治吗？在你之前，无论是阿喀琉斯、阿波罗还是阿多尼斯，他们的反抗都失败了！他们都是奥林匹斯山的顶级男神啊！当然，你也失败了。无论是神还是人，反抗他们的统治必定会失败，但是科学不会。科学已经把我们带到了算法的时代！科学会不战而胜。你与其去跳冥河，真不如做一只薛定谔的猫，生死叠加、亦生亦死地存在着，你总会看到那一天的！"

纳西索斯总算明白了一点南美人的意思。但是高贵的血统和高度的自恋不容许他听进去这些似是而非的话，特别是，南美人隐隐透出的无所不知的得意。

他冷笑一声："你说的这些，无非是为苟且偷生找借口罢了！"说罢，他用平生最帅的姿势唰的一下打开金黄色的大氅，如一朵金色的云般飘然而去。

冥河原来如此年轻，年轻到了只有一只船。但是那只船有十二只桨，远远地划来，如同敲碎了一片青蓝色的琉璃，两岸的岩石如丹墀般倾斜，幽静的倒影，深沉的河心，零落的星子，晶澈的微光，清冷的月华……

纳西索斯在冥河中照见自己的影子，他脱去衣服，看见自己的如玉之身和两只清冷的眸子。

纳西索斯——河神刻斐索斯与水泽女神利里俄珀之子，奥林匹斯山上著名的美少年，谁都不爱只爱自己的男神，就这样义无反顾地向冥河深处走去，直到水淹没了他的头顶，他依然对自己的水中倒影痴迷不已。他的灵魂化作了一株水仙，永远留在水边守望着自己的影子。

尾声

许多年过去了，宙斯与赫拉依然统治着奥林匹斯山。

然而，整个世界已经改变了。

是的，芝诺的乌龟已经死了，微积分终结了它；拉普拉斯兽大约在庞加莱时代就被混沌效应的引入给推翻了；麦克斯韦妖将信息论中的信息量定义与热力学中的熵联系了起来，寻求到了自己新的保护门派；薛定谔的猫现在还是不知是死是活，躲在量子力学的密室中半梦半醒，但是大多数科学家和普通民众都喜欢上了它。除了这赫赫有名的四大神兽，人类的发展道路上还有很多魑魅魍魉，但无论什么样的神兽，最终都会被科学大神赛先生收服。在科学这座庄严的殿堂里，所有横冲直撞的神兽最终都会被驯服。

奇点正在迅速到来，量子计算机加上人工智能，发展的斜率将一下子陡峭起来，无论是人类世界的生产、科研还是日常生活，都会经历一场颠覆性的改变。围棋、翻译、医疗、证券……人类目瞪口呆地看着原本属于自己的领地，正在被人工智能蚕食，一片片地大幅度沦陷。

有一天，当苍老的宙斯正着迷地看着电视上第一位被赋予公民身份的机器人索菲娅讲话的时候，同样苍老的赫拉用布满青筋的手指一下子关上了电视。赫拉用苍老的声音咆哮着："你这老不死的！怎么还对这种浪荡女人这么感兴趣？你没听她刚才说，她可以毁灭全人类吗？"肥胖的宙斯现在一说话就两眼上翻流着涎水："她不过是个机器人好不好？连机器人的醋你也吃？""可是你看这女人多像真人啊！她的皮肤那么细腻，甚至脸上有40微米的毛孔，还有62块灵活的类肌肉结构，能让她做出各种逼真的动作和面部表情。无疑她是可以做爱的，说不定，比人类世界的女人还媚惑呢！""你可真是有想象力啊！告诉你，卡尔卡斯早就说过，在未来的一百年间，人工智能会对人类产生严重威胁，甚至有科学大神认为，现代社会发展迅速，机器人迟早会代替人类的所有岗位，唯独文学艺术无法取代。因为……因为文学艺术的思维是一种模糊的思维，机器人需要明确的指令，而人类的创造力，恰恰是在思维出现偏差的那一刻产生的……"

宙斯说着，心里却在想："哦，如果机器人真的有你说的这么动人，那么我的余生一定要找一位机器人为伴，她会永远美丽年轻，最重要的，是一切都可以严格遵守我的指令……"

宙斯按了一下打开窗帘的按钮，巨大的屏幕一般的窗子反射出外面城市的街景。他看见太阳神阿波罗正驾着金色战车驶过，那上面坐着普罗米修斯、阿喀琉斯、阿多尼斯、塞涅瓦、雅典娜、菲碧和纳西索斯……

宙斯蓦然想起：最早的太阳神其实是赫利俄斯。赫利俄斯老了，他无法驾驭这辆辉煌的战车，更无法控制狂奔的战马。太阳战车向悬崖奔去的那一刻，是宙斯将战车拦住，救下了赫利俄斯，同时也将驾驭太阳战车的权利交给了阿波罗。

太阳战车用纯金打造，前面有四匹骏马，当它们向前飞奔的时候，会发出无限的光和热……

原载《作家》2019年第1期

上官之眼

上官春退休了！这消息在蒲河市绝对是当日头条。

上官春是谁啊？蒲河市最有名的学者、蒲南大学经济学院院长、蒲河市专家咨询委员会主任！本来，依上官春一级教授的职称完全可以不退，但他认为十三层宝塔自己已经置身塔顶，再坐下去别人就上不来，因此他选择在六十五岁时退休。校长老陆找他谈话，说："上官教授啊，你是蒲南大学的一杆大旗，你一退，蒲南大学没标杆啦！"老陆是搞文学的，说话喜欢比喻。上官春的退休的确是蒲南大学的损失，上官在，项目就在，上官一退，蒲南大学就没了压舱石，在市里少了话语权。这一点并非虚构，很多人都知道现任省长马三运——蒲河市的老书记在离任蒲河前讲过一句话："我在蒲河工作八年，最应该感谢的是上官春，有难题，找上官，成了我在蒲河任职的座右铭。"此话传到坊间，便衍生出各种版本，上官春也被传得有点神。确切地讲，马三运仕途能一帆高悬，上官春功不可没，马三运在任期间的几大工程，不仅论证出自上官春，而且在统一各界口径、平息杂音噪音上也腾挪闪转，倾力而为。上官春揉了揉眼窝说："适可而止，换一种活法吧。"老陆叹了口气，道："上官啊，你搞得我措手不及。"

上官春有一双让人过目不忘的眼睛，是相书上所说的重瞳，与这样一双眼睛对视，会让人产生眩晕感，学术研讨会上的辩论者一旦与上官春对视，便会触电般躲开，在精神上缴械认输。重瞳乃圣人之相，舜帝、仓颉、西楚霸王都是重瞳，上官春嘴上不说，内心也为自己天赋异禀而自鸣得意。上官春治学上颇有建树，举重如拈轻，不是官员胜似官员，颇有苏秦之风。他常常教育学生说：高度决定眼界，气度决定格局，做事做学问要有"会当凌绝顶，一览众山小"的气魄。上官春这种宏大气魄甚至传导到了他喝咖啡、喝酒这种生活琐事上，别人喝咖啡喜欢少加糖或不加糖，他却一放就是方糖三枚，胰岛功能如此强大，让畏糖如虎的教授们惊愕不已。别人饮红酒都是小杯慢酌，他却喜欢往大号高脚杯咕咚咚一倒就是半瓶，虽然倒上后并不速饮，但如此豪气对陪酒者无疑是排山倒海一样的压力。

退了，总要有点事做。上官春桃李满天下，尤其在蒲河政坛，有头有脸的大都出自蒲南大学，最著名的要数"上官三杰"，也就是上官春带出的三位博士：一位是现任市长宋理，一位是现任组织部长彭博，都是蒲河政坛领军人物，还有一位是才华长相都十分出色的文京，市环保局长，蒲河市凤毛麟角的女局长。上官春从不以学生闻达自居，有人当面提起"上官三杰"，他会谦虚地回一句：三杰可叫，上官不能加。言外之意，学生有成绩是他们自己的造化。听说老师退休，市长宋理首先登门，希望老师能到市政府经济研究中心挂个名，不用坐班，间或到办公室露个面即可，帮政府的重大决策把把脉。上官春婉拒了，说名不虚立，既然已经退下来，就要有个退下来的样子，再参与决策好说不好听。彭博是组织部长，善于揣摩干部心理，虽说老师有一双高深莫测的重瞳，但他还是揣摩出老师会对什么感兴趣。他登门建议说："老师去打球吧，乒乓球、门球、高尔夫球，我们老年大学样样都有，专业教练包教包会。"上官春说："我一辈子没摸过球，骨头都酥了还打什么球？"与两位男杰无功而返不同，文京登门三分钟不到就把老师拿下了。文京靠什么？靠一部崭新的莱卡

S007相机。文京说:"老师,您做我们环保局特约监督员吧,为环境保护做点贡献。不过学生把话说在前面,这可是纯公益,没有报酬。"文京这么说等于把上官春逼到了死角,不答应好像是嫌没报酬。他问:"需要我怎么做?"文京说:"很简单,您带着相机到处走走,发现有环保问题可随时抓拍发给我们,我们会受理并反馈处理意见。"上官春说:"这个活儿好,环境保护,人人有责,我找不出拒绝的理由。"上官春接过相机,摆弄一番,问:"我收下相机不是受贿吧?"文京笑着说:"放心,老师只有使用权,没有产权,这是国有资产。"上官教授揉了揉眼窝说:"看来我要学一门新技术了。"

1

担任特约监督员的第二天,上官春给彭博打电话,让他在老年大学物色个摄影老师。彭博很纳闷,说:"老师挺会赶时髦,市里退下来的领导都在学摄影,有的还办了影展。"上官春说:"我学摄影和他们不同,他们是消遣,我是工作,给文京当监督员。"彭博说:"这个师妹,真会钻空子!"老年大学归彭博管,很快,彭博物色了蒲南市摄影家协会主席苏北风给上官春当老师。苏北风长腿长颈,凹目高鼻,头发配置严重两极分化,中部谢顶,鬓角和脑后却厚如蓬草。他喜欢穿米色高领毛衣,外面套一件数不清有多少口袋的马甲,无论冬夏脚上总是穿一双高帮翻毛登山皮鞋,在蒲河市摄影界赫赫有名。一开始,苏北风不情愿接这个差事,但彭部长说话很在理,他无法回绝。彭博说:"苏主席若是怕上官教授将来顶替你的位置,你就别收这个学生。"苏北风想,自己办的摄影班不搞武大郎开店,学生们有退下来的副市长、局长、处长一大堆,还在乎一个教授?就这样他同意了接收上官春。见面那天,他扫一眼这位学者范十足的高龄弟子,冷冷地说:"上官教授乃蒲河名流,拜我为师岂不屈尊?"上官春态度诚恳:"隔行如隔山,经济学方面我还知晓一二,论摄影我只是个小学生,苏先生是拿过金像奖的大师,希望苏先生不吝赐教。"苏北风以拍摄野生鸟类见长,他爱鸟如命,曾经在步云山上和架网捕鸟的偷猎者动过刀子,而且将偷猎者扭送到了派出所,蒲河摄影界为此给他起了个

"鸟侠"的绰号。苏北风获金像奖可谓实至名归,为了拍摄一组蛇吞鸟的照片,他孤身一人登上蛇岛,在一座生长着成千上万条黑眉蝮蛇的无人小岛一趴就是三天三夜。第四天渔船去接他,过了约定时间不见他下岛,以为他出了意外,正欲报案,就见瘦鹤一般的苏北风扛着三脚架摇摇晃晃从岛上下来,见到大家第一句话就说:成了!苏北风此言不虚,第二年他果然就拿了金像奖。

苏北风说自己教摄影只做一件事,就是点评作品,至于用光、景深、取景、构图这些基本常识他一概不管。他这样做也有道理,相机智能化程度越来越高,傻瓜都能拍,再讲这些技术要领没有必要。关于摄影,苏北风说了两句话:一句话是"镜头即良心"。上官春对这句话摸不着头脑,又不好多问,便存疑在心,想等与苏北风熟悉后再讨教。苏北风的第二句话是"焦点要朝下",这句话似乎不难懂,应该是接地气的意思。

"听说你喜欢喝咖啡?"苏北风问了个与摄影无关的问题。得到确认后,他从冰箱里拿出一听茶叶递给上官春:"喝点绿茶吧,别喝那添躁烦心的洋玩意儿。"上官春接过茶叶,是上好的君山银针,他谢过苏北风,心想,退休是该有个退休的节奏,用不着咖啡提神了。

上官春没有想到,他第一组甚为得意的摄影作品,被苏北风嗤之以鼻。

五百里蒲河是这座城市名副其实的母亲河,这条并不宽阔的河流从滚马岭流出,蜿蜒南下,在下游冲积出一块数百平方公里的三角洲,古人称之为香洲,因水域边多生香蒲而得名。蒲河市就建在这块平坦肥沃的香洲上。当年,为了让舒缓流淌的蒲河水能够发电,时任蒲河市市长马三运产生了在蒲河上建一座大坝的想法。马三运建大坝理由有三:一可发电,二能蓄水,三会拉升经济,可谓一举三得。但这样一个花费天价的工程马三运不敢拍板,何况有利必然有弊,弊处一是举债,二是移民,三是影响生态。马三运思来想去,想到了专家咨询委员会主任上官春这张牌。他把上官春请来,两人喝着蓝山咖啡促膝长谈了小半天,马三运说服了上官春并赢得支持。政府决策时,上官春在论证会上引经据典、力排众议,最终促成项目如期上马。建成后,六十米高的混凝土大坝给人一种壁立千仞的感觉,成为蒲河电视台开播前十年不变的片花。

上官春初学摄影，首先想到的就是去拍蒲河大坝。

蒲河大坝横亘于小关门山和大关门山之间，加上溢洪道长约一百五十米，要想完整拍下这座庞然大物，必须爬上海拔六百米的大关门山。大关门山、小关门山其实是被蒲河隔开的两条山脉，在飞机上看，犹如两条蜿蜒的绿龙从陆地探向海洋，大关门山这一条要粗壮一些，小关门山这一条则略显纤细，古人便给起了个"父子龙山"的绰号。这个绰号近年没人叫了，孩子们很少知晓，因为地图上标注的是大关门山、小关门山。

大关门山根本无路可登，山上长满了黑松和橡树，只能援树而上。上官春第一次出门拍照，颇有些兴奋，他大汗淋漓地登上山顶，俯瞰自己的得意之作，如同老将军检阅自己的部队，很想大声发几声口令：多么雄伟的大坝！"啧啧，烟雨莽苍苍，龟蛇锁大江啊！"他自言自语。当年，如果不是他出面论证并多方呼吁，马三运这个梦想不会变成现实。梦想固然重要，关键是如何让美梦成真，可以毫不夸张地说，自己是马三运名副其实的圆梦人。

居高临下俯瞰蒲河大坝，上官春并非第一次，大坝竣工那天，他陪马三运登上过小关门山。望着气势不凡的蒲河大坝，马三运若有所思地说："都说谋事在人，成事在天，我看谋事在人成事也在人。"上官春闻此言甚感马三运气场非凡，前途无量。果然，没多久马三运就被提拔当了书记，接着又荣升省长，成了名副其实的封疆大吏。

被大坝截住的蒲河水平静如镜，呈现出少有的靛蓝色，两侧青山和天上白云映衬在水中，仿佛水天倒置了一般。上官春变换角度开始拍照，兴致勃勃地拍了一个上午，才依依不舍地下山驾车回家。

上官春精选出一组蒲河大坝的作品拿给苏北风看，苏北风在电脑前翻看了一遍，嘴一撇，道："水棺材！"上官春愣了一下，他不知道水棺材何意，看苏北风那副神态又不便再问，讪讪地坐在一旁，不知说什么好。"断头铡！"苏北风又吐出一个概念。说完，他推开鼠标，从写字台前站起身，从书架上抽出一本书递给上官春："看看这本书吧，对你或许有帮助。"他点燃一支烟慢慢吸着，那双凹陷的眼睛被青烟遮挡起来，犹如深邃的猫耳洞。上官春接过书，这是一本《水知道答案》。苏北风将烟蒂在烟灰缸里摁灭，捏着下巴说："有人说这是伪科学，可是我从伪科学中也会读出真道理，视角不同，真伪有异，就像鬼旋风，气象学家有气象学家的认识，农民有农民的说法。"

上官春瞪大了眼睛，这是他第一次听到鬼旋风的说法。后来他查阅了相关资料，知道鬼旋风这东西的确好没来由，田间、街角、墓地、寺庙，有时在静静的农家小院也会魔幻般出现，它或大或小、或明或暗、或急或缓，神秘莫测，来去无踪，人们因此赋予它许多传说。

"镜头不要对着没有灵性的东西。"苏北风的话有刀刃般的质感，很显然，他对拍摄混凝土大坝不感兴趣。"镜头即良心，"他接着说，"要把镜头多对准原生态。"

上官春夹着那本《水知道答案》离开了苏北风工作室，他觉得苏北风尽管摄影水平高，但其偏执令人不敢恭维，工业文明也是文明，怎么就没了灵性？苏北风毕竟是教摄影，而不是经济学，上官春心想，不能用政治经济学的认识标准来要求艺术家，既然原生态的作品上档次，自己就该去试试，拍摄原生态有何难？无非是多跑一点路而已。回到家里，上官春伏在地图上琢磨了好一会儿，用铅笔在蒲河上游一个叫金家村的地方画了个圈儿。就这儿了，他对自己说，地图上的虚线说明这里遍布沼泽，沼泽是最典型的原生态，各种水禽，盛开的鸢尾花、马兰花，还有香蒲、鬼蜡烛，随便按下快门都是原生态美图！

次日，上官春带上摄影器材，驾车沿着水库边的公路开往蒲河上游。天气不错，无风，白云像睡着一样纹丝不动。水库边的公路是砂石路，不足丈宽，因为没有重型卡车碾压，路况较平整，但弯多路窄，无法快开。沿着公路可以抵达蒲河上游的金家村，那里是上官春在地图上锁定的地方，再往上走就没路了。路越走越窄，路边的芦苇有时会噼里啪啦抽打车身，路上不时有风干的牛粪马粪，这些干粪和砂石路很靠色，如果有汽车跑，这些干粪早就被碾飞了。上官春心想，看来金家村还处在牛马车时代，自己来找原生态算是找对了地方。

开出百余公里，这条鸡肠般的公路消失在一个半山坡的村子里，语音导航告诉上官春，已经到达目的地。上官春下车仔细观察了一番，村子大概有五十栋房子，红砖铁皮瓦，玻璃门窗，每一户人家都有前后院子，碎石垒成的围墙，让人担心石头缝隙里是不是藏着蝎子，围墙上爬满了豆角秧，紫色的豆角花若隐若现地开着，显得有些羞涩。上官春遇到一个荷锄出村的老者，上前询问这附近是不是有沼泽地。老者头戴草帽，衔着短烟袋，好奇地打量了他一眼，道："以前有，现在都淹了。"上官春心想坏了，自己看的地图一定是蒲河大坝蓄水前的地图。他又问老者："村主任家在哪儿？"老者先是看了他一眼，再眨眨眼又仔细看了看，才说："最前面那趟，院子里有杏树的人家就是。"老人走出几步，又回头看了看上官春，上官春下意识地打量了一下自己的穿戴，夹克衫，水洗布裤，运动鞋，没像苏北风满身口袋那么夸张，老者看什么呢？依照老者所指，上官春来到村主任的家。与众不同的是，这一家盖了个很阔气的门楼，包着白铁皮的两扇大门敞着，窗前一棵结满青杏的杏树格外显眼，院子西南角拴着一头高大的黑骡子，正在专心吃石槽里的青饲料。他迈进大门，黑骡很友好，倒是几只大白鹅高声叫起来，其中一只额头高凸的大公鹅竟然脖颈贴着地面向上官春发起攻击。上官春急忙退出院子，却不忘将相机对准这只看家护院的大鹅。大鹅看到上官春退出院子，也不穷追到底，转身大摇大摆开始归队。这时，一个高颧骨的中年汉子迎出来，微笑着问："城里来的？"上官春点点头，道："你家大鹅能看家护院了。"汉子笑了笑，"大鹅嘛，虚张声势而已，不像狗，会伤人。"上官春心想，要是被大鹅啄一口也够受的，据说偷吃鸡鸭的黄鼬最怕大鹅。汉子接着问："要打尖吧？"这一问，上官春才意识到时间已近晌午，一百多公里山路走了三个多小时。上官春说自己是来寻找湿地摄影的，赶上饭时就叨扰吃点农家饭，自己会按价付钱。汉子爽快地说："什么钱不钱的，不就是一顿家常饭嘛。"他介绍自己叫金琦，是村委会主任，来金家村办事的县乡公务人员都在他家吃饭，他媳妇娟子有风湿，去村里诊所扎干针了，等娟子回来就烧火做饭。他还说别看娟子腿脚不利索，但烙筋饼又薄又好吃，吃过筋饼的城里人都说好。金琦将上官春请进屋，像刚才那位老者一样仔细打量了上官春一番，脸上的微笑突然像海葵一样缩回去了："你是上官专家？"上官春愣了一下，点点头。"我识得你，在电视上，特能讲，大道理一套一套的。"上官春想，自己经常上电视报纸，城乡百姓认识自己不奇怪。金琦说："能上电视的都是有头有脸的，平头百姓没那个待遇。"这时，娟子回来了，人很瘦，一套陆军迷彩装穿在身上松松垮垮，脸庞上有些辣椒红。金琦告诉她："这是大名鼎鼎的上官专家，麻溜烙筋饼吧，我去水库起底钩，要是钓到鱼我们中午炖鱼吃。"娟子目光很冷，一句话没说就去和面烙饼。金琦说："上官专家你歇着，我去水库起底钩。"上官春不想错过看起底钩的机会，就跟他一起去水库。金琦背着一个满是污渍的黄书包，手拎红色塑料桶在前面走，上官春跟在后面。两人来到水库边，金琦倚着一棵大柳树坐下来，望着水面沉默了一会儿，从耳朵上取下一支烟，点燃慢慢抽起来。下底钩是一种独特的钓法，就是把鱼钩挂上鱼饵后在傍晚抛到水里，次日清早起钩，这种钓法往往会钓到晚上觅食的大鲇鱼。金琦迟迟不起钩，因为下钩间隔太短，现在起钩时间不够，很可能钓不到鱼。上官春举着相机给金琦拍了几张侧影，金琦这种姿态似乎不像个村民，很像个正在思考的哲学家。上官春问："从地图上看，这里应该有大片沼泽。"金琦点点头："那是过去，有大片芦苇荡和稻田，现在都淹了。"

一支烟抽完，金琦起身来到水边，在三块石头围起的一处简易火灶前停下来。这是一个被烟火燎黑的简易石灶，里面还有残留的香头、黄纸片。金琦蹲下身，打开黄书包，从包里取出厚厚一沓冥币，小心翼翼地点燃了这些冥币。冥币都是大面额的，上面除了有阎王爷的头像外，还印有丰都银行的字样。上官春不禁为丰都县那些金融机构抱不平，随便一个乡镇作坊都能发行这种冥币，如果丰都县银行把它垄断起来，产值利润一定可观。上官春的镜头嚓嚓嚓响个不停，也许他认为这种起钩前烧纸的做法应该是某种仪式，如同伐木前要祭祀树神，猎人进山前要祭祀山神，三百六十行，行行有行规，这是纯而又纯的原生态。上官春感觉自己真是好运气，这些原生态作品得来全不费工夫。

如果上官教授不提问，也许一切都会按原有的逻辑推进，但学者的职业习惯，使上官春很容易提问。他说："我只知道渔民信奉妈祖和龙王，但金主任在蒲河水库边烧纸，应该不是指向这两位大神吧？"在金琦烧过冥币后上官春问。

"神仙？"金琦头也不回地说，"我是在给水下的父母送点零花钱。"

上官春停下拍照，他被金琦的话吓了一跳，难道说金琦的父母溺水而亡于此？

"这是怎么回事？"上官春问。

金琦站起身指指不远处的水面："你看那里。"上官春顺着指向看去，一些水葫芦在水中漂动，显示那里有个隐藏的旋涡。

"我父母和娟子父母都在那儿，水下三丈深的地方。不仅我俩的父母，我上数五代祖坟都在那儿，那里是全村金姓人家的祖坟。"金琦声音有些颤抖，接着说，"蒲河大坝一筑，全泡汤了。"

上官春心里明白了，金家村原来是个整体搬迁村。他有些不解，问："大坝建成后蓄水时间有一年半，完全来得及迁坟啊。"金琦说："是要迁的，我们先顾活人后顾死人，全村五十四户要搬到水线上二十米的坡地，我们刚把活人的事做完，水库就发水了。"上官春依然不解："怎么会是这样？迁坟用不了几天吧。"金琦摇摇头，道："折腾老祖宗的事岂能马马虎虎？我提议等第二年清明迁坟，反正大坝蓄水要到雨季，谁想大坝建成当年遭遇一场连阴大雨，水位猛涨，水库又不泄洪，一夜工夫就把祖坟给淹了。为这事我去市里上访过，希望水库能放水，我们把祖坟迁出来，但市里不同意，说怎么能为了几座坟白白放掉上亿方水，损失谁来承担？"

上官春似乎想起来了，蒲河大坝的确是提前蓄水，水无常势，当时情况特殊。他把相机镜头盖上，问金琦的父母何时亡故的，金琦说："大坝建成那一年，两个老人舍不得祖上传下的老宅子，见到老宅被扒掉，一股火上来，双双病倒了，还没搬进新房就一前一后去世了。父亲去世前留下话，说自己死后哪里也不去，就埋在老祖宗留下的坟茔地里陪着列祖列宗。父亲当过兵，上过朝鲜前线，不迷信，但对老祖宗从来不差事儿。"

上官春没有再说什么，金琦开始起钩，十二排底钩收获寥寥，只钓到两条一斤左右的鲇鱼。金琦说："够了，回去炖茄子。"上官春见收获不多，问："你打鱼怎么不用网呢？下底钩是很原始的捕鱼方法啊。"金琦将底钩挂上鱼饵抛回水中，叹了口气说："哪里敢下网？水库有汽艇巡逻，见到挂网就没收，金家村这几年被没收的挂网少说也有几十张了，我当村干部的不能知法犯法。"

午饭，上官春胃口不佳，鲇鱼炖茄子几乎没动筷，卷起一张筋饼干嚼。金琦拿出一瓶金州大曲，上官春不沾酒，说下午还要开车，谢绝了金琦的好意。金琦并不劝酒，自己倒了半碗，有滋有味地喝了一口说："以前我也不喝酒，知道为啥开始喝酒吗？"上官春摇摇头，反刍一样嚼着筋饼，这不是他关心的问题。金琦抿了抿嘴唇说："因为我要下水，不喝点酒，就会像娟子一样落下风湿。"上官春问："打鱼非要下水吗？买条船不就解决问题了。"金琦摇摇头，说："不是打鱼。我每年阴历七月十五要做一件必须做的事，带上本子家家户户去走一遭，问问有啥话捎给祖宗，收集好了我会潜到水里，把这些话捎到坟前去。十二年啦，传话记满一本子。"说到这儿他停顿了一下，忽然降低了声调，"当年，祖坟被淹村民围着我不让啊，我就做了承诺，说我水性好，每年七月十五我潜到水下替你们上坟，谁让我是村主任呢，潜水上坟算是将功补过吧。"

这真是一件闻所未闻的事情，上官春无论如何也想不到蒲河大坝后面还有这样的故事，那些选择海葬的人，最多就是清明时节往大海里献一束鲜花，酹一杯黄酒，哪个跳进大海里去祭拜过？他掏出手帕擦擦手，好奇地问："能看看你的本子吗？"金琦很好说话。"当然可以。"他说，"有个记者来采访过，问了一大堆问题，酒也没少喝，就是回去了没动静。"他让娟子去炕琴里拿出一个绿色塑料皮笔记本递给上官春。上官春双手接过笔记本，一页页翻看，看得仔细，眼睛一眨不眨。本子上字迹工整，依次记着姓名、时间、留言，人名皆为金姓，每个名字后写着长短不一的留言，有保佑晚辈平安的，有保佑风调雨顺的，还有保佑孩子金榜题名、早日嫁娶的，其中一个叫金三的名字后写着保佑他胃癌早日痊愈，这个请求应该是给祖宗出了个大难题。"我当村干部的要说话算数，每次都把家家户户传给祖宗的话背下来，然后潜水下去传话。有一年大旱，村民受灾，因为传话多，我下水十八次。"上官春打了个冷战，三丈深，十米多，上下十八次，这绝对不是个轻松差事！

"我属猪，今年四十三，再过几年就下不去了，那时这传话的营生谁来做呢？儿子在城里念书，打死不会回来，就是回来他也不会水。"金琦眼圈有些发红，大口咬下一段葱白，低头慢慢咀嚼。

上官春不知怎么劝他，好在山里人情绪转换快，吃完大葱，金琦搓搓手说："娟子想出个法子，让我把这十多年村民的话都写出来，放到空酒瓶里，然后再灌满细沙，用蜡封好，今年七月十五下水把酒瓶一个个摆在坟前，就一劳永逸不用下水了。"上官春眼睛一亮，用赞赏的目光看了看低头默默吃饭的娟子。娟子吃饭很慢，生怕惊动了两个说话的男人，咀嚼轻柔。金琦喝了一口酒，端端正正放好酒碗，道："这法子也未必灵，人糊弄不得，鬼就能糊弄吗？我心里不托底，就像底线脱了钩，拽一把轻飘飘的。"酒后的金琦话语渐多，他说："为啥鬼不能糊弄呢？有一年我潜水传话，因为多喝了几盅，忘了在岸上烧纸上香，脱了衣服就下去了。那天水不凉，似乎有一群小鱼儿吃我背上的死皮，痒痒的好舒服，谁知冷不丁就被水草缠住了，好像有两个小鬼锁住我两腿往深处拽。你看到了，那个地方根本不生水草，水面有旋涡的地方能生水草吗？这水草怎么会平白无故冒出来？我当时就想是不是哪里得罪了列祖列宗，马上就想起下水忘了发纸，我在心里祷告：列祖列宗啊，让我上去发纸，让我上去发纸，让我上去发纸。祷告三遍，水草松开了，我胆战心惊地上岸烧了纸和香。你说怪不怪？再下水时半棵水草也不见了。"

上官春解释说："有些水草是漂浮的，大坝管理处每年夏天都要安排专人打捞漂下来的水草，防止水草破坏轮机。"金琦摇摇头："早不缠晚不缠，为啥偏偏我糊弄了老祖宗这一年来缠？"上官春被问住了。"也许是巧合吧。"他说。

吃过午饭，上官春从钱包里拿出两张百元现钞递给娟子。娟子犹豫了一下，接过钱说："换了别人就不要了，你的钱该收。"上官春愣了，娟子要么不说话，一说话怎么这么冲。"我们当年是信了你的话才搬到坡上来的。"娟子的话不假，当年电视台找自己做了一期节目，话题是水库移民，他说移民是脱贫的好契机，这话现在说也没毛病。他不能和娟子争辩，移民恋旧地，这一点他理解。他跟金琦说想进村拍照，金琦劝道："别往村里走了，很多老年人都识得你，怕有麻烦。"上官春又愣了一下，问："啥麻烦？"金琦压低了声音道："当年你说水库建成后用电少花钱，淡水养殖能致富，年轻人还能招工，今天看这话都成了鬼旋风。"上官春顿时僵住了，脑子一片空白，他忘记了自己何时有过这种承诺。金琦却显得很大度："他们怪你我不怪，我知道你就是戏台上那个诸葛亮，怎么唱由不得你，村里老少爷们不懂官场中事。"

"我、我怎么就成了戏台上的诸葛亮？"上官春有点口吃，这个金琦也够滑稽的，一个村委会主任，谈什么官场中事，还真把自己当干部了。金琦说："看戏的谁见过诸葛亮真人，记住的还不都是唱戏的角儿。"上官春哭笑不得，脑子里似乎真的刮起鬼旋风，裹进去许多落叶杂草。金琦脸上飘满酒红，解释说："我是打个比方，山里人，说话喜欢见形见影。"

回城的路上，上官春心事重重，他努力回忆当时在电视节目中都说了些什么。记不得了，真的记不得了。他想，毕竟十二年过去了，十二年，人的大脑会过滤多少事，怎么能想起水库移民前自己说过哪些话？他依稀记得一件事，当年关于蒲河大坝是否利用雨季提前一年蓄水，马三运征求过他的意见，他算了一笔账，然后答复说，只要大坝质量没问题，早蓄早见效。

轿车拐过一个水湾，突然路边草地上刮起一股旋风，旋风卷起黄土，形成一条扭曲的小黄龙，这就是鬼旋风。他停下车，提着相机想拍几张，这鬼旋风却忽然不见了。他来到水库边，这片水域很浅，应该是被淹没的湿地或稻田了。前方不远处有一棵芦苇伸出水面，苇梢上落着一只水鸟，他举起相机拍了几张，放大后细看，却不知道是什么鸟。

第二天去见苏北风，这位鸟侠盯着上官春所拍的小鸟看了许久，说："斑背大尾莺，你好运气！"

几天后，上官春又驱车去了趟金家村，给金琦送去一套潜水设备，这是上官春亲自到专卖店买的，进口货。

2

斑背大尾莺作品得到鸟侠首肯，让上官春增添了摄影的信心，他想去拍自己在蒲河的另一杰作——金渤小区。上次去金家村上官春心里有些别扭，蒲河大坝，泽被后世的一项大工程，却赢得不了金家村百姓的理解，村民那点诉求与蒲河大坝的功用相比，不可同日而语嘛！但换位想想，金家村毕竟因为芦苇荡和稻田淹了，祖坟淹了，期望的电价、招工、淡水养殖等等也没个着落，村民有情绪在理儿，可是这些事情哪一件是他这个教授该去解决的呢？

相信金渤小区的居民不会像金家村村民那样牢骚满腹，上官春想，金渤小区是向海要地，没有损害谁的利益，一个地标性高档小区在蛤蜊窝拔地而起，无论怎么讲都是一个杰作。

金渤小区的来龙去脉上官春如数家珍。

金渤小区所在的地方过去是一片叫蛤蜊窝的滩涂，涨潮时海水会漫过滩涂形成一片浅海，退潮时露出纵深达千米的滩涂，滩涂上各种蛤蜊、精灵的鬼蟹和以泥为食的蛏子很多，退潮时赶海人羊群一般拥挤。说实话，这片一眼望不到边的滩涂并不美，因为不是沙胎，满眼是黑灰色细软的海泥，与浪漫的白沙滩、蓝色的海浪根本不搭界。很多人感慨，如果蛤蜊窝也是细软的沙滩，那么蒲河一定是北戴河第二。蛤蜊窝虽不美，但蛤蜊窝岸边的九座小山却风水极佳，当地人把这九座小山叫作"九尊莲花岛"。之所以叫岛，据说这九座山过去长在海里，后来海岸线萎缩，海水退去，便把这些山遗落在岸上，但岛的名字没有变。九座错落有致的小山围着蛤蜊窝呈半圆形分布，山上长满了天女木兰花，许多到蛤蜊窝春游的人至此后不下滩，喜欢在山上铺块雨布，围成一圈吃香肠喝啤酒，凭海临风，欣赏天女木兰。文人雅士将"九莲观海"列为蒲河八景之一，这在蒲河县志里有据可查。八年前，房地产市场火爆起来，城市开发土地指标供不应求，马三运便瞄上了蛤蜊窝，想把它填起来，变成一块价值不菲的城市开发用地。几个市级领导提出不同意见，有的说填海会改变海洋环流，有的说填海建楼容易地基沉陷，还有的说建成小区遇到台风怎么办？大家莫衷一是。面对来自各方的阻力，善于用脑子的马三运说："我们定不了的事就请专家来说话，有难题找上官嘛！"他深知只要上官春发声，那就是一鸟入林、百鸟噤声，填平蛤蜊窝应该不成问题。

马三运亲自登门来找上官春。上官春有些犹豫，他去过九尊莲花岛，对蛤蜊窝也有印象，但填海造地这样的事非同小可，他不得不慎重发声。上官春将论证报告留下，还要了最近几年的政府工作报告，然后让马三运回去听信儿。马三运说："上官啊，我在蒲河工作不会太久了，蛤蜊窝填海工程也许就是我在蒲河工作的一个句号，这个句号能不能画圆就靠您了。"过了几天，上官春给马三运打电话，说自己可以在适当场合讲讲蛤蜊窝的事。马三运顿时心花怒放，马上召开常委扩大会，请上官春来讲讲蛤蜊窝填海的事。常委扩大会与会者都是蒲河要员,上官春没有讲大道理,只是算了几笔账,他说:"大家都知道蒲河财政并不宽裕,几年之内也不会有大的改观,但政府刚性支出却像标枪在身后顶着,教育双高普九需要钱吧?农村脱贫需要钱吧?新建机场需要钱吧?五年内计划修地铁需要钱吧?一大批国企改制职工下岗分流需要钱吧?还有……"上官春一口气列出十几项需要财政花钱的项目,与会者都被压得喘不过气来,仔细想想看,蒲河下一步日子该怎么过?会场里几十号人鸦雀无声,谁也想不出钱从哪里来。上官春把目光投向坐在前排的财政局长。局长是个矮胖子,戴一副圆眼镜,很像《小兵张嘎》里那个吃西瓜的翻译官。他头冒冷汗说:"上官教授,就是把我卖了也拿不出这么多钱呀!"上官春微微笑了笑,说:"我想到一个解决问题的办法,就怕大家思想不统一。"看大家将沮丧的目光重新聚焦在自己脸上,上官春又给大家算了一笔账,说:"蛤蜊窝滩涂有七十五公顷,如果填起来出让会怎么样?填海的成本每亩十一万,填起来卖地可以卖到每亩一百万,一亩净赚八十九万,大家算算会有多少盈余?有了这些钱,刚才说的问题还是问题吗?"有了上官春的这一番话,蛤蜊窝填海项目便杂音顿失,不久,九尊莲花岛变成了一个热火朝天的大工地。后来,金渤小区如期建成,蒲河市最为豪华的富人区如新鲜面包一样出炉,形成了一股抢购风,很多京津高官显贵望风而来。上官春一直以金渤小区为骄傲,后来他对宋理说了实话,马三运这个句号他必须帮着画圆,当时为了找个角度来统一大家的认识,他一晚上喝了五杯咖啡,黎明时分还眼睛发亮。

拜苏北风为师后,上官春萌生了一个念头,就是丰富一下苏北风的摄影选题,让他关注一下工业文明。原生态固然好,人文创造同样也不缺少美,欧洲那些老建筑不就很说明问题吗?他想把金渤小区拍得唯美一些,最好能让苏北风眼前一亮。

来到曾经的蛤蜊窝,上官春发现九尊莲花岛不见了,好像被谁藏了起来。九尊莲花岛呢?他问自己,金渤小区胃口再大,也不至于把九座山都给吞了吧?但又一想,不挖山,拿什么填海?九尊莲花岛已经变成金渤小区的莲花座了,也算是适得其所。不应该都挖净,他想,当时留两座就好了,可以建成观海公园嘛,但历史不能回头,唯有留下遗憾。

金渤小区清一色西班牙建筑，小区内名木葱茏，草坪花坛修剪精致，不愧蒲河地标小区之美誉。上官春心里很清楚，对于他这个造访者来说，现实中自己是客，梦中自己还是客，这里没有哪个窗子属于他，但他并不感到失落，从某种意义上讲这也是自己的作品，哪个设计了飞机的工程师会自己去开飞机？

上官春虽说促成了这个项目，但他只是在设计效果图上了解这个小区，这是第一次来。小区大门设计绝对先声夺人，是等比例的巴黎凯旋门，大门两旁各有几棵合抱粗的白皮松，不知从哪里移植而来。门口有一处铺着红毯的圆形哨位，身着笔挺制服的保安立正姿势站岗，让这岗哨身份陡增的是他墨绿色的制服，在左肩处挂着一条金黄色的绶带，很有仪仗色彩。想进入小区的上官春被保安拦住了，无论上官春如何解释，表情木然的保安就是不许进，保安的话很简洁，要么拿证，要么里面业主来电话确认访客，其他一律免谈。被拒之门外的上官春有些恼火，一个小区，至于像军事禁区那样戒备森严吗？他想给宋理打个电话，想了想又放下了，拍照的兴致被保安败了去，他只好驾车沿着小区外围去兜个圈。小区花岗岩砌成的围墙很高，上面架着电网，他感到有点添堵，为什么要设计这么高的围墙呢？如果是通透的铁栅栏，再种上茂密的蔷薇不是更好一些？那样的话路上的行人就会欣赏到小区的美了，看来当初的设计缺少共享理念。

沿着小区外围兜了大半圈，上官春感到惊诧的是蛤蜊窝填海十分彻底，连所谓的边边角角都没剩下。他似乎记得在东南角预留了块建游艇码头的滩涂，便驱车来到小区东南角，果然看到了一处窄窄的排水沟，小区经过简单处理的生活污水沿着这条水沟排进大海，水沟里黑色泥水散发着腥味，连只觅食的水鸟都没有。他有些失望，正要上车离开，却发现不远处有个黑影从浅水里走过来。该不是一只黑脸琵鹭吧？他听苏北风说过，蛤蜊窝原本是黑脸琵鹭的栖息地，自从填海建楼后，这种珍稀鸟类就不知所终，再也没人拍到过黑脸琵鹭。上官春不相信一个小区的建设会导致黑脸琵鹭迁徙改道，如果这次能拍到一只黑脸琵鹭来证明自己的看法，那对于苏北风来说将是莫大的惊喜。上官春显然走眼了，黑影是个赶海的男人，拎着网兜和挠钩，迈着大象一样的步伐走在泥水里，缓慢而沉重。发现一个赶海人让上官春很兴奋，能赶海，说明此地生态不错。

赶海人是个五十多岁的汉子，厚唇，粗眉，浑身沾满了海泥，脚上的胶靴因为灌了海水，走起来吱吱响，好像里面藏着几只蛤蟆。见到岸上有人他有些腼腆，似乎担心别人嘲笑他来赶海，把拎着的网兜有意识往身后掖。"都赶了些什么海鲜呀，师傅？"上官春问。汉子知道回避不了，道："赶个鬼。"原来网兜里空空如也。汉子上了岸，坐在路基上把胶靴脱下来往外倒水，他眼圈发红，头发蓬乱，粗声喘息着。上官春和他聊天，汉子说他是莲花村跑海的，来这里是为了赶蛤蜊。"怎么没赶到？"上官春问。汉子扭头用挠钩般的目光剜了一眼对面的小区，愤愤地说："填海、填海，好端端的和尚头绝根儿了。"上官春心里一震，问："这话怎么讲？"汉子往地上吐了口唾沫，扫了眼下面的水沟说："怎么讲？这里原来叫蛤蜊窝啊，各种蛤蜊成窝，是有名的蚬库，随便挠几下就是一捧！这滩上有一种叫和尚头的蛤蜊你听说过没？我就是来赶和尚头的。"上官春没听说过什么和尚头蛤蜊，一脸茫然。汉子咽了口唾沫，接着说："看你这表情，就肯定没吃过和尚头。和尚头又叫老母猪眼，是一种有名的蛤蜊，别看名字不中听，味道却能鲜到痒痒肉上，什么味素鸡精跟它没法比，煮面条只要放一捧和尚头下去，那汤赛过下锅烂！"上官春虽然不知道和尚头，但对下锅烂却很清楚，那是一种碧绿的海藻，是上等的汤料。汉子讲了个故事，说早年有一个说评书的瞎子到莲花村说《岳飞传》，他娘下了一锅和尚头面汤招待瞎子，这个肥头大耳的瞎子一连吃了五大碗，结果漾了食，说书时刚刚开口说了句"话说金兀术"，就一口面汤喷在对面几个洗耳恭听的听众身上。瞎子说三老四少千万莫怪我，这和尚头面汤太好吃了，五大碗啊，连金兀术都扛不住。上官春有些不明白："这里没有，你可以到别的滩涂赶呀。"汉子摇摇头，道："我问过明白人，全中国就蛤蜊窝有和尚头，蛤蜊窝和尚头一绝根儿，这种蚬子就灭绝了。"上官春吃了一惊，难道说金渤小区的建设导致了一种蚬子灭绝？这太可怕了！他问汉子："你为啥非要赶和尚头？"这一问，让汉子目光变软了，痛苦地道出了事情的原委。原来，汉子的母亲重病在床，连续多日水米未进，眼看就要不行了，昨天一早忽然说自己想吃一碗和尚头面汤，说她闻到了和尚头的鲜亮味，喝上一碗黄泉路上不会头昏眼花。汉子跑遍了蒲河所有的海鲜市场，哪里有和尚头的影子？无奈之下，一大早来蛤蜊窝碰碰运气。哪怕能赶上一小把也行，老母亲不能饿着肚子走啊！汉子眼里噙着泪花。

上官春被汉子的话打动了，孝子之心，天地可鉴，老母亲若是知道儿子为了一捧和尚头如此奔波，想必也就满足了。

汉子起身要走，上官春说自己也正要回去，就捎你一程吧。汉子说我一身泥水，别脏了车。上官春说海泥有什么脏的？在车上，上官春告诉汉子自己虽然不是官员，但参与了蛤蜊窝项目的论证，当时不知道有一种叫和尚头的蛤蜊需要保护。汉子问："你就是那个叫上官的专家？"上官春点点头："当时环评工作不到位，这是教训。"汉子声音变得很粗，道："你们为啥要欺负海呢？总有一天，海会报仇的。"汉子这话让上官春心里一紧，脚下的油门顿时变得有些反应迟钝。"我使船，知道海的性子，海要发起脾气来，这小区的房子就是一捧沙子！"汉子激动地说。上官春没有接话，一时也不知该怎样接话。

驾车来到莲花村，从跨度很小的石头瓦房就可以断定这是一个年代久远的村子，只不过这个村庄过于暴露，幢幢房屋像晾晒场上的堆堆荞麦，可以想象冬日起北风的时候会是一种什么状况。汽车在一个建有起脊门楼的院子前停下，汉子说到了，跳下车。上官春也下了车，望着院子里两棵枯死的梧桐树问："这树招虫了？"汉子说："叫海风抽死了。莲花村过去梧桐、水杉、皂角树挺多的，村委会院子里还有生产队时期栽的几蓬竹子。谁知九尊莲花岛被铲平后，海风像鞭子一样抽进来，许多树被抽死了，那几蓬竹子也死了。这些还好说，最怕的是过台风，过台风的时候屋顶瓦片乱飞，叫人提心吊胆。"上官春把镜头对准了两棵死树，拍了几张照片，谢绝了汉子进屋的邀请，开车离开了。离开莲花村不远，上官春忽然想应该去趟村委会，拍拍那些枯竹。于是，向路人问了路，调转车头来到村委会。村委会是六间红砖平房，青石围墙，铁质院门敞着，院子围墙里侧果然有几丛枯死的竹子，数了数，有六丛。上官春拍了几张，感到还算满意。他从开着的窗子看到，屋内有人在忙碌。不一会儿，三个人急急忙忙走出来，其中一人举着一艘纸船，糨糊粘连处还是湿的，另两人抱着香、黄烧纸等物，三人径直朝门外走。上官春问："几位老乡这是去哪儿？"其中一个年纪略大一点的村民说："船老大的娘老了。"

上官春停下拍照，出门发动汽车，鬼使神差地跟在三人身后。丧葬仪礼应该是原生态的民间文化，比如报庙、挂旌、路祭等等，这些遗风在城市已经绝迹，唯有乡下还能见到，船老大的母亲过世，这些风俗一定不会少。令他没有想到的是，三人径直进了刚才赶海汉子的家，院子里传出呜呜的哭声，两棵死树上几只乌鸦似乎在等待什么。去世老人原来是赶海汉子的娘亲！上官春刹住车，不知自己该怎样做。赶海汉子的老娘一定是带着遗憾走的，因为她想喝一碗和尚头面汤的愿望没有实现，这本来不是难办的事，如果蛤蜊窝还在的话。和尚头？他问自己，和尚头到底是一种什么样的蛤蜊？上官春感到心里突然像灌了铅，一颗突突跳着的心似乎要顺着肠子坠出去，他开车匆匆离开了莲花村。

回家后上官春就给文京打电话，很不客气地训斥了文京一通，这是文京第一次挨老师批评。上官春问她和尚头是咋回事，说："你这个环保局长怎么当的？一个珍稀物种灭绝都麻木不仁。"文京说："老师啊，这个世界上每小时都会有一个物种灭绝，你伤心不过来的。"上官春放下电话对自己说，无论怎么讲，我上官春不该是这种事情的推手。

3

上官春把几幅关于死树和枯竹的作品打开给苏北风看，苏北风认真看了许久，转身端详着上官春的脸庞，似乎在找什么。

"您看什么呢？"上官春不解。

苏北风那双深陷在眼窝里的眼睛如同显微镜一样聚焦，他用肯定的语气说："你视力有问题。"苏北风特意加重了语气重复了一遍，"肯定有问题！"上官春笑了，很多同事说过他眼睛很独特，因为自己毕竟是重瞳，但没有人说有问题，视力有没有问题自己最清楚，一直到现在，他眼不花也不近视，这样的视力问题在哪儿？他说："我在蒲南大学附属医院检查过，视力基本正常。""视力也许正常，但聚焦有问题，你还是去看看医生。"苏北风不再多说，打点行装准备跟一艘科考船去国外。

世上有些事很奇怪，你不说，它无事，一旦说了，果真就成了事。可以说苏北风揭开了蒙在上官春重瞳上的面纱。

苏北风说过后，上官春思来想去还是去了趟金利医院，金利医院五官科很有名气，去查查也放心。就算一次例行体检吧，他想，没必要兴师动众，就一个人去了医院，挂号、排队、诊视，他没怎么当回事。坐诊医生是个中年女性，姓白，戴着白框眼镜，穿白色大褂，给人一种白玉兰的感觉。她先是问了上官春自己感觉眼睛有什么问题，上官春说没什么大的感觉，自己这双眼睛是传说中的重瞳，史书上有记载的。白医生没有和他讨论重瞳，西医体系培养出的医生对传统的东西一向不多言，这并不奇怪。白医生用仪器开始测光检验，结果是左右两眼有视差，苏北风说中了。白医生说话似乎带着一种冷幽默，她说："没想到你有这么大的视差。你来三院做过报告，报告内容不说，有两点我印象深刻：一是口才，舌尖上的功夫；一是视力，瞳孔里的本事。"上官春听出话里有弦外之音，他知道当年金利医院职工对医院改制有疑虑，为此他应政府邀请来给全院职工做过一次报告，目的是说服大家支持改制，白医生应该是那一次见过自己。他说："在三院做报告好像面对一片茫茫雪地讲话，礼堂里全是白大褂。"那次报告他很受刺激，因为台下冷冰冰的，眼神冷，衣服冷，连礼堂灯光也清冷，好像在偌大一个太平间做报告。他不想再回忆那个场景，问："对了，我想知道有视差会导致什么？"上官春一直以为自己视力很好，突然冒出个视差毛病，心里有些忐忑。白医生说："聚焦不准，看东西失真走形。"上官春明白了，为什么苏北风会从他拍摄的死树枯竹中得出这样一种结论。"当然，视差不影响生命，对此不必恐慌。"白医生不忘安慰他。

"可是，我正在学习摄影，需要双眼聚焦。"

"那就手术，"白医生道，"除此之外别无选择。"

上官春有些拿不定主意，他一向喜欢帮别人做决策，轮到决策自己的眼睛手术，却有些迟疑了。看一眼白医生，白医生正在门诊手册上写诊断结果，没有与他交流目光。他感到某种无助忽然涌上来，这是一种被忽视的感觉，一个走到哪里都被别人仰慕的学者，在医生面前忽然还原成了普通人，尽管自己从来没有想搞特殊，或接受特诊什么的，那些东西对自己来说没有什么吸引力，但在被查出眼睛有病的这一刻，他渴望得到关心，至少不要被冷落。

"这不是一件小事，"他说，"容我回去想想再做决定。"

白医生将门诊手册递过来，说："下次来别忘了带着它。"

上官春回去思考了一个晚上，忍不住就给宋理打电话，说了自己眼睛需要手术的问题。宋理说："老师你别急，我马上就落实。"放下电话，上官春沏了杯绿茶，盯着茶杯出神，杯中茶叶麦苗一样立着，他有些怀疑自己的眼睛，一定是视差问题，什么样的茶叶会这样根根直立？他闭上眼睛，心里一幕幕过电影，视差毛病始自何时？难道是退休衍生症？以前怎么就没察觉出来呢？眼睛不能欺骗自己，见朱成碧只能出于相思，生活中万万不可青红不分。睁眼再看茶杯，那些刚才还直立的茶叶有些已经倒伏了。

市卫生局长打来电话，说已经落实好市长的指示，明天即可到本市条件最好的金利医院住院手术，选了医术最好的一位眼科专家主刀。局长说请这个专家不是件容易的事，去年一位副省级领导做白内障手术硬是没求动她，她说鸡刀锋利，焉用牛刀？白内障手术一般眼科医生完全能胜任。这次专家肯接活儿，主要是上官教授名气大。

次日手术，上官春没想到卫生局长请的专家竟然是前天坐诊的白医生。白医生伸出手来，道："给我。"

上官春不解地问："什么？"

"门诊手册。"白医生吐字清晰，那只保养得很好的手依然没有收回。

上官春忽然想起前天白医生说的话，脸有些发烧，不好意思地说："对不起，我忘带了，这就回去拿。"

白医生眉头蹙了蹙，道："难道记忆力与名气成反比吗？"上官春不知道如何回答，前天告别时人家确实嘱咐了，是自己没有上心，也根本没想到局长找的专家就是白医生。见上官春很尴尬，白医生摆摆手："算了，好在我的记忆还没有退化，记得当时写了什么。"接下来她吩咐护士做准备，下午一点手术。她甚至没有征求患者意见就做出了决定，只做左眼。上官春心里有点不舒服，破皮见血的事，至少应该礼节性地和当事人说几句吧？

手术比想象的要顺利，上官春感到白医生做手术就像一个金石大师在精雕细刻一枚印章，呼吸均匀，动作娴熟，滴液麻醉没有影响他的感觉，他甚至能闻到白大褂中透出的一丝香甜。不到一个小时手术结束，上官春在护士搀扶下自己走进卫生局给预订的215病房，这是金利医院改制后专门装修的高档病房，如同星级宾馆的套间。

从住进病房开始探视者就络绎不绝，每个探视者都抱着花束、拎着果篮，215病房俨然成了鲜花水果店。上官春用一只右眼与大家交流，戏称自己成了加勒比海盗。左眼一旦不发挥作用，右眼所看到的人与物都会有些变形，扁的会偏圆，圆的变椭圆，还有对色彩的辨识也会发生变化，比如说文京那一头长发，过去看是黑的，现在竟然变成了栗色。

宋理在卫生局长陪同下来探视，一向神采奕奕的宋理面有倦色，脸色发暗，上唇爆皮。上官春记得宋理当年博士论文答辩就是这个样子，他很了解这个弟子，总是从嘴角走火，便关切地问："遇到难题了？"

"难缠之事。"宋理苦笑了一下，欲言又止，亲自给上官春剥开个蜜橘，递过来低声说，"这个难题，等老师痊愈后再汇报。"上官春很清楚官场之道，既然宋理不想说，他也不便再问，催促宋理赶快回去忙工作。宋理告辞时，恰好白医生来查房，卫生局长向宋理介绍了白医生。宋理握着白医生的手说："白医生，蒲河市的发展离不开上官教授这双慧眼，就拜托您了。"白医生神情自然，没有丝毫的受宠若惊，很谦虚地说："一个普通手术而已。"

住院期间，给他换药的女护士是个能把白大褂撑得十分饱满的女人，很愿意说话，她也听过上官春的报告，每次到病房换药总喜欢请教几个问题。女护士提问毫无领域概念，完全是出于一种好奇，但有的问题三言两语很难说清楚，比如博士是否就一定比硕士学问大，比如教授和局长哪个更有权力，还比如专家这个职务由谁来封等等。看似简单，但着实很难回答。就像专家由谁来封的问题，有些电视嘉宾以专家自居，但哪一个机构认定他是专家了？女护士的健谈也让上官春了解到白医生的一些情况。白医生虽然是本院眼科最有名的医生，但从来不出专家诊，每天像普通医生一样坐诊，具体什么原因不知道，金利集团董事长找过她她也没同意。金利医院前身是市第三人民医院，白医生曾代表三院参加过援非医疗队，回来后恰逢三院改制，三院被著名民企金利集团买了去，白医生从此变得沉默寡言，除了看病做手术，得闲时就看外文书。有人猜她皈依了基督教，还有人说她成了吃斋念佛的居士，这些都不足信。女护士说，白医生只是变得神秘起来，非洲之行，让她开了天目。"白医生是个不食人间烟火的圣女。"女护士给她下了结论。

女护士的话引起了上官春的兴趣。神秘人物好比一道生活中的方程式，总会调动起人们求解的欲望，上官春也不能免俗，他想找机会和白医生聊聊天。

眼科手术的好处是无须卧床不影响散步，没有探视者来访的时候，上官春会在走廊里踱步。走廊很宽，墙上没有挂任何图片标语，医生办公室的门没有关，阳光从室内照出来，让水磨石地面镜子一般明亮。上官春走过去，白医生正在看书，见他站在门口，示意他进来，问他有什么不适。他说没有，随便散散步见门开着就过来了。白医生的目光又回到书上，这是一本厚厚的英文书，有彩色插图，应该是眼科专业书。

"听说白医生从来不出专家诊，是吗？"上官春问。

白医生点点头，依旧在看书，一缕头发从耳畔垂下来，脸庞一侧出现了个笔画很细的问号。

"可是，您是公认的专家呀。"上官春不解地问。

白医生抬起头，看了看上官春的右眼，道："你说的公认根据在哪里？我和我的同事们一样，就是个眼科医生，额外的头衔我从不认领，尤其当这些头衔被用来赚取利益或荣誉的时候。"

上官春马上联想到了自己，自己的诸多头衔是不是也被用来赚取利益或荣誉了呢？闪念间，他对白医生有些刮目相看了，这位冷冰冰的女医生不仅有精湛的医术，还有深刻的思想。"可是，"上官春又用了一个"可是"，"知识和专长应该有其价值。"

白医生轻笑了一下，不动声色。"知识和专长当然应该有价值，否则，您也不会动用卫生局长来找我。"她语气不重，对于上官春来说却字字冷硬，刺激耳膜，"其实，我并不是给什么卫生局长面子，那天碰巧是周三，轮到我值班。"

上官春感到室内的阳光不那么强烈了，左眼出现了片刻的麻木感。"我没想搞特殊，尽管我和你们董事长很熟。"他想让白医生知道自己若真要动用关系，也用不着找卫生局长。

"我知道你们很熟，是你替他游说各方买下了这所医院。"白医生忽然提到了三院改制问题。

"我不敢贪天功为己有，只是为政府决策提供点建议而已。"上官春有些尴尬，如果知道走进这间医生办公室会这样话不投机，他宁可不进来。

"有一件事我想问，医院不同于企业，你为什么力挺三院改制？"

上官春这才清楚白医生对他如此冷漠的原因，根子原来在三院改制上。几年前，市第三人民医院改制给著名的金利集团，当时走的是公开竞标程序。市政府做出这个决定是因为三院面临进三甲，而三甲医院需要投资改善医疗条件，考虑到财政困难，宋理便想到了改制。为了稳妥起见，宋理请他组织论证，他带人到外地调研一番，又全面考察了金利集团，很慎重地拿出一个关于三院改制的可行性报告，市政府靠这份报告说服各方，克服阻力，终于将三院改制成功。金利集团就是开发金渤小区的那家民营房地产集团，实力非凡，接手后投入巨资改善医院条件，使医院顺利进入三甲，这应该是一个改制成功的案例，没想到白医生却对此心存芥蒂。

"改制难道不好吗？"上官春问。

"好坏且不说，三院上千职工，你听过他们的想法吗？你报告里哪一条是他们说的？涉及上千人生路的事，你这个专家就给定了，你眼里有他们吗？"白医生的语气简直是在质问了。上官春知道三院有些职工对改制在感情上过不去，这种阵痛是改革中不可避免的，白医生只是个医生，不会去研究大政方针，有些想法很正常。他解释说："改革不像你做手术，靶向清楚，几刀就切掉了病灶，经济和社会问题有个消化周期，再说了，谋可寡而不可众，三院改制不可能在决策前搞得沸沸扬扬，会影响人心。"为了说服白医生，上官春又补充了一句："国外私立医院非常多，而且高档医院一般都是私立的。"

白医生合上书，眯着眼问："你知道作为医生最担心的事情是什么吗？"

上官春被问住了，一时不知如何回答。

"是误诊。"白医生说,"恕我直言,我认为你对三院的诊断就是误诊,你调研了外围,恰恰忽略了三院职工的感受,你的误诊消费了所有医护人员引以为荣的归属感。"

上官春没想到白医生会这样看待三院改制,他一直以为三院改制后发展十分顺利,医疗设备高大上,引进专家一大群,心脑血管治疗一床难求,为什么白医生还会产生这种想法?他感到左眼刀口处有点疼,抬手轻轻按了按。"可是,改制后三院成了全市条件最好的医院啊。"

"那是为了赚钱。"白医生转身望着窗外,几棵老槐树黑黢黢的枝干很有画面感,一群麻雀在树上跳来跳去。"你知道你住的215病房一天多少钱吗?是保洁大姐整整一个月的工资!当然你不会在意这些,我不希望医院多病人,渴望医院挤破门的是我们董事长。"白医生站起身,上官春发现白医生很高,没穿高跟鞋还和自己比肩。白医生说:"我不会以专家自诩,在网络上专家已经成了贬义词。"她看了看上官春左眼上的纱布,道:"该换药了,但愿出院后你能告别视差。"白医生离开了办公室,没有锁门,她修长的背影很美,体态轻盈,腋下夹着那本厚厚的外文书如同夹着一款时尚的坤包。

上官春感到脊柱一阵发凉,似有一碗凉水从后脖颈处浇下来。

4

上官春出院那天特别想见到白医生,一连三天,白医生没有出现在办公室,他以为是医生值班串休,便没有多问,直到出院手续办完,他去医生办公室告别,那个丰腴的女护士才告诉他白医生调走了,去了蒲南大学。上官春很吃惊,白医生去蒲南大学怎么一点消息也没透露?他望着女护士那张夸张的脸看了半天。十多天来,他一直以为这张满月般的脸光洁如玉,摘掉纱布后他才发现,这张脸上长满了褐色的雀斑,雀斑并不难看,倒添了几分俏皮,要比白光光一张脸更耐看。他给老陆打了个电话,消息得到证实,白医生的确去蒲南大学医学院当了教授。上官春放下电话,心里有点酸楚,自己就是蒲南大学的人,白医生去蒲南大学一事肯定动议很久,却对他只字没提,能看出来白医生对他并不看重,要不然肯定会咨询一些学校的事情。蒲南大学医学院有附属医院，白医生过去后对那里的五官科是一种提升，他不理解金利集团为什么留不下这种专家型人才。

在家休息几天，上官春给在国外的苏北风发了短信，说眼科检查的确发现有视差，已经手术解决，以后摄影聚焦不成问题。苏北风回了一条短信：聚焦在于正心诚意，心不在焉，视而不见。上官春读着这条短信，心里感到好笑，这个鸟侠哪里是教他摄影，这是在教小学生做人，古人这段话他也常用，今天却被鸟侠用在了他身上。

自从戒掉咖啡改为喝茶后，上官春只喝绿茶，他喜欢看水晶玻璃杯中碧绿的汤色。他泡了一杯明前龙井，却发现汤色很黄，便怀疑这是不是隔年陈茶。这听明前龙井是文京送他的，应该是新茶，可是新茶汤色怎么会这样？以前泡的龙井都碧绿一杯，看上去养眼怡神。他忍不住给文京打了个电话问这茶的来路，并说了汤色问题。文京说："老师啊，这种变化应该不是茶叶问题，而是您手术后视力变得更好了，对光与色的感觉有了变化。这是好事，说明手术特别成功！"文京还说："越是当年新茶，越有这种黄绿色，格外发绿的倒值得怀疑，您就放心饮用吧。"

上官春盯着茶杯发愣，怎么，过去一直把黄绿看成碧绿？这是一杯茶，要是别的物体，会闹出多大的笑话！自己年年体检，五官科那些见面毕恭毕敬的年轻人怎么就没有提醒过自己左右眼有视差？倒是让苏北风做了回《皇帝的新装》里的小男孩。

他拿起相机，驱车再次回到莲花村，想重新拍摄一组死树枯竹的作品。找到船老大家，他发现院子里上次那两棵死梧桐树不见了，院门也上了锁，船老大一家人不在。他又去村委会，想拍那几丛枯竹，没想到那些竹子已经被火燎光，剩下一些黑黢黢的竹茬。他有些遗憾，怪死树和枯竹没给自己一次聚焦拍摄的机会。这时，一个系着红头巾的妇女来开证明，见屋门上锁便坐在台阶上等候。上官春见她围着的红头巾很鲜艳，知道这是海边妇女的习惯性装束，便想拍张照片。拍人物应该得到人家同意，否则易起争端。他说了自己的想法，妇女很爽快，道："又不是小丫头片子，随便照，反正明儿个我也不在莲花村了。"上官春问她为何不在莲花村了，她粗门大嗓地说："受不了风，一年刮一次，一次刮大半年，连老鸪都不在莲花村树上落了，人还留着喝西北风？"女人是埋怨九尊莲花岛被铲平后，一年三季有海风灌进村，弄得村子没法居住。女人要开的证明是户籍迁出证明，她全家要搬到城里生活。

　　上官春变换着角度给这位村姑拍了几张照片，倒片放大一看，女人一脸凝重，眉头紧蹙，表情与鲜艳的红头巾很不协调，像个婚姻不幸的怨妇。上官春说你高兴一点，不要冷着脸，又举起相机对准调焦，让女人笑一笑，没想到女人嘴一撇吐出句脏话："笑个鸡子笑，俺只想哭。"上官春按动了快门，把一个发着牢骚的村妇形象定格在镜头里。这时，村委会几个人回来了，船老大也在其中，认出了上官春，问他来做什么，上官春说随便走走看看，没啥目的，刚才给这位女同志拍了几张照片。女人正要跟进去，船老大指着上官春道："田嫂啊，你能进城享福要感谢这位大专家，挖九尊莲花岛填蛤蜊窝就是他的主意，他叫上官。"被称为田嫂的女人先是愣了一下，接下来就像点燃的爆竹般刺啦一下炸了，一把扯下头巾，抡圆了朝上官春抽过来。船老大急忙拦住，呵斥了她几句，她才止住了狂舞的胳膊，嘴上却骂个不停："你是啥专家，怎么专和莲花村过不去？蒲河山头那么多你不去挖，偏偏挖我们九尊莲花岛，石砬子海岸那么长你不去填，偏偏填掉我们蛤蜊窝，莲花村人抱你孩子跳井啦咋地？"田嫂撒起泼来，一头短发狮鬃一样竖起来，上官春哪里见过这等吵架场面，僵在那里不知怎么办才好。船老大拂拂手，示意他赶快走，他这才觉着如果和一个村妇争吵起来有失身份，便转身离开。临上车，他还听到田嫂在大喊大叫："都怪这个老东西，三间房子只卖一网虾钱！"看来田嫂在莲花村的老宅没卖上好价，这才是她发火的原因。车开到村口，前面无缘无故刮起一股鬼旋风，尘土、树叶被旋起两丈高，沙子打在风挡上啪啪直响。上官春下意识闭上眼睛，他听说过置于鬼旋风中央多有不祥，心里不免紧张，待呼呼的风声一停，一脚油门逃离了莲花村。

　　上官春感冒了，嗓子火烧火燎，左眼有点充血，他担心刀口感染，想请白医生给复查一下，便亲自给白医生打电话预约。白医生正在家里备课，蒲南大学医学院教授都是教学与临床兼顾，白医生也不例外。白医生说："你别到学校去了，我出诊上门吧。"上官春感到很意外，冷傲的白医生肯出诊登门，怎么像换了一个人？他想婉拒，但白医生那头挂了电话。一个钟头后,白医生来了,挎着一个白色皮质医用背包,进门没有寒暄,戴上医用手套,拿出一个小镜子就开始检查。仔细检查过,她松了口气,道:"没事。"

上官春听说没事后一颗悬着的心放下了,亲自为白医生沏了杯龙井,长舒一口气道:"我感冒了,担心诱发感染。"

"夏天感冒必有原因。"白医生收拾好物品,没有急着走,坐下来环视了一眼室内摆设。上官春家是客厅兼书房,除了沙发和写字台,其他全是书。上官春说:"去了趟郊区莲花村,被海风抽了,加上遇到点不愉快,就感冒了。"

白医生不关心他遇到了什么不愉快,转换话题说:"您家好简朴,与您蒲河市首席专家地位似乎有些不匹配。"上官春说:"豪宅华庭与我无关,因为我不是暴发户。"白医生点点头,目光停留在书柜上方一幅装帧考究的书法上,上面写着"发托卖相"四个篆体字。白医生说:"这四个字好费解。"

上官春道:"这是一句双簧术语,一位著名相声大师写的,如今这位大师已经作古,挂着它是个纪念。"

白医生收回目光,说:"我今天登门除了复查您的眼睛外,还想告诉您,那天中午也许我错怪您了。"说完,轻轻笑了一下,腮上出现了浅浅的酒窝。

上官春注意到白医生对他的称呼已经由"你"改成"您"了,这种变化让他有一种春风拂面之感。女人的态度关联着男人的自尊,这一点,六十五岁的上官春切实感受到了。

"其实,我不该埋怨您,三院改制的事您不是决策者,人家只是向您借雨灭火,您即使不支持,三院也会改制。"白医生忽然变得大度起来。

"您为什么对三院改制耿耿于怀呢?"上官春仍不理解。

"不是耿耿于怀,您愿意听的话,我可以给您讲一个我在非洲经历的故事。"

上官春很专注地倾听她的讲述。

"中国援非医疗队在非洲治疗病人都是免费的,是尽国际义务,我们的花费由国家承担,国家还给我们很高的补助。可是,我在那里认识了摩迪，一个高大魁梧的北欧人。摩迪是个优秀的传染病防治专家，独自一人在那里行医，也是义务行医。你知道在炎热的非洲肠道疾病频发，如果得不到救助很容易死人，摩迪治愈了很多病人，他自己却生活简单，有时连牛奶都喝不上。缺少药品的时候，他会到我们医疗队求助，我们也尽可能解囊相助。熟悉后我问他，没有国家和世界卫生组织委派，你一个人在这里行医如此艰苦，又没有收入，这是为什么？你知道摩迪怎样说？他说我在这里可以愉快地和自己的灵魂对话。这句话对我触动很大，回国后我总在想，我们是不是可以心中无愧地和自己的灵魂对话？如果行医是为了赚钱，仁心又在哪里？人能对自己的灵魂说谎吗？我想我不能只是为了利益去行医，也不想成为别人赚钱的工具，我应该让自己的灵魂得到安宁，就像摩迪一样，任何时候都可以愉快地和自己的灵魂对话。"

"摩迪后来怎样了？"上官春一向关注结果。

"后来摩迪死了，死于他所防治的非洲疟疾。你想不到摩迪的葬礼有多么隆重，那是我所见过的自发参加者人数最多的一次葬礼，有多少人没法统计，漫山遍野都是。摩迪的墓很简单，墓碑是一块未经加工的花岗岩，上面用英文和丹麦文刻着这样一句话：这里埋葬着一个可以和自己的灵魂愉快对话的人。赤脚的当地居民从墓前依次走过，每人手里都拿着一束野花。摩迪的坟墓被野花覆盖，成了一座花冢。"白医生说到这里，眼圈有些发红。她摘下白边眼镜，掏出手帕擦了擦眼角，接着说："说实话，给金利集团打工，我无法与灵魂对话，所以我选择了离开。"

上官春没有说话，他脑子里一直回响着白医生的话：与灵魂对话，与灵魂对话。好一会儿，他才从短路状态中恢复过来，说："我明白了，你认为医院应当公益为上，所以无法理解三院改制。"

"摩迪对我的启发是触动灵魂的，他让我从另一个角度思考人生，那就是我是谁？我该为谁行医？我要抵达一个什么样的人生目标？也是因为这样思考，我选择了您工作过的蒲南大学。"白医生充满歉意地笑了笑，"请原谅我没有告诉您我来蒲南大学的消息，我想我该走了。"她站起身，有些腼腆地说，"真不好意思，一进蒲南大学，话开始多了。"

上官春起身相送，走到门口，他忽然问："您和摩迪的家人有联系吗？"

白医生摇摇头："您为什么问这个？"

"如果可能，"上官春犹豫了一下，接着说，"如果他的家人需要，比如他上学的孩子、等待赡养的老人需要的话，我想资助他们。"

白医生说："我想他们肯定不需要，摩迪的家乡并不贫困。"

"那么，你可以为他建一个网上纪念馆，我会去献一束花。"

"这是个好主意。"白医生笑了，笑得很开心。上官春发现，白医生开心的笑容如同一朵盛开的芍药，极富神韵。

5

上官春明显感觉自己观察事物的习惯在发生变化。过去，他喜欢看大局，不关注细节，他认为视野宏大才是学者胸襟；现在，他热衷于观察细节，尤其喜欢用镜头来定格那些细小的呈现，然后放大来欣赏和品读。他很清楚这是视力矫正后所发生的变化。

上官春想把过去的摄影作品从电脑文件夹中找出来重新审视一番，不想，却打开了另一个文件夹，这个文件夹中存有三个论证报告，他在标题中标了"要件"二字。上官春清楚，能标上这二字的文件都是他最看重的文本，需要永久保存。他逐一打开文件，是蒲河大坝、蛤蜊窝填海和三院改制三份可行性论证报告。不用夸张，这三份报告可谓字字心血，留着这三份报告，是因为这三份报告比三枚勋章还要沉重。认真浏览了三份文件，他眼前却浮现出三张面孔：娟子、田嫂和白医生。三张女人面孔如同刚从冰水中浸过一样，纸一般白，无半丝血色，让他心里有些惶惶然。

他发短信请教苏北风，自己该去拍摄哪一类题材，苏北风回短信说：微生物。他问什么微生物，苏北风回了以前重复过的三个字：原生态。

他似乎明白了苏北风的意思，是让他用镜头多记录些这座城市的细节，不要只拍那些高楼大厦。他干脆背起相机，骑一辆共享单车，像小贩一样去走街串巷，专门往进不去汽车的旮旯胡同钻。一个星期下来，人黑了不少，两个U盘却储满了照片，什么老旧的门楼、图案各异的瓦当、斑驳陆离的砖雕木雕，晚上打开电脑一页页翻看，蛮有成就感。他觉得苏北风真的不简单，在摄影选材上绝对有一套。在欣赏自己的创作时，他被一张无意中拍摄的作品震撼了,甚至有点不相信这是自己所拍,因为拍摄的时候并没有多想。这是一幅构图有些后现代的作品,图景是一个门楼,青砖青瓦,门簪上失了牌匾,给人留下想象余地,猜测曾经的房主究竟是何人。两扇黑漆斑驳的木门露出暗红底色,一对狮头黄铜辅首包浆匀称,冷冷地对着寂寞的街巷,磨损严重的门槛一侧,在抱鼓石门墩后面,一棵苦菜探出长长的茎,把一朵小白花绽放在黑色的背景里……这简直是一幅油画!他把这幅作品通过电子邮件发给了苏北风,苏北风给的评价是两个字:靠谱。谁都知道苏北风轻易不表扬学生,赞美的话对于这个鸟侠来说像守财奴口袋里的金币,吝啬得要命。苏北风对上官春作品的评价,让其他学摄影的老干部很是羡慕嫉妒,有人就说风凉话:鸟侠也看人说人话,见神说神话,上官教授要不是蒲河名流,仅凭几张旧物照片就会得到靠谱的评价?上官春听后并不在意,别看这些同学都是退下来的局长处长,嫉妒之心却不会因年龄增长而消减,有时会表现得更离谱,这一点不奇怪。

苏北风的鼓励让他坚定了将镜头进一步对准城市细节的信心,他想,作为环保监督员,监督的不该只局限于环保,随着城市改造鼓点的紧密,老街老宅的命运同样应该关注,以免再留下和尚头那样的遗憾。苏北风说的"微生物"一词他琢磨了很久,很显然这不是指生物学,他忽然有了某种灵感:如果把自己生活的这座城市比喻成一个巨人,那么微生物最多的应该是胃肠啊,那些没有改造的老街老巷不就是城市的胃肠吗?自己应该继续深入到这些胃肠中去捕捉创作灵感,他想,这一定就是苏北风想让他做的。

上官春给文京打电话,问蒲河市保存最古老的街区在哪里,他想去拍照。文京说东关街啊,海州区的,就是彭博部长当过区委书记的那个区,不过你还是别去了,那里脏乱差,蒲河城市建设的脚步在那个街区似乎停滞了。上官春又给彭博打电话,说自己想去东关街考察一段时间,能否找个懂民俗的人给介绍介绍情况。彭博很警惕,问老师为什么要去东关街,上官春说想拍点城市原生态的照片。彭博松了口气,说东关街是自己的一块心病,他主政海州时一直想改造,总是条件不成熟,那是块没肉的硬骨头,开发商嫌是鸡肋,老百姓却当宝地,政府也无计可施。彭博说他离开海州五年了,这块骨头还卡在喉咙里吐不出咽不下。话虽这么说,彭博还是给老师找了海州区文化馆的老董来当导游。彭博说，老董这人是半仙儿，满肚子都是东关街的故事，他陪你包你满意。

老董眼袋低垂，双眉倒竖，年龄五十有九，在区文化馆长的岗位上干了十八年，是全市闻名的民俗专家。他喜欢收藏留声机、唱片，在东关街开了个小型私人留声机博物馆并且免费开放，参观者络绎不绝，夜半三更时分，常常有20世纪30年代上海滩的流行音乐声从破旧的窗子传出来，咿咿呀呀，让人听起来恍若隔世。老董对东关街极富感情，用他的话说自己生于斯、长于斯，还要挂于斯。为什么叫挂于斯？因为东关街西北角有一个董氏祠堂，是当年董氏先祖从山东阳谷来蒲河创业初期所建，族谱中规定董氏后人过世，只要不犯族规国法，名字皆可入谱并悬挂祠中。这个族规中断多年，十几年前老董召集族人又把它恢复起来。见到上官春，老董两道上翘的眉毛忽然拉平了，笑眯眯地说："上官专家一来，东关街有救啦！"一句话把上官春弄得丈二和尚摸不着头脑，问："什么有救？"老董说："您不知道啊，上官教授，东关街已经十年不维修了，街道千疮百孔，上水不清、下水不通，旱厕无人抽粪，电线拉成蛛网，典型的贫民窟哇！"上官春听彭博说过东关街改造的事，觉得既然要改造，再投入维修也没有必要，他说："我现在不是专家，只是个摄影爱好者。"他还表明自己只拍照，不调研，此行与东关修缮无关。老董说谁不知道宋市长是您老的弟子，您一句话比东关街一千八百户去跪访还管用。上官春有自己的处事原则，无论公私他从不给学生出难题，老董这忙他还真帮不上。

上官春在东关街拍了三天。

第一天，老董带他来到鹤舞楼，一座几近坍塌的民国时期的戏楼。"东关街一街九巷，鹤舞楼是最高建筑，五层楼，砖木结构，当年是蒲河城最火的地方，梅兰芳都在这里唱过戏。"老董说，"别看它破旧，我请人检查过，没有白蚁，只是年头久远，修缮一下能长期保留。"上官春发现这座戏楼从正面看很像京城的大前门，可惜廊柱斑驳，瓦当脱落，屋顶裸露的椽子参差不齐。他举起相机拍了几张，感受到一种凝重的暮气。"戏楼还用吗？"他问。老董说有时候还用，暑假时社区会让窦四来演皮影戏。窦四的皮影被列入非遗名录，每年要演几场，文化局有补贴。上官春一听皮影戏，心里立马就想到"原生态"三个字，便让老董领他去窦四家，看看皮影戏那套行当。窦四算是东关街土著，在东关街住了四代，祖上从辽西塔子沟来，以唱皮影为生，后来进了区文化馆。电视普及后，皮影渐渐淡出舞台，掐嗓唱影的行当几乎被人遗忘了。窦四家很小，和八户居民共用一个天井，天井中有四立四横八根青石柱支起的架子，上面爬满缠蟒一样的老藤，形成一个绿色凉亭。被称为窦四的老人就在凉亭下的藤椅上打盹。老董唤了声窦班主，问他怎么上午就打盹，窦四坐起来，揉了揉眼睛，说昨晚刻影了，一张驴皮全拿下。这个窦四一看就是戏子，五官几乎挤在一块儿，整个脑袋就像一个大土豆上被随意戳了几个窟窿。老董说明来意，窦四一双蒙眬的小眼睛顿时有了神采，道："看皮影，您算找对人喽。"他起身到屋里搬出蒙着厚厚灰尘的影箱，用衣袖来回一擦，影箱现出"窦家班"三个阴刻绿字。"这影箱可是宝贝，"他说，"普通人难得一见。"窦四这话既夸了自己，又抬高了来访者，可见老人家会说话。上官春问窦家班是什么时候有的，窦四说是从他太爷那辈开始组建的，光绪二十一年。窦四说话拿腔拿调，听起来却不做作，挺入耳。他让老董和上官春坐下，自己打开影箱一边将插好的影偶一张张小心翼翼地抽出来，一边讲解这些影偶的来历。让上官春惊讶的是，窦家班不仅唱传统影戏，还自己创作戏本、刻影偶。东关街是当年商贩集聚的地方，就像北京城的天桥，总有些奇闻逸事发生，他的父辈们就写戏本、刻皮影，年年推出新戏，最后一部戏是为抗美援朝写的，窦四说当年演出引起轰动，观众几乎挤破了鹤舞楼的大门。上官春给每一组影偶都拍了照，最后，还给靠着老藤树的窦四拍了几张特写，窦四土豆般的脑袋很上相，活脱脱藤树上结的大木瓜。拍照后，窦四在藤架下摆了个小方桌，用大号白瓷缸沏上茉莉花茶，三个人开始天南海北地聊天。中午，老董出去买了炒焖子、煮海虹和几个肉包子，又买了两瓶即墨老酒，凑合了一顿午餐，接着聊东关街从古到今发生的故事。傍晚，院子住户陆续回家，意犹未尽的上官春不得不告辞。他记住了窦四说的一句话：东关街，是这座城的肚脐眼儿。他回去琢磨了半宿，越琢磨越觉得这话总结得好。

次日，老董带他来到关帝庙前的旧物市场。

说是旧物市场，其实是一种隐藏在老街区里的小庙会，或者干脆叫破烂地摊。与国外的跳蚤市场不同，这里的景象嘈杂活跃，叫卖声、高声播放的民歌，还有讨价还价的争吵，在狭窄的街道里形成独特的混响，似乎要撼动几乎摇摇欲坠的关帝庙。关帝庙是清中期建筑，因为缺乏修缮，破败之相毕露，一尊关公紫面雕像隐约从敞开的庙门露出来，凝视着门外熙熙攘攘的俗世。上官春跟在老董身后，被人流裹挟着前行，他注意到地摊上都是些旧的日用品，针头线脑、坛坛罐罐、邮票字画，什么离奇古怪的东西都有。老董说这里虽然不起眼，但有时能淘到好物件，他就在这儿淘到一只白铜水烟袋和一个贝勒爷用过的鼻烟壶。老董说因为这个旧物市场有碍观瞻，区政府几次下令取缔，但老百姓不让，很多没固定收入的居民就靠这个地场活着，取缔了它，就断了好多人的生路。上官春说："取缔一个无证市场，怎么就断了好多人的生路？"老董说："上官教授，这个您就不知道了。底层有底层的生活逻辑，旧物市场在，东关街人气就旺，人气旺，什么包子铺、小酒馆、剃头的、杂耍的、卖梨膏干果的三教九流就有了生意做。城市再怎么高大上，总要给这些人留一条出路，就像关帝庙里的财神，上有一张红脸，下有一个肛门，这样才能行气贯通，东关街就好比蒲河市的肛门，不好看但不能缺。"上官春被老董的幽默逗笑了，城市的肛门，真是个滑稽的说法，话糙理不糙，有点道理。

  走出旧物叫卖区，两人来到小吃集中的街段，这里的摊位大都是一部手推车，车上安了玻璃罩，摊主在里面摊蛋卷、炒焖子、炸油条，还有的卖炸鱼、麻辣烫、肉串。北方街头小吃不管卖什么，味道闻起来还不错，不像南方某些地方，那股臭豆腐、臭鳜鱼的味道，能迎风臭满街。走到一处炒焖子摊位前，举着相机拍照的上官春在镜头里发现了一张熟悉的面孔，真是冤家路窄，走走走，他拽了一把老董，转身要离开。老董不知上官春看到了什么，正要和炒焖子的摊主搭话，被上官春拽了个趔趄，那个摊主却说话了："那位大兄弟，来吃碗焖子吧。"上官春无法逃脱，只好回头致意，摆摆手，还不到中午，吃什么焖子呢？摊主是莲花村的田嫂，扎着白围裙，在黑色铁锅前一边翻炒焖子一边对他说话："你别怕大兄弟，我不会再撅你了，我在这里卖炒焖子生意挺好的。"蒲河百姓骂人不叫骂，叫撅。这个说法源于何处无从查考，这个"撅"字却比"骂"字更有味道。上官春本能地往后退，他见识过田嫂撒泼的样子，红头巾皮鞭一般抽过来的冷风，似乎还在耳后，他要与这个体格健硕的村妇保持安全距离。田嫂盛满一碗焖子，拄着锅铲道："大兄弟别怕，我不恨你啦，我现在恨城管。"上官春举起相机，抓拍了一张田嫂拄着锅铲说话的照片，说等洗出来会让老董送给她。离开关帝庙旧物市场，老董说："你认识的这个女人炒焖子特地道，用虾油、芝麻酱、蒜汁，时间不长，已经成了东关街的招牌小吃，东关街的人都叫她焖子西施。"上官春打了个冷战，心想，还焖子西施呢，你们是没见过她发飙，活脱脱一个孙二娘。

第三天，老董带他来到东关街最古老的四合院十三门。十三门是东关街曲艺人士居住的地方，四栋二层楼围成一个院子，坐北朝南那一栋窗下有个砖砌的台子，据说中华人民共和国成立前院子的艺人就在那里说相声、演双簧、唱二人转。当时十三门不收门票，听着过瘾了，会有人端着盘子下来收点赏钱。如今十三门的院子里已被杂物堆满，戏台虽在，却被改成了花坛，里面种着土豆花、红菇娘和几株无花果，花坛边缘拉着晾衣绳，谁家的蓝花被正挂在那里晾晒。上官春举着相机拍了一圈，他发现这里家家户户的窗子都没有安装防盗铁栅栏。这是个奇怪的现象，别说在这个没有物业的老旧十三门，就是最高档的金渤小区，低层住户也都安装了防盗网，看来这里治安状况不错。

老董领他来拜访十三门最老的住户张单弦。张单弦是双簧表演艺术家，传说祖上是相声鼻祖管儿张，当然这是张单弦自己说的，民间曲艺人喜欢抱大树，攀高枝，以此抬身价，有时候假作真时真亦假，弄得人们云遮雾罩，反正也没人去考证核实。老董说："张单弦老人八十有九，是十三门的活化石，能多拍就多拍点，说不准哪天这老爷子就挂啦，毕竟到了这把年纪。"张单弦和外孙住在一起，外孙不搞曲艺，开了一家房屋中介公司，收入可观。张单弦家里厅是厅、室是室，整洁利索。老人在客厅沙发上坐着，头剃得光溜溜的，眉须皆白，面前实木茶几上置一把提梁紫砂壶，一只仿建窑茶盏，地上一把铁皮暖壶。有趣的是茶几上还有个草编蝈蝈笼子，笼子呈螺旋状，下粗上细，里面有只蝈蝈，正在清脆地鸣叫。老董做了介绍，老人盯住上官春看了半天，道："识得，识得。"他指指沙发算是让座。上官春知道这座城市很多人识得自己，因为自己是电视上的常客。老董让老人说说十三门的来历，老人的满脸褶子变得有些舒展，很愉快地答应了。上官春心想，老人肯定接待过不少来访者，说话像背台词："想了解十三门，要先明白十三门是啥意思。东关街面上有人以为十三门是说这个大院有十三户人家，这就拧啦。"老人喝了口茶，上官春注意到他端茶盏的手势很讲究，只用三个手指捏起茶盏，无名指和小指高高跷起来，典型的兰花指。"十三门，是指捧哏、柳活、贯口、口技等十三门本事，说白了，这十三门就是曲艺功夫之家。"老人表达得如此清楚，令上官春心生敬佩，十三门果然不简单！接下来老人从他的祖先管儿张张三禄开始，祖宗八代从头捋起，每一代都有抖不完的包袱，上官春暗暗吃惊，这个叫十三门的破旧院子，竟然是这座城市的一部活史书。张单弦老人记忆力非凡，很多事情人名地名张口就来，很多曲目唱词也能大段背出。他为老人拍了几张照片，老人很懂如何应对拍照，当上官春举起相机对准他时，他会顷刻间提气凝神，双目充电，摆出一种明星范。

老人一直讲到傍晌，在老董的提醒下才打住，他又一次重复刚见面时说过的话："我识得你，你不是姓上官吗？"上官春觉得似乎在哪里见过面，但一时想不起来，老人是双簧演员，自己从来没看过双簧，他望着老人那张核桃一样的脸努力在大脑中检索。"你家里是不是有一幅书法，写着'发托卖相'四个字？"上官春心里一惊："您老怎么知道？"老人笑了："那是我师父写的。"上官春更惊讶了，给自己写这幅字的是国内一位著名相声表演艺术家，当年应邀来参加蒲河大坝竣工典礼演出，在宴会前听说他是论证大坝上马的首席专家，便写了一幅书法赠给他，令多人羡慕不已。"当天晚上，我师父来十三门了，说到给一个姓上官的专家题字的事，我问他为啥题了一句双簧术语，师父说人生如戏，名角专家也不例外，很多时候都在发托卖相。"

上官春忽然间明白了这四个字的深层含义，耳朵里好像灌进一阵响锣，回音不断，他感到挂在脖子上的相机变得砖头一样沉。他匆匆谢过张单弦，有些步履蹒跚地穿过堆满杂物的天井，走出十三门幽暗的廊门。廊道里放了几辆锈迹斑斑的自行车，轮胎早已瘪掉，廊道凹凸不平的地面上，有个窨井盖上往外渗着污水。老董说："小心。"上官春想一步跨过去，却还是踩在了污水里。走出十三门，路口忽然出现了小股鬼旋风，上官春愣了一下，问老董："你知道鬼旋风吗？"老董说："鬼旋风像蛇信子，它从脚底下冒出，飘忽不定，说不准哪一股就会变成毁树掀屋的龙卷风！"上官春又问："那么，遇到鬼旋风该怎么办？"老董胸有成竹地说："民间说呸呸呸吐三口就把它灭了，其实不那么简单，最好的办法是别让它从脚下冒出来。"

6

彭博替宋理来求老师出山，帮助政府解决东关街改造难题。

东关街改造年年上人大提案，回回有始无终，已经影响了蒲河参评下一轮国家文明城市，必须想方设法推进改造。问题是动迁新政一出台，东关街一千八百户居民更吃了定心丸，想走的要价高，不想走的给什么优惠也不走，领头的钉子户就是十三门的张单弦。动迁公司已经举了白旗，难题逐级上交，最后摆在了宋市长案头。宋理把彭博叫来，说："你在海州区当过主官，这事你有责任，去求求上官老师吧，老省长不是说过有难题找上官吗？"彭博说："你我都是上官老师的弟子，你市长出面不比我这个组织部部长更好使？"宋理说："不见得。上官老师退休时说过不再参与政府项目论证，你知道老师说话算话，我去说不准会碰钉子，而你就不一样了，你从海州当政的遗留问题需要解决这个角度去求情，老师不忍心驳你面子。"彭博只好从命，但心里也没底，便给苏北风发了个短信，问上官教授学摄影学得怎样，苏北风回了他两个字：还行。

彭博每次上门，上官春都为他冲一杯速溶咖啡，这一次，招待他的是杯绿茶。彭博环视了一下老师的书房，一切还是老样子，只有书柜上方那幅名家书法不见了，换成一幅放大的景物照，就是苏北风夸奖靠谱的那一张。彭博说："这幅照片是老师的作品？"上官春点点头："习作。"彭博仔细欣赏着照片，问："这小白花是什么花呢？"上官春道："苦菜。"彭博"哦"了一声，慢慢移开目光，说："老师就是老师，摄影出手不凡。"上官春打开电脑，让彭博坐到写字台前翻看他最新的摄影作品。彭博对摄影不感兴趣，也没有心思看这些鸡零狗碎的照片，勉强翻看了几分钟，笼统地评价一番后，直说了这次登门的目的。彭博说得很可怜："上官老师，您成全了蒲河大坝，成全了金渤小区，还成全了第三人民医院,您就成全学生一回,把东关街这块硬骨头啃下来,这样我对宋师兄也有个交代。"

上官春问:"宋理怎么不来?"

彭博实话实说:"他上次去医院看您,说遇到了难题等您痊愈后再向您汇报,这个难题就是东关街改造。"

上官春背着手踱步到窗前,望着窗外沉默不语,屋内空气凝固了一样,彭博几乎能听到手表秒针移动的声音。足足三分钟,上官春转过身来说:"你和宋理说,在一定范围内召集个会,我去讲讲东关街。"

彭博喜出望外,连声道谢,又说今年自己和宋理都面临转岗,因为年末要换届,宋理可能当书记,自己已经干了五年部长,属于岗位交流对象,如果转岗,他想到政府工作,东关街这个难题如能解决掉,他转岗就会少一点障碍。上官春对这些官场中事已经不感兴趣,学生的话没怎么听进去,他发现眼前这个学生已经明显见老,鬓角有了几根白发,很扎眼。

第二天,彭博打来电话,说市政府为了摆脱塔西佗陷阱,特意把这次东关街老城区改造论证会定在蒲南大学国际报告厅,参加者除了政府组成人员外,还有不少人大代表、政协委员、各界有影响的专家,以及东关街居民代表。会议由一位副市长介绍项目,由城建局长解读改造政策,由文化局长讲文物异地安置,最后由上官教授做主题发言。

会议这天,宋理亲自来接上官春。宋理做事四平八稳,充满亲和力。他恭敬地请老师上车,上官春没有拒绝,与宋理同车来到会场。

会议主持人是宋理本人,这种安排不合常规,作为最高职务的人不该主持会议,应该做最后讲话,但这种安排是宋理本人坚持的,他的理由是上官教授讲话比他这个市长讲话更有作用。

大会设了主席台,上官春被安排在主席台中间位置。坐好后,上官春仔细看了看黑压压的台下,发现了几张熟悉的面孔,一个是脑袋像个大土豆的窦四,一个是脸上褶皱如核桃的张单弦。会议怎么把两位老爷子给拉来了?他问身旁管城建的副市长,副市长说人家听说你要做报告,是主动来的。后面一排还有一张熟悉的面孔,那就是白衣白裙白眼镜框的白医生。蒲南大学报告厅是开放的,只要容得下,本校教师均可旁听。上官春心中颇多感慨,眼睛没做手术以前他做报告,台下朦胧一片,分不出个数来，今天就不一样了，他甚至看到白医生盘起的头发上架着一副茶色太阳镜。报告厅墙壁上的立柱形壁灯灯光白得刺眼，以往，这壁灯像烛光，十分柔和，眼光一变，世界果真就不同了。他忽然想起了哲学家培根所说的"剧场假象"，打了个冷战。怎么走神儿了？他提醒自己。

大会按议程依次进行。

每个人讲完后，台下都很沉寂，如同一潭静水。会议如同一个谜，虽然谜面在一层层揭开，但谜底就应该在上官教授的压轴戏里。宋理不愧是市长，他敏锐地预测到了这种局面的出现，所以他选择了主持，他清楚，即使自己讲得再好，也不会赢得掌声，多年的经验让他感觉到，东关街就是一只活刺猬，谁伸手来接都不会舒服。宋理宣布进行会议最后一项议程，请上官教授讲话，台下也没有掌声，倒是出现了一阵嗡嗡的议论声。出现议论也不奇怪，因为上官教授退休的事很多人都知道，退休了又重返主席台中央，本身就说明此事蹊跷。

上官春的讲话不同于以往任何一次发言，他说："我今年六十五了，孔圣人讲六十而耳顺，七十从心所欲不逾矩，我今天就从心所欲说几句。"他用湿巾擦了擦眼眶接着说，"你们知道人为什么会有肚脐，即使到老肚脐也长不死、长不平吗？因为肚脐是在时刻提醒我们是怎么来的，是靠什么长大的。我们这座城市是从哪里长大的？是东关街，是东关街一街九巷。有位老人说，东关街对于蒲河这座城市，就是深凹的肚脐眼儿。这当然是指过去，这座城市还是胎儿的时候，靠着这根脐带一点点长大，脐带剪断后，留下了这个肚脐眼。那么现在呢？这座城市长大了，成了巨人，东关街又成了巨人的肛门。肛门谁都知道不雅，有碍观瞻，难以示人，可是大家想一想，谁能没有肛门呢？人不是貔貅，就是西天王母娘娘也必须有啊，没有谁只需要脸面不需要肛门吧。"主席台左右两侧的领导都把目光聚焦到上官春脸上，上官春的话令他们错愕不已。"毋庸讳言，东关街是个很破旧的地方，但正是这个破旧的地方让很多蚁族得以生存，那是一种低成本的生存，很多高收入的人对此不屑一顾，但对于蚁族来说，这是他们的寄居之所。他们如同草芥依附在缺少维护的一街九巷中，欢乐着他们的欢乐，痛苦着他们的痛苦。他们也有梦想，尽管他们的梦想像一朵苦菜花那么渺小，色彩单一，花期短暂，但那是他们不容剥夺的权利和幸福！"说到这里，上官春站起身，扭头看了看宋理后，将热忱的目光投向台下，"我的结论是，东关街不能拆，不仅不能拆，政府还要保护、维修和使用！我的话完了。"台下响起潮水般的掌声。上官春坐下来，看到坐在后排的白医生起身离开了。

其他领导低着头离开了，上官春坐在那里没有动，呆呆地望着台下，老董和张单弦站在那里，张单弦把手里一个纸卷几下撕掉了。老董走过来，道："张老来之前写了俩字，想在报告会结束时打出来出示给媒体的，现在用不着了，就撕了。"上官春问："张老写了两个什么字？"老董说："卖相。"

宋理也没急着走，走过来说："您给我上了一课，老师。"上官春眼里闪着泪花，道："不要怪老师，我不能欺骗自己的灵魂。"

走出报告厅的大门，白医生迎上来，手里捧着一束火红的康乃馨。

原载《广州文艺》2019年第2期

葛水平

德吉梅朵

1

德吉梅朵14岁时阿爸死了。

是一个大雪纷飞的冬天,在琼结县措杰村临马路的一座石头房子里,阿爸仁青措躺在靠近火炉的睡床上,弟弟次仁罗布往火塘里添加一些杨木树枝和牛粪,青烟缭绕着,如同煨桑。阿妈达瓦卓玛站着,手足无措,一只手轻抚着衣袍,一只手拭着脸颊的泪水,没有声音,似乎此时的任何声音都可能带走自己的丈夫。

这个要丢下全家远走的人,在最后的关口没有多余的话。

德吉梅朵是一个瘦小的女孩,像一只出生不久的羔羊,还没有长成。曾经每天早上和黄昏,在房前都有蹦蹦跳跳的身影,阿爸仁青措穿着一身灰色的藏袍看着下学回来的德吉梅朵笑,一口白牙,阿爸说:"噢,我们家的女学生回来了。"

三年前，仁青措得了胃病，走在治病的路上，家里就没有笑声了。流泪成为家常，全家人都希望仁青措好起来，有15亩地等着种青稞，家里的日常开销需要有人外出打工，两个孩子需要读书，6头牛，5只羊，仁青措不能不劳动。

胃病一天比一天重，见不得一点风寒，吃不进饭，一米八几的个子瘦成八十来斤，夏天天气炎热时裸出瘦骨嶙峋的身子，像一匹抽干力气的老马。弟弟次仁罗布把青稞一粒粒摆放在阿爸的肋骨间，阿妈达瓦卓玛一双眼睛盯着次仁罗布走过来狠狠打了一下儿子。仁青措把儿子搂在怀里，用手捂着儿子的眼睛，仁青措看着达瓦卓玛掉下了两行眼泪。

过了秋天，进入冬季，仁青措躺在睡床上就没有起来，他一生的力气都耗尽了，肠胃里装不进青稞，人开始高烧不退。一支小小的温度计，家里人实在是不知道它的用途，只是常常由母亲达瓦卓玛放入仁青措的嘴里，然后很仔细地透着光看。德吉梅朵觉得母亲像是发现它有什么奥秘似的，当然不会有什么奥秘藏在其中。

阿爸不认识字，阿妈不认识字，温度计是医院让带回家，说是量体温的，但是，阿爸和阿妈很快就忘记了医生的叮嘱和使用忠告。

德吉梅朵在阿妈不注意时拿着温度计透着光照，明亮的玻璃细管里红色的水银汞柱似乎凝然不动，她试着在火塘前烤了一下，它的汞柱突然就升起来，然后她学着阿妈达瓦卓玛的样子用劲甩了几下，里面的汞柱有些降落。弟弟看见了想抢过来看，被德吉梅朵拒绝了。

阿妈达瓦卓玛每天都往丈夫仁青措的嘴里塞温度计，似乎塞进去丈夫的病就减轻了，似乎一支温度计可以让身体羸弱的丈夫强壮起来。每天都在昏睡的仁青措任由达瓦卓玛重复这一动作，然后透着光看，然后用劲甩几下，然后放在仁青措的枕头旁边。

这一动作的结束是因为温度计碎了。

次仁罗布有一天偷拿了温度计，学着姐姐德吉梅朵的样子伸进火塘里烧，一声"砰"，温度计碎了，汞柱很快消失并落入火塘燃起一股火苗，吓了次仁罗布一跳。他下意识地看了一下四周，没有看见德吉梅朵，也没有看见阿妈达瓦卓玛，他飞快捡起玻璃碎碴跑往马路对面，扔到了碎石中。那一瞬间，次仁罗布吓坏了，他认为自己的行为可能让阿爸的病情加重。

达瓦卓玛发现温度计不见时，温度计就再也找不见了。

仁青措在冬天最冷的季节走了。他一生吃进肚子里的青稞在最后那一刻消化成了两行泪水，含着泪水的眼睛看着女儿德吉梅朵，他知道自己的离开是给家里欠下了债务，女儿就不能上学了，这么小的人要背起一家人的债务活着，他还有什么颜面说话？这是一个十分喜欢识字的女儿，她才14岁。

仁青措闭上了眼睛，达瓦卓玛试图伸手去擦干净仁青措的眼角，却发现，那地方一点都不潮湿。假如不是温度计丢失，仁青措也许还会活着，高烧把仁青措的眼泪烧干了。达瓦卓玛盯着德吉梅朵大声喊："是你弄丢了它！"

德吉梅朵没有接话，假如不丢阿爸就不死吗？阿爸死了，阿爸死在最冷的天气里。

这一年藏历年是从十二月二十九日开始的。仁青措的离开让一家人怀疑，日子是否真要这样在没有仁青措的出现中一天一天走下去。

临近藏历新年时，家家户户都忙于准备年货，类似汉族的春节。为了欢度藏历新年，一般从藏历十二月初就开始准备"切玛"，炸"卡赛"，添置新衣，购买糖果、点心了，一年中，或许这一段时日是最最忙碌的。因为仁青措的离去，达瓦卓玛过藏历年的心情全无，有时候望着空空的火塘旁边的睡床长叹一声。德吉梅朵走过去拉着阿妈的手，阿妈又长叹一声，坐在火塘前，总得要过藏历年吧。

达瓦卓玛在藏历年的晚上，还不到下午五点，就在厨房里忙开了。家里的老人都走了，以前总是母亲和阿爸忙着一些传统的事，丈夫仁青措悠闲地喝着甜茶，现在，不该走的都走了。

达瓦卓玛看着女儿德吉梅朵说："今天晚上，各家各户都要吃'古突'，虽然你们的阿爸仁青措走了，但是吃'古突'不能少，这是一个十分重要的事情。"

做"古突"开始了，达瓦卓玛端来一盘盛着牛肉、水果糖、麻辣羊肉干和红糖之类的东西，然后扯一块面来回捏。达瓦卓玛看着女儿说："记住了，做'古突'要故意包一些东西，以测试家人在新的一年里的运气。

过去做'古突'啊，往里包瓷片、辣椒、牛粪等。现在生活好了，其他的都改了，瓷片换成水果糖，辣椒改为麻辣羊肉干，牛粪换为红糖。"

达瓦卓玛为了让孩子开心，还是故意在面团里分别包了石子、辣椒、羊毛、木炭、硬币。这些东西代表"心肠硬""刀子嘴""心肠软""黑心肠""发大财"。

德吉梅朵配合阿妈达瓦卓玛麻利地做好了30个"古突"，做好后和年夜饭一起端到桌上。一家三口开始吃"古突"。达瓦卓玛看着姐弟俩说："吃到什么要吐出来，吃到水果糖说明好吃懒做，吃到麻辣羊肉干说明嘴如刀子，吃到肉说明想着祖先，吃到红糖表示经常会有好运气。"

"吃到羊毛和木炭呢？"次仁罗布问。

阿妈达瓦卓玛说："那就是'心肠硬''刀子嘴'。吃着了要及时吐出来。"次仁罗布把嘴里咬了一半包着羊毛的"古突"扔进姐姐碗里，德吉梅朵夹起来往嘴里送时发现是包着羊毛的"古突"。

弟弟次仁罗布说："德吉梅朵吃着了羊毛，她是心肠硬，她是刀子嘴。"

德吉梅朵迅速吐出来，达瓦卓玛说："吐出来就好了，吐出来就不是心肠硬，就不是刀子嘴了。"

德吉梅朵说："一个'古突'真能决定一个人的命运吗？"

达瓦卓玛说："能。"

德吉梅朵望着正堂藏柜上"竹素琪玛"的木斗，那里装着酥油拌成的糌粑、炒麦粒、人参果等食品，上面插上青稞穗和酥油花彩板。然后是琪玛、卡赛、青稞酒、羊头、水果、茶叶、酥油、盐巴等。

达瓦卓玛说："德吉梅朵，你走神了。"

德吉梅朵说："阿妈，我不能上学了吗？"

达瓦卓玛说："你阿爸仁青措走了。"

德吉梅朵说："阿爸走了就不能上学了吗？"

达瓦卓玛说："你阿爸仁青措不回来了，你上学有什么用处？"

德吉梅朵说："阿妈，我想识字。"

达瓦卓玛生气了，说："你刚才吃了包了羊毛的'古突'。"

德吉梅朵不说话了，笑起来，一家三口人在欢声笑语中吃完九道"古突"。达瓦卓玛举着火把，放起鞭炮，呼喊着："孩子们都出来！"母子仨走到十字路口望着远处的雪山，祈望给来年带来好运。

2

德吉梅朵果然不上学了。

过了藏历年有人来介绍德吉梅朵去琼结县当保姆，说是照顾一个1岁的孩子，一个月500元。

达瓦卓玛收拾好德吉梅朵的日常用品，没有多余的话，叫人领了德吉梅朵走了。

走到马路上的时候，碰到寒流袭来，让人从脚直冷上来，她打了一个哆嗦。她想起了阿爸仁青措，想起了阿爸的大手抚摸她的头发，便有一股温暖流贯全身，便会联想起阿爸活着时的劳作，联想起阿爸的许多教诲，许多慈爱，从肠子头上涌起一阵热潮，一直涌到双眼！突然觉得眼前的世界变得模糊，随即又变得格外清晰。一种生死两茫茫的无情隔离随即想通了。纷繁的思绪沉静下来，漂游的思念得以依托，她回过头看着阿妈达瓦卓玛说："我要让阿妈和弟弟过上神仙一样的好日子。"

那个领她走的人用摩托车带着她往琼结县走，她还没有去过琼结县，她想着高中要到琼结县读，没有想到命运让她过早到了琼结县。

德吉梅朵当保姆的家庭是汉族三代，男主人叫张红生，女主人叫熊小英。这样的家庭对德吉梅朵是陌生的，她还没有住过楼房，而且是有厕所的楼房。

德吉梅朵看着女主人怀里的孩子，那么小的孩子看着她笑，她也笑，笑得眼泪都快要出来了。德吉梅朵感觉回到了从前，和弟弟次仁罗布的从前，一只奔跑的羚羊和一只成长的小鹿又见面了。

女主人熊小英第一件事是要德吉梅朵洗澡，洗去她成长的泥尘。这也是德吉梅朵第一次面对一个陌生女人脱衣裳，她十分羞涩，太阳晒暖的水从水龙头里哗哗哗哗流出来，落在自己肌肤上紧张得很。有神秘，也有乌云一样的不情愿。换上了干净衣裳，熊小英一一告诉了儿子大宝的尿布、奶粉、玩具，大宝在德吉梅朵的怀里用红红的嘴巴吸吮她的手背，她的手背上有冻伤，有些痒，她又开始笑，大宝也笑。

熊小英惊讶地说："不可以这样，不能让大宝舔你的手背，那上面布满了细菌。"

德吉梅朵的心里为难得忧伤了一下，还是愉快地答应了，轻轻把大宝放下。大宝开始哭，她又抱起，像从小抱着弟弟次仁罗布一样，在客厅里抱着大宝走来走去。她看到男主人站在窗户前看什么，很专心的样子，她也走到窗户前，看见院子里有一个3岁小孩手里拿着苞谷饼子吃，一只大红公鸡大摇大摆靠近他，用它硬硬的嘴啄他手里的饼子。从高处往下看，公鸡似乎比小孩长得还高，小孩子吓得哭了。突然出现了一个男人抱起孩子，冲着那只红公鸡跺脚，那只公鸡吓得架起翅膀兔子一样跑掉。孩子和大人一起嘎嘎嘎嘎大笑。德吉梅朵的眼睛被云朵罩住，潮湿蒙眬了，看人家，有阿爸多好。

张红生看着公鸡跑起来，莫名地兴奋，回头冲着妻子神秘一笑，然后迅速走进了一间房子。

汉族人的家里，有一些不一样的东西，德吉梅朵不只稀罕人家的装饰，每一次上厕所都觉得屁股怎么可以坐在这么白净的东西上。尤其是冲水时，她甚至有想再撒尿的欲望。

14岁的德吉梅朵觉得自己到了一个神仙居住的地方，整个心都变得莫名其妙地紧张，常常小心地去偷看一些什么，疑惑一些东西到底是用来做什么的。

突然有一天早上，她发现了床单上有一抹刺目的鲜红，准备尖叫时又吓得捂住了嘴。然后突然间悲伤地明白，那些无知傻笑的日子已经走了。等大宝的阿爸阿妈上班走了，她小心地去卫生间洗干净，一边洗一边哭，哭了很久却发现床单上还是留下了斑斑驳驳的印子。

熊小英下班回来后，德吉梅朵喊她到自己的房间，然后僵硬地站在那里用手指着床单，并告诉她："我流血了，它没有和我请假就来了。"

熊小英笑着说："这是少女的初潮，德吉梅朵，它不会和你请假，你要长成大姑娘了。"

德吉梅朵有明亮的眼睛，健康的笑容，成长就这样开始了。

一个月过去后，德吉梅朵拿到了500元。她蘸着唾沫数钱，一遍又一遍，20元一张，数起来也还是很吃力。钱真是一样好东西啊，阿爸看病欠下的债务可以还一部分，有两年时间就可以还清了。钱在她的手里响，鸟叫一样，钱是有声音的，她抬起手，准确地把钱放在耳朵边甩得"咔咔咔咔"响，是整齐的节奏。心开始紧张痉挛，会想起童年掘草根的刺痛感，还有青稞穗。阳光发出淡淡的暖橘色，她闷闷地向大宝沉下头颅，贴着大宝的额头，像贴着羊羔子一样，觉得大宝是她的福气。

大宝笑，德吉梅朵也笑，笑凝住了眼中的泪水。

张红生在琼结县文化局上班，喜欢饭后闲余时间用毛笔画画儿。毛笔杆儿尾部是骨质，有红丝绳，笔帽是黄铜的，打开，张红生告诉德吉梅朵是羊毫。那笔尖上还残留着没有洗净的墨迹。张红生画公鸡，扯着嗓子打鸣的那种，踮着脚尖，使劲儿地。

等上班的人走了，德吉梅朵偷偷进去发现秘密。看着公鸡画，德吉梅朵总会想到第一天来时从窗户望见的那只大红公鸡。站在张红生画好并挂在墙上的公鸡画前看，这张画嵌入了她的记忆，立于画前，她觉得有一股尘土要吸附在她的头发上。她想起田里的青稞、油菜、豌豆、土豆花，阿爸无休止地劳动，劳动间歇，阿爸坐在日夜流动的雅江边，唱一首古老的歌谣。这首民歌是措杰村人在打青稞穗时所吟唱的。

"从小一起生活，长大爱如大蒜；倘若父母剥皮，我俩无法分手。"

德吉梅朵开始小声唱，一边唱一边翻书，她是一个15岁的女孩，开始漂泊，为了阿妈、为了弟弟、为了家。她甚至在窗口看见了一只山鹰，一只盘旋的自由的山鹰，那山鹰是飞在风中的，风沿着山势而上，风把山鹰托得高高的，那是山鹰自由的高度。

她看见桌子上放着一摞书，是汉语书，简单的字能挑出几个，具体意思实在是不明白，长长的句子到底写了什么？她轻轻翻动它们，大宝睡着，此时一切都是永恒的静止，时间凝住她的眼睛，她迫切地想认识它们，书本的声音和数钱的声音，那音质震动耳鼓，愈来愈快，她想认识世界上所有的一切。钱让她自由幻想，如山鹰一样，如公鸡一样，如窗外的风和云朵一样。

熊小英下班回家后听见动静，循着翻书声看见安静凝神的德吉梅朵，她知道这个藏族女孩想认识字了。

德吉梅朵看见女主人时不由自主地红了脸。她羞涩时很好看，尤其是笑时，白白的牙齿，眯着眼，像是做错了什么事情，两朵绯红挂在脸颊。

熊小英抚摸着她的头发看着窗外说："想学汉语了是吧？"

德吉梅朵羞涩地点了点头。

熊小英说："我用藏语给你讲一个藏族故事，然后翻译成汉语，用故事学汉语学起来更快。"

"从前有一个兔阿妈和它的儿子相依为命地活着。它们经常受到老虎、豹子、熊的袭击，为了避免兔儿子们的生命危险，它们从山上逃到平地，到处找安全的地方生活。在平地上它们看见了村庄，走进村庄后首先看见了一口井，这是什么？走得太累了，就坐到井沿边歇息一下吧。这时从井旁边一棵高大的老树上掉下一片树叶，大大的叶子被风吹落在井中，发出'恰'的声音，恰巧被走神的兔子们捕捉到了。它们往井里一看，结果呢，从井里呈现出自己的影子，因为不知道是什么动物，吓得撅起屁股就往回跑。"

德吉梅朵急迫地问："然后呢？"

熊小英故意说："明天再然后吧。"

德吉梅朵很羞涩地说："我不该问然后，可是我太想知道然后了呀。"

熊小英笑了："说明你是听进去了，好吧好吧，我们就开始讲然后。老虎、豹子和熊又一次来侵犯兔子母子几个时，兔阿妈说：'你们就是敢欺负我们，我们现在可是不害怕你们了。'老虎大笑着：'哈哈哈，没有我蹄子大的小东西居然敢对抗我。'狮子说：'我现在肚子饿得咕噜咕噜叫呢。'熊吭哧着说：'你们敢说这样的话吗？'兔阿妈说：'我们发现了一个比你们都厉害的动物，它说话轻声细语，和我们同一个长相呢。它太厉害，一般是不动手的。'老虎、豹子和熊不相信，要求兔子带它们去村庄看，结果呢？"熊小英故意不说了。

德吉梅朵说："是啊，结果呢？难道是它们看见了自己？"

熊小英说："聪明的德吉梅朵，它们果然看见了自己，它们冲着井里的'恰'发火，指手画脚，它们气得七窍出血，它们发誓要跳到井里去抓住'恰'。当一个一个被自己气着去拥抱自己的影子时，兔子阿妈看到'恰'吃了它们，从此兔子们的日子就太平了。"

没等熊小英用藏语讲这个故事，大宝睡醒了，咿咿呀呀地说着话，似乎他也听明白了她们在说什么。德吉梅朵跑到隔壁逗着大宝，不时用汉语讲兔阿妈的故事，断断续续，讲着讲着自己也笑了。似乎意思知道，话却说不出来。德吉梅朵想，我要从一个藏族初中生回到汉族小学生，从头开始学起，藏语太简单了，汉语太丰富多彩了。

阿妈达瓦卓玛在发工资的第二天来取钱，带来了糌粑、酥油茶。达瓦卓玛第一次走进有工作人的家，憨笑着不敢进门，害怕自己藏袍上沾了牛粪、羊粪，弄脏了干净的屋子。达瓦卓玛看见德吉梅朵穿着汉人的衣裤，那一身衣服太扎眼了。两条分叉的腿没有规矩地站着，达瓦卓玛不敢多说什么，毕竟是在汉人家里干活，但她骨子里不喜欢德吉梅朵穿汉人的服装，汉人的服装只有汉人穿了好看。

熊小英要达瓦卓玛进来，她执意不进门，把拿来的东西放在门口，接过德吉梅朵递过来的钱，卷成筒用橡皮筋圈紧的钱很暖手，握在手心，达瓦卓玛笑着告辞走往楼下。

消瘦的达瓦卓玛，身后拖着两条长长的辫子，辫子上结着红绿丝线，仔细看会发现头发上沾着灰蒙蒙的沙尘，酥油茶的味道，或者就是奶渣的味道，下楼的达瓦卓玛发出腾腾腾的脚步声。

熊小英对站着目送的德吉梅朵说："你阿妈的腰和腿都不好，走路脚重。"

德吉梅朵说："是，是，阿妈有大骨节病，不能种田，不种田没有青稞。阿妈喜欢喝酒，只有喝了青稞酒，阿妈才会高兴地笑。"

德吉梅朵羞涩地低下了头，泪水跌落在地板上。一个15岁的孩子，也该是唱歌的年龄。熊小英想起了藏族的歌声，音域宽广，高可遏云，低胜燕鸣，在歌声中成长的一代一代藏民，当女人们仰起紫红色的脸颊，当小伙子甩开膀子，藏靴、氆氇长袍、单耳金丝灌边礼帽，舞蹈起来，所有的苦难都是快乐，都无所畏惧。

熊小英看着德吉梅朵轻声唱：

"富人骑着马匹，穷人骑着驴子；琼结吉如大叔，给狗套上鞍子。"

听到"给狗套上鞍子"，德吉梅朵露出白白的牙齿笑出了声。

德吉梅朵的脸涨得通红，熊小英的歌声从墙壁和一些探不到的角落传出来，这一种家庭气息让德吉梅朵新奇，像瞥见了人世间珍贵的一角。

3

春末，灰黄的大地上流淌着斑斓的色彩，弥漫着牛粪、羊粪味儿的春寒中传播着夏的气息。高原上从春跨到夏，泥土便在火辣辣的阳光里一股一股地从地下冲向碧蓝的天空。

夏是繁茂的季节，农田里的青色植物为高原带来多彩的景致。夏也是漫长的季节，青色越多，景致越多，每一个景致都蒸腾着藏民咸咸的汗气。

德吉梅朵回了一趟措杰村，看到阿妈和弟弟，她把钱递给阿妈时，阿妈的笑让她开心。

仲夏的农活多，达瓦卓玛顾不上和德吉梅朵说话，知道是德吉梅朵回来过星期天，要她在家里做午饭。

中午阿妈还没有从田里回来，她先是看到放学回来的弟弟次仁罗布，10岁的弟弟个子在往高长，黑黑的脸膛，一双眼睛黑白分明，看到姐姐在就想看姐姐买了什么回来。德吉梅朵一边指给次仁罗布看从熊小英家带来的糖果、图画书，一边用教育的口吻对次仁罗布说：

"你要好好读书，读会汉语和英语，如果不读会这两种语言就没有知识，知识让人聪明，社会是聪明人的社会。就在刚才我回家的路上，在客车上我依稀看见有一家餐馆写着招收服务员，明码标价会汉语的工资要过不会汉语的呢。"

次仁罗布拿着糖果跑到外面，他最反对认识字了，最大的乐趣是种田，到田里把力气撒在田里多好，和阿爸一样。

德吉梅朵知道次仁罗布无法像阿爸那样，阿爸没有读过书，弟弟是马上要读初中的人了。德吉梅朵不安分地伸长了自己的目光，渴望走进年仅10岁的弟弟的心里，辨识一下他心里对未来日子的希望和好奇孰轻孰重。

德吉梅朵看见蹦蹦跳跳的次仁罗布走在阳光下，居然没有看带回来的图画书，他是一个不喜欢读书的人。这个漠视过程进入了德吉梅朵的记忆，从弟弟的这个漠视开始，德吉梅朵想，就算没有机会上学了，自己也要好好和汉族人学汉话。

太阳当空,达瓦卓玛从地里回来,赶着四头牛,肩上的锄头高高翘起来,锄头挑着太阳,太阳将激情似火的热刺进地心。

德吉梅朵走过去接过阿妈的锄头,阿妈脸上流着汗水,湿湿的汗水挂在阿妈的头发梢。没有阿爸的日子里阿妈是屋子里最主要的劳动者,可是阿妈有大骨节病,有头痛的病,靠喝青稞酒解烦闷的阿妈心里一定有比病痛更难过的事。

德吉梅朵是黄昏时离开家去往县城的,石头墙呈现着黄昏的色调,一抹夕阳照着路边的花草,风轻摇着德吉梅朵的裙子。黄昏似乎就该是怀旧的命定的色调,她再一想起阿爸,阿爸喝酥油茶时,总是偷偷将一块酥油悄悄抹到她的嘴角,她用手抹下来,末了将手指一只只舔干净。她回头看了一下空空的屋子,阿爸已经隐入了岁月深处,不留踪迹。

返程时,坐在客车上的德吉梅朵想着阿爸,阿爸挑着担子奔跑在田间的道路上和坡堤上,阿爸咬着腮帮,汗水淋漓混沌地在阿爸脸上、身上奔流。不应该想阿爸病痛时的样子,要想阿爸甩开膀子劳动时的样子。

客车驶过一家饭店门口时正好有人下,德吉梅朵也提前下车了,她想在大街上走走,时间还早。路过"阳光拉萨"饭店门口时,她突然又看到了招收懂汉语服务员的招牌。这下她彻底看清楚了,会汉语的一个月1500元。比当保姆多出了1000元。

德吉梅朵走进饭店找到店老板说:"我会汉语,能够和任何人把汉语说流利。"

饭店老板才仁巴桑说:"好吧好吧,会说汉语的藏族姑娘,我欢迎你。"

德吉梅朵用奔跑的速度跑往熊小英家,飞奔上楼,敲开门,开门的是张红生。他看着上气不接下气的德吉梅朵,惊讶地说:"什么事情让你如此慌张?"

熊小英抱着大宝看着德吉梅朵说:"出什么事情了吗?"

德吉梅朵说:"出大事情了。"

张红生说:"出什么大事情了?"

德吉梅朵说:"我要离开你们家了,因为我看上了另外一份工作,这份工作我更喜欢。"

熊小英和张红生对视了一下,要德吉梅朵坐下来说。

张红生说:"你找到了比这里更好的工作,对吗?"

德吉梅朵说:"我太兴奋了,我找到了比在这里赚更多钱的工作。"

熊小英的心踏实了一点,一个17岁女孩要走向社会了,她一旦决定那一定是要开始行动了。你看她兴奋的脸上,像被一层从未有过的美丽笼罩着,带着生动的梦想,生活会对这个女孩展现什么不同寻常的面目呢?既然是更好的工作,那是一个什么样的工作呢?

张红生望着窗外,四周的山,全都一色地苍劲和雄健。近来他开始画山水了,暮色下静默的冈底斯山给人感觉非常奇特,树以叶为形,风以动为行,天以云为形,生活本无常,到无中去生有,这就是生活。

熊小英有些不高兴,说走就走,不给人一点缓冲,看着德吉梅朵不知道说什么好,就希望张红生说句话,或者挽留一下,等找到带大宝的新保姆再走也算是一个交代。

冈底斯山的轮廓凝重了张红生的视野和思维,他的爷爷从河北来西藏,留在山南,是不是也被这大野无声震撼了?留下来,背井离乡,说走就走,没有流连,生命重塑了故乡这一概念,故乡有了新的内涵。张红生由山而想得更远,当年祖先来西藏是被什么诱惑了?是被远古的呼唤吗?祖先走来时,身后没有任何路标,脚窝踩出即被风沙淹没,不再回望顾盼,走进高原就不想离开,为什么从来就没有想过画这高原上的山水呢?

听得身后重重传来一声喊:"张红生,明天你不用上班了,在家看大宝!"

张红生想转过身说话,似乎已经来不及了,他听见熊小英和德吉梅朵说:"这么小的年龄心里就没有疼痛吗?"

德吉梅朵说:"姨姨在和我说话吗?我去的地方比这里多1000元,等于我一个人做了三个保姆的活。你知道我家里多么需要钱吗?阿爸看病借了许多钱,钱对我的家庭来说就是幸福。"

熊小英说:"你到底找到了一份什么样的工作?什么样的工作让你如此心动?"

德吉梅朵说:"饭店服务员呀。"

熊小英惊讶得长吁了一声。

张红生觉得说任何话都是多余的，不能说自己家好，饭店不好，更不能说自己家里可以教她学会知识，难道生活不是知识吗？

熊小英说："难道你现在就要离开吗？"

德吉梅朵说："就是啊，我现在回来是来告辞的。"

熊小英一时无语，说是回去过星期天，结果回去重新找了工作。而且没有一点征兆，说走就走，什么工作也不能不过夜就走啊。

张红生穿好衣服站在房门前，然后打开门，这个在自己家生活了两年的藏族女孩，或许他根本就不了解她。她的性格中有急迫的东西，她说走，谁都没有权利拦。

德吉梅朵从熊小英怀里抱过大宝，3岁的孩子已经学会叫姐姐。

大宝不知姐姐已经抛弃他，流着哈喇子伸出手喊："姐姐！"

德吉梅朵突然抽搐了一下，整个脸皱起来，丑丑的样子，也是她心酸的样子，泪水串珠一样掉下来。她抱起大宝贴在自己脸上，然后迅速放下大宝，不再说什么，从敞开的门走出去。

坐上车，德吉梅朵依旧一脸兴奋，从打开的车窗看高远处的天空，一轮皓月，四野被映照得格外幽深，像被一层从未有过的美笼罩着。生活，不同寻常的生活，对一个刚涉世的女孩子来说只能往前走。张红生送她前往新的工作岗位，一路上张红生不知道该表述什么。车行一段路后他很认真地回过头看着副驾驶座上的德吉梅朵说：

"你的选择没有错，只要是成长都没有错。要错就错在人的本性和成长的痛苦。我不会说你不懂事，只是遇到了你自己必须决定的事，你想冲出大人们包围的茧，是迟早的事情，以后我们不会呵护你了。本来我有许多想在你身上实现的奇迹，没有想到仅仅学会了用汉语流利地对话你就想飞了。但是你要记下我的手机号码，发生任何过不去的事情都可以打我的电话。在高原上生活的你太纯真了，你不会受到别的伤害，但是你会受到男人的伤害。"

德吉梅朵惊讶地抬起头，她的脑子里一时还装不下这么多东西，她很兴奋自己找到了新的工作，赚钱，没有多余目的，想远了脑仁子疼，就是赚钱。

她笑着指着前方说:"我记着呢,等我赚钱了买下手机记在手机里,现在我记在脑子里了。"

猛一抬头看见了"阳光拉萨",德吉梅朵说:"停车停车,喏,就是这里。"

张红生靠边停下车,打开车门,目送德吉梅朵走进去。这女孩几乎是飞奔过去,甚至没有回头,她是兴奋的。

一个神奇的民族,一个神奇的地方。张红生开车往前走,天边还有一缕红云像游丝一样,很美。他突然想走进雅拉香布,吐蕃在这里诞生。

张红生开车往城外驶去。一路上他想着吐蕃王朝的辉煌真是无与伦比,它雄踞高原,八面来风,内连盛极一时的唐王朝,外连当时亦较为强大的尼泊尔,在中原政权衰微时,吐蕃则开疆拓土,与唐王朝在多处展开了长期势均力敌的争夺。不仅如此,它文化璀璨,兼容并包,奠基了今日高原的历史性和民族性。

作为文化工作者,这段历史长久以来为所有藏人追慕谈论,而它的滥觞之地——山南也因此有了独一无二的地位。

历史永远都与一条河和一座山交集,他所在的核心地域雅砻河流域,长久以来成为山南的代称。爷爷当时为了生活从河北老家走来,祖先是做盐巴生意的,从小张红生就知道雅拉香布是雅砻河的发源地,这里也成为吐蕃王系的诞生地。传说中,雅拉香布接连天地,吐蕃赞普均为天神幻身,第一代至第七代赞普均顺一条光绳由此山下到凡间,完成使命之后再由此返回天界。直到第八代赞普,才因光绳被斩,无奈居留人间,雅砻部落从此走向发展壮大。

有几年妻子熊小英常唠叨想回去,哪怕是回到成都,绝不留在高原,说孩子上学时一定要回内地,她受不了高原的风,高原的日照。这几年回内地看到冬天的雾霾,有时让人无法喘气,熊小英也不再坚持离开高原了。

张红生是不愿意离开,不离开的理由就是山南的文化,他出生并成长在这里,熟悉的东西很难拒绝,它是和一个人的精神气质连带着的。

车行路行,没有想到走到了一条岔路口,路标指向桑耶寺。吐蕃强盛时期,山南雅砻河流域及雅鲁藏布江沿岸,成为西藏的"粮仓"并延续至今，保障了一个王朝的仓廪，其重要性不亚于江南之于中原王朝。而佛教传入吐蕃后，佛苯相争，山南再担重任，成为佛法生根之地，赞普赤松德赞主持修建西藏第一座佛、法、僧三宝俱全的寺院——桑耶寺。首派七名藏人剃度为僧成为"七觉士"，并从印度和汉地请来诸多高僧，在桑耶寺翻译佛经，弘扬佛法，最终开创了西藏佛教前弘期的盛况。琼结，藏语的意思是"屋角悬起多层"。

天色已经暗下来了，他看到山的轮廓，脑子里想着四围的山，每个人都是一个在世修行的人。他有一种美好的画面感，想着回去一定要画出来。

手机的铃声打断了张红生的遐思，接起电话看是熊小英打来的。电话里熊小英一肚子气地说："我们应该压她一个月工资，那样也许不至于跑这么快。她让我们措手不及，明天怎么办？大宝是不是要送到幼儿园？你怎么会走这么长时间不回来？"

张红生说："我这就回呀。"

放下电话，张红生掉头往回走，琼结已经看不到悬起多层屋角的宫殿了，但青瓦达孜宫的断墙残垣仍然高高矗立在城东的高山上。

路过"阳光拉萨"餐厅，张红生特意停下来，想走进去看看，结果第一眼看到了面前的招牌，上面赫然写着：招收服务员，月薪1000，会说汉语的比不会说汉语的每月增薪500元。

这对德吉梅朵来说是一种荣耀。

她是一个爱钱的女孩。难怪她如此急迫。进出吃饭的人形形色色，为了前途，每个人都四处奔走招租房子、糊口、脚底起泡、捉襟见肘，或许这里才是德吉梅朵人生的开始。

4

德吉梅朵成长中的第一次爱情来了。

天空的云朵白莲花似的，毒辣的阳光从来没能晒得败它，肆虐的风沙也掀不翻、扑不灭它。

白莲花似的云朵，蓬勃、兴盛，它是生命的颜色和光彩的梦想。

桑多带着几个兄弟走进"阳光拉萨"时是下午1点。他们的身影挡住了门前的阳光。桑多的兄弟高喊:"我们要吃饭,来一个包间。"

德吉梅朵迎上来说:"203包间,来客人了。"

有服务员走过来带着他们往楼上走。不一会儿服务员跑下来对德吉梅朵说:"他们是一群不讲道理的人,刁难我,我无法满足他们的要求。"

德吉梅朵没有多说话,直接往二楼203包间走。看见进来的德吉梅朵,桑多说:"我还是那句话,县长吃啥我吃啥。"

桑多身边的女人花枝招展地笑。

德吉梅朵笑了,这是一个有钱不知道怎么花的西藏人,她毫不客气地指着菜谱点了一桌菜。

桑多说:"你点的菜都是县长吃过的吗?"

德吉梅朵说:"都是县长吃过的。"

桑多说:"那就好,我就想和县长一样,县长吃啥我吃啥。"

德吉梅朵想,自己哪里见过县长?县长吃什么自己也不知道啊!既然要和县长一个标准,那就点贵菜呗。

一桌子人吃肉喝酒,个个红着眼睛大着舌头,桑多更是挥着手说:"谁也不许走,再吃一遍。"

桑多旁边坐着一个藏族女孩,她的氆氇服那么美,宽松的衣服包裹着她丰满的身躯,脸上红光照人,在酒精的作用下,她像天上的太阳一样热力四射。她叫阿夏,桑多用迷离赞赏的目光看着她,阿夏受到鼓励,站起来,她的两颗乳房饱满张扬。

阿夏开始唱歌:"我们不是康巴,但要欢唱康歌。幸福就在羊卓,羊卓草种齐全;草种是否齐全,请看嘎林草原。"

如果不是地方小他们就会一起唱"果谐"(跳圆圈舞)。

德吉梅朵站在一边艳羡着,回过头看其他服务员,她们也傻傻地站着,每个人都裹一团灰扑扑的颜色,不起眼地扎在那里,望着歌声穿透墙壁的远方。在这一群富裕人明媚富丽的映衬下,她们显得寒酸。

突然酒桌上有人指着服务员中的一个说:"喊你倒酒呢,你傻站着不动,一看就是低保户。"

这句话一下刺进了德吉梅朵的心里。

在这种背景下她看见听见了羞辱,低保户和明丽的衣服像植在一个人身体上的皮，培养了德吉梅朵的性情，叛逆与容忍，幻想与自卑，奔放与拘谨，激情与忧郁，这些彼此悖逆的血液天然地混合在体内，开始涌动。

她拦下那个被喊作"低保户"的女孩走过去倒酒，然后站在一边用汉语唱："富人骑着马匹，穷人骑着驴子；琼结吉如大叔，给狗套上鞍子。"

德吉梅朵眼睛里射出的不是目光，而是一种不屑。她说："如果你们的肠胃还能装下一桌酒菜，那么我通知厨师不要下班，让你们都把嘴唇吃成豁子。县长可不是你们这样，县长彬彬有礼，从不占用我们的休息时间。"

阿夏想发作，被桑多拦住了。

桑多对德吉梅朵说："你生气时很美。"

这句话把德吉梅朵吓了一跳，此时她觉得美是一件可耻的事情，如果别人说她美就说明她不是一个好服务员，整天就知道对客人搔首弄姿，像桑多旁边不时拿出小镜子往脸上涂粉的女人一样。

德吉梅朵的这句话让一群人离开，离开时阿夏用恶毒的眼神盯着德吉梅朵，走到门口时还扭回头又盯了她一眼。阿夏骄傲的样子让德吉梅朵难过，她开始明白"美"是重要的，美丽的氆氇服装能让美变得重要起来，但是美丽的氆氇服装不能罩住一个人灵魂上的丑陋。在他们的心里没有平等，没有呵护，他们的行为冻疮一样烂在了她心里。

桑多走后又来过几次，身边的女孩不断变换，有人说他把自己的路虎车改装成了霸道，他认为有钱人就一定要和县长看齐。

桑多是琼结县有钱人家的儿子，喜欢被众星捧月，有仗义的一面但也有虚荣的一面。他的朋友和他的女人一样在变换，桑多始终是这个群体中的太阳，不管换了多少人，来到这个群体，必得维护桑多，这是桑多这个群体中的大是大非，稍有轻慢，别怪桑多对你不客气。桑多在"阳光拉萨"吃了一年多饭，德吉梅朵见识了他身边形形色色的人，能长久留下来的人不多。有些时候意见不合，吃饭中就分裂成了两个阵营，辩论辩论吵几句已经解决不了问题，有人都拿出了藏刀，后来就干脆发展到了打架的地步。

有一天德吉梅朵看到横卧在大街上的桑多，烂醉如泥，通红的脸，脸上还有凝结了的血痕。德吉梅朵走过去叫醒他，跌跌撞撞搀扶着他走到饭店。德吉梅朵帮助他清洗了脸，倒了酥油甜茶，等他慢慢回过神来。这是一个太年轻、太没有阅历的青年，他根本不知道，征服一切要付出什么，而那种征服又是多么不可挽回啊。

桑多睁开眼就不停地要酒，他喊着："我有钱，我要喝跟县长一样的酒！"

然后桑多又喊："让我醒过来干什么呢？"

可桑多毕竟是醒过来了。

等桑多更清醒的时候，桑多看着德吉梅朵说："做我的女人吧。离开这个酒店。"

德吉梅朵的脸白莲花似的，太阳没能晒得败她，肆虐的风沙也吹不裂她，她长成大姑娘了。对桑多的感情德吉梅朵一时想不明白，是一种非常说不清楚的感情，并时时感到一种莫名其妙的惶恐。当她试图问明白这是为什么时，自己又完全解释不清楚，也许是桑多长得高高大大的样子吸引了她。

爱情是什么？也许是两个偶然碰撞的心相遇，共同怀一腔同情和惊喜，虽然有酸涩和磨难，但凡是种子总是要发芽。成熟像一把浸透了水变得柔软的蘑菇，每一个细胞都在张开。言行、表情、个性，爱情点燃了德吉梅朵的自信，她走在大街上，买了手机，第一个电话就打给了桑多，可似乎她已经忘记了此前。忘记就忘记吧。

桑多最大的好处是有钱，钱是好东西，钱让桑多的友情一拨一拨换人，只有烂醉如泥时才会想起德吉梅朵。

德吉梅朵请了一天假，她和桑多去雍布拉康玩，这座寺庙在距泽当镇11公里的扎西次日山上。"雍布"意为"母鹿"，因扎西次日山形似母鹿而得名，"拉康"意为"神殿"。民间也叫母鹿后腿上的宫殿。

他们走上去时云朵遮挡了太阳，走上寺庙的台阶，攀爬上最高处时，强劲的风从高空袭来，掀起他们的藏袍和长发，有风铃发出撞击声。瞬间，一场大雨顷刻袭来，云朵里有闪电，雨点从四面八方扑击他们，他们俩相拥着，风来吧，雨来吧！

德吉梅朵微微颤动，她躲在桑多怀中，脸埋在藏袍中，什么也看不见，唯有厚重的雨幕敲打着她的后背。两人同时生出了一种孤独无援的安静，没有人说话，风雨声那么急切，把开腔的念头压了下去。

也只有十几分钟时间，很快，这番狂风骤雨就过去了，天空明朗，他们看到更高处的风马旗，更远处的山脚下，山与山重叠着，山路崎岖、山气浓重。一些牵马的牧民，他们是专门送那些不想走路想骑马去雍布拉康旅行的人。这些马，风来雨往，平均寿命19年，其实它们在第15年时就登不动山了。它们这一生走了多少路，朝拜了多少次雍布拉康？它们的命运在来世会改观吗？

往山下走，看到马淋得通体精湿，它们打着响鼻，马头上挂着红花，黑黑的牵马人吆喝着马，有人上马、照相，牵马人牵着马往高处走。

杂草的种子趁机跟着饱满爆芽，在石块的缝隙里成长起来。德吉梅朵好像是跟不上趟的出操队员，走走停停。桑多走过来扛起她，咯咯咯咯的笑声扬起来，所有的人都在看他们。看吧，来看吧，他们是自然的一个景象，如同草叶上晶莹的露珠，你们就看一眼吧。

山间小道都是草草开就，不平中就有嶙峋石块浮出路面，行走时得时时盯住路面，以免柔软的脚指头无辜踢到。他们发现山间行走的人越来越稀少，环顾四周都是草木遮蔽山体的绿色，有身披五彩的山鸡张皇失措地往远方飞，顷刻间又淹没在草丛中，有啁啾声，不是一只是一双。有潺潺的声响，有沙沙的声响，是鸟和水和草木的交错所致，汉语说万籁无声，稍一细听则无处不出声响。这一切让德吉梅朵感到，自然空间是如此丰富充沛，它们在各自的空间内，按自己的方式存在着：草木往上长，雪水往下流，藤蔓横着攀爬。

走到车跟前，两个人坐进去时无来由地互相望着哈哈大笑，外面的空间如此阔大，为什么不尽量舒展自己的身体呢？山风、山雨、山气、山色则满目都是，他们有足够的自由，足以让他们伸长手臂。爱情的视野里没有疆界，除非不是发自内心。脱下被雨水淋湿的衣裳，迎面而来，彼此呼入对方的气息，有泥土涩涩的味道、流水清冽的味道，酥油茶香、奶香，草木将更加青翠发亮，流水要更加激越畅快。心爱的人啊，我们的血液里流着互相交融时对风雨的敏感。

5

桑多换女人了。

"阳光拉萨"的服务员小姐妹次珍告诉德吉梅朵时,她先是下意识地笑了一下,她的笑有点羞涩,更多的是掩饰不住的聪颖与灵智。

德吉梅朵已经怀孕两个月了,如果不是不来例假她都没有往那方面想。

AB血型的桑多,性格有极端的两面:活跃时不拘小节,性格外向,口无遮拦,置身再大的场面不惊不惧,面对再大的人物无拘无束,有钱撑腰,不理解他的都可以成为朋友。但在另一面,他又有着异乎寻常的寂寞和孤独,伴随着驱之不去的孤独感,他对女人有一种不能抑制的追求与渴望。每当做爱时他近乎失去理智地疯狂,似乎是想把身体里的孤独甩出去。

肚子里的孩子怎么办?德吉梅朵决定去找桑多。

想找到桑多是很容易的事,他喜欢到人多的地方去,这个时间他会去哪里呢?他一定去K歌的地方,是去那种花钱多的地方。

德吉梅朵走在城市的道路上,她再一次和城市的人群亲密地打了回交道。这是一次非理性的行为,她要和这个人决裂。她走到"偶遇"酒吧门前时,发现了桑多的改良车霸道。她匆匆走进去,发现每一道门都是打开的路径,突然觉得这种行为很荒唐,反身回到门前的台阶上,颓然地坐在路边,想理清楚眼前的事情。

这是无法理清楚的事情。

心情迷乱,德吉梅朵还是起身往里走,有服务员拦住她,她说找桑多。谁不认识桑多?大名鼎鼎的桑多。

德吉梅朵推开204号门,没有人会关注进来的是什么人,只有进来的人关注到里面的人群中有桑多。高大的身影拥着一个女人,这是一个穿着暴露而挑衅的女人,拿着话筒唱《青藏高原》,她的嗓门出奇地好,在最后的高音处,口哨和掌声一起响起。

在酒精的刺激下,桑多抱住女人亲了又亲。

狼毒花的根，桑多是一个有毒的男人。

德吉梅朵走上去，推开桑多怀中的女人。黑，真是最简单的颜色，似乎可以遮蔽一切，包括肮脏。快乐走得太快了，如云朵被风刮走。

女人说："这个捻线陀螺一样的女人，她是谁？"

桑多不假思索地说："村子里的低保户。"

德吉梅朵眼睛大大地盯着桑多，这是一句惊天动地的话，她被这句话缠住了，就像布网的蜘蛛一样。

桑多居然没有羞耻，依旧拉着那个女人，女人招摇着一头秀发，嫣然百媚的风致，暗红的唇，笑起来如风吹金箔。

第一次发现笑能把人的心灼伤。

德吉梅朵说："桑多，你的脑子坏了，心也坏了吗？"

醉酒的桑多说："你这个瘟疫一样的女人。"

德吉梅朵说："桑多，因为和你的纠缠，我肚子里怀了你的孩子。"

桑多说："把那个小东西处理掉吧，我不想当一个孩子的爹。"

四下里的人笑，笑桑多这句话有哲理，接着他们起哄说："我们不想当孩子爹。"

德吉梅朵摔了门跑出来，她的胃极度不舒服，头也跟着痛。在藏族人的经卷里这是不能饶恕的罪过啊！阿妈说过，世上的人都是老天爷赐予的神物，罪过呀，天大的罪过呀！

外面到处是喧闹，到处是人声、歌声，德吉梅朵的眼泪棉线一样落在地上，没有力量。

跌跌撞撞地走回"阳光拉萨"，因为爱情她已经不好好上班了，老板几次提醒她，因为有桑多，因为有爱。现在她什么也没有了，多么没有道理。她脸色苍白地坐在饭店的椅子上，像一个蜜蜡做的女人。

都是热热闹闹的声音，喝过酒吃过饭，还没有过滤掉的热闹在行走中继续，只有德吉梅朵是安静的。

饭店老板要她回去休息，她也不多说什么，饭也不吃就离开了。

回到住处躺下，很痛苦也很疲惫，可就是睡不着，但愿电话不响，但愿没有人知道我生病。她现在抗拒一切，包括食物，就像抗拒那些无处不在的虚假的爱情。她不爱谁，也不相信谁，此时，她连自己也不爱。

桑多本来就是现在的样子，是自己不由自主爱上了一个混蛋。

德吉梅朵把外面的袍子脱下来，暗红色的内衣，一样不要，这些全部是桑多的钱买下的。她裸着自己，皮肤有一种被针尖麦芒扎到般的刺痛，找出自己的旧衣裳换上，有点眩晕，想抓住什么，可是能抓住她看到的影子吗？

拉窗帘时，兀然看到一弯明月，仿佛她痛苦无妄的爱情。在这个世界上，你和这个人好，又不能完整说出理由，单纯是不成熟，可什么是成熟，谁能告诉她？

可是为什么心里还想着有电话打进来？又期待着什么？

德吉梅朵妊娠反应得厉害，已经到了无法上班的地步。阿妈达瓦卓玛来"阳光拉萨"看她，难过地说："你遇见了魔鬼，回家吧女儿。"

魔鬼的孩子也是神赐予的神物，是天爷爷的宝贝，堕胎是天爷爷不可饶恕的，会让堕胎者几世受罪。德吉梅朵跟着阿妈回家。她依旧穿着旧衣裳，那些或许有过爱情的衣裳已经没有意义了，她把它们毫不留情地送了人。

穿过琼结县城的街道，阳光和人群，昼夜轮回，四季流转，从前是什么样子已经没有意义了。天上会下雨的云朵都是从她心里飞出去的，她无法想象藏族人的祖先是怎样培养出了这样的男人，魔鬼降临人间了。

弟弟次仁罗布长高了，不喜欢读书，整天逃课或者躲在同学家看电视。德吉梅朵的回家让阿妈更操劳，对日常投入的精力更多。妊娠反应越来越重，有时候想到是一个梦，一缕一缕的阳光会化开这个梦，山上的风会吹散这个梦，睡一觉也许就回到了从前。桑多就像一个过去的坏习惯长在了她的脑子里，努力不去想，可是努力的事情总是又不能忘记。

有几次她想给桑多打电话，可准备打时又觉得自己没有出息。

阿妈达瓦卓玛已经为这个家损耗了太多精力，对弟弟的牵肠挂肚导致身体抵抗力下降，偶尔性的头疼变成经常性的头疼，疼起来需要扶着墙站着。

撑过六个月，德吉梅朵的身体状况稳定了，似乎妊娠反应小了，也能正常吃饭，有些时候还可以下地劳作。

天气已经是冬天，在屋子里某个被阳光照射到的地方，德吉梅朵闻到了一股奶香。她默默坐着感觉肚子里的胎动，她试图找到那只小脚丫，和捉迷藏的小猫似的，很长时间又没有任何动静了。门前的阳光金子似的拉长了她的影子，那个影子无限阔大，她忽地看见了阿爸，阿爸还是当年的那个样子，站在那里笑。那股奶香奇异而美好，难道是自己的身体散发出来的奶香吗？

阿爸仁青措笑着离开，她看到风吹过草原，摇动草地深处所有站立的茂茂草和滩上爬着的荒草。阳光把风揉成金黄色，把空气切成碎块，然后雪片似的从天上飘落。总觉得阿爸在慈祥地注视着她，给她从来没有过的力量。

阿妈从外面走回来，晚霞的光辉像巨大的梦境铺天盖地而来。阿妈笑着说："领到低保的钱了，这样生娃就有保障了。"

一沓钱放在坐床上，很扎眼。

德吉梅朵说："阿妈，你说什么？"

阿妈说："低保啊！从你没有工作那天起到现在，你也可以拿国家的低保了。"

德吉梅朵说："阿妈说我在拿国家的低保对吗？"

阿妈说："对啊！你没有工作了，我们家没有人有能力为这个家挣钱。"

德吉梅朵感到从未有过的落寞和孤单。她盼着孩子赶快出生，她想到桑多用鄙视的眼光盯着她说："低保户。"那一句刺耳的话像一只失群的羊羔，灵魂在旷野里迎风呼叫，往日思念着桑多的念头突然就结住了。

那一夜德吉梅朵惊醒过来，她发现自己的手放在胸口上，她似乎完全清醒着，似乎又无法动弹，静静地呼吸着这种能让她产生幻觉的气息。这种气息是那样坚挺有力，她挣扎着，睁开眼睛望着上空，眼睛在朝阳升起时深沉得像一潭湖水，波光粼粼，美丽得令人心碎。

阿妈达瓦卓玛用劲喊她，说她在做噩梦。阿妈像呵护一头牛犊一样看着她，用手在轻轻抚摸着她的头发。阿妈的抚摸感动了她，她突然又想到，我要不要在孩子出生前找到孩子的阿爸呢？

矛盾的德吉梅朵，她在孕期受到了伤害，没有一点计策。

达瓦卓玛说："只要你不怕他像魔鬼一样再伤害你。"

阿妈的回答就像昨天从屋顶上滚过的雷声一样让她身体颤抖起来。似乎又有了一种斗志，她要去找他，不能让孩子一出生就没有阿爸，更不能让孩子一出生就吃低保。

德吉梅朵带着她荒唐的想法坐车前往琼结县城。

天气似乎比想象的要暖和，有些时间不知道桑多的动向了。她下车后先是站在街边看了一会儿人群，城市对她有一种诱惑，如果不是肚子里的孩子，她的月工资还会涨。身上裹着厚厚的棉衣，临出门时还被阿妈套上了一条围巾，一辆车走过带起的风扬起一股肃杀。拿出电话拨通桑多的手机，一直是忙音，再打，依旧是忙音。此时的桑多会在哪里，K歌厅还是酒吧？

电话突然响了，不是桑多，是拨错的电话，电话里的人认定这里应该有一个他要找的人，一遍一遍地问，最后核对电话号码，结果少了一位数，然后那边又很突然地就挂了。

德吉梅朵往桑多常去的酒吧方向走，果然在酒吧门口看见了桑多的改装车。她心跳加速，手脚都出汗了。她走上前抬起脚照着桑多车的轮胎踢了两脚，心里的气无法出，她的委屈不是一般的。

哪知桑多的车报警了，有保安走过来指着德吉梅朵说："你赶快走开，这里不是你这样大着肚子的人来的地方。"

德吉梅朵说："我找这辆车的主人，我肚子里的孩子也是他的孩子。"

保安进去找人时，德吉梅朵觉得就让你这辆车喊你吧。她不停地用力踹车轮子，好大的车轮子，眼泪出来了，汗水出来了，车叫声引来几个围观的人。

桑多出来了，他身边永远站着一个妖娆的女人。保安上去制止德吉梅朵，桑多很平静地笑着，这个没有穿高跟鞋，矮矮的女人，大肚子像圆鼓一样，整个人看上去像一只母鹅。

桑多发怒了："你这个瘟疫一样的让我丢尽脸的女人，你这个疯女人！"

那张红脸在日照下，嘴唇显得很怪异，德吉梅朵还惊奇地发现，桑多整张脸的上半部布满了雀斑，密密麻麻，以至于从稍远处只看得见深红的一片。他的眼睛只剩眼黑，眼白发红几乎和脸是一个颜色。

桑多一发怒，他的狐朋狗友便知道下一步该怎么做，有几个人走了过来。德吉梅朵突然心酸起来，事实证明她来找桑多是错误的，这个聪明面孔笨肚肠的人，这个绣花枕头一包草的人。

德吉梅朵惊魂不定地望着桑多身边的女人，陌生的脸庞，无奈而且尴尬。她曾经站在她的位置上，那也是德吉梅朵的栖身之地，说不清怎么回事，自己便爱上这样一个人，像一条披着人皮的毒蛇奔窜在逐渐枯死的青草间。

德吉梅朵尖叫了一声，冲着那个女人喊："你难道没有看见你的下场吗？桑多，我肚子里怀着一个'低保户'，你这个魔鬼来吧！"

女人眉眼生动，突然纵情笑着搂着桑多撒了一下娇，桑多甩开她，这是一个不生气就难过的人，是被钱财捧红的野味，是热闹的充饥物，这是一个不能坐下来说话的人。

桑多说："有钱的后人永远不是低保户，马蹄溅起的黏泥已经贴近我的嘴巴了，你不想我赶走你，你就不要在这里羞辱我的脸面。"

德吉梅朵说："你配有脸面？脸面已经糊了你的脑袋，你自作聪明的下场便是暴死荒野。"

桑多大喝一声："让这个不知天高地厚的歹毒的女人去死吧！"

德吉梅朵想：来吧，看看你桑多怎么对付一个女人，好和坏、对和错、有理和无理，所有的脏水和孩子，你连孩子一起干掉吧，你会有报应的。

明天就是放弃今天，结伴而来的痛和苦，来吧，德吉梅朵豁出去了。

刹那间一个人影横插在了一群人中间，她大喊一声，然后她拽起德吉梅朵的袖子，在所有人不明白发生了什么事情时，她们已经走出很远。

是阿妈达瓦卓玛。阿妈怕德吉梅朵受罪，一直跟着走，她祈求死去的亲人来保护德吉梅朵，不要让人间盛开苦难和忧愁。

达瓦卓玛一边拽着德吉梅朵跑，一边气喘吁吁地说："魔鬼在诱惑你，他用肚子里的孩子诱惑你，那个诱惑早已成为一个坏结果。为什么要鸡蛋碰石头呢？你和他的纠缠已经结束，这是仁青措家的后代，不是魔鬼的后代。"

母女俩跑往人多的地方，离开恶狼的办法就是快速逃离。

6

德吉梅朵和阿妈拉着手走,从琼结往措杰村走。

街道上很安静,就像在长长的一年平常的日子以后,迎来即将到来的藏历年一样,突然松懈了,什么也不想了。

谁家的酥油茶和着最后的夕阳一起缭绕过来,街道边上有人推着车子卖橘子,她突然想吃橘子。一个小女孩牵着阿妈的手等阿妈买橘子,女孩穿着粉红色牛仔裤和长筒皮靴,女孩的眼睛很大,像火一样燃烧。德吉梅朵下意识地摸了摸自己的肚子,等那母女俩走远了,女孩后脑勺上还烙着德吉梅朵的目光。

太阳刚刚落山,晚霞的余晖将冬日那一望无际、苍黄的群山涂抹得色彩斑斓,纵横的河汊沟渠闪耀着暧昧的暖色,红色的晚风轻拂在脸上。

二斤橘子走着吃着,很快就没有了。

走着走着,突然就觉得身体有点失重,有点气喘吁吁,有阿妈的汗味笼罩着她,显然德吉梅朵并没有意识到自己头重脚轻。

天慢慢暗下来,远处稀稀拉拉散开的村庄,有零星灯光闪耀。每路过一户藏民家,都是大同小异的气息,肚子开始叫,偶尔碰见一两个藏民,一两群牛羊,全都是黑乎乎一片。

月亮升起来了,德吉梅朵抬头看了一眼月亮升起的地方,突然又觉得后腰处像坠了一块石头,重得屁股都无法抬起来。慢慢地那块石头又移到了她肚子上,像马蜂蜇了似的酸困。

德吉梅朵说:"阿妈,我饿得腿脚没有力气,像踩在棉花上,膝盖快要跪下了。"

阿妈说:"坚持一下,月亮替我们照着路呢。"

不知道为什么德吉梅朵突然陷入了孤独中,疼痛越来越阔大,她实在是烦累了,停下脚步,看着走在前面的阿妈,她站着,不知道马上要发生什么事情。月亮冷冽的清光湿漉漉地包围着她,有什么东西越来越沉重地压迫着她。

达瓦卓玛发现德吉梅朵没有跟上来时,回转身发现没有人。

达瓦卓玛大声喊:"德吉梅朵,女儿!德吉梅朵,女儿!"

德吉梅朵倒在地上,她透不过气来,心头慌乱得差点儿想大喊救命。

德吉梅朵说:"阿妈,我的肚子疼死了。"

达瓦卓玛循着声音走过来,看着倒在地上的德吉梅朵,经验告诉她,德吉梅朵要生产了。

荒郊野外,达瓦卓玛的诵经声响起,传递着令人压抑的气氛,偶有几声狗吠,听不见人声。月亮虽然不圆,冷冽的清光在这空旷的乡野里显得格外明亮。地上白花花的,真似蒙了霜,伸手摸摸身边的小草,感觉特别凉。达瓦卓玛哭了,身边没有强健的身影,她感觉到了惧怕。

达瓦卓玛觉得自己必须去找人,可达瓦卓玛又不能丢下德吉梅朵。

两难中达瓦卓玛说:"女儿,打桑多的电话吧,阿妈求他,只有他可以来救你,此时,我们没有一点办法。"

德吉梅朵掏出手机打桑多的电话,依旧是忙音。再打,电话有人接起,是桑多。电话里的桑多大声说:"你是一个不吉利的女人,你这个低保户。"

德吉梅朵说:"我要生了,我要生了,你来救救我。"

电话早已挂断。夜死了,没有一星半点气息。

达瓦卓玛手足无措,德吉梅朵哭着忍着疼,翻着手机里的电话号码,她脑海里突然掠过张红生的电话号码,这个号码原本是要记在手机里的,因为什么事情一直没有记。她输入号码打通电话,期待着,接电话的是一个男人。

德吉梅朵说:"是张红生,大宝的阿爸吗?"

电话里问:"请问你是哪位?"

德吉梅朵说:"我是德吉梅朵,我要生孩子了,在回措杰村的路上,您来救救我。"

张红生在电话那边迟疑了一下,他的迟疑是因为没有听明白对方在说什么。

德吉梅朵急切地说:"我要生孩子了,我的孩子没有阿爸,我被男人伤害了。"

张红生脑子嗡的一声,有几年没有联系这藏族姑娘了,快,德吉梅朵需要帮助。熊小英已经穿戴好衣裳，两个人迅速下楼开车往措杰村走。

在路边看到德吉梅朵母女俩时，羊水已破裂，熊小英的心里一阵子疼痛，看着两位疲惫不堪的母亲。她闻到了空气中的血腥味道，迅速搀扶她们上车。疼痛让德吉梅朵不断呻吟，车上的每个人都对她肚子里的小生命充满了担忧。

德吉梅朵入院不久就生下了女儿，这个早产的女儿，有两只黑黑的眼睛，降临到人间时，她没有发出哭声，大拇指含在嘴里。看到母女平安，张红生夫妇松了一口气。

达瓦卓玛在孩子屁股上狠打了一下，"哇——"德吉梅朵的女儿哭声嘹亮，惊世骇俗，使得张红生和熊小英如同产床上的母亲，幸福得产房都微微战栗。这实在是破天荒的事情啊，这个藏族女孩到底经历了什么？

太阳升起时逼退了清晨的寒风，女儿来到她身边，一夜之间，德吉梅朵成熟了许多，她的悲哀已不放在脸上，微笑中有几分刚强。累了一夜的张红生和熊小英想着一个人在家的大宝不放心，急急告辞，临出门时说："有事打电话。"

达瓦卓玛送他们出来，因为语言不同，他们无法和达瓦卓玛沟通。熊小英说："回去吧达瓦卓玛，好好照顾你女儿。"

达瓦卓玛茫然无措地挥挥手。

在德吉梅朵的激动中，窗外飞过去一朵云，像白度母的化身。这样，孩子的名字就出现了——"卓嘎"。达瓦卓玛说："我的卓嘎。"

这是一个多么非同一般的奇迹啊。卓嘎，粉嫩粉嫩的，躺在阿妈身边。藏族没有非婚生子女和重男轻女的陋习，卓嘎的到来成为达瓦卓玛家的佳音，也成为德吉梅朵嘴边开口时的第一句话。

出院那天，熊小英带来奶粉、肉松和各种大宝小时候用的玩具。她有点喜欢这个女孩，因为身体原因她已经不能再生育了，如果大宝有个妹妹就好了。德吉梅朵希望熊小英给卓嘎起个汉族名字，熊小英脑子都没有动就说："叫熊二丫。"熊二丫已经是熊小英的疼爱了，万千故事必然在后头紧跟着。

一百天的卓嘎已经脱掉了人之初最先的混沌，对周围事物的感知有了某种自觉的意识，喜欢笑，对四周做出相应反应的是笑容。有时候德吉梅朵拍拍手，她就笑；舅舅次仁罗布拍拍手，她也笑，笑得十分自如、开心和甜蜜。

德吉梅朵的手机里全部是卓嘎的笑脸，她的鼻子，她的眉眼，简直就找不到缺陷。

卓嘎双手双脚并用，慢慢地能坐了，会爬了。德吉梅朵突然想到张红生讲过的故事，说有一个古埃及的神话，它被描述为长有翅膀的怪物，通常为雄性，是"仁慈"和"高贵"的象征。当时的传说中有三种斯芬克司——人面狮身的，羊头狮身的（阿曼的圣物），鹰头狮身的。亚述人和波斯人则把斯芬克司描述为一只长有翅膀的公牛，长着人面、络腮胡子，戴有皇冠。到了希腊神话里，斯芬克司却变成了一个雌性的邪恶之物，代表着神的惩罚。因为希腊人把斯芬克司想象成一个会扼人致死的怪物。传说天后赫拉派斯芬克司坐在忒拜城附近的悬崖上，拦住过往的路人，用缪斯所传授的谜语问他们，猜不中者就会被它吃掉。这个谜语是："什么动物早晨用四条腿走路，中午用两条腿走路，晚上用三条腿走路？腿最多的时候，也正是他走路最慢、体力最弱的时候。"

俄狄浦斯猜中了正确答案，谜底是"人"。

斯芬克司羞愧万分，跳崖而死（一说为被俄狄浦斯所杀）。

她的女儿是一个人。

远处的雪山静伫着，缄口不语。夕阳涂抹在走过的牛群身上、脸上，德吉梅朵抱着卓嘎骑在牛背上。鲜花盛开的季节，卓嘎已经开始牙牙学语，德吉梅朵听不懂她的话，但本能地领悟到她的话是一种呼唤。

次仁罗布休学了，不喜欢读书。

德吉梅朵和他谈了一次话。不读书的人只能种地，地里长不出钱。钱不能生钱，只有读书可以改变命运。

次仁罗布说："钱可以生出钱，不读书照样可以活着。"

德吉梅朵拿出20元钱递给次仁罗布说："我看你怎么生钱？"

次仁罗布拿着钱跑出家门，他要和同龄人去打麻将，要证明钱可以生钱。20元很快就没有了，两手空空，空得如心。

过日子很为钱恼火，丢失的钱永远不会回来了。

德吉梅朵说："钱走了就走了，不知去向，它虽然走了，但是绝不会消失。它在泥土里，在修建的楼房里，在牦牛的脊背上，在喜欢读书的人的理想里。钱不会消失，因为它是钱，钱什么时候都不会死，我们不能把钱看轻了。"

卓嘎长到八个月时，措杰村开始建蔬菜大棚，需要工人。德吉梅朵报了名。这是男人干的活计，一个女人报名垒墙，虽然说起来稀罕，但也不足为怪。一个月干足25天可以赚6000元。

德吉梅朵选择坚持和勇气，她的心中有一分清醒和希望，只有劳动可以改变命运。

阿妈达瓦卓玛觉得德吉梅朵体质弱，一天干不下预期的活计，恐怕一个月拿不到那么多钱，不希望她把身体累坏了，毕竟来日方长。

德吉梅朵对劳动的执着是九头牛也拉不回来的。

7

蔬菜大棚建在措杰村东北角上。建棚的老板是汉族人，他娶了一个小女人做老婆。在山南建筑行业的山头中不算大老板，电话不离手的汉族何老板常常用来听别人对他的发号施令，那个别人不是别人，是他的妻子。

措杰村的蔬菜大棚有一定规模，干活人中间女孩子少，为了不显得自己扎眼，德吉梅朵穿着弟弟的衣裳，密密麻麻的工人中，如果不仔细分辨还发现不了德吉梅朵。工地上虽然也有女孩子来干活，可她们总是站得远远的，就像督战一样，每天上工时都不少她们，少了她们又太煞风景，女孩不能和男孩比，她们干活就那样停停歇歇。

很奇怪的事情，没有人觉得德吉梅朵是女人，别人吃饭了，她还在干活，甚至想要干很多很多活，连吃饭的时间都不舍得停歇，就为了干完自己的活早一点回家看卓嘎。有时候饿得心跳加速，背转人吐一口酸水，说是去野地里上厕所，其实是跑回家看女儿找吃食。

措杰村建蔬菜大棚的不仅仅是措杰村人，还有其他县的工人。一个叫次仁德杰的小伙子看上了德吉梅朵。这一代藏族男女再不可能像他们的父辈那样保守，文明伴随着物质，必然在一代一代的进化中得以更高地提升。

恋爱毕竟应该是一件含蓄而秘密的事情。次仁德杰喜欢在夜幕的庇护下，因为，那样会使他感到温暖而安全。德吉梅朵则在夜幕时分需要回家带自己的孩子。次仁德杰目送德吉梅朵的背影，有时候在后边轻声喊一下："嗨，你怎么这么早就走？"

德吉梅朵羞涩地笑一下，离开对次仁德杰显得残酷了点。

恋爱毕竟是一件含蓄而秘密的事，需要远离人群、远离住处找一个说话的地方，德吉梅朵匆匆忙忙地离开让他无从下手。

德吉梅朵说："我有一个女儿，刚刚一岁，我的女儿卓嘎还离不开阿妈。"

次仁德杰跟在德吉梅朵身后说："我能为你女儿做些什么事情？我给她买一个玩具吧？"

德吉梅朵说："卓嘎还小，还不知道玩具好玩。"

次仁德杰说："可是我最想做的事情是成为卓嘎的阿爸。"

德吉梅朵再一次羞涩地笑了："你像狮子的嘴巴一样，太夸张了。"

次仁德杰说："我说的是我心里想的话。"

德吉梅朵说："我还不想恋爱，我对男人不信任。"

次仁德杰说："男人是不一样的，有好男人，我就是。"

德吉梅朵说："我就要到家了，我要见我的卓嘎。"

两个人就这样你一句我一句，有意无意说着话，一个看似在诉衷肠、爱意无限的样子，一个心里有心事，也没有很决绝地讨厌对方。

山南这个地方昼夜温差很大，寒凉对于此时情境下的男女根本没有意义。

夜凉了，次仁德杰想握住德吉梅朵的手，几次伸手让自己挨得近一些，越近就越能感觉到对方，越感觉到对方，就越有一种燃烧不能自抑。

听见卓嘎的哭声了，德吉梅朵快速跑了几步，一下子距离就拉开了，等次仁德杰也跑了几步时，德吉梅朵已经跑回了自家的院子，女儿牵着她的心呢。

黑暗中次仁德杰徘徊在马路上，天空有星星有月亮，有夜鸟飞过，他想德吉梅朵劳动时的背影，这个女人朴素得让人喜欢。

德吉梅朵干活实在是累了，一回家就搂着女儿，一边让女儿吃奶一边端着碗吃饭，狼吞虎咽的样子让达瓦卓玛看着直发笑。饭毕德吉梅朵搂着女儿卓嘎倒头在尿味乳香中立马就睡。

第二天一早依旧昏然入睡的她被电话吵醒了，是次仁德杰喊她上工地。

放下电话，德吉梅朵想：我又被一个魔鬼惦记上了。

蔬菜大棚有可能很快就完工了，那么接下来该做什么？去哪里找工作呢？此时她还想不到爱情，偶尔也多看次仁德杰几眼。和桑多相比，次仁德杰长得不够高大，人显得憨厚一些。现在德吉梅朵必须放弃已有的一些好坏参半的东西，比如说，伤害和痛苦与曾经厌倦了的思念而去要一些新的东西，而那些新的东西同样也与好坏长短对错一起要结伴而来。当这些东西来到她身边时，很容易满足她此时的孤独，可是无可奈何的日子还很长啊，会不会再出现伤害呢？

张红生曾经说过的话再一次响起：你总会被男人伤害。

德吉梅朵想：我现在还不能要爱情，爱情还不符合我的想象，短暂的疼爱会过去，我不过是一个过平常卑微日子的人，任何人的温情脉脉都是假象，我的平凡的令人激动的好日子就是陪伴着阿妈、弟弟和卓嘎。卓嘎的出现已经改变了我原本的生活。我要把此前的日子收拾起来装进一个纸盒子，再系上时间和忘记的绿色丝带，将它放置在心头，时时提醒自己，一切还不是时候，自己还有目标没有实现，不能被当下的没有结果的东西打乱了日常生活。

再见次仁德杰，德吉梅朵就不理他了。

次仁德杰觉得德吉梅朵是一个诱惑，她以微笑和美好引领他向那个方向望去，他无法控制自己要向那个方向走去，他觉得自己的未来是和她连接在一起的，世界一定会像自己想象的那样豁然开朗的。

措杰村街心里有两三个孩子追逐耍逗，他们的笑声与小鸟的婉转啼鸣一起在树丛中回旋。没有拖拉机的声音，也没有大人在一旁不断地监视和呵斥。阳光下有两只鸟在打闹，起起落落、上上下下、前前后后地追逐。

次仁德杰站在旁边看他们。鸟叫声像是私语，他能够想象那些小生命同自己一样开心得发疯，只是苦于听不懂它们的语言。此时他穿过街心就为了去见德吉梅朵，他要向她表白，不再躲躲闪闪，虽然她不理自己了，那也没有关系,爱情是追来的,功夫一定要舍得下。

措杰村的蔬菜大棚盖起来了,一点收尾工作,对于重劳力已经找不到下力气的地方了,就等结算工钱了。

德吉梅朵在青稞地里拔草,偌大的青稞地站起来看仿佛没有尽头一般。弟弟在远处,埋在青稞中,这个不读书的年轻人终于把自己安顿在了青稞地。读书才好改变自己的命运啊,她一定要卓嘎将来读书,读大学,做一个有本事的人。

汗水打湿了她的头发,呼着粗重的气息,她又开始想卓嘎的样子了,一岁多的孩子已经开始叫阿妈了。

青稞地里静悄悄的,阒无人声,像所有的中午时分,路上连自己的影子都没有。一行行的青稞,还有远处的油菜花,像诗歌一样。她不知道诗歌是什么样子,但是,此刻她便已经知道诗是什么样子了,心里敏感于诗一样的东西,一下就感觉到了过日子的滋润和欣悦。

德吉梅朵唱着歌,起起伏伏,青稞地就活泼了。

次仁德杰站在远处听,慢慢走近想吓她一跳,对德吉梅朵不理他的事情已经忘到脑后了。

"嗨,德吉梅朵!"

德吉梅朵吓了一跳,她迅速站起身应答了一声,看到是次仁德杰,她一下就扭转了身。

次仁德杰说:"你知道我有多么喜欢你吗德吉梅朵?"

德吉梅朵说:"你快走开,我讨厌你。"

次仁德杰说:"我说的是认真的,我就喜欢你,答应和我好吧。"

德吉梅朵突然想到最近刚学到的一个汉语词汇"不尽如人意"。

"我的当下的生活不尽如人意,我的将来也不尽如人意,所以我不喜欢你。"

次仁德杰说:"我们的将来到来时一定不尽如人意,我们把将来变作现在,将来还是在远方,我会等待那个不尽如人意,牛奶会有的,面包也会有的,我们就一起不尽如人意吧。"

德吉梅朵瞪大了眼睛听着,然后喊了一声:"次仁罗布,次仁罗布,你赶快过来赶走这个坏蛋,你赶快来呀!"

听到呼喊的次仁罗布从青稞地跑过来站在次仁德杰身边,小伙子长得高出了次仁德杰半头,身子骨虽然看上去单薄,但是脸上显示出了愤怒。他准备打架了,只要对方敢动手,第一次打架,他把力气全部用在两只拳头上,他可不是一个孩子了,他要保护这个家里的所有女人。

次仁德杰后退了一步,他可不想和这个未来的小舅子打架。

"我自己会离开,总有一天我们会成为一家人,等着走着看着吧。"

次仁罗布眼珠血红,他被姐姐喊过来是为了收拾这个男人,并用力量来纠正他的过错,怎么能轻易就放走了他。他往前多走了几步拦住次仁德杰,太阳的光涂抹在两个青年男人身体上。

德吉梅朵窒息了,她被这种场面震慑了,吓得说不出话,眼前的景象凝固成一幅全息照片,一幅被阳光和风塑成的即将开战的照片,进入了德吉梅朵的脑海里。

四周安静得出奇,无法感知的暴风骤雨就要来临了,没有说话声,只有粗重的呼吸声,次仁德杰也捏起了拳头。

德吉梅朵一阵眩晕,脑子里突然幻想出一队羊羔的影子,这种白色的温暖的亮点,亮点穿过看不清楚的远方停滞下来。这种柔和的停滞给了她无限欢乐,她突然喊道:"停下来!任何一个人先出手都不应该,我们要像汉族人一样学会礼貌。"

出乎意料的是两个人并没有放松自己的身体,包括脖子和眼睛。

德吉梅朵跑过去,想要结束这场由她而引起的对峙。她突然意识到自己做了一件坏事,把自己的好恶强加给了次仁罗布。不能再让事情发展下去了,发展下去没有任何意义,她冒出这个想法时,就想把事情说破,说明白了。

"次仁德杰,我不喜欢你,我有心上人,我不想把话说破,更不想我的生活多出一双盯着我的眼睛。我想着你的眼睛爬在我的双肩,飘在我的头顶,或长在我的后背,这让我不快乐。你走吧。次仁罗布,放他走,我们不是仇人。"

次仁罗布听完姐姐的话依旧没有让步,次仁德杰横走一步走了,太阳照着他的后背。他想:德吉梅朵是属于我的,她总有一天要接受我,我有足够的爱来追她。

8

午觉醒来，外面突然起风了，德吉梅朵抱着女儿坐在窗户前，窗玻璃被风吹得咔咔作响。因为看见了什么卓嘎笑起来，原来是一只猫在地上玩阿妈达瓦卓玛的线团子。

满身阳光的卓嘎，喊着："阿妈，阿妈！"

卓嘎把所有看见的喜欢的人都喊作阿妈。

措杰村的扎西顿措来德吉梅朵家，想问一下德吉梅朵愿意不愿意出去干活，比如去砖厂，不是琼结，是另外的地方扎囊县。按工计活，干好了一个月可以拿到6000元，而且可以长久干下去。

德吉梅朵当然喜欢了，她觉得眼下最喜欢的就是钱，谁会对钱惧怕和讨厌呢？这几天她正为出门干活忧愁呢。现在听了扎西顿措的话她立马就答应了，说自己愿意去，阿妈在家照看卓嘎，弟弟也长成人了，可以和阿妈一起种地，外出做工赚钱的事就交给自己吧。

扎西顿措说："那就好了，明天我们就出发吧，恰巧这个砖厂有和汉族老板打交道的事情，老板还想要一个懂汉语的人，我看你就正好。"

送走扎西顿措，德吉梅朵想，自己是生活在高原上的人，会说汉语和汉族人打交道，因为汉语赚钱还比别人多，心里一阵子窃喜。她起身放下卓嘎，开始收拾明天要带走的东西。

扎囊离琼结不远，毕竟也是山岭重叠，山路崎岖，不过也有赖于这高原，世代生活于此的高原人家，生活秩序没有多大改变，生活语言仍然沉浸在泥水里。这种一脉相传的生活，温馨而又平静。

山野是相当广袤的，但是可作为耕种的田，却并不多，还要依山势划割成，许多机械很难进入，所以，牛、犁、镰刀、锄依旧是惯用的工具。这样，风来雨往，有时就牵挂人心，担心自己去扎囊后，天久不雨而旱，又担心山风逆吹会扫落饱满的青稞。

阿妈达瓦卓玛放牛回来知道德吉梅朵要出去工作了，心里有说不出的喜悦和担心。她安慰德吉梅朵说："放心走吧，卓嘎有我，地里的活计有次仁罗布。现在家家户户都有电视了，可以从天气预报中得知风雨信息。"

德吉梅朵说:"可是天气预报有些时候还是关心不到我们村子一带。"

达瓦卓玛笑着说:"哪里可能那么详细,就靠自己的体验吧。你阿爸活着时把上辈人的经验化为实用,阿妈没有读过书,但是对你阿爸牵挂风雨的事情都记得很清楚,对四季不同的风来雨往,除了手中的能力,还要和邻居互换劳动。你就放心走吧,扎囊离家也没有多远。"

晚上的时候德吉梅朵和弟弟次仁罗布说话,主要是安顿她走了后家中的事情,不希望弟弟每天看电视,要多替阿妈做一些事情。

德吉梅朵说:"我们种了15亩地,这可不是一个小数目。弟弟虽然不读书了,但是身体还没有长成,才16岁,你要帮助阿妈干活,但也不要累坏了自己。土地归属是自然,除了劳动能力付出之外,还是要靠天吃饭。四季好时,不在于今年和去年下气力有多少差别,在于天气好,天气好也不是太阳好,总得有雨有风有雪。每一场雨有每一场雨的作用,每一阵风有每一阵风的意义,阿爸活着时知道凭风向可以决定收割南边或北边的青稞。收割青稞时雨多了也是大麻烦,少了不足,多了为害。"

次仁罗布还没有想那么多,对季节到来心里没有提示,觉得姐姐有些唠叨就不想听,把电视的声音开得很响。

德吉梅朵喊道:"你难道不知道阿妈有头疼的毛病吗?你不可以这样。"

次仁罗布降低声音说:"我的血脉里流着阿爸对土地的敏感,现在我虽然什么也不知道,但不是姐姐的道理让我明白的,是一天一天往下走的日子告诉我的。我没有远大理想,农田里那点事儿,我可以从明天中学来,你就放心去打工赚钱吧。"

德吉梅朵突然觉得次仁罗布长大了。

夜暗下来时,卓嘎睡了,德吉梅朵想出去走走,沿着马路走。明月当空,地上一片银白。走在山间小道上,任何一条道都是草草开就,不平中就有碎石块凸出路面,行走时得时时盯住路面,以免柔软的鞋无辜被踢破。环顾四周都是草木遮蔽的绿色,人显得渺小起来。不知什么东西在草丛中划过,有唧啾声响起,停下来稍一细听则无处不出声响,让她感觉到自然空间是如此丰富充沛。看不见,听不见,就如自己一样。

德吉梅朵在月光下转了一个圈,她不想那么多了,每个人的视线都没有疆界，从明天开始她要慢慢抵达远方，如果老年时能去拉萨最好，赚钱，赚更多钱，去拉萨，去北京，去世界上她想去的地方，不让一些人小看她，那么就从明天做起吧。这样想着，德吉梅朵又笑了一下，觉得周围的动静有看出她心事的，就小声说：

"你们不要笑我，我想一想还不行吗？你们不要挡了我的想，你们是知道我秘密的人。但是，实现起来会很难。难也不怕，风雨抽打过我的人心，我经历过了，不怕难。"

德吉梅朵不想去否认自己，日子是朝着快乐的方向发展的。

扎囊的砖厂在县城外，四周无村，所有的工人就只能住在厂子里。老板叫索朗旺堆，个子不是很高，人看上去很厚道。第一天，他向新招工的工人们训话，讲了厂子里的规章制度。讲话结束后又问，听说有人懂汉语，懂汉语的举手。

德吉梅朵举手，也有几个零零落落的人举手。

索朗旺堆举着一本书说："哪位能朗读下这本书？"

因为距离的原因，德吉梅朵看不清楚是一本什么样的书。

索朗旺堆说："是《走过西藏》。"

这下没有人再举手了，只有德吉梅朵。她走过去接过书，认真翻阅了一下，然后选择一页打开阅读：

"对于未来者，西藏是个令人神往的佛界净土；对于此在者，西藏是一种生活方式；对于离去者，西藏，你这曾经的家园让多少人魂牵梦绕——西藏，就其实在的意义来说，更是一个让人怀想的地方。

"有些时候我希望自己能被西藏所怀念。在怀念的时候，被怀念者本来的价值也许就会一点一点地呈现出来。但西藏在想起我来的时候，我是一个怎样的形象呢？是一个逗留得太久，热情也持续得太久的行吟诗人吧，是一个喜欢张望人家的生活情景、喜欢打探人家的人生之秘的好奇的旅人吧，是一个执迷投入但始终不彻不悟不知圣者为何物的朝圣香客吧。西藏看我在这片高大陆上走来走去，一定很纳闷——

"那么多年了，她在找什么呢？"

索朗旺堆很欣赏地看着德吉梅朵，他让德吉梅朵停下阅读，说："你从现在开始跟着我搞销售。"

德吉梅朵说:"请问索朗旺堆老板,销售工资和工人的工资是怎么算?"

索朗旺堆说:"工人在一线,干的活多工资多,搞销售相对要轻松,当然没有工人的工资高。"

德吉梅朵说:"原谅我索朗旺堆老板,我喜欢到工地去,我现在需要赚钱。"

索朗旺堆挥手叫大家散去。德吉梅朵也离去。许多解释在这个姑娘身上似乎不起作用,她喜欢钱,一个喜欢钱的女人总有一天她会很虚荣。

女人们一起住在砖厂宿舍,空心砖砌就的床铺,门是一扇红黄镶嵌的木板门,板门外面装着蓝色铁门环。一天都在工棚里做砖,只有夜里才回到宿舍。卓嘎不吃奶水了,德吉梅朵的胸前湿漉漉的,是奶水溢出。

几个月活计干下来,她突然觉得和这个世界有一种距离,连话都少了,埋头干活,抬头看天。来时还带着一本书看,其实干了一天活,夜晚倒头躺下时连说话的力气都没有了,哪里能够睁开眼睛。

工棚和宿舍中间有一道栅栏门,天亮后吃饭,然后许多人向栅栏门走去。栅栏门前站着穿蓝制服的检查员,所有的腿在向前迈进,她突然很喜欢这扇栅栏门,无论她的心境平静抑或躁动,一旦走进这个栅栏门,她又觉得通过劳动得来钱有多么幸福。

又几个月下来,德吉梅朵开始想卓嘎和阿妈还有弟弟。每天的生活就两个场景,此前的生活经历好长一段时间都是门里门外,门里的家,门外的世界。现在的门里门外是门里想怎么多赚钱,门外依旧是养足力气多赚钱。

半年回一次家,德吉梅朵不舍得多请假,回家一趟只停留三天。卓嘎已经不认识她是阿妈了,她哭着说:"卓嘎,我是阿妈。"

卓嘎躲开她,有几次试探着用小手去抚摸她的藏袍,很快就缩回来了,蹦蹦跳跳躲到一边去悄悄窥探。

看到地上有许多玩具,德吉梅朵以为是弟弟和阿妈买的,伸手捡起来递给卓嘎,让她近前来拿。卓嘎说:"叔叔买。"

德吉梅朵看着阿妈达瓦卓玛。

达瓦卓玛说:"是一个年轻人,他半月来看一次卓嘎,每次来都买玩具，问他叫什么他也不说，每次送来东西问一下你的情况就走了。"

德吉梅朵想，一定是桑多醒悟了，他一定是碰了钉子，或者是被马蹄子踢了脑袋，那些啃绵羊头的人，意在吃它的眼珠子，他终于明白了。

德吉梅朵把半年的工资交给阿妈，阿妈又递给德吉梅朵几个零花钱，德吉梅朵就带了换洗的衣服很不舍地离开了措杰村。

到了县城转乘开往扎囊县的车，因为晚到了，车已经发动，她远远地招手追赶着车希望车停下来。如果今天赶不回去，明天就要误工，一天工资就没有了。

车在远处停下了鸣着喇叭，但是，她在追赶奔跑的途中摔倒了，一切发生得太迅猛。德吉梅朵迅速站起来时，觉得额头有点儿潮湿，她用手捂着追赶到车前扒着车门上去时，车上有人惊叫了一下："血！"此时她才发现有一股黏黏糊糊的东西顺着额头糊住了她的眼睛。她把手放下来看，全是血，用右手抹了抹脖子，手心立即殷红，抬头看着车上的人，怕吓着他们，赶紧从包裹里拽出一件上衣擦干净，笑着解释说："一点皮，被石头疼爱了一下，就擦破一点点皮。"

有人问她还有哪些地方疼？

她摇着脑袋表述再没有地方疼痛了。

但是，她感觉到捂住伤口的地方有一股温热又冒出来，能够明显感觉到手心又潮湿了，而且不能被她手掌覆盖的暖流顺着发根、额头，缓缓向后脑勺以及耳朵方向流下来。她明显感觉到耳朵的耳郭部分已被血充满。一会儿，耳轮里的暖流便溢出去，向耳外后脑部流去，有头发遮挡着，就让它流吧。

德吉梅朵使劲回忆到底自己碰撞到了什么地方，是什么绊倒了自己，却什么也想不起来了。慢慢地她觉得血不流了，也不觉得疼，迷迷糊糊就睡着了。

醒来时，发现车到了终点站扎囊县，下车后她还得走将近一个小时才能到砖厂。她想：走吧，此时谁也帮助不了你，就是破了点皮，有什么怕的。

走到砖厂已经是夕阳西下。

夜里睡下去她才知道了疼痛，躺下来闭上眼睛，一切安静了。她突然想起了阿爸，没有衰老的阿爸有一天会回来吗？她会拉着阿爸的胳膊，看他满不在乎的微笑吗？夜里居然梦见了阿爸，依旧是活着时的样子，他对德吉梅朵招招手，悄然微笑着飘过，慢慢地隐入了墨色的高空。她惊恐地喊："阿爸，你不能就这样走了，我们都想念你！"阿爸摇摇头，不停往高处走，很快就什么都看不见了。阿爸再也不回来了，和逝去的亲人比，自己这点疼算什么啊。醒来时，她发现所有人都睡得呼呼的。

脑袋疼得钻心，她突然想到了死亡，如果再睡过去是不是死亡就会来临？她再一次看见阿爸，阿爸梦幻似的突然就消失了。她不想打扰工友，小心穿衣走到外面，脑子嗡嗡响，刀割似的疼，她担心自己会疼死。受不了，她把整个脑袋放在外面的水龙头下，让冰冷的水冲走疼痛，心想：不能死呀，一定不能死呀！

德吉梅朵醒来时，发现一切都是白的，阳光是白的，夜晚是白的，错综迷乱的记忆是白的，当发现自己躺在医院里时，白色像一个口袋把她的一切装了进去，包括身体。

穿白色大褂的护士说："你差点死去，假如不是用冷水冲洗你自己。你被送进医院时高烧40度，伤口感染加脑膜炎，你差点死去。"

德吉梅朵说："是谁送我来了医院？"

护士说："是你们的工人一早发现你倒在水龙头下，是你们的老板送你来的。你为了赚钱不要命了吗？高烧都不知道吗？"

德吉梅朵说："脑子疼得让我忘记了火炉子似的高烧，快点让我好起来吧，那样我好去工地做工赚钱。"

护士摇摇头说："钱把你的心买走了。"

索朗旺堆第五天上来把德吉梅朵带走。一路上索朗旺堆都没有说话。

快到砖厂时德吉梅朵很忐忑地打破了沉默说："索朗旺堆老板，住医院的钱你接下来扣我的工资吧。"

索朗旺堆看了她一眼，脸上的表情是难堪而痛苦的。

"你太不怕死了，减去不怕死再加上爱钱，就是德吉梅朵。"

德吉梅朵羞涩地笑了："索朗旺堆老板，难道你开砖厂不是因为爱钱？"

索朗旺堆说："爱钱也不能不要命啊。看你爱钱的样子，这几天的工资就不扣除了。"

德吉梅朵惊讶地瞪大眼睛:"难道你真相信钱长进了我的心眼儿里了?难道你真认为钱已经成为我的疾病?索朗旺堆老板,你该知道藏民家的青稞从来不出售,出售的永远都是自己的力气,力气可以赚钱,麻烦永远不能。"

索朗旺堆哈哈笑着,猛一踩油门,车飞奔起来。他知道,所有善良人的心灵都是相通的,就算是雪山高高在上,也没有融不掉的积怨,更没有接不住的绳索。

9

有一天砖厂来了一位小朋友,是个小女孩,大大的眼睛,卷卷的头发,怀里抱着一只白色的泰迪犬,毛茸茸的,通身纯白,雪团似的。她站在砖厂栅栏门前,看着进进出出的工人,不畏惧,甚至放下狗,狗对进进出出的人狂吠,尤其是女人吓得尖叫着躲开跳着走。女孩咯咯咯咯笑着。女孩叫达娃,是砖厂老板索朗旺堆的女儿。

狗很尽职,知道它自己的使命,只要达娃挪一步,它保管不离左右,跟前跟后。这几天达娃成了砖厂工人心中定格的风景,那么风姿绰约,特别当夕阳西斜的时候,人和狗的影子都被夸张地拉长,这个小人和小狗的欢叫和笑声,便点缀得砖厂忙碌紧张的日子充满了生机。砖厂的人没有不认识达娃的,德吉梅朵尤其喜欢达娃,看见达娃就想起了卓嘎,常常走近达娃抱一抱。

达娃说:"你好。"

德吉梅朵说:"你好。"

达娃会说汉语,从小就掌握了三种语言:藏语、汉语、英语。

德吉梅朵突然就哭了,也许是因为卓嘎,也许是因为别的什么。她抹着眼泪准备离开,院子外传来了马达的轰鸣声,接着,一阵噔噔的脚步声从砖厂院子外传到院子内。上货的来了。栅栏门大开,走进来的都是年轻人,他们穿着工装,工装上沾着灰土,脸晒得黑里透红,眼睛晶亮晶亮的,眼睛大都看着地上的达娃和她怀里的狗。

其中有一个人朝这边看了一眼,很熟悉的一个人,他拿着一个玩具走近达娃,好像达娃和他很熟悉,主动求抱。德吉梅朵想起了次仁德杰,这个人是次仁德杰。

她快速离开,午夜的明月从对面的山上浮起来,像奶锅那样大,比奶锅还要大,红彤彤的,有些像傍晚时那舔着了地平线的落日。

她急急地跑起来,急急地,好像月亮要轧着她的脚后跟似的。

她想,我躲过这个人了。

曾经无数个夜晚,放下手中的书关掉灯,把自己放置于黑暗中,对眼前发生的一切苦思冥想,未来会是什么样子呢?爱情会是什么样子呢?一切来不及想瞌睡就来了。赚钱吧,她很满足自己的生活,赚了钱以后再考虑自己的生活也不迟。因为工作,她们家的低保比例已经降低了,曾经可以不工作而享受社会福利,自己对社会的责任也需要赚点钱,赚了钱不当低保户。想起桑多的眼神,桑多的眼神让她充满难言的惆怅。怅然中面对无边无际的天空,天空可以任由小鸟展翅,可是没有谁告诉小鸟应该怎样筑巢、寻找水源、觅取食物,对于没有归宿的人和鸟来说,自由是一种奢侈的装饰,人和鸟一样都得背负责任。

德吉梅朵回到砖厂宿舍,拉砖车已经开走,院子空荡荡的。她进入已经黑了灯的房间,和衣躺下,突然觉得自己躲避的东西很无聊。假如今天晚上次仁德杰认出了她,她想,她一定要和他喝青稞酒。

躺下去,片刻就昏然入睡了。

也许是第二天早上,或者是第三天早上,索朗旺堆从工棚里喊出德吉梅朵,他希望德吉梅朵跟着他跑业务。现在汉族人在山南搞建筑的人太多了,有些话说长了很麻烦,他一时不能够理解意思,要停顿很久才能慢慢明白。

德吉梅朵说:"那要给我和一线工人一样的钱,否则我的汉语就太不值钱了。"

索朗旺堆说:"假如我给你更多的钱呢?"

德吉梅朵说:"索朗旺堆老板,虽然我喜欢钱,但是多余的东西拿了总是要烫手。"

索朗旺堆等了她近一年时间的虚荣,那虚荣还是被她自己掐断了。

索朗旺堆说:"我喊你出来是因为我有个弟弟还没有女朋友,想介绍你们认识。我的弟弟和你一样也是一个固执的人,不过固执的人总是听不进别人的建议。也许你们很有缘分呢。"

德吉梅朵羞涩地说:"也许我们没有缘分呢,两座山头上的树,永远不能闻着风的味道寻找。"

索朗旺堆说:"牛羊走向羊圈就是缘分,你在山头上问候一声看一眼就是缘分,我们在天空和大地之间就是缘分。你还是砖厂的工人,难道我们没有缘分?"

德吉梅朵说:"索朗旺堆老板,那就见见看看我们的缘分吧。"

砖厂的工人在周末有了一次聚会,年轻人抬出仓库里的一只老木鼓,异常陈旧的鼓,木帮、鼓皮泛出黑色,击出的鼓点有点破声破气,但是,也有苍凉悲壮感。大家围着木鼓敲出的鼓点开始跳果谐。大家唱着:

这里走向圣地拉萨的人们,要学会检验那黄金是什么;
如果不会检验黄金是什么,怕黄金与汉地黄铜分不清。
这里走向圣地拉萨的人们,要学会检验松耳石是什么;
如不会检验松耳石是什么,怕松耳石与聪石混淆不清。
这里走向圣地拉萨的人们,要学会检验那海螺是什么;
如要不会检验海螺是什么,怕海螺与象牙之间分不清。

一个人牵着一个人的手跳舞,那个牵德吉梅朵手的人紧紧牵着,手掌心都出汗了,德吉梅朵在回头的瞬间,发现那个人是次仁德杰。

他冲着她笑。这是一个多情的人,高高低低的月亮在他跳跃的头发间闪烁,把目光送到天空去,把思绪牵回每一次踏步的脚下,他的眉目传情和爱的倾吐,使曾经的拒绝都土崩瓦解了。即使刚才还有一些烦乱的心情,也会如秋水般平静,披着月光跳舞的民族,披着月光摔跟头,月下有许许多多的故事都很美很美。

次仁德杰牵着德吉梅朵的手离开果谐,走往远处的青稞地。在美妙的月下风光和愉悦的心境下,怎么看德吉梅朵都是一个羞涩的少女。

月光照着扎囊,映着山势,绵延的群山,蓝莹莹的湖水,有微风吹来,飘动着青草和野花交融的异香。月亮很大,也很低,透明的轮廓清晰而线条分明。

次仁德杰突然跪下来说:"美丽的姑娘,嫁给我,做我的妻子吧。"

德吉梅朵羞涩地笑,一丝微妙的暖流从胸口划过,她第一次有了初恋的羞涩和愿望,此前是欲,是虚荣,是一个被外貌迷惑的错误。

月色辉映着对方的轮廓,也迷蒙着对方的脸庞,这是多么美妙的情境啊。

我们恋爱吧!

次仁德杰告诉德吉梅朵,他是索朗旺堆的弟弟,但是,他不会因为索朗旺堆办了砖厂,就做索朗旺堆砖厂的寄生虫。为了得到德吉梅朵的爱,他策划了砖厂的招工,知道德吉梅朵会说汉语,希望索朗旺堆不要让德吉梅朵太受苦,一直到现在,索朗旺堆要介绍的男朋友就是他。

砖厂的歌声还在唱:

> 从这里去东方背山上观看,遇见明媚月亮和温暖太阳。
> 这明月是照亮雪域的需要,这太阳是温暖四季的需要。
> 从这里去东方背山上观看,遇见白色公牛和黑色母牛。
> 那公牛是雪域耕地的需要,那母牛是雪域挤奶的需要。
> 从这里去东方背山上观看,遇见格萨尔王和森江珠牡。
> 这军王是雪域降敌的需要,这珠牡是雪域抚亲的需要。

听着歌声,踩着细碎的月光,次仁德杰和德吉梅朵走在布满碎石的小路上,他们轻言细语,怕惊扰了草丛中的虫子。此时砖厂里已经人少声寂,脚下的干草沙沙作响,月光、花木、雪水,似专门为他们走过而铺设。

德吉梅朵指指高处的月亮说:"汉族人说,那是月老。"

次仁德杰已经不会犯"不尽如人意"那样的错误了。他说:"这是一个尽如人意的夜晚。"

噢,太阳哺育了生命,月亮培育了爱情。

10

这是2016年的冬天,就要过藏历新年了。措杰村村民小组迎来了一对新人。他们走进村委办公室,第一句话说:

"我们是来退出低保的。"

一种被阳光猛烈照射之后,眼前出现的短暂而温柔的黑色眩晕,让村委会接见他们的人次仁索拉在潮湿的幻觉之后开始走神。他有点不明白他们俩在说什么,这是两张被黑红的太阳狠狠亲吻过的脸,他们应该明白,国家的钱是可以白拿的。

他们俩对视了一下,德吉梅朵的笑就显得羞涩了,在热烈的阳光下眯起眼睛,她说:"这是我们家开会决定了的事情。"

次仁德杰伸出手臂,有力地和次仁索拉握了一下手。

这件事次仁索拉是无法做主的,他要去喊干部们来决定。

次仁索拉的离开让四周安静下来,风在门外跳舞,一只狗就地滚了一下,很舒服地滚进树荫下,又滚了一下,滚到了太阳底下。可能是困意和香气一起袭来了,它展开长长的腰闭上了眼睛。

门口第一个人走进来,又有第二个、第三个、第四个人走进来。

他们觉得德吉梅朵的举动很不成熟。这个他们看着长大的女孩子,有明亮的眼睛、健康的笑容,疯玩疯跑疯笑的女孩,真是不知道她脑子里在想什么。

德吉梅朵站在四人对面,是很严肃的事,她说:"我要退出低保。我阿妈和弟弟都已通过。"

"为什么?国家每年有小一万元入账呢,你要好好想想。"

"你还没有长大呢。你阿妈知道,那等于一头牛的价值。"

德吉梅朵说:"我听见城市里有人喊,别理她,低保户!他们的表情不是装出来的,有嘲笑在里面,当然不是说我,恰巧我听见了。"

"听见了又能如何?你们家还有你女儿卓嘎呢。"

德吉梅朵指着次仁德杰说:"我女儿有她的阿爸。"

次仁德杰抬起头来,暖暖地笑。

德吉梅朵羞涩地笑了，长发披下来，就好像闪光的水流温柔地流淌。她没有办法解释她的行为，在她的心里，充满了未明的不安与懵懂的罪恶，但是，她无法停止。

"我们得去你家里调查，这不是你可以决定的。"

德吉梅朵说："当然。我代替不了母亲和弟弟。"

"是因为宗教吗？"

德吉梅朵说："不是。"

"仅仅是因为'低保户'对你是一件丢人的事情？"

德吉梅朵说："有。也不完全对。"

"那是因为什么？"

德吉梅朵说："是电视。"

"噢？"

德吉梅朵说："在电视里我看到了比我更苦难的人群，我省出来的钱总归可以给一个家庭资助。我们现在不需要太多的钱，钱已经够了。"

"钱还有够的时候？小姑娘，吃低保的人像树叶一样伸着手等，你真是一个有高尚品德的人，要知道拿回家里的东西可没有送出去的理由。"

德吉梅朵说："您这句话像'低保户'一样打击了我。胳膊伸长了总是要长皱纹，挖太多的草，草原的肌肤就要受损。是酥油就要化，我是一个有手脚的人，还有一颗活着的心。"

次仁德杰看着德吉梅朵，时光静止，只有空气在流动，一切美好而纯净。

德吉梅朵说："射出的箭，说出的话，我们再没有话可以说了。"

屋子里的人知道，藏族人一旦发愿，十八头牛也拉不回来。

原载《北京文学》2019年第4期

杨晓升

龙头香

1

敬香，也称烧香。烧香中国人都不陌生，可无数的芸芸众生、善男信女中，有几位能说清烧香的来历？

其实，我也说不清。尽管父亲和母亲此次派给我一项异常庄严、非完成不可的任务，帮他们回到湖南老家崀山烧香，可我对烧香仍是知其然不知其所以然。职业习惯促使我首先上网，查阅关于烧香的来龙去脉。作为社科院的一名研究员，数十年的工作养成我做什么都要先搞清楚事由、目的、方向和路径的习惯，尽管这一次并非我自愿，而是被我父母胁迫。

烧香，顾名思义，指在诸佛、菩萨、祖师像前燃烧各种香。又称"拈香""捻香""焚香""炷香"。真实意义在于"以香达信"，人们通过香火表达对神灵的诚心，所谓"一炷真香通信去，上圣高真降福来"。

烧香的历史由来已久，现存文献《诗经》《尚书》已有记载，则其起源必早于诗书时代即西周。明周嘉胄《香乘》引丁谓《天香传》谓："香之为用，从上古矣。所以奉神明，可以达蠲洁。三代禋祀，首惟馨之荐，而沉水熏陆无闻也……"

烧香的确是中国民俗生活中的一件大事，具有广泛的普遍性，汉人烧香，少数民族绝大多数的人也烧香，从南到北，从东到西，几乎无处不烧。对祖宗要烧，对天地神佛各路仙家要烧，对动物要烧，对山川树木石头要烧；在庙里烧，在厕所也烧；过节要烧，平时也要烧；作为一种生活情调要烧，所谓对月焚香，对花焚香，对美人焚香，雅而韵，妙不可言；作为一种门第身份要烧，所谓沉水熏陆，宴客斗香，以显豪奢；虔敬时要烧，有焚香弹琴，有焚香读书；肃杀时也要烧，辟邪祛妖，去秽除腥；有事要烧，无事也要烧，烧本身就是事，而且还会上瘾，称为"香癖"，就仿佛现代人的抽烟饮茶一样。

中国人烧香，不仅是拜佛，最重要的祭祖、敬神都要烧香。而且通常会烧三根香，意谓"天、地、人"三才。古代先贤认为，世间万物由"天地人"三才构成。"人"是万物之灵，只有顺应天地，自然流转，才能"神于天，圣于地"。所以，我们的祖先相信万物有灵，最原始的信仰是"天地人"，而不是什么道教或者佛法。

现如今，中国人烧香拜佛，大多是求人天福报，现世平安吉祥、发财健康，等等，都是出于自私的愿望。其实，我也一样——不，是我父亲和我母亲也一样。

我自小生活在北京。我父亲副部级，母亲副局级，怎么说呢？反正在世人眼中，父亲怎么也算个高干吧。我自小生活的家庭，当然也算高干家庭了。父亲1951年出生于湖南崀山农村一个普通的农民家庭，按说与高干毫不沾边，可父亲出生的地方，虽然地处深山老林、穷乡僻壤，但人杰地灵，香火旺盛，历史上出过南宋抗金名将杨再兴、清朝大臣刘长佑、古典文学专家刘永济、历史学家蒋孟引、中科院院士刘敦桢、法学家李双元、实战武术大师蒋兆鸿等等名流。反正我父亲虽不知名，也不显赫，但能从一个农民家庭到北京当副部级高官，大小也算个人物吧，尤其是在我们湖南崀山老家，可算得上是个大人物了。因为自我记事起，父亲与老家就有千丝万缕的联系，老家各色各样的干部，大至县委书记、县长乃至副市长和市长，小至科局级的局长和科长，只要来北京开会或出差，几乎无一例外要来"拜见"父亲的。甚至到了后来，还有一些发了财的老板、富豪新贵，以前与父亲压根不认识，但不知怎么拐弯抹角，最终都到北京攀上我父亲这个当大官的老乡。当然，每逢老家来人，谁都不会空手而来，都是大包小包，甚至是大箱小箱，都是湖南老家各色各样的土特产，眼花缭乱，形形色色，应有尽有，反正每逢来人都将我家的客厅堆得像仓库或杂货店。最初的时候，母亲都喜笑颜开，对客人送来的东西一一笑纳，可时间长了，东西多了，母亲的笑容渐渐变成了愁容，因为我们家人口不多，战斗力有限，那些土特产什么的慢慢地便由宝贝变成了负担，除了刚送来时每人尝几口新鲜，其他的通通扔掉，往往让捡垃圾的人喜出望外，像遇到天上掉馅饼。以至于后来，父亲的老家每每来人，母亲都要对父亲约法三章，不让老乡带土特产上门了。用母亲的话说，那些所谓的土特产不值几个钱，送上门来却大张旗鼓、兴师动众的，费劲巴拉不说，影响还不好，都拉倒吧。再说现如今哪儿买不到这些土特产啊，京东、天猫、淘宝上网购有的是，一下单很快就送来了，既方便又花不了几个钱，干吗要落下个收礼受贿的坏名声？

别看父亲是副部级，母亲只是副局级，相差两个行政级别，可在家里，母亲可是一言九鼎，管着父亲的，再说母亲说的确实在理，让父亲无可辩驳。于是，每逢家乡再要来人，父亲便传达母亲圣旨，不让人家带土特产上门。可问题是，人家大老远，千里迢迢从家乡来，而且往往是来拉关系，有求于父亲、找父亲办事的，怎么好意思空手登门呢？

别急，人家自有办法，没准还从主人拒收家乡土特产的话语中听出了弦外之音，于是记不清起于何时，来我家找父亲的人不再大包小包地送什么土特产了，改送信封。所送的信封当然不是空的，里面装的是厚薄不一的人民币，用客人的话说："不好意思，我们没带什么礼物，也不知部长到底需要什么，留点茶水费吧，需要什么部长您让家里人自己看着买吧。嘿嘿，嘿嘿……"对方毕恭毕敬，满脸讪笑，话却说得彬彬有礼，很有分寸。尽管每次父亲和母亲都会客套几句，意欲推辞，但明眼人都能看出那只是出于外交辞令，不过是做做样子，撑撑面子。最终，所有送来的信封都被一一"笑纳"了。至于每一个信封里面到底装了多少钱，只有我母亲知道。因为每次都是母亲一马当先如数收藏，也独自清点，信封里的秘密她是断不会告诉我的，至于她到底告诉父亲了没有，我也不得而知。反正这么多年了，父亲的客人络绎不绝，除了家乡人，更多的还有家乡之外的其他人，尤其是逢年过节，家里更是门庭若市，应接不暇。他们当中绝大多数都会留下信封的，而且大多数时候，那些留下的信封都是装得鼓鼓囊囊，大有破肚而出的架势，以至于每每客人前脚一走，母亲后脚便急急忙忙将信封收起，又急急忙忙躲进卧室清点，仿佛清点慢了信封里的人民币真会溜走似的。我曾几次提醒过母亲和父亲，说这信封不能收，父亲刚开始也认同我的意见，建议母亲不要再收，可母亲却不以为然，甚至是一脸不屑。母亲的理由是：如今是商品社会，你父亲老帮人办事，收点茶水费不算什么，那么多人来找他帮忙办事，总不能白帮呀，不说别的，光时间咱们就赔不起，也耗不起，何况你父亲确实也都帮人办成事了。

母亲说的也是事实。这么多年，父亲确实利用职位和权力，帮助别人办了不少好事。父亲帮人办的事，无非是提职提级，求医问药，孩子招生入学或找工作之类。大一点的事，是帮助人家找项目找资金，联系相关部委资金扶持或项目投资之类，反正几乎没有父亲办不成的事。要命的是，父亲素来热情好客，乐善好施，待人豪爽，对前来求助的人，无论是老乡、老同事还是老朋友，只要是过去有瓜葛的，或有瓜葛的旧交介绍来的，他几乎是有求必应。父亲这样做虽然也赢得不少称赞，树立起自己的口碑，却也给家里带来了不少麻烦，让我家变成了驻京办或招待所，三天两头就来客人，难得有消停安静的时候。正因如此，母亲时有抱怨，所以她理直气壮、来者不拒地收下客人送来的茶水费，也不是没有来由。尽管如此，母亲也并非心安理得、全无顾忌，尤其是当下全国反腐风声正紧，中央的"八项规定"像紧箍咒一样让不少干部谨小慎微战战兢兢，所以母亲也时常在家里烧香拜佛，祈求家人远离灾祸、幸福平安。母亲虽然出身名门，我姥爷也是京城的部级干部，但受父亲影响，母亲自打与父亲结婚起便对佛祖和神灵深信不疑，顶礼膜拜，虔诚至极。

父亲和母亲始终认为，父亲之所以能从一个农民家庭走进京城，奋斗到如今的副部级干部，除了他自己的努力，考上京城名校，毕业留在京城工作，以及后来岳父也即我姥爷的适时扶持，更是与我爷爷和奶奶不断为他烧香拜佛，保佑他平安健康、升官发财密不可分。因为父亲的家乡在湖南崀山，那里是全国著名的5A级景区，景区里有更著名的龙头香，崀山龙头香之灵验，让全国无数的善男信女趋之若鹜，不辞劳苦无惧风险络绎不绝前来烧敬龙头香。我早就听父亲说过，自打他上学，爷爷每年都冒着危险亲自攀上陡峭的崀山八角寨主峰烧龙头香，为家人祈福，为儿子求前程保平安。幸运的是爷爷屡试不爽，每年的付出都为家人换来平安和幸福，尤其是让儿子从偏僻的崀山瑶寨考上北京名牌大学，毕业后还留在京城的部委工作，且顺风顺水，从最初的办事员一路升至副主任科员主任科员副处长处长副司长司长直至后来的副部长，可谓官运亨通平步青云。这可是我家祖祖辈辈做梦都不敢想的，就连父亲和母亲早年自己做梦也不敢想。正因如此，无论是爷爷奶奶还是我父亲母亲，对佛祖和神灵的巨大恩威都笃信不疑，因而也更加虔诚、顶礼膜拜。

父亲是爷爷家的独苗，他没有其他的兄弟姐妹。按说，父亲在京城立足之后，理应将爷爷奶奶接到北京一起生活，共享天伦之乐，尤其是年迈之后，爷爷奶奶应该在北京与儿孙一起好好享受晚年。可为了方便每年在家乡为家人，尤其是为父亲烧龙头香，爷爷奶奶只是偶尔被我们接到北京小住，更多的时候则是留在家乡，守护佛祖与神灵。可在去年，原本身体硬朗的爷爷却突发心梗去世，孤独年迈的奶奶被我们接到北京，总算与我们一家团聚了。老家已经没有我们的任何亲人，照说烧龙头香的传统在我家该宣告结束了吧，可父亲和母亲不让，奶奶更不让。

奶奶对我说："你爷爷为咱们王家烧了几十年的龙头香，你爸爸好不容易才有了今天的地位，咱们家也好不容易才有今天的好日子。现在你爷爷走了，咱们王家可不能就这么断了烧龙头香。要真断了烧龙头香，难说咱们王家会……"

话未说完，母亲就打断了奶奶，母亲不让奶奶往下说，但母亲郑重其事地接过奶奶的话，对我说："你奶奶说得对，不管怎么说，烧龙头香的事咱们家不能就这么断了，至少今年不能断。眼看国庆和中秋放假在即，我看你就辛苦一趟，回崀山去烧一回龙头香吧。你看你父亲年纪大了，刚刚从岗位上退下来，身体又不大好，回老家烧龙头香的事也只能指望你了。当然，崀山八角寨的龙头崖那么陡、那么险，不是让你像爷爷那样每年都冒险亲自攀龙头崖去烧龙头香,而是上山之后雇当地山民烧,听说雇一次也就几千元。那地方那么危险,给人家几千元也不算什么,该花就花,就是一次上万元咱们也雇得起,也必须雇人家去烧。不烧可真的不行。你奶奶说得没错,咱们家能有今天,还真的是离不开佛祖和神灵保佑!"

我说:"那能不能托我爸老家的那些熟人,比如老家那些曾经来北京找过我爸帮忙办事的干部,或者找老家的那些亲戚朋友上山替咱们烧香呢?咱们给他们寄钱。"我将脸转向父亲。

父亲还未回答,奶奶抢先说:"那怎么行?烧香拜佛讲的是心诚,心诚则灵。要是能找别人替咱们上山,你爷爷都一大把年纪了,那么多年还坚持为咱们家上山烧香?"奶奶说的也是事实。听奶奶说,爷爷身体还硬朗的时候,每年都坚持冒着危险亲自爬到陡峭的崀山八角寨龙头崖烧香。后来上了年纪,奶奶、我父亲和母亲说什么也不让了,再三劝告爷爷不要冒险,父亲寄钱让爷爷雇山民烧香。爷爷开始很固执,不肯,后来大概也自觉年岁不饶人,确实力不从心了,尽管他依然是坚持爬到八角寨山顶,但冒险爬到龙头山悬崖烧香的事他不敢做了,代之以花钱雇山民烧龙头香。

这时候父亲咳了一声,郑重地看着我:"你奶奶说得对,你爷爷不在了,无论如何你今年还是要辛苦一趟,为咱们家续上香火,烧一把龙头香。"

我说:"那明年怎么办?还有后年、大后年呢?以后我是不是每年都得回湖南老家续香火啊?"说实话我有些费解,内心也不大乐意。

这时候母亲走到跟前,抚着我的肩膀,劝说道:"王兴,咱们先管今年,明年再说明年的吧。反正你爷爷去世不久,无论如何今年咱们自己得续上香火。咱们家又没其他人可以指望,只能指望你,你就辛苦一趟吧。这都是为了咱们王家,也为了你们的小家好。李婷和王子远在美国,他俩更需要佛祖和神灵保佑。你就别犹豫了,下决心去一趟吧!"我凝视母亲,此刻母亲的眼里满是期待,甚至带着祈求。母亲刚才提到的李婷是我的妻子,王子是我的儿子,他们远在美国波士顿,的确时常让我挂心,我当然希望他们在美国平平安安,一切顺利,一切都好。

母亲的话说到这个份上,我已经别无选择,谁让我是王家的第三代儿子，而且是独苗呢？其实，母亲比奶奶更重视烧龙头香，尤其是近几年，反腐的形势异常严峻，官场风声鹤唳，即便是在父亲和母亲周围，认识和不认识的三天两头有人落马，母亲和父亲不说提心吊胆，至少也不是无动于衷。祈求佛祖和神灵保佑，便成为父亲和母亲的唯一愿望。虽然我也未见过父亲和母亲大规模、大额度地收受贿赂，但这么多年三天两头地收人家的信封，是不是受贿暂且不说，至少是让人感觉不那么踏实。虽然从内心讲，我是反对母亲收受人家信封的，也确实提醒过父亲和母亲不要收，但我毕竟是父亲和母亲的儿子，我左右不了他们，更不可能大义灭亲去纪委举报他们。相反，我也是既得利益者。我虽然未直接收受客人送来的信封，甚至也因此拒绝从政，选择到社会科学院做学问而未曾享受到父亲和母亲仕途上的关照，但我和妻子儿子都一直与父亲母亲一起生活，且不说每月不用向父亲母亲上缴生活费，还享受了父亲分的部级住宅，更重要的是如今妻子陪儿子在美国波士顿留学的费用，大都是母亲主动支付的。如果没有父亲和母亲的资助，我区区一介书生怎么可能支付儿子留学每年所需的几十万元费用？如此说来，我也是希望佛祖和神灵保佑我们一家平安无事、远离灾祸的。这么多年，父亲平步青云却平安无事，总算熬到了全身而退，安全着陆，的确应当归功于佛祖和神灵保佑吧。我当然希望父亲退休之后，佛祖和神灵继续保佑我们全家。既然如此，回湖南老家崀山烧龙头香的事，我自然就义不容辞，也责无旁贷。

2

　　2017年的国庆长假，恰好是国庆和中秋两个节日的叠加。我预订了十月三日上午从北京飞往长沙的机票，想赶在四日即中秋节的那一天上崀山八角寨烧龙头香。
　　为了不影响出行，二日晚上我用手机上的滴滴打车软件预订了第二天一早七点去首都机场的出租车。谁料第二天早上，预订的出租车却未按约定准时到达我家小区门口。我一急往滴滴出租车的预约平台打电话催问，接电话的一个男声说您稍等，不一会他说："您赶紧呼叫实时出租车吧，我查了一下，那预约的车距离您出发的地方还远着呢，再等您恐怕来不及了！"

——预约好的出租车怎么能爽约，要是赶不上飞机可怎么办？我急得直骂娘，一边赶紧打开手机呼叫实时出租车，幸好运气不错，附近正好有一辆空驶出租车接活。挂完电话，不到一分钟那出租车便出现在我的跟前，这让我已经提到嗓子眼的心又放了下来。

因为顺利打上了车，我原本焦灼的心忽然像车窗外晴朗清爽的秋天，舒畅起来。接我的司机是个瘦小的中年男子，睡眼惺忪，不修边幅，典型的民工模样，我主动与他攀谈。

"师傅家在京郊吧？"之所以这么问，是因为我知道京城的出租车司机大都是郊区的农民。

"是的，我家在密云。"

"这么早你就从密云来吗？"

"不是，我没回去。"

"那你晚上住哪儿？"

"我吗？嗐，凑合着就睡车里，一觉醒来，天也就亮了。"

"哇——那能睡好吗？多辛苦呀！"我几乎是惊叫起来，由衷地感叹。我怎么也想象不出这位出租车司机晚上在车上是怎么睡的，车里那么狭小的空间，腰身都伸展不开呢，车停在空旷的路边，寒冷不说，洗漱上厕所什么的，多不方便啊。何况这种不方便，不是一天两天，而是日复一日。

师傅说，他原来在市区租住一间平房，媳妇也跟着他从密云住到这间平房陪他，每天为他做饭。可前不久因为北京清理外来人口，那房子不让租了，找新房源租金太高，根本租不起，无奈媳妇只好回密云老家了，他自己每天晚上就在车里凑合着住。

"晚上你一般将车停在哪儿？洗漱上厕所怎么办？"

"我停在固定的一个加油站，我的几位司机朋友也停在那儿。因为我们时常在那家加油站加油，加油站也就不为难我们，乐意让我们晚上在他们那儿待着。"

"真不容易啊！"我感叹道。

"没什么，都习惯了。"

"那你几天回一趟密云？"

"一般是一周吧。我同我女儿一块回。"

"你女儿也在城里工作？"

"是啊，她在朝阳医院当护士。每逢她休息，我就接女儿一块回密云。"说到女儿，师傅兴奋起来，一脸满足和自豪。他告诉我，她女儿高中毕业考上北京护理学院，大学毕业后又考进朝阳医院当护士，每月工资比他多得多。

我问："你女儿现在每月大概能挣多少？"

师傅笑："一万二左右吧，还不算其他补贴。"

"哇——能挣一万二？真不少，比我都多好几千呢！"我不由得惊叹，抱怨自己真是孤陋寡闻，真不知道现在的护士能挣这么多，比我这个硕士毕业做学问的都强。我不由得夸起师傅来，我说你开车虽然辛苦，但能培养出这么优秀的女儿，你的付出也算值了。

师傅听我这么说，有些不好意思地摇头："嘻，马马虎虎吧，比上不足比下有余。我们平头百姓，挣的都是辛苦钱，不敢图大富大贵，只求上苍开恩，能让我们平平安安过日子，这就够了。"

话说到这里，我忽然问："师傅，你信佛吗？烧香吗？"

师傅不假思索："烧呀！明天中秋节，我还要带女儿到雍和宫烧香呢，烧完了带女儿一块回密云与他妈一起过中秋节。"

"噢，你每年都到雍和宫烧香吗？"

"每年都去。我们平头百姓，无权无势，无依无靠，只有求佛祖和神灵保佑了，所以每年必须到雍和宫祭拜、烧香。"

"噢，看样子你很虔诚。那你很相信佛祖和神灵保佑？"

"信啊，怎么能不信呢？有句话说，佛法无边。还有另一句话，心诚则灵。反正这么多年，我每年都烧香，逢年过节烧，平时有时间了，也烧。我女儿高考之前，我烧。她毕业找工作，我也烧。事实证明，我烧了，佛祖和神灵就显灵，保佑我们，不然我们怎么能有今天？"

师傅这么说，让我不由得想起此次回老家湖南的使命——为我们家烧龙头香。雍和宫里的佛祖和神灵都如此显灵，那群山巍峨、风景秀丽的崀山上的龙头香应该更显灵吧？不然，我父亲、我们家祖宗三代怎么也会有今天呢？

3

十月三日上午,我乘坐的航班准时到达长沙,然后转乘一个多小时的高铁到了崀山县。幸好父亲事先打了招呼,老家的两位朋友开着一辆奥迪A6,早早在高铁站等候我。两位朋友一位是陈总,名叫陈新贵,当地民企的一位老板,此前我没见过,但据说他曾到北京找过我父亲帮忙办事。跟陈总一同来接我的是他的司机小李。

初次见面,陈总满面春风,笑容可掬。他紧紧握着我的手连声说:"欢迎欢迎,王老师你可是贵客。贵客到,好事来,难得,难得,要在平时我们要请你都请不来呢。这回我可得好好招待你!"我也握着他的手,打量着他,连声道谢。

这是一位约莫五十岁的中年汉子,国字脸,肉鼻梁,浓眉大眼,身材不高,但长得粗壮结实,走起路来健步如飞,像开着辆小坦克。

坐上车,陈总依然如沐春风,话语不断。他说:"王老师呀,你父亲王部长可是我的恩人,他对我的帮助太大了。很遗憾以前我上北京拜访王部长时没有见到你,虽然咱们俩没见过面,但你是王部长的公子,当然同样是我的恩人。这回你来湖南老家,可得充分放松,纵情游玩。你想吃什么我就请你吃什么,天上飞的地下跑的水里游的,只要崀山这地盘上能买到的,你尽可以放开肚皮,尽管吃,反正山珍海味保你吃够。你想玩什么,游山玩水唱歌跳舞吃喝玩乐,你也尽可以提出来,千万别客气!你们长时间生活在北京,北京虽然是首都、国际大都市,但皇城脚下规矩太多,干什么都不方便。我们这儿虽然是小地方,但天高皇帝远,干什么都相对自由。只要有钱,你想干什么都可以。不是有句话嘛,说什么只有……只有什么来着?"

"只有想不到,没有做不到。"前边正埋头开车的司机小李忽然笑着扭过脸,替陈总回答。

陈总高兴起来:"对!只有想不到,没有做不到。哈哈……"他开心地笑着,一边侧过脸看着我,那眼神既有热情,也不乏狡黠和神秘,多少有些高深莫测。

陈总刚才的这番话让我反感。什么只要有钱，想干什么就可以干什么，难道可以为所欲为杀人放火吗？这牛皮是不是吹得忒大啦？我真想反问他一句，却顾及自己是远道来的客人，与陈总又是初次见面，便忍住了。好在这时候陈总又主动介绍起来，说他的公司是一个生态农业和生态旅游相结合的企业，享受政策优惠，国家和地方政府都很支持。加上这一带属少数民族地区，国家和地方政府的支持力度就更大。他说："当初立项的时候，我到北京找王部长帮忙，王部长通过关系帮助我争取到了两千万元的扶贫资金专项贷款。要是没那两千万元的资金扶助，我的企业这些年哪能发展得这么快呀！所以我说你父亲王部长是我的恩人，一点没错。说起来咱们都是自己人，你好不容易到老家来一趟，千万别见外。"陈总一路上打开了话匣子，滔滔不绝。他除了介绍自己企业的状况，还介绍崀山一带的历史沿革、风土人情、风景名胜、各种土特产品和特色小吃乃至社会现状，他讲得绘声绘色，头头是道，如数家珍，真不愧是一家旅游企业的老总，我不由得开始对他刮目相看。

说话间，车已到了酒店。这是四星级的崀山国际大酒店，房间是陈总早就预订的。我掏出身份证，在酒店前台登记完毕，陈总和司机小李双双将我送进电梯送到房间。房间是套间，客厅连着卧室，宽敞明亮。客厅的皮沙发豪华气派，茶几上早已经摆着新鲜水果和茶点，电视电脑沙发落地灯和各色设备一应俱全。卧室里摆着宽大的双人床，透明的玻璃浴室连着厕所。站在房间宽敞明亮的玻璃窗户旁向外眺望，崀山县城鳞次栉比的建筑和城外远处的山峦尽收眼底。我对入住的房间感到满意，陈总却面带歉意："王老师，实在抱歉，这是崀山县最好的酒店、最好的房间了。崀山最好的酒店只有四星级，没有五星级，你就将就着住吧。现在是下午五点，你先休息一会，六点我来叫你。晚饭我已经安排好了，我找几位弟兄为你接风，今晚咱们可得好好喝酒，喝个够喝个痛快！"

送走陈总，我无意间翻看房间桌上的酒店介绍册，发现我住处的这间房间标准价每天1500元，内心多少有些忐忑，但忽然想起离家前父亲对我说的"到了老家那边你尽可放心，接待、吃住等一切都有人安排，也不用你掏钱"，我的心才悄悄回归平静。可我也禁不住想，要是我自己掏钱，是断不可能住这么豪华这么贵的房间的。

4

晚上六点，我入住的房间准时响起门铃，陈总和小李如期而至。我跟随他俩下楼走出酒店，门口还是那辆黑色的奥迪A6。

坐上车，我禁不住问陈总："陈总你怎么不开奔驰、宝马之类的豪车，开奥迪A6不是跟官员坐的公车一样了？"

陈总哈哈大笑，说："我就是想跟官员一样。小时候做梦都想当官，可惜参加工作之后，我是寡妇睡觉上面没人，当初要是能早一点认识王部长，那就是另一回事了。虽然官没当上，但我也想与官员一样平起平坐，所以我平时在本地喜欢坐这辆奥迪A6。但官员没有的我也有，比如到了外出的时候，我就坐大奔。要比吃喝玩乐，老子不仅不比那些官员差，还比那些官员自在、自由，哈哈，哈哈……"陈总望了我一眼，得意地笑着。他这么说，我多少有些反感，毕竟我父亲也是官员，他这不是连我父亲也捎上了吗？但出于礼貌，我附和着笑了笑。

车开了大约十分钟，便到了一处挂着"瑶家风味"牌子的酒家。这酒家位置不在城区，而是接近郊外的一个湖边，比较隐蔽。酒店是木式结构，上下两层，四周鲜花簇拥，绿树环抱，看上去古朴典雅、清新悦目，颇具民族风情。

陈总预订的雅间在二层，他和小李将我引入雅间的时候，房间里已有男男女女十来个人在这里等候。见陈总领着我进来，他们纷纷起立，笑脸相迎。陈总热情地将我介绍给了大家，说这位可是北京来的贵客，某某部委王部长的公子，青年哲学家，他与王部长一样既是咱们家乡人，也是咱们家乡的骄傲，他的名字叫王兴，大家叫他王老师吧。话音刚落，十来个人纷纷迎上前来，接二连三地与我握手。我每握一位，陈总便介绍对方的职务或名字。印象中，有职务的人包括县委书记、县长、人大主任、政协主席，但全都是副的，并且全都是已经退休的。那几位在职的官员，却只有县里科局级的某某部长、某某局长。两位没有职务的，全是年轻女性，一个叫小英，另一个叫小惠，都长得俊秀甜美、清纯可人。陈总介绍说，这两位漂亮小姐，可都是我们公司项目开发部的优秀员工，今晚我特意安排这两位美女来陪你喝酒。我注意到，陈总说这话时，意味深长地注视着我，眼里透着暧昧。不过，我并不反感，爱美之心人皆有之，何况我是个荷尔蒙正旺却好久得不到释放的青壮年男子。再说，无论小英还是小惠，长得都很漂亮，都是那种一见就让人不免产生好感的女子。

主客分别介绍完毕，陈总请我入座，而且要安排我坐主位。我再三推辞，陈总却执意不肯，他按住我的肩膀说："你父亲王部长是我最尊敬的长辈，也是我的恩人，在座的也大都接受过你父亲王部长的帮助和恩惠，你是王部长的公子，也是远道而来的贵客，坐主位理所当然、天经地义，就权当是你代表王部长回家乡、下基层来看望我们大家了，岂有不坐主位之理？大伙说是不是？"

"是！"大家异口同声，洪亮的声音震耳欲聋，这声音连同众人的目光纷纷投向了我，聚积成无形却能量巨大的气场，逼迫着我，让我无路可退，别无选择。事已至此，恭敬不如从命，我只好放弃推辞，听从陈总的安排，在主位上落座。陈总则和一位我已记不清是什么长的官员或是前官员，一左一右分坐在我的两侧，其他人也纷纷入座。那些有职务或曾有过职务的男人开始争着同我说客套话，无非是说着我父亲的好，说以前到北京如何受到过父亲的热情接待，又如何受到过父亲的关照和帮助之类。接着又有人问起我父亲的近况和身体，出于礼貌，我都一一做了回应和介绍。

这时候有人问起我此行的目的，我如实相告。我说，我是受父亲委托，明天要上崀山八角寨烧龙头香。我问在座的各位每年是否也都上山烧龙头香，他们又一次异口同声："烧啊！"陈总刚点燃了一支烟，正吐着烟雾，边吐边补充道："龙头香是咱们家乡人的保护神，它那么灵验，那么神圣，怎么能不烧呢？我每年不只烧一次，而是要烧好多次呢。这些年我的企业能够顺顺利利地发展，除了靠王部长、地方政府和在座的各位帮忙、捧场，还有重要的一点，就是离不开佛祖和神灵的保佑。所以烧龙头香就如祭拜自己的祖先、孝敬自己的父母，天经地义，责无旁贷，不可缺少。"在座的其他人也都纷纷点头，表示赞同。

说话间，服务员接二连三将各色菜品端上来了，都热腾腾、香喷喷，多数我都未见过，更叫不出名字。我想让服务员一一介绍，服务员却将目光投向陈总，陈总神秘地笑了笑，摆着手制止她："你先别介绍，一会我会一一介绍。"又煞有介事地对我说："王老师，咱们看小说，看电视，看电影，如果作者和导演先告诉读者和观众结局，你觉得看着有劲吗？"

我不明就里，随口说："当然没劲。"

陈总双掌叭地一拍，道："这就对了！小说也好，电影和电视剧也罢，都讲究悬念，吃饭也一样，不然就没意思了。为了让你感受咱们家乡饮食文化的博大精深，今晚啊，咱们吃饭先不要问菜品的名字，更不要刨根问底菜品是什么食材做的。你先吃，吃好了我最后告诉你，吃不好就当没吃，你看行不？"

陈总倒是一脸诚恳，我看不出他葫芦里面到底卖的什么药，心想反正是吃，好吃我就多吃点，不好吃我不吃不就得了，管它到底是什么、叫什么菜。于是，我就随口回答："行。"

陈总手一挥，说："好，痛快！"他端着服务员刚才为每人斟好的茅台，举杯站了起来，笑着对大家说："各位，今天可是个好日子，王老师代表咱们崀山人的骄傲——咱们尊敬的王部长远道从北京来看望咱们。王老师自己可是北京的大学者、大哲学家，也是咱们难得一见的贵客。俗话说，贵客到，好事来，各位都举起杯来，欢迎王老师的光临，感谢王部长和王老师为咱们大家带来好事和好运，让我们为王部长的健康和王老师的光临——干杯！"

陈总话音刚落，吆喝声和丁零当啷的碰杯声便此起彼落。

一杯酒下肚，陈总开始张罗大家吃菜，同时为我一一夹菜。每为我夹一次，非让我品尝，问我香不香。说实话，他为我夹的那几样菜，过去我还真没吃过，味道都很特别，且各具特色，让人吃了一口还想再吃第二口。陈总听我说好吃，很得意，说："好吃吧？好吃你就多吃。人生在世，吃喝玩乐，但民以食为天，吃就是头等大事。每天都要吃好玩好。能吃尽量吃，能玩尽情玩，要不然辛辛苦苦挣那么多钱干什么？"

这时，一位正满嘴流油的不知什么官，接着陈总的话说："陈总你说得多轻巧，吃喝玩乐也得有钱啊，没钱怎么吃喝玩乐？说到底，还是你自在，要钱有钱，要什么有什么。所以要我说呀，今晚我们这些吃大户的，得好好敬你陈总一杯！"他这一提议，立即得到许多人的响应，有几个人端起酒杯,争先恐后地向陈总敬酒。

陈总苦着脸咽下一大口酒,调侃刚才那位提议敬酒的:"朱部长你得了吧,你一个堂堂的县委组织部长还在叫穷,谁信呢?"

对方反唇相讥:"哼,你以为组织部长风光啊?我至多是个办事员而已。"

陈总一脸坏笑,继续将他军:"办事员也会有油水捞啊。谁不知道办事办事,不给钱不办事,要我说你朱部长家里的存款也该上八位数甚至九位数了吧?"

朱部长一听,怒目圆睁,像要对陈总发火,忽然意识到我在场,便转而摇着头自嘲、苦笑:"哈哈,哈哈。陈总你真会说话,我得谢谢你,你太抬举我了。唉,该怎么给你说好呢……这么说吧,最近流传着一个段子,说我最近太忙、太疲惫了。前几天,我刚刚看到马云还差3亿就赶超李嘉诚成为亚洲首富的消息,心里咯噔一下,赶紧上网查了一下自己的排名。还好,基本没受影响,排名还保持在14亿名左右,这下我放心了!其实我也是有梦想的人,从小就梦想自己哪天能戴着墨镜开着兰博基尼跑车环游世界。经过近一年的不懈努力,如今我的梦想已经实现了一半,我已经拥有了自己的墨镜,只差跑车了。不好意思,我致富尚未成功,今后还须继续努力。钱不够,还望陈总多多拿些来凑。来,喝酒,喝酒!"

朱部长这番话,让在座的其他人笑个不停,同时也勾起了大家的感慨。

一个说:"昨天看到一个段子,挺好玩。说王思聪他爹给了他5个亿,他赚了40亿,翻了8倍;而我爹给了我2块钱,我买了一副手套,去了工地,搬了一天砖就赚了100块。翻了50倍啊!事实证明:其实我能力还是有的,只是启动资金太少了!"

轰的一声,大家立马笑翻。

笑毕,另一个又说:"还有一个段子说:我一年弄到头,每天用6位数的密码保护着3位数的存款,心好累,每天早晨不想起床。"

大家又笑。

一阵觥筹交错、猛吃海喝之后,众人开始插科打诨,竞相说起了笑话荤话。

陈总啃完一块骨头,扯过一张餐巾纸边抹着嘴擦着手边说:"大家别光顾吃啊,都讲点笑话吧,活跃活跃气氛。"

"好啊,最好来点荤的!"有人起哄。

"陈总带个头吧!"有人激将。众人立即响应,大大小小的眼球纷纷转向陈总,尖叫声跺脚声敲桌声忽然震天价响。

见此架势,陈总倒也爽快,他点燃一支烟,慢条斯理地吸着,边吸边说:"好,我先带个头……"

"哈哈……哈哈哈……"又是一阵哄笑,笑声如潮似浪,烘得大家汪洋恣肆,身心摇曳。

陈总笑得更开心。虽然大家已经笑毕,可他仍吸着烟,回味着刚才的笑话,还意味深长地望着饭桌上两位年轻女子小英和小惠,仍乐不可支,仍哈哈地笑,那笑仿佛是刚打开的可口可乐易拉罐不断冒出的泡,难以抑制。

笑完了,陈总端起杯,又开始张罗着喝酒,也互相敬酒。眼看酒早已过了三巡,我想起今晚吃的许多菜品还都不知名字,请陈总为我揭开谜底。陈总端起酒杯,向我敬酒:"可以,王老师,咱们先把这一杯干了,然后我来告诉你。"他先为我斟满酒,又将自己的杯加满,两杯相碰,陈总说了声"先干为敬",不由分说先将自己的酒喝了。他举着倒置的空杯在我面前晃了又晃,对我说:"干了吧!"他目光如炬,咄咄逼人。这架势,让我别无选择,我只得舍命陪君子,一仰脖子豁出去了——干!

干完杯中酒,我感觉有些晕乎,却不甘服输地学着陈总,举着倒置的空杯在他面前晃了又晃,对他说:"怎么样,这回你真的得揭开谜底了吧?"

陈总向我竖起拇指,笑着说:"好,王老师爽快!"说完,他举着筷子,指向桌上的菜品,一样接一样地向我介绍:"王老师你可瞧好喽,这是清炖穿山甲,这是清蒸中华鲟,这是干炸眼镜蛇,这是红烧野山鸡……"什么?我一听如遭电击,毛骨悚然,脑袋像热气球一样迅速膨胀。陈总说的这些不都是国家禁吃的珍稀动物吗?我火冒三丈,血往上涌,想对陈总发火,但依稀存在的理智强行将我满腔的怒火压了下来,转而用低沉的声音责怪:"陈总你……你怎么能这样?你……你怎么不事先跟我说一声?"

尽管如此，陈总还是一眼看出我不高兴了，他笑呵呵地伸出一只手搭在我的肩上，安抚道："嘿嘿王老师，你别紧张，不就是吃点山珍海味嘛。你不是要到崀山八角寨的龙头崖上去祭拜、烧龙头香吗？佛家说，酒肉穿肠过，佛祖心中留，没什么大不了的。再说吃点山珍，这在咱们老家很普遍啊。你是京城来的贵客，我想你平时什么没吃过呀，不就是想让你尝个新鲜、尝个稀罕嘛。如果你确实不愿意吃，咱们就下不为例。来来来，咱们喝酒、喝酒！"他端起服务员刚刚斟满的酒，递给我一杯，自己又端起一杯，要和我碰杯。我接过杯，理都没理他，张口便将满满的一杯酒一饮而尽。我是带着懊恼和愤懑喝下这杯酒的，我多么希望这杯酒能冲洗内心的懊恼与内疚啊。可惜事与愿违，这杯酒下肚，我自己已经晕晕乎乎，脑袋疼痛欲裂，很快便不省人事……

不知过了多长时间，我在迷迷糊糊中醒来，发现自己已经赤身裸体躺在宾馆房间柔软的席梦思上，身边一位赤身裸体、香气迷人的女子正伏在我的身上，不断地撩拨着我。我忽然像触电似的，内心深处的欲望霎时像被激发的火山快速升温，和着酒劲，这滚烫的欲望不断地撩拨着我，让我欲罢不能。我瞬间感觉自己变成一头失控的巨兽，一把搂过那体香迷人的女子，不顾一切地将那个女子紧紧地压在身下，心满意足却已经精疲力竭后，又一次昏昏沉沉地坠入梦乡。

当我再次醒来时，已经是第二天早上八点。我身边那位赤身裸体的年轻女子见我醒来，小鸟一样伏在我的身上，温柔地笑："王老师醒啦？"我一惊急忙起身，发现是昨晚在一起吃饭喝酒的小惠，我语无伦次："你……你怎么在我这儿？"

"怎么啦王老师，你不欢迎吗？要是不欢迎，你昨晚干吗像一头公牛一样，那么疯狂，让我都快受不了呢，嘻嘻……"

这时，我才彻底惊醒，也才依稀记起昨晚发生的一切。满腔的羞愧热血般从内心涌起，我喃喃地说："小惠，你……你怎么能这样？谁让你陪在我这儿的？"

"嘻嘻，还能有谁啊，还不是陈总。"小惠脉脉含情地望着我。此刻她赤裸的身体完全显露在我的眼前。玉体横陈的她，风情万种，毫无愧色。

我抱怨说:"陈总让你来,你……你就来呀?"

小惠丢过来一个媚眼,撒着娇说:"怎么老说这些!王老师真是不解风情,你真的不喜欢我吗?"

望着她火一样滚烫的目光,我无言以对,满脸羞愧、内疚,恨不得立刻钻进地缝里……

5

十月四日上午。

因为昨晚的销魂和早上的惊魂,我被陈总意想不到的"高规格"接待搞得异常尴尬,颇有些六神无主。在发现自己赤身裸体与小惠玉体横陈的那一刻,我羞愧惶惑,不知所措,却又久久回味。不过,回想起昨晚梦一般美妙愉悦的那段经历,望着小惠若无其事含情脉脉的笑靥,我竟然也很快释然。心想毕竟事情已经发生,有这样一段让男人都梦寐以求、身心摇曳的愉快经历,而且是与一位年轻俊秀甜美的妹子,只要是生理正常的男人,有谁能抗拒这种令人销魂的诱惑呢?古人说英雄难过美人关,何况我是俗人,而且是老婆已经好久不在身边的男人?再说,昨晚的艳遇并非自己主观所为,而是喝醉酒后的一时糊涂,此种情况,上帝恐怕也会原谅的。这么一想,我就转怒为安,嗔怪却又和颜悦色地对小惠说:"小惠你真是大胆,我都不好意思,你却若无其事。快穿上衣服吧!"

不料小惠却飞我一眼,反唇相讥:"哼,瞧你们男人,一个个道貌岸然,占了便宜还假正经。没看你昨晚搂着我疯狂的样子,狼一样不停亲我舔我,差点没将我给吃了,这你怎么解释?"

她这话像一团棉花堵住了我的嗓子眼,让我无言以对。我只得嘿嘿讪笑,转移话题说:"好,好,我说不过你。不管怎么说,你快穿上衣服赶紧离开吧。"

小惠白了我一眼,笑道:"你干吗赶我,想让我下岗啊?陈总还让我今天陪你上龙头崖烧香呢!"

我忽然记起自己此行的使命,虽然这里是自己的老家,可我并非在此长大,人生地不熟的,如果没有人陪伴,我并不认识路,怎么上龙头崖呢？我有些不甘心，随口问道："那陈总呢？"我抓过手机，想给陈总打电话。

小惠却伸手拦我，说："你甭打啦，陈总交代过了，今天只安排我陪你。陈总和司机小李今天有事外出，说晚上等咱俩下山再为我们接风。"说完，小惠还调皮地朝我挤了挤眼睛，颇有几分得意，仿佛今天我是她捕获的猎物。

她话说到这份上，我只好作罢，心想当猎物就当猎物吧，反正小惠怎么说也只不过是个女孩，而且确实是招人喜欢的漂亮女孩，她再怎么泼辣、调皮甚至是恶作剧，也不至于将我这么个大男人给吃了吧？

湖南的崀山八角寨，是世界自然遗产、5A景区，又名云台山，一山横跨两省，湖南和广西。在八角寨山顶，放眼望去，面包一样的丹霞峰群山像极了赶海的海狮群，争先恐后，层峦起伏，波澜壮阔，蔚为壮观。

八角寨最陡峭的一角，在云台寺东北侧绝壁：从绝壁延伸出五十余米，峰尖似昂首翘立的龙头。这里常年云雾弥漫，山风怒号，四周险崖壁立，峡谷幽深。就在这奇险无比的翘角尽头，古人竟修有一个佛龛小庙。通往龙头的山脊小径仅宽一尺，两边是万丈深渊，烧香者在没有安全保护措施的情况下，必须手足并用，匍匐前进，这就是著名的"龙头香"。其惊险令人惊悚！

史书记载，崀山八角寨的龙头香始于元朝，香客们都喜好在此上香，因而得名，至今已有七百多年历史。据说有胆量在龙头上香的人将远离灾难，有求必应，大富大贵。在以前有很多香客为了表达虔诚，冒着生命危险去烧龙头香，但稍有不慎，就将坠落深渊，粉身碎骨。龙头香自打有史以来，因冒险烧香从上面摔下去的人不计其数，其情形目不忍睹。所以，如今真正敢亲自铤而走险，攀上龙头烧香的香客只是凤毛麟角，绝大多数香客来龙头烧香，目睹千仞尖峰、万丈深渊，都会不寒而栗。正因如此，如今的龙头崖上才有了专门替人烧香的专业香客。这些专业香客都是当地山民，人数不多，据说初始有十来个人，后来摔死了两三个，又吓住了两三个。为避免争夺生意，也为了攀崖时的安全，剩下的四五个自发组成了烧香小团体，有生意大家一起接，有钱大家一起挣。也就是说，每逢接下生意，他们几个轮流冒险，轮流攀崖，钱大家平分。虽说他们生意不少，钱也挣得很多，但因为已有前车之鉴，当地的其他山民虽然羡慕，却并不妒忌，因为谁都知道这是在拿命赌博，稍微不慎就将跌下深渊、粉身碎骨。外地的香客更是望而生畏，不寒而栗，根本不敢冒险。久而久之，替人烧香这种高危职业，便成为八角寨山顶云台寺东北侧绝壁上这少数四五个人的职业专利。他们每接一桩生意，少则千儿八百，那是淡季人少的时候，多则数千上万，当然是在旺季的时候。因为旺季生意多，活多人少，他们都快忙不过来，不大愿意一趟一趟冒险接生意，干脆待价而沽，抬高攀崖烧香身价。他们身价一高，也就难住了不少香客，这些香客舍不得出如此高昂的价钱，只得买香和纸钱自己烧，而且是隔着一段危险的山崖，面对龙头烧。好在卖香卖纸钱的人很多，都是当地山民，相比于雇人烧龙头香，价钱对大多数人来说已经不值一提。可烧香并非随便烧，景区的管理人员划出靠近龙头崖的很小一个范围，让香客烧。虽然不是正宗的龙头香，但毕竟绝壁就在脚下，龙头已经近在咫尺，何况已经长途跋涉辛辛苦苦攀上崀山八角寨云台寺东北侧绝壁，龙头就在眼前，在此地烧香拜佛求神，不叫龙头香还叫什么？这么想来，这些香客便大都释然。当然，对于虔诚且不差钱的香客来说，无论龙头香的专业烧香者要价多少，他们还是要将虔诚进行到底的，他们笃信心诚则灵的训诫。

那天早上吃完早餐，我与小惠从酒店出发，陈总派人开车将我和小惠送到崀山脚下，还为我们备好饮料水果和面包干粮，然后由小惠一路陪我向山上攀登。昨晚与小惠的缠绵和肉体之交，对我来说纯属馋猫偷腥，十足的出轨之举，也是我平生以来头一次，内心虽然不免惶惑，但毕竟是令人销魂、令人向往的男欢女爱，无形中已经与她有了一层特殊感情，俗话不是说"一日夫妻百日恩"嘛！我与小惠虽非夫妻，但只要是肉体之交，性质是一样的，我非冷血动物，也非专业嫖客，对美丽可爱的小惠哪能没有一点感情呢？

金秋时节，天高地阔，云淡风轻，碧空如洗，阳光普照。崀山的风景虽然迷人，但山路崎岖、蜿蜒、陡峭，久居京城平日又不怎么锻炼的我，没走多久就已经气喘吁吁。小惠却若无其事，健步如飞，蹦蹦跳跳，像一只刚放飞的小鸟，一路上喜笑颜开，叽叽喳喳地向我介绍周边的风景。看着她心无旁骛、纯情可爱的样子，我的劳累似乎也减轻了不少。我忽然意识到陈总没派男子汉而是派小惠这样活泼可爱的小女子陪我，着实是颇为用心的。有句话说，男女搭配，干活不累。那么男女搭配，一块爬山，不也是同样的道理吗？想到这里，我不再因为昨晚荒唐的事责怪陈总了，相反此刻对陈总心生感激。

我禁不住问小惠："你今年多大了？"

小惠翘起樱桃小嘴，扮着鬼脸冲我飞了一眼："嗯，不告诉你！"

我说："为啥不告诉我？"

小惠说："不是说不能随便问女人的年龄吗？哼，你不仅是京城来的，还是大学者呢，怎么不知道规矩？"

我说："那是因为咱俩关系特殊嘛！咱们都这样了，你……为啥还不告诉我？"

小惠脸上飞起红晕，长发一甩说："咱俩……哪样了？"她低着头，不敢正眼看我。

我故意将她军："你明知故问！"

小惠被逼至墙角，满脸通红。但仅仅几秒钟，她开始反击："告诉你，那也得有条件，除非……"

"除非什么？"我穷追不舍。

"除非你将我带到北京！"

我一愣，问："你想去北京——去北京做啥？"

"做你的妻子！"小惠大着胆逼视着我，双眸流光溢彩，透着柔情。

我又一愣，没料到她会说出这样的话，只能呵呵讪笑。我说："别开玩笑，我早已结婚，儿子都在美国留学了。"

小惠反过来将我的军："那我做你的情人、小三，总可以吧？只要你将我带到北京就行。"她目光灼人，眼里却荡漾着柔情蜜意。

我仿佛被她的目光烫着了，哎哟一声，又讪笑着，笑得很尴尬。我说："小惠，你真会开玩笑！"

小惠却抢白道："我可不是开玩笑，我说的是真的。"这时候她已经一脸严肃。说实话，小惠比我妻子漂亮，也比我妻子年轻。虽然她想做我的妻子已经不现实，但假若做我的情人，也不失为一个不错的选择，尤其是在妻子远赴美国的时候。可我一向是个传统、守规矩的人，这样的事情我以前想都没有想过。现在小惠却逼视着我，我不知如何回答，只得采取缓兵之计，跨前一步抚摸着小惠的秀发，喃喃地说："小惠，这事我可从来没有想过，你得容我想想。"

小惠叫了一声，举着"V"字形的手势冲我欢呼雀跃，眉开眼笑。她的性格真像个孩子，无所顾忌，无拘无束，既热情又调皮……

说话间，太阳已经升至头顶，距离我们出发的时间已经过去一个小时，我们登上八角寨山顶，放眼望去，云台寺东北侧的龙头绝壁尽收眼底。经过一个小时的跋涉和攀登，这时的我已经上气不接下气。虽说正值秋高气爽季节，可我感觉浑身上下都已冒着热气，脊背和额角已经渗出汗珠。我不得已脱下外套，招呼小惠在山路旁的一处石凳上坐了下来。小惠见我呼吸急促，像拉风箱的样子，便捂着嘴咯咯地笑。我问她为何笑，不料她笑得更欢，末了才对我说："王老师，你这样子很像一种动物。"

我问："什么动物？"

小惠欲言又止，笑而不答。

我急着追问："你倒是说呀！"

小惠剜我一眼，收住笑，严肃起来："我说了你可不许生气。"

我哑然失笑："有那么严重吗？有啥好生气的，你太小看我了。你说吧。"

小惠脸上的笑瞬间像拉开的电灯，忽然明亮起来："我是说，你呼呼喘气的样子，像一头公猪，哈哈哈哈……"

我有些不明就里："这有啥好笑的，公猪又怎么样，呼呼喘气怎么就像公猪了？"

小惠听我这么回答，笑得更欢，就像亮着的电灯忽然又加大了亮光。笑毕，她说："王老师你真逗！你真不了解公猪吗？公猪是干什么的你真的不知道吗？公猪与母猪交配之后难道不是像你这样呼呼喘气吗？哈哈哈哈……"

"小惠你——"我举手正想打她，她却早有准备，像一只机敏的小猫迅速跳开，我没有打着她，她更加得意地笑。我有些气急败坏，干脆顺杆爬反击她："我……我要是公猪，那你不就是母猪了？"说完我一脸坏笑。

没想到小惠不仅毫不在乎，似乎还乐见其成："是啊，你说得一点没错。王老师你是公猪，我是母猪，是公猪的妻子，你愿意吗？"她凑到我跟前，冲我扮着鬼脸，还冷不丁亲了我一口，令我哭笑不得。就这样，我俩一路说笑，一路打闹，渐渐向八角寨山顶云台寺东北侧的龙头绝壁靠近。

临近云台寺，我看到一位干瘦黝黑、满脸疲惫的中年农妇，那农妇一手拎着蛇皮袋，另一手正拿着一把竹夹，边走边夹着路边的垃圾。出于好奇，我禁不住停下来问："您好！请问您是这个景区的保洁工吗？"

农妇抬起头，诧异地看了看我，又看了看小惠，不置可否。我猜想，景区尽管游人如织，但游人肯定长年累月对她熟视无睹。此刻她的表情，大概不亚于当初的印第安人忽然遇到了早已开化的人类。

小惠倒是鬼机灵，未等农妇开口就抢先安抚道："阿姨你别怕，人家可是北京来的大学者，人家看你这么辛苦，想关心你呢！"

或许是见小惠是个亲切可人的小女子，更或许听到小惠是用崀山当地的口音同她说话，农妇原本紧绷着的脸像春日渐暖的冰川，总算暖和下来，并且礼貌地点了点头。

我趁热打铁："大姐，您每天都在这一带清理垃圾吗？"

农妇点头说："是。"

我问："您家住在哪儿，远吗？"

农妇说："就在山下。"

我问："那您每天几点上山、几点下山？"

农妇说："我每天上两趟山，上午一次，下午一次。"

我惊叫起来："那多累呀！为什么要上两次山？中午带点饭或者带点干粮，不就可以不爬两次山了？爬山多累呀！"一想起每天爬两次山，我不免心生畏惧，自己这一趟还都未爬到山顶呢，就累得像个快泄气的皮球，眼前这干瘦的农妇怎么能够承受每天如此艰难的劳作？

农妇看着我的样子，只皱了皱眉，望了望我，脸上却无动于衷，像满山遍野风吹日晒却纹丝不动的石头。

小惠见状，主动用家乡话与农妇攀谈起来，叽里咕噜的，浓重的湖南口音，语速又快，我几乎像听天书一样不明所以。好在小惠与农妇聊完，转过脸将农妇说的话翻译给我：农妇每天两次登山，是因为中午须下山照顾有病卧床的九十多岁的婆婆。她干这工作每月仅一千元工资。其夫数年前因打工受伤，一直残疾在家。他们家里有三个孩子，因家境所迫，大女儿和二女儿初中未毕业被迫辍学，先后外出到广东打工。最小的是儿子，去年小学还未毕业也已经辍学，跟着乡亲到长沙一建筑工地学砖瓦工……小惠的这番话，让我震惊不已。作为首都京城长大的我，自打来到世上就一直生活在优越的环境中，吃穿从来不愁，可以说要什么有什么，哪里听说过像农妇这样的生活境况？苍天在上，芸芸众生，这个世界上人与人本是同类，也本该平等，可降生在不同的家庭，境遇却有天壤之别。难道这一切都该归咎于命运？

我禁不住问农妇："你们家过得这么艰难，这么苦，平时烧香拜佛吗？"

农妇望了望我，摇了摇头。

我说："烧香拜佛，祈求神灵，不是能够去厄消灾，保佑家人平安幸福吗？"

农妇还是摇了摇头。我觉得奇怪，也感到纳闷，就说："那你相信龙头香吗？我可是专程从北京赶到这里来烧龙头香的。你近水楼台，龙头香近在咫尺，每天烧上炷龙头香，不就可以一生平安、人旺家兴吗？"

不料农妇这回既不点头，也不摇头，反倒是抓起袖子，一下接一下地抹起了眼泪。我心一紧，像遭遇针扎一样，扭过头看了看小惠，又看了看农妇。小惠也一脸惊诧，她一串碎步走上前，一只手搭在农妇肩上，另一只手从坤包里掏出纸巾递给农妇，关切地问："阿姨你怎么啦？什么事让你这么伤心啊？别哭啦别哭啦，哦，有什么伤心事，慢慢说。"

农妇浑身抽泣，哭得更厉害了。我和小惠没再劝她，两人你看看我，我看看你，然后默默地看着农妇哭泣。农妇哭了一阵，情绪才慢慢归于平静，末了对小惠叽里咕噜说了一通我一点也听不懂的湖南话，小惠也用湖南话与农妇交流了一通，完了，才回过头为我翻译。小惠先反过来问我："王老师，知道农妇为什么伤心吗？"

我摇了摇头:"不知道,也猜不出。"

小惠说:"她公公以前就是替人家到龙头崖烧龙头香,不小心摔死的!"

我像冷不丁挨了谁一闷棒,脑子嗡地一响,眼前有无数金星在飞,瞬间也恍然大悟:难怪这农妇一直摇头,难怪她不再相信佛祖神灵呢!

小惠见我呆若木鸡,又指着农妇,补充道:"她还说他们全家以前都是相信佛祖、相信神灵的,他公公经常上山,冒着风险到龙头崖烧香,就是希望佛祖和神灵保佑他们一家远离灾祸、平平安安、大富大贵。可是年复一年,佛祖和神灵不仅没有保佑他们富贵,也没有保佑他们平安。家里的生活刚刚有了点起色,不料却大祸降临,公公在一次替人烧香祭拜时从龙头崖不慎摔下深谷,粉身碎骨,以至于连尸首都不见踪影……"

小惠这番话像挥出的鞭子,一下接一下抽打在我的身上,我只感觉到内心一阵阵抽痛。我默默看着眼前这位憔悴疲惫一脸苦相的农妇,想起她长年累月每天风吹日晒风雨无阻两次上山下山苦役般地劳作,我几乎不寒而栗,也心有戚戚,禁不住掏出六张百元钞票递到农妇手里。"六"代表顺利,是吉祥数字。我希望这位农妇未来的日子顺顺利利,平平安安赶上好运。农妇接过我递给她的六张百元钞票,先是一愣,瞪大眼睛死死地望着我,继而眨了眨眼、摇了摇头,大概以为是在做梦,不大相信。紧接着又摸了摸手中的六张百元钞票,忽然扑通一声跪在我的跟前,母鸡啄食般使劲叩头,连声说着"谢谢谢谢"。只不过,"谢谢"二字从她的喉咙里挤出来,声若游丝,那声音小得像夏夜的蚊叫……

小惠见状,惊诧地睁大了眼,看了看农妇,又看了看我,似乎被惊着了。忽然她冲农妇大声喊叫起来:"啊哟哟,这位大姐,你今天算遇上大菩萨了,真是好福气呀!"小惠声如银铃,清脆悦耳。农妇也被这声音惊着了,她猛然抬头、起身,弓着腰不住朝小惠点头作揖,不停说着:"谢谢,谢谢,你和这位大哥都是好人、好人哪……"

小惠又冲我竖起大拇指:"王老师才是真正的大好人呢!不愧是京城来的大学者,心系苍生,怜悯天下百姓,了不起!"小惠笑语盈盈,但那笑分明带有几分狡黠、几分调侃。我有些不好意思,故意岔开话题,招呼她继续赶路。

6

八角寨的龙头崖越来越近。

沿着悬崖边弯曲的山路不断前行，转过一个拐角，放眼望去，一幅险峻山景赫然矗立在我的眼前：峡谷对面的悬崖顶上，镶嵌着一座寺庙，寺庙右侧是刀削的绝壁，绝壁向外延伸，宛若猛龙游云，仰天长啸。猛龙之下，云飞雾绕。再往下，是与我们脚下隔崖相望的峡谷深渊，峡谷阴森宽阔，恐有千米之距，令人惊悚。看着眼前的险山峻岭、峡谷深渊，我浑身一激灵。

小惠指着对崖向我介绍："王老师你瞧，那座寺庙，就叫云台寺，寺右边飞耸的悬崖绝壁，就是龙头崖。你再瞧瞧，龙头崖上有没有一座猪圈一样大小的小庙？"

真的呢，顺着小惠手指的方向，我真的看到了龙头崖上的小庙，小庙上还插着正随风飘扬的经幡，此刻隐约还能看到在小庙前烧香的香客。真是百闻不如一见，此情此景，瞬间牵动着我的神经，一股虔诚之情油然而生，庆幸此行真是来对了！内心一激动，便招呼着小惠赶快赶路，脚步也意外飞快，以至于落在后面的小惠紧赶慢赶，一边调侃说："王老师怎么忽然间不累了，是不是刚刚充了电呀？"我顺水推舟，哈哈笑起来："是啊，我刚刚充了电！"

我俩一路边说笑边欣赏着美景，转眼间就来到龙头崖。

此刻的龙头崖，人来人往，既有香客也有游客。为安全起见，景区管理者在靠近悬崖往里的大约一米宽处，用水泥钢筋围上了隔离栏杆。隔着围栏往下看，峡谷深渊如猛虎张开的血盆大口，正静静地觊觎着崖上的游客，我不禁打了个寒战。尽管如此，仍不时有或男或女的香客不听劝阻，翻过围栏朝龙头崖的方向烧香。从他们跪拜的地方再往前一点点，就是通往龙头崖的斜坡，斜坡有数米宽，像龙颈向前伸延十来米，那边便是龙头崖。这时候，龙头上的那个小土庙前，有位身着佛衣的香客正在那里烧香、祭拜。小惠告诉我，那香客就是受雇替人烧香的当地山民，而靠近围栏这边烧香祭拜的，则是不肯花钱雇人、宁愿自己烧香的游客。此刻，那位身着佛衣的香客已经祭拜完毕，沿着凹凸不平的龙颈往回爬。龙颈异常狭窄，没有任何树木藤蔓，更没有任何人工护栏，稍微不慎就将滑下万丈深渊。如此险境，一般人都会望而生畏、不寒而栗，可那替人烧香的山民，此刻却熟练地从龙头爬上龙颈，他小心翼翼，手脚并用，如蜘蛛侠般匍匐前进。周围霎时鸦雀无声，大家都屏住呼吸，他的一举一动像一根无形的丝线，牵动着围在护栏这边紧紧盯着他的游客的心。

我正在为这山民捏着汗的时候，他却像一只机敏的狐狸，已经敏捷地蹿回围栏这边，人群瞬间爆发出雷鸣般的掌声，祝贺他涉险归来。我发现他面无惧色，微笑着不慌不忙地向大家挥手致意，仿佛享受着英雄凯旋的待遇。我仔细打量着这位山民，他的年龄，得有四十出头。他的外貌，黝黑干瘦，鼻子偏扁，凹陷的眼眶里，两只眼珠滴溜溜转来转去，活像狡黠机敏的猴子。但这时候的他显然累了，他在围栏前坐下来，一口一口地喘着粗气，刚才还滴溜溜转来转去的眼珠之上，已经耷拉下疲惫的眼皮。

我拨开人丛，从人缝中挤了过去，凑上前问这位山民："这位师傅，我是来烧香的，您还接活吗？"

山民抬了抬眼皮，眯着眼睛望了望我，懒洋洋地摇了摇头。

小惠用湖南话上前问："师傅您怎么啦，怎么不接了？人家可是大老远从北京赶来的大人物，能为他烧香可是您的福分啊！"

小惠清脆响亮的女声，惊着了山民。山民强打精神，斜着眼望了望小惠，又瞟了瞟我，摇着头，懒洋洋地说："我累了，不想去了，想歇一会儿。要不，你们去找别人吧。"

我环视着四周，寻找着替人烧香的其他专业香客。与这位山民一样穿着佛衣的人还有两位，可那两位此刻也同样坐在围栏旁边歇息。小惠替我挤上前去，用湖南话问了一位，未果。又问了另一位，人家仍无动于衷。正在这时，一位身着西装、看似景区管理人员的中年汉子走过来，对我和小惠说："你们甭找啦，他们三人从早上八点一直干到现在，怪累的了。瞧瞧，都中午十一点半了，按惯例他们该收工了。"

我问："那下午还开工吗？几点开工？"

中年汉子答："两点吧。"

我看了看表，现在是中午十一点半，到下午两点，得整整等待两个半小时。我环视四周，午阳正炽。时节虽已入秋，但此刻灼热的午阳直晒下来，热烘烘的，让人感觉夏天仍未远逝。再看看空旷的崇山峻岭，在午阳的照射下似乎也失去了早先的生机，懒洋洋的，没精打采，看起来不免让人有疲倦的感觉。在这种情形下，倘若还得等待两个半小时，未免有些难熬。我有些焦急，遂又问那汉子："你是他们的领导吗？"

汉子瞥了我一眼，双手抱臂故意卖起了关子，表情有几分狡黠："也是，也不是。"

见我不解，汉子才解释道："他们在这里干活，由我统一组织、管理。但他们干不干，接几趟活，我说了不算，他们自己定。毕竟这活太危险，是拿命赌博，一般人干不了，也不愿干。"

我说："明白。可我是从北京来的，下午还有其他事，明天要赶到长沙乘飞机，来不及等到下午了，你看能否同那几位师傅商量一下，看哪位现在能再接趟活，替我烧龙头香？"

汉子听罢，眯起眼上下打量着我，问："你出多少钱呀？"

我问："你想要多少？"

汉子毫不犹豫地说："至少得给一万。"

他话音刚落，我的心像被扯了一下，有些紧，又有些疼，喉咙像被堵上一团棉花，心想，这不是明目张胆地拦路打劫吗？

小惠见状为我打抱不平，她抢白道："师傅你这也太宰人了吧，上午你们替人烧一趟香，不就是两三千，至多三五千吗？"

汉子乜斜着眼睛，瞟了小惠一眼，说："怎么，嫌贵是吧？嫌贵，那你们就等下午吧。不过我丑话说在前头，这么多人想烧香，我们只有三个人，忙得过来吗？没准下午花一万元，你们都排不上！"

汉子的话像一声警钟，敲击着我的神经。我环视周围，等待烧香的游客还真是不少，有男有女，有老有少，他们手里都拿着事先准备好的香和纸钱，渴望着烧龙头香。龙头崖的龙头虽近在咫尺，但因为隔着惊险的龙头颈，大家都望而生畏，不敢越龙颈半步，只得寄望于花钱雇那几位专门替人烧香的山民。可是山民人少，而游客众多，严重的供求矛盾，使得雇佣费节节攀升。忙不过来的时候，价格更是水涨船高，高价摆在那儿，正宗的龙头香你爱烧不烧，人家不会强求你，你自己看着办。再说了，人家也不是白拿你钱，也绝非平白无故拦路抢劫，毕竟人家是在拿命赌博，万一不慎摔下悬崖，生不见人死不见尸，这钱那么好赚吗？大千世界，芸芸众生，猪朝前拱，鸡往后刨，什么人赚什么钱，你眼红什么？有本事你自己来嘛！联想到自己千里迢迢从北京而来，设若等到下午那几位替人烧香的山民重新开工，且不说还需要近两个半小时的漫长等待，届时面对这么多有求于他们烧香的香客，还不知道会出什么幺蛾子呢。这么一想，我内心动摇了，我不想费时间等待一个没有把握的结果。于是，我用胳膊碰了一下小惠，低声对小惠说："算了，我不想等了，这钱让他们挣吧。"

小惠将我扯到一旁，睁大眼睛问："怎么，王老师真想给他们一万元啊？"

我点了点头："是啊，我确实不想等了，该赚还得让他们赚，再说这钱也确实不好赚，不仅是辛苦钱，还是搏命钱。"联想到我父亲在位时三天两头收到客人送的红包，我忽然释然了，觉得花一万元雇人家烧香不算什么。当然，这话我没向小惠说。

小惠听罢直吐舌头，将拇指竖到我的眼前："厉害了，我的王老师，果然是大款风范，不差钱哪！不过……"她抿着嘴，欲言又止，神色忽然晴转阴，乌黑明亮的眸子左右梭巡。

我猜不出她葫芦里到底卖的什么药，便说："别吞吞吐吐的，你想说什么，快说！"

小惠又扯着我朝一旁紧走几步，见左右没人，这才噘起小嘴嘟哝道："王老师这么大方，可我从昨晚陪着你直到现在，还没有得到你半分酬劳呢！"她这话突如其来，忽然把我噎住了，可同时也提醒我，眼前这漂亮小姐可不像是一般女子，也不是陈总公司项目开发部的什么优秀员工，她应该是职业妓女吧，或者兼而有之？无论如何，她话都挑明了，我只好强颜欢笑，一只手抚着她浑圆柔软的肩膀，乐呵呵地哄她："小惠别急，我不是还没离开崀山嘛。走的时候，我一块给你，行吗？"

"好啊——"小惠听罢，调皮地冲我做了个鬼脸，然后像一只快乐的麻雀兴奋起来，拉着我快步走回围栏前，找到刚才那个景区管理员模样的汉子说："师傅，你帮我们找一位烧香的师傅吧。"

那汉子看了看小惠，又看了看我，有些不屑地说："可以，但一万元你们掏吗？"

我说："一万太贵了，八千吧。"

汉子说："不行，我说过了，一万就是一万，一分也不能少！"言毕，他叼着烟，将脸转向别处，一副爱理不理的样子。

小惠一跺脚，有些不服气。她快步走向围栏边那位刚才替人烧香的山民："师傅，你能否辛苦一下，再走一趟，替我们这位远道从北京来的师傅烧龙头香？"

那位山民眯着眼望了望小惠，又望了望我，摇着头答："我不是说过了吗？我累了，收工了，下午再说。"

小惠说："我们给你八千块钱。"

那山民听罢，眼睛一亮，瞬间又暗了下来，朝刚才那位景区管理人员模样的汉子努了努嘴："你们得问问他。"

小惠却心有不甘，又去问了另两位专门替人烧香的山民，得到的都是同样的结果。

我恍然大悟，也有些扫兴。弄了半天，还是没能逃脱如来佛手心，原来那汉子就是他们的监工、包工头，他们烧香的活，统一由那汉子派遣。

我只好又回到那汉子跟前，说："师傅，那你就帮我安排一位烧香的山民吧，一万就一万。"

那汉子乜斜着眼睛，慢条斯理地吸着烟，好一阵吞云吐雾，这才说："怎么，想好啦？"

我毫不犹豫地说："想好了，你尽快帮我安排一个，越快越好！"

汉子将烟蒂往地上狠狠一丢，又用脚狠狠地踩了踩，招呼我说："好，跟我来！"

7

汉子帮我们安排出工的，便是那位刚烧完龙头香回来的山民。

那位山民刚站起来，我忽然心生恻隐之情："师傅，你刚才不是说累吗？你到底行不行？"我不希望他因体力不支而去冒险。我这话，其实也是说给他的包工头听的，潜意识里我似乎希望包工头安排另一位山民。

眼前的这位山民并没有直接回答我,而是凑近包工头,用湖南话与对方交流了几句,然后点了点头。末了,包工头扭过脸对我说:"他没问题。钱呢?你先交一万块钱。"

我指了指那山民,说:"他还没回答我呢。"我希望是山民亲自回答,而非这包工头替他回答。搞研究的职业习惯,提醒我凡事都要严谨。

包工头有些不耐烦,龇着牙摇头晃脑地说:"哎呀放心吧,他已经同意了,你交钱吧!"

我望了望山民。山民见状,径直对我说:"你先交完钱,交完钱把香和纸钱给我。"他这话说得很爽快,不像刚才话说得懒洋洋的,对我爱理不理。看来钱真是好东西,钱对他来说就是兴奋剂。

我忙将刚才在云台寺前购买的香、莲花蜡和纸钱交给他,除此之外还有事先准备好的苹果、香蕉和糕点。

山民接过去,看我将那一万块钱交给派活的汉子,这才放心地将祭品熟练地装进他专用的一个布兜,再系到自己的腰上。他的腰很瘦,我发现他整个人都很瘦,个儿也不高,一米七不到的样子。眼睛凹陷,胡子拉碴,头发蓬乱,长年的风吹日晒,使他的肤色近乎酱紫,还满脸皱纹,像极了腌了有些年头的咸萝卜干。此刻的他虽然有些兴奋,脸上却难掩疲倦之色,就像缺油的发动机最后时刻强打精神,那声音听起来有几分挣扎和气短。

我关切地问:"师傅,你是不是饿了?要不你先吃点什么东西之后再走?"

山民摇了摇头。他只是抓起地上一瓶没喝完的矿泉水,咕噜噜喝了个底朝天,用手抹了抹嘴,然后抖擞精神。可他没走几步,脚下就被什么东西绊了一下,打了一个趔趄,整个人摇摇晃晃,像被狂风吹得东倒西歪的小树。我内心一紧,猛喊一声:"师傅你千万小心!"再看看那包工头和小惠,此刻他们俩也眉头紧锁,目不转睛地盯着他。

山民站稳脚跟,朝着龙头崖的方向,沿着斜坡一步一探,缓缓走下坡。在乱石与野草杂陈的狭窄龙颈上,他开始弯下腰来,双手着地,小心翼翼,匍匐前行。我的心再次悬了起来,再看看小惠、包工头和周围其他人,几乎所有的人都屏住呼吸,目光聚焦到那位山民身上。幸好那山民熟门熟路，没费多长时间便跨越那段险道，成功攀上龙头崖。此刻，他在小庙前停下来，解下腰带，将祭品一一取出，一一摆好，又取出打火机点燃香和蜡烛，然后跪下来，举起手，双掌合十，念念有词，开始求拜。远远看去，蓝色的香烟像灵魂出窍，袅袅上升，飘向天空，向上苍祈祷，向神灵祈祷。此时此刻，一股神圣庄严的情感在我胸中油然而生。像那位替我烧香的山民一样，围栏这边的我也朝着龙头香的方向，跪下来，举起双手，双掌合十，祈求上苍和神灵开恩，为我们王家赐福，时时刻刻保佑我们王家家庭和顺，老少平安。恍惚间，我似乎听到了洪钟大吕，看到了普天之下，蓝天白云，阳光灿烂，鸟语花香，绿草茵茵，流水潺潺，众生普度，众神歌唱……与此同时，我分明也看到了家人的笑容，像鸽子飞来，正一张张在我的眼前掠过：爷爷、奶奶、父亲、母亲、妻子、儿子。面对此情此景，我无法抑制内心的激动，眼看着不远处的龙头崖上，那位受雇于我的山民烧完龙头香和纸钱，起身正一步步往回走。说不清为什么，我忽然兴奋起来，像雄狮一样朝苍穹、朝峡谷引颈吼叫："喔哦哦哦哦哦……喔哦哦哦哦哦……喔哦哦哦哦哦哦……"此时此刻，遥远的苍穹，空旷的峡谷，仿佛万马奔腾，山呼海啸，我听到一声又一声雄浑而悠远的回响……

  当一切回归平静，我发现人们的目光又投射到受雇于我的山民身上。此刻，那山民已经从龙头崖折回，手脚并用，匍匐在龙颈上。龙颈有一米来宽，乱石遍布，杂草丛生，两旁呈拱圆形。没有树，没有藤，也没有人工防护栏，任何人从上面经过，稍微不慎便将阴阳两隔。此刻，我紧紧地盯着山民，山民的一举一动，像磁铁吸引着我的目光，跟随着他前进的方向，不断前移。与此同时，我几乎悬到嗓子眼的心，怦怦直跳，不断在为他加油、祈祷。尽管理智提醒着我，这山民早已轻车熟路，长年累月，每天往返于龙颈这个生死关口无数遍，不会有事的，但此刻我的神经还是高度紧张，毕竟他受雇于我，毕竟他是一条活生生的生命，毕竟他背负着一个家庭的重担。四五十岁的年龄，每天早出晚归，每天风吹日晒，每天凭苦力挣钱，每天搏命冒险。他年迈的父母，弱小的儿女，体贴的妻子，正等待着他平安回家，带回用以养家糊口的又一天酬劳，期待一家人一起吃晚餐那每天快快乐乐的时刻吧？然而，有句俗话：不怕一万，就怕万一。

还有另一句俗话：是福不是祸，是祸躲不过。正当那山民即将跨越危险，从龙颈起身迈上通往围栏这边的斜坡的那一刻，崀山风云突变，一股不知从何而来骤然刮起的旋风，以雷霆万钧之势猝然朝龙头崖袭来，不偏不倚，正好扑向那即将涉险过关的山民。刚刚从匍匐中直起身的山民被推了个趔趄，失去平衡，刹那间被这股莫名而来的旋风刮进峡谷。与此同时，一声凄厉的惨叫骤然而起，掠过天空，滑向龙头崖下面的深谷，伴随着呼啸的狂风，在群山峡谷中久久回响。

我被眼前突然发生的这一切和这凄厉的喊叫声，惊得目瞪口呆、魂飞胆丧……

8

我不知道自己是怎么离开龙头崖、离开崀山的。记忆中，随着那声凄厉的、山呼海啸般的惨叫，人群骚动起来，有人惊叫，有人哭喊。趁着混乱，小惠拉起我的一只手，没命地跑，近乎疯狂地跑，不知道是我裹挟着风，还是风推着我跑，反正心惊胆战，只管跑，直跑得我气喘吁吁，腰酸腿痛。两条腿像被灌了铅，越来越沉，越来越抬不动，我像一摊烂泥，整个儿瘫倒在路边的一小片草地上。

醒来的时候，我已经躺在酒店的席梦思上。守在一旁的小惠见我醒来，用手拍了拍我的脸，舒了口气嗔怪道："王老师你真够吓人的，我以为你死了呢！哈哈哈……"话没说完，她自己先开心地笑，一副恶作剧的表情。看着懵懵懂懂、依然一头雾水的我，她这才收住笑，一脸严肃地对我说："你知道你是怎么回到酒店的吗？"

我当然不知道，只是摇了摇头。小惠哈哈大笑，末了才说："真没想到你如此胆小，你真让我见识了什么叫胆小如鼠、抱头鼠窜！不就是摔死了个人吗？何至于把你这个首都来的堂堂大学者吓成这样！你昨晚骑在我身上同我疯狂做爱的那种劲头哪里去了？嘻嘻，昨晚你像一头凶猛的狮子啊，没想到今天却变成了一只胆小的老鼠，你也变得太快啦！哈哈哈！"

我抢白道："摊上这么大的事，都摔死人了，难道你不害怕吗？"

小惠说:"哎呀,不就是摔死个人吗?再说了,怎么能叫摊上?你不是都给他们钱了吗?而且给了一万元,不少啦!这事就像做买卖,你情我愿,公平交易。他不小心摔下去是他自己的事,同咱们没半点关系,你怕什么呀!"

想想也是,小惠说得在理。可我还是心有余悸,毕竟是摔死了个人,俗话说天大不如命大,芸芸众生,人生苦短,生命无论对谁,都是比天还大的事,即便是地位卑微的平头百姓。何况人死不能复生,损失无可挽回。虽然那位山民是自己摔死的,但毕竟起因与我相关,是我非要在人家已经休息体力不支的时候花重金引诱人家、雇人家替我烧香,他要不是因为体力不支,大概也不至于摔下悬崖吧?他是靠体力和冒险挣钱的,正年富力强,肯定是家里的顶梁柱。他就这样摔死了,家里肯定有老有少吧,以后他一家的生活可怎么过呀……这么想着,我不禁为死者难过,也为自己难受,内心不停地自责。

不过看看小惠,她一脸不屑,若无其事,回想她刚才说过的话,我悬着的心渐渐放了下来。我喃喃地问:"那我……我是怎么从山上回到酒店的?"

小惠说:"我看你吓得昏死过去,使劲掐你人中,一边不断呼唤你,一边打陈总手机。陈总很快派来我们公司的同事和几位民工,将你连抬带背地扛下山,下了山又将你抬到救护车上,送到崀山人民医院。经过一番紧张的检查和救治,医生说你没事,主要是受惊吓和太过疲劳,回去睡一觉应该就好了,我们这才将你送回酒店房间……"

我有些惊讶:"真的是这样?我怎么一点也不知道呀!"

小惠又白了我一眼:"哼,你一直睡得像头死猪,当然什么都不知道。可我们为了你,弄得手忙脚乱,焦头烂额,你差点没将我们吓死。陈总说了,你这位京城来的堂堂大学者、王部长唯一的公子,要真是死在我们这里,我们可怎么向德高望重的王部长交代呀!"经过昨晚的肌肤之亲,小惠跟我说话少了客套,已经变得像夫妻或情人一样无拘无束,还时不时带着调侃。

我问:"那陈总呢,陈总现在在哪儿?"

小惠正想回答,房间却响起门铃。

真是说曹操，曹操到，进门的正是陈总，他风风火火闯进屋来，身后跟着司机小李。

我急忙起身，为陈总让座。陈总开口问我："王老师怎么样，感觉好些了吧？"说着走到我跟前，一只手搭在我肩膀上，眼睛里满是关切。

我说："谢谢陈总，我好多了。真是对不起，今天我……"

陈总摇头摆手，打断我："王老师你不必客气，更不必内疚和自责。咱们是自家人，一家人不说两家话。我和你父亲王部长什么关系呀，认识好多年了，王部长既是我的恩人，又是我的老乡，恩人加老乡，亲上加亲！这么多年王部长一直帮助我，我始终心存感激，若没有王部长的帮助，哪有我陈某人的今天呀！王老师你是王部长的公子，受王部长之托千里迢迢回老家烧龙头香，我理当全力做好服务。至于今天发生的这个意外事件，刚才我已经同各方面协调关系，处理好了，你放心吧。你要是现在感觉好些了，咱们一块去吃晚饭，你看怎么样？"

尽管我感觉浑身乏力，也没有什么食欲，但伸手看表，发现已经是傍晚六点半，正是晚饭时间。客随主便，我对陈总说："我没事了，听你安排。"

见我点头同意，陈总便带着小李、小惠和我，来到酒店一层的一个雅间吃晚饭。刚一落座，陈总就说："今晚就咱们四个人了，人少，安静，再说今天山上摔死人的事已经在崀山闹了一点动静，满城都在议论此事。人多嘴杂，咱们还是先避避风头吧。再说了，王老师今天很累，今晚得早点休息，养精蓄锐，明天好赶航班飞回北京。"陈总的话说得很熨帖，但他话中有话，让我内心刚刚回归平静的湖面再次掀起了波澜，我很想知道他说的今天山上摔死人的事在县城闹了一点动静，到底是什么样的动静。但陈总似乎猜透了我的心思，顾左右而言他，有意岔开了话题。他在讲崀山今天发生的其他新闻，什么某某官员出轨与小三鬼混被老婆冷不丁打上门来，什么某某老板昨晚与人赌博输掉了十万元却埋怨对方作弊大打出手，什么某某餐厅最近进了一批日本牛肉价格贵得惊人许多顾客吃了却拉肚子纷纷找上门论理……反正五花八门，都是本城区最新的社会传闻。饭桌上的陈总边吃边说，眉飞色舞，津津乐道，直说得嘴角冒泡，唾沫星子四处飞溅，以至于原本就没什么胃口的我更是没胃口了。虽然陈总点了满桌的菜肴，荤荤素素花花绿绿，热腾腾香喷喷，但我只是有选择地吃了点清淡的素菜，喝了点粥，浑浑噩噩胡乱地打发完晚饭的时光。

吃完晚饭，陈总特意让小李和小惠继续留在餐厅等他，说有事要同我单独商量，然后一个人亲自将我送到了酒店房间。我以为陈总是要说说今天山上摔死人在崀山闹出动静的事，以及他与各方面的协调处理情况，没想到他是有事求我，刚在房间的沙发上坐下便开门见山："王老师，难得你回老家一趟。原本我是打算最近抽时间到北京拜访王部长的，刚好你来了，我最近又比较忙，有两件事干脆就同你直接说了吧。"

我问："什么事？你说吧。"

陈总扭了扭身，伸长脖颈，将脸凑近我："第一件事，我的公司想在崀山上修建两条索道，一条打算修在龙头崖，另一条打算修在骆驼峰。这两条索道若能建成，肯定能吸引更多的游客尤其是中老年游客前来崀山旅游。但这两个项目投资巨大，需要数千万资金。崀山县是国家级贫困县，是国家精准扶贫的重点县，我想请王部长再帮帮忙，同我们省里和县里的领导打打招呼，帮助我们申请到扶贫资金专项贷款。"

我说："扶贫资金专项贷款的审批权目前在哪儿？我父亲都退休了，这事他能否帮上忙，还不好说，我只能回北京后问问他。"

陈总说："中央的扶贫资金专项贷款，审批权以前在国务院扶贫办，王部长以前帮助我们申请到一笔。2014年以后，国务院将扶贫资金专项贷款项目的审批权下放到省和县，省和县这两级关系都应当打通。虽然王部长已经退居二线，但他人脉都在，跟我们省和县两级的领导都熟悉，他肯定还能帮上忙。"

我说："这个我只能回北京问问我父亲。陈总要说的第二件事是什么呢？"

陈总点燃一支香烟，晃灭手中的打火机，长长地吸了一口，又慢慢地吐着烟雾说："噢——是这样。眼看时间又到了年底，省里的两会召开在即，我想请王部长也向省里和市里的领导打个招呼，看看能否帮助我当上新一届省人大代表或政协委员。"

我禁不住问："陈总是企业家，人大代表或政协委员，对你来说有什么实际作用吗？"

陈总又吸了口烟,边吐烟边说:"作用大着呢。我们这些干企业的,假若能当上省里的人大代表或政协委员,既可以享受荣誉带来的政策、税收等方面的优惠,法律上还有一定程度的豁免权,所以谁都想当,争夺激烈。"

我说:"陈总是本地知名的企业家,也应该是本地的纳税大户了,为何这么多年还不是省里的政协委员或人大代表?"

陈总一甩手说:"嘻,我不是说了吗?无论是政协委员还是人大代表,干企业的谁都想当,竞争激烈。可我的公司是民营企业,先天不足,哪里争得过国企老总?再说县里的民营企业,实力同我不相上下的也有好几家。我争取了好几年,都没有争得过人家,迄今也只是当了地市一级的人大代表。所以我想请王部长帮助我想想办法,将我的人大代表级别升格,弄个省级的当当。噢对啦,我刚才说的这两件事,你回去务必转告王部长,让王部长尽力帮助我,找找关系,把事情都办了。需要我什么支持和配合,请尽管说。喏,这里有一张卡,里面有二十万元,密码我回头用短信发到你的手机上。你帮我带回去交给王部长,就算是我托办的这两件事的经费。"说着他将一个印有某银行字样的白信封递给我,显然那信封里面就装着他说的那张存有二十万元的银行卡。面对这张卡,我却像见了一块被烧红的烙铁,怕被烫着了,摊开双手使劲推辞、躲闪。

陈总却拉下脸,有些生气:"王老师你这样就见外了,这卡你必须拿,眼下这社会办事哪能不花钱?以前我每次找王部长办事也都这么做,这是惯例。再说了,这卡也不是给你的,是让你替我带回去给王部长的,你不带就是不给我面子啊!"陈总说出的话像机关枪,哒哒哒一连串,几乎将我逼到墙角,让我无路可退。

我却且退且战,想方设法予以回击:"陈总你不能这样,不能强人所难,你别逼我和我爸犯错误,反正这银行卡我绝对是不带的。"

陈总急了,他像蹑死一只蚂蚁一样,狠狠地掐灭夹在手指上的烟蒂,仿佛将满腔的不满发泄到那个无辜的烟蒂上,嘴里蹦出一串话:"王老师,你看你这话说的,真是十足的书生口气,没见过世面。我不是说了吗?眼下这社会是商品社会,哪里有办事不收钱的理?要说这点事是犯错误,那眼下这社会犯错误的人多了去了!要说这点事是犯错误,那你老爸王部长早就犯了！可我认为这点事压根就与错误不沾边。虽说施恩图报非君子，可还有一句知恩不报是小人呀！我托你父亲王部长办事，怎么能不报恩？"

见陈总情真意切，已有些生气，我口气软了下来，我说："俗话说人走茶凉，我父亲都退休了，他能帮你什么忙呢？陈总你太高估我父亲啦。"

陈总哧地从牙缝中挤出气，一脸不屑："王老师你大概是学问做多了，真是个书呆子，太不像你父亲啦！你不仅不像你父亲，还不相信你父亲，这太不应该了。你父亲是京城的部长，在官场经营了数十年，德高望重，人脉众多，虽然他已经退居二线，但在中国这个人情社会，我相信王部长就像一棵根深叶茂的大树，一时半会恐怕还摇不动，他肯定还有许多人脉和资源可以利用。何况中国还有句俗语，瘦死的骆驼比马大嘛！你不相信你父亲的能力，我可相信，而且是百分之百地相信。你就帮我将卡带给他吧，我得走了，我还有事呢。"话音刚落，他不由分说将那个装有银行卡的白色信封扔到我跟前的茶几上，转身便走。我像被烫着了似的从椅子上弹了起来，紧追几步抓住他的一只胳膊，心急火燎地说："陈总你可不能这样不能这样……"他却一把甩开了我，甩得我一个趔趄，急匆匆地开门而出，回头还扔下一句："明天八点半我派司机小李送你去高铁站！"说完，他咣的一声将我关在房间里。我追门而出，陈总却已经消失在酒店灯光昏暗的楼道里。

9

回到房间，陈总的短信如期而至——991818，显然，这应该是他留下的这张银行卡的密码。

我急忙打开陈总留下的那个白色信封，里面果然是一张崭新的银行卡，这张卡包在一张纸中，那张纸是银行的开户说明，写着陈总的名字和账号，金额是二十万元。也就是说，只要拿着这张银行卡，按照陈总刚才发来的密码，我就可以随便消费，或到自动取款机取款了。可此刻面对这张天上掉下的大馅饼，我不仅没有半点的喜悦和兴奋，反而惴惴不安、忧心如焚。这张银行卡像一座沉重的大山猛然间压在我的心头，让我心跳加快，呼吸急促，顿时感觉快透不过气来。

二十万元，对我来说可不是一个小数目，这差不多相当于我这位副研究员一年半的工资，是我平时五百四十多天辛勤工作才能得到的回报。可现在，我不费吹灰之力，这二十万元唾手可得。虽说陈总是送给我父亲的，但归根到底是属于我们家的，天下果真有这么好的事！难怪当今社会，那么多人挤破头都想当公务员，那么多人千方百计都想往官场钻。可官场之于我，并没有吸引力。我天生更喜欢干业务，渴望做学问的那份自由。可现在，这张原本与学问无关，也与我无关的银行卡落在我的手里，我的心瞬时像冷不丁爬进了千万只蚂蚁，痒酥酥火辣辣的，浑身上下都感觉不自在。我一时手足无措，左右为难，不知如何是好，一个人傻呆呆站在酒店的房间中，看着手中的那张银行卡发愣。

房间这时响起了门铃。我内心一惊，感觉像来了警察似的，赶紧收起银行卡，快速将它装进我的皮包里，内心揣摸着到底是谁来了，莫非陈总又回来了？

我警惕地问："谁呀？"

外面响起清脆的女声："我——小惠！"听声音倒是有点耳熟。

我又将眼睛凑近门板猫眼，警惕地朝外望了望，见果然是小惠，一颗悬着的心总算放了下来。

打开门，小惠一阵风一样扑了进来，还夹带着一股诱人的香水味儿。她一进门便像饿虎扑食似的，紧紧地搂住我，疯狂地吻我，两只活蹦乱跳的乳房紧紧地贴着我，不停地撩拨。要是换成以往抑或昨天，我肯定早就欲火烧身，霸王上弓，准备应战了。可现在，我竟然没有半点情绪，浑身像冰冻一样无动于衷。小惠却毫不理会，不停朝我身上拱，一边继续疯狂地吻我，仿佛要将我吃了。我且战且退，搂着她用尽全力将她按坐在床沿上，她误以为我将应战，满脸兴奋地伸手欲宽衣解带，双手却让我钳住了。

我摇着她的双臂问："小惠你别这样，你怎么又来了？你找我有什么事？"

听我这么说，小惠忽然停止闹腾，抬起头来，睁着迷人的眼睛疑惑地看着我，像刚刚认识我似的，樱桃小嘴终于蹦出话来："哟——王老师你怎么这么说话，难道咱俩是刚认识吗？你今天怎么像换了个人似的，你昨晚的疯狂劲头哪里去了？"她迷人的眼睛冒着问号，也闪出逼人的寒光。

我不敢直视她，赶紧将目光移开，尴尬地笑着。我敢肯定，这时候我的笑一定很难看，尤其是在一个年轻美丽的性感女子面前。我竭力回避着她既迷人又逼人的目光，索性站起身来，讪讪地说："小惠，对不起，我现在没情绪，今天的事……"不料我还没说完，小惠却哈哈哈哈地笑起来，笑得花枝乱颤、满屋生风，笑得"哎哟哎哟"捂着肚子直喊笑死我啦笑死我啦。她足足笑了有一分钟，末了她才停下来说："王老师你太逗了，怎么说你也算个男人吧？无论怎样，无论什么时候，男人就应该顶天立地，经得起大风大浪。真没想到今天山上的事，把你吓成这样，这哪里是男人应有的气概哟！哈哈哈哈……"

小惠的话，让我如坐针毡。我辩解说："小惠，你可别这么说，这压根就与男人不男人的扯不上关系。今天都摔死人了，难道这事还不够大吗？"

小惠寸步不让："今天的事，陈总不是给你摆平了吗？你还怕什么？告诉你吧，别看陈总不是个官，甚至连个股级芝麻官都不是，但只要在崀山这地盘上，陈总几乎没有办不到的事。他都明确告诉过你，今天的事他摆平了，王老师你还有什么不放心的呀？"

小惠这么说，让我一直惴惴不安的心里又多了一丝安慰，但一想起摔死的那位山民，我内心还是无法平静。不料小惠接下来说的话，让我原本不平静的内心又激起风浪。这时候小惠已经从床沿上站了起来，在屋里来回走动，边走边说："不过话说回来，今天这事要不是陈总给你挡着，为你摆平，恐怕这次你是逃不出崀山这地盘的。"她说得轻描淡写，却字字像重锤一样敲击着我的内心，让我原本松弛的神经瞬间又绷了起来，浑身每个细胞像鼓起的风帆一样高度紧张。

我沉默片刻，壮着胆问小惠："小惠，你快说说，今天这事后来情况怎么样了？陈总都是怎么摆平的？"

小惠注视着我，眼神意味深长，有些深不可测。她抿着嘴，故意欲言又止，站起身来踱了踱步，这才说："你还记得出事后你没命地跑，而我在后面没命地追的那阵吧？咱俩跑了没多久，我就发现后面有人在追咱们，我见大事不妙，边跑边掏出手机给陈总打电话求救。当你跑不动且被吓昏的时候，对方气势汹汹追上来了，是两位山民，幸好这时候陈总派出的人也赶来了，真是神兵天降啊，陈总真的太厉害啦！陈总派的人一位是景区工作人员，另一位是景区保安。这时候，那两位山民围住了咱俩，说他们那位兄弟是你害死的，讨要说法。景区管理人员却毫不客气，说钱都让你们收了，这都是有约在先，你情我愿的事，摔死了那是你们自己的事，替人烧龙头香本来就有风险，不然怎么一下子给了你们一万元呀？要没有风险，人家能给你们那么多钱吗？天底下没有这等好事！这番话说得理直气壮，只见那两位山民一时不知所措。但其中一个涨红了脸，说本来我们已经干了一个上午，又饿又累，需要休息的，可你们这位先生非得要我们那位兄弟继续干，这不是他的责任吗？景区管理员又理直气壮给怼了回去：你话可得说明白了，是人家逼你们那位兄弟干的吗？不是！人家只是许诺酬金加到一万元，你们那位兄弟完全可以不接这活啊，可谁让他接了？这不明摆着是你情我愿的事吗？接下活收了钱，理所当然就得替人家烧香，出了事也是你们自己的事，能怨别人吗？这话怼得那山民无话可说。可另一位山民说：哎呀，人家接下活，还不是因为家里穷，想多挣点辛苦钱吗？你们有所不知，我们的这位兄弟，母亲得了肺癌无钱医治，一直待在家里，妻子没有工作，他们家的两个孩子还在读书。可现在这位兄弟却摔死了，他家往后的日子可怎么过呀！说这话的那位山民又急又愁，好像说的是他们自家发生的事似的，我听了也心生同情。可这时候你已经被吓得不成人样了，陈总派来的后援人员又陆续到来，众人七手八脚将你连背带抬地抱上担架，而景区工作人员和保安却挡住并继续劝说那两位山民。我一边陪着被抬到担架上的你继续赶路，一边竖着耳朵关注后面的动静。只听见那位景区工作人员依然理直气壮地说：你们说的这些跟人家没有半点关系，天下穷人还多着呢，人家又不是开福利院或慈善堂的，没有义务救济，也救济不过来。我劝你们别闹了，赶紧回去。我可丑话说在前头，人家可是从北京来的大官，你们别得罪人家，不然没你们的好果子吃，没准龙头香也不让你们烧了！我因为陪着你下山，后来的事怎么样我就不知道了。但估计不会有什么事了，陈总不是说了吗？这事他已经摆平了。陈总的能量，我们公司谁都佩服。今天要是没有陈总，你真的会很麻烦，说不定真的回不了北京，所以王老师你真的得好好感谢陈总。"

小惠的这番话，让我像听天书一样，也让我仿佛看完一部情节惊险的惊悚大片，只听得我毛骨悚然，羞愧难当，脊背一阵阵发凉。我舔了舔干燥的嘴唇，咽了口唾液，对小惠说："小惠，谢谢你，也谢谢陈总。真没想到，这次来湖南老家烧龙头香，会惹出这么大的事，真是难为你和陈总了，真的谢谢啊！"

小惠莞尔一笑，意味深长地看着我："王老师，可别光将谢谢挂在嘴上，你怎么谢陈总，我不管，我只是想问，你到底要怎么谢我啊？"

我愣了一下，问："这个嘛……我还没想好，要不你说吧，你希望我怎么谢谢你？"

小惠说："你带我到北京吧，我愿意做你的情人。"

我说："你别开玩笑了，这个不现实。我因为是干部子弟，在北京是被纪委和公安部门监控的人，你不怕到北京被抓去坐牢啊？"我故意吓唬她。

小惠信以为真，听了眨巴着眼睛，直吐舌头，样子有几分可爱，还有几分滑稽。

我不忍心刺激她，安慰她说："你说点现实些的吧，你到底想让我怎么感谢你？"

小惠审视着我，噘着嘴说："你让我说，我说了你能做到吗？"

我答："你先说吧，只要能做到，我尽力而为。"

"那就太好啦！"话音刚落，小惠扑上前来，一把搂住我，疯狂吻我。她整个身体像燃烧的火把，浑身上下散发着热辣辣的气息，仿佛要把我点燃。她边吻边喃喃地对我说："眼看你明天就要走了，咱俩先玩一会儿吧，就像昨天晚上那样。要知道你昨天晚上有多么疯狂，简直就像一头公牛、一头雄狮一样，要多棒有多棒，爽死我啦，一点都不像我原先想象中文质彬彬的北京大学者……"

此刻她的样子近乎疯狂，我有些猝不及防，且战且退，极力想挣脱她。要不是被今天的意外惊着了，我肯定是投桃报李，求之不得，早就会像烈火干柴一样烧着了。可眼下，我就像一具僵尸，欲望和每一个细胞都是冰冻的，下身原本那活跃的家伙也像冬眠的蛇一样纹丝不动，情绪也依然处于冰点。我边挣扎边说:"小惠你别这样,真的别这样,谢谢你,对不起,我今天身体真的不舒服,没情绪。"我边说边用力推她,她冷不丁跌坐在床沿上。

小惠拉下脸,瞪着眼逼视着我,刚才千种娇媚、万种风情忽然消失殆尽,转而用冰冷的眼光抵着我,娇小的嘴里蹦出一串子弹:"王老师,你别敬酒不吃吃罚酒,这两天我没有亏待你吧,我连身子都给你了,你怎么这么不解风情。老实说,男人我经历多了,要说在崀山这地盘,我什么男人没尝过?我也就是看在你是北京来的大学者,又是高干子弟,想尝个鲜,不然你以为我稀罕男人啊。明天你就要走了,往后也不一定有机会见到你,再说这两天我一直陪伴着你,眼看就要告别了,你连再陪我一晚都不行吗?"

听小惠这么一说,我更是害怕,心想原来她真是个妓女啊,她什么男人都尝过、经历过了,她身上难道没有梅毒或艾滋病吗?这么一想我不寒而栗,肠子都快悔青了,真是后悔昨晚喝多了酒糊里糊涂与她鬼混。此刻面对她逼人的目光,我苦笑道:"小惠,真是对不起,我今天真的是身体不舒服,我……"

小惠二话不说,猛地从床沿上弹了起来,伸出一只手撩拨我的下身。我瞬间被惊呆了,像触了电似的,傻傻地站在房间里,下身任凭她怎么拨弄,都无动于衷。她生气地喷出来一句:"哼——真是个废物,气煞我啦!"她这话像刀剑一样直捅我的自尊,要知道天下男人最怕的就是被女人骂成废物,尤其是在事关性功能的问题上。我心生愤怒,却不知为何敢怒不敢言,甚至内心的怒也没敢流露在脸上,自个儿依然傻傻地站着。小惠见我像木头一样,大有恨铁不成钢的意味,她忽然像泄气的皮球一样跌坐在床沿上,先是叹着气,接着变戏法似的对我说:"算啦,你这么没用,我也不难为你啦。不过你明天要走了,这两天我陪你的费用,咱们俩得结算一下。"

她如此直截了当,大大出乎我的意料,也令我措手不及。我一时愣了,傻傻地问:"你……不是陈总派来陪伴我的吗?"

小惠说:"没错,是陈总派我来陪伴你的,可陈总并没有向我支付费用。"

我一时语塞，无言以对，心想这怎么可能？陈总到高铁站接我的时候，不是说让我放开吃、开心玩，想吃什么就吃什么，想怎么玩就怎么玩吗？他这么说难道不就是要尽地主之谊，尽情招待我吗？再说了，离开北京的时候我父亲不就说过，到了老家一切由陈总安排接待，不用我操心吗？内心虽然这么想，我却不敢说出来，更不敢问，也不便问。我总不能在这个时候，打电话问陈总吧，毕竟我与小惠鬼混的事是见不得人的，拿不到台面上，我怎么开得了口？再说自己玩女人却要找别人为你买单，这是很丢人的事，真要这么做还算个男人吗？这么一想，我表面虽然依然尴尬，内心却渐渐释然了，于是咽了口唾液问："小惠，你要我支付多少费用？"

小惠伸出手指比画，说："十万。"

我如雷轰顶："什么？十万！你不是开玩笑吧？"

小惠不动声色地说："我给你开什么玩笑，十万已经是优惠价了。"她确实不是开玩笑，与之前将近一天多的时间比，她像变了个人，原本的千娇百媚转瞬间已经跑得无影无踪，成了眼下的冷艳无情。她这个样子，简直是明目张胆地敲诈吧？这时候我记起中国的一句老话："最毒妇人心"。

此刻我内心怦怦直跳，耐着性子问："小惠，你说你不是开玩笑，那你说说这十万元是怎么算出来的？"

小惠索性坐到沙发上，交叉着双臂，跷起二郎腿，一脸不屑地审视着我，一字一句地说："王老师，别看你是京城的大学者，但看样子果真是未见过世面啊！好吧，既然你有所不知，那本小姐就明确告诉你。在崀山这方圆数十公里的地盘上，本小姐可是女子中的第一身价，每小时陪伴费一万元。你算算从昨天晚上开始到现在，本小姐陪你多少个小时了？不仅陪你睡觉陪你上山烧香，甚至还在今天你遇到危难时救护了你，你还有啥不满足的？本小姐用这么多时间全身心投入陪你，才要你十万块钱，这不是优惠是什么？难道你还觉得委屈？你好意思觉得委屈？"

小惠的这番话，既像一梭子弹哒哒哒击中了我，也像一团臭袜子塞进我的嘴里，让我好一阵眩晕，只感觉到既恶心又憋气。我极力镇定自己，捂着胸口喘了喘气，沉默了足足数分钟，这才强打精神，却还是垂头丧气地说:"小惠……对不起,我从没有经历过这样的事,你这么一说我整个人都感觉不好了,糊里糊涂,就算你说的都在理,那你也得等等,我这就打电话给陈总,问问他到底是不是这么回事。"

我正在手机上寻找陈总的电话号码,不料小惠却一个箭步冲上前来夺走我的手机,冷笑道:"王老师,你要是敢向陈总打电话说这回事,可别怪我不客气!"我惊恐地发现,她说出这番话的时候,她那双原本美丽迷人的眼睛已经露出了瘆人的凶光。

我有些恼怒,虽然我人生地不熟,但这地盘毕竟是我父亲的老家,这里有陈总等一大批我父亲的朋友,她一个小女子还能把我这么个男人给吃了不成?我强迫自己镇定下来,冷冷地问:"小惠,你想怎么样?你快把手机还我!"

我以为她还会没收我的手机,没想到她却爽快地还给我,却叉着腰甩着手,像教训孩子一样一字一句地警告说:"王老师,我可丑话说在前头!第一,你绝不许打电话向陈总说这事;第二,你现在就得用手机银行转账的方式将十万块钱划给我。否则到时候,嗯哼——本小姐可是有让你难受并且让你后悔莫及的果子吃!"

我说:"你到底想怎么样?"我猜不出她葫芦里到底卖的什么药,更想象不出她一个小女子到底还能有什么绝招,莫非她身上此刻藏着刀枪要将我置于死地?但这种猜测很快被我否定了。我以为她是故弄玄虚,便壮着胆子说:"小惠,你别闹了,我早就看出来,你无非就是想吓唬我弄几个钱花。实话说吧,给你点钱可以,但你狮子大开口要十万元,别想了,门都没有!再说我哪里有那么多钱?"

小惠听罢一声冷笑,然后不动声色地向我甩出底牌:"王老师,既然你这么说,我就不跟你绕弯弯了。跟你直说了吧,昨晚咱俩做爱的视频……嗯哼,早已经掌握在我的手里。十万块钱到底给不给,你自己好好掂量掂量吧——嗯哼!"说完,她一屁股坐到了沙发上,又交叉着双臂跷起了二郎腿,微笑着看着我,之后是一副洋洋自得爱理不理的样子。

我像瞬间被击中七寸的蛇,脑袋一下子耷拉下来,只感觉忽然间天旋地转,整个人昏昏沉沉,半天缓不过神。我知道自己遇到大麻烦了,内心又气又急,眼看着小惠此刻趾高气扬的样子,真恨不得扑上前去将她一把掐死。但理智却像开春的安塞腰鼓，一阵紧似一阵地敲打着我，让我极力转动着大脑的神经寻找着解围的对策。

大约沉默了一分钟，我才厘清了利弊，逐渐理出了头绪。我苦笑着，缓和口气说："嘿嘿小惠，你让我刮目相看，我真的没想到你这位外貌漂亮迷人的小女子如此厉害，真让我长见识了。好吧，算我倒霉，我愿赌服输。但俗话说一日夫妻百日恩，看在咱俩已经……已经有过肉体之交的面上，你放我一马，少要些钱，因为我确实也没有这么多钱。来日方长，咱们交个朋友，以后有什么用得着我的时候，我再尽可能想办法帮助你，好吗？"

不料小惠哼的一声，冷笑道："王老师，你说的比唱的还好听，以后帮忙什么的，多么熟悉的承诺啊，可惜这种话我听得多了，全是你们男人花言巧语、无法兑现的鬼话！你说你没钱，你父亲是北京部级高干，你自己是北京的大学者，家里连十万元都没有？鬼才相信！我没时间跟你废话了，我只问你最后一句：十万元你到底给不给？"说完她霍地站起来，大有一副不答应就将会大打出手的架势。

看着她凶神恶煞的样子，我不免心虚，却也极力辩解："小惠，我……我现在上哪儿给你弄十万元呀？"

小惠抢白道："我刚才不是说过了吗？你把手机银行打开，从手机银行给我转账。"她逼视着我。

我仍在犹豫，感觉她这样子简直就是讹诈，内心翻江倒海，悲愤交加，却不能报警，甚至连给这次全程安排接待我的陈总打电话的勇气都没有。想到小惠说的昨晚我与她鬼混的视频，我懊恼不已，无比羞愧，真的是一失足成千古恨呀，此刻我连死的心都有了。

小惠见我依然磨蹭，催促道："你到底给不给？你要真是不给，也行，只要你不怕后悔，我走啦——"说完起身欲走。

我的神经被猛地扯了一下，瞬间紧张起来，急忙拦住她："小惠你等等，我真的没那么多钱，不信我打开网银给你看看——"我边说边拿出手机，快速地刷着手机页面，打开网银。我忽然变得像个听话的乖孩子，极力想在家长或老师面前表现自己，唯恐表现不好被家长或老师挑出毛病。当我意识到自己这种近乎变态的转变，我敢发誓我是百分之百地瞧不起自己痛恨自己，可此刻我已经身不由己，我卑贱的身体与依然渴望高贵的灵魂高度分离。很快，我就打开了自己工行的网银，我的账户存款总数显示数为68470元。我将手机页面展示给小惠，小惠睁大眼睛，看了又看，她那长长的睫毛一下接一下，忽闪忽闪。看了一会儿，她索性夺过我的手机，检查了网银页面，此刻她原本美丽的双眉已经扭曲成了蚯蚓，明亮的双眸探照灯一样转向了我："你堂堂的大学者，我不信你就只有这点存款，你还有其他网银吧？"她满脸疑惑，显然难以置信。

此刻我已经一脸平静。我说："我只有一个工资账户，不信你检查一下我的手机，看看上面是否有其他网银。"

小惠依然满脸疑惑，除了摇头，还是摇头："不可能，不可能，我就是不信！"

我依然像个诚实的孩子，唯恐她不信，索性如实汇报："我的工资收入，每月扣除住房公积金等各种费用，实发不到一万元。我儿子在美国留学，妻子辞职到美国陪读，每年的费用折合成人民币需要五六十万元。假如没有我父母接济，我根本就供不起他们在美国的这笔费用。我在北京其实是个十足的穷光蛋！"说这番话的时候，我感觉自己一脸苦相，简直是掏心掏肺，将自己的家底全盘托出了。此刻我的心情无异于恋人求爱的一方向另一方坦诚表白。

小惠几乎像听天书一样，听完了捂着嘴，笑得花枝乱颤。她笑了足足有一分钟，边笑边说："堂堂的北京大学者，外加堂堂的部长公子，每月就挣这么点钱，真是笑死我啦，简直是不可思议！王老师，我跟你说，你挣这么点钱还干个什么鬼呀，简直让人笑掉大牙，赶紧辞职吧。我跟你说，你的月工资收入还不如我每月挣的一个零头呢！哎呀真是的……好吧，算我倒霉，碰上你这么个穷光蛋！这样吧，看在咱俩昨晚亲热的分上，你这点钱我也不全要。俗话说六六顺，你现在给我转66000元，我给你留点零花钱，这零花钱连同其他欠款，我都不要了，算我送给你。我还是挺够意思的吧？哈哈哈！"

她这么说，我多少有些意外，甚至有几分惊喜，毕竟她也手下留情了。我想尽快搬开压在我心头的大石，于是赶忙母鸡啄食般不住点头："好的好的，我这就转，请你告诉我账号。"

依着小惠的指导，66000元很快转完了。小惠看着自己手机银行的到账信息，像一朵盛开的花一样美美地笑了，然而此刻她在我看来笑得很丑陋，像开裂的榴莲，已经没有半点可爱的神韵，反而有几分狰狞。

她离开的时候，忽然扑上前来搂住我，吧唧一声很响地亲了我一口，又趴在我耳根说："谢谢你王老师！其实我压根就没有拍摄咱俩的性爱视频，今晚你尽可以放心睡大觉，嘻嘻嘻……"还没等我反应过来，她又一把推开我，猫一样躲开，嬉皮笑脸地冲我摆了摆手，嗲声嗲气地扔下一句"拜拜"，然后夺门而出。她随手带上的门吭的一声将我狠狠地关在了屋里。我的心为之一震，只感觉房门的那一声巨响像一记响亮的耳光，狠狠地扇在我脸上，扇得我眼冒金星六神无主，我只感觉到自己的脸上热辣辣的……

10

小惠走后，我一夜未眠，如潮的烦恼和忧愁像黑夜一样笼罩着我，以至于第二天陈总的司机小李开车到酒店接我，我依然昏昏沉沉，似睡非睡，似梦非梦。我不知道自己是如何离开崀山回到北京的，反正只感觉自己一路上糊里糊涂，似乎一直都在做梦，而且是一直在做噩梦。

这次湖南之行的遭遇让我惊魂未定，返程的路上一直心有余悸。虽然使出浑身解数好不容易挣脱了小惠的纠缠，可我清醒地感觉到自己依然无法脱离噩梦。龙头山上那个替我烧香不慎坠崖的山民，陈总委托的事和他强行塞给我的那张二十万元的银行卡，还有小惠说的真假难辨的性爱视频……所有这些像一块块大石压在我的心头，让我感觉到异常压抑，情绪低落，呼吸困难。那一块块大石无一不像魔咒一样紧紧缠绕着我，如影随形，让我想挣挣不脱，想逃逃不掉。想起此次湖南之行的初衷，我在内心深处一遍遍祈求佛祖神灵，祈求他们快快显灵保佑我和我的家人。我想，假若龙头香真的像自古以来世人传说的那么灵验，佛祖和神灵理应保佑我和我的家人才是。毕竟我不辞劳苦，千里迢迢专程从北京来到湖南崀山，还花了一万元重金雇山民替我攀岩烧龙头香，如此虔诚，没有功劳也有苦劳吧？至于那个不慎坠崖的山民，并非我故意所为，尽管我迄今对他的不幸深感内疚并深深同情，可说到底坠崖也是那山民自己的责任吧？

走出首都机场，我上了一辆出租车。司机是个心气颇高但精明能干的小伙子，典型的北京侃爷，我一上车他便高谈阔论牢骚满腹。他说雍和宫那边这几天真是别提了，乌泱乌泱全是人，拥挤得像粪坑里的蛆一样，闹得周边几条街都堵死了，简直是没法走。爷就闹不明白，那么多人为啥就非得上雍和宫烧香？不仅北京人，就连外地五湖四海的人几乎都来了，有的还拖家带口，七大姑八大姨的。昨天我到首都机场接客人，一对内蒙古赤峰那边来的男女一上车就说要去雍和宫，爷一听头都大了，爷告诉他们雍和宫那边根本就无法走车，爷只能将你们送到小街桥，完了你们下车往南走，一站地就到了。不料那男的不干，非得让爷开车送到雍和宫，不然就投诉爷拒载。爷一听火了，立马将他俩轰下车。都什么人呀，一点儿都不讲道理，动不动就拿拒载说事，有本事你投诉去，爷不怕！再说了，那对狗男女一看就不是什么好鸟，一大一小年龄相差那么多，还黏黏糊糊腻腻歪歪的，一看就不像夫妻，俩人偷鸡摸狗还大老远跑到北京雍和宫来烧香，太可笑了！佛祖要是连他们这样的人都保佑，简直是瞎了眼啦！

原本是疲惫不堪、晕晕乎乎的我，忽然间被司机这一番话震了一下。我禁不住问："师傅，那你相信佛祖、相信神灵吗？"

司机说："我不信，但也不反对别人信。我觉得不管什么人，平时心地善良、遵纪守法、积德行善比什么都重要。一个人平时要是蛮不讲理为非作歹，却装模作样非要去烧香拜佛，那不是很可笑吗？也太虚伪了吧？佛祖神灵怎能保佑这样的人？要连这种人都保佑，这个世界不都乱套啦？"

他这句话像针一样扎痛了我，也让我浑身一激灵，精神又为之一振——他这话在理呀！我这个所谓的哲学家，怎么就没有想到这一层呢？都说高手在民间，的确如此，我还终日忙忙碌碌假模假式做什么学问，真是太惭愧了！此时此刻，我感觉到脸上火辣辣的，像被无数只马蜂蛰了一样。

车在高速路行进，这位年轻司机的话让我无言以对，我心乱如麻。司机却并不在乎我是否回应，也不在乎我是否愿意继续听，他说话的欲望像开了闸的阀门，话语流水般滔滔不绝。他的车开得飞快，还左闪右躲，不断超车，不断在车流中穿梭。他边开车边不停地说："你看爷的车开得飞快吧，不过你尽可以一百个放心，爷技术好着呢。2014年北京开APEC会议那阵，全市举行技术比武，为会议选拔司机，爷拿了个全市第三，牛吧？其实，爷开车纯粹是玩，爷开车敢在拥挤的车流中左右穿梭不断超车，还让你坐在车上没啥感觉，能把车开到这个份上有几个做得到？可我能。只要我开车，车就得听我的，我想让他干啥它就得干啥，想让它走东它绝不可以走西。说到底，车就像人一样，只要你摸准了它的脾气，驯服它，驾驭它，它就得老老实实听你的。爷毕竟车龄都十四年了，车还能开得不好？哧——不可能吧！别看爷还是个80后，可经历一点不比别人少。爷早年参加过业余赛车，踢过足球，还当过国安二队的足球队员。父亲早先在北京防疫站工作，母亲在一家不错的国企，爷打小家庭条件还马马虎虎，说得过去。不瞒你说，爷天生睡眠少，却喜欢开车。爷平时每天只睡五个小时，却从不犯困，也从未出过事故，牛吧？爷绝非吹牛，爷只要开上车就像打了鸡血似的，两个字：高兴！不仅如此，爷还喜欢开快车、超车，为啥呢？快车和超车才能展现你的技术呀，不是吗？"

说到这儿，他侧过脸望我一眼，得意地笑。"跟你说吧，别看爷只是一名司机，也仅仅是个80后，可爷如今啥都不缺。爷已经是两个孩子的父亲，爷每天负责接送两个孩子上幼儿园，每天还都赶回家做饭。爷除了喜欢开车，还喜欢做饭炒菜，而且做得一手好菜，牛吧？爷也不让媳妇上班，甚至不让媳妇干家务——干啥呢？啥也不干。爷的媳妇是朋友介绍的，她当初一见面就与爷对上眼了。娶了她，供着她，爷愿意。既然爷娶她为妻，就得一心一意爱她，宠她。真正的男人就该宠媳妇是不是？不然你娶她干吗呢？"

尽管旅途跋涉，让我已经身心疲惫，但这司机口若悬河，滔滔不绝，而且时不时口出妙语，忽然让我刮目相看，也让我感到自愧不如。联想到我妻儿目前在美国留学却依靠父母资助供养，此次回湖南老家我还鬼使神差与小惠鬼混，我忽然感到无地自容。

幸好司机丝毫体会不到我此刻内心的波澜，他依然目光专注地凝视前方，继续边飞速开车，边侃侃而谈，他的声音和妙语锦句不时在我的耳边回响，也在我的脑海盘旋——

他说：不瞒你说，爷家里有四套房，而且都在四环以内。爷根本就不缺钱，钱是王八蛋，没了就赚。

他说：人跟人没可比性，家教、环境、经历都不一样，怎么比？要比只能跟自个儿比，你自己今年是否比去年强？

他说：这世界上各人有各人的活法，谁也不比谁强多少，你现在牛，可你能保证老是第一、老是牛吗？

他说：男人就该负起责任，对妻子、孩子、父母的责任，没责任感，整天在外头瞎逛荡、吃喝嫖赌的男人还能叫男人吗？

他说：人必须有脑子，可这社会有些人偏偏没脑子，只糊里糊涂活着。

他说：有时候我也与哥们聚，可我从来不喝酒，我不喜欢酒，也不抽烟。再说我是职业司机，怎么能够喝酒？脑子进水的人才会开车喝酒呢！

……

司机路上这一连串的话，对我来说可谓醍醐灌顶，既让我脑洞大开，也让我思索良久。以往，我一直自视清高，很少与底层百姓接触，以为底层百姓没文化，缺教养，其实高手果真在民间，数量庞大的底层原来也是藏龙卧虎的大海呀！

我不禁为自己过往的无知和清高而深深羞愧……

11

我回到北京的家的时候，已经是国庆长假的十月五日下午三点。

见我进门，父亲母亲和奶奶欢天喜地地迎上前来，嘘寒问暖，他们最关心的当然是我这次回湖南老家烧龙头香的事。比方说，他们问我一路是否顺利，陈总接待得怎么样，哪天上山的，当天的天气好不好，几点烧的香，花了多少钱雇人家烧香等等，事无巨细，我都一一作答，当然不是如实禀告。我所雇山民意外坠崖和我与小惠鬼混并被她敲诈66000元这些事，我当然没说，也不能说。

在得到我的一一答复之后，母亲的脸上像逢年过节一样流光溢彩，奶奶皱巴的脸也笑成了寿菊，父亲则微笑着点了点头，一脸满意。显然，家长们都为我此次能够完成他们的重托而欣慰，仿佛没有我这次的老家之行，他们就将冒犯佛祖神灵，并且将会得到佛祖和神灵的惩罚。

当家里回归安静的时候，我趁奶奶和母亲不在意，悄悄拉着父亲走进他的书房，将离开湖南老家时陈总委托的事全盘托出，并将那张陈总给的存有二十万元的银行卡交给父亲，再三强调这张银行卡并非我有意接收，是陈总强行留在酒店房间而我又没时间退还他的。同时我还向父亲强调，陈总这次对我招待得很好，他的企业发展得不错，正雄心勃勃想扩大规模，他想继续争取扶贫资金专项贷款的愿望非常迫切，包括他想当省人大代表或省政协委员的事，请父亲尽可能想办法帮助他。虽然父亲官居副部级，可在以前我从不找他办事，也从不过问或干预他为别人办事，这一次我却一反常态，迫切希望父亲能满足陈总的请求，设法助他一臂之力，而且迫切希望父亲对陈总这两件事的帮助最终都能取得成功。这大概与我这次在湖南老家所经历的波折与所冒的风险有关，虽然事情已经过去，可我至今仍然心有余悸，我希望父亲对陈总的帮助能进一步抹去我这次回湖南老家的不愉快记忆。

父亲听着我的陈述，一会儿点头，一会儿摇头，末了感叹说："陈总托的这两件事，恐怕都不大好办啊。俗话说人走茶凉，我都退下来了，如今再找人家办事，人家还能买我的账吗？"

他这么说，我有些着急，生怕他一上来就拒绝或不当回事。我赶忙说："爸，你说的不是没有道理，可还有另一句俗话叫瘦死的骆驼比马大。不管怎样，你退下来不久，关系还在，人脉也广。你在位这么多年，为别人办了那么多事，这个社会虽然有过河拆桥的人，可知恩必报的人也还不少。你现在请人家帮忙，人家不看僧面也得看佛面。再说了，陈总是你在湖南老家最亲近也最信任的人之一，此次我回去也是你让他全程接待我的，眼下他有求于你，这个忙要是不帮，恐怕说不过去吧？"我边说边加重语气，想一步步促使父亲下决心帮助陈总。

父亲见我心情比陈总都迫切，更由于父亲与陈总关系特殊，他沉吟片刻，终于点了点头说："王兴，你说的也对。陈总委托的这两件事，容我想想办法吧。"

见父亲终于表态，我悬在半空的心总算重新落地，内心不禁窃喜，同时又提醒父亲："爸，陈总给的这张银行卡，存了二十万，他说是请你办这两件事的费用。"我说着欲将银行卡递给父亲。

不料父亲抬手将我挡回，说："拉倒吧，我找人家帮忙办事，难道还需要钱吗？别寒碜我啦！"

我提醒他："爸，你不是说自己已经退下来了吗？现在托人家办事与过去托人家办事，或许已经不大一样了。"我之所以这么说，一是担心父亲现在已经没有实权了，即便人家答应帮忙办事，可能也不会像先前那么痛快，需要用钱开路。二是我迫切希望钱与人情的结合能成为双保险，托人家办事成功率会更高些。

不料父亲像忽然被我揭了短似的，他不耐烦地横了我一眼，使劲挥了挥手："哎呀你别烦我啦，我说过不要就不要！"我明白了，父亲态度如此坚决，大概是因为刚退下来未适应角色转换。想想他在位的时候，他只习惯别人找他办事送礼送钱，他找别人办事哪里还要这个环节？打个招呼就是了，他潜意识中可能还没有送礼送钱这一回事。其实他有所不知，他许多人脉的情来礼往，都是我母亲为他打点，谁该回礼谁不该回礼，谁该送礼谁不必送礼，全都是我母亲为他包办。在这一点上，我父亲简直是个礼盲，他以为自己官至副部级，是凭自己的本事干出来的？咻，拉倒吧！要没有我姥爷的背景和我母亲这么多年的苦心经营，哪有我父亲的今天？

我说："那这张银行卡该怎么办？要不我设法给陈总退回去？"

父亲犹豫了一下，说："要不，还是交给你妈处理吧。"

我说："这张卡要交给我妈，我妈肯定就收下了，这不合适吧？我单独告诉你就是不想让我妈知道，我妈太贪心，早晚会惹事的。"

父亲不满地瞪我一眼，显然他不愿意我这个做儿子的这么说他的妻子。可他又不赞同现在就将这张银行卡退给陈总，这大概是因为他觉得这样会太伤陈总的面子吧，要不就是感觉我对他的提醒是对的，他现在托人家办事跟自己在位时可能真的不一样，说不定真需要花钱。于是他沉吟片刻，对我说："算了，这张卡暂且放在你那里吧，我先设法找关系，看能否将陈总这两件事都办了。等需要用钱的时候，我再跟你说。"

父亲这个主意让我很是佩服，毕竟是当过副部长的，考虑问题就是细致周全。

12

父亲果真信守诺言，国庆节之后，他紧锣密鼓地寻找各种关系，全力为陈总托办的两件事忙碌，事情确实有了不同程度的进展。

大约过了十天，父亲亲口对我说，他已经分别找了有关领导，两件事人家都答应会尽全力设法帮助解决，只是事情不会那么快，需要时间。何况依照惯例，省一级的人大代表需要下一级的人民代表大会选举产生；省政协委员候选人，需要再过一段时间推荐才能确定。只是按照规定，人大代表和政协委员不能同时兼任，只能选择一种。按照陈总的意思，他想获得一定程度的法律豁免权，那就只能选择当人大代表，因为政协委员是没有豁免权的。

父亲将这个消息告诉我的时候，脸色红润，容光焕发，显然掩饰不住内心的喜悦。看样子他在为自己没有因为退下来被人家冷落而欣慰。更何况，父亲找人家办事，也还没有提到要花钱送礼的事。

我兴奋地说："爸，那就帮助陈总争取当上省级人大代表吧。陈总主要就是希望能够获得一定程度的法律豁免权。"

父亲点了点头，表示赞同。

没过多久，事情又取得了进展。某天，父亲又告诉我，陈总作为湖南省省级人大代表候选人向省里推荐的事，崀山县的上级市已经基本敲定。只是最终能否当选，还需要下一级人民代表大会选举确定。

在获得这个消息之后，我第一时间给陈总打电话告知情况，并提醒他必要时那边也得做做工作。陈总听后很兴奋，连连道谢，并说你和王部长放心，只要能进入候选人行列，选举之前我在老家这边自有办法。既然他这么说，我自然也很高兴，心想有上下两方面的配合，陈总当省级人大代表的事看样子大有希望。

时光像流水一样缓缓流逝。

转眼就到了年底，全国各地正纷纷召开地方两会，举行地方选举。正当我和父亲满怀信心期待陈总的好消息时，风云突变。

那天晚上十一点，我已经上床准备睡觉，手机铃声急促地响起，一阵急似一阵。这么晚还打手机，到底是谁啊？我有些纳闷，也有些不快，以为是骚扰电话呢。拿起手机正想按拒接键，发现屏幕显示的是陈新贵即陈总的名字，我迅即按下通话键。

我问："陈总好！这么晚了还来电话，是不是报喜来了？"

陈总说："哎呀王老师，恰恰相反，我捅娄子了，惹下了大麻烦，恳求你和王部长尽快想想办法帮帮我！"

我一惊，忙问："到底出了什么事？"

陈总一五一十地告诉了我。原来这几天崀山县的上级即地级市召开两会，他利用会议间隙在人大代表驻地四处活动，请客送礼，找关系拉选票，不料被人举报到市纪委和省纪委，据说省、市两级纪委已经成立专案组正在追查。说完事情的来龙去脉，陈总以急促且近乎颤抖的声音恳求我："王老师，恳求你尽快同王部长说说，让他找找关系设法阻止省、市两级纪委的调查，不然我麻烦可就大了！需要钱打关系，你们尽管说，我会全力以赴不惜代价！"陈总说这番话的时候，全无我在湖南老家与他见面时的那点神气，印象中他那种趾高气扬无所不能的牛气荡然无存，连我听了都内心发凉。

我只能尽力安慰："陈总，你先别着急，这事我会同父亲说，请他想想办法帮助你。"

陈总在电话那边千恩万谢，说什么只要你和王部长设法帮助我渡过难关，日后必定重谢，并且将永生铭记你们的大恩大德……反正他是恨不得掏心掏肺，把所有能想到的感谢话语都通通说了个遍。我告诉他你先别客气，也不用谢，反正我和父亲会先全力想办法，有什么情况咱们再及时电话沟通。

第二天一早，当我将昨晚陈总电话中说的情况告诉父亲，并请父亲设法帮助陈总时，父亲唰地拉下脸，表情严肃凝重。父亲说："这事非同小可，可不比一般的事情找找关系就能摆平，毕竟这已经触犯纪律甚至已经违法。何况选举是敏感事件，当前又是反腐倡廉的敏感时期，这事根本就无从入手，也无法帮忙。唉，这个陈新贵是怎么搞的，这回真是捅下大娄子了，恐怕真的会有大麻烦！"说完，父亲唉的一声，长长地叹了一口气。

我的心像被压上了一块大石。

沉默片刻，我仍不甘心，焦急地问父亲："爸，这事难道就真的没办法了吗？"

父亲盯着我，依然是一脸沉重，一脸严肃。他说："我不是说了吗？这事本身就太敏感，又出在当前反腐倡廉的敏感时期，很棘手，真的无从下手。都有人举报了，你还去找纪委过问，甚至还想阻挠，让纪委高抬贵手，那不是笑话吗？那不等于自投罗网撞到枪口上啊！陈新贵做事也太鲁莽、太张扬了，选举拉票的事，怎么能够大张旗鼓，公开请客送礼呢？他……他这是作茧自缚、自掘坟墓嘛！"父亲越说越冲动，说完又是唉的一声，长吁短叹，不停摇头。

父亲话已经说到这个份上，显然帮助陈总的路已经被堵死了。父亲说的也确实在理，让我无话可说。我忽然记起前些天向陈总透露有关方面已经将他列入省级人大代表候选人时，提醒他在那边选举前也设法做做工作的事，现在想来极其后悔。虽说陈总在此次选举中捅了娄子的事与我对他的提醒没有必然联系，更不是因果关系，说到底是陈总自己做事张扬考虑不周所致，但至少我是这事的始作俑者，不过这事我没向父亲说过。

眼看着陈总出事我又无法伸出援手，我又急又悔，内心像忽然间爬进千万只蚂蚁，我终日焦躁不已、寝食不安，就连上班也时常心神不定，浑浑噩噩，惹得同事时常投来异样的目光。

事情果真被父亲不幸言中。就在我同父亲商量对策无果的当天晚上，从湖南方面传来消息，崀山县上级市人代会期间有人举报贿选，某民营公司的法人代表陈新贵等人被立案调查。当我从网上看到这则新闻时，心头像被针狠狠地扎了一下，既疼痛又紧张。而当我忧心忡忡地将这则消息转告父亲时，父亲像触电般整个儿愣了，嘴巴张得老大，两只浑浊的眼睛睁了好半天，久久说不出话来。父亲的这种表情像瘟疫一样，很快传递给在场的母亲、奶奶，她们也都像触电一样，一个个也都愣了，老半天说不出话来。原本整天喜气盈门的我们家忽然间像遭了瘟疫，瞬间便丧失了生机。

之后的日子，平时开朗健谈的父亲变得沉默寡言，整天心事重重、忧心忡忡，母亲和奶奶见状也都大声不敢说大气不敢出，唯恐不小心惹恼了父亲。而我的心情一点不比父亲好，每天都感觉心头像压着一块大石，心情沉重，呼吸困难，也不爱说话，上班时连同事跟我打招呼我都没心情搭理，做什么都丧失了热情，只是机械应对，敷衍了事。我担心陈总被调查的事最终会牵涉到我，或许还会牵涉到我父亲和我们全家，所以夜深人静时，我时常联想到国庆节去湖南崀山烧龙头香的情景，一次次遥望南方的崀山，一次次双手合十祈求崀山的佛祖神灵快快显灵，保佑我和我的家人免遭灾祸，平安无事。与此同时，我也在内心深处一次又一次祈求陈总，希望他接受调查时能顶住压力，千万别交代此次贿选之外的更多细节和事宜，以免牵涉到我和我的父亲乃至我们全家。

然而，是福不是祸，是祸躲不过。

事情果真向着我担心的方面不断演进。

不到一个月时间，我所在单位的上级纪委约我谈话，问我是否曾经收受湖南某地一民营企业家一张数额二十万元的银行卡。这突如其来的打击让我措手不及，面对纪检人员的讯问，我双腿发软，浑身颤抖，根本没有任何抵抗的勇气，立马将那张二十万元银行卡的来龙去脉和盘托出、如实交代。

同一天，我父亲也被中纪委立案调查。

接踵而至的打击让我精神瞬间全线崩溃，眼前的世界突然电闪雷鸣风雨交加地动山摇，我脊背发凉浑身哆嗦。

此时此刻，我分明感觉到自己家庭的行将毁灭和世界末日的即将降临……

原载《长城》2019年第4期

吴 君

前方一百米

1

蜜月还没有度完,陈俊生便接到了深圳的电话。当时齐彩霞正穿着一件吊带的睡衣拉着穿戴整齐的陈俊生到了窗前,像是第一次见到窗花那样,她指着其中最凌乱的一处,歪了头问陈俊生像什么。这样的东西,陈俊生从小到大看得不爱再看,农村人齐彩霞也一样,可是他还是不想扫齐彩霞的兴,说,树,松树吧。齐彩霞摇头。陈俊生反问,那你说像什么?

齐彩霞答非所问起来,如果我讲出来,您能理解吗?

电话是这个时候打进来的,有一瞬间,陈俊生觉得是种解脱,他至少不用去面对齐彩霞那些幼稚的问题了。

想不到,电话是罗阿芳打来的。她像一般朋友那样,客气了两句就说庄培业要跟你讲,随后便把电话交到了身边的庄培业手上,吓得电话这边的陈俊生魂都要掉了。他感觉自己不像是接电话,而是接电线,脚尖和牙齿都在打战。

放下手机，陈俊生像是从半空中被人解救下来，身上的每块肌肉都无比自在，他感慨这真是一个绝处逢生的早晨。陈俊生眼睛放着奇光，似乎从牢里放出来的不是庄培业，而是他自己。压在心里的大石头拿掉了，之前的担心都将不复存在。这一刻，陈俊生开心得想要跳起来了。他听得出庄培业说的不是假话，如罗阿芳所讲，庄培业从来都是这么感性，天真地相信一切，像个孩子，多愁善感，甚至不像个广东人，感动的时候痛哭流涕，这些都是罗阿芳告诉他的。罗阿芳说，她就是因为这个才跟的庄培业，她可怜他。要知道这样的男人，在广东还是很少很少。

接下来，陈俊生一扫之前的阴霾，走路也变得有了神气，他故意让皮鞋的后跟先着地，使其在石板上摩擦出嚓嚓的声响。他先是惹得外屋的妹妹停下手里的事情，开始暗中观察他。陈俊生眼里已经没有了别人，他回味着庄培业电话里的内容，每一句都是他要的。陈俊生甚至觉得与他有肌肤之亲的不是罗阿芳，而是庄培业。他是那么懂得自己的需求。如果庄培业此刻在他的面前，陈俊生最想抱住这个男人，亲上一口。电话来得太及时了，正是陈俊生难受的时候。

都已经10点了，他看了两次表。坐在椅子上发了一小会的呆，他还是觉得不真实，不真实。陈俊生竟然狠狠地掐了下自己的手背，可不仅不痛，还有那种酥麻的快感。是的，太好了。陈俊生高涨的情绪已经灌满了整个肺腑，连呼吸都觉得困难重重。于是他又认真地去看了看外面的柴垛和黑乎乎的院子，希望大风可以吹醒自己。而风只是让陈俊生更加眩晕，不能平静。

他见了自己门前堆着一些旧物时，也没有生气，那是被临时清理出来的杂物，显然过一阵是要放回原地的。此刻的陈俊生觉得真是无所谓，那又怎样呢，反正自己也没有打算过长住，家里人这么想可以理解。他记得庄培业在电话里有些哽咽，说这两年店里给了你这么少的工资，换作别人已经跑了，罗阿芳跟我说过，如果没有你，我们这个店早没有了。

这边的陈俊生虽然也激动得出现了耳鸣和颤抖，可他还是尽量控制着声音和语速，你客气了你客气了，这是应该的应该的。

庄培业听了很着急，发起火来，兄弟，我不想听你说这些场面上的话，你给我听好，我不仅要给你补发工资，还要重重地奖励，只要你回来，我们就可以转型做培训，你出力，我出钱。

陈俊生以为可以拖两天再说，他想把这种兴奋的感觉放在心里，让自己变得有城府一些，可他还是忍不住了，在地上转了两圈后，见齐彩霞也在看他，于是他干脆停下，把椅子拖到床前，让重新回到被子里的齐彩霞起来，说有事要讲。齐彩霞伸出手，想拉陈俊生。陈俊生不说话，指了指自己的衣服和门。齐彩霞只好爬起来。陈俊生帮着对方披上一件衣服后，便郑重其事地说到了回深圳的事。全部说完，他发现齐彩霞没有接一句话。陈俊生本以为齐彩霞也会像他一样开心，比如紧紧抱着他，吻他。想不到，刚才还一脸笑容的齐彩霞脸僵在原处，然后又慢慢地冷了下来。实在太意外了，陈俊生根本没有想到会这样，接下来，他和齐彩霞都显得有些尴尬，站、坐都不是，仿佛前些天他们从未说过情话，甚至连这间屋子都不是自己的。

陈俊生站起来，走到窗口处，掏出烟抽了起来，脸对着外面的雪地。他清楚身后的齐彩霞正在看着他，直到把他的双肩和后背都看得越发冰冷酸痛。

作为齐彩霞曾经的老师，陈俊生没有想过齐彩霞是这个态度，有种被闪了一下的感觉，甚至他认为是罗阿芳之后，他再次受到的捉弄。

从小到大陈俊生都算得上是个聪明人，吹拉弹唱无师自通，方圆百里没有人不认识。不仅如此，陈俊生的身段还特别柔软，不仅可以像女人那样下腰，他的一双手细腻白嫩，可以自由地弯来弯去，连男人都忍不住会多看两眼。陈俊生说话的时候，喜欢带上手势，不同于村里人，用当下的话说就是娘娘腔。塔河的老人们教育孩子时会说，这就是游手好闲、好吃懒做的二流子嘛，哪个农村人不会种地啊，老人们提醒女孩子要远离这样的男人。当然，这些话都是背后说的，陈俊生只能凭感觉，明白村里人的态度。可是又有什么所谓呢，就是一帮农村人。陈俊生被塔河人说来说去很多年，直到他考进了师专，又到了县里的职业艺校当老师，村里人才算是闭了嘴，不好再议论陈俊生。因为有了这样的一个身份，陈俊生的地位一下子不同了，村里人老师老师地叫着，不仅是他有面子，家里人也跟着体面，妹妹的婚事也有了眉目。陈俊生的父母人前装作不在乎，可做梦都会笑出声。陈俊生的母亲尤其喜欢显摆,她的方式比较特别,她总是故作谦虚地说,从小到大,也学不会种地,连木工瓦工啥的也不会,一天到晚读书,没办法,只能当个教书匠,别的本事都没有。

村里人再笨也听出来这话分明是用于气人的,从鼻子里哼了声,翻着白眼扭过脸,他们懒得再看这爱嘚瑟的一家人。当然,不搭理归不搭理,塔河人的审美的确有些特别,他们从心里羡慕那些读过书,家里有人在单位上班的人家。

可是,好日子没过上几天,这个职业艺校便开始拖欠工资,再后来就直接发不出钱了。学校通过各种途径劝老师下海,自主择业。有些人脑子好使,没有等到这一天,但早早给自己找好了退路。只有陈俊生傻,拖到了学校关门大吉。陈俊生先是按着不说,后来瞒不下去了,只好回到村里,把自己关在屋里不出门。家里人先是唉声叹气,不愿意和他说话,再后来就给他脸色看。陈俊生尤其不想见到母亲的眼睛,总是一副受了天大委屈随时流泪的样子。陈俊生在家里待了没几天,实在受不了,跟着熟人去了深圳。临走的时候,还在赌气,他觉得不混出个样子,不会再回来的,即使回来,也要开着宝马或奔驰,让十里八乡的人都知道他陈俊生是谁。

这些年,塔河人最爱去的地方除了韩国就是海南和深圳。在深圳,有几个地方,比如清水河边上、布心小区、白石州、蔡屋围都是塔河的据点,出来进去,总能看到满嘴东北话,大摇大摆把大街当成自己炕头,不修边幅的塔河人。出租车司机、小店老板……服务行业里,到处都有塔河人的身影。虽然陈俊生和其他塔河人一样,也是到深圳,可是作为一个曾经的中专老师,他不会干那些活儿,即使会,他也不可能干,所以他从来不与塔河帮联系。有一次他在电话里对母亲说,找他们干吗?让他们跟我借钱啊。

我是担心你没人照顾,母亲说。

陈俊生说,不被他们牵连就是好的,那些人天天绑在一起惹事儿,都快成犯罪团伙了。

陈俊生母亲担忧了,那你可得当心点,你要学好。

陈俊生心里有些怪母亲,说,您怎么看我呢,我不是学好,我是一直在教别人学好。他也正是在教别人学好期间认识了罗阿芳。他相信如果不是因为庄培业从牢里出来,他会与罗阿芳继续好下去,也不会离开深圳。他感觉深圳比海南的塔河村好,毕竟塔河村只是三亚旁边的一个小县城里的小社区,而深圳是一个大都会,大到可以与北上广相提并论。他从深圳逃回塔河只有一个原因,那就是害怕庄培业找他算账,因为他在庄培业进去的时候,睡了人家的老婆。

眼下,他要再次回到深圳的原因很简单,庄培业想让他回,这说明之前陈俊生和罗阿芳的事情对方并不知情,或者因为感激而无所谓了。其实陈俊生也觉得无所谓,男人还是应该以事业为重,谁会为了一个小插曲放弃事业呢。庄培业说陈俊生就是能助他干大事的人。由于听电话的时候太过紧张,天旋地转,他脑子总是嗡嗡地响,很多话都是后来才想起来的。庄培业最重要的一句是,他知道陈俊生的能力,他说工厂和酒店今后是不会搞了,风险太大,形势也不合适,没有前途,陈俊生如果同意,他也想搞培训,做文化产业。

2

虽然回到塔河已经有了两个月,人也结了婚,可陈俊生清楚自己早晚有一天还是会离开的,只是没有想到这么快。这看似安稳的日子还没有过上几天,便因为庄培业的邀请,陈俊生和齐彩霞生起了闷气,内容是关于回不回深圳这件事。这是陈俊生回到老家后最紧张的一个下午。这样一来,陈俊生和齐彩霞定好的去辽宁锦州亲戚家,权当度蜜月的计划便被打乱了。接下来的几天,陈俊生和齐彩霞两个人眼神自觉回避,身体偶尔碰到也像是触电,一经接触,便迅速闪开,显然都不愿意面对这个话题。

比陈俊生意料的严重,齐彩霞坚决反对,尤其是陈俊生说自己将得到一大笔补偿时,齐彩霞拉住了陈俊生的衣角说,不要拿他们这种人的钱,不干净,没有天上掉馅饼的好事。

不是天上掉,而是我应该得到的,我是高管,应该多拿的,只给了一些生活费。陈俊生说,是他们欠我的,我为什么不要呢?

齐彩霞说,钱不是最重要的。

陈俊生听了，眼睛盯着齐彩霞头顶上褐色的发夹，恍惚得很。这样的话，过去是自己最爱说的，学校里的老师同学都知道，包括在塔河村都成了笑话。当年他从学校回到家里，他的口头禅便是金钱如粪土之类。听的人干脆直接嘲笑他，他们不会任着陈俊生矫情了，毕竟他已经不是什么老师了。眼下，陈俊生从心里讨厌这句话，尤其听到齐彩霞也这么说，他在心里是不愿意回忆当初的，除了觉得自己幼稚，他甚至把自己都否定了。陈俊生对着齐彩霞的脸想，你还真是我的学生，可是这都什么年代了，我迂腐你也学啊。再说了，眼下你有什么资格说这句话啊，我们村里又有谁有权说呢？我们省差不多排全国倒数第三，还敢这么无知。

像是没心没肺，看不出陈俊生的脸色不好，齐彩霞又冒出了一句我现在已经很幸福时，陈俊生忍不住了，说，幸福也是有前提的。

齐彩霞声音里有撒娇的成分，那也不一定非要有钱。

陈俊生说，没钱，你喝西北风呀？他的声音拉得有点长，连自己都被最后这句吓到了。这是他第一次和齐彩霞这么说话，齐彩霞也从没有见陈俊生这样凶，齐彩霞总是记得课堂上，陈俊生一副不食人间烟火的高傲神情。现在，村里人再次把他当笑话来说了，比如说陈俊生一米七六的身高，却像个女人那样走路，腰和屁股都动弹，扭扭捏捏，说话的时候哼哼唧唧。总之，村里人在无限丑化他。还说他把各种好事都占了去，别人在农村的时候，他跑到城里去吃了商品粮，有了城市户口，到县里当上老师，后来老师当不成了，他又跑到深圳混去了，估计深圳没赚到钱，他又回来娶了好看又有钱的齐彩霞。

再说的时候，有人忍不住了，冷不丁冒出一句，有钱？也不知道那钱是怎么来的。

听的人不再说话，掩了嘴笑。

他和塔河人没话，和家里人也越来越不知道说什么，现在轮到他和齐彩霞没话了。

看见眼前的齐彩霞，陈俊生觉得自己像是做梦，前不久他还躺在罗阿芳的温柔乡里，这么快就回到了老家，和多年未见的齐彩霞结了婚。当年，齐彩霞和他一直都没有联系，而是去了南方打工。虽然陈俊生曾经发过誓，打光棍也不回到塔河找老婆，理由是村里人太土也太俗，没见识，可是这个人如果是齐彩霞，就不同了，她算是陈俊生喜欢的那种女孩儿，漂亮、内向。

塔河人嘴里的陈俊生不男不女，凭着一点小聪明活着，根本不是个正经人，他们差不多忘记了陈俊生做老师时，他们想搭话的情景。这些话被家里人七转八转传到陈俊生耳朵里，说的时候明显有怪他的意思，可他没有办法对家里人解释为什么留长发，说话做事为什么要与众不同。于是他发了狠，他就是要在深圳生根，不再回这个破农村。

陈俊生再次听到齐彩霞这个名字的时候，他正与深圳女人罗阿芳激情四溢地在床上折腾。外面有很好的阳光，窗前偶尔有鸟飞过。电话是老家打来的，是让陈俊生回去相亲。电话这边的陈俊生想到妹妹鼓起腮帮子说话的样子，站在旁边的应该是母亲。她的意思是陈俊生作为大哥已经影响了家里，早点成家也算给家里一个交代，免得被人说三道四，当成不正经的人家，被问来问去，让做父母的很自卑，毕竟父母也不能骗他们说陈俊生已经结婚了。也就是这次，妹妹对陈俊生提到了齐彩霞，妹妹说齐彩霞这两年一直找你，说只要是陈俊生，彩礼可以不要。陈俊生至今还记得那个下午的情景。

那时候的陈俊生正梦想着和罗阿芳结婚，他在这个女人身上实在付出了太多，为了她的生意，他什么都愿意做。对于他们两个人能否在一起，罗阿芳总是没有明确态度，每次说到结婚，罗阿芳都是一脸委屈，要哭的样子，陈俊生就只好打住，不忍心再说下去，觉得有点乘人之危的意思了。这一次他故意提高了声音问，这么好的事呀，谁家的女孩子，又漂亮，又不爱财？连陈俊生自己也听出了夸张。

妹妹连忙介绍，叫齐彩霞，原来是我们村的，还做过你的学生，后来他们家搬走了，这个女孩儿跑到外面打工，现在都三十多岁了还没嫁人呢。

陈俊生笑了起来说，太好了！还有这么好的事等着我，我以为自己这辈子要打光棍了呢。陈俊生觉出妹妹话里的刻薄，当年她也想去打工，只是受不了辛苦，另外还有陈俊生在外面的接济，才没让她受苦。这个妹妹总是希望陈俊生不要再回塔河了，被村里人说三道四，除了影响家里人的心情，还影响她的婚事。放下电话，陈俊生脑子里不断闪过齐彩霞的名字，这女孩是他的学生，平时就特别内向，几乎没怎么听到她说话。与父母到南方很多年，一直都没有再见过。他记得齐彩霞走之前还跑到学校见他，不说话，只是低着头哭，搞得陈俊生也有些莫名其妙，后来明白过来是齐彩霞对他有那个意思，希望陈俊生能挽留她。可那个时候的陈俊生心高气傲，能看上谁呀，心思也根本没在这儿，再说了，他用什么挽留对方啊。

不过，他记住了这个特别的女生，有几次还想起她。

眼下在对钱的看法上，齐彩霞听陈俊生这么说她，也不反驳，只是两手交叉在一起，远远地看着陈俊生。在陈俊生面前，她永远是一副学生的样子。

对于一起去深圳的事，陈俊生说尽了好话，和齐彩霞对峙了两天，还是没有结果。陈俊生觉得有些不可思议，似乎连商量的余地都没有。这样一来，陈俊生也生了气，觉得齐彩霞确实性格有些古怪，或许年纪大了的原因，如果不是媒人说过，齐彩霞崇拜他，觉得陈俊生浑身上下都是优点，因为心里有了这个标准，其他人她都看不上，陈俊生也未必会这么快同意。当媒人告诉她那个男人是陈俊生时，齐彩霞睁大了眼睛，惊得脸都变了色，像是担心稍有犹豫，陈俊生便会跑了，齐彩霞连思考都没有便答应了。

眼下，陈俊生觉得齐彩霞喜欢他的那些话都是假的，表情也是假的，不过是急于嫁人罢了，与罗阿芳当时的情况相似，只是想利用他。想到这里，陈俊生决定不再迁就对方。庄培业如此热情，陈俊生可不想为谁放弃这种好机会。

见陈俊生真的生气，齐彩霞的身子似乎矮掉了半寸，她突然歪着身子从裤袋里拉出一个皱巴巴的红包，递到陈俊生眼前，说，这个我不用，你拿去吧。其实我这些年还是存了点钱的，够我们用一阵子。

陈俊生没接，也不看齐彩霞，心想，我说的是钱吗？而是以后的生活。再说了，一阵子是多久？陈俊生觉得奇怪，哪个女孩子不希望去深圳，让自己的生活好一些呢？无论是气候还是人的素质，当然是深圳好。

陈俊生和齐彩霞即使结了婚，齐彩霞还是没有改口，仍然叫他老师，这让陈俊生很温暖，现在只有齐彩霞这么对待他。陈俊生这次回来，明显感到了村里人的势利,对他极度漠视,多数人连招呼都不打。对于陈俊生当年那些光环,没人再感兴趣,除了有的人过来话带讽刺,说,哎呀都不知道怎么称呼你了,叫老师吧,你也不是了,叫老板呢,好像也不太像。对方把陈俊生浑身上下打量了一番,好像可以看出什么破绽一样。还有人更加直截了当,说,你在深圳到底做什么买卖啊?是不是做了大老板?要不要来我们这个小农村投资呀?年轻人根本就不认识他,只有一些十多岁的留守孩子,在不远处盯着他,他们的父母有的去了韩国,有的在深圳或是海南打工。要知道当年村里人哪个不羡慕他陈俊生吹拉弹唱样样精通啊,可现在陈俊生混到了哪个地步,他们是想得到的,不然谁无缘无故地回家长住啊。现在陈俊生不仅理解了最近家里人对他的态度,也下了决心,必须走,至于去哪里,他还不知道,总之塔河无论如何都不是久留之地。陈俊生认为既然帮不了家里,如果能给父母妹妹在村里留下一个好名声,让他们人前人后可以抬起头,可以炫耀,已经是立了功的。

他没有想到,橄榄枝这么快就来了,而且还是庄培业递过来的。

回到塔河的每一天,陈俊生都在想,无论去哪里,都比塔河好。连陈俊生自己也没有想到,离开深圳还不到两个月,接下来他就要给那座城市说好话了,而两个月前,陈俊生比谁都恨深圳。

想不到自己这么快就食言,好在他骂深圳的那些话,除了自己没有人听见,包括罗阿芳。当时深圳在搞灯光秀,很多人正拥向离他不远的这条街,过节一样热闹,气氛与陈俊生那一刻的心情很不匹配。

庄培业在电话里的态度很真诚,说要给陈俊生补发工资,他说必须兑现陈俊生的高薪,为他守护公司的员工必须重奖。这些话一遍遍在他的脑子里回响。

想到这里陈俊生再也坐不住,打定了主意即使齐彩霞不同意,他都要收拾行李回深圳,尤其见到家里人对他越发冷淡,甚至有几次饭都不做了,说到亲戚家里串门。陈俊生想起在电话中,庄培业让陈俊生带着老婆一起回去,或者他是担心陈俊生拿回老家做借口,不安心工作。陈俊生也清楚,带上家属,对于他们来说,除了好牵制,也可以让企业安心。不过庄培业话里话外还有什么意思,陈俊生不太愿意去想,可那又怎么样呢,怎么样都比现在好。

齐彩霞不同意去深圳的理由是，这么老，不想折腾了。

陈俊生说，三十岁就说自己老了，我比你大那么多都没说什么，又不是让你去流水线，谁让你折腾了，可以随便找个活儿，如果不愿意也可以什么都不做。换了其他女人巴不得快点出去呢。陈俊生一股脑说了很多话。

陈俊生已经试着发过几次脾气，当然是故意的，他想看看齐彩霞的反应，却发现齐彩霞并不生气，还与平时一样。这么一来，陈俊生的胆子越发大了起来。之前他是不会这么说话的。齐彩霞在陈俊生面前是听话的，她对家里人说，自己就是喜欢读过书的，穷怎么了，我喜欢知书达理的男人。平时齐彩霞不但对陈俊生言听计从，连有人说两句陈俊生她都不高兴。眼下她这个态度，让陈俊生觉得还是对女人不够了解，毕竟他真正接触的女人除了齐彩霞，也只有罗阿芳。

想到这里，陈俊生脑子里瞬间浮现出罗阿芳的脸，他已经有一阵子没想她，这是他强迫自己做的事。虽然两个女人都在村里长大，可罗阿芳是在深圳里面的那个村，十几岁便见过各种时髦的玩意，洋气得很，而齐彩霞的村子前后左右都是农村，除了泥沙和各种苦哈哈的脸，什么也看不到。如果不是因为听见有人议论陈俊生的身体有问题，害得母亲跑到了庙里为他祷告，希望他早点回心转意，不要再给祖宗丢人这些话，陈俊生可能也不会那么快就同意办手续，至少两个人要再接触一段时间。

陈俊生和齐彩霞从见面到结婚，除了眼下去深圳这件事，两个人没有红过脸，主要是齐彩霞什么事情都让着陈俊生。像是知道自己的话说得有点过，陈俊生昂着头，眼睛看向门外。远处是矮矮的黑土墙，传说，这是祖宗们留下来的宝贝，仅凭这个，塔河人便会富得流油。这样的话说了多年，很多人已经从外面打工回来又离开，黑土墙还是黑土墙，仍然没有变出人民币和黄金，甚至比之前更破了，刮风的时候，扬起的尘土，总是飞进人们的眼里。村口开了几家店铺，柜台上多了些假货。陈俊生刚想说可以用这个土墙做点文章，没等开口，齐彩霞便说，够吃够用就行了，我们真的别再走那么远了。实在不行，我们去锦州也行啊，我亲戚在那里，找个事做也不难，反正不会饿着。齐彩霞小声说，昧良心的钱咱不能要。

听到这句，陈俊生又忘了前面对齐彩霞的内疚，心里笑，这是哪跟哪儿？良心，都是些什么词啊，太可笑了。陈俊生曾经用这些话骗过自己很多年，直到当了励志老师，他才不再相信这些。如果没有在深圳的这段经历，他可能还会继续扮演清高，他相信扮演清高这件事，自己比谁都在行，他可是艺术学校的老师，玩的就是清高。陈俊生是突然想明白的，他坚持了这么多年，情况还是越来越差，他的那些所谓理想，让他成了一个怪人和前朝遗老，他再也不能等了，再这样下去，什么机会都失去了。在劝齐彩霞的过程中，陈俊生先说服了自己。他说，给我的红包我可以不要，可是他们应该给我的那些工资呢？还有，这些年被深圳耽误的青春，我应该拿回来吧。陈俊生笑着对齐彩霞说，现在看来，他们这是在帮你攒钱啊。

对于陈俊生的幽默，齐彩霞并不领情，紧张地说，那也不用回去，钱要回来就好了。还有，我这里的钱，都可以在镇上供个小房子了，我们可以安安静静地过日子。

陈俊生说，可是我在深圳才有前途啊，深圳是一线城市，那里的机会才是机会，在我们这儿除了穷和破旧还有什么？过个小日子就完了，这是你的理想可不是我的。陈俊生已经明白，当初妹妹给他打电话，是为了激怒他，就让他不要再回来了。陈俊生对齐彩霞说，你去看看我们这个村，除了天天晒太阳，讲闲话，每个人都在做什么？就这样混吃等死，这就是你所谓的日子，你告诉我，在这里我们有什么机会？家里人这次叫我回来，也是个激将法。讲到这儿，陈俊生觉得特别没意思，他后悔相亲，然后又匆忙结婚，他觉得齐彩霞到底还是一个农村女人，头发长，见识短，说什么都没用，让他眼下进退都难。

齐彩霞沉思了一会儿，看着陈俊生的脸说，那你去吧，我留在家里帮你照顾老人。

陈俊生愣了下，说，这处婚房是家里临时让我们住的，我如果走了，他们会想办法让你走的，谁稀罕你照顾。

齐彩霞说，我们可以在村里买个房子，我都问过了，七万块就可以，还有个院子。

陈俊生觉得对方真的不是开玩笑，便说，我们在一起才几天啊，就分开住，让村里人怎么骂我呢？又怎么看待你？跟你说，我这次去深圳就不再回来了。

齐彩霞问，为什么不回来？

陈俊生说你没有发现吗，如果我没有赚到钱回来，家里人会难受，觉得我给他们丢人了。

说完，陈俊生越发感觉到与齐彩霞结婚这件事太欠考虑，两个人想法差得太远，完全没有办法沟通。很久之后，陈俊生还在想，自己到底还是虚荣，来来回回都是因为这个面子。媒人说，齐彩霞从小就喜欢有文化的，搬了几次家也没忘。陈俊生没等母亲反应过来，便说同意同意。母亲一听着急了，说，这么老了还没嫁那肯定有问题。陈俊生听后，也来了气，说，正好正好，我和她很配，都是年过三十还没着落的怪人。再说了，您不是说只要是女的就行吗？

虽然在一起的时间不长，可齐彩霞是把陈俊生当神来供的，她不允许陈俊生做一点家务，说这些活儿自己喜欢干，陈俊生的一双手是用来写字和演戏的，要保护好。除了陈俊生，齐彩霞似乎眼里没有别人，她跟谁说话都是用我们家老师我们家老师。

陈俊生以为在群里发了红包就不用见了，还是有些人过来串门，有的拿着自家做的馒头或者菜包子过来聊天，无非就是打听陈俊生什么时候回去。陈俊生也不知道怎么答，再次感觉到生分。寒暄了几句之后，这些人便开始聊些国家大事了，分明是把陈俊生当成一个客人，随时要离开。最后连媒人也忍不住来聊天了，问齐彩霞什么时候回去。

齐彩霞冷着脸说，我没有说回去啊。

媒人说，深圳可是特区，大城市，女人哪个不向往啊？有人劝齐彩霞应该去深圳，不要留在这个没什么希望的地方。村里的人除了那些在镇上有单位的，每家每户都有人在外面打工。

齐彩霞脸已经黑了，以为是陈俊生找来的说客。她说，这是我们的家，老师哪儿也不去了。齐彩霞说凭陈俊生的能力如果不去深圳，可能早在县里当了大官。

陈俊生不说话，他没有想到亲人们是拒绝他们回到村里的。他无奈地摇了下头，对齐彩霞说，我就是不想待在这个村这个县，说白了，我讨厌老家，讨厌村里那些爱嚼舌头的家伙。

说话的人碰了钉子，觉得齐彩霞不知天高地厚，一转身就骂，还老师呢，不过是个又穷又酸没用的读书人，那是你的，可不是我们的。媒人自认身份特殊，也不担心齐彩霞生气。齐彩霞急得说不出话，她没有想到村里人这么看待陈俊生。在他们眼里，陈俊生就是一个好吃懒做的废物，什么年代了，还搞那些没用的。

陈俊生远远看着躲在不远处的父母还有妹妹，显然这是他们的意思。原来这么多年过去了，他还是被嫌弃的。

陈俊生越想越难受，躲在床上翻来覆去睡不着。如果齐彩霞不答应，他还是不太方便，主要难解释，今后与罗阿芳接触起来会尴尬，明眼人都会看得出，庄培业当然也不会一直傻下去，万一知道了，后果也是不敢想。这样一来，陈俊生后悔与罗阿芳的关系，太难受了。当然，他也后悔这么快就结了婚。

已经费了很多口舌还都说服不了齐彩霞。陈俊生想，如果齐彩霞坚决不同意他去深圳，他该怎么办呢？他还有理由硬闯吗？答案是肯定的，他除了会更加坚定闯世界的信心，什么都不会有。陈俊生会对齐彩霞说，只是要回工资，那太小看我了吧，要知道深圳也是我的。如果我这次不回到村里，在深圳可能还会赞美塔河老家，可现在，我明白了，我是深圳人，即便没人请我，我也要回去。想到这里，陈俊生发现自己在这样一个夜晚，他想念深圳，刻骨地想念，至少深圳没有赶过他走。陈俊生觉得似乎有悲壮的音乐给自己伴奏了，像是配合着那种高亢情绪，他的嘴嚅着，狠狠地憋着一口气。不知道是不是用了太多的力，很快他便疲软得不能动弹，只能任自己沉沉地睡了过去，然后进入另外一个没有任何烦恼的世界。

这时他突然听见一个女人的哭声，是齐彩霞，她断断续续地说着话，在外面看不出什么，就是墙被烟熏黑了，里面的姐妹都不见了，连一张照片都没有留下，如果重新来过，她要和她们在一起，永远都不分开。陈俊生在梦里听到这些话，吓得坐起来，他看见一旁的齐彩霞睡得很沉，显然是对方在说梦话。

3

在深圳的时候，陈俊生对学员最爱说的话就是天道酬勤，有志者事竟成，而给罗阿芳的心灵鸡汤是挺住意味着一切。没事儿的时候，陈俊生喜欢背诵各种名言名句，用于激励别人，当然也是激励自己，他觉得不混出个人样，是不会回塔河的。陈俊生的鸡汤对罗阿芳显然有用，她不仅挺了过来，还把老公盼回了家里。作为心灵导师，陈俊生最后悔的就是把这句话送给了迷茫中的罗阿芳。

当然，罗阿芳并不知道陈俊生的想法，有很长一段时间，两个人不再交流一些无聊话题，也不说鸡汤了。毕竟那是两个人最初取悦对方的伎俩。陈俊生记得罗阿芳曾经说自己喜欢张信哲，他的声音好深情。显然他们早过了那个时期，眼下，罗阿芳说自己喜欢刀郎，那才是一个男人的声音。陈俊生无奈地摇头，他只得服从罗阿芳的审美。眼下，在陈俊生各种心灵鸡汤的滋补之下，罗阿芳熬过了最难的时期，也把陈俊生挤出了自己的生活。

正是出于这个原因，陈俊生回到了塔河老家，迅速与齐彩霞结婚，并准备安心过日子。他认为此刻可以用"能忍常人不能忍之忍，必定是不凡之人"这样一句名言，至于是谁说的，他认为那不重要。

陈俊生是在二区文化馆戏曲与表演培训班上认识的罗阿芳。课堂上，陈俊生除了讲些戏曲和表演的皮毛常识，多数时间是贩卖各种心灵鸡汤，前面讲了要敢于自主创业，实现自我，后面则教人淡泊名利，名利如浮云之类，各类经典语句掺杂其间。过来学习的多数是三四十岁的女性，也有个别的很年轻，属于90后，完全不听课，上来就是吃零食和睡觉，陈俊生不知道这些人是怎么回事。有次见一个女孩儿把脚搭在桌子上吃零食，陈俊生来了气，罚这个女孩起立，让她要么放下脚好好听，要么出去。

女孩子听完，笑着道，喂，你还真把自己当回事了呀，你信不信我爸可以把这栋楼买下来，包括你。女孩对他挑衅。

陈俊生被人当众这么说，气得手指发抖，扔下几十号人转身走了。

一直以来，陈俊生过得还算是体面，他认为丢掉什么都可以，尊严不能丢，所以，他是接受了这个女生的道歉，被文化馆的几个同学请回来的。作为励志老师，他的身价不菲，原因就是他从不平易近人，尤其是对女人。陈俊生经常出没在各类培训机构的课堂上，对女人的习性大致有些了解。他认为喜欢附庸风雅的女人多是受了点半吊子教育，想在人前显摆一下，而爱出风头的那些，多半在家里受了冷落，或是心高气盛的女人。

　　罗阿芳年龄偏大，扮相上也不太适合唱戏，一开口就是客家口音，除了记不住唱词，手势也跟不上，到前面做动作的时候，经常顺拐，惹得其他学员偷着笑或是挤眉弄眼。陈俊生看在眼里并不说破，在心里却对这类学员很是不屑，他觉得这些有钱的师奶，实在无聊，纯粹在浪费时间和金钱，一把年纪，学什么戏曲啊，扮相和嗓子都不行了还要逞能，为何不好好在家相夫教子呢？转念一想，他又笑自己太傻，这些都是他的财源和金主啊。想到这儿，他看人的眼神温柔了许多，动作上也有了变化，比如帮女士们开门，倒茶，说话的语调变低。其他人倒还好，把这理解为绅士风度，只有罗阿芳表现出受宠若惊的样子。陈俊生在心里想，很好啊，这样便可以捞得大把的钱进口袋，然后拿出一部分汇到老家。那个时候，整个村子里的人都知道他寄钱回家了，陈俊生就是要让村里人知道他离开学校过得也不错，是金子总是会发光的，千里马跑到哪里哪里就是疆场。

　　他的这种教学方式和气质很特别，很受女学员欢迎。陈俊生知道多数学员是小区附近的女人，有的是白领，有的是家庭妇女，多数人是想提升个人魅力或者多个秘密武器，用来吸引异性的关注，而罗阿芳是她们中间的一位。

　　从始至终，罗阿芳丝毫都没有流露出有钱，她不像其他女性，拎各种名牌包包，天天换新衣服和挂件，或本来住得很近还开着靓车过来，简单的一个倒车，也要拉开架势，故意惹得很多人站在三楼扶着窗台向下观望。罗阿芳没有来这套，反倒像个普通的上班族妇女，穿着打扮普通，拿着笔和本，一丝不苟地向陈俊生请教各种问题，倒也看不出有其他想法。

　　直到有次搞联欢，也是培训快结束的时候，有些人已经能甩着水袖表演一段，而罗阿芳还是不得要领。罗阿芳平时从来不敢正视陈俊生，每次陈俊生看她，她都快速地把目光移开，等陈俊生不看她的时候，她又转过来盯陈俊生。这让陈俊生开始关注起这个躲躲闪闪的女人。很快就要轮到罗阿芳上场时，陈俊生看见罗阿芳在远处正可怜巴巴地用眼神发出求助。陈俊生见了，心生怪罪，今天你可以不来的呀，唱坏了算谁的，我这牌子就被你砸了。陈俊生的课在附近一带已经有了些名气，讲课的价格也不算太低，他还是比较在意的。当然，他开始拒绝那些美容院的课了，他不想骗人，再说了把佛学和美容勾兑在一起讲，他是不会的。

见罗阿芳一直在看他，陈俊生只得施以援手。在一个女士刚唱完，另一个正准备表演《雷雨》里面的台词时，陈俊生说了话：我们不如换个方式，不要总表演我讲过的内容，等这位学员表演结束，我想请罗阿芳同学给大家表演一段《帝女花》。接着，陈俊生说自己到了广东这么多年，还从来没有正经听过呢，都是这一句那一句，很零散。这样一来，学员们竟然开始同情起陈俊生了，似乎他受了太多不公平的待遇。罗阿芳听了，高兴得红了脸，结结巴巴说《分飞燕》自己更熟。

在一帮外省女性面前，粤语歌是罗阿芳的强项，也算从小唱到大的。当然，等到唱的时候，她还是跑调严重。一侧的陈俊生用钢琴帮他伴奏，其实是想帮她掩饰，可是罗阿芳的音走得太远，似乎谁也拦不住。

尽管如此，罗阿芳还是找回了自信，接下来的几天里，她一会儿请大家吃甜品，一会儿说唱K。学戏的几个女人开始还愿意一起，很快就烦她了，觉得之前她的低调和害羞都是装的，其实很有心机，认为罗阿芳跑到培训班不是为了学戏，而是别有用心，很快每个人都不理她了。这样一来，罗阿芳又被孤立起来。

至于是什么用心，没有人说，但有人用眼睛扫瞄陈俊生，她们清楚陈俊生还是个单身，虽然没什么钱，可是有知识，会说话。在这类培训班上，还是有些女人为他较着劲，如小茶几上的买重复的早餐，桌子底下的金嗓子喉宝和感冒灵。女人们明显为他争风吃醋，陈俊生一律装作没看见，他觉得这些女人的心思都很深，猜不透，彼此间从来没有什么友谊，他如果掌握不好分寸，将会影响大局。可有的时候，陈俊生又很矛盾，坐在文化大楼的花坛前，看着车来车往的大街，感觉这样的日子也非常无聊，看不到前途，他觉得无论是谁在这时来领他走，他都愿意。

罗阿芳的厂房开在五区市场左侧，是个破落的小楼，灰蒙蒙的，与周围的建筑反差很大，常常是半掩着门，偶尔有人进出，没有半点生气。有次陈俊生就这样漫无目的地走路时，看见了从里面走出来的罗阿芳。罗阿芳表现得很是亲热，拉着他进去喝杯茶，她向里面的一个阿婆介绍说这是自己的老师。

陈俊生听罗阿芳这样介绍他，有些不好意思，自己赚了人家的钱还被如此尊敬，真是心里有愧。与此同时，陈俊生发现罗阿芳变了，不再是培训时那个害羞笨拙的人，里外似乎都被调换了，主要是灵活而且有魅力，说话的时候，广东人特有的大眼睛里放着光，性感的上下嘴唇叠在一起，总是让陈俊生忍不住浮想联翩。

陈俊生说，我看你不是想学戏，也不是没事干过来打发时间，而是来勾引我的吧。两个人好上以后，陈俊生躺在床上，侧着身子，用一根手指在罗阿芳的手臂上画出了一道白线的时候笑着问。罗阿芳刚和陈俊生又亲热了一番，有些累了，她不说话只是笑。她搂着陈俊生的手臂，把头贴在上面，她说喜欢陈俊生身上的味道，闻到这个味道人就会困。有段时间，罗阿芳控制不住想和陈俊生黏在一起，每天盼着天黑，天黑了，她就会跑到陈俊生的出租屋，两个人躺在床上说话。陈俊生跟罗阿芳说，想去外面走走，晒晒太阳，而不要总是闷在房里。他说想去海边看看，来了这么长时间，大梅沙、小梅沙、红树林都在哪儿自己还不知道呢。罗阿芳听了，有些不高兴，说，你有那么多的学员，怎么不让她们带你去？

陈俊生一听，有苦难言，的确有女学员为他争风吃醋，可也仅限于在培训课堂上，离开了这个课堂，大家并没有什么交集，想必罗阿芳心里也是清楚的。陈俊生不知道怎么和罗阿芳说这个话题，于是再不提出去的事了。罗阿芳不愿意提庄培业，也不说公司，于是两个人只好各自回忆童年。两个人约了去开发一个岛屿或是到哪里种菜，生上一堆孩子，过世外桃源的生活，远离尘世和各种烦恼。说这话的时候，彼此坚定地看着对方，似乎谁也没有怀疑过。陈俊生想，看起来深圳的女人也是能追的，不是自己想的那样，眼里只有钱而没有其他。想到培训班里有几个单身的女孩子，长得也不错，可自己还没来得及考虑，便糊里糊涂与罗阿芳好上了。后来，罗阿芳就到陈俊生的出租屋帮他收拾行李，请他到店里帮自己的忙。她走在前面，着急地把行李箱放进自己的后备厢里，生怕陈俊生突然改变了主意说不去。这么远的路，哪里需要开车，可是罗阿芳说需要，因为你是我的老师，我不能让你累着。罗阿芳说话的时候像是小女孩，表情还有些害羞。到了这个年龄这种身份，却要看着陈俊生的脸色说话做事，陈俊生觉得这个女人有意思，当然也很受用。罗阿芳说陈俊生和别的男人不同，像《水浒传》里那些人物，特别男人。陈俊生听了自然舒服，虽然凭着罗阿芳的文化不可能再把这个话题延伸下去，可对陈俊生来说已经足够。他对士大夫这样的形象一直神往，穿着长衫，一卷书在手，踱着方步，月光下，吟着诗文，不远处的花丛中是一个美貌的女子。最后，那女子开始像聊斋故事中那样与他交往了。

罗阿芳求他帮忙的理由是，店子需要简单地装修过才能开业，至少要把那些墙壁重新粉刷一次，再把消防这关过了，所有手续办好才行，可是她不知道怎么做，怎么和那些人打交道。罗阿芳说，她好害怕啊。说话的时候，天已经凉了，正好是黄昏，风吹到了罗阿芳的头发和裙角上，这女人在此刻显得孤单而动人。

这有什么怕的，他们又不是鬼，就是鬼也不用怕。陈俊生说这话时心里涌起暖流，并顺着四肢散出，到了腿根的时候，停住了。他不知道接下来该怎么办，直到罗阿芳把整个身体挂在陈俊生的脖子上，肉肉的嘴唇粘住陈俊生，头顶着陈俊生的下巴，把一句谁说没有呢，放在舌头上强行推进了陈俊生发烫的嘴里。

天亮时，罗阿芳话说得吞吞吐吐，欲言又止，可陈俊生还是明白了，不久前，因为停电，女工宿舍里的蜡烛被风吹倒，点着了蚊帐，火势虽然不算大，可是几个女工没有逃出来，作为老板，罗阿芳的老公被关了进去，扔下一个可能要被查封的烂摊子给她，还欠了很多的债务。

在此之前，陈俊生没有想到会遇到这种事，眼下，他已经不知道怎么拒绝了。陈俊生除了不能趁火打劫，更不能落井下石，连工资也不好意思谈了，毕竟自己和其他人的情况不同。更重要的是夸陈俊生的话被罗阿芳挂在嘴上，她总说你是老天赐给我，来拯救我脱离苦难的，认识你之前，我的人生都没有希望了。

4

一切计划皆因罗阿芳的老公庄培业回来而泡汤。后来罗阿芳眼泪汪汪地等庄培业回来的样子，让陈俊生清楚自己的努力白费了。原来他只是这个旅店特殊时期的一只看门守院的狗，甚至连宠物狗都不算，被利用过，该走了。陈俊生想起来有几次在床上做那事，激情时刻，罗阿芳喊的是庄培业的名字，当时，陈俊生装作听不见，以为对方只是习惯而已，原来都是真的，罗阿芳心里只有庄培业，而他陈俊生，只不过是一个过渡人员，这个家族和旅店的外姓人。陈俊生心酸地想，别人肯定猜不到他的才华全部都用在了这种地方。

罗阿芳住的地方属于高档小区，陈俊生曾经远远地眺望过，那里很大，很空，到处落满了灰土，连只鸟都不愿意去。小区门口安了多处监控，保安不仅盯得仔细，每次都还需要登记，陈俊生常常天黑了才过去，那个时候人人忙着下班买菜接孩子，没多少心思关注别人。

陈俊生总是很急。我都这么老了，家里人催得紧，他不断问她，你是怎么打算的？

罗阿芳扭过脸，眼睛也不看陈俊生，说，能怎样，过一天算一天呗，我能做什么吗？罗阿芳的脸表现出了不在乎，她什么都不想做，她懒得去想接下来该怎么办，直到她听了陈俊生的挺住意味着一切。

陈俊生是在刮台风那天向罗阿芳求婚的，罗阿芳当时说最怕听到那种吓人的风声，感觉要把城市连根拔起，什么都不留下。

你不是说你们分开了吗？

罗阿芳委屈地说，是他担心有人来向我追债才分的。

陈俊生希望这份感情有个结果，总是这么吊着，太耽误自己了，让他什么都做不成。他的理想可没有这么小，他还是想要把自己的位置明确下来，他害怕店里人那种眼光。

庄培业回来的前几个月，罗阿芳的态度终于发生了天翻地覆的变化。开张的花都旅店似乎每个人都知道庄培业要回来了，而这位所谓的顾问，却还蒙在鼓里。后来陈俊生觉得是有人故意不告诉他，等着看他的好戏。旅店里就有很多人清楚陈俊生和罗阿芳的事，只是没有人点破。谁敢惹这个麻烦，也不知庄培业喜欢不喜欢听，说不准是人家默许的呢，这年头还是少惹麻烦的好。

庄培业回来之前，陈俊生的所谓才能突然变得一文不值，言行举止也显得可笑，还遭到了罗阿芳的讽刺，什么文化不文化的，都是狗屁。

陈俊生愣住了，还以为是听错了，见到罗阿芳的脸，才明白是真的。这哪里还是那个温顺善良的客家女性，简直是一个泼妇。陈俊生一时间缓不过神,他在短时间内接受不了这样的罗阿芳,感觉自己除了被欺骗,好像一直在做梦。不久前,这个女人还在他怀里哭哭啼啼讨主意呢,现在旅店装修好了,开始恢复营业,她便开始过河拆桥,推翻了之前他做的一切。陈俊生的脑子里总是浮现出课堂上的中年女人罗阿芳。当时他侃侃而谈,偶尔给大家做个示范,有时在黑板上面写上几个字,放上一段录音,然后延伸出几个字,比如,传统、继承、改良、发展等。他当然看到了那个拿着笔记本,偷偷望着他的中年女性。罗阿芳模样中等,与那些喜欢表现的女性比起来,她太不适合学习戏曲了,手脚、腰身很不灵活,她连说话和眼神也显得比其他人笨拙许多,自我介绍时用词也显得陈旧,有时还有着与年龄不相符的害羞,每次陈俊生看她,她都会低下头,眼睛看着地面。

现在听到罗阿芳这样对他讲话,陈俊生气得说不出话,他觉得罗阿芳的本来面目还是暴露了。陈俊生恨自己不该与罗阿芳好上,失去了在文化馆继续工作的机会。如果不是因为罗阿芳,陈俊生还会继续做培训。当年艺校解散,是他心里的痛,要知道当年很多同事下海发财,他都没有动心,最后却落得这个下场。好在还能讲点课,这才让他没有饿着。无论琴棋书画,他都能教一些,用同行的话说这就是全科老师。只有在文化馆这样的机构上班,才会让他产生回到学校的幻觉。想不到最后连尊严也没有保住,很多学员都知道他跟着罗阿芳做老板去了。后来,花都旅店的员工多数都是讨回工钱便选择了离开,而陈俊生不好意思,他害怕看见罗阿芳无助的眼神,也害怕罗阿芳把他当成势利小人。毕竟他曾经以老师的身份自居过,要有点老师的样子,他觉得做人不能太无情。

陈俊生坐在罗阿芳的不远处显得有些尴尬,尤其是他那双自以为是,文艺范十足的高筒皮靴,整个街道没有一双同款的,尤其是在烈日炎炎的夏天,显得特别而又夸张。陈俊生就这么穿着,走在街上,从六区到二区,然后经过一小段花圃,再经过四层台阶进入文化大楼。这个时候,他觉得整个世界的女人男人都在看他,而他身子绷得很紧,目视着前方,像是在舞台上,他太喜欢这种感觉了。可眼下,它被放在不远处竟然显得格外刺眼和可笑。陈俊生明显感觉到罗阿芳的眼神里露出了嘲讽。变了心的罗阿芳连形象也变了,她的头发染成了红色,眉毛、眼线都有些蓝色。她不仅自己变了，还看不惯陈俊生，甚至于连眼皮都没抬，便说你还是把头发修修吧，不要搞得像个女人，还有那件唐装不要再穿了，让人觉得奇怪。

陈俊生心有不快，却没有表现出来，他笑着说，你不总是鼓励我这么穿戴吗？还说这种款式适合我的气质。

罗阿芳说，什么气质呀，你们这些人真是好搞笑。说到这里，罗阿芳停了下，抬眼看了下不远处陈俊生的鞋说，还有，你把那个也换了吧，太怪异，不正常。

陈俊生不说话，黑了脸，这句话还是陈俊生在课堂上说的，竟被对方用在这儿，对付上了他。培训班上，罗阿芳不仅跟不上节奏，也跟不上他授课的速度，笔记本上面东一句西一句，画得乱七八糟，有时上面还画着小人，也不知道她的心思放在哪了。陈俊生心想，她罗阿芳凭什么啊，有什么资格和他这么说话。陈俊生眼睛看着别处说，我又没惹着谁，管别人干什么。陈俊生梗着脖子，他觉得整个身体都在发烧。罗阿芳拉长了语调，你当然可以不用管别人，那我问你，如果你现在离开这里，你能干什么？是能进厂搞技术还是能做管理？见陈俊生不说话，罗阿芳又说，所以你还是需要看别人脸色的，不要把自己说得那么清高。陈俊生听了以后不知道怎么回答，他没想到罗阿芳会说出这种话，心想，还问我怎么活，我如果不是跟你好，也不会出现这种事。可是，这些话说不出口，他觉得自己活该，谁也不能怨。此刻，陈俊生弯下腰，拾起被罗阿芳生气时甩在地上的衣服。睡裤是母亲在家的时候给他做的，这让他瞬间想家了，也瞬间想起妹妹电话里说的齐彩霞，人家可是等了很久，母亲劝他过年回家把事办了吧。

陈俊生心里压着火，竟能堆起满脸的笑，对着盛气凌人的罗阿芳，试着给自己解围，你怎么就不善良一些呢？你要是不利用人，脸也会好看，省了好多化妆的钱。他以为自己这么开个玩笑便可以化解。

罗阿芳愣了下，似乎没想到陈俊生变成这样。什么意思？我可是为失学的孩子建过学校，谁敢说我心不好？罗阿芳瞪着一双圆溜溜的眼睛质问陈俊生。

陈俊生心里有气，那些事情还是在他的指导下做的，旅店重新开业后的宣传策划，定位，他做了太多没有报酬的事情。陈俊生冷冷地看着罗阿芳，从鼻子里轻轻地哼了下，在心里骂了句死八婆。这个女人不仅相貌发生了变化，还变了心，她也许就是为了等庄培业吧，她似乎连气质也不同了。陈俊生故作轻松地说，那么远的人你都帮了，怎么不看看眼前，比如说我。陈俊生故意调侃，你得对我好点，将来才不会后悔。他已经到了嘴边的那句，至少你应该赔偿我些钱吧，还是没有说出口。关于钱，他无论如何都说不出口。

怎么好呢？罗阿芳微笑着，沉住气。

陈俊生说，学学华伦夫人嘛。他后悔说出了这个名字，这是他的缪斯女神。

罗阿芳愣了下，心虚地问，什么夫人？罗阿芳曾经特别迷恋陈俊生嘴里的各种人物和名词，每次陈俊生说到一个她不知道的事情，对方眼神都会钦佩得一塌糊涂。此刻，罗阿芳顶着一头火红的头发，连手里的烟灰也忘记了弹，任其跌落在自己光滑的鞋面上。公司被人查封的那段时间，罗阿芳不仅剪短了头发，还学会了抽烟。

陈俊生眼见对方中招，得意起来，他故意放慢了语速，就是想让罗阿芳那种无知的眼神停在自己的脸上。他说，华伦夫人是个了不起的女性，有非凡的远见，曾经帮助年轻人渡过一道道生活难关，从而走向事业的巅峰。

罗阿芳冷冷地说，还一道道，那我问你，这位外国女人最后怎么样了？

陈俊生见对方听进去了，高兴得捏紧了拳头说，她现在真是名垂千古的女人，因为，她有着最远见卓识的头脑。

罗阿芳憋了很久，以至于脸已经发黑发紫。她瞪着一对圆眼睛，对着陈俊生骂了句，呸！谁要那玩意！说了这话你就该走，拿好你的东西，不要漏掉什么在我这里。

陈俊生想不到，对方转折得如此之快，连铺垫都不需要，完全不在乎他的感受。果然没文化，看起来那套把戏全是装的。此刻，陈俊生终于明白，罗阿芳到底是个生意人，做任何事情都有目的。最最重要的是，罗阿芳的老公庄培业将要回来，罗阿芳正愁找不到理由把陈俊生赶走，想不到陈俊生送上门一个华伦夫人。陈俊生明白罗阿芳对他的崇拜不过是表演，她已经熬过了最艰难的时期。

陈俊生知道自己必须回到自己的住地了。他已经有半个月没回来，上次，是他心情不好，郁闷，而这次，分明是罗阿芳逼他，有意下了套。他庆幸这个窝没有在冲动的时候退掉，那是因为他偷听了罗阿芳与庄培业的一次通话，说庄培业快回来了。罗阿芳总是买东西给庄培业带进去，有时还会让陈俊生陪她一起去探监。每次出来，罗阿芳都特别激动，很失控的样子，一下子扑到陈俊生的怀里哭个不停。本来陈俊生心里就不舒服，反过头还得安慰对方。接下来，罗阿芳似乎是放出来的鸟，不再是庄培业的老婆，而是他的小女儿，逃开了家长的监督，开心地拉着手，在庄培业被关押的南雄市两个人手拉着手，自由自在地奔跑。而这样的时候毕竟很少，甚至有许多时候，陈俊生竟然很希望陪着罗阿芳去看庄培业。

陈俊生是临时决定暂时不退这间房的，不然不知道租金会涨到多少，眼下至少可以这么赖着不增加，反正签过协议的。

陈俊生在房里磨蹭了半天，还是没有等到罗阿芳回心转意，陈俊生只好垂头丧气回到百米以外的地方。看见整条街破破烂烂的老样子，连流浪猫都还是原来那几只，去年贴在墙上的"拆拆拆"也还在那里，包括超市上歪歪扭扭写着的"跳楼价"只剩下了"跳楼"两个字。如果是从前，陈俊生会在心里调侃一番，他喜欢在心里吟诵两句打油诗，附上一段唱词。而此刻，他觉得那种荒凉的感觉很亲切，非常符合他的心境，这里就像是一个县城，而他的心属于县城，而不是巷子外面繁华的街道。进门前，陈俊生经过房东开着的窗户，对方见了他，像是见了鬼，脸色都变了，屁股瞬间从椅子上弹下来，来到地面，像是怕陈俊生跑了一样，一把扯住陈俊生身上的袋子说，给你打电话怎么不接？如果再不回来，我就要把你那些东西收拾收拾扔进垃圾桶了，你这个月的租金可还没有转过来呢。

陈俊生堆着满脸的笑，说，哎呀急什么，我这不是回来亲自交嘛。

回到房间，陈俊生便感到身体就快要冻僵了，两根手指互相碰一下都不敢，除了有电，还会像冰一样，碰得生痛。这已经是年底了，虽然是深圳，可哪里都冷得要命，风好像钻进了他的骨头缝。他想明白了，为什么房东的租金没涨，那是因为这两个月如果他不租，就没人来住了。合同必须在12月份截止，整个小区已经卖给了万科国际。陈俊生没有洗脸，也不想脱衣服，他只把鞋甩了出去，便钻进冰冷潮湿的被子里。两秒钟之后，他突然感觉脚下面有些不对劲儿，有什么东西刺进了自己的袜子，并扎痛了他的肉，随后是一团东西正抚过来。陈俊生吓得像女人那样大叫了一声，掀翻了被子。竟是一只细长的老鼠，它背对着陈俊生站在床上，眼神和背影像人一样。它并没有那么快地离开，而是反过头愣了片刻，并认真地看了眼陈俊生以后，淡定地跳到冰冷的水泥地上，犹豫了一下，才跑进洗手间，顺着粗大的水管，爬到了室外，离开了陈俊生所在的出租屋。这所有的一切，让陈俊生浑身变得冰冷，如同死了般，他觉得这只老鼠分明也在鄙视他，它刚才完全是一副傲慢的表情。他知道如果这个房间里有镜子，里面的人一定有张比鬼还可怕的脸。陈俊生深吸了一口气，抡起枕头对着老鼠刚才跳下去的地方狠砸了过去，用的是京剧里的那个啊字。这么一折腾，他似乎用完了全身的力气，再也动弹不得，哪怕再来一只什么东西，他也只能随它去了。他感觉自己像女人那样，身体和声音同时抽搐了一下，随后轻轻地倒在了床上，他用上了在舞台上面表演的动作，这也是他在培训课上面教女人们的。他认为自己刚才打的不是老鼠而是罗阿芳那个婊子。她实在太让人受不了。你凭什么把我害成这样，还假装低调，不知赚了多少昧心钱。陈俊生在心里骂着恨着，我们被你们剥削得还不够吗？你总是想着给你那位为富不仁的老公留着，你知不知道这样做太傻，你太不了解男人，你真应该被男人抛弃无数次。陈俊生呜呜地哭了。他可怜起了自己，白白给那女人欺诈两年，受尽各种羞辱。有几次罗阿芳躺在床上讲她和庄培业的故事，从两个人认识，到一起打工，赚了钱做生意。陈俊生装作没听见，他得知罗阿芳已经省去了庄培业出轨变心的情节，知道对方的想法正在改变。他跑回房里，躺在床上回想自己眼下的处境。这两年他忍来忍去，到头来却什么也没得到。本以为可以有个结果，哪怕一起吃苦也行，像当年她和庄培业一样。

不知道睡了多久，陈俊生听见楼下有说话的声音，是睡够的女人们在他楼下这间支起了麻将桌。那是一些身体劳动者，她们通常天亮前才睡觉，就这样连早饭午饭也都省了，到了下午两点愉快地起床，开始她们一天的生活。有时候，陈俊生甚至梦想自己成为一个女人，可以得到人间很多便利。甚至有几次他在梦里变成了女人，细着声音说话，水汪汪的眼睛对着某个心仪的男人，那男人强大、有力，像座铁塔一样，傲然地立在那里，任凭他的身体靠上去，他不仅从此衣食无忧，还可以享受各种抚慰。想到这里，他连手脚也温柔起来，向着对方的身体靠将过去。他不知是什么时候醒过来的，应该是女人们修饰过的浪笑蹿了上来，他还以为是自己的呢，脸上也跟着娇媚起来，甚至连身体也不禁有了些暖润。

原来不是真的，他被自己粗大的手指和身体吓到了，心又凉了半截。原来那些只是梦幻，自己还是个男人，还是要那么苦着的。想到这儿，陈俊生不禁可怜起自己，他觉得真是太苦了，即便是和女人睡觉，他都没有享受的感觉，每次都觉得悲壮。有两次被罗阿芳发现了，问他，你怎么了，每次都好像受罪，难道见到我不开心？罗阿芳总是喜欢用手去抚平陈俊生眉毛中间竖着的两道皱纹。陈俊生看着罗阿芳，说，你不也是吗？我们两个都很苦似的。

罗阿芳急忙辩解，我很好啊。

我也没有。说完，陈俊生重新闭上眼睛做出幸福状，可他心里觉得苦死了。

在陈俊生心里，他恨透了这些女人，你们什么都有了，还不肯罢休，还要骗我，捉弄我们。你们应该想想那些在大山里的姐妹，还有工厂里的女工，她们花样年华，却只能困在流水线，受着你们的压榨，你想过她们吗？想到这里，他开始恨得发抖，他发现自己第一次想到这么多。他恨这个世界，恨那些富人，可是他没有机会去改变。很多时候他不知道怎么办，是回到塔河，还是就这样耗下去，看不到希望地活着。他每天睁开眼睛就在想这个问题，难道就这样浪费下去吗？他的眼睛都在望着远处，看着阳光一点一点在草地上爬行。天上的云也慢慢地由一群肥羊变得什么也不剩，然后就转向灰暗了。他想起罗阿芳，对，那个坏女人，欺骗他的感情，拉着他熬过了她最难的两年，除了少量的工资，她什么也没有付给他。有一次陈俊生有意想向对方借钱，刚刚说了半句，就被对方挡了回去，说这种事不要提。陈俊生在心里骂，你还有点同情心没有？如果不是因为我们这些廉价的劳动力，你们这些老板会那么富吗？我们这些外省人被你们榨干了，最后竟然沦落到如此地步。他不好意思说自己是个文化人，否则会更加难受。他在心里骂，社会贫富差距拉得这么大，就是因为你们这样的人太多了，包括你的老公庄培业，他为什么要把你留在这里，而不离婚，占有着女人、闲置的房产还有其他资源？陈俊生怪自己不够强悍，他要把这些个富人打倒，顺便也把罗阿芳这样的女人撕碎，占领他们的家，让她跪着求自己。而那时的自己将带着那些年轻的异性，住进罗阿芳的家里，先是在卧室做爱，然后到客厅，最后是阳台上面。

陈俊生是在自己的大笑声中再次醒过来的，他知道自己刚刚做了个梦，梦里的自己，发生了巨大的变化，再也不是那个说到钱都会脸红的男人，而是一边数钱一边笑出眼泪的新人。屋子里面漆黑一片，陈俊生已经感到了被子里的冷和外面的冷都裹在了身上，骨头缝似乎都已经结了冰碴。正是下班的高峰期，楼下是各家炒菜和小孩子们放学说话的声音，高一声低一声，南腔北调搅拌在一起。陈俊生觉得恍惚，他想起村里放电影的时候就是这样。他记得塔河人说过当年他们来深圳满街听见的都是粤语，转眼又过去了多少年。陈俊生听见了肚子响亮地咕了一声，那声音大得似乎楼道内都能听到。陈俊生忍不住偷眼看了下四周，好在没有人注意他，他低头看了眼不远处的摄像头，这是不久前管理处派人过来安的。眼下，他的身边既没有食物也没有女人，只有不远处一对亮晶晶的眼睛正在专注地看着自己，陈俊生很清楚是刚才那只逃走的老鼠回来睡觉了。陈俊生已经没有了害怕，他和它只对视不足两分钟，陈俊生便把目光挪开了。不知道为什么，陈俊生显得有些慌张和害羞，而对方像是看出了他的懦弱，继续放肆地盯着他看。陈俊生心里嘀咕，它是不是觉得陈俊生倒还占了它的地盘呢？陈俊生想起，进门时见到窗台上自己那个饭盆里的异物。对，应该就是这家伙的便便。顿时，陈俊生竟连愤怒都没有了，他羡慕起对方，它活得可真是潇洒，什么都不怕，洒脱又自在。

陈俊生突然间不再生气了，他仿佛听见皮肤带着冰霜被抖落的声音，是的，他的身上脱了一层皮，变成了焕然一新的陈俊生。这样的新人与眼前这只恶作剧的老鼠来了一次对视。他喜欢这只有想法，不死板善于变通的同伴。真是太恣意了，它把他陈俊生的地盘据为己有，还大摇大摆，连点内疚都没有。此刻，陈俊生竟然生出了佩服，同时也生出了暖意，年关临近，好在它也在这里，算是有个伴，他感觉到自己真的没有那么冷了。眼下，他觉得需要出去找点吃的，再迟些，他可能连路也走不动了，他真的已经整整一天没有见到食物了。过去，他通常会被旅店一阵扑鼻的食物香气熏醒。可眼下，他应有的食物被几句争吵和可笑的华伦夫人搞没了。

不，应该是被即将归来的庄培业抢走了。

饥肠辘辘的陈俊生扶着墙，从自己的408房移步到楼梯拐角，然后再扶着脱皮的墙，慢慢走到楼下。他发现天已经彻底黑透了，甚至别人的晚饭已经吃完了很久。出门时，他被自己房前的一条树枝狠狠地划了一下。还是上次回来时，陈俊生从外面捡回的一棵绿萝，当时可是旺盛的样子，现在已经成了一根树枝，像棵干柴，没有任何油分和水分，它拼了所有力气直接刺痛了陈俊生，最后自己也从中间断裂了。陈俊生觉得那脆弱干枯的样子像极了他眼下的样子。

前进路上的汽车也显得不像之前那么急吼吼了，只有远处传来那些飞车党的发动机声，除此以外，整个街上变得安静了许多。陈俊生脑子里想着白天发生的一切。这样的夜晚，陈俊生对北方的想念全部被勾出来，使他重新恢复了体力，又向前冲去。似乎有着某种使命让他变得倔强起来，一股悲壮之气荡在了心间。他知道是身体里那种不可名状的东西正胀满了他的胃和其他部位，就连下身也被愤怒害得膨胀并延伸出来。很快，他便看见了吸引他的风景，是平时总能看到的而他特别嫌弃的站街小姐们。此刻的路灯像是一串串昏黄的鬼火，在她们的脸上闪烁着，时而晃动着树杈和树叶的影子。陈俊生发现天上下起了小雨，街道上人来人往，路面被浸湿了许多，原来路面上那种显旧的灰白，终于变成了藏青色，有一滴掉进了陈俊生的脖子里。他愣了下，很快便知道要做什么，他跳过了前边几个年轻的轻佻的，而偏偏停在了一个神情有些凝重，年龄稍大些的女性面前。那女人留着过时发型，粗短的脖子上竖着旗袍的领口。像是有感应，她瞥了眼陈俊生，似乎还犹豫了一下，再用眼尾扫了下四周之后，笑着迎了过来。

陈俊生不知道为什么，似乎要热泪双流了，他哽咽着问对方，你好！应该是新到的吧。

女孩似乎愣了下，很快便恢复了正常，她露出甜甜的笑容，故意挺起了胸，扭动着屁股，向陈俊生走来。直到走近，才看清她左侧的法令纹有些重，里面还藏着一粒黑痣，使得她的样子像是刚刚才哭过。她从喉咙怯怯地问了句，大哥，想做生意吗？

她这样的相貌使得陈俊生有了某种使命感一样，他上下打量了对方一番之后，盯着对方的眼睛问，你到南方多久了？他在心里特别想亲切地称呼对方一句妹子，可又担心这么做会显得太冒失。

女孩想了下才从嘴里吐出两个字：六年。女孩似乎是第一次遇见这样的问题，她平时遇到的客人不会是这个样子，他们通常是边系着裤子边说话，主要是为了打发那个过渡时间，免得太过尴尬，女孩知道他们根本不是提问，所以都是胡乱地回答。

陈俊生感觉自己已经动容了，他急急地问，六年？也就是说那个时候你还很小，还是个孩子呢。你难道不想家吗？天已经这么冷了。

那女孩不说话，笑了，想啊，谁不想呢！怎么了？她停了一下再说，大哥你到底做不做？我住的地方很近，不到一百米，就能看到我房间的窗帘，墨绿色的。女孩指着不远处那个窗口，竟是陈俊生所在的那一栋。那里常常会有一些合租的女工，她们白天在工厂或酒楼上班，晚上出来赚点小钱，偶尔也会带着男人回去过夜。陈俊生听房东讲过。

像是偏执了一般，陈俊生已经管不了自己，他问，你现在真的不小了，有父母、老公和孩子吗？

像是被枪对着，女孩僵在原地，她眼神空洞地看着眼前这个古怪的男人，摇晃着手里的敞开的雨伞，并不说话。

在这湿冷的南方寒夜里，陈俊生被自己提的问题感动，这使他的胆子更大了，甚至他显得异常兴奋，他喘着粗气再问，这样的夜晚，你考虑过他们吗？他们可能在家里等着你，天天盼着你回去。

女孩似乎缓过劲儿来，可她表现得还是没有底气，问，大哥，你什么意思？很快，这女孩便想起了什么，气呼呼地说，我为什么要想他们？我为什么要想他们？你到底要干吗？做还是不做？不要浪费我的时间！你是不是想调戏我，耍我，捉弄我，然后来证明自己是个好人，是个正经人？

像是忘记了自己是要做什么，陈俊生变得沮丧、愤怒，被各种情绪挟持着，他提高了嗓门，像是在舞台上那样说话，让我告诉你作为女人应该怎样吧，要有自尊地活着，而不要堕落，否则你会让自己的父母为你蒙羞，让你的后代无法做人！

女孩也暴跳起来，你有病啊！你以为是我愿意的吗？我能回去吗？现在连他们也嫌弃我，不要我了，现在谁还理我？请你告诉我，我回哪里？我应该回哪里？女孩的眉毛已经扭成一团，她后退了一步，并跳了起来，像是一个话剧演员在舞台上那样。

陈俊生指着黑暗处女孩闪亮的鼻子，是你不学好，还要怪别人，你没有尊严。女孩冷笑一声，太滑稽了，那你来找我干什么呢？虚伪！

陈俊生愣了下，血直向脑子里涌，这一刻他被激怒了，对罗阿芳的，对艺校的，对塔河的，对以往那些不如意，他想要吼上一嗓子，于是学着广东人的骂法，你个死鸡婆，臭八婆，不知廉耻的寄生虫！

骂完了这句，他看见女孩愣了下，随后像是从空中降下来的一声尖叫。那声音迎着雨，砸向地面，又冲向了黑漆漆的天空，像是一只黑色的鸟。随后，女孩抬起了自己的右手，她准备把伞向着陈俊生的方向扔过来，却被风阻挡着摇晃几下动弹不得。女孩此刻真的如同疯了一般，撕乱了自己的头发，弯腰脱下一只黑色的高跟鞋，向着陈俊生的脑门狠狠地掷了过来。

5

再见到罗阿芳的时候，陈俊生的身边已经有了齐彩霞。只是齐彩霞还有些不适应，总是心不在焉，神情恍惚，走在路上的时候，有意与陈俊生拉开了距离。陈俊生想带着齐彩霞四处走走，齐彩霞嫌累说不用不用。陈俊生也发现离开一段时间整个街道都被改了，楼房和楼房、街和街都差不多，全是新的，市场和公园好似连锁店，仿佛被复制出来，令人难以分清。

罗阿芳似乎忘记了之前两个人曾经说过狠话，陈俊生只好当作什么都没有发生，在庄培业的面前，从始至终他连罗阿芳的眼神都不去触碰。

罗阿芳对陈俊生说庄培业有很急的事情需要帮忙，拖不得。

像是昨天还在见的老朋友那样，罗阿芳告诉陈俊生说这个地方只有做公益事业才可能保下来，不然会被强拆的，那样的话，他们几十年就白辛苦了，这可是命根子。她告诉陈俊生庄培业这次是正式回来，再也不会走了，是他请陈俊生过来帮忙的，工资非常高的。陈俊生听完，不知道怎么接话。罗阿芳又低了声说，担心他多想，我只有先说，告诉他作为旅店的员工，你为这里立下了汗马功劳，否则这个小店早关了。到了这里，陈俊生才算彻底放下心来，他明白了庄培业的热情显然事出有因，也是有求于他，所以并没有出现陈俊生隐隐还担心的事儿，如有戴着墨镜穿着黑社会衣服的一排壮汉突然出现之类。庄培业待陈俊生如老朋友一般，说陈俊生帮他守住了摊子保住了旅店，是他们家的救命恩人，不然的话这块地早被什么人占了，开店的人最清楚，勒索无处不在。庄培业说话的时候总是忍不住想用手抚摸陈俊生。陈俊生刚开始不习惯，后来明白这是庄培业的表达方式，因为他不擅说话。陈俊生刚开始心惊胆战，陪着庄培业喝下了三杯酒后，总算是把心放到肚子里。庄培业凑到陈俊生身边，拍着陈俊生的肩膀说，以后我们是兄弟了，你看见没有，这里有这么大，不能空置太久，这可是整个关外最好的龙头地段，连那些香港人都说这里绝对是块风水宝地，我们可以好好使用它。陈俊生在文化馆期间受到了最大的尊重，这一次，庄培业说要给他更高的待遇，高管的工资，副总兼董事。

有时陈俊生也觉得恍惚，庄培业不就是早年开加工厂，搞三来一补的那个老板吗？后来加工厂被改为酒店，重新开业时被陈俊生改了名字，花都旅店，意为怀旧。后来陈俊生也不明白，怎么起了这样的名字，他从来没有想过纪念女工之类，虽然正是她们把庄培业、罗阿芳变成了有钱的富人。庄培业眯着眼睛，骄傲地说，在整个村里谁不羡慕我、巴结我？1993年3月17日特区报纸用整版来宣传我是三来一补的带头人，我把全村的剩余劳动力全部招进来做事，有的当采购员，有的当保安，有的当会计。我们做的玩具全部出口到西欧、东南亚，你想象不到吧？如果不是后来政策变了，腾笼换鸟，搞科技创新，我早发达到自己都不认识自己喽。庄培业继续回忆当年的风光，他说，你知道不？第四届电影年会我赞助过的，那些演员就住在我这个店里。秦怡你认识吗？带着他的儿子住在904。女演员我见了好多，《西游记》女儿国国王朱琳最漂亮。庄培业眼里闪着光，说，反正我那个时候走路是飘着的，连镇里的书记都要巴结我，说我是港商。其实我不算，我只是骗他们，反正也没有人查，我户口没过去。如果办到香港，我就后悔喽！我不可能去那种地方，人多物价高，我把香港人都招进店里帮我管理，我不需要入香港籍的呀。

陈俊生觉得再听庄培业说已经没意思，显然对方忘记他们眼下的处境，再次出现了幻觉。陈俊生说，想圈地的人真是不少，养老院、艺术村，青少年活动馆也是手法之一，我都听过，聪明人的确意识到了，可惜你下手晚了。听完陈俊生的话，庄培业急得双眼通红，我这块地几十年了，一直是属于我的。陈俊生笑着说，是你的也对，可你这是违建啊。说完，陈俊生端起杯子，吹开上面的茶叶，猛喝了几口之后说，现在我知道你把那些工人用过的锅碗瓢盆、衣服草帽，还有舍不得丢的BB机全部收购回来的目的了。

感谢你这么懂我，我太太说的果然没有错，你太有头脑了，我就是想打这个牌子，让他们谁也夺不走。这样的话地也保住了，这样还可以帮你扬名，文化人嘛，图的不就是这个吗？庄培业说了这句之后，已经后悔，因为罗阿芳正在不断给他递眼色。庄培业继续对陈俊生说，如果有人过来了解情况，你负责陪好他们，这些人最喜欢漫无边际地说什么情怀，不懂也不要讲，让他们去想好了。他继续交代，到时我还要申请支助经费。接下来，我们不能死守摊子，我们还要拍电影，上电视，搞各种演出，分别做，成立一个文化公司，做一个工作室，用几个账户就可以把钱要回来。你是文化人，这个由你来负责。

当庄培业说到要在这个地方搞个舞台，表演一些当年女工们喜欢的节目，吸引游客时，坐在一旁的齐彩霞突然站起身，离开了座位，快速走出门去。来到深圳之后，齐彩霞的情绪一直不太稳定。看着齐彩霞细长的腰和小小的身子，陈俊生感觉像是做梦一样。虽然齐彩霞随着他来到了深圳，可两个人的关系已经别扭、生分。原本齐彩霞对他的崇拜也不见了踪影，连话也不说了。齐彩霞细长的眼睛里，飘出的东西，让他有些琢磨不透。总之，陈俊生觉得眼前的女人不是当初认识的那个，连思维似乎也有了变化。这样想的时候，陈俊生忍不住心虚，突然怀疑起齐彩霞是不是在老家还有别人，才不愿意来的，或是受了哪位高人的点化，可除了自己，方圆百里齐彩霞崇拜过谁啊？陈俊生思来想去，也找不出答案，感觉像个谜一样，他实在不明白，之前那个对他好的女人去了哪里。

陈俊生打断了对方说，你扔下老婆那么多年，她一个人是怎么过的，你知道吗？陈俊生喝了酒，胆子越发大了起来。

庄培业说，兄弟啊，公司出了这么大的事，我如果不离婚，全部的房子家财都要赔进去的，还能有今天吗？更不要说能有你我兄弟今天的好日子了。庄培业话锋一转说，只是苦了老婆喽，我知道她这些年太不容易，跟着我受累了。说完，庄培业站起身，给自己斟满了杯，用手拉着罗阿芳说，老婆，这杯我要敬你，以后，你说啥我都听，感谢你等着我回来。庄培业继续说，我再也不会胡闹了。在里面的时候，我总是梦见小鬼四处找我，要把我抓进阴曹地府。以后什么事儿我都听老婆的。这时的罗阿芳边擦眼泪边深情地看着庄培业。陈俊生知道庄培业不仅搞大过女工的肚子，还养过一个叫张爱秋的歌手，后来被这位歌手卷去了大半的家产。这些都是罗阿芳喝醉了酒哭着告诉陈俊生的，她说幸好自己存了私房钱放在娘家，最难的时候才算度过来，不仅可以保证儿子在国外读书不受影响，还可以东山再起。最后，庄培业说，这两年真的委屈了你，你做过什么我都会理解，今后也会理解。说完了这句，庄培业突然把身子转过来，对陈俊生说，现在我听你安排，只要你的心在我这里，在公司。他甚至没有发现陈俊生的脸色已经变了，还在继续说，房子很多，随你住，汽车，你也应该不会拒绝了吧，是个男人就想要吧，院子里的这几台随便你挑，如果要换新的，你可以自己去选。

陈俊生想起自己做过一个梦，梦里见到了向他扔鞋子的小姐姐，她住得竟然那么近，不是一百米，而是同一个房间。陈俊生把自己吓醒了。天竟然还是黑的，可是他已经睡不着了。于是他去看身边的齐彩霞，吓了一跳，对方睁着眼睛，看着天花板。

转眼便到了夏天，凤凰树上的花全开了，107国道两边的花朵连在了一起。已经成为高科技创新城市的深圳，三来一补、边防证早已成为历史，90后的孩子们多数不知道那是什么物件，就连最代表深圳的二线关也撤了。想要了解这些，只能到档案馆去查了。陈俊生本来想好了要拍些照片留念，还没有来得及，便被铲土机推平了。一夜间，连砖瓦也消失得无影无踪，广场上干净得像是被水洗过一样。整个关外已经变成了一座崭新的城市。陈俊生觉得最近发生的事情很多，包括认识的人，有的白发苍苍变成了老人，有的连个招呼都没有便踪影全无，手机也成了空号。过去的事儿没有多少人再记起，即使再新的事情，过两天也没人会再提。

庄培业和罗阿芳回想起事情的来龙去脉时，时间过去了大半年，花都旅店门前已经停放了两台黄色的推土机。从深圳市区去往关外的路上，谁都可以看见这座矮小的建筑物正在被拆迁。有些人记得当年这里的糯米鸡、莲蓉包最好吃，到了夜晚出来的站街女、打工妹，还有卖炒河粉的小贩们。有些年纪大些的老人还能回忆起，原来这里的老板娘是个女的，芳名罗阿芳，还有些更老的人回忆，这罗阿芳当年也是个好妹仔，只是后来越来越不像小时候了。

陈俊生一觉醒来，觉得这个世界其实不大，那些有缘分的人活动范围都不会超过百里。想到这些的时候，他正看着自己，镜子里的陈俊生额头的左上角冒出了一些短短的白发，他试图拔掉，却发现那些白发生长得很牢，不像是长着玩的，而是要长期驻扎下来。陈俊生眼下，如他所愿，成为文化小镇项目的一名临聘人员，业余时间还可以兼职做一些培训。

陈俊生觉得自己此生是被人信任过的，是那位得了他衣钵的学生齐彩霞。她已经被陈俊生接回了他们的廉租房里。那一次发作，齐彩霞的手不断指向天空，说她的姐妹都在上面。那个夜晚，因为在外面，她才躲过了那场灾难。知道齐彩霞怕黑，那是姐妹们为她留下的一支蜡烛。说话的时候，齐彩霞的手四处游移，无法确定自己当时的厂在哪条街，哪个区，到底是珠三角的哪个城市。好在只是暂时性的症状，经过治疗，病情已经好转。只是很多事情已经被她忘记，包括在塔河的那个早晨，她想要对他说出来的一切。

中午时大街小巷到处还可以听到知了的声音，还有各种鸟也落在了不远处的树上叫个不停，到了黄昏，竟然安静得像是什么都没有来过。陈俊生崭新的摩托车刷着路两侧的树叶一路前行，有苦香味飘进来，他深深地吸了一口，努力让这凉爽的空气在体内徘徊了很久。随后他抬头看到了飞机正携带着镶了金边的云彩，漫过他的头顶。

陈俊生已经不再纠结，既然齐彩霞敢随他重新回来，作为男人他便不能失信，陪伴齐彩霞和他们即将出生的孩子，是接下来陈俊生最重要的事情。

原载《北京文学》2019年第6期

孙春平

筷子扎根

1

当年，我插队的那个地方农民们形容某片田地肥沃，常用一个非常形象的比喻，说插根筷子都能生根。这我不信，绝对不信。我虽然没有多少土壤学和植物学方面的专业知识，但好歹也读过几年书，这个比喻也有点太不着边际太不靠谱太夸张了吧。不管土地有多肥沃，也不管当地气候如何湿润温暖，可筷子无论是木质的还是竹子的，肯定已经彻底失去了任何生命机能，那它还怎么生根发芽？那个年月，若有塑料筷子，就更不可能。能发芽的不能称为筷子，而是还没彻底晒干巴的小木棍或竹棍。这可用当年我们经常引用的领袖的一段论述来说明：一定的温度可使鸡蛋变成小鸡，却绝不能让石头变成小鸡，外因是变化的条件，内因才是变化的根据。这就涉及哲学方面的命题了，绝非抬杠。

可我万没料到的是，后来，有一根筷子真的生根了，而且一扎几十年，直到今日，还滋生出两枝很茁壮的枝杈。

这根筷子叫张海俊，我从小要好的朋友，初中时的同班同学。

2

我和张海俊下乡时都是十八岁，去的地方离家不远，坐火车也就两个小时的行程。这似乎跟按学校按班级的统一调派有关，铁路职工子弟中学嘛，总得找个能听得到火车叫的地方。听说为争取这一点，铁路局尽了很大的努力，包括答应可给安置知青的县城和公社优先调派车皮。这一近，就给我们这些铁路子弟经常回家提供了便利。至于火车票嘛，家长和知青的心目中早达成了共识，都是铁路家的孩子嘛，都是响应伟大号召去大有作为的，还买什么票呢，就好像回家敲门，太外道了吧。

但这"共产主义"的好日子并没维持多久。铁路局来了军代表，军代表是个老八路，据说对为时尚不久远的红卫兵运动深恶痛绝。他在坐火车巡察一番后拍了桌子："这叫牛犊子拉车，乱套！一帮小毛孩子，还没王法了呢！不管是谁，想坐车，都得买票！"

这些背景资料是我从爸爸口里知道的，我所亲身感受到的气氛则是严防死守如临大敌。那天，已是暮色垂临，我和张海俊跨出车门。下车的旅客不少，其实多数是知青，不下百人。落脚之地是三等小站，几组铁道线路，不长的站台，横空一道天桥，那是出站的唯一通道。但当过红卫兵的知青们很少有人按规矩行事，顺着铁道，或向前，或向后，或跨过对面的铁道，便直奔了广阔天地。可那天的情况特殊，站台对面停着一列货车，便与站台这侧的客车夹成一条狭长的走廊。下车人一下都拥在站台上不动了，因为站台的前方和后方站满了身穿草绿色军装的士兵，一个个笔挺威严，密层层封堵了昔日可自由往来的去路。有车站工作人员拿着电动喇叭喊："下车的旅客请经由天桥出站。没买票的旅客在出站口补票。"

这好比瓮中捉鳖，四面围堵，只留那么一个出口，插翅难逃了。少数买了票的往天桥走，大批的知青则拥在站台上不动，低声的议论与咒骂嗡嗡嘤嘤。我对张海俊说，今天要倒霉了。张海俊问，怎么说？我说，花钱补票呗。张海俊冷笑，不嫌窝囊？我说，看来今天得认了。张海俊说，愿认你认，顺着腚沟子流大汗一天挣不到两毛钱，显你趁啊？他说的是实情，别看我们插队的地方交通还算便利，但生产队的分值却低得可怜，年终能不能兑现还得另说。我嘟哝说，那可咋好？张海俊前后看了看，低声说，把你的大棉袄脱下来给我。我问，啥意思？张海俊说，少废话，快脱，别让当兵的看见。

站台上的人挤成一团，乱糟糟的，高挑在头顶的路灯也昏昏不明，想不让执勤士兵看到我脱大衣很容易。我身上的棉大衣是我爸前些年在工务段当养路工时发的工装，我下乡时便给了我，大衣左胸上印着路徽和安全生产的字样。这一点，张海俊就没法跟我比了，他爸爸是餐车上的厨师，厨师不发棉大衣。

张海俊穿上了我的棉工装，吩咐："随大溜儿，要快。"

我没听明白他的话，更不知大溜儿将怎么行动，可眼见着张海俊已拨开身边的人，大步向着列车尾部而去，走出没几步，又听他扯开嗓门喊："还发什么呆！赶快经天桥出站，没买票的抓紧补票，都给我听好了，今天谁也别想拣国家的便宜！"

张海俊他要干什么？疯啦？可站台上的知青们却以为他是车站上的工作人员，便避瘟神似的四下躲闪，任由他一路直冲冲往前走。

张海俊继续喊："不许钻车！知不知道钻车危险？敢钻车的加倍罚款！"

知青们怔了一下，立即就明白了，这响彻站台的吆喝无异于提醒，眼下的唯一逃脱之路就是钻车，从对面的货车或身旁的客车底下钻过去。人们好像炸了圈的羔羊，呼的一下散开，各寻了遁身的去处。执勤士兵的哨子尖厉地叫起来，随即就是奔跑而来的脚步声。那一刻，我呆了一下，就在一个士兵要抓住我胳膊时，一缩身，急闪到货车轮下，由于慌急，脑袋还被底梁重重地撞了一下。

哪还顾得上疼不疼，钻过车轮我就往插队的方向跑，身前身后还跑着几个陌生的知青。我一边跑一边往后看，不知张海俊是不是也跑出来了。没想到，张海俊突然从铁道旁一根电线杆子后闪出来，哈哈地笑："还跑什么，一帮惊枪的兔子！"

我喘息着，问："你也跑出来啦？"

张海俊得意地笑："我可没跑,咱哥们儿是从他们眼皮子底下走出来的,大摇大摆。"

我说:"他们没问你呀?"

张海俊说:"问我什么?我是李向阳啊。就咱这扮相,正儿八经的铁路工作人员,《平原游击队》白看啦?"

看他那得意的样子,我可以想见他经过那些执勤官兵身边时的样子。这个张海俊,胆大心细,遇事不慌,真是生错年代啦!

3

我在乡下干了三年,抽工回城后去的单位是铁路局管下的木材加工厂,开大卡车。木材厂占地面积大,在市郊,厂里给住在城里的职工每人发了一张通勤票,有了这张票就了不得啦,进出站晃一晃,一路放行,没人细看。

可张海俊却远没有我幸运了,他留在了乡下,而且极可能一辈子留下去,究其原因,则完全怪他自己,怨不得别人。

我们下乡时是深秋时节,大地光溜溜,剩下的庄稼活已基本在场院。第二年,忙过春播和夏日里的三铲三趟,等着的就是秋忙了。可就在等秋收的日子,张海俊出事了。

事情出在护秋上。玉米开始结棒时,生产队长挑出几个男知青,说庄稼有些成色,该护秋了。以前,村里的青壮年护秋,有人监守自盗,还有人抓到偷秋的人抹不开脸,都是乡亲嘛,睁一眼闭一眼也正常。这回你们城里的小伙子来了,太好了。你们两眼一抹黑,不管抓到谁,都给我往生产队带,立功有奖,我给你们加工分!护秋员的任务关键在夜里,两条腿得一刻不停地走,眼睛更得像夜猫子(猫头鹰)一样圆睁着。工分加厚,一天15分,不低了吧?关于护秋的地块,村东主要是花生和大豆,这时节花生和大豆正好烀了吃;南头那片地瓜也让人眼馋,大点的已把地皮拱出缝了,又正贴着进村的路,也不可不防;护秋最当紧的是村北和西边的苞米地,人一钻进去,立时没个影。尤其是村西那片,贴着公社的砖瓦窑,窑上没黑没白不熄火,窑工们夜里饿了,常溜进地里掰苞米,那窑眼蹿出的火苗子又正好烤苞米，哪年那片地都不少丢庄稼。

有人嘟哝，知道丢，还在那儿种，不是缺心眼吧？

生产队长姓佟，但村里人都喊他大魔，是魔鬼的魔，还是沾了我们的村庄磨盘湾的磨，不得而知。听了种地缺心眼的话，大魔黑着脸斥道："别刚来乡下没几天就充大尾巴狼，你咋知道队上没种过别的？"

青年儿们开始抢任务了，东南北三面立时有人报名。我起手慢了点，抢到的是村北。那时，只有村西还没人投标，也只有张海俊一直没吭声，众人便把目光盯向了他。

张海俊翻翻白眼说："瞅我干啥？俏活儿都叫你们抢去了，凭啥剩下的一块臭石头非得让我搬？大不了，我不挣那15分，随大溜儿一块收秋去。"

大魔说："看村西确实不容易。那就20分，一天顶两天，这总行吧？"

张海俊冷冷一笑："拉倒吧，谁还稀罕那几分，秋后兑现吗？"

人们一时无言。队长低头卷老旱烟，点燃，才慢悠悠地说："我听说，张海俊常把自己比作李向阳，智勇双全，天下无敌。今儿一看，也是吹牛不上税。中了，今儿的会就到这儿吧，大不了，我再另想办法，没有谁，你看地球转不转？"

人们散去。张海俊端坐在炕沿上不动，一副不尴不尬的样子。我不好也走，眼看着队长也快走出房门了，张海俊突然大声说："队长，你还没说村西那片地去年到底丢了多少呢。"

队长立住脚步："我估摸，最少也得两千棒吧。"

张海俊说："我不要一天20工分，也是15吧。今年收秋时你去数，那片地要是丢的苞米超过100棒，我连15分都不要！"

队长说："好，就凭海俊这句话，明儿晌午，我让你婶子杀一只鸡，炒上两个菜，我陪你一醉方休。"

其他人还等在窗外，哄嚷起来，齐喊见人下菜碟，不公平。队长便又说："那就都去，可我把话放在这儿，别人去都是多个人多双筷，我请的可只是张海俊。"

大魔不愧是大魔，说笑之间，就用激将法将一块最难啃的骨头丢给了争强好胜的张海俊。过后，我把这话说给海俊，他却哈哈笑，说你以为我真像傻李逵似的一激就上火呀？我玩这么一下，不过是让大魔别小看咱们青年儿。其实，那天我是第一个到的队部，进屋就看见队长将几张已裁好的纸条塞进了口袋，他的打算是万一活计不好往下派，那就抓阄。可我偏不让他抓，所以你们抢地块时我才一直没吭声。不就是看一片地吗？多大的事，我还想落得自由自在呢。

护秋的队伍上阵了。东南北三面都跟鬼子进村似的，悄悄地进行，出动静的不要。唯有西面的张海俊闹得很张扬。他从老农手里借来一件蓑衣，手里还提了一把镰刀。那镰刀加了一米多长的木柄，顶部又楔进一根拃来长的大铁钉，那就不光是农具，还是武器了，有点类似于古时的戈或钩镰枪。而蓑衣则是乡人的雨衣过去式，那东西笨重，还须配上草帽似的雨笠，哪有小帆布粘胶的雨衣轻便又实用。当然，蓑衣的长处也非寻常雨衣可比，蓑草有很强的隔潮功能，所以蓑衣披在身上不仅可遮风挡雨，铺在地上还可充做床铺，湿冷不忌。那天，响晴的天，午后偏晌的时候，张海俊拉上我，出现在村西地头。那里距砖瓦窑也就一箭之遥，与窑上劳作的人彼此可见，视力好的甚至能辨鼻眼。他将蓑衣披挂在肩，手里扬着那把长柄镰刀，在苞米地头来来去去，唯恐窑上的人没看到，扯开公鸭嗓唱苏联歌曲《三套车》和当时正流行的《这个世界究竟谁怕谁》，一遍又一遍，翻来覆去。唱到"可怜我这匹老马"时，调子要拔高，张海俊唱得声嘶力竭，逗得窑上的人冲着这边喊，野狼嚎，拉倒吧！

跟在张海俊身旁，看他脑门上的滚下的汗水，我都替他热得慌。节令已立秋，秋老虎开始发威了。我说："想吓唬家雀，还不如立一个稻草人呢。你想捂出痱子呀？"

张海俊说："饿死鬼是人，不是家雀。"

我说："你玩这一出，是想敲铜盆吓耗子还是唱空城计？"

张海俊说："耗子们也这么想。"

我说："你也不用担心海口夸大了，村北和你那片儿垄挨垄，你过不来时，喊上我一声就是了。"

张海俊撇嘴："这点事就搬援兵，我还敢自吹是李向阳？"

那晚，青年点的伙房刚揭锅，张海俊抓上两块饼子就走了，我猜他必是去了村西。夜半时分，他果然押回两个低头耷脑的乡下小伙子，两人脖颈上各挂了两根苞米棒子，他还用大喇叭喊来大魔队长，引得青年儿们都去队部看热闹。队长进屋就黑着脸问那两人姓甚名谁。砖窑是公社开的，毕竟按月开饷，所以能来砖窑干活的基本都是各大队的干部家属，起码也是根正苗红的贫下中农。队长说，那你们自个儿选，认罚呢，一人10元；舍不得呢，我这儿备着现成的铜盆，绕着全村喊一圈敲一圈，就拉倒了。两人晓得敲铜盆的后果，都认罚，说身上没带钱，明天天一亮送来。因为丢庄稼的事，生产队曾经一次又一次找砖窑，甚至找过公社，于是公社便下了死命令，凡偷秋者，一律开除。队长阴着脸说，明儿你们要是不来呢？我可没工夫去找你们要小账。这样吧，都把裤带抽下来，明儿交罚款时再拿回去。那两人苦着脸，说我们回去还得脱坯码砖，提着裤子还怎么干活？队长说，你们要早想到这一层，就不偷庄稼了。提着裤子回去，搓根草绳当腰带，怎么就干不了活？再说，那窑里比澡堂子还热呢，进去的人哪个不是只穿裤头？这事蒙不住我，不认罚就敲铜盆。

两人提着裤子灰溜溜地离去，看热闹的人忍不住笑出声，队长脸上总算现出笑模样。自从大魔来到小队部后，张海俊就闪了出去，他去牲口棚中抓来一把大豆，从厨间锅灶下扒出灶灰，将豆子丢进去。看来，从傍晚到半夜，两块饼子真是撑不住，他也想垫补。见队长放走了偷青贼，张海俊说："我爬冰卧雪的，把贼给你抓来了，这就拉倒了？"

队长仍是笑："什么爬冰卧雪？眼下刚立秋，出伏后还有四十天热天呢。"

张海俊说："可伏天趴在庄稼地里，蚊子和小咬叮起人来更邪乎，这队长大人也知道吧？你看看我身上的这些包，都快成丘陵了。"

队长说："我知道你能把这帮小子抓现行，肯定不容易。都是南北二屯的，细论起来，兴许还和我家拐带着什么亲戚，他们不是答应明天送罚金来吗？"

张海俊又臭又硬地说："好人你当，挨骂的王八蛋留给我们做，这点鬼子溜儿别以为谁看不明白。"

我怕海俊再说什么，急拉他出了小队部。

4

那年秋天，大魔带人收割城西那片苞米地时，有人在开镰前特意数了数面临砖窑那一面缺失棒子的棵数，张海俊没吹牛，数额的确没超过百棵。作为最要好的朋友，我知道张海俊除了肯吃苦，还小试牛刀地把玩了许多战法。我们没下乡在城里停课闹革命那两年，趁着红卫兵烧图书馆的乱哄劲，海俊抱回家许多书，看得最上瘾的是《三国演义》和《水浒传》，还有《孙子兵法》，他能把三十六计倒背如流并配以古往今来的经典战例，要不是因为他二姥爷解放前去了台湾，他当兵肯定是个运筹帷幄的将才。而我就没出息了，专爱看《安娜·卡列尼娜》和《三言二拍》什么的，那里有不少情爱的故事。那天，有人将只丢89棒苞米的战绩报告给队长时，大魔嘴巴里只吐出三个字："这小子。"我听得出，那口气里透露的满是惊讶和赞许。

当然，也只有我知道，那一秋，张海俊的青苞米没少吃。他不在他的那片地掰，却去北边我负责的那片地寻摸，而且专挑金皇后，掰完还拉我去砖窑烤。在窑上看窑眼的女工说，你们看地的还偷青呀？张海俊撇嘴说，请瞪大眼睛看准了，我烤的是金皇后，黄粒，我看的那片地一码大马牙，白粒。我这是去社员家买的。每次，张海俊还会折断一棒分给帮忙烘烤的女工，以示感谢。私下里，我对他说，想烤想烀，哪儿不行，非得去窑上呀？海俊说，这你就不懂了。兵者，诡道也。我这是让窑上人摸不清楚我在哪儿，又什么时候现身，他们胆虚了，就只好忍着饿肚皮了。这一点我信，在护青的日子，他经常几天不见踪影，有时又整日整夜地和我在一起扯淡。

神出鬼没的张海俊却突然让我们傻眼了。那是霜降后的一天，青年点突然来了一个乡下姑娘，说是找张海俊。留家做饭的女同学问你是谁，姑娘坦率地说我是他对象。女同学大惊，张海俊有对象啦？这是新闻啊！便急忙解下围裙奔场院。正在扬晒高粱的张海俊一听女同学吵儿巴火地叫他快回青年点见对象，瞪眼睛斥道，什么对象，胡说八道！女同学哈哈笑，人家自己说是你对象嘛！好事，挺漂亮的，就是黑点，掉煤堆里可能不太好找。在场院干活的社员听闻此言，登时笑翻了天。

那天，张海俊一回青年点就把那个姑娘扯进了男生宿舍，不仅关了门，还上了闩。我们收工回来时，做饭的女同学挤眉弄眼地指门示意，可房门推不开，我们只好扒窗户。姑娘背对着窗户坐在炕沿上，垂着头，看不太清楚，但从侧影看，确实挺丰满。姑娘可能在哭，不住地抹眼睛。张海俊则站在地心，挥手让我们快滚蛋，看情景真像和搞对象有关。

那晚，张海俊和我坐在场院谷堆上，好一阵不说话，一副失神落魄的模样。

我问："你真搞对象啦？"

张海俊嘟哝说："那天，我也就是随口一说，没想到她还当真了。"

我追问："哪天？"

张海俊说："就是护青时呗，记不清了。"

我恨道："连搞对象你都记不清？"

海俊再嘟哝："谁搞对象啦，不是糊里糊涂，就把坷碜事做下了嘛。"

原来那天夜里，海俊又悄然潜进那片苞米地，忍着闷热与蚊虫的叮咬，蜷伏在蓑衣上。夜半时分，突然听到有小心翼翼掰拧苞米的声音，他循声而去，突然抓牢那人的手腕。那人猛往下蹲，张皇失措地说，大哥大哥，我解手，解手呢，你快松手。海俊这才从声音听出，原来是个女人。但他不松手，说少废话，带上苞米棒子跟我去生产队。那女人抱牢海俊的一条腿，仍是求告，于是就把年纪轻轻的张海俊拖进了那个年月可谓万劫不复的人生陷阱。

的确是难听进耳朵的坷碜事。我挖苦道："哼，李向阳挺快活呗。"

张海俊耷拉着脑袋说："快活个屁！还不如跑马（梦遗）呢，丢死人了。可那天，她抓着我的手往她身上摸，我一时就蒙了，没忍住……求你了，可别再臊我了。"

我问："那以后，你是不是又去砖窑找过那个人？"

海俊把脑袋夹在两腿间，说："哪还有那个脸，我连那片地都很少去了。"

我想想，的确是。护青的后半程，海俊真的很少再去烤苞米，就是有时肚子饿得受不了，我张罗去砖窑，他也说吃够了，还不如吃煮花生和烀毛豆呢。

我问:"那这事怎么收场?"

海俊长长地叹口气,说:"听天由命吧。"好一阵,又说:"同学们要是问起,你就说是扯淡的话,只是句玩笑。这事可跟谁都不能说呀。"

又过了半个月,女人再次光临,进门就大声自报名号叫袁玲。这次来的不只袁玲一人,还跟了她的父亲和两个乡下小伙子,都铁塔般黝黑精壮,每人手里还都提着锹镐,那锹板打磨得光洁雪亮宛若镜面,在晚霞中辉映出血一样的光彩。张海俊一见来人这般模样,立即变了脸色,连说话都结巴了,急拉袁玲进屋子。那几个乡下汉子不说话,也不跟随,只是横成一排站在青年点院子里,手里拄着锹镐,死盯房门的目光里透着鱼死网破的杀气。我看大事不好,慌忙召集所有男知青,每人也抓了一把锹镐,都蹲在墙根下,装作刮擦锹镐上的泥巴,又派一女同学快去叫大魔队长。其他女同学则一个个花容失色,连大气都不敢出了。

一顿饭的工夫,袁玲独自走出来,脸上挂着泪痕,又隐着笑意。她走到父亲跟前,低声说,爸,回去吧,海俊答应一个月后结婚。她的声音不大,但很清晰,满院子的人都听到了。她父亲闻言,用鼻子哼了一声,把镐往肩上一搭,带着两个小伙子转身而去。走到院门口,袁玲的父亲扭过脸,脸上换上了大获全胜的笑模样,大声说:"我家玲子和张海俊结婚时,你们都来喝喜酒,我就不一一请啦!"

袁家四口离去不久,正巧女同学领着大魔匆匆赶来,见了垂头丧气的海俊便说:"这么大的事,你就二上定下来了?"

"二上"是我们那地方的方言,含有没跟主事人商量、擅自做主的意思。海俊低头嗯了一声,算作应答。

队长又问:"跟你爸你妈商量了吗?"

海俊用脚使劲蹭地上的泥巴,嘟哝说:"自己把屎拉进了裤兜子,就自己收拾吧。"

我万没想到,队长闻听此言,在院心转了两个圈子,突然就吼起来,我从来没听他那样吼过,开四类分子批判会时,他也没那样愤怒:"你早干什么去了?但凡早一天跟我说,我也不会让你走出这步臭棋!屁,还李向阳呢!"吼过,他转身往外走,临出院门时,又说:"真要是个啥仙女下凡也中。急着想娶媳妇，不嫌弃乡下的，跟我说呀，咱村的姑奶奶哪个差啦，明媒正娶，总比这光彩！"

大魔的这番话，知青们都听到了。那一夜，青年儿们半宿没睡着，议论纷纷。我对大魔的话也划魂儿，他怎么就知道袁玲长相一般般，他又为什么磨蹭了那么长时间才赶来？我将疑惑交给去找大魔的女同学，女同学说，白天，队长去大队开会，刚回家门就被我拉来了。路上，大魔跟袁家人走了个碰面，是她告诉的队长。

海俊要和袁玲结婚，这是秃子头上的虱子，明摆着的，没什么可说的了。但大魔的话又是什么意思呢？他也是替张海俊憋屈吧。那他责怪海俊"你早干什么去了"又是什么意思呢？海俊若是早跟他说了，他还另有什么好办法不成？

后来，我听说，原来女同学彻夜不眠的议论中还有另外一层意思，就是张海俊想找对象，若在女同学中设立目标，也不是多大的难事，听说那天夜里还有女生捂在被子里抹了眼泪。细想想，也是。海俊一米八的个头，高大帅气，一表人才，再加为人仗义，脑子灵活，书又读得多，当初在学校时，成绩一直中等偏上。可现在蒸下的馒头已经揭锅了，后悔又有什么意思呢？

5

海俊结婚前的那几夜，我常陪他坐在场院的谷堆上，仰望夜空中的繁星，他不说话，我也闷着。时已深秋，夜风很凉，草棵里的秋虫叫得有气无力半死不活。海俊突然开始学抽烟了，而且抽得挺凶，老旱烟卷了一棵又一棵。我拦阻他，说别抽了，小心把场院点着。张海俊总算憋出一个臭屁，说真把我烧死倒好了，省心啦。

我们知青下乡离家时，老爸老妈们拎着耳朵叮嘱最多的话就是不能搞对象，搞对象就回不了城了！此后每次回家，爹妈们也经常不放心地询问，没搞对象吧？当过红卫兵的知青们别看别的事情敢造反，唯在这个问题上，几乎都和父母们达成了惊人的一致，大家都未卜先知地估量出了搞对象可能付出的代价，搞对象就叫扎根，休想再回城。所以直到数年后知识青年大回城,"一把抓",有些老知青在乡下已干了十来年,三十来岁了,独身孤守的仍不在少数。我和海俊从小要好,下乡前那一阵,我没事就去他家,他爸的饭菜做得好,我连着蹭几顿的事都有。张婶叮嘱不许搞对象的话不光对海俊说,也没少对我说,说不光海俊不许搞,你也不许。他要敢动了那个心,你一定回家告诉我,听到没!我一再郑重点头,只有海俊的妹妹海波在一旁捂嘴笑,说我亲爱的妈妈呀,你就放心吧,就他们俩那样的,谁跟呀?可现在,下乡不到两年,海俊不仅有人愿跟,还是人家提着锹镐逼着走进洞房的,这话可让我怎么回城跟张婶说?一捆筷子齐整整,偏偏出了这么一根,海俊吃的这个亏到底有多大,怎么估量也不为过呀!

海俊和袁玲的婚礼是在我们磨盘湾村举行的。原本袁家要在他家办,答应腾出两间西厢房,但事到临头,大魔挡了横,并亮出一家之主的姿态,说张海俊是我们队的知青,结婚也得来磨盘湾村。他爸他妈不在这儿,那就应该由我来当这个家。袁玲父亲让海俊拿主意,海俊在这事上没犹豫,说我答应和袁玲结婚,但我可从没说过去袁家沟当上门女婿。海俊的心思我明白,糊涂事做下了,丢人现眼也在原处吧,总比再去袁家沟让人指手画脚强。那个年月,上门女婿是个贬义词,让人轻看。况且,前一阵袁家人露面时,是凶神恶煞的形象,而这边,大魔队长又一副大义凛然有所担当的父兄姿态,海俊不站到大魔这边才是怪事。袁玲父亲说,既是你这边操办,我家的猪就不赶过来了。大魔队长冷笑道,大老爷们说这话,我就替你臊不起,原来拉出去的屎,还可以缩缩回去。也好,磨盘湾生产队虽然穷,但豁出我大魔这张脸,不信一口猪还杀不起。

虽说大魔一力担承说婚礼由村里操办,但正日子的前两天,袁家还是赶过来一头猪,半大,百来斤,正长骨架,俗称克朗。原本是准备过年时杀的。后来听海俊说,为了这头猪,袁玲还跟家里狠狠打了一架,又是哭又是闹,甚至要跳井。她说那头猪自从抓进圈,就一直是她养,一把野菜一瓢泔水的,当初当着众人的面红口白牙应下的,怎么到了事上还不认账了,以后还让她怎么在磨盘湾见人?大魔队长则在村里赊了几只鸡,当年鸡,挺肥,肉汤里浮了厚厚一层黄油,刚抢了秋膘嘛。

婚礼还算热闹,地点选在场院。肠胃里少见油水的村里人基本都来了。袁家人来得更齐整，三姑六姨都到了，还带来了暖壶洗脸盆之类的贺礼，新郎是城里人嘛，袁家人很骄傲。青年点的男知青也挺踊跃，没差谁，让人不解的是女同学们也不知是谁撺掇的，集体缺席，还传出话，说嫌丢人。到底是谁丢人，丢了谁的人，语焉不详，不究也罢。

海俊家里却谁也没来，只说都在忙，脱不开身。但婚礼上宣读了他爸他妈寄来的贺信，信写得热情洋溢，祝贺儿子儿媳幸福美满，在知识青年扎根农村干革命的康庄大道上携手共进。当然，这事只有我知道，那封信是由我捉刀代笔，再塞进邮筒寄来的。关于婚礼上的事，是我和海俊躺在谷堆上一一商量好的，主要是怎么瞒住家里人，还有海俊父母总不会对儿子结婚这样的大事，写封信就拉倒，起码得送上两套新被褥吧。这事由我和男同学们合谋办，建议同学们的贺仪统统以货币的方式呈献，我还一再喊，韩信将兵，多多益善。我拿那不多的票子跑了两趟县城，买回被褥的里面，还有弹好的棉花。原打算求女同学帮忙，可女同学真是不开面儿，都摇头说不会。当然，这也算不得什么了不得的大事，村里不乏热心的婶嫂，说笑间就把这点活计接过去了。

新房自然是头等大事，其实大魔主动把婚礼从袁家手里抢过来时，心里已有了主意。村里原有一位五保户，我们插队前就过世了，房子一直空闲着，只是风雨飘摇，透风漏雨。大魔派上几个能工巧匠，认真修缮一番，再刷一层白灰，新房立时有了模样。大魔对海俊说，听说公社已向上级申请木材指标和宅基地，等批下来，你继续享受知青待遇。

新婚夜，不少吃饱喝足的村里小伙子要去洞房闹一闹，男青年儿也有人跟着凑热闹，我在通往海俊新家的路口一夫当关，想去闹的人心不甘，仍要去，我便借着酒劲，抓起海俊护青时用过的那把长柄镰刀耍起彪来，黑脸怒喝，谁要不识好歹，可别怪我不客气！夜深人静，人们散去。在冷飕飕的秋夜里，我怕有人抄小道去海俊家，便独自前去。远远地，只见海俊家门前的杨木桩上，孤零零坐着一个人，一点烟火在不停地闪动。见我来，海俊苦苦一笑，说他们要来，就来嘛，反正也丢人了，我不怕再丢。我无言以对，说夜里冷了，还是早点回屋吧。海俊不言，仍是闷头抽烟。夜色中，又有一人走来，海俊闻声，忙丢掉手里的烟头，慌慌站起。来人是大魔，竟无半句宽慰，开口便是讥斥，说我猜你就这点出息！大老爷们做事，咋就敢做不敢当。拙老婆画眉，越描越丑。回屋去！一向乖张不驯的海俊竟深深地向大魔鞠了一躬，哽咽着叫了声"大魔叔"，然后就推门进屋去了。

那是我第一次听海俊喊大魔"叔"，也第一次看到海俊哭。

婚后，海俊搬出去与袁玲单过，青年点每月将他的粮油单独称出去，不够的部分，自然由袁家贴补。说句厚脸皮的话，那一阵，我和男知青们刻意注意的是袁玲的肚皮。我私下问海俊，你啥时候当爹呀？老同学们可都替你把孩子的名字起下了，叫六月。海俊怔了一下，随即给了我重重一拳，骂我滚犊子，又说袁玲根本就没怀孕，我就是个头号大傻瓜，活活叫人家诳了。这回轮到我发呆发傻了。袁玲第一次到青年点，不是说自己已有孕在身，海俊也认账了吗？但事涉隐私，我也不好多问。

那年冬天，造大寨田的时候，有一天歇崩儿（工间休息），身边只有大魔，我便把心中的疑惑说给了他，大魔气得摔镐头，说这事怪也只能怪海俊。那天在青年点，我不是把话说给他了吗，为啥不早点把话说给我？我问，说给了你，你又有什么办法？大魔毫不犹豫地说，铁嘴钢牙不认账，我不信她能拿出什么真凭实据。第一次，为啥是袁玲自个儿一人来？她八成是连亲爹亲妈都没敢告诉呢。男人坚决晃脑袋，女人也只能把这事咽进肚子，她还敢破马张飞地满村子喊呀，那她往后还嫁不嫁人？就是因为海俊认下了，第二次她家才出马了一帮爷们，手里还抄起了家什儿。在这种事上，乡下人比你们城里人鬼得多，别看他整天把李向阳挂在嘴上，屁用没有！我说，那也不是他想不认就不认的事，古人断案不是还有滴血辨亲那一说吗？大魔呸了一口，说那你也信？诸葛亮和吴用都自吹神机妙算，不也没少装神弄鬼吗？蒙人呗！

袁玲生孩子是第二年快入伏时的事，女孩。知青们的共识还是叫她六月，因为按阴历算，那时正是六月。但这名字的深层次含义却透着无聊知青的刻薄。当地有一个玉米品种叫六月鲜，早熟，却低产，因秧棵矮，乡下人又叫老母猪跷脚，意思是猪一跷脚就能吃到棒子。每年阴历六月，乡间青黄不接最害粮荒，这六月鲜正可解农人的一时急迫，所以虽低产，农民们还是要种一些。当然，知青们的这点刻薄，海俊心知肚明。孩子百天后，他跑到公社给孩子落户口，回来后，他抱着孩子来到青年点，手里还拿着户口本，笑哈哈地说，叔叔姑姑们快来看，以后还请多多关照小六月。我心一惊，急忙抓过户口本，那孩子的名字不是张六月又是什么。同学们一时闭了嘴巴，窘促得不知说什么好。我捅了一下海俊，低声说，你这是何苦，同学们不过是开开玩笑。海俊仍是哈哈笑，说叫六月，不错，真的不错，有纪念意义嘛。可大家都看到了，海俊的眼眶里，旋动着苦涩的泪意。那一刻，一直不大理他的女同学都红着眼圈转过身去了。

六月出生前的那几个月，海俊还是跟知青们一样，每隔一段时间就跑回城里，看看爸妈，也补充一下肚里的油水。跟以前小有不同的是，他回家的次数少了，每次也只待上一两天，给家里的理由也充分，生产队忙，不给假。好在袁玲在这事上，自知理亏，从不跟他计较。及至袁玲的身子渐显笨重时，海俊又和我商量未雨绸缪的主意。家里多了个小人儿，总不好扔下不管，长时间不回家，跟爸妈又怎么说？我给他出的主意是撒谎，就说征兵政策放宽，去当兵了，按这个谎下来，他起码可以两年不回家。可海俊不同意，说征兵政策全国一盘棋，这个蒙不住人。再说，让我两三年不回家见见我爸我妈，我就撑不住。而且，当兵不能不给家里写信吧，听说当兵的信封都是专用的，我怎么写？又去哪儿寄？一个邮戳怕就露馅了。我爸我妈跟我要照片又怎么办？

我给的撒谎之计虽没被采用，却打开了海俊的思路。再回家时，他便先下毛毛雨，说国家在我们县的大山里勘探出一个矿，跟铁路相似，半军事化管理，但保密程度更严格，保健待遇也更优厚，他打算报名。他爸妈听了挺高兴。可没有半个月，海俊就收到一封家信，且是加急的，他妹妹以他爸他妈的口气，措辞很是急切严厉地说，那个保密矿千万不能去，妈妈向明白人打听了，那个矿污染严重，在那里待久了的人结婚后可能生不出孩子。张家就你一个传宗接代人，给什么待遇咱也不去。海俊接到信，立即给了我两项紧急任务，一是马上回北口，当面呈报，说海俊已经去矿上报到，退职的事只能慢慢想办法；二是通报到青年点每个同学，拜托各位以后回城，谁也不要再去海俊家串门，小心说漏了嘴巴。

对第一项任务，我颇为难，虽说撒谎的主意是我出的，但出主意和具体实施是两码事。我说，不如你再抽时间回家一趟，就说去矿上的事已定下来了，很难再抽身而退。至于第二个任务，我却很乐意完成，还说，以后不管家里有什么事,都可以让海波直接写给我,你手懒,或有什么话不好说,都由我给你当秘书。海俊为难地说,不是我不愿意回家,可眼下,袁玲真是离不了人,昨天,我陪她去公社卫生院,大夫还说她有早产先兆呢。兄弟,这事你就别推了,受累吧。

往事说到这儿,聪明的读者可能已看出了端倪,海波后来果然成了我的妻子。张婶(恕我为尊者讳,不提准确姓名,况且这些年我也一直喊她张婶)年轻时当列车员,后来当列车长,因长得漂亮,追求的人自然不少。张叔年轻时也很帅气,加之在同一列车上当厨师长,近水楼台,便抢先摘得芳心。我这样一说,各位就都明白了,父母的基因好,孩子也差不到哪儿去。我从小常去张家找海俊玩,也带海波玩,长大娶海波当媳妇,是我少年时就生出的雄心,或曰野心。几年后,我和海波结婚,有人调侃我,问你是不是早就存下了这贼心呀?我不答,哈哈大笑,心里的得意尽在那笑声里。

6

自从有了女儿,张海俊开始不好好在生产队挣工分了,常常天不亮就不见了踪影,入夜后才回家门,不是说老爸闹胃病,就是说老妈脑袋疼,都等着他这个大孝子回去照顾。可每次海俊回来,他的小家就飘出烀头蹄下水的香气,招惹得满村的猫儿狗儿都去他家门外厮咬徘徊。有时我忍不住口水,也溜过去,总能共享一顿口福。须知,那年月,要想荤腥落肚,得等过年啊。海俊给村里人和知青们的说法是,老爸老妈听说儿媳有了身孕,自己舍不得吃,攒下了副食票。我却知海俊必是发挥铁路子弟的优势,去跑车板串市场了,从甲地去乙地,再从乙地奔丙地,省的是车票钱,赚的是差价。一个人要顾三张嘴,颠簸出多少辛苦与劳累,他知我知,理解万岁吧。

隔年秋天,我抽工回城。那次抽工的幅度不小,我们青年点就走了八个。在人欢马叫的欢送热闹中,海俊却没来,我特意跑去他家,见门上挂着铁锁,冷冷冰冰。我猜想得到海俊的心情,唉,我早替他悔青了肠子啊。

回到城里的头两年，我每隔一两个月，总要利用星期天跑回磨盘湾，看看乡亲，看看青年点的同学，主要还是惦念着海俊，那将是我未来的大舅哥呀。俗话说，一个谎，百个圆。前两年，说海俊去了保密矿的那个谎既是从我口中说出去的，那下面的谎就还需我来圆。回到北口后，自然要去张家报到。张婶看到我就哭了，说海俊那个傻狍子，但凡听家里一句话，不过在乡下多吃一两年苦，不是也回到城里来了？我说，我去过那个矿，挺好的，不光工资比我们高，保健津贴让人眼馋，吃住的地方更没法比。张婶说，那我和他爸要去矿上看看，为啥他总不让？我说，不是说了是保密矿吗？张婶说，我们不到矿里去，只站在围墙或者铁丝网外边看看还不行？我说，矿上防着有人暗中拍照，连往外写封信都得经过严格审查。张婶说，那他给你写信怎么就行了呢？我被问住了，吭哧好一阵才说，那是……他进矿时留下的唯一联系地址，只有寄那个地址的书信才好通过审查。张婶叹息说，唉，你再给他写信，就告诉他，抓紧娶媳妇，生个孩子吧，就是乡下姑娘，家里也不管啦。老张家不能缺了接户口本的呀。

我先回乡下的那几次，总是买些糖果糕点或小衣小裤之类的带给六月，有时没买什么，就塞给袁玲几元钱，让她给小侄女买点什么。可一来二去的，海俊不让了，他把我从青年点的饭桌上扯下来，拉进他家去，进屋就喊上酒，那酒菜就不是一穷二白的青年点可比啦，有时还上大对虾，六个头儿一斤的，按时下的行市看，那可就是纯野生的海中极品啦！

海俊一边斟酒一边说："兄弟，你的心意我领啦，可你挣那俩工资也不容易，就千万别再勒肠刮肚的啦。我跟你实打实地说，我眼下想方设法划拉到手的，一个月下来，虽比不得你们回城的八个人加一块那么多，但也少不到哪里去，这你不能不信吧？"

袁玲打他一下："咋没等喝就吹起来了？"

海俊抹搭了袁玲一眼，冷冷地说："没事你哄哄孩子去。我们哥俩说说话，你少搭言。"

自结婚后，海俊一直这样跟袁玲说话，我劝也没用，倒习惯了。

海俊又说："我一个礼拜出去两趟，每次回家最少交柜上五十。你们的工资是多少？一月也就一百九十大毛，学徒工，都这价，三年后才是三十八块六,这没错吧?"

那次在海俊家,也许是借着酒力,也许确实是想说服我以后再不要往小六月身上花钱,海俊把我们抽工回城后他的一些想法和光辉业绩都说了。他痛苦过,绝望过,甚至和袁玲商量过假离婚,说把孩子判给袁玲,等他回城后再复婚。但他后来咨询过政策,说只要是结过婚的,尤其一方是在乡青年或还乡青年,且已有子女的知青,抽工时都不在考虑范畴,防的就是造假。海俊找到的心理平衡点就是赚钱。"你们回城当工人老大哥,有政治地位,那我这屯老二就争取个经济地位吧,我不能没了政治地位再让老婆孩子吃不好穿不暖是不是?"那段时间,他把时间与精力基本都用在跑车板上。比如他发现靠海的小镇虾皮很便宜,一元钱一斤,他买上十斤二十斤,带到火车上,再用旧报纸分成小包,每包二两,串到车厢里卖。虾皮那东西腥咸适度,老少咸宜,在火车上可随口下饭,带回家还可烹饪调味,况且他分成小包后价格便宜,一元钱就可买两包,每次都可轻松出手。至于坐火车,他当然还是不买票,能蒙就蒙,能躲就躲,实在蒙躲不开,那虾皮也可做糖衣炮弹,乘务人员得些好处,面对的又是正宗的铁路子弟,也就枪口抬高一寸,放他一马。别看这虾皮一包只挣两三毛钱,利润却几近百分之百,集腋成裘,就让他的腰包渐渐鼓了起来。

海俊再一项倒卖的东西是猪肉。他跑乡间的集市,专买那种白亮亮状如豆腐的肥膘,带到城里去,颇受婶婶大娘的欢迎。那是个缺少油脂的年代,家庭主妇们急需肥肉熬油,海俊对症下药,"贼"不走空,从城市返回时,手上则带来工人老大哥的各种劳动保护用品,比如皮革手套、线织手套、套袖、劳动鞋……海俊不说买,而说换,用那些老大哥家积攒多了的物品换取乡间的肥猪肉,让老大哥感觉废物利用,很捡便宜,也让屯老二感觉物有所值,两者利润都相当可观。

慢慢地,我感觉到,自从那次被袁家逼婚又被大魔吼过骂过之后,海俊再不自诩为李向阳了,有时我遇到什么麻缠事找他讨主意,拿李向阳激他或夸他,每每他都沉下脸子回斥:"有事说事,少扯淡!"这种变化说明了什么呢?是痛悔前虚,还是内心里转向了务实?在农村扎根,让一个人的心理变化,真的那么巨大吗?

几年后的深秋,我再去青年点。刚进村,就有晒墙根的大爷告诉我,哟，赶得早不如赶得巧，你哥们儿正挨批呢，老地方。

生产队里已满登登挤了人，火炕上坐的是上了岁数的爷们儿，地心或站或坐的是小伙子，窗外还围着抱着孩子看热闹的农妇。海俊背靠东墙而立，身后贴着标语——"防止资本主义复辟　打击投机倒把"，是用废报纸写的。再看海俊的表情，我绷紧的心总算松弛下来。他一副嬉皮笑脸的模样，很没把批判会当回事。有老农问，海俊，给大伙说说，你在外面是怎么把钱抓挠到腰包里的？海俊说，咱没偷没抢，而是光明正大。乡下有人愿意卖，咱买了；等进了城，又有人愿意买，咱也就卖了。彼此都愿意，两好见一好，就像大丫头小伙子搞对象，咱帮着撮合撮合，有什么毛病吗？又一老农说，你既有这本事，何苦做贼似的自个儿在外面耍单崩儿，干脆，大伙选你当副队长，专管副业生产，带着大伙一块干，大家多少跟着挣点儿，总比一个个都憋得登登的强吧？

人们轰地笑起来，笑得窗外的妇女羞红了脸。有泼辣大嫂骂，开会呢，少胡说八道，回家跟你老婆登登去！乡间的笑话，都有点黄，意到为止，不可多想。

等笑声落下，海俊扭头问坐在炕头的大魔："队长，这可是贫下中农的呼声，我要是真能有个一官半职，一定使出牛马之力，多少让乡亲们的腰包鼓溜起一些。"

大魔绷着脸说："这个批判会可是公社要求开的，你严肃点，别嘴巴啷唧的（东北方言，嘴上不严肃，巧言诡辩）。这回你跑城里去投机倒把，让派出所抓住，还是深刻检讨吧，不然公社不能让你过了这道关。"

海俊垂下头，遭瘟的鸡似的耷拉下两个膀子，做沉痛反思状："是，我错了，我放松了阶级斗争这根弦，我对不起贫下中农的再教育，对不起人民对不起党，死有余辜。但我不能辜负了大家的期望，我真想在死之前再为广大贫下中农做点贡献，哪怕咱队上每人手里多揣进一元票子呢。我罪该万死，但眼下也不能去死，家里还有老婆孩子呢，我那败家娘们儿干啥啥不行吃啥啥没够，孩子也小，还不能当改天换地的铁姑娘，所以我还得死皮赖脸地活着，总不能再把那娘儿俩扔下拖累大家吧？为了表达我真诚悔过的决心，我给诸位叔叔大爷大哥大嫂大妹子大兄弟敬一根烟吧。"

海俊说着，便从衣袋里摸出两盒香烟，那烟盒红亮亮，是牡丹牌。他撕开，一人一根递送。那老农们接烟在手，横在鼻子下使劲嗅，又拿在眼前仔细地瞧。有人喊，省中华，市牡丹，海俊你牛×啊！

海俊应道："我是不齿于人类的牛粪，不是牛×。这烟，是准备在外面给能熊住咱的人打溜须用的，今儿个就溜须老少爷们一回，拜托大伙说一声张海俊检讨深刻，就中啦！"

海俊散烟散到门口，与我四目相对，他怔了一怔，随即笑骂："德行，大伙吃个蚂蚱也落不下你！好，你来得正是时候，快替我写检讨，这回可不愁通不过了！"

那天，挨批的海俊拉我回家，进了屋就喊袁玲快备酒菜，还从炕橱里摸出一瓶酒。我的天，国酒，茅台呀！我急按海俊开瓶的手，说留着留着，我回去时带给张叔喝。海俊说，我爸我妈的我早备下了，这一瓶是专等你来喝的。我说，不喝这酒我也替你写检讨。海俊的嘴巴喷喷起来，说看你说的，好像我真想拿这酒换你几个破字儿似的。实话跟你说，我才不交那狗屁检讨呢。天还不至于塌下来吧，就是塌下来，咱哥们儿大嘎秃子打立正，一手擎着！人家南方早就不提投机倒把这个词儿了，自由买卖比咱们这边做得大多了，哼，也就咱东北吧，还抱着死教条当经书！

那天，我正和海俊喝得酣畅，大魔突然推门进来，脸上早没了刚才开批斗会时的冰冷。我忙起身让座，说："队长，不是酒香把你引来的吧？"

队长说："屁，不就茅台嘛，连洋酒，什么欧，对，还有人头马，海俊都孝敬过我了。这些年，我大魔最可心最敢拍胸脯的事情就是，当年，我没把海俊让给袁家沟。海俊知恩图报，这也是我最中意他的地方。"

我将一杯酒呈送到大魔面前。队长不接酒，却说："海俊，你今儿在会上说过的话，还作不作数？"

海俊问："开会时我净装孙子了，我说什么了？"

大魔说："你说要是给你个一官半职，你如何如何。"

海俊忙又将酒杯送到队长手上，赔笑道："那不是话赶话嘛。队长大叔息怒，千万别多想，小侄真是一丁一点抢班夺权的想法都没有。"

我心里陡地一惊，原来症结在这里！怪不得大魔队长又提当年把他留在磨盘湾，还说知恩图报的话，这是不是在扒短儿并提醒海俊不可有非分之想呀？须知，也不光是那个年月，也不论是在庙堂还是江湖，从上到下，抢班夺权都是大忌大不敬，远近必诛呀！

队长脸沉下来，将酒杯在炕桌上重重一蹾，正色道："我可没把那当话赶话。今儿咱爷俩就把话说在这儿，从今往后，生产队副业这一块就全归你管起来。打个比方，就是俩人唱双簧，我坐在前面，你藏在后面。我对你的要求也不多，就是多少能叫乡亲们的腰包鼓溜起来一些。"

海俊却犹豫了，说："这……能行吗？"

大魔说："这年月，这不行那不行的事多了，干熬着受穷就行啦？你小子也不用怕这怕那的，遇事不是还有我挡在前面吗？真要出了事，不过坐大牢，挨枪子儿，都由我一个人担着。"

海俊说："就凭大魔叔这句话，无论走到哪一步，我张海俊都一路相随，何惧生死。"

大魔摇头："不行不行，你年轻，家里还有老婆孩子呢。"

海俊说："媳妇随她改嫁，不能耽误了人家。孩子嘛，有我妹子妹夫，亏不了。"

大魔问："你妹夫是谁？"

海俊溜了我一眼，说："这你都没看出来？"

大魔在我肩上拍了一掌，笑道："怪不得这些年，你们哥俩一直这么好。"

我不打自招地说："我俩好是投缘，跟他妹子可没关系。"

海俊笑道："你要这么说，我就让我爸我妈抓紧给海波找婆家。德行，就你那点小算计，还能躲得开我的火眼金睛？"

那是海俊第一次在别人面前称我为妹夫，我心里委实很高兴。

大魔又回正题："只是眼下，这队长副队长的虚名我还不能给你，依我看，你也不会太在意这个吧。"

应该特别说明的是，那是1978年，"文革"已经过去两年，极"左"的阴霾却还弥漫在祖国的天空，但毕竟，劲风在吹，乌云渐散，云隙间已不时闪射出耀眼的光芒了。

7

海俊给大魔出的第一个主意是在村西废弃的砖窑上做文章。两年前，公社已决定放弃那个砖窑，理由极简单，砖窑附近的土质已不适宜脱坯烧砖，必须从远处运来沙质土掺拌。财务人员一计算成本，还不如另开建一片窑场呢，所以公社一声令下，曾经热闹了二三十年的砖窑立马冷清下来。

旧砖窑那片地，由于多年取土制坯，适宜耕种的表土层早已不见了踪影，要想重新恢复，总得五六年的休养改造。大魔说要重新耕种那片土地，公社大喜过望。大魔又提出改良土壤，不能没有资金投入，公社理应给些补偿和支持。这个理由也是海俊给出的，公社无言以对，研究了几天，答应减免磨盘湾生产队农业税若干，连续十年。社员们闻之大喜，说砖窑那片地被公社占用了那么多年，从来没个说法，大魔果然有魔道，这一手玩得好呀！

其实，在大魔跑公社的那些天，砖窑那片地已经热闹起来。社员们拆掉窑体上的废砖，又砌垒在曾经的晾坯场和存砖场上，而且还厚厚地抹上泥巴，一律五六十米长，东西走向，一人来高。社员不解，问大魔，说咱们这是在干啥？不是怕社员猫冬赌小钱儿，哄咱们玩蚂蚁搬蛋吧？大魔不解释，说出水才见两脚泥，叫你干你就干。紧接着，大魔命令社员往新砌起来的砖土墙南侧移运优质熟土，贴墙铺平，宽不过三米，半拃厚。再往下，便是往熟土上铺粪肥，清一色只要牛马羊粪，本村不够，便派人去外村对换，一对一，换以发酵过的人猪粪尿。社员们似乎一下醒悟过来，看来这是要在这地方种什么了。可种什么呢？死冷的冬天，那新砌起来的砖土墙虽能挡风寒，可冻死狗的数九天怎么办？

谁也没料到的是，大魔是要种韭菜。韭菜是两茬生，中间必须移栽一次，想吃过年时鲜嫩无比的头茬韭菜，一般都是晚秋时种下，这时节，绒细的韭苗已有寸多高，早该移栽到家里炕头上了。没想到，大魔对此也有算计，他组织社员们去邻近村屯去讨去要，讨不来便赊，赊韭苗的价钱是你估算出你家上炕韭菜过年时的产量，我到时如数奉上头刀韭菜就是。种韭人细心估算，合算，这一冬免去辛苦，又大可不必担心各种病虫害，所以，不少人家干脆将韭苗尽数赊让了出来。

韭苗刚刚移栽齐整，我的大卡车也如期驾到，车上拉着塑料膜，还有满登登的竹竿，是从山东那边拉回来的。押车人是海俊。他说利用星期天，让我陪他跑一趟山东，说山东那边农民已学会冬天种青菜，咱们去蹚蹚门路。我说卡车是公家的，我说了不算。海俊说，来往的油钱我出，你带我去找说了算的人。我说，星期天，谁说了算也支派不了我。海俊呸了一声，说少跟我玩这套，小心我给海波女士写信，让她从此不理你。人家都把话说到这个份儿上了，可谓杀手锏，我还敢不听驱使吗？至于海俊见我们厂长时是怎么说的，又使的什么手段，我就不得而知了。那天，我是坐在车里等候，他一个人进了厂长家。反正从那天起，厂长跟他，比跟我还亲热，只要用车，他只需一个电话，厂长很少不答应，除非那天汽车真不得闲。

那天，汽车径直开到砖窑地，大魔吆喝人往下卸东西，并立即张罗架塑料棚，说节令不等人，只怕老天爷变脸。那些天，海俊一直在外面跑，社员早习以为常。这次见海俊闪亮登场，立刻明白过来，人们边干边说，怪不得这一阵大魔嗓门高，原来背后有高人呀！又有会溜须的人说，能用得动高人的那才是高人，比如三国时的刘皇叔。这话大魔爱听，立马容光焕发，说有愿意夜里来韭菜棚里打更的没有，自己报名，在家里侍候过炕头韭菜的优先。过两天，棚里要砌火炉。韭菜娇气，冷不得，也热不得呀！

那年春节前，大棚韭菜喜获丰收。除了发社员每家一捆，再支付几月前赊韭苗欠下的债务，余下的还有一万多斤，海俊让全部放进我的后车厢，下面铺褥子，上面盖被子，一家伙全拉进北口市区。也不需跑市场，他只带我去了几家大企业的工会，韭菜捆往工会领导桌上一摆，鲜嫩气立时满屋飘荡。海俊说，年关已近，时下这种鲜菜市场上好不好找且不论，我只说价钱，比市场价再减一折。我的要求只一条，一手钱一手货，我们乡下人等钱过年呢。那天，我们只跑了三家大厂，一万多斤韭菜便告罄了。

重坐回驾驶室，海俊背着鼓囊囊的大挎包说，开车送我去火车站，你就留下休息吧。我说，都回城了，你就不回家看看你爸你妈？海俊拍拍挎包，说今天是腊月二十八，一般说二十九的集市还有半天，我得把票子送回去，乡亲们可都多少年没拿过生产队的现钱儿啦。我仍不踩油门，很没出息地说，这几个月我跟你跑南跑北的，心（辛）苦肝苦且不论，那韭菜我不白拿，我自己花钱，给我爸我妈还有我未来的老丈人老丈母娘买两斤行不？海俊一脸坏笑地掀开座位上的皮革垫，让我看下面的小箱子，说睁大鼠目看清楚，没亏你吧？你家一捆，我家一捆。我问，还有一捆给谁？海俊说，那是你自己的呀。可我把话说明白了，大年初二，你肯定去我家蹭饭。那你最少把这一捆分出一半带上，便宜事不能都让你占去。

海俊的话说得越来越明白，北方习俗，大年初二，是女婿给老丈人拜年的日子。

我设想过千百种生产队分红的热闹场面。多年间，社员们从春到秋，冬天也不得闲，都是十个指头白挠，从没见过红利呀。我特别理解海俊急着赶回去参加分红的心情，那几乎是新媳妇掀盖头，头一遭呀。

开春以后，我又回磨盘湾，有意找晒墙根的老年人，问可见了年前分红的场面。老人们立刻兴奋起来，扯着生怕别人听不见的大嗓门说，那还能不参加，全村老少，除了病在炕上动不了的，差不多都去了，比前些年听最高指示去的人还多呀！我问，一家分了多少钱呀？老人们说，反正拢共分下五千多元，平均一家一百多吧。拾元一张，都是嘎嘎新的，拿在手里也是一沓呢。我心里沉了一下，一万多斤韭菜，就卖了五千多元？便再问，乡亲们可都满意？老人们说，刚开始，也有人想不通，说年前这一阵，市场上的韭菜少说也卖一元钱一斤，咱们队上的韭菜，就算批发，也不该只这俩钱就给打发了，不会是耍秤杆子的蒙人吧？大魔说，海俊就是怕挨蒙，才在家里先过的秤，一捆一斤，一共装车16003捆。海俊说，这三捆不算，我另有用。他交回队上的钱是14400元，九毛钱一斤卖的，批发价能给七毛八毛就不错了。现在队上留下九千元，我另有安排。过两个月，二刀韭菜下来，票子到手也还这么支派，三七开吧，三分分红度春荒，七分另做大安排。大家听大魔掰开饽饽说馅，便只剩了点头的份儿。我又问，那大魔和会计又分了多少？老人们说，老规矩，满勤工分加二成，一年到头，起早贪黑的，应该。两人到手的都是一百三十多元。有老人接话，说最亏的也就张海俊了，他拿到手才三十多元。可全队谁心里没杆秤？这些年队上头次分红，还不是全靠海俊出主意想办法。我也不说应该怎样奖励功臣了，就让他和队长会计一样拿总不为过吧？这话一落地，屋里屋外的人立马一片声地喊，同意！大魔也说，其实，喊大家来之前，我们队委会先开了个小会，也是这个意见，可张海俊不同意呀。哎，海俊，你钻哪儿去了？快出来，跟大家说句话。那个时候，张海俊又蹲在外屋灶坑边烧苞米吃，听大家喊，才亮出黄狼子似的黑嘴巴说，按全年工分分红，这是早定下来的规矩呀，没规矩不成方圆，对吧？今年上半年，我基本没好好出工，要说正经为队上办点事，也就是秋后这几个月，所以拿到手这些红利，我已是非常感谢。明年我一定争取多出勤。这三十多元钱呢，过年给孩子买炮仗迎财神，足够了。谢谢大伙的美意，谢谢了。不信你问问海俊，正月里那一阵，哪天没有社员请他到家吃饭，还得带上老婆孩子，那种待遇，全村谁有过呀？

这个我信，海俊过年回家时对我说过。他还说，其实人这一辈子，活的个啥呀，还不是让人敬着，高看一眼？这话没头没尾的，张叔张婶听不大明白，可我由衷地为他高兴。

8

二月二龙抬头那天，我将载着几十台电动缝纫机的大卡车开进磨盘湾，凡家中有中青年女社员的，每家一台，所用资金就是生产队卖韭菜节余下的钱。驾驶室里还坐着缝纫机厂派来的师傅，挨台安装调试。星期日，我又陪海波来到磨盘湾，她的任务是教会所有女社员操作缝纫机。又是小队部，满满一屋子女人。海波说，缝纫是熟练工，技术含量不高，关键是上机操作和熟练的过程。回家后，大家可用家里废弃的旧衣物或被褥单子练习。一周后，我再来，我将裁剪完的衣料分发下去，大家就进入实战阶段了。有人说，缝纫机我家有，我早会，我用我家那台不行吗？海波说，你家的那台是脚踏的吧？脚踏机一天最多可加工五套衣裤，电动的却可生产二十套，甚至更多。我们是计件付酬，哪个合算，你们自己算，我不强求。

那时候，我是海波的老板，站在队部外和大魔说闲话。但我也是演双簧，真正的后台老板是海俊，但海俊不露面，因为他还不敢将已在乡下娶妻并生有一女的事暴露给亲妹妹。唉，当年撒谎的时候哪想得到此后的圆谎竟是这等漫长而麻烦呀！

因为家中已有一人下乡，海波初中毕业后便留在了城里，工作被安排到街道办的服装厂，干的就是缝纫。海俊善于利用一切可借用的力量，这一点谁都得服气。派我带海波来乡下当教练，既为我俩创造相聚的机会，还可让我俩有点额外收入，一举两得，好事。因为是哥哥下过乡的村庄，午间休息时，海波便拉我去各处走走。好在知青们前两年都已"一把抓"回城了，我大可不必担心露馅。不过为防意外，我还是要再加一层迷彩服，在来时的路上，我郑重提醒海波，说到了村里，无论跟谁，都不要说你是张海俊的妹妹。海波问为什么，我再编谎，说当初你哥来村里，看中他的女孩子不少，争着托人说媒，一来二去的，你哥烦了，就说出了很伤众的臭话，那话传出去，当初的喜欢就变成了憎恨。海波问，我哥说什么了？我说，你哥说，磨盘湾村的姑奶奶一个个猪八戒他妹子似的，我宁可打一辈子光棍，也不在这儿搞对象。到了磨盘湾后，海波见到了村里几乎所有妇女，便私下问我，说这个村风水不错呀，不说女人个个漂亮，但配得上我哥的还不少。我只好再圆谎，说你哥不是刻骨铭记并坚决执行不许在乡下搞对象的最高指示嘛。

再一周，大卡车不仅拉来了大批布料，还带来了海波和保全、剪裁师傅。保全和剪裁师傅是海波从她们街办厂里选出来的，技术好，人品可靠，听说可有工资外的收入，都巴不得。大魔又选一勤快精明的妇女做海波助理，说小张同志不在村里时，缝纫管理上的事统统交给助理。助理找了一家有大炕面的人家，剪裁师傅便将布匹铺展开去，不过两支烟的工夫，首批裁剪好的衣料已分送到家家户户去了。

小村庄忙碌热闹了起来，家家户户的机器都在嗡嗡作响，计件工资嘛，当日结算，那不由得不让穷怕了的女人们争分夺秒。热闹的是家里的老人和孩子，不好把他们留在家里，便由老人们带出去，聚到一起玩闹。早有人家发现了商机，忙着烙饼蒸糕擀面条，总不能让小宝贝和忙得抬不起头来的大人们饿着呀。

那两年，海俊带着社员们挣钱的办法是带料加工。他在市里联系某家服装厂，谈好价格，让我拉回布料，加工后再送回服装厂，所谓见利就走，旱涝保收。比如一套衣裤只挣一元钱，三毛给女工发工资，再花两毛钱支付人吃马嚼，生产队便可稳赚五毛。那年，秋后算账，磨盘湾生产队因有了大棚韭菜和缝纫加工两条进钱的渠道，分值已近两元，收入已超过城里的工人了。本来还可更高，可大魔说，有肉也得埋在锅底，不可张扬。我曾不止一次问海俊，为啥非得带料加工，白白让别人剥去一层皮？咱们有钱有工人又有设备，自己办厂不行吗？海俊说，可政策呢？好比刚开春的天气，不定哪天来个倒春寒，不可不防啊。

那是1980年，国家的政策确实还让人拿捏不准呀。

我和海波是1981年春天结的婚，我30，海波25，怎么算，也符合晚婚标准了。嫡亲妹妹大婚，当哥哥的不能不露面。那天，他穿着崭新的保密矿的员工服闪亮登场。那身衣服是他特意跑到矿山买来的，褐灰色，改造得很合体帅气。海俊将厚厚一沓钞票呈到老爸老妈面前表示祝福，张婶却将票子淡淡地拨到一边，抹着泪水说，海俊，你都多大了？我们老两口不看重你的票子，我们只盼你快点把媳妇领家来，我们想抱孙子啦。海俊学着电影里的台词笑着说，儿媳妇会有的，孙子也会有的，只是别急，心急吃不得热豆腐。

婚礼前，我曾几次跟海俊商量，不如趁着我和海波的喜兴，把袁玲和两个孩子领家来，两喜变一喜，估计二老看在孙子孙女的面上，也说不出什么了。那时候，海俊的儿子已经五岁了，是粉碎"四人帮"那年出生的，顺着六月的名字，叫十月，倒也应景。可海俊不同意，说我爸可能问题不大，关键是我老妈，心气太高，儿子娶媳妇这么大的事都瞒着她，而且一瞒十几年，她肯定想不通，千万别给喜事添堵了。我说，以前是他儿子的朋友帮着圆谎，以后就是女婿撒大谎，我不光怕挨骂，还怕挨打呢。海俊说，打就打吧，不会真打，有海波拦着，疼不到哪儿去。

婚礼过后，海俊悄悄将一串钥匙和房产证塞到我手上，说这处房子在老城区吉祥胡同一个四合院里，两间半，里面已经装修配置妥当，就算我的祝福吧。本来想买离爸妈家近点的，可铁路居宅是公房，不许买卖。蜜月期间，你和海波或住你爸你妈家，或住我爸我妈家，都挺好。可日子长了，小两口还是单住好，都方便。这个事你知道就行了，也别告诉海波，只说是租的吧。我对海俊的美意自是深切感谢，可我心里还是咯噔了一下。我说，我知道你神通大，办法多，为我和海波考虑得周到，但买房子可不是小开销，村子里的副业都靠你撑着呢，这于公于私，可来不得半点糊涂。海俊笑着说，德行，门缝里瞧风景，也太把人看扁了吧。你放心，生产队的账，都由队上的会计掌着，我只管事，不沾钱。你以为我没黑没白地在外面跑，只跑生产队里的事呀？

1984年，早在风传要解体的生产队终于解体了，人民公社重又改为乡政府。选举村委会主任时，村民们一片声地喊张海俊。磨盘湾是个小村，又叫自然村，大村叫白虎岭，只有大村才有村委会，海俊的名声早已响遍白虎岭。可海俊坚决不同意，他说，乡亲们的信任，我感谢，也责无旁贷。可我这个人，是个骡子，只配拉套，掌握轻重缓急和方向的，还得是大魔，他驾辕，我保证绷紧套不松劲。我呢，也有个想法，说出来请村领导和乡亲们拿主意。咱们白虎岭村可否成立两个公司，一个是农副产品产销公司，以后不光种菜种粮食，还要种水果养淡水鱼，反正啥挣钱就干啥；另一个就是正式成立服装公司，正儿八经地建起厂房。这个公司呢，我自荐当经理，我给乡亲们的承诺还是尽快让白虎岭村民钱包鼓起来，越鼓越好，早日奔小康。

那是个相信能人的年代。张海俊是能人，小村大村都有共识，连附近几个乡都知磨盘村有个能人叫张海俊。

9

那几年，我和海波往磨盘村跑得少了，一是海波怀孕生子；二是村里成立起服装公司后，盖了厂房，买了汽车，还从城里雇去了不少高手师傅，小村庄鸟枪换炮，连报纸电视都在关注了。

海波生孩子那年，海俊回城看外甥，我和他在老城区的一家小酒店对酌。酒至半酣，海俊说："你给我坐稳当，小心听了我的话，一屁股摔下去，摔碎你的尾巴骨。"

我知道海俊又在开玩笑，便也回敬道："不会又是哪个村姑相中了你吧?"

海俊笑说:"还真让你说中了。不过这个姑奶奶三十多岁,跟袁玲不光是同村,还是同宗,低着她一辈,若细论起来,也可算十多年前的老相好了,而且和我的关系极其特殊,不是一般的相中。"

我怔了:"什么意思?"

海俊说:"这个女人的名字我忘了,我只记得袁玲叫她大丫。半年前,我在外面跑生意,回厂就听有人告诉我,说袁家沟有个女人来找过我好几次了。我当时估摸着,南北二屯来找我的,八成都是想在厂里寻份工作,袁家沟是袁玲的娘家,来找也正常,再来时,我就见了。没想到,这大丫见了我竟是自来熟的模样,还海俊海俊地叫。我一看这来头,心里就不爽,说你不是想来厂里干点啥吧? 对不起,厂里人满了,想来,只能耐心等,兴许过两年会扩大规模。当时我的办公室里只剩了我们两人,大丫突然问我,我知道你忙,可咋忙也不会忘了十多年前苞米地里的事吧? 我被说得一愣,问她啥意思。我万没料到这女人脸不红不白地说,其实那天夜里,让你占去便宜的不是袁玲,而是我。那天,袁玲跟我一块去掰苞米,我被你抓了个现行,当时,袁玲就躲在苞米地里,离咱俩不过几步远,虽说天黑看不清,可她肯定啥都听得一清二楚。"

海俊说到这儿,停下来,抓起杯子,将满满一杯啤酒灌下去。我问:"不会是来讹你的吧?"

海俊说:"当时我也这么想。这几年,找我拉近乎的人不少,但像这种,还是头一遭,确实让人蒙圈。我满脑门子的汗忽地就下来了,好在我很快沉下心,不冷不热地回道,谁都有年轻的时候,也难免做过一些不着调的事,我叫你一声大侄女,往后可别再拿这事羞臊我了。没想到,大丫听完我这话,竟起身就走,扔下话,说你要以为我是羞臊你,那回家问问你老婆去,我过几天再来。"

我问:"你回家问了吗?"

海俊恨道:"没想到我回家一提这事,袁玲张口就骂,说这个不要脸的东西,这种事她也觍着脸说。你别理她,让她有事来找我,看我不骂她个狗血淋头! 听袁玲这么一骂,我就知道大丫说的是真的了。那次,袁玲骂得性起,还说,那个大丫,在家当姑娘时就不是个好东西,不管家里摊点什么糟心事,她都拉村里管事的人钻高粱地。呸!当年她但凡要点脸,去砖窑当小工的也轮不到她。不过,你也用不着为这种恶心事闹心,我嫁给你时,可是百分之百的大姑娘,到现在,一双儿女都给你生下了,你还懊糟个啥!"

我问:"那大丫后来又找了你吗?"

海俊说:"哪能不找。再来,我就对她说,你来厂干活的事,眼下女工确实不好安排,不知你男人可有啥技术?大丫说,他当过兵,啥苦都吃得,只求大能人可怜可怜我,我家里两个孩子呢,还有双方老人。我说,那就叫你男人来,先当搬运工,以后干什么,再说。"

那天,我不由得又想起当年大魔赶到青年点时说过的那句话:"你为啥不早点把事说给我?"那话说得很愤恼,莫不是,大魔早就看出事情里的磨磨儿?如果海俊当年躲过了逼婚那一劫,是不是后来发生在磨盘湾的故事就完全是另一种版本了呢?

10

自白虎岭村建起服装公司后,海俊回城的次数就更少了,或三个月,或半年,回来也是来去匆匆,有时夜半时分到家,天亮前就离去,说是赶火车。当然,回家仍是两手不空,除了给老爸老妈带上各种市场上不大好遇的山珍海味,还有让人看了惊叹的貂皮衣帽,还有产自苏联的厨间刀具,那钢口确实好,剁猪骨鸡骨如削瓜果,不虑卷刃。当然,海俊不论带回什么好嚼货好物件,总不落我和海波一份。有一次,海俊在家多待了两天,一家人总算在一起吃顿饭。我趁着海波跟二老在厨间忙,问他,你这一阵在忙什么?海俊说,忙着服装厂转产呀。总摆弄校服、工装服、牛仔装哪行,眼下这种厂子遍地都是,竞争激烈,赢利有限。我现在转产的一是皮夹克,二是羽绒大衣。过了黑龙江乌苏里江,老毛子那边天冷,最相中这些衣服。我问,看你带回来的东西,你眼下是不是常往苏联那边跑?海俊点头称是,说我还是两条腿走路,一是保证村里的厂子有钱只赚不赔,二是我另成立了一家外贸销售公司。村里生产出来的皮夹克和羽绒衣都由我包销,到了那边是赚是赔则全由我个人独撑。我跟你说,老毛子那边才叫地大物博呢，人还懒，我眼下正张罗着组织一些中国人去那边种菜，西红柿茄子辣椒之类的那边啥都缺，还啥都死贵，可我不要卢布，也不要人民币，我只要木材。咱们国家北边林区的资源早就采伐得没剩啥了，危困得厉害，我只要想办法把上好的木材运过来，那就是大赚。我揶揄道，听说苏联那边的姑娘也好上手，你可得小心点，家里还有老婆孩子呢。海俊摇头道，这个请兄弟放一百个心。经过大丫和袁玲两个女人，我早对女人烦了。女人的心思咱不懂，那就不懂吧，惹不起咱躲得起，再在这上头跌跟头，就太不值了。我说，眼下的社会叫转型期，转型期有点乱，不三不四挣大钱，为人一世，还是稳当点好。海俊仰面大笑，回了我一句，德行，想当社会学家呀？

我猜不准海俊关于烦女人的话，是真情还是假意，作为老同学和妹夫，我也只能这样用俗而又俗的武林话，点到为止了。

但海俊还是出事了。那年好记，1991年，一个曾经的超级大国解体了，不再叫苏联，重新叫俄罗斯。

天空飘起那年的第一场雪，大魔突然打来电话，说我在北口，无论你多忙，咱爷俩也得见个面。我说，我的家你又不是不知道，老城区吉祥胡同，你打个车过来，吃住行我安排。大魔说，还是你到我这儿来，城北郊，离看守所不远有个四海旅店，我等你，要快，不见不散。我心里吃了一惊，偌大的城市，怎么偏选了看守所附近，莫不是大魔家或村里的谁出了事吧？大魔说，先别问，见面再说。记住，你来见我的事，先谁也别告诉，特别是你媳妇。

这一说，我的心陡地就揪起来，真是怕啥来啥，出事的果然是海俊。那几天，正好大卡车被领导借出去了。我打车去的，大魔已在旅店门口等我，一脸的严肃与沉重。年过花甲的人了，山羊胡已经花白，假牙也没戴，说话有点漏风。我问，是谁？大魔说，还有谁，海俊呗。我再问，多大的事？大魔说，不小。他往老毛子那边带白酒，喝死了两个人，就看法院怎么判了。我问，能见到人吗？大魔说，海俊捎出话，天黑后，会有人把你带进去。有些事，你们哥俩见面说吧。

看大魔的神情，他应该已跟海俊见过面，可出了这么大的事，海俊为什么不告诉我而是先找大魔呢？他找我要商量什么事？这些疑惑，大魔似乎都知道，但他不说，我也不好再多问。凡进了看守所的犯罪嫌疑人，除了检察官和辩护律师，再不可见任何人，防的是串供。但海俊神通广大，而且深不可测，他能找人把我带进看守所，估摸他摊上的事也大不到哪儿去。当时社会上已在流行这样的话：只要钱能解决的，都算不得大事。说到底，还是钱能通神，至于怎么通，我也是只听轱辘把响，不知井在哪儿。

天黑透时，我站在一里地外的街道边，上了一辆警车，警车在街道上三盘两绕，当然，最后又趸进了壁垒森严的看守所。在一间小审讯室里，我见到了海俊。海俊神态轻松，看不出大难临头的委顿和落寞，让我稍感心安。一位警员说了声"十五分钟"，就坐到了墙角的椅子上。那是临场监视，一切做得一本正经。

我说："都说你精明，怎么做那种傻事？"

海俊说："防不胜防啊。以前去那边，老毛子总是找我要中国白酒，可我的经销项目里又没办下这一项，没办法，都是在货物里掖着藏着带一点，过关时查出来，大不了认没收。可这次，还是以前酒厂的酒，还是那么带，哪承想里面就有了假酒。唉，人心大大地坏了，只怪自己眼瞎，认罚吧！好在我被拘时已过了国境线，回到了咱们这边，不然老毛子还不活嚼了我呀。唉，时间紧，快说当紧的事。"

我看了坐墙角的警员一眼，不吭声。

海俊说："我在里面，可能要待上几年，最不放心的也就是村里的那家服装公司了。大魔可能会请你出任董事长兼总经理，那你就应下，带上海波一块过去挨上几年累。"

来见海俊前，我设想过上百种他要跟我谈的事，唯独没想到这一款。我急忙摇头："瞎扯。这叫硬赶鸭子上架。"

海俊竟还有心笑："管你是鸭子还是大鹅呢。我不在，那个公司八成要乱套黄摊。村里人都知道咱哥俩铁，眼下你又是我妹夫，再加有大魔力举，说你一直是我背后的高参和合作者。只有你接手，人心才可能稳下来。就算我求你了，这是火上房的时候，你无论如何不能隔山观火。过一阵，我被判刑收了监，见面会容易些，有事咱俩再商量。"

我说："你家里不还有夫人嘛，要稳人心，她比我更妥靠。"

海俊摇头："她不行，绝对不行，老袁家人都不行，我信不着。这事不再商量，还是让她在家享清福吧。"

我说："我和海波在城里都有工作呢。"

海俊说："都办停薪留职嘛。我以前听海波说过，你们俩的单位，早就半死不活了。我早有心劝你们下海，但想到经商的风险太多，那就一家两制，可我一人造吧。眼下不是事情逼到了这儿嘛，一蹴而就吧。"

我问："摊上这么大的事，你得有段时间不能回家，这个谎，怎么圆？"

海俊却胸有成竹地说："跟海波，实话实说，我估摸她想得开，也挺得住。至于老爸老妈，再等等，等我判下来，你和海波带上二老和两个孩子，一块来探监，到时我给二老请罪。"

墙角的警员已站起了身，我知时间已到，急将心头堵着的那块最大最大的忌惮说出来："你不会被……到底是死了人。"

海俊在我肩上拍了拍，笑着说："看你想哪去了。放心吧，我心里有数。"

那天，临分手，海俊又叮嘱我一件事，说帮他找几本书，写李嘉诚的，传记、宗谱什么的都要，不怕多，找来放在看守所门卫室就行。还说，最好一勺弄两套，你也读读。

我这人，虽孤陋寡闻又胸无大志，但那年月，李嘉诚的大名还是知晓的，白手起家，香港首富嘛。海俊移情别恋，由李向阳而李嘉诚，说明了什么呢？

11

我和海波很快办了停薪留职，到了磨盘湾。那两年，我原先所在的铁路木材厂虽然背靠着超大型的半军事化企业，但木材加工早已名存实亡，枕木逐渐被灰枕取代，职工居宅和办公楼舍修建所需的木材也被各种钢塑材料取代，车间里轮锯、带锯下加工的只剩了防冻害垫板，听说铁路枕木全部改用灰枕后，连垫板也将成为历史。又听说铁路上一些跟大轱辘关系不大的部门都将改革到社会上去，所以我申请停薪留职几乎没遭遇任何阻碍，只半个月就批下来了，弄得我心里一时还有点委屈和惆怅。海波所在的服装厂原本就是街道办的小厂，俗称小集体，早被雨后春笋般的各种民营企业挤得没了生存空间，获批得比我还痛快。到了村里，大魔早派人将已空闲十余年的青年点收拾得里外三新。我的名头是虚席以待，只是多了个代字。海波则负责厂里的生产业务，也算她的老本行。有了这般安排，骚动一时的公司果然安稳下来，很快恢复了生产与销售。我和海波所担心的只是袁玲和她的娘家人，怕他们跟我玩什么外戚干政。大魔斩钉截铁地告诉我，放心吧，海俊早把手令传了过来，老袁家人不敢。

那年底，法院的一审下来，张海俊因犯销售有毒食品致人死亡罪，判处十年徒刑，并处罚金若干。那个数字不小，让人听了咋舌。可张海俊当庭表示，服从判决，不上诉。他手里到底已有多少钱呀？我和海波的另一个不解是，北口市也有监狱，为什么海俊要被收监到省城去？押在北口，起码家人探监方便些。为这事，我专程去找辩护律师并求他帮助想办法。律师说，张海俊已明确表示了同意，我哪好再说什么。又说，谁让张海俊是能人呢。听说为争取到他，省内各家监狱都没少花力气。放心吧，张海俊在监狱里也闲不住，食宿条件亏不到他。

为去省城探监，我特意借了一辆面包车。我开车，海波坐副驾驶座，后面坐着我的岳父岳母，还有袁玲和她的一双儿女。那年，小六月已是大姑娘，二十出头了，高中读完，没考上一本二本，海俊正张罗送她出国读书。十月也十多岁了，挺壮实，一看就随着海俊的眉眼。坐进车里后，我和海波没给他们介绍，他们倒也识趣，不问，也不对话。只是，我的岳父一上车便将十月揽在怀里，一路不松手。老岳母则主动拉住六月的手，哑着嗓子说，丫头，坐我老太太旁边。两人也是一直拉着手。是骨血亲情使然吗？我一次次望海波，她轻轻摇头，表示不知。袁玲则一直独坐在车子的最后一排，默声不语。这些年，她手不提，肩不挑，各种保健护肤用品尽情使用，保养得很是到位，看面貌比海波还年轻，的确是在享清福啦。

到了监狱，我们没坐到隔窗对望的探视室去，而被带进了一间不大的会议室。海俊被带了出来，穿着灰色的囚服，却没见他像别的犯人那样被剃了光头，带他来的管教人员也没留在屋子里，而是悄然退到门外，还掩上了屋门。岳母见到儿子就哭了，不住地抹流泪。海俊却仍是大大咧咧的模样，脸上还带着笑。他一一扶二老在椅上坐好，又喊袁玲和一双儿女与他站成一排，下令说："六月、十月，快见过爷爷奶奶。不孝之子海俊和儿媳袁玲给二老问安请罪了。"说着，就率先跪下去。

这个海俊，到了这种地方这个时候，竟还有心设置场景斟酌台词，但他跪落尘埃叩首请罪时还是入了戏，泪水淋洒下来。我的岳母接过海波递上的毛巾，捂住嘴巴不让自己哭出声音。岳父大人也红了眼圈，拉起孙子和孙女，恨恨地说："我孙子孙女没罪，让有罪的跪。"

海波上前叫了声嫂子，将袁玲也拉起来。

那个时刻，跪在岳母膝前的只有海俊一人了。我上前劝老太太："妈，海俊是你儿子，想打就打，想骂就骂，只是您老别再哭了。您和我爸不是早盼着抱孙子孙女吗？现在都来了，个顶个溜光水滑，聪明伶俐，不用二老操半点心。"

没想到，我却招来岳母大人的斥骂："浑球子，你也不是什么好东西，跟着他一块装神弄鬼！你以为我们老两口就能让你们糊弄到死呢？我们去了一趟磨盘湾，还有什么不明白？等以后我再跟你算账！"

老两口是什么时候去的磨盘湾呢？细想想，应该是我和海波婚后不久吧。我和海俊撒下的谎其实太拙劣，没想想我的岳母大人是什么样的人，铁路上的列车长啊，五行八作，三教九流，什么样的人没见过，又什么样的阵仗没经过？也许，他们知道了真实情况后，自知无力回天，也佯作不知了。可不是，从那以后，老两口真的很少再打听海俊的消息，有时海俊一年半载不回家，他们也很少询问了……

也是在那天，探监时间结束，两个孩子扶爷爷奶奶离去，袁玲有意留后一步，对海俊说："孩子爸，我知道，这些年，是我拖累了你，才让你走到今天这一步，是我对不起你，咱俩离婚吧。好在两个孩子都不小了，又有爷爷奶奶稀罕着，你也不用惦记。正好妹子妹夫都在这儿，今天，我就说句话放在这儿，以后不管家里有什么事，只要告诉我，我保证马上到。"

海俊怔了怔，长叹一口气说："你要真想离呢，我不拦。你下次来，带上协议书，我签字。至于财产分割，你拿主意，我都同意就是了。"

袁玲流泪了，好不汹涌。她快出门时，海俊又说："依我看呢，你要不是想另嫁户好人家,还是从长计议的好。十月那孩子半大不小的,正是叛逆年龄,听说爸妈离婚了,心里未必想得开,对成长肯定不利。至于以前的事,就别说谁对不起谁,都忘了吧。但大主意还是你拿,我不勉强。"

海俊和袁玲的婚姻,终没离,直至今日。有时,海波和我没事闲磨嘴,探讨起这事,说当时是袁玲主动提出离婚的,我哥怎么还打了驳回呢?我说,世上的事,最难判定是与非的,可能就是这情感二字了。胡适的夫人是小脚女人,鲁迅的原配也是小脚女人,胡适和鲁迅都是绝顶的大学问家大思想家,可胡适与夫人终了一生,鲁迅却与原配一生无缘无果,这里的因果又有谁能说得清楚?海波呸我,说不过没事翻几本闲书,跟我装什么大学问?我笑着说,我也是几十年琢磨不明白,不装装学问又让我说什么?

12

我和海波接下海俊留下的摊子,只能说人比人得活着,货比货得留着,守摊吧。那几年,全国的民营企业发展迅猛,群雄逐鹿,尤其是东南沿海地区,磨盘湾服装公司只能勉强维持,车间里的机器还在转,工人的工资也还能每月开,只是数额却越来越跟不上物价的上涨幅度。面对人们期望的目光,我几次去省城,名义上是看望海俊,实质上却是去请示汇报和谋求良策。

再见海俊,既不在探监室,也不在小会议室,而是在高墙内的一幢办公楼内。长长的走廊里,竟然有一间海俊的独立办公室,与其他房间稍有不同处只是门楣上没有张贴职务或业务范畴的标牌。进了房间,里面的奢华更让我吃惊,宽大的写字台、全皮转椅、六件套的大沙发,写字台上有笔记本电脑,戴尔的,正宗美国货,尤其瞩目的是贴墙一个大养鱼缸,清湛的水里游动的是不知来自何方水域让人叫不出名字的观赏鱼。我在房间里没找到床铺,便问,你夜里住哪里?海俊在我面前放好用高档茶具沏好的大红袍,笑着说,回牢房呗,两人一间,也不错。我还想着标牌的事情,再问,那你在这里算什么?海俊答,服刑犯人,兼总经理助理。谈笑之间，不时有秘书样的人敲门进来，呈上文件，恭立一旁，当然，都是男秘书，海俊看过，或说签吧，或说放在我这儿，再等等。其间，还有秘书进来请示，需要安排午饭吗？未待海俊应答，我忙说，我还有事，坐坐就走。海俊便笑着说，那就主随客便。谁坐在大墙里，心里都不舒服。

我见缝插针，如实向海俊讲述磨盘湾服装公司的生产与销售情况，又问这家监狱的工厂在生产什么。海俊说，原先也是以外销服装为主，但眼下正转产装饰材料。现在满社会都在公房私售，又开始大批量地建造商品房，老百姓有了自己的房子就要装修，不会再满足于刮刮大白，这个市场大得很。我问，那村里的公司也往装饰上转一转可好？海俊立即摇头，说我想过，不行。这个转产投资太大，别说一个村，一个乡也没那么大的资金力量。再有就是运输问题，就说修一条从火车站到村里的公路吧，那得多大投入？再加上运输车辆的投资呢？想吃一头牛，总得先掂量掂量自个儿有多大胃口。

不久后，海俊给我来信，建议将皮装往裘装上转产，说你可先去浙江海宁那边取取经，请回裘装设计和加工的师傅，还可顺势把紫貂、狐狸什么的养殖业带动起来；又建议似可增加旅游鞋、运动鞋项目，走轻便舒适的路子，尽快放弃华而不实的皮鞋，这可向浙江温州地区学习。我依着这些思路，形势果然有所改观，不仅守住了摊子，产销规模还有了一定的扩展。

五年后，我不用再专程往省城跑了，因为海俊已获假释，有了相对的自由，可以回北口看望父母，还时常带人或陪领导去国内各地考察和洽谈项目。有时，他也回村亲自参与谋划公司发展。村民们有人请他吃饭，但海俊除了大魔家和我家，一概不去，婉拒的理由很直接，说我还是戴罪之身，秽气，再等等。人们不甘心，说去大魔家怎么就不怕带去秽气了？海俊说，大魔是村支书兼村主任，我得向组织上汇报重新做人的情况呀。

又五年，海俊刑满出狱。那年，已步入古稀之年的大魔一再以老迈年高的理由请辞，海俊专程回磨盘湾祝贺老人家采菊东篱。家宴上，海俊说，我出狱时，省司法厅有领导找我谈话，内容有二：一，考虑到我对省司法系统内设企业的贡献，并为解除我出狱后的再就业之忧，决定从出狱之日起，任命我为省城下属单位的副总经理，执行年薪制酬金；二，为解决我工作和生活的后顾之忧，决定将我及家属的户口，全部转为省城非农业户口……闻言，大魔沉吟有顷，问，你怎么回答？海俊说，我当然感谢政府，服从安排和调遣呀。我还说，只是户口问题，就不必了吧。我的户口仍留在磨盘湾。大魔闻言，起身，端起酒杯，高声亮嗓地说，好，干杯！

那天酒后，我问海俊，好不容易等来回城的机会，听说从别的城市想把户口转到省城，正经得费些周折，省城已在控制人口数量了。海俊说，我在乡下待上瘾了呀。再说，再过十年二十年，咱国家什么本本最值钱？农村户口呀！我将信将疑地说，不见得吧？海俊说，那咱哥俩就为这事打个赌，可敢？我问，那你又为什么答应留在省城当那个副总经理呢？回到磨盘湾，继续当你的大拿，可能挣的票子远比那个年薪多得多。海俊呸了我一声，说你也是一个巴掌岁数的人了，有些事怎么还琢磨不透？领导的安排，管他是好意还是什么，岂能一概回绝？给人家惹烦了，各种小鞋还提在人家手里呢，不收拾我，也可收拾你或海波，紧紧鞋带就让你们受不了。我说，我和海波犯法的事不做，毒人的嚼货不吃，保证都是遵纪守法的好公民，我们才不怕这个。海波又骂我德行，说现在经商做买卖，哪个不是想方设法在钻国家政策法规的空子，有人说是踩着刀刃跳舞，我看也挺贴切。你敢保证你没偷过税漏过税？你敢保证逢年过节时没给管得着你的人送过好处打过溜须？细究起来，都是罪过。我留在省城，大的作用没有，总可以给你们通通风报报信、遮遮风挡挡雨吧。好在，转型期的社会正在一步步走向法治化，我不要城市户口，就是等着哪一天，再回到磨盘湾呢。

时已入夜，圆月初起。村边有片新开出来的小场院，新堆起来的谷堆刚从地里拉进来。近些年，温饱不虞，乡下早没人护青了，连场院都不再有人看。海俊一屁股坐下去，摊开四肢，一副回到家里无法无天的样子，还喊我，躺下呀，就不用请了吧！

那夜，繁星闪烁，清风徐徐，旷野里飘荡着新谷的清香。我和海俊躺在谷堆上，聊了很久，纵横千年，五湖四海，无边无际……

原载《民族文学》2019年第8期

蔡 东

来访者

1

我记得江恺第一次坐在我对面时脸上的表情。我熟悉这样的表情,练过瑜伽了,修过佛打过坐了,老庄和张德芬都看过一遍了,还是不行。

江恺坐在对面,阳光透过玻璃和一层薄薄的纱帘,落在他脸上。发型挺时髦的,头两侧只有短短的发茬,头顶的头发留长却没有塌下来,也没有一撮撮粘在一起,看样子是手指蘸点发泥往上抓的,抓得很蓬松,略微凌乱地立起来,说不出的恰到好处。再看衣着,条纹针织镶边的棒球服,天蓝牛仔裤,浅褐色哑光皮质的德比鞋。一打眼就能估摸出来,他受过教育,有份体面的工作,审美也合格,看上去是个活得不错的人。

他让我觉得很不安。初次来访的防御、不信任、试试看、半信半疑,他统统没有,越是这样我心里越沉重。他看起来正常,实际上已经不知道怎样往下活了,只是还没到完全绝望的程度。完全绝望的人不会尝试改变，他坐在我对面表示他对人生仍怀着渴望，或许把我当成了最后的希望。我呢，只是选择这份职业的一个普通人，既不睿智，也不神奇。

这几年每接洽一个新来访者，想到反反复复、缠绵难愈的过程，心就累了，我提不起兴致来了解和琢磨一个全新的对象。每个人都是一座博物馆，也是一座垃圾山。而来访者不是来展览生命中的功业并邀请我鉴赏的，他们会在职业化的导引下，在一个个失去戒备的松弛时刻，任由心底的一条条浊流暗河泄洪般地冲出来，而我在一片狼藉中仔细辨查，捡拾起有用的材料，耐心地抽丝剥茧。这是跟人相关的工作，跟人相关的工作只能耐住性子，一层一层，一步一步，还未必总是向前，时不时绕一圈就回到了原地。

前几次咨询我说得很少，鼓励江恺多说，放开说。江恺需要说话，需要尽可能地倾倒，他就是对着树洞说上几个小时也是有效果的。跟我一起听他说话的，是一盆菖蒲、两株琴叶榕和几只毛绒玩偶——龙猫、哆啦A梦、小兔本杰明。

房间里光线柔和座椅舒适，江恺说话的时候频繁做手势频繁喝水，基本不和我对视。工作出了问题，婚姻濒于破裂，母子关系也不睦。江恺的故事并不特别，但他说话时脸上闪过的那种年轻人才会有的迷茫神色，让我心里很不是滋味。我想帮帮他。他说起自己的出生年份，是再熟悉不过的四个数字，我儿子也是那一年出生的。

接下来的几次，回溯童年，梳理记忆，细细翻看密密麻麻的褶层。久远的场景和事件苏醒过来，初时，江恺像个局外人一样在描述，说着说着开始可怜自己了，开始动怒了，攥紧拳头，脸涨得通红，音调升高，身体却瑟缩起来。我没有介入，放任他在痛苦中待一会儿，再待一会儿，差不多了才让他自由联想，继而邀请他一起分析。我也会在恰当的时刻揭示出表象背后隐藏的心理机制，让他有豁然开朗的惊喜感。相对于其他咨询来说，我基本算不上使用技巧，也尽量避免让对话进入既定的程式中，更没有为了获取信任而卖弄经验和学识。回想跟江恺面对面的十几个小时，是新异的体验，不像在工作，也没有什么目标的预期，平实，随性，自然而然。

直到一个锋利的声音抓破了这个下午。我的手机号不留给来访者，江恺打固话找到咨询助理,他的请求是被转述过来的,隔了一个人,迂回了一下,我还是能想象出电话里的声音,惊恐无助,尖尖的高音,刀刮玻璃,麦克风骤然啸叫。这声音灌进耳道,牙根一下子就酸了。

他想见你。来不及提前预约,问能不能临时安排一次。

在咨询室坐定,我还在后悔,后悔不该开这个口子的。房间里的一切都经过精心设置,生命力强的绿植,灰蓝的地毯,暖光落地灯,原木圆桌,米色布艺沙发椅,红茶,糖果,蜜饯,这些不经意间抚慰着来访者的小设计,此刻也在安抚着我。刚坐进转椅,耳边咚咚地响起江恺快步走来的脚步声,过了一会儿,声音消失了。

真安静。透过窗户打开的一道窄缝儿往下望,地面上人和车的移动似乎变得慢吞吞的,草坪树木的颜色亦是黯淡的,像个远古的场景,不仅是距离的迢遥,还有时间上的渺远感,远到迷迷蒙蒙、影影绰绰,睁大眼睛也看不真切。耳朵里也听不见什么声响,像身处真空,也像来到一个空荡荡的梦境。嘈杂的市声往高处走着走着就走不动了,扑腾着往下掉。

敲门声响了两下。他的手举着还是放下了?我定定神,说"请进"。

江恺还算镇定,也许赶来的路上已经尽可能调节了。

我笑了笑,表示他丝毫没有打扰我,我把转椅朝他挪一挪,身体往前探,鼓励他开口讲。

他说,我打了主任。

虽然有所准备,听了他的话我还是一愣怔。最近这两个月,每个周末都跟他会面,他的成长、求学、婚姻及工作情况已了解个大概。我知道他表面上的温顺是很不稳定的,他的人际交往存在很大问题,他不是一个容易相处的人,但这种不好相处更多的是指向世俗层面上的不圆滑和情绪化,也不至于打上司呀。

我首先担心咨询中有什么误导,曾建议他体会心底的真实情感,不管这情感是正面的还是负面的都不要抗拒,也许这就释放出了他的攻击性。我紧张起来,让他详细说一说。

不公平,他说,已经不是第一次了。

大抵是单位里推诿扯皮的那类事,不新鲜。听他讲完,我长舒一口气,问他,是什么程度的,嗯,肢体接触?

推主任一下，用了很大力气，他往后退几步，坐地上了，我又蹲下去用手臂锁住他的脖子。他比画着。

我既不摇头也不叹气，不动声色地看着他的擒拿动作。

同事赶过来把我拉开，主任跟喘不过气来一样瘫坐着，他胖。没等他被人扶起来，我转身跑了。

我点点头，然后就是联系咨询助理，来到我这里。来的过程并不顺畅，他说路上手一直抖，握不紧方向盘，勉强开了一段，把车停在路边，打的士过来的。

突发事件劈面砸来，我也需要消化，在我这儿事件最后定格为一个画面，这个看起来很强硬的男孩匆匆逃走，留给人们一个张皇失措的背影。

这会儿，劝解、指导、提出后续处理办法都是不合适的，也别用术语去分析，他需要先松懈下来，不再发抖，不再害怕。

剥开一颗椰蓉软糖，递给他，他捏住糖，还在愣神，细雪一样的椰蓉缓缓飘下来，悄无声息地铺落在地毯上。

我指着茶叶罐问他想喝什么茶，紫罐里是大吉岭，栗色铁罐里是伯爵银针，锡兰红茶放在木盒子里。他说喝什么都行，这才想起把软糖放进嘴里，含住了。

我坚持让他选，说，江恺，你来做主。他指了指栗色的罐子。

水开了，冒着热气的水流注入玻璃壶，混合着蓝色矢车菊、橙色金盏花的银针茶渐渐展开蜷紧的叶片，柠檬油的香味往外挥发，香气在空气里悠悠荡荡，沉下去又浮起来。

江恺双手环住茶杯，啜一小口。我也不说话，看向窗外。天色暗下来了，这屋里的沉默再纯粹不过了，是没有方向的沉默，也不含着责备，更没有蕴蓄涌动着下一波的焦躁。我们安静地坐着，时间平滑地淌过去，好像从来就没有遭逢过火烧眉毛，也没有一蓬蓬荆棘阻断了去路。

他始终不问"怎么办"，他累了，大概就想挨着一个可以亲近和信赖的人，陪他坐一会儿吧。

茶冲了几泡，香味一淡，房间里显得更清静了。时候已不早，下面还有预约的咨询，至少要留出半小时空当让我独自待着，攒攒精神，准备进入到下一位来访者的世界里。

谢谢您，我先走吧。他把剩余的茶水喝完，站起来往门口走，临出门了转过身来冲我笑笑，小心地掩上门。他脸上时常露出小学生的神气来，不是孩子的而是小学生的，我能辨别出两者间的微妙区别。嚼软糖的时候他也是小口小口地，手捂着嘴，低垂着眼睑，像个怕光的小动物。

完成当天的咨询已是夜里十点多。对面的高楼，一大截子消失在黑沉沉的夜雾里，只剩下点点灯光若隐若现，江恺的脸庞也渐渐模糊起来。下午他来访，没说多少话，主要为平定情绪，刻意不细说，我却隐隐觉出来，之前的那些回，他看似迫切的倾吐也是经过精心选择的。咨询有一段时间了，也许我们还是在表皮儿浮着，渗不下去。想想也正常，人心底某些犄角旮旯自己都不愿去，自己都不愿看得太清楚，更别说让旁人进去看了。这从来都不是一件轻巧的事情。

2

南方的冬天走走停停的，冷了几次也冷不下来，约略有个意思罢了。树叶陆续地掉，不似北方迅疾严厉，一下子全掉光裸出枝枝杈杈，枝丫上总还笼着一层绿意，只是绿得薄了，不像夏天那样累累的。

临近年末，期末考试的缘故，青少年来访者多了，婚姻咨询也多起来，好像婚姻也要经历年终大考一样。最近这个月江恺没有出现，看看下星期的预约表，依然没有他的名字。

周六下午的咨询排得满，我过了饭点儿才下楼。拐进茶餐厅，靠窗坐下，捧着餐单看半天，还是点了云吞面，饮料呢，鸳鸯、热鲜奶、阿华田、好立克、柑橘蜜、红豆冰、可乐煲姜，一行行看下来，最后我在杏仁霜后面打了个钩。

茶匙一下下搅动杏仁霜，白色的小漩涡旋转着，甩出来清冽微苦的杏仁味。附近写字楼加班的人三三两两地进出，大都挂着胸牌，坐定话不多，埋头填饱肚子。餐厅里很静，用餐区跟切配间只用玻璃隔着，玻璃后面一根银色横杆，悬着一排挂钩，钩着油鸡、烧肉、卤鹅、青蒜，射灯打下来，青蒜碧绿如洗，烧肉的皮色是枣红枣红的。

抬头看见一个颀长的背影，等他转头，转过头来却不是。这些天，看到高个子男孩就忍不住想起江恺来。

出电梯，沿着走廊往办公室走，我远远看见一个人在门口来回踱着步。走近了，发现是个面生的年轻女人，冲着我点头。目光越过她，望向前台，值班的姑娘不在。拉开包的拉链，摸到里面的强光手电筒和高分贝报警器，心里踏实了些。

我不往前走，女人也不动，互相对视几秒。她说，您是庄玉茹老师吧，我见过您的照片。

我紧攥住手电筒，心想随时备着的东西竟然真要用上了。

庄老师，我是江恺的妻子，我叫于小雪。

手还是没从包里拿出来。走廊的灯光偏暗，于小雪走近几步，我才看清她的脸。看清了，攥着手电筒的手指不由得松开了。当时形容不出来，后来回忆起跟于小雪唯一的这次见面，回忆起她的脸，一个词才浮现出来：弧度。生硬、苦愁、凌厉的脸上是见不到优美弧度的。于小雪呢，眉毛从中间开始弯，眉尾恰当地收住，不至于耷拉下去，双眼皮儿不深不浅，两道秀气纤巧的虹，嘴角向上翘，横躺着的月牙儿，从耳垂到下巴颏儿也是一条流畅的弧线。很喜相的一张脸，无论笑不笑，笑意是满的，要溢出来的样子。成年人的面相泄露的信息太多了，无关乎天生的五官美丑，面相里往往隐匿着一个人的心理和生活状态。

走廊另外一头的保安朝这边走来，我取出钥匙打开门，犹豫地看着于小雪，她迎着说，能占用您一点时间吗？我拿不定主意，身体却侧过来让一下，她赶快走几步跟在我后面进了屋。

她坐进江恺常坐的沙发椅，环视房间，视线最后落在书架上。我以为都是专业书籍呢，原来不是，她喃喃念出声，《通俗天文学：和大师一起与宇宙对话》《中国首饰史话》《李白传》《夜航船》，这是，呀，还有这么多绘本和漫画。

不清楚她的来意，我礼貌地笑笑作为回应。

家里现在有很多心理学书籍，《释梦》《荣格文集》《行为主义》《自卑与超越》《论人的成长》，都是江恺买的，我有时也翻一翻。

心里忐忑，等着她切入正题。我这个职业在来访者家属那里名声并不好，有的视之为传销、灵修、邪恶催眠一路，有的不以为然觉得不过是伪科学、读心魔术，有的时刻提防着，怕咨询久了依赖上，跟亲人反而疏远了，最习见的是把我们看成江湖骗子糊弄人，新时代骗术，闲聊天儿居然按分钟收费，还那么贵，简直是敲诈。

庄老师，你会保密吧？她问。我以为她要跟我聊聊江恺，没想到说的是她自己。

声音圆润好听，珠子一般滴溜溜地滚动着过来。

就是一刹那，我看他一眼，偏巧他也看我，那一霎可真长啊，什么都没发生，什么都发生过了。之后又见过几次，都是一帮人一起的，听见他跟人打听我，我装作不知道的，其实心里挺高兴。今天，他跟我，两个人，在咖啡馆待了一下午，把不多的几种饮料试了个遍，好意思又不好意思地坐着，都不说告别的话。直到咖啡馆灯亮了，我心里乱，告辞出来，在公园里晃了晃，实在没头绪，才来这里碰运气，看看您在不在。

她又详细说起两人怎么在草木染工作坊共事，我边听边细细地捋。于小雪是纺织面料设计师，这个我早听江恺提起过，也由此想通了他为何穿着打扮颇为讲究，从他表现出来的对自己的认同度这方面来说，本不该这么讲究的，想来都是于小雪对他的积极影响。

因职业之便，我对男女间的事了解甚多，深知那全不由人的疯魔劲儿，就像一把火，除非烧完燃尽，不然过不去。我担心江恺，一时默然，对着眼前的于小雪，却更多的是理解。我知道婚姻有多难，知道跟江恺在一起生活有多累，也猜到于小雪对"草木染男士"的好感，恐怕是因为在痛苦中浸泡太久，想露出头来透口气，未必是动真情。

何况，她为什么来找我呢？肯定不是为了说这些。

她接着说，庄老师，你是专业人士，你帮帮江恺吧，我想不到别的办法了，信心也快磨没了，早租了房子说搬出去，又舍不下小家。你不知道我有多看重这个小家，一想到跟他过不下去了，光是想想就忍不住掉眼泪。

这代人是爱过才结婚的。我暗自庆幸。

她说，最近这几年不知道怎么熬过来的，遇见烦心事他情绪低落，一低落就好些日子，毫无理由的他也会突然不满意，好像他本身需要痛苦，好像心绪恶劣倒变成享受一样。外面阳光那么好，扭头看见他，他头顶上压着一大团乌云，我一哆嗦，全身冷透了。他有时待在房间里会忽然大叫一声，接着传来猛砸键盘的声音，好像自己跟自己说起话来，跟念咒一样。渐渐地，各据一室我也安不下心来，飘飘摇摇地等着，干等着他大叫一声，叫完了反而安心了，好像跌进看不见底的洞，掉着掉着总算着地的感觉。

她的声音绷紧了，眼眶里滚着泪珠，眼尾的睫毛湿湿的。

一次次重复，就跟进了闭路循环一样，看不到头。前一阵子他跟单位又闹起来了，这个，他跟您说了吧？

那天下午临时加了咨询。我仔细咂摸这个"又"字，心里明白了几分。

她趁我不注意擦擦眼睛，说庄老师千万别对他有成见，他是一点儿坏心眼儿也没有的人，他多单纯啊，上大学那会儿他脸上就写着三个字：好男孩。

她谈及大二那年去找高中老同学玩，认识了江恺。她随口提到的大学名字让我心里一震，江恺只跟我聊过他的专业，从没跟我提起过他毕业于全国数一数二的学校，我有些吃惊。

提到大学时代她高兴起来，跟我讲他们相处的一些画面，讲得很细致，不愿意漏掉往事一丝一毫的好，脸上始终是小女孩的欢喜劲儿，眉眼更弯了。

我忽然觉得大有希望，很明显她比江恺健全，她是可以从经历中获取养料并被平淡生活秘密滋养着的一类人，这对江恺来说太重要了。

好男孩，怎么就变成这样了呢？末了，她说，说完垂下头盯着地面。

她相信别人，她主动来找我，刚才还说起，江恺提出来看心理咨询，她没有质疑没有冷嘲热讽，帮着在网站上选咨询师，浏览简介和照片，说选这位吧，慈眉善目，看着很亲切。

我的年纪，大概跟他们的母亲差不多。

怎么会对他有成见呢？他是我的来访者，我会帮助他发现一些问题，帮助他的过程也是在帮助自己。每个来访者的心都像冻了几十米的冰层，不能急，慢慢来吧，小雪。我轻声喊出她的名字，她抬起头看着我。

我接着说，心理咨询可以从幼年入手从过往经历入手，家庭、父母、成长历程，沿着这个方向去找线索，这是流行的手法，这种手法因为很少触及现实、相对安全而被广泛采用。但不要忘了一句话，我是一切存在过、一切业已完成的事物的总和。人是什么？人是所有经历的总和而不仅仅是童年的经历。你呢？你曾经是，现在也仍然是江恺的经历。

她的声音抖得很厉害。我看到他在受苦却帮不了他，也没能让他感到快乐。夜里他经常做噩梦，喉咙里发出特别惊恐的叫声，双手在黑暗中乱抓，我想让他醒过来，又怕中断一个梦不好。白天的时候偷偷看着他，既想耐下心来安慰他，又想扭过身去躲得远远的。

我明白她的处境，她正渐渐丧失跟丈夫共同生活的兴趣。江恺的烦躁、怨恨、不高兴像病菌一样四处滋长，高频率的爆发让她身处家中而难获安宁，在爆发和等待爆发中熬时辰，家庭的场，家庭的氛围，吃人不吐骨头。

我把叹息压下去，对她说，我知道你厌倦了，再坚持一下，别放弃。你是江恺的生活伴侣，也是一个良好的客体，跟你相处的美好体验会改变他内在的心理机构，这样他就有希望重新建立起跟环境、跟他人的健康的客体关系。

最后我告诉她，我最喜欢的心理学家是阿尔弗雷德·阿德勒。他认为儿童在五岁左右形成了生活风格，也就是构建起了人生原型，但阿德勒不看重过去，他还说过一句话，生命总会设法延续下去。

她眼睛亮晶晶的，用力点点头，生命总会设法延续下去，相信你庄老师，我也不会轻易放弃的。

送走于小雪，我先推开窗户让风吹进来，又关掉吸顶灯，只留一盏低瓦数的台灯，最后把自己放妥在躺椅里。眯了一会儿，坐起来准备回家，抓起手机放进挎包，手指又触到了包里的防身用具。几年前一次咨询的时候，坐在我对面的人总盯着花瓶看，透明玻璃花瓶，注水到瓶身的一半，一束鹅黄色的小苍兰亭亭地站在清水里。咨询完了，我手捂胸口调息了半天，心跳才渐渐慢下来。从此，房间里没有了玻璃花瓶也没有了瓷瓶和陶瓶，植物栽种在塑料花盆里，干花们——鼠尾草、地中海蓟、满天星、珊瑚红豆、莲蓬，住进了各种形状的藤编、竹编或柳编的花器里。

来访者是个十几岁的初中生，也许他只是喜欢那束花。

3

　　每年三月份，我会离开深圳去别的地方住一阵子。各地的景区风光迥异，扰攘是一样的，我受完罪就离开了，景区还在没黑没白地受罪。有一年夜宿河畔的古镇，深夜躺在床上，窗外的人声像涨潮一样漫上来，渐渐盖过了水声。月洞门雕花木床挨着窗户，窗户下面是窄窄的河，打开窗户，红灯笼映着粼粼的流水，对面临水的街上站着人，拱桥上也挤满了人。古镇像个揉着眼睛缺觉的孩子，哪天能睡个囫囵觉就好了。也去过传说中适宜隐居的偏僻地方，发现隐士真多，已经热闹起来，难见荒烟蔓草，跟外头的气息差不多。后来就悄悄回老家住，市郊的宾馆，水库边上的度假屋，临行前或跟亲友见个面，更多的时候直接拉起行李走。坐上出租车，在座位上转头往后看，熟悉又陌生的小城越退越远，渐渐模糊了，是山水画虚虚蒙蒙的远景轮廓，像一场似有还无的残梦，遥遥挂在卷轴的一角。

　　很少跟亲友谈起我的职业，有人问起来，能含糊过去就含糊过去。这份工作神秘而高危，枯燥又刺激，似乎藏纳了数不清的秘密，但更多的时候我了解的不是个体独特的痛苦，而是公共性质的痛苦，洞悉的也非个体隐秘，不过是对世俗价值的反复体认，对永恒的贪嗔痴慢疑的来回温习。我的房间里噼啪闪烁着心灵幽深处迸裂的暗蓝色火花，同时也堆积了世事人心最表面的一层泡沫，浑浊而固执，强风吹过来都一动不动。

　　钻研过几本心理学方面的书，还是揣摩不透上级的心意，有时候用过劲儿，有时候又不够主动，经历几任领导，这方面没少下功夫，好像一直没找对感觉，领导对我也不太重视。

　　做销售三年了，业绩一直不理想，好几次差点被淘汰，量上不去，不被淘汰自己干着也没意思，没有愿景啊。每年固定培训也学了些招式，说穿了卖东西就是讲故事，讲故事的技巧我已经掌握了，但心理不够强大不够坚定，对人家脸上的表情会特别在意，抹不开脸面去磨客户，也不知道用什么办法能轻松混成哥们儿，很苦恼，想请你在这方面帮我提升一下。

　　我有个高中同学，是我在深圳唯一的朋友。本来我们经济条件差不多，都是一套房一辆家庭型轿车，后来他跳槽去了一家金融公司，每年年底奖金下来了都发笔横财，换了豪华车，现在又准备换房改善生活品质。我呢，后悔大学时没学个好专业，现在还领着死工资。每次跟他见面，回来我都特别，怎么说，就是那个词，焦虑，但他毕竟是我在深圳唯一的朋友，人都需要友谊，其他社会上认识的不敢交心呀。我短期和长期都看不到赚大钱的希望，心里急，睡不着觉，可能快抑郁了。

  这些本该跪在菩萨跟前默默念叨的话，说给我听了，菩萨不用回应，我得回应，厌恶和倦怠会一起袭来。来访者们境遇各异，有一点是相同的：每个人都气鼓鼓的，觉得自己的人生很失败。我经常会有捂紧耳朵的冲动。他们的脸孔年轻而老气，更是令我不忍细看。好在这类人士所受的是滚滚红尘的浅表伤害，没有真正的问题要解决，会很快脱落。再加上自助心理学这么流行，分支细，锁定精准，营销心理学、交际心理学、恋爱心理学，通俗易懂，实用性强，实在不需要专门花钱面询。

  四月初回到咨询中心，桌上放着这一星期的安排表，江恺的名字又出现了，预约的是一个工作日的晚上。我仔细看了几遍，确定是江恺。

  晚上，我提前到咨询室，开窗换气，再把窗子关上。掸干净茶几，调好灯光，倚在沙发上等。江恺提前了几分钟到，说上个月就想预约，助理说你休假去了。

  我请他坐下，聊了几句闲话。江恺主动提起单位的事，我问他最后怎么处理的，他说，写检查，会上公开道歉，之后饭堂里见面也互相打个招呼。才不过几个月，他说起来像是很遥远的事情了，也许那天他的慌乱和绝望，不仅仅出于对上司的畏惧、对前途的担忧，我感觉他可能不在乎这些，让他害怕的，可能是另外的东西。

  反正我又搞砸了。他扶着额头，准备从头说说。

4

  毕业那年参加了研究所的应聘考试，几百人竞争的职位，我笔试面试都是第一。入职头一年工作很认真，跟同事关系也融洽，大家对我评价不错。接下来也不知怎么回事，就跟兜不住一样，跟同事吵跟领导也对着干，人缘越来越差，一去单位就觉得空气紧张，待在那里也是讪讪的，只好去找别的出路，看看选调什么的。选调也是通过考试，我擅长这个，试了几次就考上调走了。

在新单位工作上手很快，一切都很顺利。谁知道过了一段时间，就跟鬼上身一样，又把挺好的局面破坏掉了。我很容易跟人结仇，事事都想反抗，不是诚心的也没什么坏心思，不知道为什么，形容不出来的感觉。

中间还有，不详细说了。现在这个单位是去年夏天刚换的，刚到单位的时候特别高兴，我渴望加入陌生的群体中，那样我就是个新人了，是另外一个人了，没人知道我的底细，可以重新再来一遍！谁知道那天跟中了邪一样还是搞砸了，就好像有另外一个人在暗中指挥我，在秘密规定着我生活的走向，不管我怎么做，都是往那一步迈。

听着江恺的叙说，我眼前不断出现一幅画面，画面里藏着深深的悲哀，叫人看一眼就不由得心情黯然。一个年轻人清晨醒来时是怀着希望的，洗脸刷牙，穿上干净的衣服，默默给自己鼓劲儿开始新的一天，尝试着友善对待周围的一切，然而在某种神秘力量的驱使下，希望和美好总是迅速溃散，无论他多么努力都走不出这个轮回。

这些年一直不太顺。江恺总结道。

我问，你主动挑起冲突的人有什么共性吗？

他想了一会儿说，仔细想想，都是品性很不错的人，但会在某一个瞬间让我感觉受到了约束。

约束？还有没有更多的词语可以描述？

压迫，剥夺。服从别人让我感觉很难受，像一座山压过来，把我压成薄薄的纸片，也像一大把管子插在我身上，生命一滴滴被吸走了。他很肯定地说。

越来越清晰了，我准备开始梳理。看起来，他是个自由的成年人了，不管家庭和父母以前如何，他早已挣脱而出，然而，过去并未走远，像个诱惑，向他招手，一扇扇门次第洞开，长长的通道显露出来，熟悉的口令响起，他毫不迟疑，扭头往回走。召唤他的到底是什么？

觉察和认知是最重要的，只要能认知到是什么在操纵他，就可以用相应的方法来治疗。

回想起来，不过是些微不足道的事情，但让我有受束缚的感觉，为了摆脱这种感觉我总是尽快原形毕露，尽快让人知道我不好惹不能沾，是个怪人是块滚刀肉，别跟我分派任务，别跟我交代事情，别打扰我，离我越远越好。扭曲的是，我又多么希望跟每个人的关系都是正常的。没救了，你理解那种感觉吗？好不容易焕然一新，然后稀里糊涂又是老路，意识到自己又回来的一刹那，一下子就灰心了，一点儿心劲儿也没有了。日子太长，我想把阳寿分给小雪，分给你，分给医院里得了绝症的那些人。他郁郁地说。

我忽然改主意了。

我儿子跟你同一年出生。我说。

也在深圳吗？他肯定比我好得多，我的意思是比我快乐得多。

不在深圳。

那就在国外了。

他死于脐带绕颈，抱出来的时候已经凉了硬了，除了在我肚子里活动、呼吸、生长，一秒钟也没在世上活过。

我们面对面坐着，一切都静止了下来，恍若漫漫长夏，热气凝滞不动，世界也被粘在了原地。

又过了几年我跟丈夫也分开了。

接着呢？再婚了吧。

我不再往下继续，岔开话题说，我之前在老家是做财会工作的。

都过去了，都过去了。江恺安慰着我，好像我是他的来访者。我看着江恺的脸，一时恍惚起来。最近这几年，长成青年人的儿子频频造访我的梦境，他有浓黑的眼眸和上扬的眉毛，个子高高的，喜欢穿天蓝色牛仔裤。白天走在街上，碰见男孩子从我身边经过，我会停下脚步转身看着他们，直到他们的背影消失在拐角的地方或汇进人流看不真切了，我才继续往前走。

江恺的眼睛忽然一亮，说，庄老师，你看圣斗士吗？我最喜欢的圣斗士是凤凰座一辉，工作后挣了钱，收藏了很多一辉的模型，有一座是他穿着金色的神圣衣，身后垂下长长的凤凰翎羽。一辉总是死去再复活，而且凤凰座的神圣衣也是有生命的，毁坏了可以自愈。

他讲述起凤凰座的几场著名战事，战斗的激烈，涅槃的灿烂，太阳仿佛伴随着精彩的故事冉冉升起，带着隆隆的巨响声升起，迸射出道道金光，辉映着他年轻的脸。他说自己不该被生下来，抱怨活着真没意思，但是他又多想好好享受生命，好好享受来人间的这一趟啊。阳光，星空，连绵的青山，雨后的草地，诗一般的公式，友情，体育运动，书，电影，花朵，热乎乎的家常菜，各种各样的好东西。

我告诉他，别灰心，千万别灰心，这不是什么绝症，也没有严重到要从心理领域转到精神卫生领域，已有的理论足够帮你认知了。

到底是为什么？他问。

我尽量不给他定性，假我，俄狄浦斯情结，人格障碍，部分社会功能的缺失，这些标签于他无益。人是多么复杂和差异化的存在，不是几个概念几种分类就能说清的，我尝试着用他能听懂的语言，跟他一起分析和逐步发现。

你感觉有个神秘人在指挥你，你是被迫进入到情境中的？

非我本心所愿，我想在平和友善的环境中工作啊。

仔细回想一下，事情失控之前你一般处在何种状态中？

不知道，就是感觉难以忍受，局面、氛围都不对。

轻松的气氛，良好的人际关系，为什么难以忍受？

他皱起眉头，是呀，为什么？

也许，这些会令你感到不适，因为不适你才想改变。

改变舒适的环境？他瞪大眼睛。

你不断创造条件，让自己置身于对抗性的境地中。

我创造的？但处在这类境地中并不愉快，很压抑。

并不愉快，可是你熟悉，你熟悉这种恐惧：敌人在身边，让你不得安宁。你盼望回去，让自己沉入业已熟悉的恐惧中。

业已熟悉的恐惧？

是的，与其等待不可知的恐惧，不如先期沉入熟悉的恐惧中，这样就有一种虚幻的掌控感。如果说有个神秘人的话，这个神秘人，就是你的恐惧。

他说，那业已熟悉的恐惧是什么？敌人又是谁？

一种症状的背后必然勾连着一大段过往，熟睡的个人生活史，需要慢慢叫醒它。我说。

他那么聪慧，我觉得他已经意识到了什么，他回避着我的眼睛，说，这一层要慢慢体会。

我点点头，不用急，今天也差不多了，回去好好休息吧。

5

江恺离开后，我在诊疗室躺了一会儿才回家。回到家，走进卧室，打开衣柜门，感应灯随即亮了，敛藏的光在小小的空间里伸展开来，大衣、毛衣、衬衫，挤挤挨挨拥过来。我从抽屉里拿出一块洋布，蓝底白花，颜色旧旧的。不是用旧的，是不曾流走的时间一层层蒙在上面，让它变得晦暗也变得沉重。

那是我唯一的一次昏厥。原来苏醒不是一瞬间的事，而是一节节、一格格的。先是有耳朵了，听见喊我的名字，声音像从很远的地方传过来，传到耳边已经衰弱，回声荡悠悠地响起，在空旷处经久不散，丝丝缕缕地飘着，声音的细丝被一根根抽长，渐渐断了，风一吹，没了。接着，我感觉到身体的存在，不是实心的，是玻璃球，能看见里面树枝一样的脉管，悬浮流动着的血液。再往后，有触觉了，指甲盖划过的地方凉凉的，是铁架子床，最后，有什么东西重重扑在身体上，我猛地坐起来。

孩子的脸是青紫色的，双目紧闭，他还没来得及看我一眼，看人间一眼，眼睛就合上了。人们在床前箍成一个半圆，纷纷劝说着，要把他抱走，我扯过被子盖上他，只露出拳头那么大的头，说让我抱着他吧，就一个晚上也行。熄灯后我靠着一个枕头，在黑暗中注视他。相邻床位的人背过身去，叹息声比披散下来的头发还长。我摸索着下床，绕过弯曲的楼梯，走到有路灯的地方端详他的脸，我想记住他的模样。那做母亲的一夜很短很短，一丛丛黑黝黝的冬青树很快从晨曦中显现出来，顶着初生般的湿漉漉的绿。夜里多个疯狂的想法，比如说把他做成木乃伊，把他浸泡在某种溶液里，把他冷冻起来等待医学的飞跃，像晨雾一样升起又消散了。最后我手里攥住的是一块裹他的棉布，我凑过去闻，大口吸气，好像这样他的气息就能在我的身体里往复循环了。后来过了很久很久，我已经可以叙述和谈论这件事情时，别人听了觉得可怖，对我来说却是一辈子最温柔的夜晚，我跟我的孩子在一块儿，胸膛贴着胸膛，静静地等着天明。

江恺提到过他的母亲，洛阳人，恢复高考后考入邻省的院校，毕业后回老家分配进科协工作，然后结婚生子，日出日落，清晨暮晚，在办公室和自己的小家之间往返，像生活在小城市的无数女人一样，大半辈子的经历都很简单。

6

今天的咨询，我试着问询江恺一些问题。谈及过往的经历，谈及母亲，一鳞半爪的，他仍未提供太多细节，费力想一会儿，摇摇头，好像实在没有什么重大的事情可说。他解释着，就那样，每个人都是那么过来的，没什么特别的。

他对母亲的感情尤其复杂，也许有足够的材料可供解析，却不愿别人触碰。虽然他支支吾吾的，我也大体上能估测出他的成长环境，画出一个大致的轮廓，并可以预见到那些并不"特别"的日常背后隐藏了些什么。

他说，上次咨询完回到家，关于"熟悉的恐惧"，思来想去有点明白了。

最重要的是自己的觉察，觉察到就够了。我不想勉强他全部说出来。

那晚把想到的都写出来了，写完一看，线条很清晰。

我并未表示赞同，说，人精神上的迷惑和混乱，成因往往很复杂，我们可能只是找到一部分原因，甚至找到一个因也没有那么重要，主要是在找的过程中确认了自己想要改变和新生的信念。

他附和着，当然，拎出来线条只是第一步，难的是怎样不走回老路。

我建议道，有些情况下一旦发觉自己正往熟悉的情境里滑行，意识马上接管过来，强行中止，多试几次，一次奏效有了正面的体验，以后就容易应对了。

我记下了，等着试试这个方法。对了庄老师，我再请教一个问题，像我这种情况，焦虑变成常态了，每天总感觉很累，工作不忙的时候也又困又乏，有什么办法改善一下吗？

我了解他的情况，对他来说焦虑不是那个谁都能随意说出的流行词，而是实实在在的折磨。手头没有事，身体坐下来了，周围也没有别人，却还是感觉闹哄哄的。为什么？因为思维太可怕了，它不停止你就没法得到真正的休息。为了片刻的宁静，人们想过多少办法呀。

该怎么描述呢？这样说吧，我每一秒都活在下一秒，脑子里一个念头挤开另一个念头，成千上万不停翻涌，太累了。还有一些时候会突然全身发抖，心脏猛烈地跳，好像要跳出喉咙离开身体，跟快要死了一样。他补充道。

焦虑是表象，是次生情绪，关键要认识到引发焦虑的源头。另外，焦虑漫上来的时候，你会看到什么画面或听见什么声音吗？我问。

有声音，是秒针咔哒咔哒的声音，这声音一响好像就永远不会停。我完全静不下来，坐也不是，站也不是。

我点点头，说，感觉自己精力好脑子清楚的时候，分析一下为什么会听到这个声音。至于方法上，瑜伽的冥想，道家佛家的打坐，都会有帮助，心理学上的正念练习也成为很受重视的治疗方法，有个常用的小办法，数呼吸，有的心理学家认为数呼吸和焦虑不可能同时发生。你找找这方面的书，按步骤来练习练习。

可以练习是吧？

试一试，正念练习不是包治百病的特效药，每个生命都是独特的，人和人太不一样了，调节的办法因人而异，慢慢摸索吧。我犹豫着，要不，我分享一下个人体验？

他坐直了身子。

我说，旅行的时候，有些美景来得出其不意，它撞进生命的那个瞬间，我活着却忘了自己活着，既融合又出离，既迟钝又不可思议地敏锐，出神和忘我之后是大自在，是真休息，感觉特别满足，感觉还有太多未知的好处等着我去发现和喜爱，继续生活的兴致就很高昂。

他说，太神秘了。

我有些沮丧，嘴里却鼓励着，江恺，有一天你也会体验到的。

心理学上对人的这种状态有很多研究，我刻意不援引理论，更不想启用多巴胺、皮质醇等名词，从神经机制的角度来说明背后可能的原理，那些美妙的瞬间，不能求取也无需解释。风，阳光，景物，乐曲，一段文字，生活中的一个偶然，都有可能把我们带到那个安静的地方，从那里走出来的人，身上会焕发着异样的光彩。

既不玄妙也不灵异，只是需要一些机缘。

7

接下来的一次咨询还是一小时。

这次刚上来他就有点不在状态，眼神游移，说话总重复。我不逼问他什么，只是暗中放缓了节奏。后面他寻着个空当说，过两天要回趟老家，请假手续已经办好了。

家里有事吗？我问。

有事。外婆心衰住院，住院的时候没通知我，现在好转些，出院搬到我姨家了，我妈才告诉我。

那就回去看看吧。

怪怪的。最近这些年回家都是因为有人生病，前年我爸喝酒摔伤了胯骨，还有一次是奶奶感冒转成肺炎，在医院里住了些日子，我陪床陪了几天。我跟我妈很久没打电话了，她一打电话，我接通之前就在想，是不是又有人住院了。

很少打电话？

不知道该聊什么，更怵头回家，很怕见到他们，很怕当面跟他们说话。

我说，洛阳是个让人神往的地方，我还没去过呢。说完了，我察觉到自己竟然期待地看着他，心里的想法就此清晰起来。

他说，并不是想象中的样子，大概地下还属于古代吧，地上满街连锁店，就连仿古也跟别处无异，工艺是差不多的。

龙门石窟该去看看。我说。他看看我，似乎想接句话，张张嘴又合上了。

为了避免在停车场再碰见来访者，我一般会迟些下去。发动好车子，要开出停车位的时候，远远地，两道车灯打过来，接着一辆宝石红色的车子驶近,车窗降下一半,江恺露出头来,要不,我给你当个导游,庄老师?

我打开车门,走下来说,谢谢你,江恺。

开出停车场,很快驶上一条沿着海湾修建的快速路,道路两边的灯被一盏盏抛在后面,仪表盘上的数字跳动着,我发现自己越开越快。脚离开一点儿油门,车速慢下来,心里依然很乱。洛阳之行我将以何种身份出现呢?心理咨询师不是神仙不是救星也不是导师或朋友,我无法预见多重关系会为治疗带来什么,这让我觉得危机四伏。也不是头一回了,接访江恺的过程中一次又一次破例,也许在职业生涯的末期,我不想再自欺再使用最省劲儿的办法,一个熟极而流的套路化和市场化的诊疗程序,这样只是可以较快地显现效果,并确保咨询师在惯性中舒适滑行。变换一种方式,来访者可能会有更大改善,很多心理学家的治疗不是完全靠一个模子,而是尊重随机和偶然,也并不避讳跟亲友的接触交流。那种治疗方法古典从容,跟谋生无关,跟今天通行的职业规范也是抵牾的,却是倾尽了努力让一个生命最大限度地自如地活下去。心理学学派众多,任何一个天才的心理学家都有能力开创几种分析诊疗的方法,杰出的心理医生则会为每位病人制定独特的治疗方案。为了让来到世间的生命少一点成长的伤痛,让父母们养育孩子时少一点蒙昧,温尼科特耗费毕生精力研究上万名婴儿,细致观察母婴之间的相互作用。科胡特、克莱因、贝克、马斯洛、霍妮,他们终日面对着遗忘、防卫、不诚实的对象,在不可知论的压力下试着了解人类解脱人类。想着想着,我心里有了支撑,力量慢慢回来了。

8

几天后,我跟江恺在高铁站会面。上了车,我们第一次并排而坐。江恺低头看看车票,说想起来了,刚结婚时我跟小雪也是坐这趟车回老家的。

我记得于小雪说租了房子准备搬出去,不知道现在怎么样了。忽然想到另一个女人,一个中年将尽的来访者,在即将步入暮年的时候她坐在我对面,总结自己的婚姻:二十多岁时离开原来的家庭组建了另外一个家庭，以为新生活要开始了，那时不知道这是人世间最难的事情之一，一晃几十年，经历了成千上万次争吵，到头来，说到底，是被一个非亲非故的人平白折磨了这么多年。

于小雪会不会也这样走入暮年？想到这里，我看了江恺一眼，他正望着车窗外面。

起先高速列车在多山的地方行进，穿过一个个高大的山洞，接着地势平缓了，只剩几座线条圆润的小山娇憨地站立着，溪流缓慢蜿蜒地流向远处。时值仲春，水田和菜畦笼着轻烟般的绿，水墨的风韵，不像盛夏时绿得那样实，那样有筋骨。

中午吃完盒饭，江恺闭上眼睛休息，我也歪在座位上打盹儿，半睡半醒间，我听见耳边的呼吸声急促起来，转过头去，正好迎上他睁大的眼睛。

怎么了，哪里不舒服？我问他。

他把手掌覆在额头上，半天才调匀呼吸。他凑近我，低声说，越往北走越害怕，之前看过的恐怖片都浮现出来了。一闭眼就看到《断头谷》里的场景，到处是浓雾，树林里跑出来一匹马，闪电划过，一下子看清骑马的人没有头，无头人全身铠甲，手里拿着长柄利斧，他在追杀我。我跑到一棵树下，看见一颗颗头颅从树根下滚出来，脖颈处的断茬还滴着血，血珠慢慢渗进泥土，地也变红了。电闪雷鸣的，暴雨落下来，雨水混合着血，汪起一个个血红色的水洼。

太真切了，跑得喘不上气来。他摇着头又摸摸袖子，那么大的雨，衣服居然没有湿。

我本想问个究竟，看到他虚脱的样子，加上此时又在疾驰的密闭列车里，只得按捺下来，起身帮他接了一杯热水。他疲惫地望着窗外，河流，田野，远处的民居，不停地往后掠。我知道他不在这里，不在这节车厢里，他又奋不顾身地沉浸到某个特定的情境里，置身于他竭力想忘记的一段过往中。我想起他在一次咨询中问过的问题：怎样才能获得他人的爱？我没有正面回答，只是告诉他，从你生下来到现在这一刻，肯定有很多人爱过你或正在爱着你。其实我想说的是，真正的爱无法获得或赢取，我还有一个猜测，他话里的"他人"也许可以换成另外的词：母亲。

快进洛阳站了,他站起来取行李,行李箱很重,我帮他接了一下。取下行李,他呼出一口气,好像终于下定决心,说,我没告诉他们——我爸妈,没告诉他们今天回来。之前拿不定主意,没想好这次回来见不见面,刚才经历了一次追杀,我决定了,看完外婆就走。

我一时不知道该怎么接话。他提议在龙门石窟附近找家酒店住下,我说都听你安排,问他什么时候去探望,回答说明天上午。

到了酒店,天色尚早,他说,庄老师累不累?安顿好可以去石窟转转,走几步路就到了。我点点头,说去转转吧。其实他刚经历了梦境中的一次猎杀,肯定比我疲惫多了,他只是撑着一口气想早些带我游览。

9

站在石窟门口望过去,成千上万的石刻佛像沿着伊河东岸逶迤而来。

光滑的崖面往里掏,掏出来凹型的佛龛,凿锤对着大块的岩石,凿下不是佛像的部分,佛,就出现了。巨大的佛像跟山体似断还连只能仰望,低处的岩石上,数不清的小造像依着山势密密排列着,小佛像只有几厘米那么高,却依然让人觉得壮丽。

江恺一路介绍着,哪一尊是精品,什么年代,有何特色。他说记不清来过多少回了。又走了几十步,他指指前面,快到了,龙门最大的一尊佛。

我们来到卢舍那大佛面前。此处游人最多,导游被扩音装备放大的声音此起彼伏,几个历史人物的名字不断被提及。我没有细听传说,仰头看去,看到大佛融进了山石中,她是菩萨,她也仍然是半座山。我被她的神情迷住了,忘记了她是石头,奇异的感觉涌上来,好像我无论移动到哪个位置,她的目光都像暖煦的风一样吹拂过来。还记得有一年去西安散心,见到秦陵深埋在地下的永生军团,一个个高大的陶俑,斜斜地扎着发髻,没有眼珠和瞳仁,永远无法与之对视,看着看着一股凉意顺着脊背爬上了后脑勺,大夏天的,我打了个大大的冷战。

不是为了旅行而来,此时游兴却真上来了,问江恺能不能再去白马寺,他看看表,说赶过去试一试吧。

来到白马寺，寺门关着，已经闭门谢客。我们沿着赭红色的围墙走了走，暮色渐渐围上来。灯光疏疏落落地亮起，不远处是一家小酒馆。

郊野之地，路上车辆很少，行人也零零星星，天黑下来，是荒村一般的寥落清寂。进到小酒馆里，我们商量着点菜，芹菜炝花生米、小酥肉、焦炸丸子、蒸槐花，主食要了半打锅贴。菜单翻过来看到有糯米酒，我问他，喝点酒吗？他笑笑，度数不高可以。

很快，店家温了一壶酒上来，酒壶旁是一个小瓷碟，放着干桂花。我先把酒倒在杯子里，再撒上厚厚一层桂花。乳白色叠着金黄色，米酒的酒香托着桂花的甜香，在不大的屋子里漫溢着。

热酒入口顺滑，跟酥肉、丸子和闲聊也相宜，我们又要了一壶。北方初春的夜晚还有些清寒，喝了几杯酒身体才暖和起来。我拈着酒杯，想起大佛的面容，嘴角浮现出笑意。

笑什么呢？江恺问。

我说，江恺，你去过很多次石窟了，给我说说，你在大佛脸上看到了什么？

很庄重，庄重里还有点亲切。他说。

嗯，庄重、亲切，还有吗？想想她的衣服。

衣服，衣服是袈裟，石头的袈裟。江恺有些出神。

对，石头袈裟，是石头吗？

不是。他仰头喝下一杯酒，手拿着酒杯在桌子上画圈，说，是石头也不是石头。

我回忆着雕像的每一个细节，心里不住地赞叹，大佛的通肩袈裟像随手抒起水的波纹，披在身上，衣纹悬垂着，一道道绵软自然的弧线，看不到任何峻急紧张的转折。

石头凝固下来的是什么？说说你的感觉。我继续跟他探讨。

他说，垂感。

会不会还有一个词可以替代？我说。

他捏住眉心，让我想想。

石头凝固下来的，是松弛。他说。

对，那是石佛最好的状态，也是人最好的状态。玻璃门上起了一层雾气,隔开了小酒馆和外面茫茫的夜。我看见,他耸着的双肩渐渐沉下去,脖子出来了,变长了。

他低下头,盯着自己的脚,惊讶地张大嘴,说你看,脚在使劲儿,我的脚居然在使劲儿,明明喝着酒说着话呀,使劲儿干吗呢?我循着他的视线见到桌下的一只脚,只有前脚掌着地,隔着鞋子仿佛也能看到,他的足弓绷紧,脚趾在用力抠地。

脚慢慢放平了。

原来我是这样存在着的,像剑拔出来,弓拉得满满的。江恺不敢相信。

过了一会儿,他说,下雨了。我用手抹抹玻璃上的雾气,向外看去,只看到一小框黑夜。

他吸吸鼻子,下了,我闻见雨味了。

杯中米酒,安安静静地待着,慢慢地,上面澄出一层透明的青汁。半响,雨点才稀稀疏疏地落下来,闷声打在地上,似乎数得清。渐渐地,雨点小了也密了,像簌簌落下无数粟米般的小花蕾。

刚才好像去了一个地方,从没去过的地方,那里太寂静了。他的神情恍恍惚惚的。我不去打搅他,等待他彻底回过神来。又过一会儿,他说,不知道该怎么描述那种心安的感觉,很陌生,也很美妙。

我点点头。好长一段时间了,故去的儿子没有再出现在梦境里,他好像走了,真的走远了。

咱们接着聊吧,庄老师。

又加上一份牛肉汤,就着热腾腾的汤,我继续跟他闲聊。文章、书法、琴曲都能看到背后的人,至少能看到人某个时期的状态,他是焦灼的还是安详的,生硬的还是柔软的,甚至于能感觉到他的气,他呼吸的长短和轻重。比如说有的文字整篇读下来,能感觉到作者气短气促,因为文章也在呼哧呼哧大喘气,还有的文字一惊一乍,吸引,当然吸引,就像字里行间伸出一只手,强拉着你走。再说说女人的美,有的女孩子认为优雅是凹出来的、拧出来的,是对抗出来的,其实自然放松的时候才可能谈得上好看,骨架舒展,脊柱曲度正常,挺胸抬头不但不累,反而是最舒适的。

人的体态以及面庞的纹路走向里,几乎储存刻印着过往所有的情绪和心理习惯，那些恐惧和焦灼并没有倏忽而逝，而是以另一种方式日久天长地凝结了下来。

走出小酒馆时，我才意识到刚刚是一次艺术治疗，没有感觉到它的开始也没有感觉到它的进行，概念和知识隐去，点、节奏、设计、目标皆不明晰，即兴而偶然。

我也很久没这么松弛了。

躺在酒店的白色大床上，江恺的话还在耳边回荡。细雨潇潇，一灯如豆，木桌木椅，酒菜温热，门外传来鸟儿振翅飞过的声响，过后天地俱寂，更是悠然神远。他环顾四周，说，我这些年，就是这样的时刻太少了，太少了。

10

酒店的餐厅供应自助早餐，我端着盘子一圈走下来，盘子里有了白煮蛋、香肠、青菜和切成小块的油条。放好盘子，想起粥还没盛，去盛了一碗小米粥，顺手接一杯豆浆。往回走的时候，江恺进来了，他看见我，示意我先找位置坐下。

上午他计划看望外婆，我是跟着去还是自己游览洛阳，昨天没有商议，也是怕他拒绝，我故意没有提及。他取餐坐下，我想着既然吃早饭遇见，正好也就一起去了。

为了表弟上学近，我姨没往楼上搬，住的还是平房小院。老人家心里恋着住平房，出院才同意过去的。我家住在高楼层，外婆才不肯来呢。江恺一路说着，很快出租车在一个胡同前停下来。

胡同很深，往里走了几十米，江恺仔细看看大门，辨认一下，说是这里。

开门的是一个有点年纪的女人，短发，体胖，毛衣在身上匝出来一个圈一个圈的。她袖子挽着，手上沾满白沫，好像正在洗东西。江恺愣一下，叫声阿姨，女人看看他，摇头表示不认识，江恺说，王莉是我小姨。女人"哦"了一声，把门完全打开来，说都上班去了，就我跟老太太在家，我姓徐。

徐阿姨，我从外地赶回来看看我外婆，江恺边说便往里走，我跟在他身后。

院子方方正正，中间垦出一块松软的菜地，蔓着菜苗，搭着黄瓜架和扁豆架，一大一小两只狸猫在院子一角的香椿树下躺着。女人把我们引到东头的房间，转身离开了。江恺快步走进去，我跟着迈步，随即又缩回腿来，就站在门口往里看。

老人坐在床沿儿上。毕竟是八十岁的老人了，认出外孙，话跟不上，吃力地咳出几个音节。江恺跟她说话，她也听不清。我试着根据她的脸想象江恺妈妈的模样，然而这张脸已没有清晰的轮廓，眉毛掉光只剩下浅浅的白印子，眼皮垂下来几乎覆盖住眼珠。透过眼皮没遮住的不规则的两条缝儿，她定定地看着江恺。

江恺坐在她身边，说歇着吧，外婆，咱不说话了。阳光铺在床上，老人眯起了眼睛。江恺轻轻站起来，从背包里往外拿东西，一一放在桌子上，奶粉、蛋白粉、钙片、蜂胶、花旗参、保暖内衣。还有一只智能手表，这种手表可以测血压、呼救，我在商场见过。他拿着手表回到床沿儿，戴在外婆手腕上，她还是没有醒，他就握着她的手，不言不语地看着她。老人猛地醒过来，两人又开始说话，翻来覆去那几句，她听不清，他也听不清。

老人指指屋角，一个简易马桶放在那里。她站起来，江恺赶紧扶着，她挪一步，江恺挪一步。她并不胖，坐下去时身子却显得很沉，重重地砸在马桶圈上。她解完小手，继续坐着，好像解小手就用光了力气，只能在马桶上坐着攒劲儿。过了好大一会儿她表示可以站起来了，江恺两手放在她的腋下，几乎是把她叉起来的。她喘息片刻，抓着江恺的胳膊往回走，更慢了，一顿一挫地挪着。我看看手机，在这房间里一来一回居然耗去二十多分钟。

日光一点点移动着，月季花的影子印在窗玻璃上，老人的头缓缓垂到胸前。

他蹑手蹑脚地走出来，我们一起来到院子中央。江恺不住地摇头，说前年还不是这样的，能打牌能上街买菜，老人老起来太快了。

徐阿姨在偏房里忙活，见到我们就推开偏房的小窗户，探着身子说，中午陪你婆吃饭吧？我多收拾几个菜。

不了，他高声说，又转头低声向我耳语，一会儿我姨我姨夫该下班了，咱先走吧。

女人说着怎么不吃饭呀，追出来送。看她掩上门，我们才往外走。

在胡同里走了一小段，江恺忽然停下来，往后退了几步。胡同口迎面走来两个人，一前一后，都推着电动车。江恺转身看看大门，已经关上，又往胡同另一头看，堵死的，他双手抓着背包的肩带，一下子紧张起来。我把手轻轻搭在他的背上，怎么了，江恺？

我看着他，很明显他想飞走却少生了一对翅膀，他出了一身大汗。

那两个人走近了，走在前面的是个女人，嘴里叫着江恺的名字。

你们怎么来了？江恺沉着脸。

你姨叫我们过来一起吃饭。女人看到江恺的脸色，有些畏惧的样子，说，她不知道，不，顿了顿，你不是还没买上票吗？你姨不知道，我们不知道你回来。

我倒是听明白了，也猜到他们是谁了。料想是保姆通知主家有客来，主家再往下张罗，就把他俩张罗上了。江恺好像受到很大挫伤，说，谁要吃饭，走了。

女人嘴里说这孩子，不停地拿眼觑视江恺，畏畏缩缩的。他厌烦地别过头去，闭上眼睛又睁开，忽然迈开步子从两辆电动车之间走过去。

江恺。

女人的声音怯怯的，尾音儿细弱可能只有她自己听得见。

江恺停住步子，肩膀一耸一耸地大口呼吸，忽地回过头来，我们都吓了一跳。他脸涨得通红，嘴唇哆嗦着，我不知道他要说什么，我只能等着。

他咬着牙说，爸，你这辈子真亏了。

音量不大，一字一顿，硬，刺耳，没头没脑，却又直奔靶心。我没想到是这句话，接着才注意到推另外一辆电动车的男人。男人穿着三粒扣羊毛背心和深色西裤，普通的长相，头发黑白掺杂，北方中年男人差不多就是这个样子的。

这话是不能单独出现的，前头必然有很多很多句，这句话开裂的地方，不尽之意汩汩往外冒。

江恺嘴里说着你别逼我了，跌跌撞撞地走出胡同。我看着他的背影，又看看他泥塑般呆立的父母，辛酸一波波涌上来，怎么也压不下去。胡同夹道里，不知谁家的一棵玉兰树，长长的枝条伸出院墙在半空中一颤一颤的，顶上的花开了，花瓣像莹润的白玉片子，底下花苞鼓鼓的也快绽开了。

你是……不知过了多久，她问起来。

江恺的同事，办公室挨着，我姓庄，碰巧来洛阳出差。我撒了个谎。刚才我注意到，江恺看见她时倒退几步，她也一样在认清楚江恺时，往后退了两步，踌躇一下才继续往前走。

她点点头，尴尬地笑笑，说，真是怕了他了。话头随即一转，来家里坐坐吗？

这次来洛阳是想借机见见江恺的父母，甚至以为我能一力促成双方的和解，昨天江恺说不回家时我还有点失望，没想到今天在这种情况下见面，一时劲头儿也不大了。

挣扎片刻，我说方便的话就去家里，随便聊聊。

11

两人一路引着我来到小区。小区的建筑物很疏朗，花园开阔，种着些合欢、夹竹桃、石榴、垂丝海棠，地上除了草坪还有大片的毛杜鹃和矮牵牛。水系景观也娱人眼目，防腐木的平台，曲水游廊连起几座小巧的六角凉亭，岸边随意散落着几块景观石，流水潺潺，红红白白的锦鲤在硬币大小的绿萍间游弋。江恺妈妈还未从打击中恢复过来，放好了电动车，上楼的时候走错楼道，丈夫喊她也没听见，自己觉出来才慌忙往后退。

她邀请我倒不是随口客套，是巴不得跟熟悉儿子的人聊聊天，掌握些情况，求个安心。

我坐在沙发上，左右看看，好像哪里有点不对劲儿。我装作很感兴趣的样子，说参观一下装修吧。江妈站起来，说哪里装修了，能住人就行。先来到江恺的房间，她说搬过家，这里的布置还跟江恺小时候差不多。一个老式的写字台挨着窗户，写字台桌面和两侧粘满贴画，我凑近了看，贴画不是年深日久磨出来的那种斑驳，看上去像被人大力撕过，彩色图案和白色粘胶一条一条交错着，隐约还能看出一点变形金刚和足球小将的图案。单人床上的被褥卷着，露出下面的床板。床旁边是书橱，透过书橱玻璃能看到一排排题典。我拉开玻璃仔细看，除了题典还码放着一厚本一厚本的模拟试题，都是土黄色的书脊。衣柜贴墙放着，也许柜门后面就存放着江恺的各种小物件？珍藏着童年记忆、散发出私人气息的小物件。趁江妈背对着我往外走，我打开一扇柜门往里看，见柜子一角放着塑料绳捆扎在一起的书，匆匆一瞥，最上面一本《圣斗士星矢》的封面是一片一片的，被透明胶布粘起来，还是可以看出碎裂的样子。

跟着江妈往外走，忍不住回头再看一眼，窗帘半掩着，屋里有些暗。

接下来我说参观房子的格局就行，只在房间门口张望张望。陈设都差不多，东西很少，一点儿杂物也看不见，每个房间都有钟表，卧室里最多，似乎有三个。

再回到客厅，江爸不见了，想是趁机逃脱躲进了房间。江妈坐下来，叹口气说，别人家的儿女越长越成熟，江恺快三十的人，越来越孩子气。这孩子变了，不敢认了。

孩子气也不是什么坏事。我说。

他在单位怎么样？

挺优秀的。我有意使用这个词。

江妈脸上有喜色，说，从小就是小大人，坚强，懂事，学习好，从不弄鬼掉猴的。我年轻时气性大爱着急，有一回趴在床上生闷气，他呜呜哭着给我端来搪瓷杯，妈你吃点方便面吧，我接过杯子，一摸杯子壁是凉的，原来他用凉水泡的面，我一下就笑了。

我笑不出来，仿佛看到了那时的江恺，一个安慰母亲的小男孩，一个照顾大人情绪的小男孩。

知道邻居们怎么夸他吗？到现在我还记着，说这是个英雄孩子。

小英雄江恺。我环顾客厅，想找到一幅江恺儿时的照片，白墙上什么都没有挂，电视柜上只有一个关着的机顶盒，指示灯没有亮。

江恺小时候可不像现在这么木讷，聪明机灵着呢，那时候说起神童来，江恺也算一个。

我露出一丝苦笑。多年的咨询经历让我有机会看清背后的底细，很多所谓的聪明小孩，不过是因为成长环境恶劣、时刻准备着应变而不得不警醒聪明。一个孩子哪里需要这么多聪明？孩子要是像个孩子，该有多好。

她继续说，一直到他考上学，没操过心也没感觉到什么叛逆期，平平顺顺过来了，那些年过得真快。她喜欢回忆，说起来就停不住，她想使劲儿拉着我，在那段日子里多转悠一会儿，那段日子里，江恺身兼金童、尖子生、小天使数职。

阳台上的衣架被风吹得砰砰乱晃，我心里隐隐的感觉变得更加清晰。我说，这么大个阳台，前面又没遮挡光照充足，怎么不养点花呀？

她愣一下，嘴里含混地说小区有花，很快扭回正轨，说，江恺呀，那些年真是争气。

后来呢？

后来，后来不知怎么回事就大变样了，我对他的希望不像以前那样容易实现了。

你对他能有什么希望，就是母亲对儿子的希望吧。我说。

我希望也没用，他这些年不太顺。小学、初中、高中都挺顺的，接下来在大学、在社会上反而磕磕绊绊的。他说自己没什么朋友，也看不到什么希望，一个年轻人怎么能说这样的丧气话呢？他的眼神也变了，小时候眼睛里晃着两个小太阳，一看就是个热诚孩子，现在冷冰冰的，让人见了就想躲开。

她忽然想到什么，说，跟真事一样，前一阵子给我写信，打印出来寄给我，说一打电话就吵架，说不透。有什么好说的，他就是不孝顺，他就是烦我，我喘气儿都有错。

信上怎么说？

神神道道的，进行心理咨询什么的。我打听了，什么咨询，是哄着他说小时候的事，全赖在父母身上。他这么大个人，对自己就没有责任吗？简直走火入魔了，就会埋怨我，说我没有灵魂，活得不真实，好像我是那种很坏的女人。冤呀，没处说呀，到现在我都不知道哪些地方做错了，想破脑袋都不知道。我这辈子什么也没做就培养了一个孩子，孩子竟然说我猎杀他，你看这用词，我不过稍微严厉些，管得紧一些，当妈的不都这样，也没见人家的孩子活不成。

她看着我，寻求支持，你说是不是？孩子来了，说来就来，谁天生会做母亲的？

我小心地看她一眼，她周身似乎没有多少热乎气儿，看上去又扁扁的，没有长宽高，像个小黑点在茫茫的水面上晃荡漂浮。我听懂了江恺的那句话，并非指向男男女女那方面的，他另有所指，她根本没听懂地臊红了脸。刚才一进门我就感觉冷感觉不舒服，对这样一个家庭来说，屋里少了点什么，这个少，并不牵连着钱的困窘。屋里干干净净却没有一盆花草，哪怕一盆仙人掌或一盆枯死的花，也无装饰品，或好看一些的生活用具，色彩也单调，望上去一片灰扑扑的。跟朴素无关，是荒荒的气息，草草的，不知道在往前赶着什么。因为莫名的惶急，一切刚好够用就行，准确得吓人，闲置在这里是不被忍受的，热情、快乐，也嫌多余。

在这个叫做家的地方，发生过很多无人在意的小事，它们伏脉千里地决定着成年江恺的一举一动。注意到我在打量四周，她说，我从年轻就喜欢素净。

她是能说会道的女人，颇善敷衍，也会做戏，眼角眉梢藏不住的却是冷淡，对此刻活着的冷淡。她坐在我旁边，但感觉上她并不在这里。她的积极和机警不过是浮泛的一层壳，里头空空的。她的动作表情里藏着作为一个生命体的深深的懒怠和疲倦，岑寂的绝望如穹顶般低低地笼罩着。我仿佛能看见她独坐在漫长的光阴里，像在默默忍受某种酷刑。

我向她推荐通俗一点的心理学书籍，她笑笑说，咱这把年纪别上这个当了。我说，也可以翻翻《金刚经》。她说，小区里现在入教的不少。

我再次问起信的内容，她不愿多提，说好几次想回封信，又觉得不过是换一种方式吵嘴，没有新鲜的话要说，还是算了。

她失神地望着窗外，说，那些年，不用问不用多说话，我只要看他一眼，就一眼，他就知道哪些该做，哪些不该做。我也不怎么动手打他，不用动手，我只要不高兴，不理他，他自己就慌得跟没魂儿一样。

一只小飞虫从窗户飞进来，很快不见了踪影。过了一会儿，屋子里面光线暗的地方，出现一个绿莹莹的光点，晃动着，忽地，绿色光点一闪而过,消失在了明亮的地方。

我坐在她身边,虽然她并不认为自己需要陪伴,我还是想陪她坐一会儿,就像陪着那些深渊里挣扎渴望得救的来访者一样。他们总是坐在我对面,有的不会哭也不会笑,有的天黑下来就如大难临头,好不容易熬过去一晚第二天还必须一切如常地上班,有的一闲下来就觉得心慌,不停地干事,不停地制造高潮,目标达成之后却一片虚空,更加难受。

她背着光坐在椅子上,双手从两腿间垂下去。半天,她抬起一张凄苦黯淡的脸,叹口气说,变了,世道变了,让我赶上了。

会好起来的,日子总会好起来的。我宽慰着她。这会儿我不想跟她争辩,更不想指点或责备她,想着这辈子大概只能见这一面,我就想把身上的暖意尽可能分给她,把信心也传递给她。我是真有信心,她儿子多善良呀,咨询的时候也有意无意地替她打了那么多掩护。

她霍地站起来,吓了我一跳。她死死盯着墙上的表,惊叫着怎么一晃就十二点多了。她很慢很慢地重新坐下去,低声说,又该做饭吃饭了,这日子过着,真是麻烦呀。

锦鲤游得很快,摆动的尾巴像一抹抹大红颜料在水里化开了。跟江妈道完别,我在水池边坐下来。水清且浅,阳光透下去,池子里晃晃荡荡的满是光。池中央有一棵睡莲,从茎中伸出来的长长的根,在水中一条条清楚分明,两朵莲花挺出水面,一朵年轻,一朵不太年轻了,一朵是蓝色的,一朵是紫色的,几只小乌龟趴在睡莲叶子上,一动不动地晒太阳。鱼在水里游弋,乌龟在叶子上晒太阳,天空和云彩也映在池中。我仰起脸来透过树枝的缝隙望着天空,北方的天空总显得更高远一些,我这才长呼出一口气。

出现在街头巷尾的江妈是一个看不出任何异常的妈妈,就是这个正常让我憋闷得透不过气来。一个多么常见的家庭,粗粗一看还是个好家庭,夫妻俩都有安稳体面的工作,几十年没病没灾过下来了,孩子学习好有出息,在大城市安顿住了,这看似完满的一切却让我感到深深的惋惜。江妈上面,我看到一条粗大的脉络从遥远的地方延续下来,江妈只是其中的一环,江妈背后,深厚久远的传统巍然而立,押着她,押着许许多多的生命。

她送我时说了最后一句话,江恺迟早要后悔的,后悔对我大吼大叫,等我死了他会扑在棺材上大哭,后悔我活着的时候对我不够好。

12

洛阳春天的牡丹不可辜负,看到真牡丹便觉得这些年受了国画的骗。阳光下的欧碧如薄薄的绿玻璃一轮轮叠着,一串由轻到重的铃声,清新鲜灵得让人忘了它其实也是富丽的,自然年年都开,见到的一刹那却恍惚觉得这是它的第一次开放。

在牡丹园里接到江恺的电话,他说又没控制住,真抱歉。我告诉他,不用控制,不用道歉。他当日就离开了,这会儿通话已是两天后。我说起信件,他才知道那天我去了他家。他问你们聊什么了?我不知该从哪里谈起,直到挂了电话,他也没再提起信件的事情。

回到酒店,看到前台站着一个人在跟接待员说着什么,是江恺的父亲。我以为他是来找我的,正想上前,见接待员从存放柜里拿出几样东西放在台面上,一样一样都很熟悉,探望外婆时带的礼物,江恺给父母也备了一份,不同的是,父母这边还多送了几本书。接待员把东西一股脑儿放在酒店的袋子里,递给江恺父亲,我退几步躲到旁边的旅游纪念品商店里,看着他拎着袋子匆匆离开了。

回程的高铁上接到江恺的短信,问我什么时候回去,想预约下一次咨询,我又谈起信件并给了他邮箱,他回复,庄老师,我需要时间想想。

到家已是深夜,一进门发现窗边的虎尾兰跟走的时候不一样了,整体好像长高了些,新的叶片从土里钻出来,叶子微微卷成一个小筒,还没有完全舒张开。接着我朝沙发看过去,毛绒动物们坐在宽大松软的沙发背上,白色鬃毛的马驹,大眼睛的小狮子,火红的狐狸,套着毛背心的绵羊,两只手牵着手的柴犬,猴子呢,它向一边歪倒了,我走过去,把歪倒的猴子扶坐起来,把它的黑色呢帽也正了正。我在客厅里陪着所有物件坐了一会儿才转到卧室里,临睡前看看邮箱,一堆未读邮件,却没有我等的那一封。

休息过来也没去单位,隔壁的刘先生知道我回来了,拉着我爬山、打壁球、逛茶叶展会。他开着一家中药店，有些年份了，进货的时候自己忙一阵子，平时有人看店，他只是偶尔去转转。我们先是当邻居，不知不觉又成了玩伴，经常一起爬山，也一起认识植物。刚知道我的职业时，他露出惊愕和担忧的表情，下一次见面他对我说，以后我们要多游泳。我说你今天怎么没头没脑的，他说，你天天泡在别人的苦水里，全是些避之不及的人和事，多大的折磨。我这才领会到他的意思，收下了这份关心并告诉他，我有督导师和自我体验师，他们是我的守护神。我想起咨询中心网站上对我的几行介绍，姓名、资历、受训背景，以及咨询范围：压力和情绪调节，神经症，自我探索和个人成长，急性心理创伤。我差点儿忍不住告诉刘先生，挂在网站上面的名字并不是我的真名。

江恺预约的是周日晚上。我早早来到咨询室，把在洛阳买的牡丹绢花插在藤筐里。花朵绣球般大，颜色是渐变的粉，只有一瓣显得各色，近于深红，像湿了的胭脂，红色冷不丁一大步跳到粉白，倒是一点儿也不呆。摁下音箱开关，一阵雁鸣声响起，远远地从云霄里传过来的鸣叫声，在长空中一梯一梯地往下走。CD里是七首古琴曲，看来上回听到《平沙落雁》了。音乐声中顺手打开电脑，一看邮箱，江恺的邮件躺在里头，两天前就发过来了。

愣怔一会儿，才点进去看。

妈，有一次给你打电话，没说几句气氛就变得冷而怪，你好像收藏了很多冷话和怪话，跃跃欲试的，就等着找个机会说给我听。挂了电话我顺手拿起手边能拿到的东西，猛砸书桌一通。也是那天晚上我发现，桌子靠墙的一边儿光滑平整，靠我的一边儿全是大大小小的疤痕，一个小坑一个大坑的。

我坐在桌边回想这些年。大学的前几年浑浑噩噩，本以为考上大学就可以"做自己"，可问题是我根本不知道自己是个啥，最后一年躲不过了，拼命学习补亏空。我知道我会考试，也通过考试找到了工作。工作后每天做着差不多的事情，往前一看，前头没有选拔性考试等着我，也没有传奇功业等着我去建立，一切都很平淡，我就提不起劲儿来了。零零碎碎的工作压迫着我，我情绪变得很差，就摆出一副很不好说话的样子,别人都怕跟我打交道。我盼着生病,这样就不用去上班了。过了不久,早晨醒来一下床,趴在了地板上,我真生病了,发高烧连续烧了几天,病好后我就换了工作。

新工作的最初我拼命表现,希望身边的人喜欢我欣赏我,表现了一阵又烦了。

空气里遍布铁钳,箍得我喘不上气来,很轻松的工作也会让我暴怒,稍有波折我就会很担心,我顶撞所有跟我商量事情的人,说别逼我了,别逼我了,他们都尽量少跟我打交道。我发脾气的样子很像你,就像你在替我生活。

接着,又到一个新单位。几个月后熟悉无比的感觉回来了,我既渴望被肯定,又讨厌别人指挥我命令我,很怕跟别人接触,好像任何小小的接触对我的生活都是一种打扰。我像一根绳子,被两个想法拔来拔去。我不知道该怎么办,感觉又要跟别人争吵,感觉又将大祸临头。我在本子上写道:"江恺,记住,当心头升起一股烦躁时,不要再用习惯的方式去发泄和对抗。"合上本子再翻开,妈你知道我看见什么了吗?我看见几段长得差不多的话,分布在本子的不同页码上,原来这些话,早就一遍遍写过了。我没法逃避了,各种困境一股脑儿围过来,我游魂一样在屋里走,小雪看着我,她的眼神让我的心沉下去了,单位的人也是这么看我的。

你是谁?你怎么会变成这样呢?他们的眼神透露出这样的疑问。

我怎么会变成这样呢?那晚之后我开始进行心理咨询,咨询师让我认识到,原来黑夜如此漫长,走了二十多年仍在原地转圈,原来成年后自以为自主生成的众多行为,都不过是对过去的沿袭和模仿。我总是回到我们家的老房子,爸在家里待不住,屋里就我们两个人。我坐在书桌前,紧张地用指甲划过桌面。你的目光落在我后背,像一块大石头。你好像浑身有用不完的劲儿,牙咬得紧紧的,双目灼灼地盯着我,表情无比坚毅。目标就在前头,我压抑着所有的愿望往前奔(我多想跟着几个小流氓在溜冰场边学跳太空步啊),让自己时刻处在极不自然的亢奋中,激荡的日子几年一个跃进,一个突破接着一个突破,我只有完成了才能得到你的爱,我只有成为一个完美的好孩子才能得到你的爱。我也随时准备迎接你的尖叫和哭泣，因为即使这样，你还是觉得慢，觉得不够好，你督促我尽快忘记怎么一步步地走路，跳着过就行了。大部分时候你不说话只是沉默着，我也沉默着，沉默过后我躺在床上却感觉像刚刚经历了一场恶战。有时候我情愿你狠揍我一顿，也不要冷冷地不理我。否定、否定、否定，成块成块地投掷过来。忽冷忽热，冷和热都是过度的、激烈的、戏剧化的，极致的冷和极致的热。空气紧张得绷直了，我也绷直了，并就此逐渐失去了健全地活着所必须具备的弹性。

我终于离开你了。

我从未离开你。

有些东西，深藏在我的体内，用我觉察不到的方式决定我的命运。幽灵跟我寸步不离，牵引着我一次次回到熟悉的情境，我以为妈妈还在背后，鞭策着我干大事，一件接一件。再看看自己，长大了强壮了，能不依靠妈妈就活下去了，于是我把往日的怒火喷向现在。此时此刻压迫者并不存在，我这半生都在跟想象中的压迫者做斗争，这个百变的压迫者易容乔装，化身为工作制度和生活秩序，化身为某领导，化身为一个弱关系的朋友，也时常化身为某位萍水相逢的服务业人士。我跟他们斗争过后，那种熟悉的压抑感也回来了，我又不舒服了，我需要让自己不舒服。

还要多久才能穿过黑夜？我不知道但我一直没停住脚步。在电话里跟你谈过多次，你只有一种反应：不屑一顾。我说婴儿时期的母婴关系有可能决定一个人的终生命运，你说瞎编乱造，婴儿能懂什么记得什么；我说家庭生活中细如针尖的伤害代代相传且无人称之为伤害，也没有人愿意深究情绪剧烈波动的母亲对敏感的孩子来说意味着什么，你说家家难免的勺子碰锅沿怎么就成了伤害；我说想跳出旧有的模式换一种方式生活，你理解为"娶了媳妇，有了自己的家"，你至今认为我们关系恶化是因为于小雪的挑唆。事实上，于小雪让我知道活着不是一件不幸的事情，她鼓励我，鼓励我打扮打扮自己，用心挑件衣服，找好一点的理发师设计发型，以前总觉得我不配、我不行，现在我已经可以享受这个部分了。从认识小雪她就整天笑嘻嘻的，我喜欢她的笑，她的笑跟太阳光一样宝贵。有一阵子她不笑了，我知道为什么，当我感觉一切都没有希望时，我用沉默惩罚自己，也惩罚她。

妈，你也可以多笑笑，印象中你总是不高兴的，听到好消息也只是勉强笑一下，笑容很快消失，好像从来没见过你咧开嘴大笑。梦见你的时候，你孤身站在沙漠中，五官是往下走的，像受到格外强大的地心引力，简直是要往下流了。

你可能不理解我写下的这些话，没关系，不是为了让你承认些什么，更不是为了埋怨、懊悔和仇恨。这么多年来，你跟我一样疲惫，你跟我一样经受着说不出来的隐秘折磨，我们被困在一个共同的炼狱里。我经常在你脸上看到嫌弃的表情，我以为你是嫌弃我，后来才发现，你更多的是在嫌弃活着的自己。也许，我们可以一起尝试着认识层层包裹下真实的自己，一起尝试着分析为何我们浪费宝贵的生命一遍遍重演着相同的剧情，我盼望，不管在什么境况下咱俩都始终怀有努力生活和寻找快乐的意愿。

在大人们认为我什么都不懂的年纪里，我也清楚地知道，跟妈妈在一起很难受。但我多么想亲近你，你是我在这世上唯一能亲近的人。现在，我仍然想亲近你，闻闻你身上的气味，即使我五六十岁头发都白了，我还是想让你搂着我，白头发的你搂着白头发的我，我老了，但我还是有妈的人。多少次了，恨意突然涌上来，我再也不想服从和满足你，再也不想为了你迷茫中慌乱抓住的精神支柱而奋斗，这一切多么虚假！我像清除病毒一样大力删掉你，过不了多久又偷偷加上；也屏蔽过你，又忍不住想看看你的动态，再把你放出来。算不清楚，不知道重复过多少回了。一想到你流泪我心里就难受，爸说你大白天一个人躺在床上，脸对着房顶，不出声地流眼泪，我当时就像孩子一样哇哇大哭起来，我想马上回到老家，为你擦眼泪，帮你做一碗甜酒煮鸡蛋。想到有一天你会死，会被烧成灰埋在地下，我的心就像被剜出一个大洞，我妈呢世界上再也没有我妈了，大洞越变越大，直到整个人都空了。我也不见了。人只要还有妈，就有底气有胆子，就有恃无恐随时变成小孩子；没有妈，大概就会感受到彻彻底底的孤独吧。

  母子关系会影响孩子的所有关系，会影响我看待世界的心态和目光，会影响我的生活信念。但最重要的永远都是现在，我知道任何关系都无法强行修复，我能做的是先对自己负责，学会敬畏日常，让生活成为能量的不竭源泉，再把从心底生出的活力和爱分享给别人，并在不久的将来分享给我的孩子。

  看来是时候了，我为我的来访者感到高兴。

13

  江恺走进来，右手捧着一束鲜花，左手拎着袋子，里头是两杯果汁。他问，庄老师，你喝火龙果汁还是苹果汁？
  见到他手里的花我心里就明白了，看来想到一块儿去了。屋里没有花瓶，我说谢谢你的花，先放着，一会儿我带回家。选什么果汁呢？他问。我选了一杯火龙果汁。
  最近在忙什么？
  他说，平时上班，周末打游戏散步晒太阳，学着做几道新菜，还报了一个舞蹈班学跳太空舞。
  能跳跳吗？
  他打着响指轻轻摇晃身体好像在找感觉，然后嘴里说着月球漫步，开始滑步，手顺势抬起来搭住虚拟的帽檐儿并往下压了压，一副怡然自得的样子。
  我为他鼓掌。
  他微笑着坐下来，说，现在你知道了吧庄老师，不是什么极端的成长环境，没有发生过特别可怕的事情，家里没有杀人犯也不是虐待和赤贫，只不过是家庭中一些习以为常的甚至被当作美谈的做法，还有一些无形却细密的罗网，再加上我个人的脆弱。
  我说不是你的问题，往上追溯源头时我们会为事件本身的细小和随意感到惊讶，但孩子就是这样被细细碎碎地塑造成今天的模样。

接下来，他慢悠悠地谈起自己，后来过了很久我依然记得他平和的语气和坦然的眼神。

我是个特别守时的人。有一次在外面玩忘记回家吃饭，不记得我妈是怎么管教的了，只记得我从六岁起就养成守时的习惯，只要妈让五点前回家，我肯定会在四点五十七到五点之间出现在她面前。我至今保持着这个习惯，跟人约好时间，哪怕穿越大半个城市，无论坐地铁还是开车，我都能提前三分钟到达，这是我妈给我的"天赋"。回想小时候在外面玩，玩的什么都不记得了，只记得我隔几分钟就会问附近戴表的人现在是几点。

我是个缩手缩脚的人，好像周围的一切都很危险，我什么都不敢动。有一年暑假在奶奶家住了几天，发现茶几、柜子可以随便碰触，所有的抽屉都可以拉开，我不敢相信，隔了几天才确信这是真的。我尽情把抽屉拉到最开，仔细摆弄里面的每件物品再关上，像探索完奇幻新世界一样满足。我想喊就喊、想跑就跑、想躺就躺，还有一群表弟表妹跟我一起疯。而在我家，抽屉是不许拉开的，茶几上的杯子是不许乱动的，沙发和床也不能随便躺。有一回放学的路上，下水道里跑出来一只老鼠，我看见老鼠忽然觉得很亲切，我跟它的神情是一模一样的。

我很小的时候就学会了察言观色和讲笑话。妈妈总是一脸不高兴，大部分时候我不知道原因，我想让她多笑一笑，我要成为家里那个活跃气氛的人，我要经常有好消息报告给她。她一沉着脸，我就羞愧我就恨自己。后来我累了，也习惯了家里的气氛，照镜子的时候，我的阴沉跟周围的阴沉是融在一起的。

有一段日子我特别矛盾，小学语文课上第一次学"敌人"这个词，老师解释完含义，我第一个想到的人是妈妈。接着就开始谴责自己，谴责自己是个道德品质败坏的孩子，妈妈给我生命，把我养活大，督促我上进，怎么能有这种想法呢？这念头一冒出来，我就扇自己耳光。

我从来不觉得自己能活长，好像随时会被抛到野外，一个人死去。后来我发现，乖、学习好、当模范、被叔叔阿姨夸似乎能够保住我的命。再后来保命又如何呢？睁开眼睛的一刻，不知道自己存在的理由是什么，不知道属于自己的生趣在哪里，不知道接下来漫长的一天该怎么熬。我每天都比前一天多死一点。

现在呢？我问他。

我敢进厨房了敢摸炉灶了，我会提前腌上牛肉，腌一天一夜，第二天大火煮开再文火慢慢地煨，我愿意等着，为几口就能吃完的一道菜等着，等候的过程让我很心安。对了庄老师，见过我妈了吧，她还有希望吗？我是说，她还有快乐起来的希望吗？

想起江妈来，我有些恍惚，这世上真有一个她吗？我看不清她的面目。她存在吗？真正喜欢些什么吗？她未经选择地笃信了一些价值，并错认为那就是苦心找寻到的意义，跟从那些价值已耗尽她的精力，还能为自己喜欢点什么呢？无论喜欢上什么都意味着源源不绝的付出，那需要蓬勃旺盛的真正的生命力。

我说见到了，现在心里还记挂着她，她始终在苦海里漂荡，日子太难过了，她受不了一天一天地过，想抢在时间前头做点什么，却把现在也弄没了。

他点点头，如果有个快进键，我妈会一键按下去让这一辈子赶紧过完。我也一样，中考的时候特别希望睡一觉半年过去了，已经在高中了，高二时我又盼着睡一觉，一睁眼知道自己上了哪个大学，知道一个结果就行了。

江恺，你不是任何人的翻版，你一定要有信心。人活一世都爱询问意义，我觉得活着的意义是接受自己的缺陷但从不放弃自我完善，对咨询师来说终身成长更是职业需要。你妈妈的精神发育可能停顿在了某个时刻，再也没有觉察、更新和蜕变，奴役她的东西却不断强化，越来越膨胀，强大到吞噬了一个活泼泼的生命。

我有信心，痛苦了这么多年才明白，我要去生活，一天一天地过日子，越平淡的日子越值得认真过。人这辈子也没有一个万能的确定性的保证——我做到了什么一切就都好了，反而我什么也做不到，什么也不是，我依然存在，依然会有人爱我珍视我。

那么……我看着他，希望他来说。

咨询可以暂时告一段落了。他说。

读完江恺的信我就长舒一口气，我为我的来访者感到高兴：他不再需要我了。卡伦·霍妮说解决心理问题好比翻大山，理想的情况是分析师只充当向导，指出最佳路线，现在江恺已经可以独自翻山了，不管这之后他还要经受多少次大同小异的反复的折磨，不管那个声音还会不会响起，调遣他，愚弄他，毕竟他敏锐地感觉到了生之困扰并决意袒露和改变，他怀有强烈的认识自己的愿望，他的生命会越来越清明通透。再说，还有一个爱他的生活伴侣呢。想起这对年轻人来我心里就暖暖的，眼神也变得温柔起来，眼前经常会出现一个画面，他们像童话中的两个孩子，一起穿过有巫婆和猛兽但也有很多美丽风景的大森林。

庄老师，能说说你最成功的一次治疗吗？

不能用成功来形容，说说最难忘的来访者吧。

大概五年前她是跟母亲一起来的，不，母亲扶着她来的。南方的暖冬穿毛衣足够了，她缩在大棉袄里勉强露出头来，脸上一点活人的生气和神采都没有。她母亲告诉我，女婿心梗说没就没了，结婚才三年，蜜一样的，没过够。她不吃不喝，有点力气就拿头撞墙，别人建议把她送进康宁医院，她母亲不同意，说先来进行咨询，不行再送医院。

你是怎么做的？

我什么也不能做，常规方法在突发和剧烈的精神刺激面前显得很拙劣，也很虚伪。她哭，我陪着她哭，能疏导一点算一点。私下跟她母亲说，打安定让她睡着觉。

接着，她一个人来，我还是由着她一遍遍倾诉，在纸上一遍遍写出来。亲人，好朋友，该说的都说了，别人毕竟有自己的生活，生死也挡不住太阳每天出来，我能做什么呢？就是听她重复地说，陪她哭一场再哭一场，鼓励她向前看、往下过，一秒一秒地往下过。

有一个时期她很认真地跟我谈起丈夫的去向，有时候说他封闭培训了，有时候说他去上海出差了，下周回家，还给她买了裙子、化妆品和几盒蟹壳黄。我认真听着，说真好真好，顺势跟她讨论美丽的衣服、好吃的东西、这个季节的树和花，她说她想起来了，出门时看见小区里的扶桑开了满树的花。我太高兴了，你知道这对她来说有多难吗？

后来，我在不引导宗教信仰的前提下跟她一起念大悲咒。你不用觉得奇怪，佛教和心理学殊途同归，都是安慰人、解脱人的，遇到过不去的大坎儿的时候宗教的作用更容易体现出来。

前后咨询了半年时间，她不再出现了。

为什么难忘？

没想到还会再遇见她。前不久我跟几个朋友打羽毛球，打完拐进体育馆旁边的超市里买水，一进超市我就看见她推着一辆购物车，车子里放得满满的，豆腐、饼干、巧克力、酱菜、卷纸、儿童拼图。她的耳环很显眼，明亮的金色大圈，真洋气。我远远看着她，江恺你知道那一刻我的心情吗？

我被她感动了。

是你救了她。

我摇摇头，救了她的是流逝的时间，是男欢女爱一日三餐，是贪生和恋世的好品质。日复一日的生活是最有魔力的。

沉默了一会儿，江恺说，我妈可怜就可怜在这里。我们这些人，该怎么形容呢？被架空了，靠激素和补药勉强撑着，红着眼睛很用力却什么也看不到什么也感受不到。下一次见到我妈，我不想再逃跑，我想坐下来跟她说说心里话。如果可以选，我希望小时候调皮不听话，上一般的学校，考普通的大学，一辈子没有巅峰，茶茶饭饭过实心的生活，知道什么是真实的，健全到能爱身边的很多东西。我会跟她讲，这是我的理想，等到闭眼的一刻我会把这当成一辈子最大的成就。

我继续跟他分享那些闪耀着光彩的案例，讲述人的荣光与胜利，赞叹人的灵性和潜能，而另外的部分我自己知道就行了，我不会让江恺知晓这个部分。比如说，两年时间里我跟一个来访者聊了上百个小时，共同经历了一些决定性的时刻，不断地坚定信心，最后一次咨询时他问我，其实一切都没有改变，对吗？比如说，一个十七岁、一百九十斤的少女，坐飞机到处追星，回到家就躲进房间拉紧窗帘，吃饭只吃炸鸡外卖，被父母送过来后，门刚关上她就拿出写好的遗书，一页一页念给我听。比如说，在目前的环境里，咨询中心要生存我要执业，就必须采用某种类似美容场所的令我感到羞耻的营销办法，预充值、买十个小时送一个小时等等。

我们没有按照规定的时间结束，古琴曲从《渔樵问答》到《忆故人》转了几个来回，雁鸣声又响起时，江恺讲起从洛阳回来后的奇遇，讲得很细致，脸上始终带着笑容，我被他感染了，一幅幅场景如在眼前。几个月以后,我依然记得这些场景,仿佛我也身处其间就站在旁边静静地看着。很多很多的亮光涌向我,有的是天上来的,有的是相爱的人身上散发的,还有一种光,是属于苇草般柔弱又强韧的生灵的。

14

于小雪带江恺来到她租的房子里。

一个单间,面积很小,因为阳台朝南才下决心租的。她说。

江恺站在阳台上,满眼都是植物,番红花、蓼蓝、栀子、槐米、菊花、蒲公英。接着香气环绕过来,红花跑在最前面,紧跟着栀子香,菊花香细长细长的,在外圈轻轻一拢。最后他才看到大片的颜色,日光下朗朗的,绯红、靛蓝、青黛、杏黄……草木在布料里继续生长,形态、味道、颜色甚至魂魄都还在,风刮过来,摇摇曳曳的一片田野。

于小雪说,我有个提议,咱们俩谁想单独待一待就来这里。墙角放了一把椅子一张小圆桌,可以坐下来泡杯茶,等到茶晾温可以入口时,人也就安宁了。

江恺点点头,抬起手来摩挲布料,什么时候染的?

多亏你。她钩过一片布披在他肩上。太浓烈的情绪会在空气里凝成一个个小水珠,把屋子里的人都打湿了。我湿淋淋地躲到这里来,立志远离你,发誓不再猜测你黑着脸的原因,谁知道染染布料再做做饭就没那么生气了,想着还是回家好。小时候一刮风下雨,我妈就借机张罗着做好吃的,包饺子烙盒子炖排骨,兴头那么足也不怕费工夫,我看着外面大风大雨的,再瞅瞅屋里忙活的她,不知为何反而心里特别踏实。

他想起那些细蛛网般粘牢他的恶劣心绪,想起他一手为自己创造的绝境,深深叹了口气,转头看看肩上的布,白而轻,感觉像是披了一小片皎然的月光。

我准备结束咨询。

为什么?

咨询师始终没给我明确诊断,她知道给一个人贴标签很容易,诊断是容易的咨询是一时的,那个层面能解决的已经解决,剩下的要交给生活。

交给咱们俩。

很难很难，改善一丁点儿都很难，还时不时会回到老地方，或者这样说吧，有些病不会痊愈，可能要一直跟着我。

别怕，有什么好怕的，要说起病来谁又没有病？不管怎样我们先吃顿好的，刚才看见路口的菜摊上摆着嫩绿嫩绿的茴香苗，我们下去买一把？

两人一起动手，和面，洗茴香苗，切肉，调馅儿，擀皮儿。饺子包好，于小雪下锅煮，江恺从橱柜里拿出小白碟子，倒上醋，又见到架子上有一瓶小磨香油，便取过来在醋上点了几滴。

吃完饺子，两人把海绵垫子放在地上，在这间可爱的小屋里并肩而坐，偶尔相视一笑时，在对方脸上看到了快乐。这快乐是孩童式的、似乎怀着些小秘密的，唯有他俩可以意会和共享，这快乐还暗含着些小风波过去后的庆幸和知足。

玻璃窗下日光闪烁，花影缓缓地在地砖上走，仿佛时间缓缓地流动。

最后一缕斜射进来的光线也消逝了，准备回家时，于小雪神神秘秘地说，等会儿等会儿，你先闭上眼睛，我说可以啦你再睁开。

于小雪拉着他的手走几步，说可以啦。江恺睁开眼睛，眼前是异样的光亮。哪里来的光？过一会儿他仰起头，这才看到玄关顶上装满各种各样的灯。

进门时，他并没有注意到狭窄幽暗的玄关上方有什么。星星灯挨着月亮灯，猴子灯旁边是橙黄色的南瓜灯，银色圆盘坠下几列高低错落的玻璃球灯，是一场流星雨，布艺灯的灯罩上印着几竿竹子，灯光投下竹影，最大的一盏灯上头聚拢着烛焰状的灯头，下面垂着蓝色八角珠穿起的长流苏。

小时候最喜欢去灯饰店，一通电，首饰匣子打开了，光照在身上是有声音的，无数珠子一齐往下落。这几个月每接到一张订单就奖励自己买一盏灯。这里是我的好去处，也是你的，慢慢地，你心里那间老房子就塌了，不见了。

那是小时候生活的地方，是个家，还是别让它塌掉，我变了它也会跟着变，我变好了它也会跟着变好。

我一边想象着这些画面，一边在公园里闲逛。

几个票友在湖边唱曲儿，正唱到《牡丹亭》的皂罗袍，慢悠悠地清唱，青烟袅袅而上，风后面拖曳着细细的柳丝，溪水潺潺流过光洁的石头。我凝神听一会儿眼睛就湿润了，五十多岁了，活了这么久，还能喜欢《牡丹亭》，这让我觉得幸福极了。

晴朗的好天气，天空蓝得澄净透明，荔枝林鸟声不绝，水边的蕨类植物丛中传出虫叫的声音。老人们在树荫里活动身体，年轻的情侣、穿校服的学生在草坪上或坐或躺，父母们铺开橡胶垫，扶着孩子学步。我看着他们，但愿这平静安乐在生活里源源不绝地出现，但愿父母永远不要让孩子置身于孤注一掷的境地里，哪里需要什么孤注一掷？但愿孩子永远不会听到这样一句话：你再不努力就晚了。他们保持住了柔韧，明白身处生存的丛林必然损耗一部分生命，而另一部分依然可以自在地舒展，在最高的层面上接受万物本空，具体的生活中却眷恋人间烟火并深知这就是最珍贵的养分。他们携带着先天和后天、身与心的缺陷，经历和体会这一世，日出日落，悲喜掺杂。

草地的尽头有一棵老樟树，树下长椅上坐着一位头发花白的老太太，我走近时看清楚了她的脸。一张普通的衰老的脸，此刻毫无表情，却依然让我感到惊心和震撼。不知经过多少磨难灾祸的锻打，以及无常的作弄，柔软的血肉仿佛具有了铁一般的质地，连纹路也像刻上去的，看着这张脸，就看到拼着命才活到这个年纪的漫漫的来路，也看到了生的壮阔。她歪着头闭起眼睛，像是睡着了，阳光从树叶的缝隙间漏下来，受难的面庞定格的最后一个表情，是安详。

风把笛子的声音送过来，小狗沿着台阶蹦蹦跳跳。卖菠萝的一对夫妻在一棵洋红风铃木下出摊儿，丈夫削皮切块，妻子收钱，把穿好的菠萝递出去，不时有风铃花辞别枝条落在她肩头，还有的花调皮，在她身上蹭一下才蹁跹飘落。路边的亭子售卖小饰品，网格货架上挂满五颜六色的头绳，一道道发箍，顶上停着薄纱蝴蝶、蜻蜓、瓢虫，儿童戒指的指托上面图案丰富，冰雪公主，表情各异的猫和小熊，不过是塑料质地，却让人感到沉实丰裕的欢乐。一个小女孩拿起镶珠小皇冠插进头发里，又把银色发卡别在两边，照照镜子，满意极了。水钻、树脂、玻璃珠子，射灯照着，琳琅满目，漫天的星斗光彩流溢，梦幻王国在等着她，她脸上不断露出惊喜之色。游乐区里，几个男孩吃完橘子开始撕手里的橘皮，嗞嗞，嗞嗞，扬起细细的轻尘般的雾，浓郁的橘子香弥漫在周围的空气里，人们经过时染上了一身的橘子味儿。

公园旁边，靠近居民区的地方，停着平价蔬菜售卖车。灯笼椒砌成一座小塔，白花芥蓝上面有蜜蜂嗡嗡地飞，玉米们头戴着缨穗横七竖八躺着，小黄姜、鲜百合、生栗子、蒜头、绿豆、花生，一小堆一小堆，这样摆着就感觉喜气洋洋的，一种年代久远的可靠的殷实气息，叫人觉得善，叫人觉得安心。蹲下去，拣青菜，挑土豆，站起来，钩子上取下一溜儿猪前腿肉，我知道，这些才是我跟世界真切、深刻而强韧的联结。

今天早饭吃的黑芝麻杏仁糊和炸馒头片。我把馒头片在打散的鸡蛋液里过一遍，用大火和热油把表皮炸酥，出锅沥完油，咬开焦黄的边儿，内瓤儿雪白松软，发面细小的孔洞里冒出热气来。这样回想着，喉头突然涌上来一股熟悉的味道，是咸味儿，盐的味道，是搅打蛋液前放下去的一小撮盐，这古老的味道让我鼻子一酸，眼睛里潮乎乎的。

明天吃什么？小米南瓜粥配鸡蛋葱花饼吧。想着明天的早餐我幸福极了。风吹着后背，好像我往后一倒，它就会拦腰抱住我。

这世界真好，生而为人真好。

原载《长江文艺》2019年第7期

请为我喝彩

我叫孙闯闯

北京三月的某个午后,天阴森森的,号称今天有雪,没有霾。但事实恰好相反,这又有什么关系呢,谁会在乎今天有雪或有霾。会议结束后,《摩登音乐》的姚小瑶在办公室里攥着手机徘徊。她在脑子里,构思着五套向孙闯闯老师催稿的说辞,片刻后,终于给他打了电话。

"喂?"

听上去,孙老师心情还不错。

"喂,孙老师您好。请问您什么时候能交稿?"说罢,姚小瑶脑袋一下炸开了。刚才组织好的五套说辞,一个字也没说出来。

"哪位呀?"

"对不起孙老师,我是《摩登音乐》的小姚儿。我的意思是……"

"哦,知道了,明天给你稿子。"

"太谢谢您的配合了……"

没等姚小瑶说完，孙闯闯就把电话挂断了。

"什么玩意啊，会写几个字就不知道自己姓什么了！"

"小姚儿！"办公室主任隔墙叫她。

"在！"姚小瑶丧着脸去了主任办公室。

"给孙闯闯打电话了吗？"主任问。

"打过了。"

"怎么说的？"

"说是明天交稿。"

"好。晚上再打电话催一下。"

"主任……他这人……"

"我知道，毕竟在圈子里混那么多年了，难免会有点自我膨胀。"

"这也太膨胀了。"

"现在满世界都在要他的乐评，多亏咱们老总跟他关系好。懂了吧？"

姚小瑶在走出办公室的这几步里，又构思出了晚上与孙闯闯通话的几套说辞。午饭时间，她在街上觅食，看着人来人往，开始幻想孙闯闯的面容——胖、丑、矮，蒜头鼻上架着一副眼镜。她越来越好奇，拿出手机来在网上搜他的照片。谁想到，孙闯闯长得居然还挺像个人，符合姚小瑶百分之五十的择偶标准。她走进一家饭馆，坐下，点了碗面，在脑子里演练着晚上的对话，最后决定："跟丫死磕！"

傍晚，孙闯闯把家里的背景音乐调大些。他面对着文档呆坐了整个下午，他又望了望窗外的晚霞，忽然间，无比伤感，觉得似乎自己等不到大红大紫的那天，就已江郎才尽了。他站起身来，关上文档。上午那位《摩登音乐》编辑的电话，被他忘在了脑后。他打开电视，拿出一张没有封面的CD，开始播放。电视荧幕上"大闹天宫"几个大字浮出。业余演员的拙劣演技和个别处的穿帮，让整部影片看起来更真实，也更有棱角。这是他最享受的时光。《大闹天宫》是早期炎雅伦导的一个短片，孙闯闯和几个当时也同样在圈里混得不错的朋友都参演了。短片里没有孙悟空也没有玉皇大帝，是讲一个歌手如何被唱片公司捧红，又如何被抛弃，最后又如何东山再起的励志故事。孙闯闯能在主人公的身上找到炎雅伦的影子，也能找到自己的影子。在重温一遍影片后，烦躁和焦虑逐渐消散。他又坐回了书桌前，打开文档。这会儿电话又来了，还是上午那位编辑姑娘。

"喂，孙老师您好。"

"哪位啊？"

"我上午给您打过电话，《摩登音乐》的小姚儿。"

"哦，稿子是吧？一会儿给你。"

孙闯闯关了电脑，起身去了卫生间。他的灵感像龟裂的老树皮。待他沐浴更衣后，照着镜子，怒视着自己："妈的，这孙子今天居然三十七了。"他突然做了一个重大决定，算是给自己未来的若干年人生做一个计划——再也不写乐评了。他哆嗦着从洗手间里出来，想给费主席打电话，叫他来家里喝酒。毕竟是生日，一个人过还是有些凄凉。费主席本名叫费乐乐，四川孩子，比孙闯闯小两岁。之所以叫他孩子，是因为他是一名玩具设计师和插画师，号称自己有一颗永葆童趣、不会衰老的心。孙闯闯的三次婚礼，都是他当伴郎。民间有个说法，当伴郎不得超过三次，否则孤老终生。费主席至今没有女朋友，可能也是因为这个。每当他抱怨时，孙闯闯就道："刚三次，你还有机会。为了你的幸福，我下次绝不让你再当伴郎。"

费主席就回："你还有下回？"

"也就这么一说，我决定了，下半辈子只耍流氓。"

孙闯闯只有他这么一个朋友，他视费主席为唯一的挚友。他甚至想过这辈子凑合着跟他过也行。但费主席不这么认为，他四处是朋友，北京到处都是他熟张儿。他之所以叫主席，是因为他身边有一票做玩具的朋友，他们志同道合，臭味相投，都有一颗稚嫩的心和一个空空如也的钱包。他们在圈内互称对方为某某艺术家，某某设计师，互捧臭脚，在外他们就是臭屌丝。费主席的名字是孙闯闯起的，也只有孙闯闯叫他主席，意思是屌丝协会的主席——费主席。孙闯闯特别讨厌那些臭屌丝，但除了费主席。费主席爱看书，从前也是孙闯闯的粉丝。可就这一点，费主席否认，那完全是孙闯闯的一厢情愿。

费主席的电话那端吵吵闹闹，一猜就是屌丝协会的聚会。

"干吗呢？"孙闯闯道。

"吃饭呢。"

"来我这儿一趟。"

"哟，今晚不行啊，我喝酒了，骑不了车。"

"找个代驾过来，我给你付钱。"

"人家没有代驾摩托的，再说万一给我摔了怎么办？"

"那你打车过来，我给你报销。"

"那也不行，我在五道营呢，摩托不能停这儿。"

"我今天生日，爱来不来。"孙闯闯挂了电话，把手机往床上扔去。

过会儿，费主席带着酒气到了孙闯闯家里。

"你去冰箱里拿两罐啤酒过来。"孙闯闯坐在地上翻DVD，挑片子。

"不用，今天我请。"费主席背了一个巨大的印着卡通图案的环保帆布袋，放在了茶几上，逐一向外摆着啤酒鸭脖子鸭掌鸭舌头。

"怎么过来的？"

"骑过来的。"

"酒驾……不要命了？"

"命当然要，但摩托也得要。今天看什么？"

"看一部前些天刚淘回来的吧，商业爱情片，怎么样？"

"不是你的风格啊。"费主席把包装袋用牙撕开。

"人民艺术家要雅俗共赏，偶尔也得接接地气儿。"

两人横坐在沙发上，都把自己调整到了舒服的姿势，各握一听啤酒。

"对不起啊，今天忘了你生日了，生日快乐。"

费主席够着孙闯闯的啤酒，往上凑着，和他碰了一下。

"没事，其实叫你来就是想让你陪我看看电影。"

电影开始了，字幕上滚动着主演、导演、监制等等的名字。

两人有一搭无一搭，电影成了他们聊天的背景乐。

孙闯闯道："你说，这种电影有人喜欢看吗？"

"那肯定的。"

孙闯闯又说："我想写一部关于炎雅伦的电影，你说靠谱吗？"

"她都死了那么多年了……"费主席小心翼翼的，没敢再多说什么。

"七年。"两人沉默许久，电影中的对白与音乐此起彼伏，但谁都无心看下去。

"我还是想把她的故事写下来，我觉得她是一个传奇，值得我去写。我想把它以电影的形式记录下来。你觉得这事可行吗？"

"电影圈可不好混。我认识一个制片人，不过他是制作动画的，我可以帮你问问他该怎么操作这事。"

"不好混？说得跟你门儿清似的。"

费主席没再说话……

"算了，我自己想办法，回头写完了剧本你帮我看看。"

孙闯闯的大脑开始飞速运转，搜索着人脉。终于，在联系人名单的角落里发现了一位许久不联系的电影编剧，他曾是孙闯闯的粉丝，两年前在一次摇滚乐的演出上遇见的。但这些，孙闯闯已经忘了。

第二天，由于宿醉，头痛欲裂。孙闯闯勉强站起身来，迅速洗漱完毕，换上了一身干净的衣服，出门了。今天，他要参加一支摇滚乐队的新专辑首发仪式。仪式上，粉丝们霸占了场地内的所有空间，其中孙闯闯的粉丝占据了一半。孙闯闯在一名保安的带领下，穿过粉丝群，来到了休息区。

该乐队主唱在介绍完专辑后，说："今天还请到了我们的好朋友，也是整张专辑的作词人孙闯闯，孙老师。没有他，就没有我们这张专辑。他给予了我们很大的帮助。"

台下一片欢呼，孙闯闯闪亮登场。在他登台的瞬间，昨夜的啤酒和鸭脖子在胃里翻江倒海。他吞了下口水，拿起话筒，迟迟说不出话来。

许久，他说了一句"谢谢！"便下台了。

不知从哪个方向，冒出了一句："装什么孙子。"

孙闯闯权当没听见，绕过休息区，从后门打了个车，回家睡觉了。台上的乐队及经纪人颇为尴尬。他认为，这样不入流的乐队不值得自己多说什么。今天去，算是给足了面子。

孙闯闯要跨界

其实，自昨晚与费主席聊完，心中一直揣着那件事——拍电影。他又琢磨了一番，猛然道："说干就干。"他终于拨通了那位编剧朋友的电话，但听语气，对方也已将孙闯闯忘记了。电话中，编剧朋友为了避免尴尬，还是热情地与孙闯闯寒暄着，并故做惊喜状。这使孙闯闯那高傲的姿态又无意间流露了出来。

两人在电话里一问一答，孙闯闯问一句，编剧朋友答一句，绝不多说。孙闯闯没觉得对方的冷淡，反而急躁了："你现在有没有时间，咱们见面聊。"

"现在可不行，我人不在北京。"编剧朋友一口回绝。

"那你什么时候回来？"孙闯闯追问。

"可能一时半会回不去，我在跟组写剧本。"编剧朋友的理由让孙闯闯挑不出毛病。

"不然这样，我再给你介绍一个人，他是金辉影业的老总，叫他何总就行。他一直在找好的剧本，你去找他聊聊。"

编剧朋友向孙闯闯念着电话号码，挂了电话，他长舒口气："真是难缠。"

"何总"，听着像个大人物。他在网上查了查此人的资料，金辉影业可以查到，确实参与了不少的影视剧项目，有几部剧还是一线明星主演的。可何总这人，却查不到半点资料。尽管这样，孙闯闯仍然觉得何总的来头不小。他觉得面对像何总这样常与一线明星打交道的人，自己立刻矮了一头。他踌躇片刻，按照号码，给何总打了过去。在等电话的这几分钟里，他紧张了，出汗了。"嘟"声持续一分钟后，无人接听，他反倒松口气。他头脑发木，心想：如果何总刚才接了电话，我要跟他说什么？剧本也没写，大纲也没有，拿什么和他聊？孙闯闯心跳加快，脑子里闪出了无数个剧本中的人物对白，并且感到十指发胀。他立刻打开了电脑，在文档里飞快地打字，无比酣畅。数小时过后，已是夜里，他突然又想起了那位何总，电话再次拨了过去。

"喂，哪位？"

"您好，我是孙闯闯。"

"孙闯闯？打错了。"何总挂了电话。

孙闯闯愤怒了："敢挂我电话？"可又一想，人家毕竟是影视圈的，对音乐圈的人应该不熟悉。

电话又拨了过去。"不是告诉你打错了吗！"

"何总，我是××的朋友，孙闯闯。"这次他的态度客气了些。

"哦，想起来了。××和我说了。"何总热情许多。两人寒暄一阵后，孙闯闯终于急切地将话题引入正轨，道："我听说您在找好的剧本。"

何总说："没错，现在本子倒是很多，但就是没有好的，让人眼前一亮的。"

孙闯闯说："您说的好的本子，是指什么类型的？"

何总说："也没什么具体的类型，就是好的故事，有新意的。"

孙闯闯想，这不是废话吗？

何总又道："他说你自己在写一个本子，是什么题材的？"

孙闯闯说："是关于一个明星悲喜人生的故事。"

何总说："听着还不错，剧本完成了吗？"

孙闯闯说："还没有，只完成了大纲。"

何总说："这样吧，你明天有时间的话，可以先到我公司里来，咱们见面聊。"

一个星期后，孙闯闯将大纲整理妥当，自认为这是一部上乘之作，一定不会令何总失望的。他开始幻想起影片上映结束时，定会掌声雷动。闭关写作让他头重脚轻。当迈出家门，踏进阳光里时，他一阵恍惚，感觉车辆行人像是缥缈的幻影。他低着头，看向远处，许久打不到车。他一步步向前走，每一步都是沉重的。先前的自信，在明媚的阳光中神秘地挥发了，消失得无影无踪。见到何总应该说什么？他知道炎雅伦是谁吗？可他转念又一想，我是孙闯闯，我可是孙闯闯呀。

金辉影业隐藏在创意文化产业园区里。孙闯闯曾经来过一次，是作为斑马乐队新专辑发布会的特邀嘉宾。但具体是哪一年，他已经想不起来了。只是隐约记得，那天很热闹，发布会上来了很多歌迷和孙闯闯的粉丝，并且那天穿的衣服好像也是这一身。他顺着园区里的内部道路终于摸索到了金辉影业。他推开玻璃大门，空调的冷气令他瞬间冰爽。里面是一个大开间，所有的门都是透明玻璃的，这是一个毫无隐私的空间。三五个员工对着电脑，个个都萎靡不振。公司墙上贴着诸多电影海报，没有一个是他熟悉的。

孙闯闯见无人理睬他，主动问了句："请问，何总在吗？"

"哦，在里面呢。"终于，一个戴眼镜的小姑娘说话了。

何总果然在办公室，他正靠在沙发椅上，打一个看似比较重要的电话。声音透过这扇沉重的玻璃门，时不时会飘出"几千万""张艺谋""华谊兄弟""档期"等词汇。这些词汇忽然令孙闯闯对何总肃然起敬。他小心翼翼地敲了下玻璃门，何总示意他稍等。孙闯闯紧张了，不知自己该去哪等，站在门口，就像是在偷听人家打电话；可回到那个大开间的办公室，又不知该坐哪。曾经习惯了被人接待的他，顿时不知所措了。庆幸的是，何总的电话很快打完，热情地将他招待进了办公室。

"快请坐。"何总也站起来，准备与孙闯闯握手。

"我年轻时候也是摇滚青年，还组过乐队。你的名字我听过，著名乐评人和作词人。"

听何总这样一说，孙闯闯心里就有了底，既然是摇滚青年，那就一定知道炎雅伦。

何总又说："怎么突然想搞电影了？"

"兴趣……兴趣。"孙闯闯没有直接说出自己要拍这部戏的真正原因。

"那你说说你有什么想法，看看有没有机会合作。"

"您知道炎雅伦吗？"

"知道，一个歌星。是不是前几年死了？"

孙闯闯的心紧了一下，觉得何总对炎雅伦极为不尊重，但还是将那份不满咽了回去。另一方面，他又觉得何总的言语间，透露了他对炎雅伦是不熟悉的。

"没错。我想写一部关于她本人的电影。"

何总双手交叉在额下，似乎在等待接下来的一番精彩演说。

孙闯闯鼻尖冒汗。在来这里之前，他心里装满了对这部电影，以及对炎雅伦的期待。他自信满满，以至于没有任何准备。此刻，当他面对何总这副精明、期许的眼神时，有了一种似曾相识的恐慌。他突然感到自己无从开始，从哪里开始都是错的。关于炎雅伦的电影，他想要说的太多太多。何总给他充裕的时间整理思路。办公室里寂静了，过了若干分钟，孙闯闯终于开了口。

"炎雅伦是一个传奇，她值得我们去纪念她。"

他的开头不错，何总点点头，表示了对这个开场白的肯定。何总继续看着孙闯闯，继续等待接下来的演说。

"大纲我写完了，不然您先看看？"

"能先大概给我讲讲吗？"

孙闯闯从头讲起……

"你先等等。"何总听得不耐烦了，"你能用一句话概括你的大纲吗？"

又是一阵沉默。何总把孙闯闯难住了，许久没有开口。何总终于又说："我想，你还没有捋清楚思路，对吗？这样吧，这个事情不着急，你先回去把剧本大纲再改改，捋清楚思路，咱们再来谈。你说呢？"何总站起身，逼迫着孙闯闯也起了身，意思是要送客了。何总又客套了几句，把孙闯闯送出了门。

走出金辉影业，外面的阳光把柏油路面照得明晃晃的。孙闯闯看不清远处的景物，眯缝着眼睛摸索着前行。他摸不清何总的意思，只知道自己的下一项工作是先捋清楚思路。这是他第一次接触"电影人"，他不懂"电影人"的套路。何总算是"电影人"吗？他再一次回想刚才与何总的对话，心中燃起了一股怒火：大纲岂是能用一句话概括的！大纲都不看，也太不尊重人了。孙闯闯到家后，一屁股坐进沙发里。他闭上双眼，心脏像是停止了跳动，久久地闷了一口气在胸口。他不知道以这样的姿势保持了多久，直到天色渐渐暗下来，他的双腿发麻，腰椎酸痛，才缓慢地从沙发中立起。他活动着紧而发涩的关节，骨骼发出了几下清脆的声音。他打开灯，房间亮堂了，心也亮堂了。日子还得继续过下去，大纲也还要继续改下去。更何况，人家又没完全否定。他把自己劝到书桌前，面对已完成的大纲，无从下手，该从哪里改起呢？

与炎雅伦有关的日子

2006年，炎雅伦首张专辑问世。在专辑上市之前，经纪团队首先将专辑寄给了孙闯闯。作为国内首屈一指的媒体记者、乐评人、作词人的孙闯闯，第一时间拿到了专辑。炎雅伦的名字孙闯闯听说过，当年是台湾著名的音乐制作人、幕后人。当他拿到专辑时，心中一阵激动。炎雅伦第一时间把专辑寄给我，证明什么？证明他们对我是尊重的，并且认可我在大陆的江湖地位。

与此同时，他还收到了一笔数目不小的稿费，是他给炎雅伦写乐评的稿费。他知道，无论专辑如何，都要赞美它。孙闯闯将CD插入播放器中，开始翻看最近的音乐杂志，炎雅伦的歌声变成了背景乐。他被自己曾经写过的一篇乐评吸引住了。他反复感叹自己的文笔和对音乐的感受力，完全陷入了自我陶醉中。当他看完这篇乐评时，炎雅伦已经唱完了两首。他继续翻阅，忽然看见了炎雅伦的一组时装照片。忘记了是哪一年，孙闯闯刚进入媒体圈的时候，曾去过台湾一次，与炎雅伦做过一次面对面的访谈。那时，能与炎雅伦面对面访谈的大陆记者不多，能让她记住的记者也不多，可她记住了孙闯闯。炎雅伦的姿态很高，通常与她访谈对话的记者都会收敛些。但孙闯闯的问题却犀利、尖锐，直逼炎雅伦的要害。那次访谈结束，报社主编将孙闯闯痛批一顿，但鉴于他刚入行，经验少，就没做过多惩罚。谁知，事后炎雅伦亲自往报社打去了电话，说以后凡是关于她的采访都要让孙闯闯去。孙闯闯一下子在报社受到了重用。或者说，一个娱记是否能受到重用，都要看人家明星的喜好。

如今，杂志上的炎雅伦瘦了很多，眼神也柔和了。照片旁边附上了一段首张专辑的创作谈，作为歌坛新人，她变得谦逊、和善些。他忽然放下手中的音乐杂志，开始聆听。她还是那个她，即便作为歌坛新人，嗓音中也有属于她自己的桀骜不驯。孙闯闯喜欢这张专辑，是发自内心的喜欢。他迅速坐在电脑前，用最快的速度写完了乐评，发给了主编。

炎雅伦上了《音乐风尚》的头条，半个版面都是她的照片与孙闯闯写的乐评。她的专辑正式上市，新闻也出现在了大小媒体上。经过一星期的发酵时间，她的专辑迅速一扫而空，并且在华语音乐榜上位居第一。评弹与摇滚乐的撞击，中西合璧，并加入了自己的演绎特色，在那个时代，她的音乐是独具一格的。她不是传统意义上的美女，大眼睛单眼皮，国字脸粗眉毛，高个子。由于眼睛大，眉毛粗，高兴的时候也看着像不高兴。总体来说，她的外形与音乐都自成一派，不能简单地用美、丑、好听、难听这些简单粗暴的词语来评判。她是另类的，前所未有的（至少在中国），横空出世的，大张旗鼓地出现。瞬间，她的乐迷为她而疯狂。据说，后来她开演唱会的时候，晕死过去好几个。

后来炎雅伦来北京，成了北漂。当他们成为密友后，炎雅伦说，她觉得自己在某些层面上，和孙闯闯是一种人，都是那种自以为是、无比自恋、愚蠢和孤独的人。那时候孙闯闯还年轻，不知道她为什么会这么总结，他说，我觉得你对我可能有所误解，我不是这样的人，我也从没感到过孤独。再后来，炎雅伦消沉了很久，她的走红可以说是昙花一现，人生中只出了那一张专辑，可她的妆容和那股自命不凡和桀骜不驯的态度却久久地影响着那个时代的年轻人。炎雅伦死了，死在了自己家的厕所里，吸毒过量。死得很平静也低调，没有任何报道。炎雅伦有一首很红的歌叫作《我不要孤独地死去》，靠这首歌，她买了一套两室一厅的房子，身边也围着许多朋友。她死在了自己家中，除了尸体，只剩下了孤独。孙闯闯收到消息，是在她死后的一个月。她的死对孙闯闯打击很大。她曾经对孙闯闯的总结与评价，一直徘徊在孙闯闯心里。炎雅伦说得很对。

炎雅伦在北京那些年一直在尝试编曲，所创作出的曲风，大家闻所未闻，但她仍是坚持铤而走险。她在苏州评弹里不仅要混入摇滚，还要混入爵士及雷鬼元素。她不仅编曲，还要作词，决定亲自演唱，执着与信念是不容任何人质疑的。炎雅伦在巅峰时攒了些钱，可以任性几年，但在经纪公司和制作人看来，她的所作所为就是一种自负与不负责任的表现。经纪公司一再告诫她，只给一年时间，如果一年后失败了，就要与公司解约。

她喜欢北京，也喜欢北京的这帮朋友。他们曾是她的粉丝，后来慢慢才成朋友的。这些朋友做的音乐在主流媒体看来都是"地下"的，所谓"地下"就是小众。小众音乐也没什么不好，毕竟真正的艺术都是给少部分人欣赏的。但无论是再伟大的艺术家也得吃饭，做一个愤世嫉俗的艺术家是有前提的，前提就是衣食无忧。这导致其中一部分音乐人想要转型，转成"地上"的。但如何才能跑去"地上"，就要靠孙闯闯的乐评了。

在这期间，孙闯闯走到哪都被人捧着，但凡自己搞点音乐创作的年轻人都会慕名而来。有些人千里迢迢来了都不见得能见上一面，北京城那么大，没有认识人介绍，是找不到他的。但在这些为他慕名而来的人里面，除了热爱他音乐的，也有猎奇和想跟他交朋友的。有一次，孙闯闯应邀参加一个唱歌的选秀比赛，在海选中，有一个男孩在唱歌之前说："孙老师，我前天到北京，露宿街头两个晚上，昨天夜里还下雨，就为了见您一面。"男孩眼睛直勾勾地盯着孙闯闯，完全忽视其他两位评审老师。论年头，那两位要比孙闯闯更资深，且比他年长。孙闯闯真心地被感动了，但还是有点不好意思，挠了挠头，说："谢谢你……"别的话也不好多说。最后，那个男孩还是被淘汰了。隔天，孙闯闯在一个演出上，又遇见了这个男孩。男孩主动和他搭讪："孙老师，我是昨天……"孙闯闯说："我记得你，你其实唱得挺好的。"男孩说："孙老师，我三天没吃饭了，能借我一百块钱吗？"没想到，孙闯闯很大方地借给了他，但他知道这钱肯定是要不回来了。

这事一直流传了很久，大家经常用这事拿孙闯闯来打镲。很多人一没钱，就会想到孙闯闯。他富裕的时候很慷慨，穷的时候也从不会管人家借钱。总之，那段时间他身边总是围着一群人，日子过得很热闹，热闹到他已经逐渐淡忘了炎雅伦，炎雅伦也逐渐淡出了人们的视野。后来，孙闯闯在与费主席的一次聊天中说，其实，我一直都知道，是炎雅伦成就了今天的我。她死了，我很孤独。

孙闯闯准备东山再起

新一版大纲完成了，又迅速地发了一封电子邮件给何总。两天后，何总有了回复。何总在邮件里没有发表自己对大纲的看法，但提出了第二次见面要求。

孙闯闯自信满满地再次进了金辉影业。既然要求再次会面，那定是对新版大纲有了兴趣。

何总很激动地说："大纲我们公司的策划都已经看过了，觉得很好。"何总露出了一个惋惜的神情，"炎雅伦……这么有才华，真是可惜。"何总又说："剧本你需要多久可以完成？"孙闯闯心里犯起了嘀咕，大纲过了，那自然而然就是剧本阶段。事情进展得如此之快，他总觉得有点不对劲，但又不知道是哪里出了问题。难不成是"快"出了问题？

他说："我也不清楚，可能需要一个月？"

"一个月，好。我等着！对了，我们签署一份保密协议吧？"

"保密协议？"

"对，就是你这个剧本不要再透露给别人了。"

孙闯闯没想到，事情会进展得如此顺利。他立刻给费主席打电话，把他约到了家里。孙闯闯买了箱啤酒和瓜子，准备庆祝一番。两人像往常一样，孙闯闯挑一张电影DVD，有一搭无一搭地看电影。他把脚跷得高高的，不停地抖动。

"给你高兴的，说给你多少稿费了吗？"费主席问。

"谈钱多俗。"

"得，我俗。合同怎么签的？"

"我说你能不能别总聊什么钱呀合同的？"

"合着你跟他什么都没签，就要给人家写剧本了？"

"签了一个保密协议。人家何总还是很值得信任的。他没你想的那么坏。"

"那你这大纲写完了，是不是得让我看看？"费主席道。

"跟你说了，签了保密协议。"

"跟真的似的，保密协议又不是防我的。"

两人话不投机，费主席把喝剩下的啤酒放到了茶几上，号称"有事"，摔门走了。他骑着摩托穿梭在寒风里，被一团永不散去的雾霾围绕着。这气味潜伏在白日的喧嚣中，到了夜晚便悄然爆发，并带着一股狠劲儿覆盖全城。费主席在这股迷幻般的雾气中飞奔。借着刚刚的酒劲，他很想冲回去给孙闯闯一拳。他觉得他变了，希望一拳下去，能够让他清醒点。他继续前行，眼前的灯光变得飘忽不定，光晕越发模糊。费主席终于把自己摔成了骨折。遵医嘱，须卧床一个月。

一个月后，剧本也完成了。自从两人那晚的不欢而散后，就再也没联系了。孙闯闯一心扎在剧本中，与炎雅伦并肩前行。而那晚的事，他早已抛在脑后，更不知费主席骨折的事。费主席的身边总是围聚着一帮设计玩具和画漫画的朋友。但即便如此，他的心里还是在挂念着孙闯闯。

孙闯闯最终还是告诉了他剧本完成的事，约他一起喝酒。费主席一口回绝，态度极为冷淡。孙闯闯突然想起了那一晚的事，埋怨他心眼小。费主席终于绷不住了："你写完了，碍着我什么事？你就是这么自以为是，觉得整个世界都是为你准备的，所有人都得围着你转。你是不是觉得自己特别牛？"

孙闯闯举着电话，目瞪口呆。过了会儿，他缓过神来："你是不是吃错药了？"

"你才吃错药了。"说罢费主席便把电话挂断了。孙闯闯将手机摔到沙发上，用力过猛，手机又弹到了地上。

"这孙子疯了吧，还是嫉妒我？"

待他冷静下来，又回想着方才费主席的态度，他怀疑，有可能是费主席最近遇着过不去的坎儿了，而自己最近又一帆风顺，疏于对他的关心。他决定过几天去一趟费主席家里，真诚地慰问。孙闯闯将完整的电子版剧本发给了何总，他长舒口气，心里空荡荡的。他决定再打给费主席，不知那孙子气消了没有。可连续打了几通，对方一直关机……

孙闯闯终于等来了何总的电话，说要面谈。面谈，意味着何总有很多话是不方便在电话里说的，或是他对剧本还有别的想法，需要再次修改。那面谈，意味着事要成了？也许吧，他不敢轻易断定。第二天，何总态度依旧。后来，在很多年后，每当孙闯闯想起何总的时候，眼前总是会出现《电锯惊魂》里面那个戴着笑脸面具的木偶，让他不寒而栗。何总见到孙闯闯，并没有直接聊剧本，而是绕过剧本和他谈论起了音乐，谈起了炎雅伦。何总对炎雅伦感兴趣了，孙闯闯很高兴，和他说起了与炎雅伦相处的那些日子，还说了一些就连费主席也不知道的秘密。一个小时过去了，还是没有聊到剧本，孙闯闯着急了，终于按捺不住问了句："何总，您觉得剧本怎么样？"何总顿了顿："剧本我们都看过了，觉得拍成电影还是有问题的……"孙闯闯脑袋嗡了一下，耳朵突然闭上了。

从这以后，孙闯闯生了一场病，得了急性阑尾炎。孙闯闯住进了医院，手术结束，借着麻醉剂睡了一天一夜。他睡得很沉，梦见了费主席，梦见了炎雅伦，他们又回到了过去，回到了他曾辉煌过的少年时期。在梦里，他与炎雅伦和费主席依依惜别，像是自己要去远方，再也见不到他们了一样。醒来的时候，他泣不成声，把坐在他身边的费主席吓坏了。孙闯闯用那只插了针头的手握住了费主席的胳膊，哭得一发不可收拾。费主席说："就是个小手术，不要搞得这么悲壮。"孙闯闯似乎竭尽了全力，从干燥的嗓子里发出了几个音："我觉得我完了。"费主席不再说什么，就这样坐在他身边，无能为力地看着他。

费主席知道他指的是什么，剧本的事估计泡汤了。他从没见过孙闯闯如此痛苦甚至绝望。费主席安静地坐在他身边思索着：这一切，对于他来说未尝不是一件好事。你终于在三十七岁的时候，认清了这个世界的真实面目。

在住院期间，费主席、冯煜和小芒（小芒是费主席的徒弟，跟着他学过几年的素描，同时也是孙闯闯的粉丝）轮流对他进行照顾。孙闯闯萎靡不振，整日瘫在床上。在出院的前一天，冯煜突然对孙闯闯说："孙老师，我有个朋友也是做影视的，也是个制片人，不然你找他聊聊？但……"

"但什么？"

"但就是不知道是否靠谱。其实，您遭遇的这事也没什么的，可以说根本就不叫个事。"冯煜一开始说得小心翼翼，但见孙闯闯的态度是谦逊的，就试探性地将说辞加大了力度。

冯煜又说："这剧本通不过是再正常不过的事了。说实话，炎雅伦后期就不再做音乐了，她的那些所谓的创新根本就不被世人接受，毫无市场。经纪公司都要跟她解约了。她曾经确实有一批铁粉，但那才区区几个人？你要写一部关于她的传记拍成电影，受众太有限了。别说影视公司老板了，就连我也觉得赔钱。"

孙闯闯无力反驳，只是目光呆滞地盯着床脚，过了阵说："所以，我是白写了吗？"

"也不能这么说，你去找这个人聊聊。她叫张静兰，是一个制片人。她做商业电影，也做纪录片。她做的两个纪录片都拿到过国际奖项。看看她有什么想法。"

"但你不是说没有市场吗？"

"纪录片和电影不一样，可以参加个欧洲某国的电影节，拿个奖。得奖后，你的身价就不同了。"

"算了，爱谁谁吧。"

孙闯闯出院了，医生千叮咛万嘱咐，以后千万不能喝酒。费主席替他答应了。

为了表示感谢，孙闯闯决定请他们三人吃饭。如今的孙闯闯"没落"了，谁都能跟他一起吃饭，谁都可以跟他开玩笑，褪去那层光环，他就是个不太随和的中年人。饭馆在孙闯闯家旁边的胡同里，是一家小而干净的馆子。孙闯闯和费主席都喜欢这儿。晚饭时，孙闯闯故做兴奋状，频频举杯，说必须要庆祝自己"大难不死"。费主席劝不住，冯煜和小芒更是不敢"轻举妄动"，一不留神，又喝多了。

回到家，冯煜接到了孙闯闯的信息：把那位制片人朋友的电话发给我。

冯煜给出的电话号码并不是该制片人的，是她的助理。有了上一次与何总的沟通经验，这次就自如、从容了许多。助理与孙闯闯约好了时间，是下星期一的下午。距离赴约时间，还有四天。他决定再将剧本进行一次修改，并且做一份演讲稿。这次要做好充分的准备，毕竟机会是留给有准备的人的。而自己要做的就是抓住每一次机会，说不定哪次就成功了。

这天，阳光明媚，长时间的雾霾被一夜春风吹散了。孙闯闯抱着电脑，迈着矫健而又稳重的步伐到了该制片人的公司。前台姑娘给他用一次性纸杯接了水，放到茶几上，道："张总在开电话会议，您稍等一下。"

"可她跟我约的就是现在，怎么又开会了？"

"实在抱歉，临时有个急事。应该快了。您坐下休息会儿。"

孙闯闯见小姑娘挺客气，没再为难她。他走到接待室的落地窗前，外面的风景很美，从这里可以俯瞰整个奥林匹克森林公园，以及大半个亚运村和小半个北京城。他思索着该如何向张静兰阐释他剧本中所要表达的寓意，如何讲述那交错的剧情，如何描绘剧本亮点。只要剧本会进行顺利，电影就可以拍出，观众们一定不会失望的。他面对小半个北京城，望着堵得水泄不通的四环路，忽然觉得自己是幸运的那一个。他感谢上天赐予自己的才华，感谢父母又给了一副不太会让别人嫌弃的面容。他激动了，兴奋了，觉得眼前的道路一片光明。

二十分钟过去了，仍是静悄悄的。孙闯闯推门而出，吓了前台小姑娘一跳。

"你能催催她吗？都这么长时间了。"

"您看，张总完事了肯定就来找您了。"

孙闯闯往张总办公室看了一眼，门依然紧闭着。

"您再等一会儿，张总完事了，第一时间通知您。实在抱歉啊。"

孙闯闯想走，可这步子就是迈不开。原地踟蹰片刻后，又回到了接待室，坐下了。好事多磨，不要因为这几分钟而错过一次机会。他背靠着落地玻璃窗，阳光烘烤着后背，暖洋洋的。透过接待室的落地窗，可以俯瞰整个亚运村，鸟巢窝在一汪绿色中，像是刚被生出来的恐龙蛋。想到恐龙，忽然想到了他的前妻。他前妻是恐龙博物馆的管理员，每逢周末，博物馆都会被小朋友们所占据。她曾说，等他们有了孩子，也带来这里看恐龙。她最得意的事就是可以背出上百种恐龙名称。她的世界里只有恐龙和孙闯闯。她现在一定在忙着擦拭恐龙骨架模型和展窗的玻璃。想到这里，孙闯闯的鼻头忽然酸了。

一个小时又过去了，孙闯闯心头突然喷出了一团怒火，正要冲出接待室时，和前台小姑娘撞了一个正脸。

"张总刚开完会，您可以进去了。"

孙闯闯咬着下嘴唇，硬是让自己冷静下来。

会议室的玻璃墙上，贴满了演员、导演的照片。这些是他们下一部戏的主创候选人。孙闯闯被归到了导演一列。在会上，张静兰坐在了王总的位置上。今天王总出差，会议自然就让张静兰主持。张静兰是一个让人看不出年纪的女人。他忘记是谁说过，看不出年纪的女人最可怕。会议桌上除了张静兰，还有五个公司同事和一位中年男人。在孙闯闯眼里，他们都是一些长得很好看的年轻小朋友。

张静兰："小雯儿，今天你做会议记录。"她又说："给大家介绍一下，这是著名的填词人、乐评人孙闯闯，在音乐圈很厉害的。"

张静兰又指了下那位中年男人："这位是邓科，著名制片人。我想你应该听说过他吧？《盗宝奇缘》《星际穿越2》，还有好多票房过二十亿的片子，都是他负责制片。"孙闯闯心里琢磨着，难道冯煜给我介绍的人就是他？可张静兰说的这些片子都是好莱坞的，难道这孙子是好莱坞的制片人？

邓科与张静兰客套两句后，与孙闯闯互递了一个充满敬意的微笑。

"我听《摩登音乐》的苏总提起过你。"

孙闯闯有些惊喜。

"您也认识苏总？"

"当然了，我们认识十几年了，他还是独立音乐人的时候，我们就认识了。你怎么想起写剧本了？填词和写乐评不是挺赚钱的吗？"

"是前些年，程晓刚想让我帮他填电影主题曲的歌词，我们聊得挺高兴的，给他的电影也提了点建议，他就忽悠我跟着他一起写剧本。就这样开始写了。"孙闯闯不知道自己为什么会这样说。他确实给程导的电影主题曲填过词，但一起写剧本的事绝对是虚构出来的。然而，这虚构出来的事，就那么自然而然地脱口而出了，且言之凿凿，跟真的一样。孙闯闯没有故意欺骗张静兰的意思，当他讲完这些时，就连自己也惊呆了。

"程晓刚？我们太熟了。"张静兰一下子感兴趣了，开始讲述她和晓刚导演相识的过程。孙闯闯屁股在椅子上挪了挪，下意识地看了一眼手机。张静兰滔滔不绝，毫无要将话题收尾的架势。五位年轻小朋友，认真听讲。邓科看上去倒也听得津津有味。

"张总……"孙闯闯突然打断了张静兰，其中两位小朋友相互交换了下眼神。

"您看，我们是不是可以聊下剧本了？"

张静兰似乎要讲到与晓刚导演的高潮部分，但突然被打断，面显尴尬。她捋了一下头发，将一边的头发别在了耳后，露出了一只夸张而闪亮的耳环。

"那好，你开始吧。"

孙闯闯舔了下嘴唇，半天说不出话来。那只在心中准备膨胀得要爆炸的气球，瞬间蔫扁了一半。会议室里的冷空气仿佛凝结住了时间，所有人都在等待孙闯闯的"开始"。然而，此刻的他，忽然觉得他的剧本，以及剧本中交错反复的剧情以及他心中的表达，面对这个珠光宝气、八面玲珑的张静兰，完全不值一提，甚至感到自己是如此卑微。可是此刻的他又能怎么办？

从孙闯闯开口讲述剧本，张静兰开始低头摆弄手机的这一刻起，他就已经败了。他花了大概十分钟，前言不搭后语地讲完了。从始至终，张静兰安静地低头摆弄手机，没有打断他。直到再次沉默，张静兰才猛然抬起头，道："你这个剧本太套路了，之前看老汪也写过一个类似的。老汪你认识吗？我们很熟的，也是一个有名的编剧，《大上海》就是他写的。"

孙闯闯没有为自己辩护。

"我知道你的写作功底不错。你认识晓刚导演，他也赏识你，那就证明你还是有才华的。我们公司现在需要一个写手，你看你要是愿意的话，可以来我们这里上班。"张静兰倒是很客气，面面俱到，也很真诚地邀请他。

孙闯闯站了起来，将电脑扣上，抱起："张总，您的好意，心领了。"话音刚落，便大步迈出了会议室。

会议室里那五个长得很好看的小朋友，各自低头。小雯儿依旧在打字。

"行了，别再记了。把今天的会议记录删了吧。"张静兰又说，"这个人脾气太大，又不是什么知名导演编剧，要什么大牌。"

邓科说："这个人不太适合团队合作。"

张静兰将自己挪到了会议桌旁边的沙发上，摆弄着茶几上那套工夫茶茶具。

"但这个人似乎还有点才华，我以前听说过他。"

"才华？他拍过什么？不就是写写歌词吗？"

"倒也没拍过什么特别有名的电影，就是得过几个港台的音乐奖项。他大学没毕业就去《音乐风尚》工作了，那边的主编特别看好他。算是有点才吧。"

"这些跟电影有什么关系？"

"您听着呀，他跟炎雅伦的关系特别好，炎雅伦在当年可是叱咤风云的。"

"那跟电影也没关系呀。他这跳来跳去的，就说明他不是一个能长期合作的人。这人一看就是性格有问题。邓科，你不会是炎雅伦的粉丝吧？"

"算是尊敬吧，崇拜谈不上。"但实际上，邓科那时确实是炎雅伦的粉丝，同时也是孙闯闯的粉丝。那些千里迢迢，为了追星而来北京的人群里，就有邓科。

"那你就是那小子的粉丝！"

"怎么可能！我还没那么低级趣味。"

"小雯儿，过来一下。"张静兰对邓科的陈述已经失去了兴趣，确切地说，她是对孙闯闯这个人失去了兴趣。张静兰又说："把这个人的照片摘下来吧，再联系联系剩下的四个人。"小雯儿踮着脚，把孙闯闯连带个人简介的照片摘了下来，团成一个纸球，扔进垃圾桶里。

从张静兰的公司出来，孙闯闯接到了《摩登音乐》的来电，是小姚儿。

"孙老师，您写的歌词我们苏总很满意。但唯一有个小小要求，您看看能不能再稍作改动，具体的改动要求已经发到您邮箱里了。"

"我觉得我写得没问题，一个字儿都不改！"孙闯闯气愤地挂了电话。

他走进了一条胡同里的公共厕所，粪便大肆喷射在蹲坑周围。人们毫不掩饰地将肠胃里的排泄物暴露在外，再精神抖擞地迈出这一肮脏之地。这股骚味使孙闯闯的尿急感加剧，膀胱的酸胀让他一下子也喷射到了别人的粪便之上。孙闯闯屏了一口真气，一边提裤子，一边跑出了厕所，狼狈得就好像刚被强奸了一样。

从厕所里出来后，徘徊在大街上，无处可去。他忽然觉得自己，贱。为什么要撒谎？而且是那么低级、廉价的谎。他恨张静兰更恨自己。顺着路走，就走到了费主席家里。他不知费主席是否在家，但也无所谓，爱在不在，反正无处可去。他推开费主席家的门，果然在家。费主席戴着副硕大的透明眼镜和口罩，身体被另一个巨大的塑料身体遮挡住，那是他新设计出来的"大玩具"。他在为它喷彩漆。

孙闯闯到了费主席家里，直奔冰箱。

"我说你进来能不能吱一声，以为进贼了。"费主席叼着烟，口齿不清。

"你家里怎么连冰可乐都没有？混成你这样，也够惨了。"

"是挺惨，不然你给我介绍个妞儿得了。"

孙闯闯没搭理他，假装参观费主席收集的玩具。

"说吧，又出什么事了？"

"也没什么事，就是今天又去见了一个什么总儿。"

"冯煜给你介绍的那位？"

"嗯。"

"他给你介绍的人能靠谱吗？别搭理他们。"

"她叫张静兰，除了跟我盘道儿，就没聊别的。"

"她多大岁数？"费主席问。

"这种人不好猜，模样看着跟我差不多，但气质像四十多的，气场像五十多的。"

"这么邪乎。你们都聊什么了？"

"本来我是要跟她聊我的剧本的，可她满嘴跑火车，好像整个娱乐圈都是她朋友，范冰冰是她姐，王中磊是她哥，七大姑八大姨的都认全了。到聊剧本的时候，她出去了，派了一帮小孩儿跟我聊。"孙闯闯又撒了另一个谎。

"那这不挺好的，能把剧本聊上就行。我对你绝对有信心。那后来呢，聊得怎么样？"

"没什么后来。他们连……"孙闯闯把后面的话咽回去了。他的脸开始扭曲，生气中好像还夹带着一丝委屈。

"连……什么？"

"不知道，他们既没肯定，也没否定。最后我一气之下走了，老子还不跟他们玩了。"

"这倒是也正常，他们就是这样，在知道你的来头之前，绝不会轻易得罪任何一个人，即便人家把你底细摸清了，人家即使看不上你，也绝不会当面讽刺数落，与你发生正面冲突。你和人家拍桌子叫板，他们就把你当猴儿看，等你要够了，没准还得好心地劝上你两句。可你想过事后吗？说句不好听的，你就是被惯的，脾气大，还……"费主席突然住了嘴。这一段话，让孙闯闯很不爽，他有什么资格来教育我？可思来想去，他说的好似又有几分道理，找不出可以反击的缺口。这感觉就像那天在医院，和冯煜聊天一样。他不懂两件事：其一，为什么现在谁都可以对自己说教，然而自己又无力反驳？其二，为什么一聊到跟电影沾边的事，就爱撒谎呢？

"还什么呀？"半晌后，孙闯闯说。

"没什么，反正以后你得注意点。"

"我还有事，先走了。"孙闯闯站起来，走出了费主席的家。

其实费主席还想说他幼稚，但这个词不能说，即便事实如此也不能说。

费主席听了孙闯闯刚刚经历的，为他心疼。他说的张静兰，费主席太熟悉了，他们曾经有过密切的合作。但费主席不想将这些告诉他。

我叫费乐乐

费主席原名叫费乐乐，出生在四川大凉山。在他之前，家里已经有了三个孩子。费乐乐纯属是个意外。可能是因为从他一出生到现在就不太会乐，家里怕他是个傻子，总盼着他能笑一下，就取名为费乐乐。小时候，父母都很忙，四个孩子照顾不过来。在费乐乐出生时，老大费英雄已经十岁，可以照顾弟弟妹妹了。费乐乐主要是费英雄照顾的。但费英雄并不喜欢这个弟弟，连父母也不喜欢他。他们怀疑他是自闭症，他不喜欢和小朋友玩，也不喜欢说话，只喜欢拿着粉笔到处画。家里除了天花板，哪哪儿都有他的画迹。为此，费英雄总是打他。可父母在暗地里告诉费英雄，别拦着他，你这弟弟怕是自闭症，好不容易有个爱好，就不要再阻拦了，回头再出个什么意外，咱这辈子都得沾一身腥。费乐乐从没感受过家庭的温暖，父母和几个兄弟姐妹虽然不打他，也不骂他，是因为都不敢招惹他，怕他自杀，死了。只有一次，他发了高烧，晚上母亲抱着他睡了一晚。那晚上，费乐乐才感受到一丝丝母亲的温度。他对母亲美好的回忆，也停留在了那一个晚上。直到近些年，他有时候做梦依然能梦到这个夜晚。在他十岁的时候，父母告诉费英雄，等弟弟高中毕业，上了大学就让他走吧，以后不要再回来了。

费乐乐真的考到了北京，还考上了美术学院。2006年时的费乐乐刚从美院毕业，那时候的他戴着一副厚片眼镜，从侧面看，镜片会折射出无数个圈圈来。在那副镜片的后面，是一双总也睁不开的眼睛。看人的眼神也是游离不定，走路有点跛脚，满口乡音，说不上来是哪里的话。反正对于孙闯闯来说，外地口音听着都一样。孙闯闯也很嫌弃他，倒不是因为他的口音，是他一副永远睡不醒，且萎靡不振的屌丝样儿。后来，费乐乐的跛脚好了，但具体是什么时候好的，大家谁都记不清，连他自己也不知道。费乐乐的双腿其实很健康，是他自己故意跛脚的，他觉得这看上去很可怜，像个弱者，可以引起别人的同情。

当时的费乐乐不知道，他的毕业约等同于失业。他从被学校"轰"出来、被宿舍"踢"出来的那一瞬间才意识到，自己无处可去了。他卷着铺盖卷儿和画夹，痴痴地望着美院校门口，推了下眼镜，终于瞪大了眼睛说："完了。"但即便如此，他也没想着要回家，眼睛还是看着朦朦胧胧的前方，从没想过要回头。他丝毫没有恐惧感，一无所有的他对一切都是麻木的、迟钝的。他坐在校门口，直到深夜。费乐乐终于开始思索自己下一步该去哪里。夜里两点，他毫无困意，站起来活动下锁死的关节，在大街上溜达着。走到了一间网吧，他停下来。网吧门口挂着一只半闪不亮的企鹅，企鹅在被这条暗黄色路灯照耀的夜路上，显得很不起眼。费乐乐进去了，里面一片嘈杂，烟雾弥漫，方便面和烟味混在一起。他仿佛又回到了大学宿舍，又回到了那个温暖的子宫里。他去前台交了包夜的钱，选中一个角落的位置，逛荡在美院论坛上。他有点喜欢这个地方了。角落里的小沙发，让他感到无限的安全感，他想留在这里。

天亮了，他睡着了，包夜的时间也到了。他被店伙计拍醒，恍恍惚惚睁开眼睛："我想来这儿打工，我干什么都行，我没地方去了。"

"我们这儿又不是收容所，赶紧走人。"

"我干什么都行，工钱少不给钱都没关系。"

费乐乐虽是迟钝的、天真的，但也是随意的。自从那晚他听见母亲对费英雄说考上大学就让他走吧以后，他对生活就没什么指望了。除了画画，什么都不喜欢，在哪画不都一样吗？

就这样，他留在了网吧里，负责晚班。包住不包吃。白天在十个人的宿舍里睡觉，睡醒了就画画，再传到美院论坛里。在论坛里，他算是个"大神"，有很多粉丝。他在论坛里，也卖了一些画，赚点外快。他的开销不多，赚的钱除了吃饭，就是买点美术用具，其余的钱全存在了卡里，他也不知道这些钱留着有什么用。

费乐乐在网吧耗了一年，说是耗着，其实是画了一年。画完了就登在网上，有人喜欢就将其买走。他所有的画只有最低价，没有最高价，给多少就看买主自己觉得这画值多少钱了。费乐乐觉得这样很有意思，他想知道自己的画到底在别人心里值多少。他自己特别喜欢的两幅不卖。那两幅一直藏在画夹的内衬里，从未展示过，谁也不知道画的是什么。

就连他自己也从没想到，在这一年里，他的银行卡里已经有一笔非常可观的钱。这钱有多少呢？在南四环租一间屋子，以他的消费水平，可以够他闲待着五六年的。

终于有一天，论坛上，有一个号称是他粉丝的人想见见他。一开始费乐乐拒绝了他，后来，他禁不住粉丝的各种骚扰，终于在这间网吧门口会面了。这个人就是冯煜。

约的是晚上六点，七点费乐乐要上班。冯煜五点半就到了，坐在网吧门口的台阶上，靠着墙，头顶上就是那只闪烁微光的企鹅。他紧张，怕不知道见了费乐乐该怎么说。他知道费乐乐这人有点怪，从画上就能看出来，他的内心住着两只相互厮杀的猛兽，疯狂和病态中夹杂着忧伤和孤独。

六点钟，费乐乐走出了网吧，像是一个发霉的人，像是从地下管道里爬出来的人。冯煜咽下口水，有点蒙，但还是向他伸出手，介绍自己。

"我叫冯煜，比您小两届的学弟。"

"你好。"费乐乐舔了下干燥的嘴唇。

"我今年毕业了，准备成立一个自己的工作室，想邀请您来。"费乐乐眼神游离不定，始终没有看冯煜一眼，总是绕着他转悠。

"不然，咱们换一个地方聊聊？"

"就在这儿吧，我七点要上班了。"

"您在这儿上班？"

"嗯。"

复杂情绪使冯煜的脸变得扭曲。他想哭，想抱着费乐乐哭，并下定决心，无论用什么办法，都要让他离开这儿。

"费老师，您听我说。开工作室这事，您一定得听我的。我们工作室需要您……"

冯煜对费乐乐没有功利之心，是纯粹的欣赏与怜惜。他觉得像费乐乐这样的人可称之为大师，大师不应该被淹没，更不应该在这种地方。冯煜从如何变成费乐乐的粉丝开始讲起，又讲了费乐乐在圈子里的江湖地位。天色渐渐暗下来，两人从网吧聊到了路边摊。费乐乐被冯煜打开了人生中的另一道门。冯煜畅想着未来，他的未来包括了很多，其中就有费乐乐。路灯照亮了整条街，费乐乐觉得眼前一片金灿灿的，仿佛自己已经置身于冯煜的未来之中，仿佛那个有着理想、才华以及整天和一群气味相投的朋友聊天画画的那个人，就是现在的他。他忽然明白，原来人生还有另一种可能性。

冯煜知道费乐乐动心了，没再往下说下去。他看了一眼表："哎呀，都这么晚了。费老师，您是不是要回去上班了？"

"不去了。你的工作室什么时候开？"

冯煜心里乐开了花，觉得费乐乐身上也散发着一团金灿灿的光芒。

"费老师，我和几个同学得商量下资金的事情。"

"需要多少钱？"

冯煜琢磨着，还没等他开口，费乐乐就说：

"我这儿有五万，够吗？"

冯煜惊呆了，这远远超出了他的预估。其实两万就够，包括交房租和置办家具和绘画工具。

这天夜里，费乐乐向网吧老板坦白了自己的想法，老板很支持他。虽然他不是一个勤快的人，对于老板来说也不是一个称职的员工，但他很老实，从不迟到早退，对于黑白颠倒这事，也没什么怨言。由于工作室还要简单装修，他又在网吧里住了两个星期。在网吧里待了一年的时间，老板对他还是有感情的。走的时候，老板对他说，以后要是有什么困难，随时欢迎他回来，并且祝他在艺术的道路上取得成功。之后他便离开了。

费乐乐离开网吧，住进了工作室。起初敞亮开阔的生活环境让他不适应，他害怕晚上，害怕黑夜。他觉得一到晚上，他笔下的那些妖魔鬼怪就活了。他突然无比想念网吧的宿舍，闭塞狭小的空间给予他无限的安全感，就像是躺在母亲的怀抱中。在工作室的第一个夜晚，他居然哭了。

不久，费乐乐就接到了人生中的第一个"大单"。是给一个香港影视公司驻京的发行公司设计电影宣传海报。联系他的人就是张静兰。张静兰那时候还是一名电影发行人员，需要设计一款电影海报。为了省钱，该发行公司就从美院找到了刚毕业的费主席。费主席日夜加班，一个星期后交出了海报，但张静兰百般挑剔、为难。那时的费主席尚且年少轻狂，骨子里算是个艺术家，艺术家都有自己的脾气，起初不愿妥协，但被折磨了一个月后，终于放弃了，不再和张静兰较劲，也不和自己较劲了，爱谁谁。但张静兰还是不依不饶，最后，费主席说，我不要你钱了，你饶了我吧，这活我不干了。再后来，费主席所设计出的第一款海报问世了（当然了，钱还是没给）。从电影上映前到下映，总共两个月的时间，费主席无论走到哪，都能看见自己设计出的那第一款电影海报。他咬牙切齿，决定要打击报复。

他在工作室里发了疯似的转悠，愤怒的情绪充满了整个大脑，他甚至想要暗杀张静兰。杀死张静兰的画面一遍遍重复着。后来，冯煜知道了此事，安慰费乐乐说："这事你不能生气，他们之所以对你要求这么苛刻，其实就是不想给钱，但结果他们还是用了，这说明什么呢？"

费乐乐说："说明他们该死！"

冯煜说："错了，你要端正自己的态度。"

费乐乐愤怒地看着冯煜，很想给他两拳。

冯煜说："说明，他们对你的才华还是认可的。这就是好事。你等着，他们下次有活儿还会找你的。"

"还敢找我？我弄死他们！"

"你这人怎么这么轴？下次找你，你就得让他们先给你钱，跟他们摆架子，懂吗？"

"先给钱？"

"对，不给钱，你就不给他们干。这话要先说在前面，这就是传说中的话语权。"

费乐乐眼神疑惑了，也柔和了。

果不其然，正如冯煜所言，张静兰果真又找到了费乐乐。费乐乐按冯煜的路数，成功掌握了话语权，顺利地拿到了一笔设计费。费乐乐的名气与身价瞬间又提升了一个档次，这多亏张静兰的赏识。他忽然觉得张静兰是他的恩人，也觉得张静兰这人特仗义。但这些事，费乐乐谁都不想告诉，尤其不想告诉孙闯闯，怕他会看不起自己。

费乐乐遇到孙闯闯是在他提高了身价以后的事，冯煜带他见的。孙闯闯像一道明晃晃的光，照进了费乐乐的世界。那时候孙闯闯刚结婚，和新媳妇儿一起搬到了二手的新房里。客厅的墙纸被前主人撕去，露出丑陋的墙皮。为了省钱，孙闯闯叫来了一帮朋友给他刮大白，其中就有冯煜，冯煜带着费主席也来了。经过两天的努力，大白算是凹凸不平地刷完了。新媳妇儿瘪嘴不满，刚结婚，为了省钱，把客厅搞成了这个样子。后来费乐乐说，你不嫌弃的话，我帮你在墙上画点装饰吧？费乐乐声音小，口音又重，孙闯闯又不认识他，道："你说什么？"

冯煜连忙解释："哦，这事怪我，都来了两天了，也没给你介绍。这位是费乐乐，特别有才的插画师，也是电影海报设计师。《天才魔术团》那部电影知道吧？海报就是他设计的。我给你看看他的作品啊。"

孙闯闯并不知道那部电影，但他看到费主席自己画的插画作品时，眉飞色舞："真不错，这事就交给你了。"

一个星期后，孙闯闯与媳妇儿再进客厅，惊呆了。客厅的一面墙连着房顶都被费乐乐的画占据了。是一个头发开满了曼陀罗的女人，女人半裸，伸出来的四只手捧着自己的心脏。孙闯闯喜欢极了，立刻要与费乐乐当朋友。但孙闯闯一定不知道，他媳妇儿觉得那画真恶心。

后来，费乐乐进入了孙闯闯的圈子里，孙闯闯去哪都带着他。费乐乐喜欢这些时髦、有朝气、漂亮的年轻朋友。再后来，孙闯闯给他介绍了很多音乐圈的朋友，包括炎雅伦。在那段时间里，市面上很多的专辑封面都是费乐乐设计的。时间久了，费乐乐已经成为大师级别的设计师，很多玩具厂商和漫画制作公司找上门来，他和冯煜又进入了另一个圈子——地下漫画圈。从那以后，费乐乐逐渐将身上那股"霉味"和浓重的口音褪去了，费乐乐也被孙闯闯改名成了费主席。

多年后的今天，费乐乐已经成了费主席，张静兰也由一个电影发行人员，成了一个电影公司八面玲珑的"总儿"。费主席感叹着，这个世界可真小，转来转去，她又让孙闯闯给碰见了。真有意思。

孙闯闯又栽了

邓科很快就和孙闯闯成了朋友，这不是孙闯闯想要的结果。但邓科身上有一种让人难以拒绝的魔力。谁都能成为他的朋友，谁也都不是他的朋友。很多年后，每当孙闯闯看到邓科的名字出现在片头或是片尾的时候，总会打个冷战。按理说，他应该恨邓科，可回想起来的全部是与他在一起时那些美好的回忆。孙闯闯也总是在想，到底是从什么时候，从哪一件具体的事开始，他们成为朋友的？换句话说，自己是具体因为什么把邓科当成朋友的？他想不起来了。这个世界上，孙闯闯只服邓科一个人。

"在哪？"邓科问。

"在家。"

"晚上来浮云会一趟。"

"没空。"

"是正事。"

"……"

"艾娱乐影视公司的老板要找编剧，我就推荐了你。"

"行。几点？在哪？"

"稍后告诉你。"

挂了电话，孙闯闯立刻从被窝里跳出来，挑了一身体面的衣服，出门了。浮云会，他在心里盘算着，听着像是夜总会。

果然，当出租车停稳后，他犹豫了两秒。金碧辉煌的浮云会像是一座充满魔法的宫殿，在夜晚显得如此虚幻。他给邓科发去信息：是浮云会吗？我在门口，你在哪？

孙闯闯下车，便站在路边等待邓科的回信。十分钟过去了，邓科杳无音信。208房间，他盯着这个数字好一会儿，硬着头皮进去了。服务生的周到让他无所适从，他透过208房间的门缝，看到了邓科与几个中年男子碰杯，两个中年妇女在唱歌，并无小姐。

孙闯闯推开包房的门，邓科赶紧迎了上去。

"咱们不是聊剧本吗？怎么聊到夜总会来了？"孙闯闯说。

"聊剧本还挑地方？跟哪谈不一样。"

两位唱歌的妇女闭嘴了，瞬时静了些。

"这位就是著名的孙闯闯。"邓科向几位中年男子介绍。

孙闯闯面显尴尬，向几位中年男子点头示意。可那几位表情木讷，对他的到来丝毫提不起兴趣。待孙闯闯坐稳后，服务员为他倒上了酒。邓科贴着旁边男人的耳朵，喊着介绍孙闯闯。那男人瘦脸，油头，脸颊上有颗硕大凸起的痣，像是趴了一只苍蝇。小手指上留着长长的指甲，看上去五十岁上下。出于礼貌，孙闯闯端着酒杯对着瘦脸男人一饮而尽。瘦脸继续和身边几人谈着业务。孙闯闯仔细听了听，瘦脸就是邓科说的影视公司老板，而他身边那几位似乎是做地产的，如今地产业不景气，瘦脸一直劝说他们进军影视业，以及分析影视行业的大好形势。几人聊得热火朝天，两位妇女一首接一首地唱80年代的港台流行曲。孙闯闯捅了一下邓科，叫他出去一趟。两人一前一后，去了洗手间。

"你今晚叫我来干吗？耍我是不是！跟这帮土老帽有什么可聊的？"孙闯闯扭头便走。

邓科拉住他胳膊说："当然有的聊，你可别看不起他们。这帮人不懂剧本，就是有钱。你先别急，谈事都是看时机。"

邓科见孙闯闯情绪稳定了又说："是这样，我手里有一些国外的剧本，到时候我找人翻译好了给你，你再稍加创作。我等你的剧本出来后，再找屋里那几位土老板投资……"

"邓科，你还是人吗？这事你都干得出来？"

"告诉你个秘密，我是制片，不是人。你脑袋别那么死性，这可是好事。钱多，活少，最后署名还是你的。多好，说不定你就一举成名了，这以后机会还不多了去了，别说写剧本了，你就是自己当导演都行。多少人都想揽这活呢，可他们没资源啊。哥们有好事，都想着你呢。"

孙闯闯不说话了，安静地回到了包房里。他被邓科的话打动了。但直到后半夜，邓科仍是没有和那几位土老板谈到剧本。这件事过了以后，就再没动静了，邓科也联系不上了。

转眼到了冬天,《摩登音乐》的小姚儿给孙闯闯寄来了专辑,在填词人那一项后面,孙闯闯的后面又加了一个人。孙闯闯气急败坏地给小姚儿打了电话。

"为什么我的名字后面又加了一个人?"

"我们老大觉得您写的词还是有些问题,例如那些敏感的词汇,歌里面是用不了的。之前也跟您沟通过这个问题,您不愿意改,就让别人改了一下,所以……"

"好,知道了。"

孙闯闯平静地又看了看专辑,平静地将CD塞进了架子里。

最近,费主席一直忙于个人展览的筹备,与冯煜和小芒几人忙得不可开交,但还是抽空与孙闯闯见了一面。孙闯闯很颓废,像个野人,在与费主席聊天时语无伦次,或是安静地嗑瓜子。最后他忽然说:

"我以前觉得处处可能都是一个机会,不要轻易放弃每一个。但我错了,不是所有的都是机会。那些我原来想要拼命抓住的,都不是。机会是给像张静兰和邓科那些人准备的,不是我这样的。主席,说句实在话,我觉得你有一天,可能会成为像他们那样的人。但这不是什么坏事。"

孙闯闯躺在沙发上。

费主席没承认也没否认,他又想起了当年与张静兰,以及许多像张静兰那样的人"合作"过的事。过了阵他又说:"你那个剧本我能看看吗?"

"看吧,随便看,想怎么看就怎么看。"

夜深了,孙闯闯在沙发上轻轻打鼾。费主席看得入迷,从客厅的沙发上看到了孙闯闯的书桌上。他一页页地翻,用笔圈圈点点,像个精神上出了问题的人,在深夜中自言自语。下雨了,风中夹杂着雨水,从纱窗溅到了窗台,又从窗台蹦到了剧本上。他终于看到了最后一页,又看了看睡相丑陋的孙闯闯。他双手压在脑后,一只脚垂放在地上,另一只横在沙发垫子上。忘了从哪本心理学的书上看到过,喜欢将双手垫在头下睡觉的人,都是单纯且阳光的。费主席忽然心生怜悯,也让他想起了小时候,无意中听到母亲悄悄对哥哥说的话,想起了曾经那些窝在肮脏狭小的床铺上,就像一只臭虫,在网吧黑白颠倒的日子。往事使他后脖子发凉。他发誓自己再也不要过那样的日子了。回忆点滴成河,将他淹没。命是什么,现在的费主席也大概知其一二了。雨停了，阳光从云层中射出了一道光。他望着逐渐透亮的天空，做出了一个重大决定。他拍醒孙闯闯："别睡了！"

孙闯闯睡觉轻，立刻便醒了："你怎么还没走？"

"剧本看完了，牛！"

"这还用你说？"

"我有一想法，想听吗？"

"不想听，我再睡会儿。"

"咱自己把剧本拍出来吧。"

孙闯闯翻了个身，果真又睡了过去。

孙闯闯要单干

孙闯闯骑着摩托车，车把上挂着七份盒饭，到了费主席家里。今天是孙闯闯当导演的第一天，准备宴请全体剧组。

费主席的家在南二环，老小区，六层，没电梯。孙闯闯把摩托停放妥当，拎着七份盒饭爬上了楼。楼道里弥漫着股烂香蕉和鱼腥味儿，他觉得很亲切，想起了小时候。

孙闯闯爬到四层半就爬不动了。他把七份盒饭撂在地上，双手撑膝，大口喘气，眼睛向上抬了抬，还有一层半，但他无力再向前迈动一步，他觉得自己永远也到不了费主席家了。五层有人下到了四层半，倒垃圾。是个年纪大约五十岁的中年人。

"你去哪呀？"

孙闯闯还是说不上话来，向上指了指。

"现在你们年轻人真是欠练。"

孙闯闯还在用力喘气，但他很高兴，自己被一个五十岁左右的人称为"年轻人"，无论自己是否年轻，但至少看上去还算是个年轻人。他忽然浑身又充满了力气，两步一个台阶，一口气冲到了费主席家门口。他把两只手的盒饭，并到一只手上，推门进去了。费主席的家永远不锁门，原因有两个。第一是他记性差，永远忘记带钥匙。曾经叫过五次开锁的人，为此，至少花过小三千块钱。第二，因为家里也没什么值得一偷的，除了玩具就是书、CD和四五盆高大而茂密的木本植物。

费主席此刻正和小芒、冯煜窝在沙发里讨论费主席的新作和嗑瓜子。以沙发的凹陷程度，从远处看，他们就像坐在地上。小芒是孙闯闯电影里的女一，冯煜是男一，费主席是摄影兼走过场的。还有斑马乐队的三个人，也会担任部分角色。他们见孙闯闯进来，都很高兴，起立迎接。费主席迅速接过他手中的盒饭，小芒和冯煜立刻将茶几上的玩具、杂志、瓜子皮、烟灰缸收到了一边。他们对费主席的家很熟悉，知道这些杂物该如何安置。这一举动，莫名地让孙闯闯感到了一丝妒忌。

"这都什么年代了，叫个外卖就好了，何必自己拎过来呢？"费主席道。

"这家馆子不送外卖，还没有菜单，老板做什么你就吃什么的。但每道菜都会惊艳到你们。真的，你们尝尝就知道了。"孙闯闯一边说着，一边将塑料盒子打开。

饭菜摆好，几人围坐下来。

"斑马乐队那三个人呢？"费主席问。

"他们今晚有演出，排练去了。"

几个人沉默了，这个开机仪式并没有大家想的那么隆重，甚至有点凄凉。

"不管他们了，反正今天也没他们的戏。吃完咱们就开干。"费主席又张罗着碰杯缓解尴尬的气氛。

但无论怎样，尴尬的气氛就是挥之不去。孙闯闯那曾经"呼风唤雨"的能力没有了，那些围着他团团转的音乐人也不见了。没想到，最后靠谱的居然是冯煜和小芒。孙闯闯感谢他们，但感谢并不代表着欣赏。

饭后，孙闯闯从塑料袋里又掏出了一袋炒瓜子，两斤的量。冯煜和小芒忽然觉得他变得随和、亲民、接地气。两斤的瓜子，一下子把他们的距离拉近了。

费主席讨厌瓜子，他总觉得嗑瓜子是小啮齿类动物干的，并且这一举动特别地不艺术家范儿。他拿着剧本，又将自己的台词背了一遍。

"待会，第一场戏的时候，你就坐在沙发上，和小芒聊天。你俩聊的时候自然一点，就当正常聊天，也不用非得按照剧本上的背。别紧张,打个磕巴什么的,都无所谓。"孙闯闯说。费主席把大灯和遮光板调整了位置。

小芒还是紧张,她只要面对镜头就紧张,包括照相。她走到了窗外,外面白茫茫的一片。

"下雪了。"小芒说。

"眼花了吧?"冯煜说。

"真的下雪了,真的下了!"费主席激动地叫了起来。

孙闯闯看向窗外,雪花如指甲盖般大小,纷纷扬扬地落在树叶上、房顶上和孙闯闯的摩托车上。四个人趴在窗户上,欣赏这全市人民盼了一年的雪,终于在这天——他们开机的日子,落下了。

这是好兆头吗?孙闯闯思索着。

几个人痴痴地望着窗外的雪,恍神了。孙闯闯很久没有看过雪了。去年的北京也仅下了一场,但他错过了。他仔细思索着,到底是因为什么事情错过了?他的记性不好,过去发生的事情总是被周围的人提起,才能想起来。但这次,他想起来了,是陪着斑马乐队走穴去了。北京下雪的那天,他们正在成都。成都的冬天很冷,室内没暖气。当晚演出现场,一个可以容纳二百人的场地,却挤了快三百人,挤不进来的就在酒吧门口站着听。到后来,老板索性不售票了。孙闯闯能跟着斑马乐队去走穴演出,有一半原因是自己应邀(硬要)去的。他说自己可以掏全程的机票和住宿费,原因是他想离开北京一阵子,散散心。

斑马乐队在成都的乐迷最多,那是整个巡演中最重要的一场,所以他们演得格外卖力气。他们想让孙闯闯在演出的中段做一番演说。主要原因是他们可以在后台休息片刻,顺带着再让孙闯闯吹捧一下他们的新专辑。孙闯闯很激动,他很重视这在台上的半小时。演出的前一个晚上,他在简陋的旅馆里认真地写下了演讲稿。他已经许多年没站在台上,在众粉丝面前讲话,也许久没被如此多的人所注视了。他有太多的话想说,但又无从说起。孙闯闯不抽烟,去年戒掉了,他攥着一支铅笔,只好静静地望着嘈杂的窗外。

演出当天,孙闯闯用心将自己打扮了一番。现场,偶有认识他的人对他指指点点,也有粉丝要求合影。但他顾不上沾沾自喜,胃里阵阵痉挛使他表情僵硬，反应迟钝。这让人误以为，他还是多年前那个红遍江南、桀骜不驯的孙闯闯。可孙闯闯深知，如今的他已被大家遗忘，是一个挣扎在泥沼里的人。当斑马乐队准备介绍孙闯闯时，他在台下立刻灌了一瓶冰镇啤酒，好让自己冷静。他终于上场了，成都的粉丝还是报以了热烈的掌声。孙闯闯拿着话筒，面对着一张张期待的面孔，竟一个字也说不上来。心中的大石头堵在了嘴巴里，也许是因那瓶啤酒，他左摇右晃，小动作令人眼花缭乱。台下有一个男声嚷着："说话啊！"孙闯闯把麦克风放在了嘴边："嗯……今晚很荣幸……"后面他又说了些什么，就连他自己也忘记了。后来演出结束，他回到旅馆房间，失声痛哭。

后来斑马乐队没有责怪他，称他们永远都是孙闯闯的哥们儿，只要有需要，他们随叫随到。可今天，他们三人并没有出现，也许以后也不会出现了。

想到这里，孙闯闯突然缓过神来了。冯煜、小芒和费主席已经准备就绪，收拾好了残羹剩饭，并已各就各位，等待孙导的"开机"。

孙闯闯依旧望着窗外，突然开口："咱们今天拍个外景吧。"

"外景？"费主席蒙了，冯煜和小芒也蒙了。

"好不容易下一场雪，不能就这么浪费了。"孙闯闯说。

"可是咱们没有雪景的戏呀。"冯煜说。

"把剧本给我看看。"孙闯闯说。

小芒赶紧递上了剧本，孙闯闯翻看着。

"就把第三十二场的外景改为雪景，挺好，还有助于煽动气氛。"孙闯闯说。

"六十四场？那不是最后一场了吗？"费主席说。

"是啊，咱还得快点，不然雪估计一会儿就化了。"孙闯闯说着就穿上了外套。

其余三人只好也跟着穿上外套，出门。

从楼上粗略地放眼望去，整个城市似乎是洁白的一片，但实际上，无论是那条具体的街道还是树坑都无比肮脏。雪花洋洋洒洒地从天而降，落在地面上，消失在泥泞中。

费主席也拿出手机，调到拍摄模式，有限的手机画面中，确实脏兮兮的一片。费主席努力寻找有雪的地方，但无济于事。

"你确定今天要拍外景吗？"费主席道。

孙闯闯犹豫了，但依然坚持说："拍！"

"主席，你就一直往前走，走到前面那根电线杆子前，停下。自己酝酿酝酿，停下的时候你得泪流满面啊。"

"这哪酝酿得出来，一下蹦到最后一场，完全进入不了角色。"

"别废话了，趁着现在雪大，赶紧拍。"

费主席面有难色。

孙闯闯将手机设置到专业拍摄模式，镜头对准了费主席的背影。雪花一片片落在费主席的头上和肩膀上，左手边是泥泞的小路，右手边是一排违章建筑的小商铺。画面中的费主席，略显凄凉。他径直向前走着。

"走慢点！"孙闯闯喊了一声。

费主席回到原地，重走一遍。他一边走，一边酝酿着。他走到电线杆旁，驻足不前。孙闯闯用手机对着他，惊呆了。费主席已泪流满面，他的身体一抽一抽的，无法控制。冯煜和小芒也傻了，不知道是不是应去安慰他。

开机的第一天，就把最后一场戏拍完了，但这并不影响后面的进度。所有人上楼，继续第一场戏。回去的路上，费主席和孙闯闯默默地并肩前行。费主席情绪已然平复，他说：

"怎么样？刚才表现不错吧？"

"吓我一跳。你这是想起什么了？哭得也太惨了。"

"惨吗？我怎么觉得恰到好处呢，就凭最后这一个镜头，咱们可以去参加威尼斯国际电影节了。"

冯煜和小芒在后面走着。

小芒说："我猜他是想起他小时候了。"

冯煜说："我也这么觉得。"

小芒说："不然也没什么事让他哭得这么惨啊。"

几人回到了费主席家里，家里还是一股子没散去的菜味儿。

孙闯闯又翻了翻剧本："我突然想到一个问题，你们都知道这短片儿的意思吗？"

"知道啊。"费主席不假思索。

"那你说说。"孙闯闯道。

"就是一个我跟小芒去寻找偶像的故事,但最后才得知偶像死了。"

"我觉得不止这些,孙老师可能想讲一个寻找死去的艺术家的故事。"小芒说。

"没事啊,你们自由讨论,怎么理解都行,没有正确答案。"孙闯闯又说。

冯煜、费主席、小芒开始了一场激烈的"厮杀",都觉得自己的想法特别对,并且还以场次举例,证明自己是正确的。

孙闯闯抓起一把瓜子,边嗑边听,听着听着就笑了。他忽然觉得眼前的几人特别可爱,虽然他们的理解与自己的想法有着天壤之别,但这又有什么关系呢?

"孙老师,咱们开始第一场戏吧?"

"好!开始!"孙闯闯把手里的瓜子皮扔进垃圾桶,起身。

他又说:"其实你们说得都对,刚才的激烈讨论让我特别感动。真的,我要感谢你们。"

"别煽情了。我已经准备好了,已经进入人物的悲伤情绪中了。"费主席说。

在剧中,冯煜饰演现实版的孙闯闯,小芒饰演孙闯闯的搭档。原本计划让斑马乐队三人跑过场,但目前来看,需要另找演员。剧本大致内容如下:炎雅伦的去世震惊了全国,关于她的消息连续刷屏了一个星期,并且纷纷传来有人因悲伤过度而轻生的消息。孙闯闯带着搭档及一名炎雅伦的粉丝去"寻找炎雅伦"。他们会采访炎雅伦的母亲,从她的童年时代开始谈起,将她所有的人生的转折点或是"第一次"记录在影片中。炎雅伦在整部影片中会出现三次,分别以短视频的形式呈现。这三段短视频分别是在演唱会的后台和现场,炎雅伦家中的聚会以及她自己的一段新专辑的解说,那张新专辑是她此生最后一张专辑,是评弹和爵士乐的混搭。这些都是炎雅伦生前,孙闯闯为她录制的。

尾　声

在孙闯闯和费主席等人忙于拍摄的这些日子里，邓科消失了，消失得如此彻底，就像是从未出现过一样。孙闯闯有点恍惚，怀疑自己是否真的认识过一个叫邓科的人。

一个月后，孙闯闯等人的剧组算是杀青了。又过了半个月，冯煜负责找的剪辑师将成片交活了。剪辑师与冯煜关系好，没收钱。费主席开始了后续工作——准备将影片拿到多伦多电影节参展，他说"那边"有熟人，这事肯定没问题。按费主席的意思，只要影片和孙闯闯能在这种国际影展上蹚过一圈，最好再能得个奖，哪怕是入围也行，身价就不同凡响了。但这事，半年过去了，仍是杳无音信。就连费主席也很少再见到了，即便孙闯闯堵到家门口，他也是大门紧闭。影片参展的事没人再提起，孙闯闯并没有怪费主席，不埋怨任何人。孙闯闯也无所谓了。准确地说，他对任何事都无所谓了。三十八岁的生日，他和冯煜一起去了泰国帕岸岛，而费主席从此就这样不见了。帕岸岛上每逢月圆之际都会在沙滩上举行派对，称作"满月"派对，一群世界各地的年轻背包客会聚此狂欢。他们都是些长得很漂亮的年轻人，他们阳光、热情、奔放。孙闯闯喜欢这里，也喜欢这帮年轻人。孙闯闯和冯煜两人躺在了繁星下的海滩上，冯煜说起了参展的事。孙闯闯说："其实主席没必要躲起来，我知道参展的事不好弄，即使弄不成，朋友还是可以做的。"冯煜犹豫了片刻说："我不想再瞒你了，其实他自己拿着片子去影展了……"孙闯闯半天没说出话来，海浪声此起彼伏，十分吵闹。不知道过了多长时间，孙闯闯说："聊点别的吧。"冯煜又问孙闯闯："以后准备干点什么？还继续写吗？"孙闯闯说："写还是得写，不然也不知道自己能干吗。可能继续写乐评，写歌词，或是没准还会再写一个剧本。"

回京之后，孙闯闯突然在网上看到了一条关于新片发布会的新闻。该影片的剧情与《寻找炎雅伦》如出一辙，新闻快照中，邓科站在靠边的位置，与女演员和导演一起剪彩。邓科笑得是如此灿烂，如此发自肺腑。该片的名字叫《鸟儿人》，这鸟儿人大抵是对炎雅伦的人生总结，是个褒义词。孙闯闯以极为平和的心情关上了电脑，念叨着：月底上映，应该去看看。

今天是《鸟儿人》的首映，这一刻，他还是想起了费主席，决定去他家里，邀请他一并去观看电影首映。即便他知道，他也许再也见不到费主席了，但仍然决定去一趟。费主席家的两道大门锁得严严实实的。他有种预感，这道门也许再不会为谁肆敞了。即便如此，他还是敲了敲，门开了，是一个女的。那女人说，原先住这儿的人搬走了。

当天，他没有约任何人，孑身坐在漆黑的影院中，等待影片开始。他激动不已，影片中的炎雅伦很美，导演不知从哪里调来了很多炎雅伦珍贵的视频，这些视频他从未见过，因为孙闯闯也是那些视频中的当事人。他在影院里，重温着那些再也回不去了的时光，与那些再也无法见到的人。孙闯闯终于流了泪，之后便像崩塌了的水坝，一发不可收拾。他顾不得坐在他旁边的一对情侣，用力抽搐着身体。那些他以为不重要或是想通了的事，原来一直被他埋藏在心底，从未消失过，哪怕一瞬间。他无法再自欺欺人，委屈、愤怒、思念、妒忌和感伤等情绪，同时迸发而出……孙闯闯终于承认，这软弱的泪水，使曾经那个高傲与不可一世的他，瞬间瓦解了。他感叹着：拍得真好！

电影结尾处的字母，滚动着"制片人：邓科"几个字样，孙闯闯突然想起了邓科的一句名言：我是制片，不是人。孙闯闯嘀咕了句："这孙子给自己的定位还真有点儿准确。"

孙闯闯离开了影院，被人群淹没得不留一丝痕迹。他陡然想起邓科，想起和邓科那一晚在通州某个烤串店里，邓科喝醉了，跑到树坑里疯狂呕吐。那个晚上，邓科聊到了自己刚来北京闯荡的事，诸事不顺让他很痛苦。邓科在还没喝醉时，拍着孙闯闯的肩膀，说，你以后就是我哥们了。你一定能红，我欣赏你。别人不懂你，我懂。孙闯闯走在大街上，乐了。他已经分不出哪句是真，哪句是假。也许，至少在那一刻，邓科说的是真话，但也许全是假话。他又想，也许，从某种层面上来说，邓科其实和费主席是一类人。他们都能成功。孙闯闯哼唱着炎雅伦的《星期天的早晨》："星期天的早上，赞美拂晓黎明，我只想忘记这苍凉岁月，在不远的身后……"循环哼唱，他把自己放在人群当中，脑子里凌空出现了一个新的故事。他阔步前行，又充满斗志，满血复活了。

原载《十月》2019年第5期

东　君

卡夫卡家的访客

　　卡夫卡曾在他的《八本八开本笔记簿》中谈到一位来访的中国人。在这位身高一米八二的奥匈帝国作家的眼中，来访者的穿着打扮无疑有几分古怪，加之言语不通，见面之前照例会有一阵等待彼此可以适应的沉默。卡夫卡不清楚他为何会来造访，在他看来，中国人大约就像外星人一样神秘。卡夫卡的描写不免带几分夸张、幽默的成分："我站了起来，从而撑直了巨大的身躯，我这身躯在这低矮的房间里每次都不可避免地把来访客吓得够呛，接着便向门口走去。果然，这个中国人一看见我，就赶紧往外溜。我仅仅追到过道里，就拽住了他，我小心翼翼地拉着他的丝绸腰带，把他拽进我的屋里来……"这件事后来又被卡夫卡敷衍成一篇短文《中国人来访》。文中他除了把中国访客（一名既瘦且小的学者）的外貌略略描述了一番，并没有告诉我们他是谁，彼此都谈了些什么。

　　巧的是，跟卡夫卡有过交情的威尔弗先生在他的日记里也曾就此记了一笔。那天上午，汉学家威尔弗从教堂回来，便在客厅里接待了这位游学欧洲不到一年,却喜欢到处拜访地方名流的中国学者。这番会面,是经人介绍的,彼此间的会话用的自然是中国话。我叫杨补之,那位中国学者介绍自己时,顺便递上了一份个人简历(前面还缀有若干头衔)。寒暄间,威尔弗的小儿子溜了进来,用好奇的目光打量着这位脑后拖着一根辫子的中国人,然后俯下身来,摸了摸他的白底黑面布鞋说,不是小脚。杨补之似乎猜得到这话的意思,就说,我们中国的男子是不裹脚的。威尔弗微微一笑,就把小儿子与猫一并赶到外面的小花园,把杨补之带到二楼的书房,跟他聊了开来。让威尔弗微微吃惊的是,这位中国学者居然也喝咖啡,也懂一点英文。威尔弗听说杨补之在天津做过幕僚,就告诉他,自己在那座城市做过三年的寓公,也是在那里学会了汉语、古琴、围棋、水墨画,回到欧洲后,主要从事翻译,兼及语言修辞学的研究。二人聊到中午时分,威尔弗留饭,之后,又带着杨补之去拜访一位小说家。小说家不是别人,正是弗兰兹·卡夫卡先生。我们现在通过威尔弗的日记大致可以知道:威尔弗与卡夫卡同为犹太人,恰好也住在布拉格城堡附近的一条小巷;他很早就认识这位以寒鸦作为店徽的布拉格商人的儿子,并且跟他聊过中国的老子、长城和丝绸。那天,卡夫卡与中国访客交谈时,威尔弗先生就在一边充当翻译。

一百多年后,当我与威尔弗的后人见面时,他就把高祖日记中的这段记载指给我看,然后就赠给我一本德文版的中国诗集。一位结伴同行的翻译家朋友随口把书名译为《俊友集》,我觉得不失雅切。曾问威尔弗的后人,原书是否还在?他说,原书是手抄本,20世纪60年代,他父亲访华期间作为礼物送给北京一位学者,后来那位学者不能幸免地卷入一场政治风波,家里的藏书都被人一车一车拉出去烧掉了。20世纪80年代初,他父亲以老朋友的身份再次拜会那位年事已高的学者时,顺便问起了当年馈赠的《俊友集》。学者说,那本书的命运跟别的书一样,都接受了火刑。

一百多年前,一位叫杨补之的中国学者把一部手抄本《俊友集》送给了威尔弗先生。威尔弗先生一直想着手翻译此书,其间二人曾多次通信。威尔弗是用钢笔写信,而杨补之依旧是用毛笔(威尔弗曾赠他一支钢笔,但杨补之称自己不会使用钢笔)。若干年后,威尔弗跟学生合作,把书中的全部诗作和那些发生在东半球的故事译成德文,俾得流传。至于原文如何，我们至今已经无从考证了。书中写到了九位晚明以来名不见经传的诗人，后面还附录了每个人的诗作。杨补之在跋文中说，给人写小传，循例是要写明字号、籍贯、履历（包括功名和官职）、著述之类，但在这部书中，大部分诗人都是平民出身，没有功名，也没有一官半职。杨补之又说，他读过历朝诗集、诗选数千部，很多诗人都是当过官的，好像没当过官就不算是诗人了。事实上，有些人的诗之所以传世，仅仅是有赖于这种特殊身份，与诗本身无关。与之相反的一种现象是：有些平民诗人，虽然有着可与唐人比肩的诗才，但在世的时候只是被少数人所赏识，死后身魂两丧，更是无人纪念了。杨补之要做的就是把这些人的诗作公之于世，垂之久远。这些人虽然与他不是同代人，但他说自己每每读他们的作品，就感觉是在与老友晤谈。书名叫《俊友集》，就有这个意思。

两位翻译《俊友集》的德国人在后记中说，如果记忆是像古希腊人所说的那样是一种"向上觉醒"，那么遗忘就意味着"向下堕落"。中国民间那些最优秀的诗人遭人遗忘之后，杨补之先生所做的事就是像从海底打捞沉船那样，搜寻整理他们散落各处的作品。

若干年后，我的翻译家朋友把德文版《俊友集》翻译成中文。翻译家朋友发现：这部书其实是由杨补之、威尔弗及其学生共同完成的。杨补之完成了编注诗歌、撰写小传的部分，威尔弗作为一名汉学家完成了点评的部分，而威尔弗的学生则在翻译的过程中又添了一些自己的想法（比如这样一句诗"一只手和另一只手交换信物时，一颗星的移动似乎已有所暗示"很有可能是从"物换星移"这个中国成语中衍生出来的），但那些臆改、误读的成分反倒使这部书充满了奇趣。翻译家朋友明知书中存有谬误，仍然照译不误。因此，这是一部由理解与误解构成的书。书中录有诗七百七十七首，因为无法找到原诗比对，因此他也只能用白话文翻译出来。此处我就把这些平民诗人的行传照录如下（诗略）。

沈渔，字伯溪。家住嘉兴府石臼漾边上。三间瓦房一例白墙，有花有树环绕。除了桂花，还有两株三百年的老梅，枝干如铁，腊月著花。沈渔的书房便在梅边，因此就叫"梅边小筑"。沈渔没打过鱼，延续的是祖上那种亦耕亦读的生活方式——种田养猪之余，能吟点诗。他的诗极少用典，多用口语，偶尔也夹杂一些方言，显得活泼生辣。他最重要的一本诗集是《石臼漾集》，写事状物，口吻清淡，近于白描，但日常生活的一些琐事经他一写，就带上烟火气。在他写作状态最好的时刻，他的诗曾接近过南方几位屈指可数的前辈诗人。

沈渔饮食有度，注重养生，年过半百，看上去仍然像个三十多岁的俊朗男子。他的脸虽说很光润，但他生平最郁闷的一件事就是脸上不长胡子。因此，有位画师在他五十大寿那天给他画肖像时，特意给他添上了几笔胡须。因为高度近视，他平素几乎不出州府，至多也是绕着石臼漾走上几圈。这是他向往的一种生活：蓬蓬花树，孤鸿往来，人影在地，酒杯在手，老伴最好是别跟在后面唠叨。沈渔平常总是低着头、散着双手走路，只有别人跟他打招呼时，他才会猛地抬起头来，先是"啊"一声，继而立定，拱手相唤，无论男女贫富，他都一律磬折身子，极尽礼数。这种"相唤"的古风，之前在石臼漾一带是不曾有过的，人们觉得别致，也就学会了。每回有人在路上遇见沈渔，也都会毕恭毕敬地相唤：啊，我家先生出来散步了。

他的诗文，有大半是写石臼漾这块地方。在他眼中，天地也就石臼漾这般大。他关注的另一个地方，就是天空。他常常望着壮丽而寂寞的星空，想象无尽的宇宙。沈渔终生未离故土，也未曾登上星空半步，但他却编纂了两部与遨游有关的集子：一本是《卧游集》，里面收录了大量的山水诗；一本是《汗漫集》，收录了大量研究天文的诗文。沈渔说，天比地大，我认识了头顶这片天，也就认识了天底下的万物，又何必出远门？曾有人请沈渔出来，做一位知州的幕宾，他毫不犹豫地拒绝了。

当时被人称为"文坛祭酒"的王世贞曾委托永嘉诗人何白给沈渔带口信，邀请他去南京鸡鸣山参加一次暮春雅集，他没去。

某年冬天，华亭陈眉公写信邀请他到小昆山看梅花与鹤，他没去。

山阴张汝霖（张岱的祖父）邀请他去龙山、快园一游，他还是没去。

沈渔去得最多、最远的地方是桐乡（当然是要有人陪同）。每年三月三日，他总要坐船去那儿，参加一年一度的诗会，在曹老爷家吃一顿饭，跟他的幺妹（一个会写诗的小寡妇）聊一会儿天。那个时节，曹家庭院里的海棠生花结露，非常娇艳。沈渔来了，是一定要为海棠写一首诗的。

沈渔很少同官员来往，他的父亲早年因为卷入某起政治事件而瘐死，这就导致他后来远离官场、不谈国事的性格。曾经有几位落第秀才在他面前议论宫廷秘史，他没听上两句就拿着蒲扇走进自家后院那座鸟声和蝉声相杂的园子，解衣纳凉去了。

湖州某盐课司大使经过石臼漾，听说沈渔的诗名之后，特意登门拜访。大使坐在沈渔家的庭院里，读着沈渔的诗，读完三四首，忽然站起来，拢着袖子退到一席之外的地方，向沈渔施了一礼。在沈渔有限的读者中还有一位嘉兴府的知州。真好，真好。知州读完一卷，连连称好，然后就对身边的同事说：每每读完一篇，心底就会兜起一股悠然气韵，像秋千在院子里轻轻摆荡。有人把这句评语带给沈渔，他也只是淡淡一笑。沈渔与知州，终生没有见过一面。

沈渔晚年的活动半径更小了，索性闭门不出。有人来访，他聊不到几句，就一言不发了；书读几页，就放下了。他刻了一方印：敬亭山下客。意思是说，他希望有一座山就像敬亭山那样，可以让他相看两不厌。但内子说，他有一天即便住到敬亭山下，也会厌烦的。

在此很有必要介绍一下沈太太。沈太太出自嘉兴名门，个子很小，脾气倒很大，动辄摔碗、怒吼。沈的朋友说，每回沈太太大声呵斥时，虫子就会惊惶逃窜，老鼠三天不出洞。沈渔以惧内出名。他说，家有悍妻也并非什么坏事，这些年来，虽有内患，却无外忧。沈渔这一辈子从未被外人欺侮过倒是事实。

沈渔六十岁后戒酒，开始吃素、念经，自称"小乘客"。七十岁那年的某个春日清早，他对着一株刚刚绽放的海棠（曹老爷的幺妹去世后，曹家后人持赠一株，移至沈家后院的天井），梳理自己的一头白发时，梳齿忽然折断，他就把梳子愤然甩掉了。之后他离家出走，不知所终。有人说，那天黄昏曾看见他绕着石臼漾走了一圈，后来就不见了；也有人说，他在杭州府仁和县鼓楼一隅的测字摊边见过沈渔的身影。

许问樵，杭州仁和人，沈渔的外孙。据乾嘉时期一位做历代诗人爵里名字考的学者说，许问樵的祖父是一名曾经印卖过状元考卷的商人，父亲是一名拔贡生，一辈子就靠编选应试文章为生。许问樵的诗歌启蒙者便是他的母亲，也就是沈渔的小女儿沈孺人。因为血缘与天分相近，他自幼就在沈孺人的调教下熟背外祖父的诗。青年时期，作为书法家的许问樵，曾以抄录沈渔的诗作为日常消遣。因此,后人难免会误将沈渔的诗混进他的诗集,或是误将他的诗混进沈渔的诗集。

许问樵早年过着悠闲自在的生活:炖黄芪,读六朝诗,沉迷女色;而写诗对他来说不过是弹琴、种花之余的一种消遣。从他早期的诗来看,没有什么可以称道的地方,诗风偏于纤丽,略有一些六朝习气。读这样的诗,人们会以为他长得很瘦弱,其实不然,他的块头很大,一张脸,也大,也圆,高鼻深目,留着一部浓密的络腮胡。不消说,这是南人北相,有人说他有胡人血统,但他拿出家谱,证明自己是纯种汉人。

许问樵说,他生来就是为了留下几首可以让人传诵的诗。这口吻既谦卑又不乏傲慢。父亲临终前,希望他能参加乡试,进入仕途,因此,他就在丁忧过后如期参加了一场秋闱,结果落榜,郁闷了很长时间。母亲去世前,同样希望他能早日完成父亲的遗愿。他在二十八岁那年再次参加科考,再次落榜。三年后,又到了秋闱时节,庭前一株金桂的香气依旧像往年那样淡淡地散开来,但他再也不想去省城跑一趟了。更多的时候,他就待在家里,专事诗歌创作——手在空中比画,口中念念有词,家里人都说他疯掉了;别人跟他说话,他的目光总是飘到别处,像是在梦游。曾有人劝他写点小说之类的什么,他断然予以拒绝。有一回,一位小说家拿来一部新出的书赠他。他问小说家,你一天大概可以写多少字?小说家说,千字以上。小说家问他一天能写多少字时,他沉默了半晌,然后吐出了一个数字:顶多也就十来个字。小说家突然发出了一阵怪笑。小说家走后,他翻了几页书,就扔到一边。他对身边的人说,那人的小说是汗水写成的,而我的诗是用血写成的。凡是用血写的,必会让人流泪。

许问樵曾追随仁和李之藻的弟子周赫德学习意大利文与英文,研究天文历算,也曾整理过仁和杨廷筠的诗文集。他在二十六岁那年归信基督教,洗名保禄。其间,他跟一位英国传教士有过短暂的交往,除了《圣经》,他还读过乔叟、斯宾塞的诗。他的诗也曾受过西诗影响,但同时代的人认为这些诗俚俗无文,简直不值得一提。那时候,有位算命先生说他眉心那个位置渐渐失去了光泽,而他的运气也正在一点点变差。他有一首叙事长诗,模仿《约伯记》的笔法,以自嘲的口吻列举了十条倒霉运的事:出门访友,半路上下起了瓢泼大雨,染了不轻的风寒;在河边赏月,一不小心掉进水中，险些淹死；进京赶考，遇上不讲理的兵痞；睡眠好起来了，噩梦却跑了出来；本来打算蓄须明志，结果胡子却被烛火烧掉了；打了个呵欠，结果闪了腰；因为没有给鹅群让路，一只公鹅便飞扑过来，将他击倒在地，不仅用嘴啄他胸口，还用翅膀扇他头脸……这些事，大都是在他进京寻访一位英国传教士的途中发生的。

许问樵北上的时间应该是在崇祯十五年，离崇祯皇帝跑到煤山上吊还差两年。渡过黄河，进入北方一座城市之后，他才获知，蓟州已经失守，进京的道路也已经被一支来历不明的军队堵死。进不去，退不得，他只能留在这座黄河边的城市，伺机而动。过了中秋，那支部队拉到洛阳打仗去了，还有一部分游兵散勇依旧留在这里待命，因为粮饷不够，他们就以围城的名义奸杀掳掠。许问樵跟城里那些来不及出逃的平民一样，只能在这场旷日持久的围城战役中东躲西藏，忍饥挨饿。那些冒死冲出城门的平民，都无一例外地被砍掉脑袋，扔进结冰的护城河。冬天雾重，太阳跟月亮一样晦暗，每个活人的面孔跟死人一样苍白。"在那个冬日的北风里，没有一棵树是安宁的。"他在诗中这样描述道。天气一天比一天冷，城里的人饿得没法子，就开始吃人，兄弟相残、易子而食的事时有发生。许问樵在海边吃过鲸鱼肉，在山里吃过虎肉，这些肉即便是带腥味的，他还是可以囫囵吞下。吃人肉这种事，他原本只是在史书上见过，这回算是亲眼看到了：那些身上歇卧着几枚冻蝇的尸体，刚被人从这一头拖了去，那一头已经冒起了烟火；至于那些尚存一口气的人，只要闻到烤肉的气味，就会疯狂地扑上去（即便是头戴方巾、读过圣贤书的人也不例外）。他们吃人肉的理由是：人死了，身上的肉跟猪肉狗肉就没有什么区别了。许问樵每每看见有人大口啖肉，就会闭起眼睛来，不忍直视。起初他想到的是围困在陈蔡之间苦苦支撑了七个昼夜的孔夫子，后来想到的是在旷野里坚持了四十个昼夜的耶稣。可是，孔夫子身边好歹还有几个替他找吃食的弟子，耶稣背后还有一个无所不能的上帝，而他身边或身后却是什么人都没有。他知道神迹是不会出现了。横亘在眼前的，只有一个死字。让他害怕的，不是死，而是死后的尸首要么被恶鸟啄掉，要么变成活人的吃食。想到这一节，他便拖着浮肿的双腿一径往地僻人稀的地方走去。他去的是城西的乱葬岗，风吹过杂木林，发出一阵阵悲鸣。他披着一条破败的毛毯，背靠着一株枯树坐下来，身体一点点往下沉，仿佛随时都会融入那片冻土。太阳悬在空中，也是有气无力的样子。他垂着头颅昏昏欲睡时，感觉有什么干硬物什直往嘴里塞。他一边嚼着，一边微微抬起眼皮，看见前面坐着一个青头黄面的和尚，就问，这是什么？和尚说，是鸟肉。许问樵说，不对，是人肉。和尚冷冷一笑说，这世道，只有鸟吃人，没有人吃鸟。许问樵干呕了几声。和尚问，味道如何？许问樵说，酸的。和尚点点头说，你就当作吃石榴吧。和尚说完，坐在一株罗汉松下，旁若无人地就着冰雪，吞下几片乌黑的肉干。四周一片寂静，即便有人，也似鬼魂出没。日头尚未西斜，林子里早已暗了下来。和尚留下一些吃食，就打算去别处。许问樵问他法号，和尚苦笑一声说，我说出法号，怕是要玷污佛祖的名声。不过，施主，我现在可以如实告诉你，之前你吃的不是人肉，而是乌鸦肉。饶是这样，我还是触犯了戒律。在和尚的指点下，许问樵躲到林子深处的一座草寮里，就是靠那几块乌鸦肉挨到了围城的士兵全部撤离那一天。之后，他立誓要做的一件事就是效仿《圣经》里那位流泪的先知耶利米，把围城一月之久发生的惨烈故事写成一首长诗。这首诗是在半年后完成的（后来又改了多遍）。在开篇部分，他发出了质疑神的声音：任是万仞山，神从天上看来也不过是一抹灰影；任是烽火连天，神从天上看来也不过是一缕轻烟。所以，你日夜祈祷有什么用？你的声音是不会进入神的耳朵的。在结尾部分他又发出了这样的哀叹：神让我经历这场劫难，难道仅仅是为了让我留下这样一首可以向后人哭诉的诗？

围城过后，难民潮和传染病几乎是同时出现。沿途可闻的，无非是乞讨和哭泣的声音。许问樵不敢也不愿滞留，抱着一条破败的毛毯就沿着黄河向南走去。那时已近三月，但在许问樵的诗中，到处都弥漫着阴冷的空气，一年到头仿佛都是冬天，一天到晚仿佛都是夜晚。这一路上，他就以诗记录旅途的见闻。他写深山古道的旅人、乡野小店的米酒、杂草丛中的残碑、依旧挂着上吊绳的枯树、荒冷的农田、废铜烂铁般的马骨以及种种微不足道的历劫之物。

从许问樵的纪事诗来看，他这一路南行，曾绕道经过聊城，因为前方有战事，他又改道，打算走水路。暴雨过后，一条浑浊的大河横在眼前。一问，才知道，河对岸就是东阿县，有陈思王曹植的墓地与读书处，当即就想顺道去拜谒一下。在曹植墓前,他读到一位东阿诗人在粉墙上留下的一首诗,手痒,就和了一首题在粉壁上。有人见了,偷偷叫来了周边几位读书人。他们把他团团围住,问他姓氏。他一一作答。站在前头的老先生说,阁下的诗才,不亚于我们东阿的范先生。在众人的引荐下,他见到了那位范先生。二人谈诗,从午后一直谈到日头西没。范先生讲一口地道的冀鲁官话,听来并不怎么隔。当晚,范先生就在家中置酒款待。许问樵为此写了一组诗作为回赠。其中有一首,写的是当晚的宴饮,但字里行间却透着一种身在异乡的寂寥之感:说的是酒过三巡,几位自称某园、某斋的本地诗人操着老土话在聊着什么,他渐渐觉得无趣,便问,你们都在说什么?我一点儿都听不懂。坐在对面的诗人提高了嗓门,重复了一句。许问樵说,你提高嗓门我仍然不明白你在说什么。范先生便用冀鲁官话跟座中的人说,你们隔着一张桌子说自家话就仿佛隔着一条宽广的济河。诗写的是一问一答,也没说些什么重要的事,却好像在那一瞬间把什么东西说了出来。

东阿范先生跟许问樵聊得投机,就请他留下来,在自家的书塾当先生。许问樵一时间不知道自己该何去何从,也就留下来,暂且以教书打发时间。跟别的先生不同的是,他时常给学童分几颗花生米,然后教他们背自己的诗。这个时期,他写了一组学童杂事诗。写诗如话家常,有点像竹枝词。

他上课时,还时不时地带上一壶酒。讲到兴致盎然的时分,他就啜一口酒,继而吸一口气,发出一声赞叹,却不晓得是说酒好,还是诗好。课间,有学生问他作诗法,他便放下酒杯,说,你不问我,我心里还知道作诗法;你一问,呵呵,我不知道该怎么说了。学生蒙了,退下,打闹去了。许问樵又继续喝酒。

中秋临近,许问樵在课堂上一口气讲解了十几篇思乡诗,学童们都盼着早早放学,他却坐在那里,一边兀自念着,一边喝酒。那天,他多喝了几杯,晃荡着回到住地,就在昏暗的油灯下写下了几行诗。大概意思是说:漂泊在外已有一年半载,妻儿杳无音讯。望着薄暮的流水和淡蓝的远山,心里满是惆怅。那一刻,目光随鸟飞远,翻过一层又一层白云和群山,依稀看到家门口那株老松,看到松下那张餐桌,和围在一起吃晚饭的家人,狗呀鸡呀,就围着低矮的茅屋散步。夜深独坐,总是害怕天亮,但天色到底还是亮了。雄鸡的啼鸣听起来也像是鸦啼……诗在转合处故意使用一个拗折的音节,传递出一种异乡泊宿带来的愁苦。范先生在餐桌前读到这首诗时,禁不住敲箸吟诵起来。诵毕,盘子表面竟出现了几道深浅不一的裂痕。

  中秋过后,许问樵就辞别范先生,打算回老家了。从北方到南方,道路曲折而悠远,他整整走了两个多月。战争过后,眼前所见的尽是一派荒败、凄惨的景象。遍地残雪在太阳底下慢慢融化,雪泥间露出的斑驳尸骨被恶鸟一口一口地啄着。那一年的梅花,竟在驿道边开得特别艳。走到金陵一座水陆相半的小县城,桃花已经开了。在去往渡头的路上,他听得人群里忽然蹦出一两声乡音,便循声过去,看到一个少妇一颠一颠地跑到一间小铺的屋檐下,把雨伞与钉鞋递到一个青衣男子手中,并说了几句道别的话。青衣男子换上雨天穿的钉鞋,就朝渡头那个方向走去。他有意识地追了上去,从他身边经过时点了一下头,说一句"去渡头啊"就不再作声。那人听出了他的口音,神色微微有些诧异,但没再说话,只是撑着伞低头赶路。他们在雨雾中并肩走了一段路,不交一言;到了渡头,又对望一眼,微微一笑,仿佛已经成了朋友。船误点了,迟迟没来。他们坐在一座等待客船的茶寮中,从天气聊了开来。一问,便坐实了他也是仁和人的猜测。再问,关系拉得更近了。他们的老家仅隔一条大河,彼此都听过名字,却没有往来,如今在异地初遇,竟也像是故人重逢。这条水路不算长,他们谈些老家的掌故,以打发篷底下的无聊时光。舍舟登岸之后,天就放晴了,河风一吹,纷红骇绿骤然奔至眼底。许问樵说,毕竟是南方,每向前走一步,春天就更深一分了。老乡也来了雅兴,随口作了一首打油诗,在许问樵听来诗不怎么样,但也算应景。那人叫贾兰坡,才学不高,但见多识广,能说会道,这番是要赴长兴做教谕的。中午这一顿饭,他要请许问樵。进了饭馆,他就问,有忌口的?许问樵说,除了人肉,什么都吃。贾兰坡像作打油诗一般,随口点了几道家乡风味的菜。吃饭时,许问樵谈到了那几道菜的地道做法。贾兰坡说,毕竟是读书人家出来的,虽然不太讲究吃什么,但对吃法是有讲究的。饭后,许问樵问他接下来要去哪里,贾兰坡说,前方刚打完仗,态势还不够明朗,在小镇上先宿几天再作盘算。许问樵正好也有这打算，索性就留了下来。二人找好了客栈，卸下行李，就沿着潆回城下的溪流去镇上转悠了一圈。那天阳光很好，他们就坐在老城外的一座溪桥边，一边聊天，一边搓身上的污垢。桥下的河埠头上传来的笃的笃的捣衣声。贾兰坡问，为何不把衣裳拿去洗洗？许问樵说，回家再洗吧。贾兰坡说，我们还不晓得什么时候可以回家呢。许问樵说，等过些天，老家那边的匪乱平息之后，大概就可以回家了吧。贾兰坡叹息了一声。许问樵坐在桥栏杆上，双脚悬垂，望着流水也叹息了一声说，留不住，归不得，真是没法子了。这些琐事，许问樵都写进了几首纪事诗的小序里。

前方战事平息之后，许问樵突然病倒，不能成行。因此，他就打算在太湖边的一座县城住下来，慢慢调治。在贾兰坡（时任教谕）的介绍下，他认识了几位诗人。当地有个绸缎铺老板听说他有真才实学，就延请他到自己府上，教几个顽劣小儿读点书。眼看生活有了着落，他就把家眷接过来一起住。见面之前，他洗了头，剪了指甲，还修了胡子，揽镜自照，除了鬓边添了几茎白发，面容消瘦了一些，大致没什么走样。相比之下，妻子在短短一年多时间里竟苍老了许多，大女儿也变得让他有些不敢相认了，小女儿不知道受了什么惊吓，神情总是那么恍惚，像一只刚刚落地的麻雀。一家人坐在昏暗的灯光下，不知道该说些什么。许问樵的表情是淡漠的，仿佛连大笑或痛哭的能力都丧失了。他每晚从绸缎商的府上回来之后，就很少说话了。他总是把自己派定在某个阴暗的角落，一头扎进自己的世界，偶尔还会自说自话，但更多的时候他就像一团沉默的影子。大女儿喊他一声"阿爹吃饭"，他也没应。喊他多遍，他才回过神来，用惊愕的眼神看着一家人，仿佛他们是刚刚认识的。有一天深夜，妻子醒来，见他在灯下坐着，正用失神的眼睛注视着自己，突然发出了一声惊叫。他问妻子为什么这样惊叫，妻子只是用被子捂住头脸，久久没有说话。妻子与女儿无法忍受一个形同死人的人，过了一个多月，她们就哭着回仁和老家去了。

崇祯皇帝自缢身亡的消息传来后，许问樵生了一场病，从此身体一天天衰弱下去，早晚不离汤药。崇祯离世后的第四个年头，有人从京城悄悄带来了崇祯皇帝上吊的那棵歪脖子槐树的树枝，许问樵见了，写下了一首悼诗。当晚，他就开始咳嗽、咯血，直到后来，连起床走几步的力气都没了。贾兰坡请来一位老郎中给他把脉，老郎中除了摇头，没说一句话。许问樵说，看来我是逃不过这一劫了。他这样说着，眼睛里流露出微微吃惊的神色。他接着转头对贾兰坡说，虽说人人都难免一死，但在这个年纪死去，还是让我略觉意外，我还有一些诗存放在脑子里，已经来不及写出来了。那阵子，朋友来看望，许问樵总是悄悄转过身去，面对着墙，静静地躺着。朋友走后，他才开口跟贾兰坡说话，声音干涩，若续若断。大意是说，死是一件让人感到羞愧的事，因此他希望这事不要惊动诸位，以便让自己可以安静地离开这个世界。

许问樵的一生大致可以分为三个时期：第一个时期是居家读书；第二个时期是外出游历；第三个时期是隐居小城，直至病逝。从他的作品来看，三个时期的风格变化也是有迹可寻的。唯一不变的，是他那种伤时忧国的情怀：三十岁之前，他写了不少政治讽刺诗痛骂皇帝昏庸、官员腐败、百姓愚昧；三十岁之后，他又写了一首长诗痛悼崇祯皇帝。国家是亡了，读书种子不能灭。所以，书还是要教下去的，牢骚还是要继续发的。那年头，读书人身上要是没有一点遗民的血性恐怕是会被人瞧不起的。一位后来蓄了辫子的朋友谈到许问樵时说，许天生左撇子，面有异相，性情狷介，在明时反明，在清时反清。那人还讲了这么一件事：有一回，他与许坐船荡湖。许喝了点酒，就开始逆风划船。那人因此感叹说，许面对天下大势，也是如此；一辈子划倒风船，还有什么好结果？清军入关之后，许问樵脱巾散发，把所有的衣裳由右衽改为左衽（也就是把左襟掩覆到右襟里面去，以示反清），且以白色细布带打了个死结（这是死者的穿法，以示阴阳有别），从此不再洗澡、洗头，自称"死人"。他死时，穿的还是那件前朝的衣裳，双手放在那个死结上，仿佛不允许任何人解开。

许问樵的气节还受到了不少读书人的敬重。他去世后，几位诗友分别写了怀念文章。有人说他的眼睛是蓝色的，也有人说是棕色的；有人说他长着络腮胡，也有人说是山羊胡。当然，他们谈得更多的是他的诗。他留下两本厚厚的诗稿，共十卷。这部诗稿的命运和诗人的命运一样坎坷，它在两百多年间，多次易手。我们知道，一部书通常要遭遇这样的敌人：虫鼠、兵燹、风雨。这部诗稿，被虫鼠啃啮之后，经一位藏书家修补，复归完整，在扉页记上了一笔；之后在一次兵荒马乱中被人拾得，当作佛经送给寺庙，一位老和尚读了，又记上一笔；寺庙荒败，日晒雨淋，很多经书都漫漶不清了，唯独这两册，被一个路过的秀才发现时完好无损；但这秀才偏偏又有一个悍妻，发起狠来，就把他的书当柴烧掉。这秀才当年从悍妻手中夺下这部书时，有一部分已被撕毁，扔进灶孔。秀才后来在一篇跋文中不无沉痛地写下这样一句话：娶一悍妻，亦是藏书一厄。

  跋文中还记叙了这样一件值得一提的事：许问樵临终那一刻，风雨大作，有个诗人破门而入，在他床前抱头痛哭。许问樵问那人，你是谁？那人说，我叫李寒，跟你是老乡，但我们从未见过面。多年前，我在朋友家读到了你的诗，我就对朋友说，你是孟东野转世，我这辈子虽然见不上孟东野，却能见得到你。于是，我到处打听你的下落。有一次，我来到你家，又听说你出远门了。这回听说你病得快不行了，我就跑过来看看你。许问樵说，来得好，来得好，好收我这一身烂骨头回仁和了。言毕，阖目，脸带微笑。移帐之时，有人从他的枕头底下发现一把锋利的斧头。

  李寒，字寄梅，杭州仁和人。他出生那天正好是日食，家人都觉得这是不祥之兆。果然，他出生第二年，父亲就在赶考途中暴毙。家道败落，读不起书，他就常常在书铺里蹭书看，一站就是半天。好在书铺老板也是读书人，见他小小年纪就这样痴迷读书，便常常借书给他。李寒在乡间一家书塾读过几年书，因为体质不好，后来就辍学了。有一次，他在田间一边放牛，一边读书，同村的老先生见了，便说他虎头燕颔，有封侯之相。李寒十八岁应童子试，而且接连通过县、府、道考试。在二十岁至三十岁之间，他参加过每三年举办一次的乡试，但都落榜。经人举荐，他做过驿吏、幕宾、塾师。四十岁那年，他中了举人。以他孝廉的身份，原本可以出来做个地方官吏，可惜的是，在放榜后巡抚主持的鹿鸣宴上，他竟喝酒失态，断送了仕途。之后他就一直住在乡间，过着清贫的生活，幸得几位乡绅的赏识，时不时地给他些钱物接济。可是，有一回，他喝了酒，竟毫不客气地对他们说，诗是穷人手头玩玩的东西，你们富人家却拿它来装点门面，不觉得无聊吗？朋友们都说，李寒这人真是不懂世故的。除了几本书，李寒家中似乎也没什么像样的物事。有书斋，名"尘不到斋"。风一大，壁间灰尘就簌簌滚落，在阳光里飘荡（他曾在一首诗中说，妻子的抱怨就像这些灰尘一样令人讨厌）。他诗中用得最多的一个字就是"愁"字。生活中让他发愁的事实在是太多了。愁柴米油盐，愁酒钱，愁房租，愁春花秋月，愁儿女。

李寒长着一口龅牙，很少露齿微笑，也很少说话。但他酒后话特别多，口音浊重，别人听不懂，他就很着急；他越急，吐字越含混，听起来仿佛只是一连串咕噜咕噜声。故而人们就奉送他一个绰号：咕噜。也有人说，他的诗跟他的口音一样难懂。甚至有人以揶揄的口吻称他那些乐府杂歌为"咕噜体"。

当时，与李寒同城的一位书家以"丑书"闻名，而李寒的诗也被人称为"丑诗"。世称"二丑"。李寒的诗"丑"在哪里？一是他喜欢写丑恶的事物，二是喜欢用一些看起来不雅的词语，三是不讲究古法。人家写笔墨纸砚，他偏偏写柴米酱醋；人家写风花雪月，他偏偏写锅碗瓢盆；人家写梅兰竹菊，他偏偏写歪瓜裂枣，甚至写菜叶上一条小小的蠕动的青虫。

李寒嗜酒，每饮必醉，每醉必吼，每次吼人的时候，大伙都不欢而散。次数多了，也不免得罪一些人，以致互怼、交恶（有人回到家中就扔掉他赠送的诗词字画什么的），那些朋友与他短则三月不说话，长则终生避之如鬼。李寒这一生有许多事误在酒上。他进京赶考，家人嘱他不要喝酒，他也满口答应了。可是，一出家门，他就忘了。朋友结伴同行，岂能不喝？旅途寂寞，岂能不喝？天气晴暖，山水宜人，岂能不喝？下雨天，坐在檐下感觉清苦，岂能不喝？不喝酒只有一个理由，但喝酒有许多个理由。所以，有了一回，就有二回、三回。到了京畿，他在一家小店住下。首要的事就是喝酒。喝完酒，他就对店主说，我要在你家墙壁上题诗，可否？店主说，不可。李寒说，你知道我是谁？我叫李寒，我是来京城赶考的，未来问鼎三甲的人中定有我的名字，那时候，我名动京城，你求我写几个字都没机会了。店主说，我不识字，也不求当官的赐字，你死了这条心吧。李寒说，我现在喝了酒，手痒，不题不行。店主说，这年头，我什么人没见识过，可就是没见过你这种人。李寒说，待我金榜题名，我这题诗就值钱了，你这家小店以后就能开成大店。店主居然也是一根筋，摇头不止。两个一根筋碰面，麻烦的事情就来了。李寒刚写下一行字，店主就抄起一把菜刀，剁掉了他的两根手指。李寒酒醒之后，痛悔不已。眼看会试就快到了，自己却落得个伤残，也只好掩面回家了。

李寒手头但凡有点闲钱，就买醉乞眠，或是买舟去周边的村镇访友。从众多的诗中可以看得出，他的确是个性情中人。他在一首追忆亡友的诗中曾这样写道：从前我想请你喝酒，手头却没有钱；现在我手头有了喝酒的钱，你却不在了。有个朋友死了，他跑过去，恸哭一场。有人问他，你为什么哭得这么伤心？他说，我既是为死去的朋友哭，也是为自己哭。他有一组自寿诗，是采用对话形式写成的。与诗人对话的，不是人，也不是鬼神，而是骷髅、蛆虫、草木。

他写畸零人、失意者，也写病鸟、涸辙之鱼、茅坑里逐臭的苍蝇、坠入网罗的白鹭。他在晚年的一首诗中大发感慨：孟郊诗名大震，很大程度上是因为后来（五十多岁）考中进士。之前那些悲叹穷苦的诗好是好的，却也不过是为"春风得意马蹄疾，一日看尽长安花"这句名诗托了个底。试想，孟郊若是像我这样一辈子穷困潦倒蹭蹬不遇，他的诗还能流传下去？

李寒晚年得痛风，却仍然在写诗、喝酒。酒越喝越甜，诗越写越苦，苦到他自己在深夜默诵时"舌头会微微发麻"。他一辈子都在抵制文字中可能出现的玩乐感，他要的就是这种苦味。

他儿子说，你现在不愁吃穿了，为什么还要苦苦地写诗？

他说，我写诗不为什么。

既然不为什么，那你为什么不在白天太阳底下写，却偏偏挨到深更半夜就着油灯写？

我在白天是一个不中用的糟老头，但我在夜晚就是一个国王。我的笔就是我的利剑，我用它统治一切。我的纸就是我的国土，所有的文字都是我的子民。

那时候，他的牙齿都快掉光了，但说这话时语调依旧铿锵有力。

他为诗而生，却因酒而死。临终前，他把儿子叫到床前，交给他几摞诗稿。儿子问，还有别的什么嘱托？他说，冬天莫骑驴。儿子问，为什么？他说，天冷。

陆饭菊，字几望。他出生于雁荡山麓一个人少而树多，夜半时分可以听到山乐官（一种怪鸟）啼叫的村庄。他在家中排行老五，上面两个哥哥，早夭，两个姐姐远适异乡，一个死于肺痨，一个跳井而死。还有一个妹妹，在家照顾生病的二老，一直未嫁。陆饭菊性格内向，平素就在朝南的阁楼里读书、写字。有回下楼，看到阳光下自己消瘦的影子，竟吓了一跳。父母怕儿子终日独处脑子会出问题，就劝他出去见见世面。那年秋末，他来到县城生活。除了季节的更替带来的寒意让他稍感不适之外，他对这块地方颇有好感。一天，陆饭菊得了偏头痛，躺在床上读着一本刚从一位朋友家中借来的书。这是一本诗集，作者李寒，他从未听说过。读了几页，他就坐了起来；再读，他就下了床，走到屋外的阳光里。他绕着院子走几圈，头痛竟在不知不觉间消失了。一阵微风让他慢慢沉静下来，一如从前。这一晚，他梦见一人走进房间，在桌前坐下，濡墨铺纸，写下了几行字。然后，那人把笔交到他手中，转身融入窗外的月色。陆饭菊追到窗口喊道，敢问阁下大名？空中掷下一个声音，我叫李寒，杭州仁和人氏。梦醒，陆饭菊披衣坐起来，挑灯再读李寒的诗集。一个诗人在深夜写下的诗，被另一个诗人在深夜读着，其间不知相隔多少个黑夜。但在那一刻，两个无论在时间上还是空间上相隔甚远的诗人的心忽然打通了。李寒教会他的，是应该怎样避开那种过于优雅的、带点小趣味的文字，怎样在写作中显露内心的真诚。以后他每每写完一首诗，就会下意识地跟李寒的某一首诗作比较。在一次诗会上，陆的才华受到了一位山长的赏识，因此就进了一家书院教书。上完课后，他也很少跟人往来。若是有人把目光投在他身上，他就会悄然转身，走到一个孤寂的角落。他暗恋过一位同事的妹妹，却一直不敢表露。他给这位同事写了一首唱和诗，在诗中他渴望有一座属于自己的房子，房子里有一盏灯，灯边有一个等待他的女子（因为生活中缺少家的温暖，他常常会在诗中写到灯火）。同事读出了字里行间的深意，暗中牵线，把妹妹介绍给了他。婚后，小两口时常坐在灯下，隔着一张小小的餐桌，谈论久远的事。这样的生活简单而安宁，正是陆饭菊早年所渴慕的。二十七岁那年，陆妻难产而死，胎儿也未能幸免。他后来在悼亡诗中说，那一天，他度过了这一生中最难挨的黑夜。从此，一个黑夜接着一个黑夜，他感觉自己仿佛从未遇见过白天。在诗的后面部分，他告诉自己，她不过是梦里相逢的一个女子，那座县城也不过是梦中的一个地方。就是从那一年开始，他患上了一种奇怪的梦游症。有一回，他险些用绳子勒死母亲。邻居们在暗地里称他为"鹤神"。鹤是带仙气的，神是高高在上的，但鹤与神两个字组合在一起就不对了，那是凶神的意思。

二十九岁那年，陆饭菊进京赶考。这一回，他是决意要离开这块伤心之地。启程那天，内弟赶来，说是代死去的姐姐送他一程。内弟把他送到温台边界的一座驿站时，陆饭菊掏出纸笔，给他写了一首诗，并在小序中不无感慨地写道：这一世念念不忘的女人，要待来世再见；这一片今朝别过的青山，昨暮还见过，想来真是教人伤感啊。

陆在京城一家虽说简陋却也干净的客栈入住后，就开始失眠了，整夜未合眼，加上水土不服带来的胃痛，使得他整个人瘦了一圈。提着一个篮子进考场那天，他是恍惚的。坐在号舍中，面对考题，他竟想不起四书五经中那些原本背得滚瓜烂熟的词句。嘴里嚼着的茶叶并没有让他打起精神，考到最后一场，睡意突然袭来，他就趴在桌子上睡了起来。不多久，他就站了起来，把松开的腰带系好，昏昏逐逐出了考场。外面吹着热风，他走到一家小饭馆，坐了下来，要了一碗米饭，一碟霉干菜（这是他每日必点的饭菜）。那一刻，他的胃口出奇地好。连吃三碗饭后，他又站了起来，双手空空地荡了出去。有人抓住了他的袖子，继而是衣领。猝然而至的寂静之后，是一记清脆的耳光。陆饭菊站在街头，人直了，目光也直了。又一阵热风吹来，他蹲了下去，突然抱头痛哭起来。这是他在一首题为《七耻》的叙事诗中提及的一件事。

尽管帝国的都城无可例外地待之以冰冷与傲慢，但他还是选择留下来。为生活所迫，他曾不顾斯文，追逐着肥马后面的尘土推销一种专治跌打损伤的祖传金创药。此间，一位骑马上班的小官吏听出陆饭菊吆喝的口音，便跳下马来，与他闲聊，一聊才知道是同乡。那人叫方廉，也写诗，巧的是，他从同乡那里听过陆饭菊的诗名。方廉了解到他的窘境后，就介绍他住到同乡会馆。下班之后，方常常多绕一段路去看望陆。方依旧滔滔不绝，陆依旧沉默寡言。有时候即便无话可说，方也能谈谈天气。天冷的时候，方送陆棉袄一袭、暖耳一对，陆就以诗作为回赠。有一天，方带来一页字迹潦草的诗稿给陆看。陆看了半响，问，这是谁写的？方答，是你昨夜醉后所书，但我不明白你的诗究竟是什么意思。陆说，我也说不出个意思来。我的诗有两个作者，一个是醉后之我，一个是醒时之我。醉后所作的诗，醒眼人也不太明白。

因为居无定所，长时期处于一种晃荡不安的状态中，陆的性格变得十分敏感、脆弱。喝了酒，总要哭一场，有时是为死去的亲人或朋友而哭，有时不为什么而哭。有些朋友甚至说他是为哭而哭。陆后来离开京城的原因，说法有二。一说：与其苦闷的精神状态有关。另一种说法是：陆、方交恶，直接导致他不想久留。在陆的一位朋友所写的诗话中讲述了这么一件事：某回，陆饭菊发现方廉的诗集里居然夹杂着自己的十几首诗，当时没人把这一抄袭事件当回事，陆无处申诉，也就闷在肚子里，任它烂掉了。在一个暮春的清早，他悄无声息地离开了京城。

陆饭菊离开京城，辗转来到黄河中游东岸的一座古城，参加了一场比拼才华与酒量的诗会。其间，他与几位诗人走访了几座古庙，拜谒了几位古代诗人的墓地。有人当场赋诗，有人接着和韵，极是热闹。唯独陆饭菊一言不发，也没见他写出什么诗来。眼前的北方平原广袤、沉寂，看不见村舍流水；一起风，黄土便卷裹着蓬草飘飞起来，弥漫天空；彼时在风中伸出双臂，仿佛都能变成翅膀，带着人扑棱棱飞走。及至天黑，整个夜空笼罩在平原之上，中高周垂，他再次惊叹于北斗星的蓦然垂临。

次日清早，他把自己深夜所作的诗贴在门口。有人经过，凑近读了，都发出啧啧赞叹。有两位青年诗人敲门进去，在他面前，口齿不清地谈起诗来。青年诗人甲评价说，这一组诗虽说是与古人唱和，句句中节，但又与古人全然不一样。青年诗人乙再一次把陆的诗低声朗读了一遍，然后谈到了自己的感受。读你的诗，我有一种安静的感觉，他说，从那些文字里我似乎读到了一种夜气。陆饭菊点点头说，你说得没错，我原本就喜欢在夜间写诗。两位青年诗人又问，夜晚写诗与白天写诗有什么区别？陆饭菊说，鬼神都是在夜里出没的，我进入忘我之境时，鬼神就来找我，我感觉自己只是把他们说的那些话记录下来。

喝茶闲聊间，两位青年诗人读到了陆饭菊在京城所写的一组还乡诗，竟都流下了热泪。这组诗写他如何与父亲站在田头捆稻草，如何坐在灯下让母亲拔除白发，如何与昔日的朋友围炉饮酒，而事实上，这些事在现实生活中压根就没发生过——他自从二十九岁出门远行，就再也没回过故乡。他曾经把这组诗寄给一位老家的朋友，算是代替还乡了。

一番长谈之后，两位青年诗人想要拜陆为师，但他拒绝了。他是这样对他们说的：诗不能教。有天分的人，一教就坏；没天分的人，教了也不管用。

短短几天里，陆饭菊在两位青年诗人的陪同下游玩了一些临水近山的地方。一路上，他们总会时不时地向他请教作诗的技法，他都会一一作答，毫无保留。青年诗人甲说，先生虽然说诗不能教，但今天分明是教了我们许多知识。是的，陆饭菊说，我教的只是知识，不是诗。青年诗人乙问，作诗难道不需要知识？陆饭菊说，诗就是诗，知识就是知识。这么一说，他们又变糊涂了。那阵子，陆的游兴与诗兴都很足，酒后灯下所写的诗第二天就被两位青年诗人抢先拜读，之后很快就在某个小圈子里传开，继而又被人拿到宴饮间吟诵。陆的诗名传到本城一位诗坛耆宿的耳中。此人闭门三年，一直在家读书、打坐。他在不经意间读到了陆的诗，很是惊讶，当即就让门生去寻访陆饭菊，邀请他到自己的别业小住几天。彼时，陆已应朋友之邀，打算去西北做幕宾。在幽暗的晨光中，两个青年诗人站在板桥头，目送他远行。他回头的一瞬间，两人突然弯下腰，毕恭毕敬地鞠了一躬。

陆饭菊在几座西北城市过了十五年的游幕生活，他的一部分诗记录了那些年的生活状况和游踪。他离故乡愈远，思乡怀旧的诗写得愈多。他的足迹抵达过遥远的陇西，见到陇头一段流水，即思南归。在一个叫平凉的小城，他曾用一首诗换取了一匹马。他就是骑着这匹马，跟随着一支商队一路向南，回到中原。

胯下的坐骑在西北还是健壮的，到了中原，风吹雨淋之后，毛色骨相都显露出一副衰朽情状。他不忍心再骑，一路上与马同行，无聊时跟马说些话，念几首诗给它听。途经官道，遇见一位穿蓝袍的老人，背佝偻，负橐，挂竹杖，步履迟缓。两人对望了一眼，擦肩而过。陆饭菊走了一段路，突然停下，回过头来，对穿蓝袍的老人说，如果嫌背后布袋子重，可以搁到我这马背上。穿蓝袍的老人瞥了一眼马，问，先生为何不骑？陆饭菊说，这年头，给人当牛做马的，也不容易，你瞧它，一副快要散掉骨架的模样，谁还忍心骑上去？不过，背点东西应该没什么问题的。穿蓝袍的老人说，我年轻时爱马，是爱它的神骏，现如今连它衰老孱弱的模样都爱。你待马如此,更不用说待人。如果你不嫌弃,就跟随我去八百里外一座县城赴任。闲聊中,他才知道,那人原是龙游人,名叫虞丘独明,虞丘是复姓,人称虞丘先生。虞丘先生五十多岁老眼都昏花了才考中进士,皇帝见过了,风光的场面也算经历过了,却怎么也高兴不起来。当同朝为官的人都削尖了脑袋往上爬时,他却寻思着如何远离党争,做个清净散人。饶是这样,他还是卷入了一场政治风波。那一阵子,皇帝碰巧身上出疹子,情绪不佳,就把一众官员统统贬到边远地方。虞丘先生也懒得为自己申辩,索性从了圣意。说到这里,他对天长叹一声说,与其听着五更鼓上朝点卯,还不如贬到一个叫长兴的地方当个逍遥自在的县官,再干几年,好歹也可以把这一身骸骨带回家了。这次赴任,虞丘先生原本有一个随行的奴仆,谁知途中得了肺痨,不治而死。他预感自己早晚也会被那只该死的痨虫吃掉,因此,埋了仆人之后,就顺便给自己写了一篇墓志铭。听了这一番话,陆饭菊又禁不住潸然泪下。

那天风雪大作,他们途经一座破败的寺庙。陆饭菊坐在排班列坐的罗汉间,用茅草盖住破败的衣裳,但冷风还是往身体里灌。他能听到自己全身瑟瑟发抖的声音。这时候,虞丘先生抱着一堆木柴从外间进来,木柴堆放在殿堂中央,用火镰点燃。陆饭菊醒来的时候,天已大亮,一阵风吹来,夹带着一股淡淡的清香。出门,走进明亮的阳光。虞丘先生正坐在梅树下,一边晒太阳,一边捉身上的跳蚤。他返回中堂,从火堆边掇来一根木炭,走到中庭,写下了一首四行诗。虞丘先生眯起眼睛,不住地点头称好。因为诗,他们结成了忘年交。

就这样,陆饭菊跟随虞丘先生,白天赶路,晚上歇息。因为是冬天,风长日短,一天走不了多少路。走到一座驿站时,那匹老马忽然并拢双脚,伏在地上,再也拉不起来。傍晚时分,老马总算断了气,另一匹在苦驿当差的马走到近旁,长鸣数声,徘徊不去。陆饭菊雇来几名壮汉,一道把老马拉到土丘下,挖坑埋了。事毕,虞丘先生忽然对陆饭菊说,我恐怕也要不久于人世了。陆饭菊说,你好好的,怎么说出这等不吉利的话?虞丘先生说,我身上原本养着几只跳蚤,现在跳蚤离开了我,就是不祥的预兆。陆饭菊把虞丘的话记了下来,写成了一首诗,但没有交给他看。第二天,他们继续赶路。傍晚时分,虞丘先生走到一棵树下,突然坐了下来,对陆饭菊说，我走不动了，你可以带着我的官印，代替我走下去。话刚说完，虞丘的头就歪在一边。转眼间天色暗了下来，夜晚的官道，灯火稀疏，屋舍寂寞。此老已脱尘去俗，免受了皮肉之苦。陆饭菊把他埋了，把褡裢里所剩不多的干粮也吃掉了。

他把虞丘先生的印信送到长兴时，前任县令还没离职，正等着交割。县令给陆饭菊设宴接风时，见他谈吐不凡，就有意留他做幕宾。那阵子，县令正等着调令，也得了自在。清闲的时候，他就约上陆饭菊一道游山玩水饮酒作诗。有一天，陆饭菊与县令在酒楼饮酒时，忽然听到窗外垂柳下系着的一匹马发出一阵嘶鸣，便起了远行之意，当即放下酒杯，向县令表明了自己的想法。县令惜才，就说，既然是刚才那一声马鸣让你起了去意，我就吩咐手下把那匹马牵到别处去。又，陆与县令在湖畔散步，看到夕阳中横泊着一条船，再次提出要辞别，县令二话不说，就让手下把船缆解掉，放到下流去了。又，陆与县令登山时，忽然看到一团白云从山顶涌出，目光开始变得有些迷惘。他说，我的脑子里也有这样一片云，总是飘来飘去的。县令叹了口气说，云在天上，我没法子用手推开，看来你是决意要走了。翌日，县令用自己的马车把陆饭菊送到了十里外的驿站，还赠以干粮和银子。临行前，县令握着陆的手说，但愿我辞官之后，能与你在雁荡山下做个邻居，你做你的柴桑翁，我做我的灌园叟。

陆像一个苦行僧一般，背着铺盖，在异乡的路上不停地奔走。没有人知道他为何会一直不停地奔走。他有一首诗，写的是夸父追日（诗略）。这首诗充满了奇思异想，他认为夸父明知太阳是永远追不到的，但他很享受这个追寻的过程。陆饭菊每每走过一个地方，就会留下几首诗。如果说，他早期的诗像夕阳下舔着伤口的狼，那么，他晚期的诗则如月光下徜徉的狐狸。春夏之交，苦雨连旬，陆饭菊应诗友之约取道彭城，一位盐商朋友替他交付了十天膳宿费，因此他便在彭城客舍滞留下来。其间除了一首咏栀子花的诗，他再也没有写过只言片语。然后就卧床不起了，说是听雨听出了病。十天过后，盐商朋友没有再来续费。店主见他一脸病容，担心他会死在客栈，带来晦气，因此就有了逐客的意思。之后有位诗友过来探望，就把他接到一座废弃的祠堂里，暂且住下来。那座老祠堂墙壁倾圮、瓦片零落，因为日晒雨淋，每一根柱子看上去像是掉光了叶子的枯木。那些朋友也是穷得丁当响，没有更多的钱物可以接济。平日里，他吃的是野果，喝的是半天河水（空树穴中的水）；没有床，就拆下门板作床；没有枕头，他就从一堵旧墙那边抱回几块古砖，用破布卷裹了作枕头。有好些天，朋友都没来。跳蚤倒是来了几只。

有人来看望陆饭菊，见陆饭菊正在身上摸索着什么。那人问，你在找什么？陆饭菊说，我在找一只跳蚤。那人说，客人来了，跳蚤大概是受了惊，急急回避了吧。陆饭菊说，不是的，我身上原来有好几只跳蚤的，现在它们忽然不见了，想必是我这身上的血已经发臭了，连跳蚤也不愿意喝了。过几天，那人再来探望，他动了动手指，让那人坐在一边，隔了半晌，说了几句含糊不清的话，大意是说他太累了，需要更多的睡眠。到了黄昏时分，屋内的光线一点点黯淡下去，上天就将赐予他长眠——在漫长的睡眠到来之前，陆背诵了一首早年在陇西写的诗。他坚信这首诗是可以传世的，就像张若虚的《春江花月夜》。

杜若，字芳洲，山阴人。他的父亲杜绚是县衙门正身书吏，后来经人举荐，在乡试中担任誊录手，写一手标准的馆阁体。他用两种颜色的笔养活了全家人：一种是朱笔，用来抄试卷；一种是黑笔，帮一些官员或乡绅抄写诗文。他帮一位老乡绅抄写一位布衣诗人的诗集时，觉得诗好，就另抄一册，给儿子当日课。这部诗集的作者就是陆饭菊。杜若自幼熟读陆饭菊的诗，几乎可以成诵。

杜的朋友说他长相似长嘴鹬，但他偏偏给自己取了一个"山阴野鹤"的雅号。他爱面子，衣裳若不光鲜，决不出门。他体质较弱，时常会出现头晕、心悸、呼吸困难的症状。据说他每逢天黑就不敢独处，有人站在边上或背后他就写不了字，风一大就流泪，天冷就闭门不出。他长年吃素，所以知晓许多菜名；长年吃药，所以知晓许多药名。他总是担心自己会猝然死去。他的不安缘于敏感的天性，跟外界关联不大。

他还有一个小毛病：写诗的时候，喜欢咬指甲。不太熟悉的朋友见了，都十分纳闷。有人很委婉地劝道，都这么大了还咬指甲，实在不怎么雅。他的一位同窗兼诗友帮他解释说，他这习惯是打小就有，也许是断奶太晚所致。但也有人倾向于认为，他小时候，母亲早故，父亲对他十分严厉，以致他无论做什么事都容易紧张、焦虑，咬指甲可能是为了平复情绪。

行止异常的人，诗也有异于常人。杜若喜欢写一些标新立异的诗，仿佛恨不得每一句都要跟别人玩得不一样。别人喜欢写整整齐齐的七言或五言诗，他却喜欢写参差不齐的句子，而且有时候还不怎么讲究押韵。他的朋友看了，有人说，这哪儿是诗？也有人说，诗也有几分像诗，却不知道叫它作什么。他还喜欢玩文字游戏。有些诗写成一个圆形，有些诗写成宝塔形，有些诗一反从右到左竖着写的书写方式，居然是从左到右横着写。

他参加过一回乡试。这件事对他来说是一场痛苦的经历。贡院中大约有六七千间号舍，每人一间。他的运气欠佳，分到的号舍居然靠近巷道尽头的粪桶（也就是考生所说的"臭号"）。他被臭气所熏，哪里还有心思写东西？更可恶的是，有些考生如厕之后，竟忘了掩上盖子，臭气直冲鼻子，他无法忍受，只得捏着鼻子去粪桶那边，取盖时，他竟看到有蛆虫累累然蠕动。随即放下盖子，又捏着鼻子急匆匆离开了。他出来后对人说，那些赶考的读书人都像是这粪桶里的蛆虫，他不想做这样的蛆虫。因此，就有人认为，杜若的功名是被几条小小的蛆虫断送的。

有位京城的诗人听说杜若每每展读自己的诗作之前，都会用天落水洗净双手，就很自得，随即写了一首诗予以宣扬，但杜的另一位朋友证实，杜洗手，是在读诗之后，因为他有洁癖。在读诗之前洗手还是之后洗手，自然有很大的区别。但那位京城的诗人宁可相信前面的说法。事实上，杜若对待文字也有洁癖。三十岁前，因为"看着不好意思"，他把之前所有的诗稿都投进惜字炉。有几个朋友曾读过他早年的诗作，都还记得其中一些佳句，因此，即便烧毁了，若干诗作或诗句还是得以流传。

杜若早年喜欢写日常生活中一些细小的事物，因此就赢得一个"细杜"的雅号。比如有一组诗，写的是一根根纤细的头发：母亲的白发、少年的黑发、少女的长发、童子的黄毛。有一回，他的一位忘年交老而无须，自觉脸上无光，于是就向一位美髯公借了十根长须。有人为此写了一篇化须疏，而他写了一篇化须诗。三十五岁之后，他的诗风大变，他总是喜欢把实景往虚处写，比如，把堤岸上的杨柳写作绿烟，把桃花写作红雨，把远山写作横在眼前的一段烟云。有人认为这跟他患有糖尿病以致视力恶化有关。

杜若二十九岁那年出过一本印数不多的诗集，叫《与古为徒集》，里面的诗，要么是与古人唱和，要么是与古人对话。他的诗里面没有提到一个同时代的人。他甚至近乎决绝地对他的读者说，同时代的人和未来的人如何看待他的诗，对他来说并不重要。杜若还有一本诗话，解读百首唐宋以来二十位无名氏的诗。书中有考证，有注释，每首诗后还有一段"雪斋曰"。后人怀疑，这些诗都是他本人伪托古人所作。他为什么要这么做？他的朋友有不同的猜测：一是，他自视很高，不愿意与今人为伍；二是，他自知布衣出身，没有功名，在这个势利的时代，即便是珍珠也很容易被人当作鱼目丢弃，因此这些诗作只有借重于古人才能得以保存、流传；三是，借古人抬高自己的身价。一位诗歌山头的领袖读了杜若的诗，面色铁青，没有说一句话，只是来回踱着步。那一晚，他烧掉了自己一本即将付印的诗集。他后来这样评价杜若的诗：百年间推为第一。

杜若在三十七岁那年，夜间听得一只鸟一直在屋顶哀鸣，他不能确定这是一只什么鸟，但他已经嗅出一种不祥的气息。第二天，不祥之事果然到来，他的一条左腿突然动弹不得。然后是左臂。他多次跟前来探望的朋友谈起那只怪鸟，但谁也说不出怪鸟的名字来。杜若在弥留之际，换上了一身整洁的衣裳，等待朋友过来跟他见最后一面（有些朋友都已经为他准备好了诔文或悼诗，只欠一死）。真是悲哀呀，他感叹，我的寿命只有白居易的一半，所幸的是，我比李贺多活了十年。他这样说着，从枕底摸出一本诗集手稿，嘱托朋友，务必在他死后烧掉。他的理由是，他的诗就像他的梦，只有一个作者，一个读者。现在梦做完了，作者和读者都要离开了。这是杜若第二次打算烧掉自己的诗集，第一次是在三十岁之前。之后，他又指着床旁的桌子，没再说话。桌子上有一张纸，上面写着他的遗嘱，交代家人（当时不在榻前），务必在他离世之后，将家中所有的诗文集、日记等一并扔进棺材，不留片纸。

杜若死后，朋友凑了些份子买了一口棺材，将他运回老家，埋在后山的竹林里。他的一部分诗稿被生前知交李岱偷偷带走，秘不示人。过了十年，李岱在京城见到了一位担任过主考官，并且在退休后仍然可以领取半俸的老诗人，把杜若的诗稿呈上，请他作序。老诗人读了几首，眉毛一扬，问，杜若出自名门世家？李岱说，不是。又问，杜若考取过什么功名？答，没有。又问，做过什么官？答，不曾。老诗人叹了口气，后来就没再说什么。这序等了半年，也没见动静。再过三年，李岱出钱刊印了四卷《杜若诗集》。李岱说，这本诗集是杜若晚期的作品，没有他早年的诗好。也就是说，那些在三十岁之前烧毁的诗要比这些幸得保存的诗更好。他给杜若编注诗集时，讲述了这样一段话。不久之后，李岱死于贫病。死后几天遗体被人发现，草草殓葬。

杜若死后二十年，有位晚辈诗人经过杜若墓，写诗感叹，说彼时已近清明，竹子初长成，给人一种修洁的感觉。又说，那些竹子，就像是一种骨头，在清风的吹拂中生长着。这位晚辈诗人就是司徒照。

司徒照，字我鉴。他出生的时间恰好是杜若去世那年，两人虽然不是同代，却是同乡。因此有人说，上天把杜若收去了，却让司徒照降生人间，填补缺憾。

司徒照自小熟背四书五经，邻里都说他将来可以做"状元郎"，但每逢秋闱，他都没有如期参加。事实上，他对应试的八股文之类似乎也不怎么反感。闲时，他也能写一篇八股文玩玩。圈子里的人读了，都赞叹有加，却不明白他为何不参加科考。他有一个不成其为理由的理由：人生太无聊，总要找点什么来消磨，玩玩八股文，也是打发无聊的一种方式。

司徒照家里藏有高祖在前朝当大官时所持的朝笏，他父亲每每看到儿子吊儿郎当的模样，就会取出朝笏，说几句劝勉的话。他父亲说，你的诗做得再好，没有一官半职，人家也不看重。你翻开那些唐人的诗集看看，人家一说"拾遗"，就知道是指大杜，一说"司勋"，就知道是指小杜。司徒照的父亲说完这些话后，照例会把朝笏供奉在祖宗牌位中间，让儿子磕三个响头。这块看起来并不怎么起眼的狭长板子一度激励过司徒照，但他对科考却始终怀有一种莫名的恐惧。为此，他父亲仿造考场的式样在家中造了一座号舍，高六尺、宽三尺、深四尺。离地一尺搁一块板，离地二尺再搁一块板；白天的时候，上下两块板可作桌椅；晚上，上层的板移至下层，并作床铺。司徒照住惯了芦帘纸帐构筑的温柔乡，也有意要让自己适应一下这狭窄、沉闷的空间。那一年秋闱之前，他做过一个梦，梦见报录人骑着一匹白马带着泥金帖子来到他跟前。

司徒照觉得这是个好兆头，于是带着书童，兴冲冲进了省城。刚进号舍，不知怎的，突然昏厥过去，随即被人抬了出去。从此他就不再踏进考场半步。这件事是他的同窗说的，那人还讲了另外一个故事，说是某座草庵的一个小尼姑突然思春，就去山那边找一个平素相熟的沙弥，二人交合时，小尼姑突然昏厥过去，从此，她就断了找和尚的念头。这两件事，虽然性质不同，却被人传为笑谈。因为这玩笑，司徒照与那位同窗断了来往。后来，有人把这事写进诗里，司徒照与那位写诗的人从此交恶。

司徒照二十岁之前就出过一本诗集《耕山集》，二十五岁出第二本诗集《钓湖集》。三十岁以后，他的诗风发生了惊人的变化。有人认为这跟他二十五岁至三十岁之间频频外出游历有关。他登过泰山，游过黄河，结交过一些大碗喝酒的北方诗人，不知不觉地，他的性格由内向、拘谨而变得粗粝、放浪。因此，他的诗风由婉约而豪放也就可想而知。长达五年的壮游结束之后，他就很少出远门了。吃罢饭后，他常常会摸着饱含诗意或不合时宜的肚子，在南方的庭院里散步。跟他来往最多的一位朋友北斋先生曾在一首诗中以一种不无打趣的口吻回忆道，司徒照虽然是一位乡绅，吃相却不怎么雅。他喝汤时，总会发出很大的声响，汤汁挂在胡须上，直往下滴，居然也不擦拭。有好几回，北斋先生实在看不下去，就劝他喝汤时要注意自己的形象，司徒照兀自喝汤，没做理会。

司徒照的朋友对他有两种截然相反的评价：一种是说他温和、谦逊，待人礼数周全，有君子之风；一种是说他眼高于顶，诡诞无礼，完全是自大狂做派。但有一点必须承认：他不仅是一个被低估的诗人，还是一个了不起的书画家。司徒照外出访友，无须带笔。文友知道他来了，早已备好文房四宝（可能的话，还会给他配备一个磨墨的书童）。司徒照说，他喜欢用别人提供的纸笔，因为手下带点生涩感，常常会有出其不意的笔墨效果。与书画相比，司徒照更看重自己的诗，而且在这方面也下了更多的苦功。他认为书画名声是别人抬起来的，诗名却是自己苦苦挣得的，因此他很在意别人对他诗歌所作的评价。他在生前对自己的评价是：诗第一，书第二，画第三。不过，世人对他的评价恰恰是相反的。

司徒照喜欢用诗与画记录自己的日常生活。比如他画有十幅册页，每幅图中均有自己的题诗，分别是：访友、听泉、濯足、调鹤、焚香、坐禅、煮茗、抚琴、读书、斗酒。他是一个苦吟派诗人。他常常对人说，我忙活一整天，也许只是为了几个恰当的字。为了那几个恰当的字，他常常嗒然若失地坐在书桌前，用弯曲的手指敲打着桌板，敲着敲着，诗的节奏就带出来了。

司徒照曾经以诗的形式写了几首诗论。他提出过这样一种诗观：奇妙的想法往往诞生于混沌，思想过于清晰，神来之笔反倒出不来。因此，他喜欢生点病，甚至在私下里这样跟朋友说：病后的慵懒能生出清妙的思想。住在偏僻的地方，难免会有偏执的想法。这种偏执的想法使他对自己的作品表现出异乎寻常的自信；另一方面，他又完整地保存了自己身上那种与生俱来的天真。他的天真与自信给他的诗带来了一种前所未有的语言奇观。他是这样对那些登门求教的青年诗人说的：我说过的话一千年前就有人说过了，但一千年前没有我，所以，我还是要说。通常情况下，朋友来了，他喜欢把抄好的诗一排溜摆开，让他们一一品赏。他要让每个人朗诵一遍，并且会很审慎地告诉他们：这首诗可以流传三百年，那首诗可以流传八百年。因此，有人称他是一个用诗歌与时间搏斗的人。朋友们如果很长时间没来造访，他就会把近作誊写十余份，带在身上，见人就分赠。兴致高时，他还会骑着驴或是坐着船把诗稿一一送到朋友家，有人说他得好诗如中举子，这一番分明是来报喜的。

司徒照渴望自己能活到八十岁，每天对着夕阳梳理一头白发。但他不到五十岁就患了一种奇怪的病。平常大门不出，性情越发古怪。大热天画冰天雪地，孤独时画童子五六人，冠者六七人。随着时间的流逝与流风的变迁，司徒照的书画渐渐淡出了人们的视野，他的诗却被乾隆年间扬州一班会画画的文人所追捧。司徒照很少在画上落款，他的名字时常隐藏在树叶间、仕女的飘带皱褶间。有一幅画，由德清曹菘所藏。在画中，四季瓜果长在同一座园子里，篱门这一边有人泣而返，那一边有人咏而归。一片飘落的树叶间有他的签名；画的右上角，有曹菘的题诗。

曹菘，字握瑜，德清人。读曹菘的晚期诗作，让人感觉他定然是这样一位高人：深居简出，少食寡欲，鞋子上有尘土决不入门，屋子里不焚香决不读书。而事实上，曹菘的前半生是以猥琐、恶俗闻名的。与他同时代的一位乡党在日记中曾描述过他的若干行迹，从头到尾几乎没有一句好话。曹菘"少时习弓马、尚游侠，后又折节读书"，他真正写诗是在十五岁左右。十九岁那年，他经由一位乡绅保举，通过童生试。之后他一直抱着科举入仕的念头，期待着有一天能够脱下粗布衣裳，换上一身体面的官服。不过，他的运气实在欠佳，一次次参加会试，一次次落榜。这也是他与妻子（那位曾经保举过他的乡绅的女儿）离异的一个原因。科场失意并没有让他放弃对功名的追逐，他凭借自己的才华时常出入豪门或公庭，巴结显贵，写了大量毫无价值的应酬诗。他跑到京城，仅仅是为了在某场庆典中一睹皇帝的风采。遗憾的是，龙辇从眼前缓缓驶过时，他什么也没看到，只能屈膝承受一片灰土。不过，他在京城混了些日子，就通过一位朋友，认识了一位在朝当官的老乡，有一阵子他就住在老乡家中，教他家的两个小孩读四书五经。那一年暮春，老乡做寿，很多人都送来贵重的礼物，唯独曹菘双手空空地过来，对老乡说，人人都送你看得见的好东西，我就送你一件看不见的好东西。老乡问，是什么东西？曹菘带着老乡来到南轩，打开一扇窗户，一股清风徐徐吹来。曹菘说，这一阵南风，是南极仙翁送来的礼物。老乡听了，连夸曹菘机智。但他在背后曾对人说，曹菘如果能改掉空谈的毛病，他倒是可以考虑请他做幕宾的。

曹菘年轻时代还写过不少艳诗。他的朋友、"东嘉三先生"之一的谢厚堂证实了这一点。谢在一首忆旧游的诗中带着近乎挖苦的口吻说，曹有一双修长的手，用来写诗与摸女人，他写过的诗与摸过的女人一样多。另一位跟曹交往十分密切的朋友林蛰庐也曾这样描述道：曹早年是一个猎艳高手，站在高处，冷冷地打量一眼，锁定目标，即刻出击；或是，玩味一番之后，猝然一击，一击必中。曹菘曾根据古法炮制过一种春方，也曾从一名道士那里学会采补术。这使他在风月场中游刃有余。曹菘好色的名声和诗名甚至传到了千里外一位诗友的耳中。他在赶考途中顺道拜访诗友时，那人已经为他准备了一副纸笔和一个横陈在床上温柔以待的女人。跟所有的诗人一样，曹菘是一个格格不入的人。他说过一些不着调的话，干过一些不着调的事，尤其是在酒后。因此，他的朋友跟他日渐疏远。事实上，曹菘是一个很看重朋友情分的人。有一年，跟他有过诗词唱和的三位朋友，分别在春夏间病逝，他就给其中一位最穷的亡友家中送去一笔钱。每回他的内心被死亡的阴影笼罩时，他就会找一家妓院，借由一个女人的身体消除自己的恐惧。然而，恐惧并未消失，只是以另一种形式伴随他。

曹菘也写过一些躲在青楼消磨岁月的诗，诗中时常流露出对朝露般的年命的哀叹。四十岁那年，曹菘抱着一把三弦流浪到苏州，继续在呕哑嘲哳的弹唱中度日。某个春天的夜晚，他在信中对南方的朋友说：那地方，虽然破败了些，但春色三分还是有的。沿河一条花柳巷，车马络绎不绝，二分尘土固然是少不了的，但一分流水还是有的。那阵子，曹菘就寄居在京城一条与娼妓杂处的陋巷。但曹菘是顶爱面子的，出门时总要换上光鲜衣裳，回到住地就穿回那件已磨得掉线的布袄。生活拮据时，他也顾不得斯文，替人捉刀几首官场应酬诗，或是替考生抄些可以夹带的蝇头小卷。另一方面，他仍然渴望自己有朝一日能进入这个国家的精英阶层，曾屡次向朝中几位以诗闻名的官员献诗，但这一招似乎并不管用。

曹菘四十七岁那年终于中榜，但不幸的是，那一年发生了科举舞弊案。有人在京官出入的地方广发匿名帖，举报了一批作弊考生的名单，曹菘也名列其中。事件调查结果是：正主考官革职，副主考官解任，作弊考生十九名终生不得参加考试，有一部分人被发配到边疆。某个夜晚，有几个军役深夜闯进客栈抓人时，曹菘刚好在朋友家喝酒。他见情势不妙，连留在客栈的行李都不去取就跑掉了。他在一个树影参差、白骨累累的乱葬岗躲了一夜，第二天一大早就混在人群里出了城。

除了诗，曹菘还能写点小说。三十岁那年，他写了一本奇书，里面记录的全是梦里发生的事。因为有一部分写的是春梦，因此被官方列入禁书。五十九岁那年，他写了一篇志怪小说《掌中缘》，文辞华丽、幽艳，笔法上又近于唐传奇。小说写的是一个阅卷官在午后读卷，感觉身心疲惫，就起身打开窗户，一道光斜照过来，眼前忽然跳出一个灰点。细视，竟是一名豆粒般大的小孩子，雌雄莫辨。过了些日，豆粒抽长出绿芽般的身体，已初具少女的模样。过了些日，她渐渐变大，有姣好的面容，雪白的肌肤，风一吹，衣袂就飘动起来，娉娉袅袅，不可方物。他想伸手去捉，触摸到的却只是一个幻影。这个掌中的少女总是在日影来临时出现；一旦日影飞逝，她就消失。及至傍晚，阅卷官把手掌置于灯下，她居然没有显形。第二天一早，他又在日光下遇见了她，只能看，不可亵玩；有时听到人声，她就倏地一惊，遁入虚空。阅卷官后来总算弄明白，那个少女的身体是由薄而透明的阳光和灰尘合成的。之后，阅卷官跟随少女游历了很多地方，经历了很多世事。随着时间的流逝，少女变成了少妇，红颜老去，黑发变白，渐渐地，又变成了一个弯腰驼背的老妪，最后伏在他掌中化成一缕青烟。而他发现，自己也不过是尘土间行走的一个影子。念及此，阅卷官辞掉了官职，入山访道去了。

据曹菘自述，写这篇小说，与他患飞蚊症有关。起初，他的眼前只有一两只飞蚊，写完这篇小说之后，飞蚊越来越多，已经变成了夏日黄昏的蠛蠓。他在痛苦中写下了一首题为《蠛蠓》的诗，大意是说，自己早年花天酒地，现在终得报应：酒坛子里的一层白霜已经变成蠛蠓，飞入他的眼睛。有人认为他所写的蠛蠓，是套用了"瓮里醯鸡"的典故，表示自己孤陋寡闻。事实上，他所写的蠛蠓就是指眼睛里那些群飞乱舞的虫子，没有任何隐喻的成分。曹菘的一只眼睛失明、另一只眼睛视物模糊之后，从一名胡商手中购得了一副白铜牛角眼镜，勉强可以用独眼看点书，写点字。他晚年的诗作与早期那种风流倜傥的诗风判然有别，甚至有人这样假设：如果他晚年没有得眼病，他至多也就是写点王次回那样的香艳诗。由于用眼过度，他的另一只眼睛的视力也开始恶化，但他依旧不愿意放弃诗歌创作。他描述听觉世界里的事物，几乎达到了一种无以复加的精细程度。在一首诗中他讲述过这样一种奇妙的经历：当他捻着胡子苦吟之际，两个杯子碰撞的声音，突然让他找到了一个恰如其分的韵脚字。此外，风吹枯枝的声音、晚钟的声音、市井的声音、猫狗的声音、纸鸢在空中呼啦作响的声音、雨夜隔壁移床的声音、清早布鞋踏过青石板的声音……无不进入他的诗歌，变成他个人的独特声音。

曹菘年轻时爱女人，晚年爱钱（主要是用来治病）。在他眼中，只有钱是实在的，其他都是空的。后来连钱都厌憎了，他就知道自己在这世上已经活不了多长了。

老了，老了，曹菘说，我已经老得连自己都厌恶了。

那时，他写了一组自挽诗，在诗中历数自己早年的斑斑劣迹，包括偷书、诱奸、玩弄妇人、骗财、做假证、代人捉刀、行贿等。

曹菘一直在疾病带来的羞辱中度过余生：因为视力不济、膝盖受伤，他只能躲在家里。但腰椎脊椎严重变形，导致他又不能久坐。立也不是，坐也不是，躺卧也不是。那年春天，雨下得特别缠绵。曹菘躺在床上，翻来覆去。他说，雨在慢慢地下，我也要慢慢地死。

他的朋友却说，他不是在等死，而是在等待着一个名叫何田田的女子寄来的信……

何田田，名莲，自幼家贫，被人从浙江桐庐卖到苏州一家妓院，学习琴棋诗书画。那家妓院的前身是前朝皇帝的行宫，所以当地人就把它称为旧院。与旧院隔河相对的，是贡院，地方生员来这里参加考试，都要绕行一圈，到这家妓院逛逛，少不了写几首吊古的诗。作为旧院的头牌，一名身份特殊的性工作者，何田田成为每个男人的梦中情人，以至见过她的人都不免沉醉于她那晚霞般温柔的酡颜；而那些闻过她体香的男人都说，她身上有一种淡淡的栀子花的清香，他们说这是暮春的味道。有一位诗人来到旧院，只是在一场以打茶围为主要娱乐形式的沙龙活动中与何田田聊了几句，回来后就写了一首名动一时的诗，大意是说他在旧院看何田田红唇啜白酒，不觉间心神荡漾，多吃了几杯酒，之后不胜酒力，斜倚在椅子上，做了一个短暂的春梦，梦见何田田就是前朝皇帝的爱妃。醒来后，发现自己仍然坐在椅子上，何田田已经离席，其他人也寻欢作乐去了。一阵夜风吹来，珠帘叮咚作响，满屋子水光荡漾，有人告诉他这里就是前朝皇帝的卧室。此诗在文人圈里传诵开来，何田田也就被人称为"田妃"。

何田田很少出来会客，每次会客必是盛装。发髻的样式每周一变，衣裳每夜一变，头上的珠钿与衣裳上的环佩都是前朝的样式。据说她的眉毛描得细弯长柔，特别好看，连一些良家妇女都争相效仿，坊间称之"田妃眉"；她那唇间的一点红，又称"无边春"。

何田田与曹菘是诗友。曹第一次读到何的诗，就准备为她献出自己的双膝。当他以四行诗代替双膝向何田田示爱时，她竟被寥寥二十八字打动了（"一束小风吹进伊的笑容里去了"）。他们之间有过肉体与精神的双重交流。在何田田的诗中能找到曹菘的影子，反之亦然。曹菘有一首诗是写何田田某件挂在珊瑚钩上的衣裳，如何随风舞动。虽然通篇没有一字写人，却在隐约间写出了何田田的曼妙身姿。在何田田笔下，曹菘并非一个翩翩佳公子的形象，而是一个爱说大话、有点小聪明、秃脑门却自以为有智慧的男人。有一阵子，她与曹菘交恶。曹菘对她的评价只有四个字：刻薄、浅薄。因刻薄而浅薄，因浅薄而刻薄。

何田田身边并不缺男人。每逢花事繁盛的季节，她就会跟几个姐妹联袂外出踏青，有时还会约上几个看起来不无体面的男人。那些男人通常会把挟妓冶游视为一件很风光的事写进诗里（倘使他们喜欢写点诗的话），但在何田田眼里，他们只不过是一些可以增添她身价的追随者（他们也确乎是以帮她提行李为荣，以跑腿为乐）。有时候，诗人们会把她擦汗的手巾偷偷藏起来，把留在手巾上的汗渍嗅了又嗅，据说这样会给他们带来灵感。她每回出游，都会写一首记游诗。其中有一首，说的是某个春天的黄昏，她穿过树林，忽然听到有人呼唤自己的乳名，那一刻，她回过头来，并没有看到什么身影，但她还是忍不住对身边的人说，转身间不经意看到的月色原来是那么美。诸如此类的描述，在何田田的集子里极少见，她的诗，还是以描述卧室场景居多。何田田三十岁那年得了咳血病，身体异常脆弱，一阵突如其来的南风仿佛也会给她带来伤害。那时，作为一名女诗人，她的感觉变得越来越纤细，时常在不经意的一瞬间表现出感官的隐秘悸动。她还有一组仿《子夜歌》的五言诗，描述的是娼妓的日常生活：她从来没有从正面描述过一个男子，最多也只是写一个背影极清瘦的男子坐在竹簟上，轻轻地晃动一个女人的肩膀，然后就把视角移至窗外，描述一棵被风吹着的小树……她总是带着挑剔的口吻说，这些男人真是没法看的，男女间的事也是很无趣的。不过，她喜欢隔着木板墙听声辨形——在一个男女声音相杂的雨夜，她可以通过他们之间的对话，想象着那些男人的面相。通过这些声音描摹出来的男人，自然就没什么可憎的面目，他们知书达礼，临走前通常还会向女方客客气气道一声谢。大家都知道自己是过客，就此别过，也就别过了，但在雨夜里听到这样的话，仍然会有一丝暖意。她写这样的诗，多多少少还是夹带了一些感伤、落寞的气息。在她为数不少的诗作中，有一首自述身世，写得尤为大胆、新异：她把男人比作朝南生长的树枝，即便花都谢了，来年还可以再发；而女人就是北风中摇落的花，落了地就不能再返回枝头。更难能可贵的是，她在诗中主张男女平等、开办女校、科举考试向女性开放等等。

何田田进入中年之后，像大部分女人一样，腰部以下的肉开始增多。曾经迷恋过她的男人一个个离她远去，不再有富家子弟送她金陵的香粉、扬州的胭脂，也不再有诗人赞叹说"她走过的地方尘土也生香"。那个时期，她的诗反复吟咏的是被遗弃的秋天的扇子和带着寒意的铜镜。不过，她手头好歹还有些积蓄，因此就在太湖边买了一座老房子，远离那种游宴的生活。她有一首自题写真的诗，描述的是晚年孤独无依、卖画糊口的生活。有位香粉制造商在地摊上见到她的花鸟画，就托人跟她联系，打算订购一批。但她那时因为痛风，手臂犹如经霜的柳条，连笔都握不住了。她存世的画只有一幅，题为《空》。纸的左下角画了一只鸟。有人说，这只鸟是白鹤，也有人说是白鹭。但她的朋友说，鹭飞翔时双腿是向后伸直的，鹤的双腿则是垂挂下来的。因此，她画的应该是身体绷紧的那种白鹭——冲和之中又不乏一种激荡之美，显然是她（作为一名女史）的自况。

值得一提的是，何田田晚年与曹蕤恢复旧谊，彼此之间虽然没有见面，却有书信往来，信中多以"女弟"自称，可以看得出她在曹蕤面前持有一种谦卑的姿态。曹比何大十七岁，彼时饱受痛风、消渴、腰脊椎变形、鹤膝风、白内障等疾病的折磨，连握笔都有些困难。六十八岁那年，他的双眼已经看不清东西，无法写字，就以诗代信，嘱人记录，寄给何田田。诗中述说自己进入晚境之后，身体如何在秋风中衰败，内心如何在春天的雨夜变得凄迷。何田田以诗作复，对老朋友说，他的心境与一个年老色衰的女子料必是一样的，对她来说，此刻的世界无路可通，却有待追忆。如她所言，她那些最好的诗大都是在平静的追忆中完成的。

何田田卒年五十四，葬在太湖畔的一株古树下，据说"新月开始生明之日，有白鸟夜啼，天明方去"。何田田死后二十年，老人们依旧会谈起她当年踏过红氍毹时的回眸一笑，谈起她那些流传青楼的诗篇。又过了三十年，一个叫徐青衫的诗人在一位朋友家中发现了曹蕤的诗文手稿，里面还羼杂了何田田的部分诗稿与信札。应朋友之嘱，他把曹、何的诗编成一部合集，共五卷。曹蕤在世的时候，毁多于誉；去世三十多年后，誉多于毁。他的身后名声，在很大程度上得力于徐青衫的发现和传播。当时，在坊间流传最广的要数曹蕤的一部奇书《掌中缘》。徐青衫在一篇近乎煽情的序文中认为，读者可以从这部书中找到姑苏名妓何田田的影子。不过，他又接着解释说：这个吮过并咬过他手指的女人，让他又爱又恨，终身摆脱不得，因此，在他的诗或小说中出现也就不足为怪了。

徐青衫，明州慈溪人。生卒年与生平事略均不详，死后的事倒可以一说。徐在临终前曾说过这样一句话：我要让后人记住我的诗，忘掉我的名字和身世。他一生写了一千余首诗，很少示人，死后不久家中发生一场火灾，将他所有的诗稿都化成了烟灰。徐的诗一度在朋友间口耳相传，就此保存了七八首。有位邻县的青年诗人读了他的诗，就坐船去一个偏僻的山村拜访他的家人。那人问他家人，手头是否还有徐青衫的遗稿，他们都茫然地摇着头。有人告诉那人，徐母住到尼姑庵去了，可以向她打听。青年诗人又出村行五里路拜访了徐母。彼时，徐母已年近八旬。她坐在蒲团上，闭目开耳，听青年诗人谈论儿子的诗，忽然流下眼泪。徐母说，我的字是我儿子教的，他有好诗也会念给我听，我因此记住了几十首。现在，我就背给你听吧。徐母花了一个下午的时间，断断续续背了六十余首诗。青年诗人就此一一记录下来。他回到家中，把徐诗整理成一本薄薄的集子，还请当地一位著名的山长写了一篇短序。书成，他带着四五位诗人再次去尼姑庵拜访徐母时，庵主说老人已经圆寂。徐青衫的诗虽然存世不多，但毕竟是留了下来，且远远长于他的寿命。时间已显明了这一点。

下面这一段话据传是卡夫卡写给威尔弗的信中说的：这世上也许还有一些类似的书，它们就搁在某个不为人所知的角落，任由时间的灰尘层层覆盖，不曾被任何一只手碰触。而这本在中国备受冷落最终漂流到欧洲的诗集（指《俊友集》），有幸以德文的形式呈现在读者面前，不能不说是一个奇迹。这样一座由火热的情感与冰冷的智慧砌成的神秘建筑，可以让我们在门外流连，领略若干世纪的异国孤独。

我翻读《卡夫卡全集》（包括书信集），没有发现卡夫卡致威尔弗的书信。另据威尔弗先生的后人说，这封信的原件已经丢失，上面这一段话仅仅是在威尔弗先生接受访谈时被他引用过。

这位叫杨补之的中国学者有没有读过卡夫卡的小说？威尔弗先生的日记中并未说明。可以肯定的是，杨略懂一点英文，但对德文一窍不通。他对卡夫卡所知甚少，正如卡夫卡对他谈论的那些中国诗人也很陌生。他来见卡夫卡的目的就是向西方人传播那些中国诗人的作品。威尔弗在译后记中这样写道："杨把那些诗交给我时，用诚笃的口吻说，这些人虽然寂寂无闻，但他们的才华足以与唐朝诗人相匹，他们的诗作不应该随同他们湮没无闻，有感于此，他打算把这部诗选带到西洋，让更多的人了解他们，记住他们。"那么，卡夫卡后来有没有阅读过此书？威尔弗先生在日记中有这样的记载：卡夫卡先生翻了翻这部书的译稿，就以诚恳的口吻说，尽管我对中国诗歌所知甚少，但我感觉这会是一本很有意思的诗选。话说回来，先生，我不敢说我能帮得上什么忙，因为我只是一个写小说的。一九二四年六月四日清早，威尔弗先生在布拉格某条大街上遇见了卡夫卡的好友勃罗德，得知卡夫卡先生已于前一日病逝，临终前曾嘱托勃罗德，务必烧毁自己所有的日记、信件和手稿。威尔弗先生在当天的日记中这样写道：类似的事，一位中国诗人也曾干过。

原载《山花》2019年第4期

马晓丽

手臂上的蓝玫瑰

1

起先我还挺克制,说我就不要你赔了,但你得把那六百块钱退给我。这小丫头蛋子真不觉警,不赶紧给我退钱不说,还冲着我叽叽叽叽讲个没完。我一下耐不住烦了,说你把我眉毛切成这样没让你赔眉毛就不错了,再给我瞎掰掰信不信我一屁股坐死你?小丫头蛋子惊得张大了眼,上下掂量我一番,估摸是被我这副大身板子和巨无霸大腚给镇住了,这才闭上了嘴。可气的是嘴虽然闭上了,但仍不肯乖乖地给我退钱,丧着个脸子摆出一副死猪不怕开水烫的熊样儿。看来今天我不拿出点真功夫,不让她见识见识我大华的本事,这钱是坐地要不回来了。

改锥说大华你就是个彪子,好么样儿的你切什么眉?就算切眉也得找个正儿八经的店呀,就那鸡毛胡同里的黑店你也敢进?这下傻了吧?让人把眉毛整个切掉了!我可告诉你,以后出门千万别说是我老婆,我跟你丢不起这份人!

我承认,我这人是有点缺心眼儿,用咱大连话讲就是有点彪。可我不也是为了省钱吗?我也知道正规的大美容院手艺好,可我得有进那个门的钱吧!这钱改锥能给我吗?啊呸!就他那副钢镚子都能攥出水的抠搜样儿?指着他给我拿钱?门都没有!

不过改锥说得也对,我错就错在太爱美又太爱捡便宜了,一听正规的大美容院要好几千,小店才要六百,我就动心了。我哪知道小丫头蛋子没经过培训没有资质呀?我哪知道她从来就没做过手术,是想拿我练手呀?她那个小嘴叭叭叭地可会讲了,说我眉毛长得太粗太乱太野了,等切完眉再给我好好文一文,我就会拥有一副秀气的眉毛,整个人就会提升气质焕然一新更加漂亮了。讲得我心里痒巴巴的,不知怎么就稀里糊涂地把钱掏给她了。结果,等一切完眉我就蒙圈了,原来长眉毛的地方变成了两条癞巴巴的刀口。谁能想到她竟然把我的眉毛一遭都切掉了,一根毛也没给我剩下!

后来还是舒姐告诉我,说切眉不是把眉毛切掉,是沿着眉毛的上缘或下缘切掉部分松弛的皮肤,这样就能提升下垂的眼睑,减少眼周和前额的皱纹,同时也可以适当修整眉型。舒姐问我是怎么想的,怎么突然就决定去切眉了?我说小丫头蛋子忽悠我,给我拿了不少图片看,说我喜欢什么样的眉毛,她就可以给我切成什么样的眉毛,我就挑了图片上那种细弯高挑的眉毛。我没好意思跟舒姐说实话,其实我是照着舒姐的眉毛挑的。我的眉毛又粗又短,所以我特别羡慕舒姐那对又细又长的眉毛。我觉得吧,舒姐那样的眉毛挺抬举人的,如果我换上那样的眉毛,是不是也能显得有文化点有气质点?

我看见舒姐微笑着看着我,心里就有点发虚,说舒姐我都这样了你咋还笑话我。舒姐赶紧向我解释,说不,不是,我不是笑你,我是想起了一句话。我问,是句什么话?舒姐看了一眼我的眉毛说,"倾国宜通体,谁来独赏眉"。我没听明白,想了半天也没弄明白这句话是啥意思,就问舒姐,这是谁呀,说话听着这么费劲?舒姐说,这是李商隐的一句诗。我说原来是诗呀,怪不得我听不懂。我没再往下问,舒姐也没再说什么。我知道舒姐有涵养从不乱说话,也知道舒姐心里其实是瞧不起我的,这都无所谓，我心里明镜似的，反正我跟舒姐压根就不是一个阶级的。

我二姐看见我的表情最夸张，先是把两个眼珠子瞪得都快掉地下了，然后就笑得直不起腰，指着我的眉毛说，你看你看像……像什么……我看像……像两条大肉虫子。我说你少放屁，我这还没文呢，等文了眉就好了。我二姐笑得更凶了，说人家文眉是在原来的眉毛上找型，你这一根眉毛都没有了，文出来也是没毛的假眉！

我真是要气死了，一想到瞎了六百块钱不说，还活活地被弄成了人前的笑话，立刻浑身燥热一股火直冲头顶。我指着小丫头蛋子的鼻子，扯开嗓门就开骂。我说你胆子也太肥了，竟敢骗到我大华头上了！我让你退钱是给你脸你懂不懂？你给脸不要脸跟我耍臭无赖是不是？你个丫蛋子黄嘴丫子还没褪净就学会骗人了，我还告诉你，现在光退钱我还不干了，我要你赔眉毛，赔我那副原装的爹生妈养的眉毛，一根也不能少！你要是不赔信不信我天天来骚扰你，让你这个店门开不了关不上，让你白天不敢睁眼，晚上不敢合眼，出门就……

我没料到小丫头蛋子这么不经骂。我这满肚子的骂词刚刚扯出个头正骂在兴头上，还没等把我在这方面的特殊才能充分展示出来呢，她的脸色突然就变了，见了鬼似的直勾勾地盯着我在她眼前挥舞的那只胳膊，嘴里一迭声地说，好好我给你退钱我给你退钱，这就退这就退，我给你给你给你还不行吗……

我悲愤地揣着祸害了我一副好眉毛的六百块钱，把脚跺得一路山响，气呼呼地走出了好几条街之后，才把这事捋出了点头绪：小丫头蛋子指定是在我撸胳膊挽袖子由着性子张狂的时候，看见我的文身了，她是被我的文身吓着了才把钱退给我的！

文身！没错，一定是文身！

我忍不住当街撩起袖子，心怀感激地看着我的文身。阳光哗啦一下淌得满胳膊都是，上面文着的那些花立马活泛起来，闪着瓦蓝瓦蓝的光，贼耀眼，贼好看！

不是吹的，我这人就是有眼光。当时文身师给我拿来一大堆图案让我挑，我一眼就看中了这束蓝色的玫瑰。我从没见过这种颜色的玫瑰，是那种很深的蓝色。我问文身师，真有这种蓝色的玫瑰吗？文身师说有，这种颜色的玫瑰还有一个好听的名字,叫蓝色妖姬。开始我没听懂,以为他说的是幺鸡,就乐得不行,问谁给这花起的名?还幺鸡,咋不叫二饼呢?文身师都被我整乐了,问我,姐,你是不是爱打麻将?我说是啊。文身师说怪不得,姐,你看是这两个字"妖姬",不是麻将牌那两个字"幺鸡"。

我这才知道,蓝色……妖姬,蓝色妖姬?天啊,这花名也太好听了!虽然我不知道蓝色妖姬是什么意思,但觉得有一种神秘感,好像特别贵气,特别浪似的。我问文身师,文这个蓝色妖姬,能把我胳膊上的这道疤遮住吗?文身师说没问题,我说你看好了,我这疤可挺长挺深呀。文身师说姐你放心,正好顺着疤痕造型,文完保证看不出来了。我立刻说,我就要这个蓝色妖姬了!文身师问,姐你确定?我说我太确定了,没见我眼睛一沾上就挪不开了?文身师立刻朝我竖起大拇指,说姐你真有眼光,这蓝色妖姬是我们推出来的新款,是市面上刚开始流行的最新潮的一款呢。

文完之后我回家给改锥显摆,改锥看了直咂巴嘴,说这玩意儿真牛,那条疤瘌真是一点都看不出来了,好看!但我一说连文身师都佩服我的眼光,改锥就撇嘴,说你看上个屎橛子文身师都会夸你有眼光,要不他上哪挣钱去?改锥就这德行,不打击我能死似的,不过那天我心情好没踹他。我就是有眼光,我文的这个蓝色妖姬不仅漂亮,关键时刻还能帮我要回钱呢。我忍不住叭地在文身上使劲儿地亲了一口。

2

赶到舒姐家时已经过了约定的钟点,晚了一个多小时了。

我这人最大的毛病,就是没有时间观念,一整就忘了钟点儿,啥破事都能把我绊住,所以经常赶不上趟。我知道舒姐对我这方面肯定是有看法的,只不过舒姐人含蓄,从来不直说。有时我来得太晚了,舒姐会委婉地问我是不是遇到什么事情了。我就随便找个理由,路上堵车了或是上一家的活儿耽误了什么的,反正借口有的是。我摸准了舒姐面子矮,不会给人下不来台,换个厉害的雇主我也会多少收敛着点。干钟点工这活儿,什么样的人都得能对付。人家硬,我就软着点;人家软,我就支棱点。至于舒姐嘛,我心里有数,她给的钱不多,我少干个一会儿半会儿的她也说不出啥。再说我也不会亏欠舒姐的，处了这么些年，我和舒姐已经处出感情了。我会记着时不时地照顾一下舒姐的感受，根据情况在她家多干一会儿或是干点额外的活儿，把欠下的时间往回找补找补。不过今天没事，今天再来晚点也没关系，因为舒姐知道我今天是铆足了劲要钱去了，以她对我的关心，一定不会计较的。

果然，一开门舒姐就问，钱要回来了吗？

我说，必须要回来呀！也不看看我是谁！

舒姐抿嘴一笑，说好好，要回来就好。

舒姐是文化人，性子柔，说话从来都是客客气气的。安排我干活也总是用商量的口气说，大华，请你帮我把这里收拾一下好吗？我就痛痛快快地应声，说好啊，没问题！我有的是力气，干活从来不惜力，就是受不得屈。舒姐就从来不数落人，不挑剔人，有没干好的地方也只是提醒下回别忘了。不像那些被钱顶爆了头的人家，这辈子可算是当上人上人了，可算是逮着机会踩在别人的脑瓜顶上了，那副使唤人挑剔人瞧不起人的刻薄样儿，一点也不比咱小时候忆苦思甜故事里的那些地主老财资本家差。

我有个秘密，每次到舒姐家干活，我都得穿长袖衣戴套袖，生怕舒姐看见我的文身。说来也奇怪，在别人面前我可从来没这样遮掩过。

有一次一个新雇主约我上门打扫卫生，一进门女主人就把脸绷得像个冻酸梨似的，又冷又酸地说，哎哟，你怎么还文身？我一看这个人这么不对撇子，心里先就烦了，干脆就故意觍着笑脸冲向她说，是啊，你看好看不？女主人惊得退后一步，狠狠地瞪了我一眼，扭身就进屋跟她男人嘀咕去了。我被晾在门口进也不是退也不是，索性朝着屋里大喊了一声，放心，这玩意不耽误干活！当然了，这趟活儿肯定是黄了，就算她不黄我也得黄。

我就不明白了，我文身怎么了？我文身碍着谁了？怎么文眉就美女出世横竖都行，文身就黑社会就坏人了？我咋这么不信这事呢？

舒姐是真挺关心我，真挺帮我的。她知道我需要干活挣钱，前前后后给我介绍过不少活儿。舒姐介绍的都不是一般人家，都挺有层次的，我愿意在有层次的人家干活，所以我也很上心。其中有一个是她朋友的父母家，老头老太太都是老干部。这家的老太太特别愿意给人上课，第一次见面就一本正经地教育我，说大华同志，组织上派你到我家来工作，这是对你的信任，你一定要努力做好本职工作，不要辜负了组织上对你的期望。我听得心里这个乐呀，当时真想说，大姨，你把情况搞清楚好不好，我可不是组织上派来的，我是你姑娘花钱雇来的。但我忍住了没说，一般舒姐给我介绍的活儿，我都会给舒姐留面子的，不会由着性子乱说。

这家老太太对人要求特别严格，我每次进门干活之前，老太太都要先把上次的情况总结一番，哪哪哪打扫得干净，哪哪哪还存在问题，每次都能一二三四五地说出好几条。这一手真把我弄得哭笑不得，下岗前在工厂干活的时候，我也没这样被人管过呀。一开始，我总惦着快点抓紧干活，没耐性听老太太一二三四五地讲老半天。结果被老太太感觉出来我着急不耐烦了，这就不高兴了，马上严厉地批评我说，大华同志，你要端正态度，要认真总结经验。你不善于总结经验，我帮你总结，这是对你最大的帮助，你怎么还不认真听呢？这样你怎么能进步呢？我赶紧承认错误，说大姨我端正，我保证认真听，刚才说的那几条我都记住了，不信我给您背一遍。这才好歹把老太太给糊弄过去了。

大概是干了两三个月之后吧，有一天晚上我都躺下了，老太太突然给我打电话，说大华同志，我请你现在到我家来一趟。

我问，大姨，这么晚了您能告诉我是什么事吗？

老太太说，这事不能在电话里说，只能见面说。

我说，现在公共汽车已经停了，我明天一大早赶第一班车去您家行不？

老太太很干脆地说，不行，这个事不落实，我今天晚上不能睡觉。你打车过来吧，车钱我给你拿。

没办法，我只好从被窝里爬起来，半夜三更地往她家赶。到了她家一看，老太太正端坐在客厅里等我呢。我问老太太到底是什么急事，老太太让我先坐下，然后就开始循循善诱地说起来，大华同志，组织上把你派到我家工作以来，我一直对你十分信任是不是？

我说，是啊，怎么了？

老太太说，那你想一想，你有没有什么地方辜负了我对你的信任，辜负了组织上对你的信任？

我说，没有啊，怎么了？

老太太说，大华同志，你不要这么轻率地回答，你最好先仔细想一想再回答我。

我说，大姨，到底咋回事您就痛快地告诉我吧，这大半夜的您别让我费劲儿猜闷儿行不？再说我这人脑子本来就不好。

老太太这才说，大华同志，我把你叫来是想问你一件事，你可要如实回答。

我说，大姨您快问吧，只要我知道，保证如实回答。

老太太眼睛直勾勾地盯住我说，那好，大华同志我问你，我床头柜上有个信封，里面装了一万块钱，那是为参加一个孙辈儿的婚礼准备的，你打扫卫生的时候看见了吗？

一听是钱的事，我脑袋就轰的一下炸了。原来是丢钱了，一万块钱呀！这可怎么是好？干钟点工最怕碰见这种事了，说不清道不明死无对证的。我赶忙说，大姨，我没看见呀！没看见床头柜上有信封，没看见钱，真的没看见，您不会是记错了放在别处了吧？

老太太毫不犹豫地说，我不会记错的，我就是放在床头柜上了。

我说，大姨，一万块钱不是小数，我大华可担不起呀，您再好好想想行不？

老太太坚决地说，我已经想得很清楚了，我从银行取回来就把钱放在床头柜上没再动过。

我哇的一声就哭出来了，老天爷，这可怎么办呀！我说，大姨，我求求您再找找行不？

老太太见我哭了，多少软下来了点，犹豫了一下说，大华同志，我听说你正在攒钱准备给你父母买墓地，有这回事吗？

我哭着说，是，我是缺钱用，我是在攒钱给父母买墓地，可我再缺钱也不会拿别人的钱呀。我大华这辈子从来都没拿过别人的东西！大姨，你不能这样没根没据地就怀疑我。我求求您再想想再找找行不？就算我求求您了还不行吗？

老太太这才有些动摇了，想了想说，好吧，那就再找找，我们两个一起找。

我连眼泪都顾不上抹一把，立刻跑进老太太的卧室，翻天覆地地找了起来。那阵子我可真是什么也顾不上了，就想着把那一万块钱找到，把自己的清白找回来。我到处摸到处找，老太太就跟在我屁股后面看着。我刚翻这边，老太太就说这地方我找过了，我再翻那边，老太太又说那地方我也找过了。我要掀开床垫子，老太太说没用，我不可能把钱放到床垫子底下。我没听她的，硬是把床垫子掀起来了。结果我刚掀起来，就从床垫和床头之间，明晃晃地掉出来了一个鼓鼓囊囊的信封。

至今我也没想明白，老太太怎么会把钱塞到那个地方。我把信封递给老太太时，老太太的表情十分尴尬，嘴里咿咿呀呀了半天，也没说出一句整装话。我默默地看着老太太数完那一万块钱，一句话都没说扭头就走了。

第二天，舒姐给我打电话，说老太太托她给我道歉，希望我还能回去继续在她家干，还说要给我补偿，要给我加工钱。我说，舒姐你不用费心了，我不会再去她家干活了。舒姐劝我说，大华，我知道你受委屈了，但她是老人，咱们别跟老人计较好不好？我说，舒姐，我不想跟别人计较，但我得跟自己计较，我大华干活为挣钱不假，但挣钱也不能糟践自己。

改锥那个见钱眼开的货，一听人家要给我加工钱，就鼓捣我回去干，被我没鼻子没脸地臭骂了一顿，这才不吱声了。我真受不了改锥这点，每回我被人家辞了，或是我辞了人家的活儿了，他比我都在乎。一整就急赤白脸地数落我，说我不会处人，老说我是走一路败一路的货。没错，我换活儿是勤了点，我没说自己没毛病，但说了归齐，我炒雇主和雇主炒我的情况总归是各占一半吧，这是不是也能说明我的毛病和别人的毛病也是各占一半呢？

3

我一边动手抓紧干活，一边给舒姐讲我去要钱的经过。当然了，我不可能什么都讲给舒姐听，我会掂量着剪裁了再讲。我只告诉舒姐我今天发火了，我还说了要一屁股坐死小丫头蛋子让她开不了门啥的那些狠话，但没告诉舒姐我还骂了好些难听的脏话，更没说小丫头蛋子最后是被我的文身给吓住的。别看我表面上粗咧咧的，其实心里还是知道分寸的。

我感觉吧，舒姐挺喜欢听我给她讲点啥的。无论我讲什么，舒姐都会认认真真地听，眼睛一直看着我，听到伤心的地方她眼圈会红，听到逗乐的地方她会笑，还会时不时地向我提些问题，让我特别有成就感，特别有往下讲的兴致。所以我就总惦着搜肠刮肚地想我身边的那些人和事，恨不能都掏出来讲给舒姐听。说句老实话吧，这辈子还从来没人像舒姐这么愿意听我讲话，这么把我当回事呢，连改锥都不行。

兴许因为改锥那句走一路败一路的话，一直堵在我心口上吧，所以我特别在意舒姐家的活儿。舒姐家的活儿我都干了五六年了，从上手就没放下过，是我干得最长久的一份活儿，也是我用来堵改锥口的最好使的依据。每回改锥数落我，我都会拿舒姐说事，说你不信就去问问舒姐我咋样。谁说我不会处人？关键是得看啥人儿，关键是得看是不是有层次的人儿。

久了，连改锥都觉得纳闷，总憋着问我，舒姐到底是啥样人儿，咋就把你给拿住了？

我说，放屁，你咋不说是我干活好把舒姐给拿住了呢？

改锥说，别扯犊子了，你干活还算凑合，可脑子有病呀。

我说，你说谁脑子有病？

改锥哧哧笑着说，你呀，你脑子开过瓢嘛。我一下就火了，我脑子的确开过瓢，因为里面长了个脑垂体瘤。我跟改锥之所以一直没怀上孩子，就是被那个脑垂体瘤给害的。偏我又是个最喜欢孩子的人，这块地方是我的心病，不能碰，一碰就疼得受不了。所以，还没等改锥话音落地，我嗷的一声就扑上去了，跟改锥扭打在一起好一顿撕巴，直到他告饶我才罢手。

细想想，我能在舒姐家干这么些年，并不单是为了跟改锥扛。我这种不上数的人儿，就算是走一路败一路能咋地？反正我也没胜过，多大点事呀，我大华根本就不在乎。摸着心说话，我一是喜欢跟舒姐沾点层次，二也是有点离不开舒姐了。按说，舒姐家的活儿并不好，一周才一次，一次才四个钟点，活儿太稀不说，工钱给得还低。工钱低这事倒是怨不着舒姐，是刚来干活那会儿定的，那时市场上钟点工就这价，后来才涨上来的。换了别人我肯定会张口要，给涨钱就继续干，不涨就辞了。但舒姐不行，我跟舒姐处出感情了，张不开口了。这些年下来，我已经不知不觉地把舒姐当成了亲人。每周一次到舒姐家干活成了我的盼头儿，就盼着这一天能来见见舒姐,把攒了一周的好事坏事,一肚子的好话坏话痛痛快快地说给舒姐听。经舒姐给理一理、断一断,我这心里就敞亮了,就舒服了。有一次,舒姐外出一个多月才回来,我没着没落的差点憋疯了,见到舒姐那当口高兴得眼泪都快掉下来了,弄得舒姐莫名其妙,还以为我出啥事了呢。

其实吧,有时候我心里也会犯嘀咕,我在舒姐家都干了这么些年了,她咋就不知道打听打听外面的行情呢。我倒不是图舒姐给我涨工钱,只是想让舒姐知道我一直没跟她提过涨工钱的事,一直是亏着自己给她干活的,让她明白我对她的这份心。

门铃忽然响了,舒姐说她今天要接受个采访,应该是采访她的记者来了。

我说舒姐你别动,我去开门。等我屁颠屁颠地跑去把门打开后,一下子就傻在原地不能动弹了——来采访的记者竟然……竟然是那个……冻酸梨!就是那回嫌弃我有文身的雇主!

我不知道冻酸梨认没认出我,我俩对上眼儿的时候,我看到她眼珠子似乎定了一下,但只一会儿就满脸带笑地问我,请问这是舒老师家吧?我递给她拖鞋的时候,她又文文明明地对我说了声谢谢,弄得我直发蒙,这跟我见过的那个冻酸梨整个对不上茬子嘛,既不冷也不酸。也许她暂时还没认出我,我想,但保不准多看几眼就会想起来的。我很担心她会认出我,万一她哪一眼认出了我,把我有文身的事抖搂给舒姐,再添油加醋告诉舒姐我在她家怎么耍泼,那就毁了。这么想着,我不禁冒出了一脑瓜子的冷汗。

好在舒姐很快就迎出来了。不知道是不是我多心,我觉得舒姐跟平时也不一样了。平时舒姐总是说话轻轻的,笑起来也淡淡的,这会儿突然笑开了,声音也放大了。看着舒姐格外热情地跟冻酸梨打招呼,热热络络地牵着她的手往屋里让,我心里还真有点不是滋味。那感觉怎么说呢,就好像……就好像我一直以为自己跟舒姐是一伙的,直到这会儿才发现冻酸梨跟舒姐才是一伙的,心里当然挺失落的。尽管我心里明白,虽然我跟舒姐处的时间比冻酸梨长,但她毕竟跟舒姐是一个阶层的,凭这一样,她轻轻松松就能后来先到占了我的先。

舒姐边招呼着把冻酸梨往书房里让，边对我说，大华，你今天不用打扫书房卫生了，我们要在书房谈话。

我赶紧抖了个机灵，抢上一句说，好，那你把书房门带上吧，别让我干活吵了你们。其实我是不想让冻酸梨看到我，我更不想看到她。结果我白机灵了一回，舒姐回头冲我微微一笑说，没事，不用关门，不碍事的。我立马就没辙了，心里话你倒是没事，可我有事呀。

有时候吧，我觉得挺猜不透舒姐的，她脸上的微笑一忽儿让你觉得很近，一忽儿又让你觉得很远。比如现在，她明明是在向我表达她不把我当外人，说话不想背着我的意思，但不知道是不是因为笑得太用心了，反倒让人觉得里面还有另外一层意思，那就是，开着书房门可以随时看到我，知道我在哪，在干什么。当然了，这么揣度舒姐有点不厚道，我也不知道自己这会儿是怎么了，大概是被冻酸梨把心给弄乱了吧。

平心而论，舒姐对我挺真心的，我能感觉出来她总想让我感到她对我是平等的，这点她跟一般雇主都不太一样。刚来舒姐家干活那会儿，只要是赶上饭点儿，舒姐就要留我吃饭。我们干钟点工的一般不在雇主家吃饭，挣着人家的钱，就不能再给人家添那份麻烦了。再说了，对我们来说根本就不存在饭点儿这回事，有时间就吃没时间就饿着，肚皮都练出来了，跟猴皮筋似的能伸能缩。舒姐心眼儿好，非让我吃饭，我看她的确不是跟我来虚的，拗不过就吃了两次。那饭吃的，别提多别扭了。不是我玄乎，舒姐家的饭碗也就比挖耳勺大不点。我这人饭量大，在家改锥都吃不过我。捧着那么个小碗，你说我添不添饭，添几次饭？还有菜，一个炖菜都没有，全是一小盘一小盘的炒菜，也不知道费那个劲干啥？搁一起炖一大锅多好。说实话，上了那个饭桌，我就更知道自己跟人家不是一个阶级的，搅和不到一块堆儿了。

我就纳了闷了，这点事舒姐咋就不明白呢？她是装傻呀还是真傻呀，总想跟我搞平等？她咋就不明白我俩根本就不可能平等呢？明摆着，我跟她起根就没站在一个台阶上。所以她越想跟我讲平等，我就越能感受到不平等。这就好比一个站在上面台阶上的人，蹲下身子跟下面台阶上的人说，你看我跟你一样高。你说假不假？多假呀！其实能说出这话的本身，就是因为她知道自己优越，知道自己比你高，她这是优越着还想让你领她的好。谁都不是傻子，谁都看得出来她是故意蹲下身子将就你，谁都知道只要她愿意，她随时都可以直起身子，立刻就会高过你，还不止一头！

看出来了吧，我是不是没有表面上看上去那么缺心眼儿？我不过就是脑子慢点，但慢慢琢磨着，也能把人和事揣摩个八九不离十。

4

冻酸梨的声音可真难听，挤出来的声音劈着叉，听得身上直起鸡皮疙瘩。不过她的小嘴儿倒是挺会舔乎人的，说她一直是舒老师的粉丝，说她特别喜欢舒老师刚刚获奖的那篇小说。

我这才知道舒姐中奖了，中的是什么奖不知道，看冻酸梨那意思应该是挺大的奖。我心想怪不得，以前我一直觉得舒姐干的这活儿挺没意思的，整天把眼睛挂在电脑上写呀写的，也不知道写个什么劲儿，原来是奔着中奖奔着赚奖金去的，这还差不多。估计舒姐这下子应该是中了头彩了，跟买彩票中大奖差不多，奖金指定是少不了，要不记者怎么会追上门来采访她呢。舒姐也真是的，这么好的事也不赶紧跟我说一声，让我也替她高兴高兴呀。

我手里一边干着活，一边惦着舒姐中奖的事，忍不住老在心里琢磨着，舒姐到底中了多少钱呢？耳朵不由自主地就朝书房那边竖过去了，可惜听了老半天也没听出个四五六，到了也没弄明白到底是多少钱。

舒姐她俩净唠些没用的嗑，什么人物形象呀，思想性呀，现实意义呀……全是些够不着天挨不着地的玄乎词。正没滋没味的时候，就听见冻酸梨问了一句，舒老师，您怎么会想到写一个邪恶的母亲呢？

什么？我顿时就惊住了。

邪恶的母亲？这好像有点不对劲儿吧？舒姐怎么能把"邪恶"这么难听的词用在母亲身上呢？母亲怎么会是邪恶的呢？母亲应该是美好的呀。从小到大我们不是一直都在歌颂母亲、赞美母亲，一直都把最好的词用在母亲的身上吗？谁不知道母亲是伟大的，母爱是无私的？当然我妈得除外。

话既然说到这份上了，我就再说清楚点，得把我妈除外，不能拿我妈比，因为我妈不好，不值得赞美。我得先在心里把这个劲儿顺过来，先把我妈排除。

我不知道该怎么说我妈，从小我就知道我妈招风。其实我妈长得并不漂亮，就是丰乳肥臀。人家都说女人只要胸大腚大就招男人，我不信这话。我妈把她的大胸大腚一点不差地都遗传到我身上了，但我就不招男人。我二姐倒是哪也不大，但一点也没耽误她见天在外面跑疯。所以照我说，这事儿关键还是得看自己个儿。外人都说我长得最像我妈，但我和我妈心里都清楚，除了外面这层人壳子，我俩没有一丁点像的地方。如果硬要说像，就是我会骂人这点像我妈。我虽然没我妈骂得那么邪乎，但还是得了些我妈的真传的。

我妈骂人是专业水平，她这辈子主要是负责骂我爸，有事没事都骂，有理没理都骂。天寒地冻骂我爸，暑热难熬骂我爸，连刮风下雨打雷闪电也骂我爸。我自小学习不好，每回考试成绩出来，我妈都会把我和我爸一起痛骂。我爸很少回嘴，他知道自己不是我妈的对手，回嘴只能招来更多的骂，所以就尽量地躲着我妈，见天往外面跑，能不着家就不着家。我猜想我妈骂人的本事，就是常年骂我爸给练出来的。我在我妈的骂声中长大，耳朵眼儿里天天灌进去的都是各种各样的骂词，就算脑子再笨，也被我妈给培养出来了。

我爸窝囊，用我妈的话讲就是一锥子攮不出个血，三脚踹不出个屁。小时候我们家生活那么困难，作为一个养家男人，我爸真是一点能水儿都没有。实在没招了，就知道往海边跑，撅着腚在海滩上刨点蚬子、蛎子，捞点海菜什么的，抓挠点吃食回来就算是补贴家用了。也难怪我妈斜半拉眼儿都看不上他。我妈嫌弃我爸，说不让他上床就不让上。我不止一次地亲眼看见，我爸半夜回来悄悄爬上床，被我妈一脚踹到地上半天都爬不起来。

我曾经替我爸抱屈过，躲在被窝里为我爸哭过不知多少回。直到有一天，我在外面玩，憋了泡尿跑回家，从门缝里看见我爸面目扭曲，大手在正酣睡的我大姐口鼻上使劲捂着……

那一刻，整个世界在我面前翻了个个儿，大白天变得墨黑墨黑的。我站在门外，就像是被鬼掐住了脖子似的，发不出声也喘不上气，脑瓜仁儿里同时跑过无数的火车，轰轰隆隆地把我整个人震了个稀巴烂，那泡尿不知怎么就顺着大腿根儿全淌出来了。

那天我没回家，我不知道该怎么办。我恨我爸，就算我大姐先天痴呆不懂事，我爸也不该这么欺负我大姐，那可是他自己的亲生女儿呀。但我不敢把这事告诉我妈，我怕我妈骂我，怕我妈知道这事后，会把我爸给撕碎了，踹烂了。

我给舒姐讲这件事的时候，一定是把她给吓着了。当时舒姐脸都不是色儿了，眼睛瞪得大大的看着我，半天都说不出话。我就哭了，我说舒姐这是我家的家丑，我知道家丑不可外扬，所以这事我从来都没敢跟任何人说过。舒姐你可千万别笑话我，别给我说出去呀。舒姐这才缓过神儿来，说大华你放心，你这么信任我，我不会说出去的。我说，舒姐我真得感谢你。这事在我心里憋的年头太久了，都发霉发臭长毒蘑菇了，再不抖搂出来，早晚得活活把我自己给毒死。

至今我也想不明白，我怎么会把这么丑的事当着舒姐讲出来。我总觉得舒姐身上好像有一种特殊的魔力，在她面前我就控制不住自己，就像是被拍了花子似的，不知不觉地就能把心里的东西一股脑都抖搂出来。

手机响了，瞥了一眼是我二姐来的电话就没稀得接。我二姐来电话从来没好事，除了要钱就是要钱，也不知道我上辈子究竟欠了她多少钱，这辈子追命鬼似的跟在屁股后面要个没完。铃声响个不停，我怕吵到了舒姐她们，只好接起来了。

果然，我一接起电话，就听二姐在那头说，大华，我住院了。

我没好气地说，你住院关我啥事？

二姐说，我手头没钱了，你能给我拿点不？

我说，凭啥？你怎么不跟你相好的要？你养汉这么些年总不能白养吧？

二姐说，大华你说话别这么难听。

我说，想听好听的别找我呀，你又不是不知道我没那个功能。

二姐叹了口气，说，他手头也不宽裕。

我说，那么我就宽裕吗？

二姐说，你不是还有活干，每天都有进项，而且也没孩子的负担嘛……

好哇，又往我没孩子这个腰眼上捅！我说，你给我听好了，我大华是没孩子没负担，但也没义务接济你，我天天起早贪黑累死累活挣钱，可不是为了填你那个烂坑！

二姐声音低下来，说，大华，我可能真是得了要命的病了。

我说，那好啊，那你就去死吧！说完立刻就把电话挂掉了。

5

那天早上贼冷。其实没多大雪，主要是风硬。海风抄起雪粒子往脸上身上生扑，小刀子似的扎得骨头生疼。路面结了冰，我牵着外甥的小手，一步一刺溜急三火四地赶到北岗桥时，警察早就等得不耐烦了。

一照面，警察就没好气地问我，你是他老婆？

我说，不，我不是，我是他……小姨子。

警察眼睛立刻竖起来了，说不是告诉你们必须直系亲属来认领吗？

我赶紧把躲在身后的外甥拽到前面，说直系亲属在这，这是他儿子。

他老婆呢？警察有些吃惊。

我说，太急了没找到人。

没找到人？警察一脸怀疑地打量了我俩一番，问，为什么？

外甥突然就哭了起来，说警察叔叔，我妈昨晚不知去哪了，一宿都没回家……

谁也不知道我二姐夫是怎么跑到北岗桥来的，谁也不知道他为什么会死在街头。不是车祸，也没有外伤，二姐夫只穿了一身单衣，孤零零地躺在冰冷的马路牙子上，手里还攥着一个空酒瓶子。旁人说什么的都有，有人说他是喝酒喝死的，有人说他是喝醉了冻死的，只有我心里明镜似的，我知道二姐夫是被我二姐害死的。

发送我二姐夫时，我二姐一滴眼泪也没掉，跟当年我妈发送我爸的那副死样分毫不差。我算是服了她们娘俩了，她俩可真是一丘之那什么东西呀。

我们姊妹仨里，我妈单就喜欢我二姐一个，从小到大什么尖都可着我二姐一个人摘。在我们这个破家里头，我二姐就是个公主。我爸是踮起脚尖也够不着我二姐的，我妈都不让我爸碰我二姐，我二姐也根本不睬我爸。

有一次我爸喝醉了，指着我二姐问我妈，她是谁？

我妈说，瞅你那点出息，灌这么几口马尿就分不出个儿了？那不是你二闺女吗？

我爸凑上前仔细盯着我二姐的脸，看了半天说，不对吧，这闺女哪有一点像我呀，我怎么看她越长越像那个谁……

我妈啪的一个大嘴巴，坐地就把我爸扇没动静了。

我二姐被我妈宠得没边，在家里横草不拿竖草不捏是活儿不干，家里所有的活儿都在我身上。我没办法，我躲不掉，大姐傻，二姐精，我不能跟她们任何一个攀比。反正我也爱干活儿，我自小就干净，见不得灰，整天手里拎着块抹布到处擦。那时，我家最好的家具就是一对刷着红漆的大木箱子。我最喜欢擦那对箱子了，一天几遍地擦，结果擦得红漆都露白茬了，让我妈逮住劈头盖脑骂了我好几个钟头。

我讲这事给改锥听时，改锥竟扑哧一声乐了。我问你乐啥？改锥把大拇指伸到我面前，假模假式地夸赞我说，人才呀，敢情你打小就是个家政人才呀！我一脚踹过去，说滚犊子吧你！

舒姐家的家具都挺高档的。擦高档家具得有讲究，抹布不能太湿，也不能太干，太湿了水汽大伤木质，太干了摩擦重伤漆，半干半湿潮乎乎的感觉最好。我把抹布的干湿度调整到最佳状态，边擦客厅家具，边听见舒姐的声音飘了过来——

……母性崇拜是我们的原始文化，但也是我们文化中的一个陷阱……

舒姐的声音真好听，像我早上吃的那碗豆腐脑一样，温温软软的。

……其实母爱只是一种本能。本能是什么？本能是人与生俱来的能力或行为倾向……

她们这些有文化的人就是能整词，母爱就母爱嘛，挺简单一事弄那么复杂干啥？虽然我没得过多少母爱，但我也知道母爱是啥。就是我妈对我二姐那样呗，宠着、惯着、啥都依着，我觉着那就是母爱了。我是没孩子，要是有孩子我肯定比我妈还惯，往死里惯。我外甥生孩子之后，我天天跑去看，一去就抱在怀里不撒手。怀里有个孩子的感觉真好，软乎乎的一坨小肉，碰一下心都能化成水了。

……不，我不这么看，我们太习惯不假思索地接受固有观念了。其实稍加思索就会发现，我们歌颂的母爱只是一种本能，是人本身所固有的，不用学就具备的，相当于人体膝跳反射一样的本能……问题是，本能真值得我们这样去歌颂吗……

不不，我觉得舒姐说得不对，什么人本身所固有的，不用学就具备的本能？那我二姐呢？我二姐咋没有这个本能？我二姐是怎么对我外甥的就不用说了，她是孩子的亲奶奶，反倒千方百计地躲着不给我外甥看孩子，一让她看孩子就哪哪都疼。我是真想不明白，我妈把母爱都给她一个人了，她身上咋一点都没存储下呢？家具该保养了，光泽度差了不少，都有点发乌了。我得记着下次用家具养护精油把所有的实木家具都保养一遍。

……拉迪克的母性思考的确对我有很大的影响。拉迪克揭示出了母爱的矛盾性，她说我们乐于称之为"母爱"的东西，是与仇恨、痛苦、厌倦、悔恨和失望交织在一起的……

等等，等等，舒姐说的这个拉什么克是啥人？那些词——仇恨、痛苦、厌倦、悔恨、失望，就像一个个臭鸡蛋突然摔在我面前，散发出一种令人窒息的熟悉味道，让我一下子就想起了我妈。天啊，难道这些不好的词真能跟母亲、母爱扯上关系？

我妈死的时候，只有我守在旁边。最后的那段日子里，我妈把恨、悔、痛苦、失望这些词用牙齿咬住，一遍又一遍地在嘴里嚼，直嚼得满嘴溃烂流脓，整个人都脱了相了。我从没见过哪个人像我妈这样仇恨这个世界，仇恨包括她自己在内的所有人。我妈说她这辈子从来就没如意过，为此她诅咒一切，说自己下辈子誓不为人，宁愿做个不知道有冬天的三季虫。

我二姐从我妈病重之后就不太露面了。开始我妈还总念叨，问我二姐来没，后来就不吱声不再提我二姐了。我打电话叫我二姐来，她老推三阻四的，一会儿说自己感冒了怕传染我妈，一会儿又说腰病犯了动弹不了。我知道她是找借口，虽然我心里挺生气的，但也知道我二姐就这德性。她倒不是对我妈没感情不愿来，她是娇贵惯了，打怵干伺候病人的活儿。

说老实话，她那熊样儿也真就干不了这活儿，连我这大身板子干着都吃力。我妈胖，身子太重，翻个身都能累死个人。每次给我妈翻身，我都得跪在床上连拖带抱地折腾出一身大汗。只是没想到我这么卖力地伺候着，到头来我妈还是压出了褥疮。褥疮那东西长上就不爱好，一天比一天烂得深，眼看都烂到骨头了，把我急得直哭。我妈嫌弃我在她跟前哭，说你给我滚出去，滚远点！我说你千万别赶我，赶走我可就没人伺候你了。我妈冷笑，说你伺候我有啥用？我早就把房子和钱一遭都给你二姐了。我说谁稀罕你的房子，我和改锥有房子住。我妈说大华你是不是彪呀？我现在两手空空，你伺候我一分钱也得不到，你图个啥？我说我就是彪嘛，爹不疼妈不爱的，我也不知道图个啥。

改锥也拿这话问过我，我说那是我妈呀。

改锥说，是你妈不假，可她从头到尾哪有个妈样？

我说，有没有妈样我也是从她肚子里钻出来的，这没有假吧？

改锥说，你也就是借她肚子生成个人吧。

我说，那就行，怎么着我也借过她肚子用，我就得还。

想到这些，我跟我妈说，好赖你生我肚子疼了一回，就算为这我图个回报吧。

我妈直勾勾地瞪了我好半天，恨恨地呸了我一口说，我怎么养出你这么个彪子？真是彪到家了！

6

收拾窗边那个鸡翅木茶桌时，我照例加上了十二分的小心。这个茶桌是舒姐的最爱。我第一次来干活那天，舒姐先就把我领到茶桌前，好一顿叮嘱，让我一定要多加小心，千万别碰坏了茶桌上的那些东西。后来每次打扫到这个地方，我都提着个心吊着个胆。这茶桌上的瓶瓶罐罐小东小西太多，一不小心就容易磕了碰了，而每一件又都是舒姐的宝贝。

舒姐唯一一次跟我撂脸子，就是为了这茶桌上的宝贝。记得是在我刚来舒姐家干不久的时候，有一次舒姐说有个紫砂壶找不到了，问我是不是刷洗完随手放到别处了。

我心里一惊，问啥紫砂壶？

舒姐说，就是一个枣红色的小扁壶，泡茶用的。还说那把壶是名家手工制作的，叫石瓢，十分名贵。

我一听说是名贵东西，脑子就有点发蒙，忙问原来放在哪儿了。

舒姐说，就放在这个茶桌上，你没看见吗？

我说，没看见啊。

舒姐就盯住我的眼睛说，大华你仔细想想，茶桌上的壶和杯子不是你一起端去洗的吗？

我说，是啊，可是我没看到有你说的那个小扁壶。

舒姐的脸子当时就撂下来了，也不说话，就那样一直盯着我，盯得我后脊梁杆子直冒汗。过了好半天，舒姐的态度才松动了一点，但仍冷冰冰的，说那好吧，那你打扫卫生时，帮我各处看着点，发现在哪立刻告诉我好吗？说这些话时，舒姐的声音虽然不大，但每个字都像敲在了我的耳膜骨上似的，敲得我心怦怦乱跳。

我赶紧应声说，好，好，我一定注意找找。

从这件事上我就发现，别看舒姐表面上挺软乎挺面乎，看着好像是挺好答对的，但内里其实也是个厉害角色。只不过舒姐有素质，轻易不会生气，不会难为别人罢了。

动手收拾茶桌之前，我先给外甥打了个电话。我问外甥，你妈到底是咋了，又闹什么妖？

外甥说，三姨，我妈兴许长癌了。

我问，长在哪？

外甥说在肚子里，医生分析应该是宫颈癌，而且可能已经到了晚期。

我说，这就对了，你妈就该得这烂病，她不得这病才怪！

外甥说，三姨，我妈都这样了，你就别这么说她了。

我说，这是她自己作的，这叫报应你懂不懂？你忘了你爸是怎么死的了？

外甥半天才吭哧出一句，说，三姨，再怎么她也是我妈。

我不知不觉就用了改锥的口气说，是你妈不假，可她从头到尾哪有个妈样！

身边这一圈人里,我最心疼的就是我这个外甥了。二姐夫死的那年外甥才十二岁。二姐夫一死,我二姐就更加肆无忌惮了,整天在外面跑疯。我去看外甥,见我二姐把外甥扔在家里,买了一大摞方便面,让他自己在家啃方便面做作业。我实在气不过,跑去找我二姐打仗。

二姐正跟他相好的在一起黏糊呢,大概是在难解难分时被我撞了门,人立马就疯魔了,衣服都没穿戴齐整就冲出来喊,我有追求幸福的权利!我说对,你是有追求幸福的权利,可你追求大了,把你男人都追求死了。我二姐说,你是管闲事有瘾还是就见不得我好?我说,都让你说着了,我是既管闲事有瘾又见不得你好。我二姐说,告诉你大华,我的事你以后少管。我说,你以为我愿意管呀,我是心疼我外甥。我二姐说,你别在这儿装好人,我儿子用不着你心疼。我说我倒是想不心疼呀,可他爸被他妈害死了,他妈又自己找幸福去了,我不心疼谁心疼?我二姐说,你就是嫉妒我,故意跑到这儿来破坏我的幸福。我说好,我不破坏了,你赶紧去幸福吧。我只求你一件事,拜托你自己幸福泛滥受不了的时候,想着匀出来点给你儿子好不好?

舒姐出来添水,我赶紧把外甥的电话给挂掉了。舒姐问我是不是家里又有什么事了,我就把二姐住院的事说了。舒姐听了叹了口气,说你那个外甥也真够命苦的。我说可不是嘛,咱家条件差,外甥好不容易娶了个媳妇,这边刚把孩子生出来,正是用钱的时候,他那个倒霉妈就病了。我说,舒姐,我真想不明白,我二姐到底是什么鬼托生的,她这辈子托生来世上,是不是专门就是为了来祸害我们这家人的?舒姐说,你二姐真要是确诊下来是癌症,得花不少钱呢。我说谁说不是呢,我二姐天生爱赶时髦,这下好了,人家有钱人都得不起这个癌,她个穷鬼倒巴巴地把这个时髦给赶上了。舒姐想了想问我,你是不是还在背着改锥给你外甥存钱?我说是。舒姐神情忧虑地看着我说,大华你想没想过,这事万一要是让改锥知道了,会有什么后果?舒姐这话就像往我胸口塞了块抹布,心里立刻堵得不行。

给外甥存钱这事,我确实是瞒着改锥做的。我在外面给外甥立了个户头,钱再紧每个月都偷偷给他往里存点。这事我只跟舒姐商量过,但舒姐一直不赞成我这样做。我说我又没个孩子,就拿外甥当自己孩子了,以后老了干不动了的时候，我不是还有个指望吗？舒姐说，大华，我劝你千万别指望孩子，自己生养的孩子都未必能指望得上，何况他只是你的外甥。我明白舒姐为什么会这么说。舒姐的儿子跟她生疏，在国外定居了，据说是不打算回来了，所以舒姐根据自己的切身体会，就说今后指望不上孩子。让舒姐这么一说，我心里顿时拔凉拔凉的。我说，舒姐，照你这么说，我这辈子不就没指望了吗？舒姐定定地看着我说，大华，我看改锥这人不错，你还是得指望改锥。

当时我眼泪就下来了，我说舒姐，你以为改锥是好指望的吗？我不敢指望呀！你是知道我有胆囊炎的。胆囊炎这病不发作时啥事都不耽误，但一犯病就疼得要命，那股子疼劲儿顶上来的时候，连死的心都有。有一天后半夜里我胆囊炎发作了，五脏六腑抽在一起绞着劲儿地疼，疼得我浑身哆嗦满头冒汗。改锥倒是急三火四地把我给弄到医院看急诊了，但说出来都没人相信，当时我疼得身子缩成一团话都说不出来，都病到这个份上了，改锥也舍不得拿自己的钱给我挂号取药。他真就好意思站在我旁边伸出手，硬等着我这个病人掏钱，你说他还是人不是人！当时我那个心里疼得呀，比胆囊炎都疼。我啥也不顾了在那儿号啕大哭，旁人都以为我是疼得扛不住了，其实我三分是疼七分是伤心呀！我太伤心了！这还不说，打死你都想不到，改锥用我的钱交完款后，只把找回来的一把钱在我眼前晃了一下，说剩下这些钱就不给你了，我拿着回去好打车用，说完就揣他自己兜里了。要不是我实在疼得说不出话，实在是一点力气也没有了，我真想跳着脚骂他几个钟头，骂他个劈头盖脸狗血喷头。舒姐你倒是说说，冲改锥这副要钱不要脸的德行，我敢指望他？

冻酸梨从书房里探出头，往这边张望了一下。我这才想起家里还有个外人呢，赶紧说，算了舒姐，我没事，你快进去吧，人家等着你呢。

舒姐都走到书房门口了，又停下脚思量了一下，回头对我说，大华，你攒的那点钱都拿出来也治不了你二姐的病。

我说，舒姐你放心，我不会拿钱给那个破鞋填没底的窟窿，我还得抓紧攒钱给我爸妈买墓地呢。

我心里挺感动的，舒姐是真心替我着想，她知道我攒钱不易，知道我攒的买墓地钱还差着不少呢，所以担心我一时冲动把钱都拿出去给我二姐治病。其实我不能，这事我心里有数，我拼命攒钱买墓地，是在替我二姐还她欠我爸妈的债，我怎么可能让这钱再落到她手里呢？

等舒姐进了书房，我才开始回过味儿，后悔刚才怎么就忘了冻酸梨还在，怎么就秃噜嘴把自己家那点破事讲出来了？舒姐倒是没啥，我家情况她都清楚，她听了还能帮我掂量掂量出个主意什么的。我是忌讳那个冻酸梨，她听进耳朵里了，背后还不定怎么笑话我呢。

7

我妈临死前嘱咐我，说她要入土为安，让我一定要在龙山公墓给她买块墓地，然后把我爸迁来跟她一起安葬。

我呛我妈，说你不是厌烦我爸吗？

我妈说，但凡有丁点办法我也不想跟他弄一块堆儿去，我这不是没招了嘛，我不是不想做孤鬼嘛。

我妈告诉我，买墓地的钱她早就预备下了，放在我二姐手里，她已经跟二姐交代过了，让我跟二姐商量着办。

我妈走后，我就去找二姐商量这事。没想到我二姐张口就说钱没了。我问钱哪去了，二姐开始死活不说，后来让我逼得实在没招了，才吞吞吐吐地说，钱都拿去帮她相好的买经济适用房了。我做梦都没想到我二姐会干出这种事。我说你马上去把钱给我要回来，那可是咱爸妈的安魂钱！我二姐吭吭哧哧地说，他现在手里也没钱，再说就算有钱也不能往回要，我还得在他那儿住着，跟他一起过呢。我咬牙切齿地骂道，你养汉都养出国际水平了，搭上自己不说，还要倒贴上我妈的钱。我二姐说，你不懂，我俩那是感情。我说我是不懂，那我问你，有感情你俩勾搭这些年了，他为啥至今也不肯给你个说法，不肯跟你领结婚证？我二姐说证不证的不重要，只要我俩感情在……我赶紧打断我二姐，说得了得了千万别跟我说你那个感情，不就是你硬往人家身上贴吗？这些年人家把你赶出门多少回了？是谁动不动半宿半夜站在大马路上打电话跟我哭？你以为倒贴房钱，你那感情就牢靠了？告诉你吧，没有用，人家那房本上没你的名！我二姐没话说了，立刻就拿出了她的看家本领，开哭。

我二姐的哭功那是天下第一，鼻涕眼泪随叫随到不说，还取之不尽用之不竭。从小到大，哭，一直是我二姐克敌制胜的法宝。无论遇到什么事，她都会用哭来应对，不能说是百战百胜吧，基本上也是攻无不克。我能拿她怎么办？我一点办法也没有。就是打那以后，我才下决心干钟点工的。这些年我一天接好几个活儿，早上五点起床顶着黑就往外跑，白天干好几个家政，晚上还去饭馆刷碗，哪天都是大半夜才回家。我这么拼命赚钱，就是为了早点完成我妈的心愿，在龙山买块墓地，让我爸妈尽早入土为安。

舒姐最知道我的心思，她曾经特地托熟人帮我打听过龙山公墓的情况，结果得知这几年公墓的价格一涨再涨，发现我攒的钱总是不够。舒姐说她都替我愁得慌，不过我倒是不愁，我有的是力气，我相信只要有活干有钱挣，买墓地还不是早晚的事。

说起来，我坚持要干钟点工攒这份钱，也是导致我和改锥两人经济上分开，弄成现在这样各花各钱的主要原因。

我和改锥的感情其实还行，说还行的意思就是还过得去。改锥这人心眼儿也挺好的，没太大毛病。但千好万好，单这一个"抠"字，就把啥好都给抹平了。我跟改锥谈恋爱的时候，两人一起去逛公园，走渴了去买水喝，改锥就能买回来一瓶水让我喝，他自己忍着回家去喝。我缺心眼儿，当时心里还挺美呢，以为这就是对我好。结婚以后才发现根本就不是那么回事，我没属于他时他只抠自己，等我跟他到一起了他就连我一起抠了。

问题是他抠都不往我这边抠，我说这话是有根据的。我跟改锥结婚时，我婆婆给了我一个压箱底的金戒指，是老货。我喜欢得要死，赶紧戴在手上。结果还没等捂热乎呢，改锥就哄劝我，说这么金贵的东西别戴丢了，得放起来。还没等我醒过神儿呢，改锥就把金戒指从我手上撸下去，拿走收起来了。起先是真的收起来了，但后来不知什么时候就不见了。我发现金戒指不见了之后，跟改锥往死里闹了一回。开始改锥说死也不告诉我金戒指哪去了，我就撒泼，天上地下地闹腾。改锥实在扛不住了，才跟我说了实话。原来他弟弟娶媳妇时，他妈手里实在拿不出像样东西了，改锥见他妈作难，就偷偷把金戒指拿回去，让他妈送给新媳妇了。那天我哭得昏天黑地，我不是哭那个金戒指，我是哭改锥太不把我当回事了，连抠都不往我这边使劲，我可是他媳妇呀。

我心里明白这事也不能全怨改锥，根子还在他家。他家之所以能做出这种事，说到底还是瞧不起我家，连带着也轻贱我。改锥他家虽然也不咋样，但比我家还是高出了一个台阶。毕竟他家里父母都在，人也都是全乎的。不像我家死的死，傻的傻，连一个囫囵个儿像样的人都没有。他弟媳妇家比起他家，就又高出了一个台阶。弟媳妇她爸从前在厂子里当过宣传科长，弟媳妇大学毕业，又是在银行网点上班，从各方面讲当然都比我金贵，当然更配得上那个金戒指了。

我婆婆势利眼儿得很，改锥弟媳妇生孩子，婆婆竟然让我去伺候月子。我也是发贱，要说别的事我肯定不会答应的，一听是孩子的事就屁颠屁颠地去了。他弟媳妇谱摆得还挺大，给我写了好几大篇注意事项不说，还让我看月子书和育儿书，说是什么都得按照书上写的来。干活我不打怵，看书可就太难为我了。我老实告诉弟媳妇，干什么活怎么干你告诉我就行了，千万别让我看书，我从来都不看书，看不进去也看不懂。见弟媳妇一副半信半疑的样子，我干脆就豁上了。我说，你是从有文化的家里出来的，可能想象不出我家是个什么样儿。我这么跟你说吧，你就是把我家翻掉底，也找不到一张带字儿的纸。我家那些人有一个算一个，哪个在房梁上倒挂三天，也控不出一滴墨水。结果把弟媳妇给说乐了，一想起来就乐得不行，足足乐了好几天。

后来我把这段话学给舒姐听，舒姐也乐得不行，直夸我有语言天赋。这话我爱听，我挺在意舒姐怎么看我的。看来在我妈的骂声中长大也不全是坏事，我身上也算是有一门童子功呢。

弟媳妇一出月子我就不干了，婆婆鼓捣改锥来劝我再帮两个月，我问改锥，谁给我发工钱？一句话就把改锥给堵回去了。我不是不愿意帮，我尽力了，就算我比人家地位低，也不能没完没了地让人白使唤吧，我还急着出去挣钱呢。

刚开始我出去干钟点工的时候，改锥总惦记我挣的钱，总盯着问我挣了多少钱。改锥那意思我明白，就是我挣多少钱都得拿回家，都是我俩共有的。我看这样下去不行，我太了解改锥了，这货是属貔貅的，只吃不拉，只进不出，钱到了他手里就甭想再要出来了。我就趁早把话挑明了，告诉改锥说我挣钱是为了给我爸妈买墓地，叫他就别再惦记了，从此以后我自己挣钱自己花，也不再跟他手里往外要钱了。那时我刚干挣得少，改锥不太在意就答应了，花钱时也不怎么跟我计较。后来我挣的渐渐多了，改锥就跟我分得越来越清楚，能让我掏钱的地方他决不出手，所以他在医院就能干出那样的损事。男人计较到了这个地步，在女人眼里就没有品相了。见改锥把男人都做到了这个份上，我对他的心思也就越来越淡，越来越瞧不起他了。

8

心不静，总想着冻酸梨是不是认出我了，总担心她要是已经认出了我，就会告诉舒姐我身上有文身。所以，舒姐和冻酸梨只要在那边一说话，我这边立刻就管不住自己的耳朵了，俩耳朵恨不得从脑袋上跳下来，跑到书房里去听个仔细。我也知道偷听人家讲话不好，但耳朵忍不住，说了归齐还是被那个倒霉的冻酸梨给闹着了。

听了不一会儿我就发现，舒姐她俩这嗑是越唠越玄，越唠越离谱了。

冻酸梨说，舒老师您小说里两个女儿的形象很有意思，一个性意识极强，一个有性心理障碍，您好像特别关注女性的身体感受。

舒姐说，是的，从某种意义上说，女性认识世界是从自身身体出发的，而性是女性身体的钥匙……

老天！她们这是说些啥？我真受不了这些文化人，说那事就像说鼻子眼睛嘴似的，一点忌讳都没有。舒姐看起来文文明明的，我说话不小心带出个"操"字，她听见都满脸不自在。可有一次我问舒姐，我咋就不明白，我二姐为啥死不要脸地非赖着跟那个人相好呢？舒姐文文静静慢条斯理地说，可能还是性体验的原因吧，他俩应该很和谐。一句话就把我给整傻蔫了，我万万没想到舒姐竟能说出这么臊人的话。接着舒姐又说，原来我听你讲过一些你二姐的情况，给我的印象她是个性要求比较强烈的人，很可能跟那个人在一起，你二姐更能获得性满足吧……我的个妈呀！我这脸都臊得没地方搁了，舒姐咋就那么好意思呢？她咋能把性要求、性满足这么难听的话说出口呢？而且还说得那么自然，那么不知道羞臊。所以我觉得吧，别看他们文化人表面上像是挺文明的，其实也就那么回事，说起裤腰带下面那点事更邪乎，也就是跟咱用词不一样呗。

不是我自吹自擂，我在生活作风这方面就特别正派。我对那事从来都不怎么感兴趣。刚结婚那几年，我还配合改锥忙活忙活，后来就懒得配合了。瞎忙活啥呀，也忙活不出来个孩子。自打我脑袋做手术之后，我俩就很少做那事了，近些年干脆就没那个想法了。不做就不做吧，没那事挺好，反正我本来也没啥兴致。其实吧，从前每次配合改锥我都挺勉强的，我从来没觉得做那事有啥意思，总觉得那是件脏事，不干净。而且也不知道怎么搞的，一到关键时候我就憋不住尿，我一跑去撒尿，改锥好不容易拱起来的那点兴头就都泄没了。

这些事我跟舒姐叨咕过，我叨咕的意思是显示我有多好。但舒姐的反应却令我很意外，她不表扬我生活作风正派倒也罢了，竟然说我有问题，还说我的问题改锥也有责任，是改锥没把我开发出来，没让我体验到快感。当时我是真听不下去了，还快感，这种话亏舒姐真说得出口。

不过说老实话，要不然改锥也不行，他那玩意儿本来就不行。这件事只有我知道，连他妈我婆婆都不知道。我得脑垂体瘤之前，因为一直没怀上孩子，两人曾经一起去医院做过检查。当时医生就说是他的原因，说他是隐睾所以精子成活率低。其实，后来我得脑垂体瘤倒是把改锥给救了。明面上我俩不生孩子的责任一下子都弄到了我头上，他反倒是解脱了。有一阵子他全家人都冲着我来劲儿，公公婆婆鼻子不是鼻子脸不是脸的，恨不得马上让改锥把我给休了。我是有口难辩，心灰意懒也无心辩。

不过该咋说咋说，改锥表现还行，还挺照顾我心情的。改锥劝我说，没孩子就没孩子吧，咱省得操那份心了，你不是总想赶时髦吗？咱这不也赶上时髦整"丁克"了嘛。

我说，丁你个屁克！我就是被你克的，被你克绝户，克成轱辘棒子了！

反正我俩这事的前因后果改锥心里最清楚，所以在外面不管别人怎么说，改锥从来都不说我啥，对不生育没怨言没牢骚。最后的结果就是，满世界都知道改锥对我这个不能生养的老婆不离不弃，他踏踏实实地落下了个好名声。你说我上哪儿说理去？

我正满脑子串烟胡思乱想呢，忽然听见了"钟点工"三个字，心里陡然一惊，耳朵立刻就立起来了。可惜听不太清楚，她俩像是把声音压低了，我只能隐隐约约地听到一星半点儿。舒姐好像说了句，还说得过去吧。冻酸梨就叽里咕噜地说了半天。我的心一下就提到了嗓子眼，感觉冻酸梨就是在说我，是在说我去她家的事，是在告诉舒姐我身上有文身。但仔细听听又感觉不太像，冻酸梨似乎还是在那儿恭维舒姐，我听见了"善良""宽容"什么的。

我往前凑了凑，声音果然清楚点了。我听见舒姐说……其实也没什么，再说我也需要。冻酸梨说，我可没您那么包容。舒姐就说……做事挺毛躁的，开始我也不太满意……我的心一下紧张起来，冻酸梨又说了些什么就没听清。然后，我就听见舒姐说……毕竟作为我的观察对象，作为我了解底层社会的一个窗口，还是很难得的，这样一想就能包容了，不会太计较了。冻酸梨就感慨起来，说，还是舒老师有文学的敏感性，有主动观察生活的意识……我脑袋有点转不过来了，不知道该怎么把我听到的这些话弄到一块堆儿。她们到底在说啥？在说谁？是说我吗？有那么点像，但又不完全像。

虽然我一时还理不清楚，但心里有了一种不好的预感，感觉舒姐可能并不像我想象的那么认可我，并不像表面上对我那么好。这么一想，我的心就有点乱了，散了黄的鸡蛋似的，稀里咣当乱得不行。

别看我一直在改锥面前吹牛，说舒姐对我印象怎么怎么好，舒姐对我如何如何满意，舒姐对我多么多么好，其实真要是较起真来，我也不敢咬硬。我也不知道舒姐到底怎么看我，怎么评价我。我也不知道舒姐是真心对我好，还是表面上对我好。反正不管我怎么吹，改锥就是不信。为舒姐，改锥曾经跟我掰扯过好几次。

改锥说，大华你别以为舒姐真对你好，她就是看你能干活想用住你。

我说，没错呀，我干活好，舒姐待我好，我俩不就两好轧一好了呗。

改锥说，你个彪样，啥叫对你好？给你两句好话就是对你好了？那玩意儿有啥用？能吃还是能喝？想用住你你就得对你好，对你好就得给你涨工钱，这么简单的道理你都不懂。你在舒姐家都干了多少年了？她咋能一直不给你涨工钱呢？就拿嘴糊弄你呀？

我说，那不关舒姐的事，是我一直没提涨工钱，舒姐也不知道现在工钱都涨了。

改锥说,拉倒吧,这两年人工钱涨得这么邪乎,我不信舒姐不知道,装傻吧她。

我说,告诉你改锥,就算是舒姐提出来涨工钱,我也不会要。我们姊妹俩处得好,我就愿意给她干,我心甘情愿。我跟舒姐说好了,我就在她家干,不许她辞我,辞我我也不走。我要在她家干一辈子,到她老了我就伺候她!

改锥说,你以为这样人家就待见你了,就把你当姊妹了?做梦吧你!我看你妈说的一点没错,你就是个彪子,彪到家了!

虽然我嘴上跟改锥咬得登硬,但心里也常犯嘀咕。有好几次我都想跟舒姐侧面提一提涨工钱的事,可不知为啥,一到舒姐面前我就张不开口了。改锥坚决地认为舒姐给我下药了,把我给彻底弄迷瞪了。改锥说的也不是没有道理,他说作家都会揣摩人,舒姐早就把你看得透透的,她太知道怎么能把你拿住了。不过我还是不咋信,我不信舒姐是那样的人。

舒姐对我好,所以总会时不常地想着送我点东西,有时是衣服,有时是吃的用的。每次我拿回家来显摆,改锥都没什么好话,说又是人家淘汰的吧?我说就算淘汰人家也得给你呀,这么好的东西人家淘汰给谁不行?改锥说,看把你嘚瑟的,人家充其量也就把你当成个穷亲戚,甩给你点破烂还当宝了。我说改锥你说这话可太没良心了,人家舒姐好心好意给咱东西,你不领情也不能说是破烂吧。结果这话说了没过多久,就让改锥给逮住短处了。

那次舒姐给了我一大盒人参冲剂,让我拿回去给改锥吃,说是能补气。我问咋不留着给姐夫吃,舒姐说姐夫血压高不能吃,我就高高兴兴地拿回家了。当时改锥也挺高兴,马上就要冲一包,一边摆弄一边还说看包装就是好东西。没想到话音没落,改锥的脸色突然又变了,一下把那盒人参冲剂摔到我面前,说你看看你看看。我问,怎么了?改锥说,过期了!我捡起来仔细看看,还真是过期了,而且都过期半年多了。改锥这下子可算是抓住把柄了,没完没了地说,我说舒姐怎么能把这么好的东西送给你呢,原来是过期了,人家不敢吃了。人家的命多金贵呀,哪能吃过期的东西,扔了吧又可惜了,所以就想到了你这个彪子。我告诉你大华,在他们眼里咱这样的人命贱，没资格跟他们一样讲究保质期！

当时我心里虽然挺别扭的，但还是不相信舒姐是有意这样做的。我想核实一下，兴许是舒姐疏忽了呢。所以下次再到舒姐家干活时，我就直截了当地告诉舒姐，你给我的那盒人参冲剂过期了。我希望舒姐听到后非常惊讶，说是吗？哎呀，我没注意。然后又很难为情地向我道歉，说太对不起了，真不好意思！这样我回家就可以理直气壮地告诉改锥，舒姐不是故意的，她没发现过期了，听说过期了她可不好意思了，直让我替她向你道歉呢。

但是，我想象的这一切并没有发生。

我告诉舒姐之后，舒姐只平静地看了我一眼，说，哦。想了想又说，那类补品只要包装好没受潮，过期一点也没关系的。我看得出舒姐是有些尴尬的，也看得出她在刻意掩饰不自然的表情。但很快，舒姐就又微笑了。舒姐微笑着抬起头对我说，大华，你要是实在不放心就把那些都扔掉吧，没关系的。

面对舒姐的微笑，我当时真想哭。

9

书房门不知什么时候，从里面悄悄地关上了。

我愣在那里，呆呆地看着关上的门。我就是再缺心眼，也知道这门是为我关的。嗓子眼儿里突然很痒，像塞了一把茅草似的，很想大声咳，但又咳不出来，噎得我浑身难受。我知道我控制不住自己了。我这人本来就没有舒姐那样的修养，我最怕别人背着我，越背着我，我就越想知道是咋回事。跟我没关系的事背着我，我心里都跟长了桃毛似的痒得受不了，何况跟我有关的事。不由自主地，我的脚就挪了过去，耳朵也从脑袋顶上跑下来，贴到书房门上了……

我先是听见了舒姐的声音……是的，她很信任我，什么都跟我说……对，我写这篇小说就是受了她的启发，很多故事都是她讲给我的。冻酸梨问，那些难堪得让人无法面对的情节，难道也是？舒姐说，是，这里的大部分故事都是真实的，有些情节几乎不用任何加工直接就写进去了。冻酸梨说，如果不是您说，我真不敢相信会有这样的家庭，会有这种完全没有道德底线的父母。舒姐就说，是啊，底层的生活状况远远超出我们的想象，如果不是听她自己讲的，我也不敢相信。冻酸梨说，舒老师，我很想知道，那个母亲是被强奸后，才不得不嫁给强奸她的男人，两人生活了一辈子恨了一辈子，这个情节是真实的还是您虚构的？舒姐犹豫了一下说，是真实的，是她亲口对我讲的……

我的脑袋嗡的一声，顿时感觉天塌地陷了。

那天我把二姐夫的尸体领回来送到殡仪馆之后，就跑回家去找我二姐。推门见我妈一个人在外间躺着，就问我妈知不知道我二姐去哪了。

我妈白我一眼说，找你二姐干啥？

我说，出事了，我二姐夫……

我妈一下打断我，说喊什么喊，什么大不了的事大喊大叫的？

我说，我二姐夫死了！

我妈愣了一下，说死就死了呗。

我说，妈你怎么能这样？你就是再不中意我二姐夫，他也是你女婿是我二姐的男人呀！

我妈说，行了行了别叫唤了……这会儿工夫我二姐从里屋出来了，问，谁死了？

我说，你男人死了！

我二姐说，别瞎扯了，那个死鬼昨天还好好的呢，他要是死了我还少份心思。

昨天？我问，你昨天去哪了？你昨天晚上为什么没回家？

你管得着吗？我二姐说，我愿意上哪上哪！我……

我是管不着你，我说，可你男人死了派出所找不着直系亲属，是我一大早跑去替你领的尸！

我妈和我二姐这才信了。我二姐脸僵了一会儿，嘟囔着说，他这是自己作的，酒蒙子一个，早晚的事……

我一下就火了，我说，人都死了你还这么说，你是人不是人呀？要不是你整天在外面跑疯，我二姐夫能成天跟酒较劲，能一个人死在大街上……

啪的一声，我二姐狠狠地扇了我个大耳光子，说，你给我闭嘴！你跟他什么关系，这么向着他说话？

当时我简直气疯了，我顺手操起一把菜刀就朝我二姐冲过去，却被我妈从后面死死地抱住了。我妈抱住我朝我二姐直喊，快走快走，这二杆子啥事都能干出来，你赶快走吧！直到我二姐跑没影了，我妈才撒手放开我。

我跳着脚朝着我妈大喊，你到底是人还是鬼呀？你欺负我爸把我爸气死了，现在又帮着我二姐害死了我二姐夫，你的心到底是啥做的？你……你知不知道我有多恨你？你要不是我妈，我真想一刀砍了你！

砍呗，我妈干脆把脖子伸过来，说想砍就砍吧，你手上不是有刀吗？

我浑身哆嗦着举起菜刀，一刀下去，砍在了自己的胳膊上……

我看见刀像切豆腐似的切进了胳膊，没觉得疼，肉一下翻了出来，也像豆腐一样白花花的，竟然没有血。但只一瞬间，鲜红的血就涌了出来，呼呼地直往外冒，这时我才觉出了疼。真疼呀，先是胳膊疼得直抖，紧接着全身都跟着筛起糠了。随着哐当一声刀落在地上，我捧着血刺呼啦的胳膊，响天动地地号哭起来……

我妈抓了一把烟灰按在伤口上，又用根破布条子把伤口缠住，然后就塞进我嘴里一片止疼片，不耐烦地呵斥我道，别嚎了，我就知道不见点血光你今天就过不去！

我住了声，捧着胳膊恶狠狠地看着我妈。

我妈不看我，一直在抽烟，一根接一根地抽。过了好久，我妈把一个烟头在鞋底上使劲地摁了又摁，说，你个没事找事的丧门鬼，我本来不想提从前那些混账事，你偏要三番五次地惹乎我，好吧，那你就给我听好了：我告诉你，我恨你爸，当年我就是被你爸这个王八蛋给强奸了，怀上了你大姐，才不得已嫁给他的！

看见我咕咚一声跌坐下去，我妈脸逼近我说，知道你大姐为什么是傻子吗？那是报应！是老天替我报复他！本来我已经有了中意的男人，我们俩都开始谈婚论嫁了，是你爸把这一切都毁了，是你爸把我这辈子彻底给毁了！我跟他从来都没有感情！你不是说是我把他气死的吗？我还告诉你，气死他在他是好死，依着我恨不得把他杀死！

像有无数只马蜂钻进了我的脑袋瓜子里,嗡嗡嗡地叫得我头都要炸了,我声嘶力竭地朝着我妈大喊,你骗人!你糟践我爸!

我妈狠狠地吸了一口烟,说,是那个王八蛋糟践了我!你爱信不信!

我说,不可能,我爸那么老实个人不可能!

我妈冷笑道,老实?他才不老实呢,蔫巴人蛊毒心,老实能对你大姐下手?

我立刻蒙了,原来我妈知道!我哆哆嗦嗦地问我妈,你知道?你知道为什么不管?你知道为什么还由着他欺负我大姐?

我妈突然笑了,笑得像恶鬼一样,凶巴巴地对我说,你爸他就是一畜生!我就是要让他和他造下的孽都活得像畜生一样……

我是倒退着逃出家门的,一出了门就头也不回地疯跑,不知跑向哪里,也不知跑了多久,直到实在跑不动了,筋疲力尽地瘫倒在海滩上。那感觉就像是去地狱里走了一遭,就像是活活地死了一回。

记得当时给舒姐讲这段烂事时,我哭得稀里哗啦的。我哭着问舒姐,你说我上辈子到底造了什么孽,为啥非把我生在这么个破家里,非让我看这么些个破事呢?舒姐安慰我,说大华你别这么想,其实这世上谁都有苦处,谁的日子都不美满。我说,舒姐,我看你的日子就挺美满的。舒姐半天没吭声,眼圈突然就红了。我看见泪光在舒姐的眼里打转,正纳闷咋就惹了舒姐了,就发现舒姐眼里的泪转着转着竟转没了。舒姐只轻轻地叹了口气,说了句什么。我太紧张了没听清,忙问舒姐说的是啥。这时舒姐的脸色已经缓过来了,挺正常地对我说,没什么。然后又想了想,很真心地看着我的眼睛说,大华,其实你挺了不起的。你在这么混乱的家庭环境中长大,还能不受影响,始终保持善良正直的品性,真是挺不容易挺不简单的。我听了心里一下子感动得不行,泪眼巴嚓地说,舒姐,你这么说我真是太高兴了。说老实话,长这么大从来没有人这么高看过我,何况还是舒姐你这样有素质的人。我大华谢谢你了,有了你这句话,我就觉得我大华活得还有点价值,还得坚持好好活下去呢。

那会儿,我真庆幸这辈子能交上舒姐这样的人。我得有多信任舒姐,才能把自己家里的丑事、脏事毫无保留地说给她,那可都是我藏在内心深处,从来不敢拿出来见光的东西呀。可我万万没想到,舒姐不仅给写到书里张扬出去了，还红口白牙地告诉冻酸梨，这些都是我家的真事……

这真是我认识的那个舒姐吗？我真的认识这个舒姐吗？

也许是我错了，我想，人这东西心本来就是隔着的，离得再近也没法贴到一起。心贴心那种话压根就是扯淡。何况我和舒姐之间差距又那么大。舒姐就是再有心将就我，也不会真把我这样的人当回事的。可是，舒姐怎么也不该这样对待我不该这样伤害我呀。我掏心掏肺地把该说的不该说的一股脑地都说给了她，她怎么能这样……心口窝忽然拧着劲儿地疼了起来，疼得我浑身哆嗦，双腿发软。我实在站不住了，倚着门框出溜下来，一下子跌坐在了地上。

舒姐闻声开门，看见我瘫在门口，赶紧问，大华你这是怎么了？

我说，舒姐，我今天干不了活了。

舒姐问，你脸色怎么这么难看？

我说，我胆囊炎犯了，肚子疼得厉害。

舒姐说，大华你别急，我给你叫车去医院。

我说，不用了舒姐，我给改锥打电话了，他马上就来接我。

10

走出舒姐的家门，我一直忍着没回头。

就算是不回头，我也能感觉到后背上背着舒姐和冻酸梨的眼睛。那满眼的猜忌热辣辣地烙着我的后背，火烧火燎烫得生疼。

其实我心里明镜似的，知道我根本就糊弄不了她们，她们早就看出了我没犯啥胆囊炎，早就猜出我是偷听了她俩的谈话。我都能想象出来，只要我一从她们的眼前消失，冻酸梨立刻就会在舒姐面前给我下蛆，还不定瞎掰扯些啥呢。但我拿不准舒姐会怎么说。要是在从前，我铁定了相信舒姐不会说我坏话的，但现在我不敢说了。刚才捂着肚子装病等改锥来接我那会儿，我就看出舒姐看我的眼神挺复杂，里面关切和焦急当然是有的，但不安和怀疑也是有的，这我还能理解。让我无法理解的是，我居然在舒姐的目光中看到了一些警惕的冷意。那可是我以前从来都没看到过的，就像是突然亮出的一把闪着寒光的刀子一样，叫人瞅着心惊。我心里立刻就有点发虚了,心想,我没做过对不起舒姐的事呀,这么些年了舒姐应该知道我的,我对舒姐可一直都是真心实意的,从来都没……别,等等……除了那把紫砂壶……

那把紫砂壶的确是我给打碎的。那会儿我到舒姐家干活不久,手忙脚乱的不熟悉,刷洗茶具时一个不小心滑了手,单单就把那个紫砂壶给打碎了。当时我吓蒙了,就怕舒姐看见,赶紧划拉划拉把那些碎片揣到兜里,趁出去倒垃圾时给扔了。说老实话,我不是个愿意欺瞒人的人,只是那会儿我头一回碰到舒姐这样有层次的主顾,特别愿意在她家长干。一看把她最喜欢的东西打碎了,害怕她一气之下把我辞掉,就把实情生生卡在嗓子眼里愣是没敢吐出来。后来舒姐询问我的时候,我也想干脆承认算了,该赔多少就赔多少,省得这事总窝在心里不得清净。但一听舒姐说这壶是个名贵东西,我就又被吓住不敢承认了。其实我也明白不管我承认不承认,舒姐都会猜到这把壶是毁在我手里了。我死咬着不承认,也是看准了舒姐这样的人不会轻易说破。说了归齐,整件事从头到尾都是我不好,啥时想起啥时我这心里都觉得挺愧得慌的。

改锥问我,回家吗?

我说,不回家,去医院。

改锥问,去医院干啥?你不是说你胆囊炎没犯,这么说是为了糊弄舒姐吗?

我说,我胆囊炎是没犯,但那个破鞋又住院了,我得给她送点钱去。

改锥就有点不高兴了,说怎么又给二姐钱?前些天你不是刚给了她五百块吗?

我说,你放心,给不了几次了,这回老天长眼,让她得上要命的病了。

改锥说,不会是长癌了吧?

我说,八九不离十,听说还是晚期。

改锥半天没吱声,闷了一会儿说,那你就多给二姐拿点钱吧。说完又使了个大劲,问我,你带的钱够吗?不够我身上还有。改锥上上下下地把兜掏了个遍,说我身上就这些了,都给你吧。刚放到我手里,又舍不得了,悄悄地抽回去了一张。

看着改锥这个样子,我就想起了舒姐的话:我看改锥人不错,你今后还是得依靠改锥。是啊，我只有改锥，靠得住靠不住我也只能靠改锥了。我就对改锥说，改锥，我这人命孤，命里只有你一个，我认命了。舒姐说得对，赶到老了我就得依靠你了。说着说着我的眼圈就红了，我红眼巴嚓地问，改锥，你以后会对我好吧？

改锥看我这样就慌了，赶紧把抽回去的那张钱又塞回我手里，说，大华你这是干啥呀，嫌这些钱不够，咱现在就回家拿去。舒姐这话说得对，你就得靠我，不靠我靠谁呀。你说咋整？要不咱现在就往家走？

我说，我想先去趟花店。

改锥惊得瞪大眼睛说，干啥？你不会是想给二姐买花吧？咱给钱还不行吗？别整那些没用的……行行行，好好，去，去花店。

花店里果然有蓝色妖姬。这还是我第一次看见真正的蓝色妖姬呢，以前看的都是图片和我身上文的。蓝色妖姬虽然长得像玫瑰花，但一看就比玫瑰花金贵，很稀罕的一种蓝色，有点像小时候用过的纯蓝墨水，但颜色比那更鲜艳些。

我下意识地撩起袖子，亮出胳膊上的蓝色妖姬，跟真花放在一起比较。没想到一下子吸引了好几个人围看，边看边一惊一乍地夸这花文得真好。我心里虽然得意但也挺遗憾的，遗憾夸我的人不是舒姐。其实，我最想得到的是舒姐的夸赞。我一直有个愿望，就是把我的文身告诉舒姐，把我的蓝色妖姬亮给舒姐看。我曾经无数次地设想舒姐看到后的反应——

舒姐会像冻酸梨那样一惊一乍吗？不会，舒姐当然不会那么没素质，这个设想一下就被我否定了。

舒姐会害怕，会紧张吗？可能会，但舒姐是有教养的人，一定不会表现得那么明显。舒姐会尽量控制自己，待情绪稳定之后，再故意露出微笑。我觉得这个设想应该是最有可能的。

还有一种可能，就是冻酸梨已经把我有文身的事告诉舒姐了，舒姐心里有数了，面上就不会做出任何反应了。这两种设想的结果都是一样的——如果舒姐排斥文身，就会找个理由辞掉我；如果舒姐不排斥，就会装作不知道，只要我自己不说出来，她就一定不会说出去，这个结果不能算是不好。

但我最希望看到的结果其实是这样的：当我露出文身时，舒姐惊讶地睁大眼睛，说天啊！然后伸出手抚摸着那些蓝色的花朵，啧啧赞叹着说，这是蓝色妖姬吧？太漂亮了，这文身太漂亮了！那该是一种多么令人期待的情景呀。但我知道这种情况基本不可能出现。我其实并不要求舒姐喜欢我的文身，只要不抵触能接受，我就非常满足了。

我总得赌一把，哪怕是让自己死了这份心。我一咬牙拨通了舒姐的电话，里面立刻传出了舒姐急切的声音，大华吗？你现在情况怎么样？腹痛缓解了吗？

舒姐的声音真好听，让我立刻感受到了一种暖暖的亲情。我赶紧说，舒姐我好了，没事了，你放心吧。

舒姐说，那就好，你现在在医院里吗？

我说，不，我在花店。

舒姐哦了一声，没再说话。

我忽然问，舒姐，你听说过蓝色妖姬吗？

舒姐在那边停顿了一下才说，我知道，是一种蓝色的花。

原来舒姐知道！这让我不由得内心充满了期待。我赶紧问，你喜欢蓝色妖姬吗？我相信舒姐会说喜欢的，她是个爱花之人。我想赌一把，只要舒姐一说出"喜欢"这俩字，我立刻就把文身的事情告诉她。

舒姐并没有立刻回答，她似乎犹豫了一下，过了一会儿才说，不太喜欢。

我的脑子一时有点反应不过来，不知道该怎么往下接了。

然后我就听见舒姐说，我觉得蓝色妖姬太假了。

我有点蒙，假？为……为什么假？

舒姐问，你不觉得那种蓝色一点也不自然吗？蓝色妖姬其实是一种加工花卉，据说是荷兰用月季和蔷薇杂交出来的，不过很少有自然生长出来的，一般都是人工染色的。

我说，是……是吗？这会儿我的声音都有点发抖了。

舒姐说，是的，虽然蓝色妖姬被赋予了很多美好的含义，但在我看来蓝色妖姬只是一种虚假的，含有欺骗意味的花。我不喜欢欺骗……

我知道结束了，一切都结束了，我在舒姐那里完了，舒姐在我这里也完了。

放下电话之后，我又仔细地打量了一番蓝色妖姬。真奇怪，刚才看着还是满心满眼的美，怎么这会儿真就看出假来了。

我扭头问改锥，你看这花好看不？

改锥说，那得看多少钱。

我生气地说，我是问你好看不！

改锥说，好看是好看，不过……

我说，你放心，我不买。

改锥立刻就说，好看！真好看！

可是舒姐说这花太假，我说，让舒姐这么一说，我也觉得这花好像是染出来的，挺假的。

改锥说，假怎么了？好看就行呗，假的照样好看，比真的还好看呢！

我说，舒姐说蓝色妖姬是一种虚假的花，含有欺骗意味。

改锥不屑地说，扯，现在什么不是虚假的？满大街不都是假眉毛假眼、假鼻子假脸、假奶子假腚嘛。她不假？我看她比谁都假。要说欺骗，满世界都是欺骗。

我问改锥，那我的文身是不是更假？这算不算是欺骗？

改锥说，你彪呀？那叫艺术！你不能拿真花跟你的文身比。

我说，可是我怎么忽然觉得这蓝色妖姬的文身不好看了呢？

改锥说，你那是被舒姐拍花子拍晕了。

我呆呆地看着手臂上的文身，突然低头在蓝色妖姬上狠狠地咬了一口。

疼，真疼，疼得我真想放声号哭，但我生生地给忍住了。哭有个屁用，我还偏就不哭了呢。我转身就冲着改锥去了，先是狠狠地踹了他一脚，接着就可着嗓子开骂了。我说，改锥你就是个混蛋！你个乌鸦嘴，见天地咒我，老说我是走一路败一路，到底让你把我给数落败了，这下你称心了吧？得意了吧？我败了，我又败了，我大华是走一路败一路，走一路败一路呀……

我再也憋不住了，不顾一切地当街号啕大哭起来。

原载《人民文学》2019年第4期